«PANDORA»

Della stessa autrice
(anche in ebook)

KISS ME LIKE YOU LOVE ME - VOLUME 1
KISS ME LIKE YOU LOVE ME - VOLUME 2
KISS ME LIKE YOU LOVE ME - VOLUME 3
KISS ME LIKE YOU LOVE ME - VOLUME 4
KISS ME LIKE YOU LOVE ME - VOLUME 5

MEET EFREM KRUGHER – VOLUME 1

KIRA SHELL

MEET EFREM KRUGHER

VOLUME 2

Dark secrets

Sperling & Kupfer

Pubblicato per

Sperling & Kupfer

da Mondadori Libri S.p.A.

Pubblicato in accordo con Grandi & Associati, Milano
MEET EFREM KRUGHER 2

ISBN 978-88-200-7440-1

I Edizione novembre 2022

Anno 2022-2023-2024 – Edizione 3 4 5 6 7 8 9 10

Avvertenza

Quest'opera è un Dark romance, pertanto contiene la trattazione di tematiche delicate, relazioni proibite e la descrizione di scene esplicite.

Le situazioni narrate, le azioni, i pensieri dei personaggi non rappresentano una realtà da emulare né si prefissano di legittimare la loro condotta, ma semplicemente di portarne in luce i vari aspetti, soprattutto oscuri; altresì i riferimenti medici sui disturbi alimentari non intendono sostituirsi a un consulto con una figura professionale abilitata né a un percorso terapeutico adeguato.

Se ne consiglia la lettura a un pubblico maturo e consapevole.

L'amore eterno è paziente.
Non pretende.
L'amore eterno attende.
Non si arrende.
A volte è silenzioso, oscuro, tormentato.
Eppure ha la forza di unire due cuori
che si trovano sui confini opposti del mondo.
Kira Shell

Ama, ama follemente, ama più che puoi
e se ti dicono che è peccato
ama il tuo peccato e sarai innocente.
WILLIAM SHAKESPEARE

1
Thea

È notte: solo ora si destano tutti i canti degli amanti.
E anche la mia anima è il canto di un amante.
In me è qualcosa d'inappagato e d'inappagabile:
vuole prender voce.
Una brama d'amore è in me
che parla la lingua dell'amore.
FRIEDRICH NIETZSCHE

TUTTO ciò che sembra magico è inganno.

Non avrei mai dimenticato le parole che Ben mi aveva rivolto al nostro primo incontro, nello studio dell'ala ovest, riferendosi alla clinica Asklepios e al dottor Krugher. Finalmente, dopo la rivelazione scottante su Joël, potevo dar loro un senso. Non aveva cercato di spaventarmi con allusioni maligne né di approfittarsi di me o della mia ingenuità, tutt'altro. Aveva solo tentato di mostrarmi la realtà per quella che era, di carpirmi con violenza alla rappresentazione teatrale di una verità falsata, uno spettacolo del quale Efrem era stato l'indiscusso protagonista.

Mi correggo: lui e la sua manipolazione erano stati gli indiscussi protagonisti.

Quant'ero stata sciocca a credere a tutto ciò che mi aveva detto?

Probabilmente mi considerava una ragazzina da raggirare come voleva, di cui farsi beffa magari con Mitchell e da sottomettere nei momenti in cui più gli aggradava, com'era successo all'*Antéros*.

Con la punta delle dita mi accarezzai le labbra, ancora brucianti del suo bacio, ancora macchiate di peccato, ancora pervase dal desiderio, ancora scosse dalla voglia di catturare le sue e di divorarle con famelicità. Le ginocchia mi tremarono al ricordo della forza con cui mi aveva afferrata per la nuca e piegata al suo volere dinanzi ai clienti del resort, all'avvocato, a Jordan e a tutti gli uomini che, in torbido silenzio, avevano assistito all'intimità del nostro contatto.

In quell'istante gli avevo confessato tacitamente di tenere a lui, gli avevo concesso la mia volontà, la possibilità di disporre di essa in qualsiasi modo preferiva e non ne ero pentita.

Per niente. Neanche un po'.

Non ero pentita di averlo baciato né di avergli donato un pezzettino di me, mostrandogli la mia fragilità. Tuttavia, lui mi aveva mentito sulla sua situazione famigliare, lasciandomi credere che fosse padre di un bambino di undici anni. Un dettaglio che comunque non aveva intralciato il nostro avvicinamento, ma che di giorno in giorno era stato un tormento divorante per i miei sensi di colpa.

«Che bastardo.» Avevo trascorso l'intero fine settimana a ripeterlo in una litania rabbiosa e continuavo a farlo come se ammettere a me stessa quanto quell'uomo era calcolatore fosse sufficiente ad attenuare la mia collera. D'altronde era più facile imputare la colpa a lui, anziché assumermi la responsabilità di essere stata troppo ingenua. In cuor mio ne ero consapevole, ma non ero pronta a riconoscerlo apertamente. «Pervertito.» Seguitai con gli insulti, ricordando ciò che avevo sbirciato in compagnia di Ben: Efrem e Giselle insieme, a condividere un tipo di preliminare particolarmente osceno. In maniera del tutto inaspettata avevo scoperto che la proprietaria dell'*Himeros* non era una semplice amica come credevo, bensì la donna con cui il dottore aveva avuto una relazione per quattordici anni, una donna che, a quanto pareva, andava a letto anche con Mitchell senza che a Efrem desse alcun tipo di fastidio, anzi, l'idea sembrava addirittura divertirlo.

Che diavolo di rapporto avevano quei tre?

Forse ero troppo giovane per capirlo e l'inesperienza non mi era d'aiuto. Nei miei trascorsi sentimentali non mi ero mai approcciata a ragazzi che consideravano le relazioni aperte, il poliamore e roba simile. A dire il vero, non ero neanche certa di poter attribuire quelle accezioni all'intesa che univa Efrem, Giselle e Mitchell.

Come dovevo definire un uomo sposato che intratteneva relazioni multiple a insaputa della moglie?

Un traditore seriale?

O semplicemente uno stronzo egoista?

Sospettavo che il dottor Krugher celasse molto di più di questo e che per lui il tradimento non avesse alcun legame con i rapporti sessuali, dato che aveva confessato alla stessa Giselle di non aver fatto sesso con nessun'altra in quei tre anni. Malgrado fosse molto attraente e corteggiato, non era un dongiovanni, non era dedito alle scappatelle di poco conto.

Ormai stavo imparando a conoscerlo.

«Mi dici a che pensi? È da tre giorni che hai la testa altrove.» Juliette era seduta accanto a me, distesa comodamente su un telo azzurro a prendere il sole, mentre io cercavo di abbozzare il testo di una canzone con scarsi risultati.

«Niente di che. Non riesco a scrivere», le confessai nonostante stringessi tra le dita la stilografica che mi era stata regalata dal nostro psichiatra e che avrebbe dovuto aiutarmi a sbloccare le emozioni. Quel lunedì mattina c'erano circa trentadue gradi, perciò avevo chiesto alla piagnucolona di raggiungermi in giardino nella speranza che trascorrere del tempo in sua compagnia potesse servirmi a scacciar via il mio malumore.

Perché ero così nervosa?

Non riuscivo a dormire né a smettere di figurarmi nella mente la scena di Efrem intento a spingere i fianchi contro la bocca della bella Giselle. Il suo autocontrollo letale, la freddezza dei gesti e l'arroganza della sua voce mi facevano ancora contorcere lo stomaco in una dolorosa morsa di…

Gelosia?

Io ero davvero gelosa di quell'uomo?

O solo invidiosa della donna a cui aveva concesso se stesso?

Scoppiai quasi a ridere per l'assurdità dei miei ragionamenti.

Era tutto ridicolo.

Lo ero io e la situazione nella quale mi ero cacciata come la peggiore delle incoscienti.

Juliette temeva che potessi innamorarmi del dottor Krugher, io invece ero sicura che non sarebbe mai successo, eppure la strana sensazione che da giorni mi pungolava il petto e mi costringeva a star sveglia la notte sembrava il chiaro sentore di qualcos'altro: qualcosa di molto pericoloso, qualcosa che avrebbe potuto ferirmi se non l'avessi debellato sul nascere. Che Efrem mi piacesse non era un mistero, come non lo era la forte attrazione che c'era tra noi, tuttavia non potevo permettermi di provare sentimenti per lui né di esserne gelosa o di avanzare pretese da fidanzata.

Prima di me c'era la moglie e, purtroppo, anche un'altra amante.

«Non so che mi prende.» Ero sul punto di lanciare la penna e gli appunti nel laghetto lì vicino. Mi infastidivano i raggi solari che picchiavano sulla pelle, mi infastidiva la lieve patina di sudore che aveva cominciato a inumidirmi la fronte, mi infastidivano i gorgheggi delle ghiandaie, le leggere folate di vento che, crepitando tra le fronde degli alberi, provocavano l'insistente fruscio delle foglie.

Mi infastidiva tutto ciò che mi circondava, tutto ciò che mi affollava i pensieri, tutto ciò che mi teneva in gabbia e mi impediva di vivere.

«Se non mi parli di cos'è successo non posso aiutarti.» Juliette si portò alle labbra il frullato che il dottor Nørgård le aveva inserito nel piano alimentare tra un pasto e l'altro. La ragazzina aveva perso altri due chili nell'ultimo mese, perciò il dietologo aveva ritenuto necessario modificare la sua alimentazione, aggiungendo bevande ricche di vitamina D utile a ostacolare il processo di decalcificazione ossea, una delle conseguenze peggiori per i pazienti affetti da anoressia tipica.

«Che vuoi che ti dica?» In realtà avrei dovuto raccontarle di ciò che era accaduto con Mitchell, l'uomo del quale si era invaghita, ma continuavo a rimandare per paura di ferirla.

«Non saprei.» Juliette giocherellava con la cannuccia, reggendo con entrambe le mani il bicchiere alto. «Per esempio come si è comportato il dottor Krugher, cosa avete fatto venerdì sera.» Pervasa dalla curiosità, sbatté le ciglia folte e mi sorrise, sfoggiando le due tenere fossette sulle guance.

«Mi ha portata all'*Himeros*, una sorta di resort erotico. E c'era anche Mitchell con noi. Mi hanno mostrato una parte dell'ambiente chiamato *Antéros*, i clienti che lo frequentano e...» Insomma, non potevo dirle che tipo di posto era, perciò fui abbastanza vaga. «Alla fine lui mi ha baciata», confessai d'un fiato. Non le avevo detto le cose che avevamo condiviso in precedenza, non sapeva della sculacciata, del modo in cui mi aveva toccata nella stanza del resort al nostro primo appuntamento né di ciò che aveva fatto qualche giorno dopo, quando lo avevo raggiunto nello studio dell'ala ovest e mi aveva capovolta sulle sue ginocchia per accarezzarmi in punti che nessun altro aveva mai sfiorato. Conosceva solo l'intesa fisica che era nata tra noi, pertanto sentii il bisogno di parlarle del bacio come se fossimo due semplici ragazzine a scuola che, durante l'intervallo tra una lezione e l'altra, si dedicano futilmente alle questioni amorose.

«Lui?» Juliette trasalì e per poco non si versò il frullato sull'abitino bianco. «Lui chi? L'avvocato Ryke?» Dal modo in cui sgranò le palpebre e impallidì compresi che aveva frainteso.

«Efrem», specificai; il suo nome mi avvolse la lingua come seta infuocata.

«Oh.» Tirò un sospiro di sollievo anche se cercò di non darlo a vedere. «Quindi il dottor Krugher ti ha baciata?» Non ne era sorpresa, ma piuttosto interessata a capire cosa avesse spinto il nostro medico ad abbattere le barriere che, per tutto il tempo, aveva tentato di erigere per tenermi lontana. Ricordava anche lei che per le prime settimane non aveva fatto altro che respingermi, nominarmi la moglie, Joël e ripetermi che non avrebbe potuto ignorare le sue responsabilità, i suoi *vincoli*.

«Esatto.» Mi schiarii la voce che, stranamente, uscì tremula e incerta. *Che cavolo, ci mancava solo che arrossissi come una bambina!*

Juliette ridacchiò melliflua, addentando l'estremità della cannuccia. «Stai arrossendo.»

«Macché», bofonchiai a disagio. Avevo il cuore che sbatteva tra le pareti dello stomaco come un fringuello in gabbia e il petto accaldato. «È colpa del sole.»

La ragazzina non ci credette, perciò continuò a prendermi in giro per vendicarsi di tutte le volte in cui avevo fatto lo stesso con lei e Mitchell. «Io non direi.»

«La smetti, piagnucolona?» la rimproverai, asciugando con il dorso della mano qualche goccia di sudore dalla tempia. Di sicuro le strane sensazioni che mi scorrevano addosso, e soprattutto *dentro*, da qualche parte tra le falle dell'anima, non dipendevano da Efrem. Feci di tutto per convincermene. «Si è trattato solo di un bacio.»

Il più intenso e spietato che avessi mai ricevuto.

L'unico che era riuscito a stritolarmi la pancia, a spegnere la mia razionalità, a trafugare ogni paura.

Un bacio che mi aveva consumata e calmata.

Uccisa e ridonata alla vita.

Un bacio che sapeva di un sogno riflesso nella realtà.

Di un segreto che mi era stato inciso sulle labbra: «Ti voglio, bambina».

«E com'è stato?» continuò, sempre più curiosa.

Ci pensai qualche istante; quell'insolito calore corse lungo la schiena e le braccia, salì fino al collo ed esplose sugli zigomi. «Diverso.» Temevo davvero di essere arrossita.

Diamine.

Cosa mi stava succedendo?

Juliette mi sorrise, consapevole più di me del sentimento che stavo cercando in tutti i modi di seppellire più a fondo possibile. «Ti stai innamorando.»

«Figurati!» Cacciai via quell'assurda possibilità, spingendola ancora più giù per ricoprirla di sabbia, polvere, cenere e menzogne. «L'amore non fa per me.» Continuavo a dirlo, continuavo a credere che l'amore fosse un maledetto Cupido ostile e capriccioso, un bambino che scoccava frecce nella direzione sbagliata e si divertiva a legare con un filo di perle persone che non erano destinate a stare insieme.

«Non sei tu a decidere.» Juliette dirottò lo sguardo altrove, smarrendosi nell'edera del giardino. «È l'amore che sceglie. E a quanto pare...»

«Smettila!» La fermai prima che potesse terminare. Non volevo farmi influenzare dal suo romanticismo illusorio. «Tra qualche mese io andrò via, lui è sposato e...» *E continuerà a divertirsi con Giselle*, ma questo preferii non dirlo.

Juliette scosse il capo; con la sua innata dolcezza tentò di prendere tra le mani la verità che mi ostinavo a rifiutare per porgermela sotto il naso con un pizzico di speranza. «L'amore non conosce ostacoli, non ammette giudizi. Non discrimina e non condanna nessuno. Se ha scelto te e ha scelto lui è perché questa storia, questa relazione, era già scritta nel vostro destino. Qualsiasi sia il finale.»

D'un tratto la mente virò indietro, a dieci anni prima, a quando incontrai un ragazzo più grande di me nel parco di West Hollywood. Era seduto su una panchina, con la gamba accavallata, i capelli corvini e lucenti come inchiostro nero su una pergamena, un paio di lenti scure a celarne gli occhi, ma non le fattezze nobili, quei lineamenti delicati e virili, intarsiati su un volto definito, armonico, talmente perfetto da sembrare surreale: una divinità dipinta su una tela bianca, crivellata di ombre e tenebre.

Lo rammentavo vagamente, come un sogno fumoso, sbiadito, del quale dopo tanto tempo sentivo ancora il fuoco sottopelle.

«Dovresti credere un po' meno alle favole, sai?» Tornai al presente, scacciando dalla testa quell'assurdo incontro con l'affascinante sconosciuto. «E pensare alla realtà.»

«Io penso alla realtà», si impuntò Juliette, con una nota di fastidio nella vocina soffice. «Ma credo anche che il vero insuccesso di una persona sia scappare da ciò che la vita ha di bello da offrirle per paura di soffrire.»

Riflettei sulla sua considerazione.

Aveva ragione: scappare da qualcosa di bello era una scelta vile, una scelta che mi avrebbe portata a rimpiangere per sempre la mia incapacità di gestire il malessere che mi imprigionava; tuttavia, come avrei potuto godermi la vita se essa stessa mi sembrava tormentosa e ingiusta?

«Da quando sei così saggia?» Sfiorai col pollice le iniziali E.K. incise sulla raffinata stilografica. Un regalo di Efrem che portavo sempre con me; il primo che mi aveva donato.

«C'è un lato positivo in tutto ciò che viviamo, Thea, bisogna solo imparare a coglierlo.» Juliette mi sorrise sprizzando nell'aria tutto il suo entusiasmo.

La guardai di sbieco: bella come una rosa bianca, fragile come un cristallo. Era come una piccola creatura che si portava dentro un cumulo di dolori con la forza di chi non avrebbe mai mollato.

Mi ritrovai a fissarla con sincera ammirazione. «Vorrei tanto avere il tuo stesso ottimismo.»

Juliette arrossì, spostandosi la lunga coda su una spalla per accarezzarne le punte. «Forse è per questo che siamo compagne di stanza. Il destino ci ha scelte», affermò con eccessiva tenerezza.

Sbuffai annoiata, facendola ridacchiare. «Piantala con questa teoria del destino. Siamo nella stessa camera perché tu...» rimarcai il *tu* seccata, «...hai voluto condividerla con me.»

«Be', oggi mi rendo conto di aver preso la decisione migliore.» Annuì tra sé, felice di aver fatto la mia conoscenza e determinata ad approfondirla. «D'altronde, Thea, sii onesta, hai bisogno di un'amica come me.» Si posò la mano sul petto, con un atteggiamento teatrale involontariamente buffo, e io la fissai a palpebre socchiuse, pensierosa.

Di sicuro, se avessi condiviso la stanza con una ragazza troppo simile a me, non avremmo mai potuto conversare con tanta leggerezza. Il rapporto con Juliette, di qualsiasi natura fosse, funzionava proprio perché eravamo diverse: lei riusciva a capirmi, a darmi consigli, ad ascoltarmi e a starmi accanto senza giudicare la mia personalità spesso scostante, lunatica, scorbutica e ostile a qualunque forma di affetto e condivisione. Riusciva ad accettarmi, malgrado fossi del tutto imperfetta e problematica.

Probabilmente con nessun'altra sarei stata capace di instaurare la stessa complicità.

Stavo per ribadirle il concetto che non eravamo amiche, solo per accertarmi che non si legasse a me, ma tacqui quando notai che la sua attenzione era rivolta altrove. Ne seguii la direzione e vidi la persona, o meglio l'uomo, che l'aveva totalmente folgorata.

Mitchell Ryke stava passeggiando dinanzi al grande Teìchos, sotto i cestini di vimini che oscillavano a ogni piccolo alito di vento. Reggeva con una mano il cellulare, intento a parlare con qualcuno di questioni che, dalla sua espressione concentrata, parevano abbastanza serie, mentre l'altra era affondata nella tasca dei pantaloni eleganti. La camicia chiara scivolava lungo la schiena poderosa definendo le spalle larghe; le braghe invece delineavano un paio di glutei atletici che, per un istante, anche la piccola Juliette occhieggiò ammaliata.

«Ogni volta che vedi il tuo avvocato ti ammutolisci, eh?» Le diedi una gomitata al costato e lei sobbalzò.

«Thea», mormorò imbarazzata. Con gesti nervosi si sistemò l'orlo dell'abito coprendosi le ginocchia e cominciò a mordicchiarsi il labbro inferiore, dando sfogo a un'improvvisa agitazione.

«Per me dovresti dichiararti. Ti ho già detto che ti ha notata», le sussurrai all'orecchio, nonostante Mitchell fosse così lontano da non poterci sentire. Non lo vedevo dalla sera in cui lui ed Efrem mi avevano condotta all'*Antéros* e io avevo assecondato le sue avances soltanto per provocare l'amico.

Mi incupii al ricordo dei nostri corpi febbricitanti, coinvolti in movenze languide e sfregamenti audaci; una strana sensazione di disagio mi gravò addosso, facendomi sentire sbagliata, scorretta, meschina.

Juliette non meritava che le mentissi, tantomeno che le omettessi un dettaglio così importante.

Schiusi la bocca, pronta a confessarle tutto, ma la tristezza che le calò sul viso mi indusse a bloccarmi. Lei abbassò il capo, lasciando emergere le sue insicurezze. «Non sono il tipo di ragazza che potrebbe interessare a un uomo del genere. L'avvocato Ryke non è solo attraente, ha anche un lavoro importante, un bagaglio di esperienze con il quale non posso competere. E poi, chissà...» sospirò rassegnata, stringendo con forza il suo frullato come se fosse un appiglio al quale aggrapparsi per non crollare. «Potrebbe essere impegnato o...»

«Non è impegnato», affermai brusca. Juliette si voltò a guardarmi, chiedendosi come facessi a esserne così certa. Colsi la sua domanda inespressa e proseguii. «Lo so perché quando l'ultima volta abbiamo trascorso la serata insieme all'*Himeros*...» Mi fermai, pensando a come farle comprendere il tipo di relazione che Mitchell stabiliva con Giselle e con le donne in generale senza turbarla troppo, «...dai suoi atteggiamenti ho capito che è libero.»

Juliette corrugò la fronte, poi tornò a osservare l'avvocato, distante qualche metro da noi, il portamento deciso, i capelli biondi che rilucevano sotto il bagliore del sole e quei due frammenti del cielo incastonati nelle iridi. «Ha fatto qualcosa in particolare?»

«Come?» Chiusi il quadernetto sul quale stavo appuntando la mia canzone e infilai la penna tra le pagine intonse.

«Con te», specificò Julie, angosciata. «Ha fatto qualcosa in particolare?»

Quando incastrò i suoi occhi nei miei, ci lessi dentro tutta la speranza di ricevere una risposta negativa. Le piaceva Mitchell, le piaceva più di quanto immaginassi e il pensiero che io avessi potuto instaurare con lui un rapporto diverso da una genuina amicizia sembrava logorarla dentro.

«Non c'è stato niente», mi affrettai a chiarire. «Mi ha solo aiutata a sedurre Efrem per vedere una sua reazione. Tutto qui.» Preferii usare il termine *sedurre*, dato che descriverle nel dettaglio fin dove arrivasse la malizia di Mitchell le avrebbe causato una preoccupazione inutile. Io non ero interessata a lui e, anche se lo fossi stata, avrei messo al primo posto lei pur di non farle del male, pur di non deluderla. Non capivo perché mi importasse tanto di ricevere la sua stima o fiducia, non la consideravo un'amica, eppure l'ultima cosa al mondo che avrei mai desiderato era di spezzarle il cuore, di impedirle di viversi il sentimento nascosto che nutriva per lui da chissà quanto. Juliette era in terapia da molto prima di me, perciò sospettavo che la sua cotta per Mitchell fosse cresciuta col tempo fino a fiorire in una struggente ossessione che sfociava spesso nella confusione o nella gelosia.

«Sedurre in che senso?» Tracciò con la punta dell'indice il bordo del bicchiere alto. Aveva smesso di guardarmi come se temesse di scorgere sul mio volto una confessione scomoda. «Mi hai detto che non ti ha baciata.»

«No, infatti», ripetei con un sorriso rassicurante. «A me piace Efrem, Julie.» Le misi una mano sulla spalla per cercare di trasmetterle tutta la mia sincerità. Non avevo alcun dubbio a riguardo. «Mitchell ha persino assistito al nostro bacio. Anzi, forse quel bacio è avvenuto grazie a lui.» Ragionai su quanto la sua presenza, quella sera, fosse stata d'aiuto a smuovere Efrem e a corrompere il suo autocontrollo. Da sola non ce l'avrei fatta a capire quali punti deboli toccare per spingerlo a lasciarsi andare. «Ha sempre saputo che io ero interessata al suo amico. Credo sia stato il primo a notarlo.»

«Io sono stata la prima a notarlo.» Finalmente sollevò il capo nella mia direzione e il logorio che, per un momento, le aveva spento quel dolce brillio negli occhi parve svanire.

«Diciamo che l'avete notato insieme», l'assecondai sollevata, prima di rattristarmi di nuovo, di lasciarmi risucchiare dai rovelli che, ormai da giorni, non mi davano pace. Le parole che Efrem aveva rivolto a Giselle sul nostro bacio cominciarono a ronzarmi nella testa, ricordandomi il modo in cui aveva giustificato il suo gesto impetuoso e passionale: *«Dorothea è intelligente, ma molto giovane e istintiva. Dovevo fare qualcosa per sottrarla a Jordan o lui non avrebbe smesso di starle addosso. Sai che i semplici 'no' o 'basta', nel linguaggio dei sadici, rappresentano un gioco e risultano insufficienti a scoraggiarli dall'ottenere ciò che vogliono».*

«Cosa c'è, Thea?» Juliette si allarmò quando mi persi a fissare l'intruglio del suo frullato, a palpebre immobili, inchiodata su me stessa. Sembrava che avessi smesso di respirare, accovacciata in un angolo, di fronte al muro delle mie paranoie. Avevo già sofferto abbastanza da bambina e, dopo la morte della mamma, quella sofferenza era aumentata, mi torturava, mi corrodeva, mi consumava la carne, mi sgretolava le ossa e mi contaminava l'anima. Crearmi castelli in aria, fantasticare su un amore che non avrei vissuto, dare a un semplice bacio un'importanza maggiore di quella che Efrem gli aveva attribuito non avrebbe fatto altro che peggiorare le cose.

Rinvenni scuotendo il capo e sbattei le ciglia. «Nulla. Nulla di che», farfugliai con un filo di voce.

Juliette mi fissò dubbiosa, non del tutto convinta delle mie parole. «Sicura?»

«Sicura.» Non era il caso di dirle in che situazione avevo sorpreso Efrem e Giselle né cosa Ben mi aveva rivelato su Joël. Dentro la clinica nessuno era informato della vendetta che un paziente stava covando nei confronti del dottor Krugher né dei motivi per i quali lo odiava a morte.

O forse mi sbagliavo?

Forse il dottor Markus ne era al corrente? E Mitchell?

Smisi di pensare quando un'ombra gigantesca inghiottì improvvisamente sia me che Juliette.

Entrambe sedute sul telo azzurro l'una accanto all'altra, come due farfalle posate su uno stelo d'erba, alzammo la testa verso l'uomo che, in quel momento, ci stava osservando con un sorrisetto arguto. I raggi del sole crearono un'aura dorata attorno a lui mentre una leggera sferzata di profumo esotico ci accarezzò i sensi. Con un aggraziato movimento del capo, Mitchell abbassò il mento su di noi mentre si infilava il cellulare in tasca con movimenti sicuri.

«Ciao, Thea.» Mi salutò per prima, come se non fosse successo niente all'*Himeros*, come se fossi un'ospite delle tante. Eppure, sapeva... sapeva ciò che era accaduto con Efrem, ma riusciva perfettamente a fingere, a relegare quel segreto in una dimensione lontana, comportandosi con invidiabile naturalezza. Ricambiai gentilmente, prima che lui spostasse lo sguardo sulla ragazza al mio fianco. «Juliette», enunciò con un timbro basso, vellutato, lasciando scorrere gli occhi sul suo corpicino esile avvolto da un abito bianco con un fiocchetto che le chiudeva la scollatura. Juliette perse le parole, deglutì a vuoto e non si mosse neanche quando le scivolò una spallina a causa della magrezza. Mitchell seguì il lento cedimento di quella striscetta di stoffa come pervaso dal desiderio di sistemargliela per poterle toccare la pelle candida, anche solo per un istante.

«C-ciao, cioè... salve, avvocato Ryke», balbettò la ragazzina, ostinandosi a rivolgersi a lui in maniera del tutto formale. Lo considerava troppo adulto, inarrivabile, una figura rispettabile che incuteva timore, tuttavia, se lo avesse conosciuto al di fuori delle mura dell'Asklepios, avrebbe compreso quanto fosse socievole, ironico e spiritoso. Un animale che, se trattato nel modo giusto, non mordeva.

«Che fate qui fuori?» Mitchell guardava solo lei, affascinato dal suo aspetto da bambina, dalle gote arrossate, dalla boccuccia sporgente in un perenne broncio, dagli occhi allungati che sembravano ancor più a mandorla con la coda alta e tirata dall'elastico colorato. Juliette non emise un solo fiato; strinse il frullato tra le dita, tremando d'agitazione, perciò intervenni in suo aiuto.

«Niente, parlavamo.» Attirai l'attenzione di Mitchell il cui magnetismo, a volte, metteva a disagio anche me, sebbene non fosse intimidatorio quanto Efrem.

«Esatto», mi diede manforte Juliette, riprendendosi dal momentaneo stato di trance. Lo fissò da sotto le sopracciglia, tenendo il capo basso e lo sguardo su di lui, incapace di staccarsene. Non poteva fare a meno di ammirare così da vicino l'uomo che, in gran segreto, aspettava sul parapetto del balcone ogni giorno.

Alle undici in punto.

«E tu?» Ancora una volta, Mitchell fu ammaliato da lei e dal suo candore giovanile. «Disegnavi?» Le indicò con un cenno della testa il diario rosa con la stampa di un tulipano bianco posato accanto alla sua coscia. Spesso Juliette lo usava il mercoledì per la giornata del Tèichos, ma ultimamente non usciva dalla camera senza portarlo con sé. Diceva che le serviva per appuntare idee o pensieri che le crepitavano nella mente nei momenti più impensabili e che annotava per non dimenticarsene.

«Oh, ehm… no.» Prese il diario tra le mani e lo accarezzò come se fosse un oggetto sacro del quale nessuno poteva leggere il contenuto. La sua tenerezza, spontanea e femminile, intrigò oltremodo Mitch; un cacciatore che aveva adocchiato una succulenta preda e che si muoveva cauto per non spaventarla. «Qui ci scrivo delle poesie.»

«'Poesie'.» L'avvocato si rigirò sulla lingua quelle sei misere lettere, imbastendole di una carica erotica che la piccola Juliette non poté comprendere, ma che a me fece rabbrividire dalle punte delle orecchie fino a quelle dei piedi. «Un giorno mi piacerebbe leggerle.»

Juliette sgranò le palpebre e sollevò di scatto la testa, sbalordita. «Le piacerebbe leggerle?» Riformulò lentamente quella proposta inaspettata.

Lui sfoggiò il suo miglior ghigno da peccatore, per niente disposto a negare o a ritrattare. «Sì. Mi piacerebbe scoprire cosa scrivi, cosa crei, cosa ha da raccontare una ragazza così…» Si fermò qualche secondo, soffermandosi sulle sue labbra carnose, sul nasino delicato e infine sulle iridi particolari, espressive, di un caldo nocciola che rievocava la pacatezza dell'autunno. «Così giovane.»

Juliette inclinò la testa di lato e socchiuse un occhio colpita da un raggio di sole, poi tentò di ripararsi mettendosi una mano sulla fronte. «Oh no, avvocato Ryke. Sono solo dei pensieri disordinati, senza alcun senso. Non le farei mai perdere tempo inutilmente», ribatté con la sua solita timidezza. Juliette era una ragazzina insicura che, come me, non riusciva a vedersi come invece la vedevano gli altri: una persona buona, capace di indossare la sensualità senza mai risultare volgare, di approcciarsi al prossimo baciandone il cuore e di accarezzarne le ferite con umiltà e gentilezza.

Mitchell si incantò sul suo sorriso brioso, sulle fossette che le bucavano le guance rendendola dolcemente attraente. «Ho il vago presentimento che il tempo in tua compagnia non sarebbe perso ma *piacevole*.»

A quel punto mi schiarii la voce, temendo che Juliette svenisse da un momento all'altro. Mitchell aveva dedotto che lei non era come Giselle o come le varie donne che abbordava, eppure sembrava piacergli proprio per questo motivo. Juliette era troppo ingenua per capire dove stavano virando i suoi pensieri o per intuire come impegnava davvero il suo tempo per renderlo *piacevole*. Ma io lo conoscevo, sapevo come si intratteneva con le sue conquiste. In passato avevo origliato una conversazione privata tra lui ed Efrem, nella quale Mitchell aveva nominato una certa Vanessa, parlando delle pratiche che avevano condiviso a letto. Pratiche che con Juliette non avrebbe mai dovuto pensare di mettere in atto.

Cavolo... la piagnucolona non era il tipo di ragazza sulla quale proiettare le sue subdole fantasie sessuali.

Un insolito istinto di protezione mi spinse a reagire e ad alzarmi in piedi.

«Forse è meglio se noi rientriamo.» Mi piegai per raccogliere il quadernetto con la stilografica sotto lo sguardo attento di Mitchell. Aveva compreso che qualcosa mi aveva allarmata e ne fu infastidito.

«Che succede, Thea?» Juliette invece sbatté le palpebre, restando seduta, estranea a tutto.

«Come mai sei nervosa, oggi?» Mitchell mi irrise con uno strano lampo di sfida che non ebbi timore di ricambiare.

«Siete uguali», sentenziai con una collera che non avevo ancora sfogato verso il diretto interessato e che iniziai a riversare sul malcapitato del suo amico. «Due manipolatori in giacca e cravatta.»

«Oh, capisco.» Mitchell scosse il capo, intuendo il motivo della mia irritazione. «Sei arrabbiata con *lui*?»

«So tutta la verità.» Strinsi il bloc-notes contro il petto, trovando la forza di fronteggiarlo. Non mi importava che Juliette ci stesse sentendo; senza conoscere i fatti non avrebbe potuto dare alcun significato logico al nostro discorso.

Lui corrugò la fronte, perplesso. «Quale verità?»

«Joël.» Fu sufficiente nominare il bambino per vedere la sua espressione cambiare. Una scintilla di consapevolezza lo indusse ad arretrare di qualche passo come a discolparsi di qualunque cosa avessi scoperto.

«Non spetta a me parlartene. Va' da lui se cerchi delle risposte.»

Sollevai la testa per guardare una delle tante finestre coperte dal pesante tendaggio scuro, una barriera dietro la quale Efrem tutelava l'eccessiva sensibilità dei suoi meravigliosi occhi. Di sicuro quel lunedì mattina era in clinica e io avrei potuto finalmente affrontarlo per gettargli addosso tutta la mia delusione.

«Sì», sussurrai decisa. «Sarà ciò che farò.»

2
Thea

Se non ricordi che Amore
t'abbia mai fatto commettere la più piccola follia,
allora non hai amato.
William Shakespeare

Come al solito i miei programmi erano stati del tutto ribaltati.

Per un momento avevo completamente dimenticato che l'Asklepios era una clinica altamente sorvegliata, con un rigido regolamento da rispettare, e nella quale gli ospiti non potevano godere di troppa libertà.

Il dottor Nørgård mi aveva beccata a gironzolare per i corridoi mentre cercavo di scovare Efrem in una delle sale. Colta con le mani nel sacco come una bambina indisponente, lo avevo guardato compassionevole, cercando da qualche parte dentro di lui uno zampillo di clemenza, tuttavia il dietologo non si era lasciato ingannare e poco dopo mi aveva invitata a seguirlo nel suo studio per il controllo routinario.

Per fortuna il mio peso non era diminuito, segno che il piano alimentare stava dando i primi risultati positivi. Il medico, sorpreso da quel piccolo progresso, mi aveva rivolto varie domande su come stessi affrontando tutti gli ostacoli che la mente mi poneva davanti nel momento in cui dovevo ingerire del cibo. Gli avevo confessato che la tabella pianificata mi aiutava a gestire l'ansia, giacché creava in me un'illusione di controllo: l'ordine dei pasti, le quantità moderate mi permettevano di non cadere in quella voragine di autocritica e rigetto che mi provocava delle turbolente crisi emotive. Non ero ancora guarita, ma per la prima volta mi mostrai collaborativa nel percorso di ripresa. Contento della mia buona predisposizione ad ascoltarlo, Nørgård aveva chiesto alla dottoressa Ruiz di raggiungerci. In quanto psicologa e psicoterapeuta della clinica, lei aveva il compito di aiutarmi ad affrontare le maggiori restrizioni psicologiche che mi inducevano a evitare alcuni alimenti, a ridurne le porzioni, a leggere le etichette nutrizionali per conoscerne l'apporto calorico, e soprattutto a controllare le pericolose regole dietetiche che mi autoimponevo. Entrambi convennero che era giunto il momento di inserire nell'alimentazione i cosiddetti cibi fobici, ovvero tutti gli alimenti che, nella fase di ingestione, innescavano in me una paura incontrollata e spesso irrazionale.

Non fui entusiasta di quell'iniziativa, ma sapevo che il mio cammino prevedeva ancora tante sfide da superare.

La vecchia e la nuova Thea erano costantemente in guerra, acerrime rivali, e piano piano sarebbero arrivate alla resa dei conti, al fatidico *momento decisivo* nel quale una delle due avrebbe dovuto cacciar via l'altra.

Chi avrebbe vinto?

Cosa ne sarebbe stato di me?

L'équipe medica stava cercando di accompagnarmi in quel viaggio difficile e disperato, stava cercando di salvarmi da morte certa, dall'esilio perpetuo a cui avrei condannato la mia anima se nonna Lizzie e Victor non mi avessero spinta a rivolgermi a una clinica specializzata.

Mi era stata concessa una possibilità che per le prime settimane avevo sprecato. D'altronde non avrei mai potuto arginare del tutto il mio istinto, quel senso di ribellione che continuava ad avvitarsi dentro di me come un bullone arrugginito, ma alcuni giorni una piccola speranza si riaccendeva nei meandri del mio cuore, dandomi la forza di combattere.

Combattere per farcela.

Per uscire da quel vortice di autodistruzione e tornare a vivere.

Tornare alla vita che conducevo prima.

Una volta terminato il colloquio con entrambi i medici, ripresi la mia assidua ricerca del dottor Krugher. Non era facile trovarlo senza sapere dove fosse o cosa stesse facendo, considerando anche la grandezza della struttura, tuttavia fui fortunata quando percepii la melodia di un pianoforte diffondersi nel corridoio che stavo percorrendo.

Come incantata, ne seguii il suono soave che mi brulicò sulla pelle facendola increspare.

Immaginai subito che si trattasse di Efrem, poiché spesso suonava quando aveva bisogno di concedersi una fugace pausa dai pazienti; per giunta era l'unico che riusciva a provocare in me quei brividi incessanti, uno strano connubio di paura e confusione nella testa, un allarme perforante che si infilava sotto i vestiti fino a pietrificarmi le ossa. Cominciarono a sudarmi i palmi, così come la schiena e qualsiasi parte del corpo esposta dal top e dai pantaloncini estivi. I miei passi rimbombarono debolmente sul pavimento lucido, finché giunsi dinanzi alla porta della sala ricreativa e mi fermai.

Con una mano appoggiata allo stipite, mi persi ad ammirare l'enorme pianoforte a coda che troneggiava nel mezzo, al di là del divano angolare, come un monumento talmente solenne da mozzare il respiro. Altrettanto mozzafiato era colui che sedeva al suo cospetto e che con eleganza muoveva le dita da un lato all'altro, intonando degli accordi precisi, incalzanti e malinconici. I polpastrelli pigiavano sinuosamente i tasti bianchi e neri e cambiavano intensità con maestria. La tonalità di base era dolce, quasi sentimentale, ma a tratti, con una celerità improvvisa, virava a degli incisi più elevati, passionali e dominanti con i quali Efrem dettava all'elegia un ritmo drammatico, carico di tormento. Luce e tenebre, genio e follia, un contrasto che sembrava spezzare la sua anima e imprimersi anche nella musica. Trasalii quando avvertii il modo in cui le note catturarono l'aria, crivellarono le pareti e scivolarono come gocce di rugiada sul mobilio classico. La sinfonia raggiunse anche me e mi imprigionò in quell'ondulare di semicrome placido e violento, romantico e carnale, come se Efrem stesse toccando il mio corpo, intenzionato a portare al culmine il lirismo di quel meraviglioso componimento e con esso anche me.

La tensione erotica che si creò fu proprio quella di due amanti: sembrava che lui si fosse accorto della mia presenza e che stesse facendo l'amore con il pianoforte come se avesse tra le mani la *sua bambina*.

Inconsciamente emisi un gemito sommesso e ritrassi l'addome, stringendo le cosce.

Sebbene fosse di profilo, riuscii a scorgere un sorrisetto appena accennato sul suo bellissimo volto, così enigmatico da farmi accelerare i battiti del cuore.

Aveva davvero percepito il mio piccolo ansito?

Allora compresi.

Compresi le sue intenzioni.

Efrem era consapevole del suo fascino ipnotico, della sua capacità seduttiva e di certo sapeva come sfruttarli per stordire le donne, figurarsi una ragazzina con meno esperienza.

«Tutto bene, Dorothea?» modulò leggero quando smise di suonare. Le spalle gli si rilassarono tendendo meno la camicia bianca che le avvolgeva con raffinatezza. Lanciò un'occhiata nella mia direzione, girando appena la testa, e io ebbi timore di smarrirmi nelle sue iridi penetranti. Persino a quella distanza potei ammirarne il luccichio sagace. C'era qualcosa di diverso in lui; non riuscivo più a vederlo come il dottor Krugher che avevo conosciuto settimane prima, ma come un uomo dall'indole selvaggia e illusionista incorniciata da sottili lamine d'oro che ne occultavano la pericolosità apposta per ingannare.

Lasciai andare lo stipite, chiusi la porta e avanzai di poco, stringendomi in me stessa. Ogni nervo si tese sotto il suo sguardo insidioso e non potei far nulla per nascondergli il mio turbamento. «Solo tu sei in grado di far apparire così licenzioso il *Notturno* di Chopin.»

«Davvero?» Finse di esserne sorpreso, tuttavia una scintilla disonesta lo smentì. «E per quale ragione?»

Pur essendo seduto, riusciva comunque a imperare nella sala con la sua aura diabolica come un Diavolo che se ne stava pacato sul ciglio infernale a tormentare le sue vittime, pronto a condurle verso il peccato. Era il principe dell'immoralità, della depravazione più sfrenata, pertanto sperai che non si alzasse altrimenti avrebbe incrinato quel briciolo di sicurezza che stavo cercando di mostrare.

«Per come muovi le dita.» Mi espressi senza alcun doppio senso anche se, per i nostri trascorsi, avrebbe potuto fraintendermi.

«Ah sì?» replicò infatti, con una punta di divertimento, pensando a ciò che avevamo condiviso nella stanza dell'*Himeros* e al modo in cui era riuscito a domarmi su quel letto. «E come le muovo... le dita?» La sua provocazione intrise l'aria; un tremito mi scosse il ventre, mi sprimacciò lo stomaco e scese più giù, oltre gli shorts, a violarmi nel profondo.

«Con malizia.» Sentii le gambe vacillare e il respiro divenire più intenso, quasi ansante.

Efrem mi squadrò lentamente, dall'alto al basso, senza farsi alcun problema nel fissare la lieve striscia scoperta dell'addome o i seni tondeggianti che puntellavano il tessuto del top. «La malizia è negli occhi di chi guarda, piccola Dorie.» Usò un tono volutamente ammaliatore, conscio dell'effetto letale che sortiva su di me, poi tornò a osservarmi in viso. «La musica, esattamente come la nudità, è pura arte. Non cela nulla di indegno.»

«Sei così bravo con le parole», commentai indispettita, cercando di non farmi irretire.

Lui intuì che ero infastidita, ma non ne fu scalfito. «Ti ho dimostrato che so esserlo anche con i fatti.»

Mi sentivo bruciare sotto il suo sguardo crudo e seduttivo; non trasmetteva nulla di benevolo, soltanto il rude compiacimento di avermi in pugno, di avermi stregata con un solo bacio e di possedere la mia volontà come se fosse il dono più prezioso che qualcuno gli avesse mai concesso.

«Sì, soprattutto quando 'i fatti' nascondono menzogne.» Seppur piccola e indifesa rispetto a lui, tirai fuori tutta la mia grinta. Era arrivato il momento di capire i suoi comportamenti e di dar loro una spiegazione.

Efrem inclinò la testa, più serio e interessato. «A quali menzogne ti riferisci?»

«So tutto di Joël», confessai senza mezzi termini; non sarebbe servito a nulla girarci attorno. Doveva sapere. «Non è tuo figlio. E tu mi hai fatto credere che lo fosse.»

Efrem parve tutt'altro che spiazzato. Era tranquillo, rilassato, a dir poco sollevato. Lo studiai meglio, accigliata: i tratti virili, così armonici nella loro durezza, non tradirono alcuna emozione sebbene delle ombre spregiudicate esaltassero un'astuzia intimorente. «Ti ho mai detto che Joël è mio figlio?»

«No.» Avanzai ancora, con le braccia incrociate al petto per schermarmi da lui e dalla sua freddezza. «Ma mi hai fatto credere di sì.»

«Dorothea, io non ho nessun dovere di parlarti della mia vita privata e tu non hai diritto di pretendere alcunché in merito», rispose pacatamente, nonostante le sue parole fossero state più taglienti di un coltello e io le avessi avvertite addosso, a recidermi la pelle con violenza. «'Mentire' significa alterare la realtà o affermare il falso, io invece ti ho permesso di interpretare liberamente le mie dichiarazioni.»

«Con la consapevolezza che le avrei interpretate male», lo rimbeccai, sempre più ostinata. «Non provare a raggirarmi. Non sono stupida.»

Lui mi sorrise, intenerito dal modo in cui stavo cercando di farmi valere, di prevaricare, di incastrarlo e metterlo in difficoltà, ma Efrem era un uomo scaltro, intelligente, esperto. Impossibile da annientare. «Non ho mai pensato che tu lo fossi, bambina.»

Tentai di nascondere i tremiti che mi scossero al suono di quel vezzeggiativo; lo pronunciò con una forza talmente dominante che, per un attimo, mi dimenticai di cosa stessimo parlando. Sentii l'improvvisa esigenza di avvicinarmi e di inginocchiarmi ai suoi piedi, di prendermi le brutali carezze che mi avrebbe concesso e di abbandonarmi al calore del suo corpo.

Lui parve intuire i bisogni che mi imperversavano dentro e, restando seduto, si girò completamente verso di me in un silente invito a raggiungerlo.

E non di certo per conversare.

«Invece sì.» Mi riscossi, tenendo a bada le voglie inopportune. Maledissi mentalmente lui e il suo fascino persuasivo che incantava e confondeva. «Mi hai persino portata all'*Himeros*, mi hai presentato la donna con cui sei stato per quattordici anni come se fosse una tua semplice amica. Te ne rendi conto o no?»

Non apprezzò il mio temperamento aggressivo, ma mantenne il suo ferreo contegno dandomi prova di chi dei due era più maturo dell'altro, di chi dei due era capace di gestire la situazione arginando con furbizia la rabbia. Mi diede prova di chi era il più forte. «Giselle fa parte del mio passato, non è mai stata la mia donna e la reputo davvero un'amica. Come avrei dovuto presentartela?»

Ah, bene... quindi con tutte le sue amiche si comportava così?

Quella era la prima volta che discutevamo, la prima volta in cui non mi sentivo solo una paziente, la prima volta in cui appurai che litigare con Efrem era intenso e faticoso quanto tentare di sedurlo. Con lui non se ne veniva a capo: sapeva sempre ribaltare la verità, capovolgere qualcosa di assolutamente sbagliato in qualcosa di indiscutibilmente giusto.

Sapeva imbrogliarmi, stremarmi, destabilizzarmi, ma io non ero così manovrabile come credeva.

«Come la tua amante. Ecco come!» inveii incollerita; la mia voce tuonò tra le pareti. D'istinto posai le mani sullo schienale del divano, stringendone il tessuto morbido nei palmi. «Perché è questo per te: la donna con cui vai a letto.» Una bile amara mi risalì fino in gola e un insolito bruciore mi inondò lo stomaco. *Perché stavo reagendo in quel modo? Perché ripensare a ciò che era successo tra loro mi rendeva così vulnerabile?* «Ho visto cosa avete fatto nel tuo studio.» Per un secondo abbassai il capo, fissandogli le scarpe nere tirate a lucido per non scorgere nel suo sguardo una compassione che non volevo ricevere. Odiavo immaginarlo coinvolto con lei, accecato dalla libidine, attratto dalle sue forme femminili e desideroso di entrarle dentro, ovunque lo avesse accolto.

«Quindi hai origliato tutto e ci hai anche spiati», dedusse svagato, con un menefreghismo agghiacciante; non gli importava cosa avessi visto, ma dava più valore alla mia disubbidienza, al fatto che – malgrado i continui avvertimenti e le severe punizioni – avevo trasgredito un ordine. *Di nuovo.* «Se fossi stata più attenta, avresti sentito cosa le ho confessato: non sono stato con nessun'altra negli ultimi tre anni. Neanche con lei.»

«Hai uno strano concetto di fedeltà, sai?» Sollevai il mento, continuando a combattere la tacita guerra in corso tra noi. «Davvero credi di essere fedele a tua moglie anche quando ti lasci toccare da un'altra donna?» Un sorrisetto impertinente mi incurvò le labbra. Non volevo deriderlo, tuttavia consideravo assurdo il suo modo di agire. «A quanto pare nessuno ti ha insegnato che il tradimento non combacia soltanto con il sesso.»

Efrem mi fissò vivamente; le tenebre parvero calargli sul bel volto e oscurare l'intera sala tanto che mi allontanai dal divano, arretrando incerta. Lo stavo incalzando con audacia, lo stavo spingendo sempre più vicino al suo limite di tolleranza.

E ricordavo bene cosa accadeva quando perdeva la pazienza.

«Dorothea.» Il mio nome fu un monito d'avvertimento, ruvido come carta vetrata. Mi chiamava *bambina* o *piccola Dorie* quando voleva apparire gentile o dare alla situazione un risvolto malizioso. Quando invece intendeva rimproverarmi e mettermi in riga ero semplicemente *Dorothea*. «Per me il tradimento combacia con il venir meno a un impegno assunto e, fidati, non è il mio caso. So che è difficile da capire, d'altronde non conosci il tipo di rapporto che abbiamo io e Liliane.»

«Cos'è?» La mia domanda lo schernì e lui assottigliò le palpebre, guardingo. «Una relazione aperta?»

Se mi avesse confermato che lo era, allora avrebbe avuto un senso; diversamente sarebbe stato tutto ancora più illogico.

«No», dissentì senza indugio. «Lei non frequenta altri uomini, ma affinché il nostro matrimonio funzioni sa che io ho delle esigenze diverse che non convergono con le sue e che, purtroppo, non posso ignorare. Liliane è al corrente del mio rapporto con Giselle.»

«Bene.» Ero sempre più vicina a scoprire la verità, sebbene le sue risposte fossero troppo ermetiche e poco esaustive, ma non demorsi. «E allora se tu, tua moglie e Giselle siete perfettamente d'accordo su questa malsana *intesa* che avete instaurato, cosa c'entro io? Perché mi hai baciata?» A quel punto i suoi occhi lucenti, vividi di cupidigia, scattarono sulle mie labbra e io le sentii ardere come se fossi ancora fuori in giardino, esposta al sole cocente. Ebbi l'impressione che volesse mettermi a tacere con la sua irruente carnalità, perciò ripresi il controllo prima che fosse lui a perderlo. «Anzi no. Non dirmelo.» Scossi il capo. Il modo in cui mi stava guardando riuscì a confondermi perché sembrava contrastare con le parole che avevo udito e memorizzato, tuttavia ero certa di non averle né sognate né immaginate. «Mi hai baciata per marcare il territorio, vero? Per sottrarmi a Jordan altrimenti non si sarebbe fermato. Mi hai baciata per puro esibizionismo, perché nel mondo dell'*Antéros* funziona così. Volevi dimostrare a tutti gli uomini presenti, compreso Mitchell, come riesci a sottomettermi con uno schiocco di dita.»

«Sottometterti?» Con una risata sorniona si fece beffa di me; non era mai riuscito a piegarmi del tutto al suo volere, ma al contempo la mia testardaggine era l'espediente adatto a stimolare una personalità complessa come la sua. «Cosa ti ho detto l'istante dopo?» Tornò autorevole, per niente intenzionato a mollare la presa.

Caparbio com'era, avrebbe vinto lui quella guerra. A tutti i costi.

«Non conta ciò che mi hai detto, ma come ti sei giustificato con Giselle.» Arretrai di qualche passo quando si alzò in piedi. Avevo sperato che rimanesse seduto, ma avrei dovuto considerare che l'Efrem Krugher che avevo conosciuto amava sopraffare gli altri e intimidirli. Non importava chi fossero, giovani o adulti, lui doveva padroneggiare, infilare il collare e strattonarne il guinzaglio. Non era ammissibile trovarsi dall'altra parte, forse avrebbe preferito la morte alla possibilità di sottostare a qualcuno. Non aveva bisogno di usare le parole per predominare, gli bastavano l'espressione glaciale, la fisicità dirompente, la sua sorprendente sapienza e l'atteggiamento spavaldo e sicuro, lo stesso che adottò in quel momento e che mi serrò il respiro nel petto, facendomi perdere la capacità di parlare.

Passarono alcuni secondi prima che la lingua mi si sbrogliasse e riuscissi a riprendere il mio discorso. «Hai sminuito il tuo gesto.»

Efrem avanzò di qualche passo; il completo elegante, di un blu notte, privo di camice, delineò i muscoli a ogni piccola contrazione. La prorompenza della sua figura mi fece ammutolire e tremare le gambe. La camicia e i pantaloni ne marcavano così tanto la virilità da mettermi a disagio. A confronto risultavo una ragazza semplice, comune, che non aveva nulla di paragonabile alla potente attrazione che lui suscitava in qualsiasi donna. D'altronde era un uomo che vantava una bellezza classica talmente abbagliante da elevare tutto il suo essere a un'inevitabile contemplazione. Quando si accorse del mio improvviso tremore, si fermò a poca distanza dal divano; gli sarebbe bastato aggirarlo per raggiungermi, ma per fortuna preferì non farlo.

«Sottrarti a Jordan era solo una delle tante ragioni che ho scelto di confessare a lei, non l'unica», spiegò apparendo sincero. «Non l'unica», ripeté come per imprimermelo bene nella testa e impedirmi di continuare ad arrovellarmi. «Cosa ti ho detto l'istante dopo?»

Mi toccai nervosamente il *choker* nero che indossavo, mostrandogli tutta l'insicurezza dei miei vent'anni. Erano troppo pochi per approcciarmi a uno come lui. «Non lo ricordo.»

«Dorothea, non fare questi giochetti con me», mi avvertì. «Certo che lo ricordi.»

Odiavo quando mi parlava come se fosse mio padre e io la bimbetta da educare. Non potevo mentirgli né provare ad abbindolarlo. Efrem voleva conoscere ogni strato della mia anima, voleva frugare in ogni cassetto dei miei pensieri e tirarmi fuori di bocca le parole che non avevo intenzione di dirgli, a volte per capriccio, altre volte per orgoglio.

In quel momento era il mio orgoglio a opporgli resistenza.

«Che ne so?» Mascherai a fatica il rossore sugli zigomi. *Stavo arrossendo, di nuovo, come una sciocca.* «Era una roba in tedesco.»

Efrem rimase ancora fermo a soppesarmi; la mia risposta non l'aveva soddisfatto per cui non si sarebbe fermato finché non avessi ripetuto la sua dichiarazione. In quell'istante mi sentivo come un'asse di legno incastrata tra le sue mani mentre cercava di minarne l'inflessibilità e spaccarla in due. «Cosa di preciso?»

«Che mi vuoi», sbottai, arrendendomi alla pressione che avvertivo dentro, in quella sfera di vetro nella quale confinavo le emozioni e che lui sovvertiva con estrema risolutezza. Si era prefissato di restituirmi il sorriso che avevo perso, di riportare a galla, dal profondo del mio Io, tutti i sentimenti che rifiutavo di accettare ed ero certa che non avrebbe desistito facilmente, che avrebbe fatto di tutto per non fallire e per aiutare la vecchia Thea.

Efrem voleva conoscere *lei*, probabilmente mi aveva baciata per lo stesso motivo: per comunicare con *lei*, imprigionata da qualche parte dentro di me.

Quando si mosse per avanzare nella mia direzione, immaginai l'Olimpo piegarsi sotto di lui, schiacciato dalla forza incontrastabile dei suoi passi. Ne sentii il peso anch'io, soprattutto nell'istante in cui, fermandosi dinanzi a me, incombette sulla mia piccola figura, mettendomi a dura prova. Sollevai lentamente la testa, incrociando i suoi occhi. Erano concentrati su di me, luminosi, brucianti di una passione intensa. Mi imbambolai sulle pennellate smeraldine come se fossero degli schizzi disordinati che un pittore ubriaco, nel pieno della sua malinconica ispirazione, aveva gettato su una tela bianca creando qualcosa di spettacolare; le pupille erano così ristrette che le iridi sprigionavano un'energia criptica, un calore dal quale mi sentii avvolta.

«È la verità.» Efrem si chinò per ghermirmi il viso tra le mani. Sussultai quando i palmi furono a contatto con le mie guance accaldate e il suo naso sfiorò il mio in una carezza seducente. Sembravo una bambina impacciata, improvvisamente incapace di provocarlo o ribattergli a tono. *Dove cavolo era finita la Thea ribelle?* «Ti voglio, Dorie. Te lo ripeto oggi, te lo ripeterò anche domani e tutti i giorni che vorrai sentirtelo dire», mi sussurrò a un soffio dalla bocca. Il suo profumo maschile mi stordì tanto quanto l'intraprendenza con la quale mi stava fissando per scavare dentro di me e infilarsi laddove nessuno era mai arrivato.

Efrem non voleva possedermi fisicamente, non gli bastava attrarre una donna e averla a sua disposizione nell'intimità, non era un uomo alla ricerca di uno sfogo qualsiasi per i suoi impulsi. Lui voleva afferrare le mie barriere mentali e annientarle; voleva insegnarmi a conoscermi e capirmi, ma ciò implicava che io avrei dovuto concedergli un potere insormontabile.

Un improvviso terrore mi fece deglutire; avere un uomo nella testa era di gran lunga peggio che averlo nel proprio letto. Nel primo caso avremmo instaurato un rapporto eterno, indissolubile, che se rotto avrebbe provocato in me un immenso dolore. «Io... io... non ti voglio.»

Non voglio che mi regali sogni di carta.
Non voglio che mi illudi.
Non voglio innamorarmi di te.
Sei solo una ruota panoramica.
Smettila di girare.
Smettila di raggirarmi.
Fammi scendere.
È pericoloso.
Tu... sei pericoloso.

«Che bugiarda.» Abbassò lo sguardo sui capezzoli che si erano inturgiditi a causa dell'involontario sfregamento contro il suo torace. Si scostò appena per osservarli meglio e trattenne a stento la voglia di piegarsi per suggerli come aveva già fatto in passato.

Il suo desiderio era come un veleno che gli scorreva nelle vene e che fluiva dentro di me, a ogni nostro contatto.

«Dico sul serio», mentii, sopraffatta dalla sua sicurezza spietata.

Efrem emise una risata sensuale, gutturale che risultò più provocante che beffarda. «Non abbiamo tempo, Dorie.» Con i pollici mi accarezzò dolcemente, spingendosi sempre più dentro, sempre più a fondo nella mia testa e il cuore prese a battermi in ogni angolo del corpo. «Non abbiamo tempo per i sentimentalismi esagerati né per le discussioni sconclusionate. Usa il tempo che abbiamo, il tempo che ci resta, per vivermi. Dopo potrai odiarmi e lo accetterò. Ti consentirò di odiarmi per tutta la vita, ma non iniziare adesso.»

Con la fronte aggrottata, fluttuai confusa nell'aria, come un colibrì che aveva perso l'orientamento. «E se iniziassi adesso invece?»

«Ti bacerei», replicò senza pensarci troppo. «E come vedi siamo soli, non ho nulla da dimostrare, nulla da esibire. Ti bacerei perché lo voglio. E continuerei a baciarti finché questo desiderio non cesserà di tormentarmi.»

Le sue furono parole meravigliose mormorate con un tono convincente, conturbante, ma presto un dubbio si insinuò tra noi, portandomi a sospettare della sua sincerità. «È lo stesso desiderio che nutri per Giselle?»

Non riuscivo a dimenticare ciò che avevo visto; quell'immagine era impressa dinanzi a me come un fotogramma osceno.

Efrem sospirò, forse tediato dal fatto che la nominavo spesso, più di quanto facessi con Liliane.

Era bizzarro temere la donna che lui considerava un'*amica* anziché sua moglie, ma Giselle esercitava un potere diverso su di lui. Ciò che avevano condiviso in quello studio ne era la conferma.

«È un desiderio che nutro solo per te. Come tu lo nutri solo per me.»

«Cosa te lo fa pensare?» lo incalzai per comprendere perché ne era così sicuro. Io lo avevo sedotto più volte senza mai espormi, senza mai confessargli alcunché, eppure Efrem aveva intuito che ciò che provavo per lui – qualsiasi cosa fosse – non l'avevo mai provato per nessun altro.

«Mi basta guardarti.» E lo fece anche in quell'istante, vellicando con gli occhi ogni linea del mio viso. Mi spogliò pur lasciandomi i vestiti addosso, perché per lui la vera bellezza di una donna risiedeva nell'anima, le vere forme che avrebbe voluto accarezzare erano quelle del suo spirito. «Con l'esperienza ho compreso che non serve a niente combattere contro le tentazioni. E, credimi...» Spostò una mano sul mio mento, lo chiuse tra pollice e indice e lo spinse in alto facendomi reclinare il collo. «Tu sei una tentazione terribile.» Le fiamme ardenti che gli divamparono negli occhi mi lusingarono e spaventarono. Da un lato avrei voluto correre via, allontanarmi da lui il più possibile e mettere una pietra sopra a tutto ciò che era successo; dall'altro volevo gettarmi in quelle vampe seducenti a costo di bruciarmi e soffrire.

Esalai un soffio vacillante come se i polmoni avessero smesso di immettere aria, sebbene le mie labbra fossero schiuse e stessero cercando di inspirarla riempiendosi solo della sua colonia. *Solo di Efrem.* «Ho paura che tu voglia prenderti gioco di me.»

«Sono un uomo razionale, Dorothea», specificò come se quella caratteristica fosse una garanzia ma anche una minaccia. «Conosco le conseguenze delle mie azioni. Sei tu quella che, finora, ha tentato di prendersi gioco di me. Non io.»

Tentennai prima di ribattere mentre il mio mento restava stretto nella sua morsa. «Perché credevo che non avresti mai ceduto.»

«Invece è successo e ora hai paura di cosa potrà accadere, vero?» desunse con la sua mordace furbizia. «Sai di non poter gestire uno come me. Sai che non sono come i ragazzini con cui ti sei approcciata in precedenza e questo ti incuriosisce e ti turba.»

«Sì», confessai interdetta, pentendomi amaramente dei miei comportamenti, di averlo provocato, offeso, insultato e ancora provocato. Ero stata io a mettermi in quella situazione, a spingere Efrem ad abbattere il suo autocontrollo e a baciarmi all'*Himeros.* Ero stata io a gettarmi tra le fauci del serpente, ai piedi di un satiro perverso o, peggio, tra le braccia del Diavolo che, da quel momento in poi, avrebbe preteso il mio assoluto asservimento, la totale soddisfazione dei suoi vizi.

«Io ho paura di te», ammisi, manifestando tutta la mia fragilità.

Avevo paura della sua mente, della sua capacità manipolativa, della sua scaltrezza. Avrei potuto competere con i miei coetanei o con gli uomini diversi da lui, ma non con Efrem Krugher.

Me ne resi conto troppo tardi.

Fammi scendere da questa fottuta ruota, urlò la coscienza dentro di me.

Un urlo che rimase muto, inascoltato.

Non voglio, ribatté la Thea che stava accogliendo le sue carezze, incastrata nel suo sguardo, circuita dal suo respiro, ammaliata dalle sue labbra.

«Lo so. E fai bene ad averne», mi assecondò per niente intenzionato a rassicurarmi, anzi. Efrem mi inquietava; avrebbe potuto annientarmi in qualsiasi momento e io non avrei saputo fermarlo. «Hai origliato e spiato me e Giselle.»

«E quindi?» Gli appoggiai le mani sui fianchi, sulla cintura di cuoio, per attirarlo a me. Era molto alto, ma ciò non mi impedì di percepire l'inguine contro la pancia e di spirare un piccolo gemito. «Non puoi farmi nulla. Siamo in clinica.»

Lui non si sentiva limitato dal posto in cui eravamo né impossibilitato nel portare a termine qualsiasi follia gli stesse balenando nella mente. «Cos'è successo la prima volta che hai origliato me e Mitchell?»

Come dimenticarlo...

Gli risposi subito: «Mi hai fatto camminare per tutto il parco, sotto il sole cocente, con una felpa invernale».

In quel momento avrei voluto prenderlo a schiaffi.

«E quando mi hai spiato con mia moglie?»

«Mi hai...» Immaginai le lunghe dita da pianista sicure, indecenti infilate tra le cosce e piegate a uncino a reggere il peso della mia lussuria mentre annaspavo a bocca aperta contro la porta. «Mi hai appesa alla tua mano come se fossi un pesciolino all'amo.» Un tremito licenzioso mi percosse le cosce facendo riaffiorare le sensazioni di quel ricordo, così vivide e sconvolgenti.

Efrem mi strinse con più vigore il mento; nel suo sguardo scintillò un'audacia violenta. «Pensi che mi risparmierò di punirti dopo aver scoperto che hai commesso per la terza volta lo stesso errore?»

«Sì», lo rimbrottai birichina. «Non c'è nulla in questa stanza che puoi usare contro di me, *dottore*.» Mi sporsi in punta di piedi per rubargli un bacio, calamitata dalle sue labbra carnose, ma Efrem mi afferrò brutalmente le guance e le stritolò tra i polpastrelli facendomi assumere una smorfia a dir poco ridicola.

«Non hai idea, Dorie», grugnì sprezzante, lasciando emergere la bestia che albergava in lui. La stessa che avevo scorto in poche occasioni, ma che pilotava la sua razionalità quando l'istinto prendeva il sopravvento. «Dei livelli che può raggiungere la mia perversione e dei rischi che stai correndo in questo momento.»

Tenendomi imprigionata, fece qualche passo avanti e mi indusse a indietreggiare di pochi metri.

Senza fretta.

Si beò del mio timore, lo assorbì come se fosse un toccasana per il dominio che amava esercitare, finché il pomello della porta mi pungolò la spina dorsale costringendomi a fermarmi. Inarcai la schiena, sporgendo i seni che gli aderirono all'addome con più dolcezza; lui espirò un mugolio basso, piacevolmente intrigato dal modo in cui le mie forme femminili combaciavano con gli angoli più spigolosi dei suoi muscoli. Lanciò un'occhiata complessiva alla mia figura, risucchiata dalla sua ombra gigantesca, e fece scivolare una mano sul bordo dei miei pantaloncini. Diede una rude sculacciata a una natica e sobbalzai. Credevo che si sarebbe limitato a quello, perciò mi allarmai quando infilò l'indice in uno dei passanti posteriori e lo agganciò per tirare gli shorts verso l'alto. Fu talmente impetuoso che dovetti aggrapparmi alla sua camicia per reggermi. La cucitura centrale si incuneò tra le gambe, infilandosi tra le morbide pieghe della mia intimità già reattiva alla sua vicinanza, e io ansimai timidamente premendogli la fronte sul petto.

Efrem aveva previsto come avrebbe reagito il mio corpo, sapeva che mi avrebbe soverchiata provocandomi un piacere liquido e inappropriato che, per giunta, non sarebbe stato appagato in alcun modo.

«Devono essere scomodi adesso, vero, bambina?» mi domandò sardonico, con finta mortificazione. Li tirò ancora più in alto, provocando una frizione languida sulla carne, e io schiacciai la guancia contro di lui, con le caviglie e i polpacci tesi al massimo. Mugugnai un lamento incomprensibile che dovette sembrargli un ansito licenzioso perché lo incitò a continuare. Il sedere si arcuò, i nervi arsero e un calore anomalo si sprigionò ovunque, implodendo nella zona più sensibile che lui stava torturando con una masturbazione dirimente. La durezza dell'imbastitura, così sottile da insinuarsi sempre più a fondo in quel punto delicato, sfregò contro il clitoride e mi provocò un fastidio benaccetto, attenuato solo dal tessuto leggero delle mutandine, inumidite da candidi fiotti. «E tra poco dovrai raggiungere le ragazze per il pranzo. Il desiderio di me e l'impossibilità di soddisfarlo ti struggeranno per tutto il giorno.» Quasi rise, dileggiato dall'affanno del mio respiro. «Non sai quanto mi dispiace», infierì tronfio.

Con la testa vorticante appoggiata a lui – il sadico artefice di ogni mio delirio – faticai a parlare e mi limitai solo a brontolare tra i denti una banale imprecazione: «Maledetto».

Ancora divertito dal suo gesto malizioso, Efrem mi cinse la nuca, mi costrinse ad alzare il capo e mi attirò contro la sua bocca. Mi respirò addosso col fiato bollente, a un millimetro di distanza, prima di sussurrare: «Pensami stanotte. Voglio che tu stringa le gambe come se nel mezzo ci fosse la mia lingua, che ti accarezzi i seni come se te li stessi mordendo e che soffochi il mio nome contro le lenzuola. Per adesso permetti all'immaginazione di fotterti la testa. Al tuo corpo ci penserò io».

Mi leccò sensualmente il labbro inferiore, gonfio e scottato dal sole, risultando raffinato nel suo fascino bestiale. D'istinto chiusi le palpebre; la saliva mi bagnò come un ruscello fresco. Tutto in me si contorse: anima, cuore, stomaco. Averlo vicino era come vivere un sogno che temevo sarebbe finito troppo presto, perciò volevo catturarlo e portarlo con me.

Ovunque fossi andata.

La necessità di sentirlo più a fondo mi spinse a sollevare le braccia per trattenerlo, afferrargli il collo e attrarlo a me. Volevo reclamare quel bacio sospeso, prendermi il dolore e tutto ciò che poteva darmi, ma lui si allontanò prima ancora che riuscissi a sfiorarlo. Una sferzata d'aria gelida mi schiaffeggiò la pelle accaldata e io precipitai nella realtà, ancora una volta delusa da lui e dal suo continuo scappare.

Misi il broncio in maniera infantile quando lo vidi abbozzare un sorriso dolce, di scuse.

Malgrado non mi avesse baciata, ero pervasa da brividi e vertigini di cui Efrem si accorse, mostrandosi compiaciuto di avermi eccitata e sconvolta. Senza aggiungere una parola, senza dirmi come avremmo dovuto comportarci o quando ci saremmo rivisti, mi spostò con gentilezza da una spalla e aprì la porta lasciandomi sola nella sala vuota.

Con il cuore a tamburellare frenetico tra le costole e la mano a stringersi sul ventre, dilaniato da emozioni inaspettate, lo vidi andar via e sparire oltre l'uscio.

Ormai avevo avuto un assaggio della sua impietosa dominanza e iniziai a temere che avrebbe protratto a lungo la tensione tra noi, senza soddisfarla, per rendere l'attesa della nostra unione la più esasperante della mia vita…

E. K.
Mi presento...

Berlino, 5 maggio

Corri il rischio di creare te stesso e impara ad accettarti.
Alla fine, sarà la tua più grande vittoria.
EFREM KRUGHER

MIEI cari *Lesern*,

prima di addentrarci in quello che sarà il mio racconto mi preme rammentarvi che la scrittura esula dalla mia reale professione, pertanto siate indulgenti quando leggerete questi pensieri.

Considerate le pagine che seguiranno come delle intime annotazioni alternate a delle dissolute confessioni che spero possiate comprendere senza giudicarmi come un uomo incapace di fare ammenda dei propri peccati.

Ve lo anticipo: sono un peccatore, sono un impenitente, un bastardo che sguazza nel vizio e che di esso non si pente.

Avete tutto il tempo per scappare e tornare alle vostre faccende oppure, se volete proseguire, prendete coscienza della mia onestà e apprezzatela.

Sebbene spesso questi appunti vi appariranno peculiari o confusi, cercherò a mio modo di renderli comprensibili per permettervi di assorbirli, sentirli scorrere nella testa e custodirli nei vostri ricordi.

Sono, purtroppo, molto meticoloso, per cui vorrei partire dal principio.

Sono nato in Germania, nella città più popolosa della nazione: Berlino.

Il noto psichiatra Markus Krugher, uomo dai tratti nobili e dal portamento regale, sposò una donna ebrea: Salomè Acher, figlia di un commerciante e di un'attrice di teatro.

Ahimè, posseggo poche reminiscenze di mia madre, la quale, al compimento del mio decimo anno d'età, venne a mancare a causa di un malore improvviso che le strappò il respiro in pieno sonno.

Finché fu in vita, la mia infanzia si districò tra il suo amore lustrale e la presenza impervia di mio padre, ma tutto cambiò dopo la sua morte.

Distrutto dal lutto, Markus divenne intrattabile, afflitto da pensieri e preoccupazioni ricorrenti che, col trascorrer del tempo, lo allontanarono da me.

Non ho memoria di un suo abbraccio né di alcun gesto d'affetto, soltanto di un ferreo regime di regole al quale, alla minima trasgressione, conseguivano severe punizioni.

Non mi era permesso uscire di casa prima del tramonto né rientrarvi dopo l'alba.

Lo studio era un dovere sacro al quale dovevo adempiere tutti i giorni anche quando, come qualsiasi ragazzino della mia età, il mio giovanile interesse deviava verso altre attività. Spesso preferivo palleggiare in camera con la divisa della mia squadra del cuore, illudendomi di essere un calciatore professionista come gli idoli raffigurati sui poster che, gelosamente, riponevo nel cassetto della scrivania, oppure sbirciare, di soppiatto, le riviste maschili sulle quali vi erano immagini, abbastanza esplicite, di donne nude o coperte da costumi succinti che non celavano affatto le morbide linee e le curiose fessure dei loro corpi.

Ah, le donne... e le fessure...

A questo interessante argomento mi dedicherò più avanti, abbiate pazienza.

Tornando invece alle ferrate regole vigenti in casa Krugher: alle sei seguivo le lezioni private di pianoforte con il maestro Brandolf Bonaventura, compositore e direttore d'orchestra, noto per la sua ampia carriera concertistica e il suo peculiare albinismo, un'anomalia congenita ereditata dal nonno. Egli fu il secondo, dopo mio padre, ad accorgersi della celerità con la quale riuscivo a memorizzare sequenze di brani anche molto complesse e impegnative manifestando un'abilità superiore alla media.

Imparai a leggere e scrivere prima dei miei coetanei; a soli cinque anni mi cimentavo in calcoli matematici particolarmente difficili, a sei mi divertiva esporre teorie inusuali sui quesiti filosofici o scientifici, a sette mi approcciavo a testi psicologici o psichiatrici per arricchire il mio bagaglio culturale e prepararmi a intraprendere il medesimo percorso del dottor Markus.

Tuttavia, spesso la mia diversità suscitava reazioni pregiudizievoli o invidia da parte degli altri bambini, per questo a scuola tentavo sempre di celare le mie potenzialità adattandomi al normale andamento con il quale era previsto apprendere e conoscere.

Avevo difficoltà a interagire, a instaurare rapporti con i miei compagni, per cui per me era più semplice e meno noioso cercare un confronto con gli adulti.

Mentre gli altri infanti amavano sollazzarsi al parco giochi, io mi interrogavo sull'imprevedibilità della vita e sul modo con il quale l'uomo avrebbe potuto fronteggiarla. Ero sempre stato affascinato dalla mente umana e dalle sue inclinazioni volitive e cognitive, dai significati nascosti e profondi dei sentimenti e da come essi influissero sull'equilibrio psichico.

Per fugare ogni dubbio, a otto anni mio padre decise di sottopormi a vari test del QI in seguito ai quali, dopo averne appreso i risultati, poté stabilire che rispondevo al criterio euristico di un'ammirevole precocità e definire per me un piano di studi specifico affinché il mio potenziale fosse incrementato e non ostacolato.

A undici anni accadde qualcosa di insolito e il mio corpo cominciò a mutare.

Ricordo che i nostri vicini avevano una figlia di nome Engel.

Oh, tesoro, spero che questi scritti non capitino mai tra le mani di un tuo parente.

Ordunque... era una bambina graziosa, più grande di me di solo un mese, dai lunghi ricci biondi e gli occhi ambrati, orlati d'oro. Amava giocare nel cortile, regalandomi dispendiosi momenti di ingenue fantasie maschili durante i quali mi piaceva immaginare cosa indossava sotto le ampie gonne degli abitini.

Ogni volta che la tenera e innocente Engel si dilettava, in ginocchio, con le sue bambole, io, dalla mia finestrella – come il pargoletto curioso che ero – ne ammiravo la pelle diafana lievemente scoperta, la linea sottile della schiena, le spalle emaciate e le forme acerbe ma ammalianti, sentendo una strana reazione al basso ventre, scosso da turbolente contrazioni. Il respiro accelerava, il flusso sanguigno defluiva in una zona proibita costringendomi a correre, segretamente, in bagno per osservarmi allo specchio e analizzare cosa mi stava succedendo.

A quell'età iniziai sempre più spesso a provare un'implacabile frenesia per gli sporgenti clivi dei seni o, ancor di più, per i tondeggianti culi femminili.

Perdonate l'aplomb con cui ho preferito rozzamente il termine «culi» al più sofisticato «sederi».

Questi, di qualsiasi forma o dimensione fossero, mi provocavano sempre un turgore ingombrante mentre, in totale confusione, mi domandavo quale diavoleria stesse accadendo tra le mie gambe; sapevo solo che era evidente e molto dura.

Adesso dovrò inevitabilmente soffermarmi su come mio padre decise di fornirmi ogni informazione sul sesso, giacché quel giorno decretò l'inizio di tutti i miei problemi.

In un particolare pomeriggio nebbioso, dopo aver studiato in biblioteca per quattro ore consecutive, decisi di raggiungere il dottor Markus nel suo studio.

Ancora una volta, l'eccitazione che mi incendiava i muscoli mi indusse a presentarmi da lui con i pantaloni troppo stretti e le guance arrossate dalla vergogna.

Mio padre, elegantemente chinato sullo scrittoio antico con un libro sotto il naso e gli occhiali per la presbiopia inforcati sulle orecchie, si accorse del disagio suscitato dalla mia strana, oltremodo spaventosa, condizione fisica e mi osservò a lungo attendendo che gli esponessi la questione.

«Papà.» Restai fermo sulla soglia; non mi era consentito entrare senza il suo permesso che, poco dopo, mi fu concesso con un cenno del capo. «Ho bisogno di parlarti.» Avanzai lentamente, con il cuore bulicante di imbarazzo e agitazione. Mi fermai dinanzi a lui, oltre l'enorme piano di legno che ci divideva, e con le mani mi coprii l'inguine.

«Ti ascolto, Efrem», mi incitò con la sua immancabile flemma.

«Mi succede sempre, ultimamente, di svegliarmi o di trascorrere le giornate con il membro teso. Non so come risolvere questo problema. Non riesco neanche a fare pipì», ammisi con immensa umiliazione. Ero un bambino colto, brillante, intuitivo, ma non sapevo assolutamente nulla delle ragazze e del sesso. Non avevo utilizzato nessun futile pretesto per impossessarmi di un libro e fare ricerche a riguardo, pertanto consideravo la sessualità una tematica incredibilmente affascinante e ricca di un oscuro mistero che anelavo scoprire.

«Siediti.» Mi indicò una poltrona. «Se ciò non ti reca fastidio», aggiunse, guardando in basso. Mi accomodai senza esitazione; divaricai le gambe e sibilai appena quando le cuciture dei pantaloni mi serrarono la carne sensibile. «Presumo tu abbia voglia di provare sollievo, vero?»

«Sì, papà. Per favore, dimmi come.»

Mio padre si sfilò gli occhiali da vista, pronto a spazzar via, con le sue dissertazioni teoriche, tutta la mia inutile pudicizia. «Con calma, Efrem, partiamo dal principio. La reazione del tuo corpo si chiama 'erezione' e rispecchia lo stato di eccitazione maschile innescata dagli stimoli sessuali di varia natura: visiva, olfattiva, uditiva o psicologica.»

Con la curiosità palpitante nel petto, pretesi di saperne di più. «'Erezione'?»

«Sì, Efrem. Il pene aumenta di volume in seguito alle notevoli quantità di sangue contenute nei corpi cavernosi. Per riportare l'organo al suo stato di rilassamento è necessario favorire il passaggio del liquido seminale e liberarlo mediante l'eiaculazione.»

Oggi sorrido ancora per l'espressione perplessa che avevo in viso quando tentavo di capire cosa fosse l'eiaculazione. All'epoca ero davvero un ragazzino troppo innocente; mi è difficile credere che quel bambino, ingenuo e inesperto, sarebbe diventato da adulto il più vizioso e prosaico degli uomini.

«E come dovrei fare, papà?» insistei con la curiosità di uno scolaretto diligente.

«Puoi praticare l'autoerotismo, comunemente chiamato masturbazione», proseguì lui.

«La masturbazione accomuna maschi e femmine?»

«Sì, indistintamente, ma avviene in maniera differente.»

Mio padre mi spiegò, dettagliatamente, in quale modo avrei dovuto darmi sollievo e in quale altro modo tentavano di autocompiacersi le donne.

Scoprii che disponevano di più ingressi e che l'uomo, durante l'intimità di coppia – col dovuto consenso della compagna –, avrebbe potuto usarli entrambi, traendone un eccelso godimento.

«Il liquido seminale, ricco di spermatozoi, è contenuto nelle ghiandole sessuali maschili, i testicoli. Essi assolvono due funzioni fondamentali: una endocrina, ovvero la produzione di spermatozoi utile alla fecondazione, che generalmente si verifica qualora in un rapporto fisico uno di questi si unisca a un ovulo femminile, e una funzione esocrina, consistente nella secrezione del testosterone. Quest'ormone è importante per lo sviluppo dei caratteri sessuali dell'uomo. Un giorno il tuo aspetto sarà diverso: la massa muscolare aumenterà, il timbro di voce cambierà e ti verrà la peluria su varie parti del corpo.»

«È terribile!»

Lo era. Lo era l'imperturbabilità con cui me ne stava parlando, il modo in cui mi stava inculcando determinati concetti nella testa: con il freddo pragmatismo di un medico e non con l'umana sensibilità di un padre.

«Si chiama pubertà, Efrem. Più crescerai, più desidererai toccare una donna, baciarla o possederla. Dovrai saper distinguere la voglia di fare sesso da quella di generare figli. Per evitare quest'ultimo inconveniente dovrai utilizzare il preservativo. Al momento opportuno sarò io a fornirtene un pacco intero.»

Rimuginai su quanto aveva detto. Era incredibile che un bambino con capacità superiori alla media fosse sorpreso dinanzi a rivelazioni tanto banali. «Fare sesso...»

«Sì.» Mio padre incrociò le dita chiudendo le mani a pugno sulla scrivania. «Ascolterai varie espressioni con le quali i tuoi coetanei indicheranno un rapporto sessuale: 'fottere' o 'scopare' sono le più comuni, è bene che tu le conosca. Il membro maschile, invece, è definito spesso con termini molto scurrili. Non spaventarti quando li sentirai pronunciare dai tuoi compagni.»

«Va bene, e posso usarli anch'io?»

«Certo, ma non sempre. Imparerai a valutare le singole circostanze e a adottare per ognuna il linguaggio più opportuno.» Mio padre si sollevò dalla poltrona e decise di girarmi attorno con la cautela di un falco, sottoponendomi a una lenta disamina. «Tuttavia, esigo che tu sia concentrato sui tuoi obiettivi di vita. Considererai il sesso come un'attività di svago e niente di più. Non ti sposerai e ti asterrai dal procreare prima dei trent'anni.»

«Sì, papà.»

«La natura crea per distruggere, Efrem.» Quando si fermò di fronte al mio corpo ancora febbricitante e con il pene colmo fino all'orlo, abbassai lo sguardo vinto dalla sua austerità. «In ugual modo il sesso, in quanto impulso naturale, cela intenti distruttivi e l'uomo che cede alle sue passioni diventa scellerato, istintivo, perverso...»

«Ed è un male, papà?» Tornai a osservarlo, cercando di discernere il mio disagio dalla concentrazione necessaria a comprendere il suo discorso.

«Non lo è nel limite in cui esse non sfociano in disturbi psico-sessuali o parafiliaci. D'ora in poi inizierai a studiarli affinché tu possa conoscere tutto del sesso, anche i lati peggiori.»

A quel punto estrasse un tomo da una delle ampie scaffalature della libreria e me lo porse. Quando lo aprii, con illuminante sorpresa, mi accorsi delle varie illustrazioni esplicite, correlate a una spiegazione medica, volte a insegnarmi tutto ciò che c'era da sapere a proposito del sesso e delle deviazioni a esso associate.

«Hai paura che io possa deluderti?»

«Non accadrà», stabilì epigrafico. «Un giorno diventerai un grande psichiatra, Efrem, esattamente come me. La mia è una professione infelice che spesso conduce a una lucida pazzia, ma ti renderai conto che proprio nella pazzia troverai il senso stesso della vita.»

Non era sempre facile dialogare con mio padre; Markus Krugher era estremamente bistorto, aveva una mente spigolosa e un animo tormentato.

«Non capisco.»

«Esistono due tipi di pazzia. Quella *sana* e quella *insana*: la prima riguarda la passione, l'erotismo, la perversione; la seconda l'amore, i sentimenti, la moralità. Quest'ultima causa sofferenza, fonte inevitabile dell'indebolimento dell'uomo. Esplorerai il piacere della carne, scoprirai in quanti modi diversi poter scopare una donna, ma non te ne innamorerai.»

«Perché?»

«Perché seguirai la tua natura, Efrem.» Si chinò su di me per scrutarmi a fondo con uno sguardo severo. «Pensi che io non abbia visto i tuoi disegni? E cosa immagini di fare alla piccola Engel? Non si tratta di un semplice desiderio assimilabile al sesso.»

Nonostante i miei ricordi giovanili non siano più nitidi come un tempo, rammento ancora quei disegni degenerati che mio padre aveva scovato sotto il letto, sui quali, con tracce di matita limpide e inequivocabili, avevo raffigurato in varie posizioni le fantasie che avrei voluto realizzare sul corpo di Engel.

Fate attenzione alla preposizione articolata: non con il corpo della fanciulla, ma *sul*.

«Sei arrabbiato, papà?»

«No.»

«Sono malato?» Il solo pensiero che dentro di me ci fosse qualcosa che non andava mi turbò.

«No, non lo sei. Malgrado tu abbia solo undici anni, è necessario tenere a bada i tuoi impulsi. Quando sarai grande diventeranno più forti e potranno facilmente sfuggire al tuo controllo. Quindi ti insegnerò come gestirli.»

«Sono pericolosi?»

«No, finché vi sarà il consenso della persona sulla quale decidi di sfogarli senza attentare alla sua vita.»

«Io non voglio ferire nessuno», vociai con un rammarico che infastidì mio padre. Non voleva che fossi troppo emotivo o suscettibile ai sentimenti. Spesso mi schiaffeggiava se mi sorprendeva a piangere per la mamma, sostenendo che il dolore o il rincrescimento non sarebbero serviti a riportarla in vita.

«Non accadrà se la donna con la quale scegli di condividere la tua sessualità sarà disposta ad accettarti.»

«E secondo te...» Pensai al mio futuro con una compagna accanto, riflettendo su quanto sarebbe stato difficile per lei accettare una persona come me. «Lo sarà?»

Papà mantenne la sua postura fiera, ieratica, senza mostrare alcun tipo di insicurezza. «Esistono donne che adorano soddisfare gli uomini come te, perché non desiderano nient'altro che abbandonarsi totalmente alle braccia del loro amante.»

«E io sarò in grado di essere un buon amante?»

«Sarai in grado di farle soffrire e godere al contempo, Efrem.»

Ora è importante che io esplichi con cura, a chiunque mi stia leggendo, il seguente concetto: in alcuni uomini è intrinseca una perversione che, a volte, si manifesta con anomalie comportamentali di tipo sessuale.

Nella maggior parte dei casi l'esperienza fisica, con se stessi o con gli altri, funge da strumento d'analisi per permettere all'uomo di capire di cosa ha bisogno, cosa lo eccita e in quale modo può soddisfare la propria libido.

Fu con questo intento che iniziai a conoscere me stesso.

Durante il periodo della pubertà vissi numerose esperienze, con varie ragazze. A quattordici anni ebbi il mio primo rapporto sessuale. Non fu una performance degna di nota, sennonché risultò utile a dissipare ogni paura e a comprendere che il sesso non era nulla di blasfemo o vergognoso, soltanto un'attività consueta della quale il mio corpo necessitava. Gli anni seguenti furono tutto un insieme di intrepidi sfregamenti, baci umidi, mani curiose, fremiti incessanti, gemiti rumorosi e cosce avvinghiate ai miei fianchi.

Divenni uno sciupafemmine da strapazzo, un puttaniere della peggior specie, per niente avvezzo alle relazioni serie o alle dichiarazioni strappalacrime.

Non vi fu fessura, orifizio, *buco* – o come preferite chiamarlo – che non sperimentai con grande intensità.

Scoprii quanto fosse immenso il corpo femminile, quanto fosse incline a modellarsi sotto i miei palmi esigenti, quanto fosse morbido quando invadevo le soffici pareti anteriori e quanto fosse più ostile e capriccioso quando invece desideravo insinuarmi nell'antro posteriore.

In ogni caso, nessuna tentò mai di respingermi, neanche chi, a causa della verginità o della poca esperienza, dovette patire quell'intimo dolore provocato, in maniera del tutto naturale, dall'accogliere un membro notevole tra le proprie gambe.

Con ognuna di loro la carne si fondeva, si mescolava, ardeva, ma l'anima vagava lontana, alla ricerca di qualcos'altro, di qualcosa di più forte ed estremo. Qualcosa che non osavo chiedere alle mie amanti poiché, a causa del moralismo – che spesso ancora oggi domina la società – sarei stato facilmente additato come depravato. In quanto figlio di un celeberrimo psichiatra dovevo evitare di attirare su di me pettegolezzi sgradevoli o squallidi, soprattutto per non pregiudicare la mia futura carriera.

Ciononostante, non smisi di analizzare a fondo quali fossero le mie reali esigenze mentre adempivo qualsiasi incombenza.

Ogni giorno studiavo, portavo a casa voti eccellenti, seguivo le lezioni di pianoforte, giocavo a calcio tutti i giovedì e il fine settimana liberavo la mia losca *dualità*, riservando bieche attenzioni alla fanciulla che, in quel momento, meritava di riceverle.

Mio padre sapeva che conducevo una vita sessuale abbastanza attiva, ma non mi intralciava in alcun modo. Si limitava a semplici raccomandazioni e, di tanto in tanto, mi forniva consigli utili e sempre nuovi che non avrei mai trovato su nessun libro o manuale.

Una delle rare occasioni in cui lo vidi sorridere fu quando mi diplomai in anticipo, rendendolo orgoglioso di me, ma quell'attimo di lietezza fu come un miraggio che, in pochi secondi, sfumò nel nulla; neanche questo fu sufficiente a renderlo meno rigoroso.

Per tutta l'estate successiva decise di iscrivermi a dei corsi pomeridiani di lingue, associando al tedesco l'inglese, il francese, il russo e il danese. Pian piano il mio tempo libero cominciò a restringersi, gli appuntamenti con le ragazze a diminuire e la mia presenza alle partite di calcio a essere sempre più sporadica.

Studiavo, suonavo e mi allenavo.

Nessun'altra attività ludica occupava le mie giornate.

Mio padre iniziò a impormi di restare a casa anche il fine settimana e di evitare distrazioni.

Niente sesso, niente donne, niente calcio, niente uscite con gli amici, anche se di amici non ne avevo mai avuti, ma per me non era un problema, d'altronde avevo sempre amato la solitudine e soprattutto l'avevo preservata da chiunque intendesse invaderla.

Quando il mio insegnante di musica Brandolf morì, privandomi delle sue lezioni di piano, iniziai a chiudermi in me stesso. Persi la vitalità di cui era stata gremita la mia adolescenza e a diciott'anni divenni un ragazzo completamente diverso: schivo, ombroso e irruente.

La mia vita cominciò a essere strettamente concatenata a quella di mio padre: lui decideva per me, decideva chi ero, decideva chi avrei dovuto essere.

Non avevo più alcuna indipendenza, più alcuna autonomia.

Era un tiranno malvagio che in maniera soffocante lasciava tracce dolorose sul mio corpo e sulla mia mente. Aveva intuito che stavo crescendo, che la mia personalità stava cambiando, minacciando di diventare persino più forte della sua, pertanto temeva di perdere il controllo su di me e, qualora ciò fosse successo, di non poterlo più recuperare.

Il controllo, Lesern, il controllo, anche su questo argomento tornerò, malvolentieri, nelle prossime pagine...

La mia torbida quotidianità, all'insegna delle regole e del dovere, aveva bisogno di uno scossone che non ero capace di darle.

Come avrei potuto cambiare il destino se la mia anima era ingabbiata in un'esistenza terribile?

Sentivo il sapore dell'Inferno sul palato, le ali del Diavolo abbarbicarsi a me, la sua lingua assieparmi il cervello. E, per quanto possibile, le cose peggiorarono quando mio padre mi informò del suo futuro progetto di fondare una sontuosa clinica in America. Era necessario avere un alto grado di competenze linguistiche per approcciarmi a pazienti provenienti da ogni dove, perciò mi costrinse a incrementare le mie conoscenze, a istruirmi, a documentarmi, a studiare.

Studiare. Studiare. Studiare.

Fui sottoposto a ulteriori restrizioni fisiche e mentali e a dannose pressioni psicologiche.

Cominciai a soffrire di forti emicranie, a perdere la mia lucidità mentale poiché gli sforzi richiesti per mantenere la concentrazione, per raggiungere il livello di efficienza che lui pretendeva, mi provocavano frequenti periodi di stress e ansia.

Volevo morire.

Per quanto mi ripetessi che ce l'avrei fatta, che sarei sopravvissuto a quella realtà angosciante, arrivò un periodo in cui ero così stanco e rassegnato che pensai ai modi in cui avrei potuto utilizzare i farmaci che mio padre custodiva nel suo studio. Una strana inquietudine, un crepitio folle che si insinuava nella testa mi suggeriva di assumerli di notte cosicché, se la morte mi avesse carpito alla vita, non avrei neanche sofferto.

Semplicemente non mi sarei più risvegliato, il mio sonno sarebbe stato eterno e Markus Krugher non avrebbe avuto più nessun animale da addomesticare. Nessun bambino da prostrare ai suoi piedi, nessun adolescente al quale sottrarre tutte le energie, nessun ragazzo da sfinire, piegare, punire, umiliare.

Ammazzare giorno dopo giorno.

Volevo morire perché mi sentivo rinchiuso in una prigione fatiscente, disteso esangue tra i resti di me stesso, con un negromante che, dopo avermi ucciso, tentava ogni giorno di rievocare il mio spirito per ripetere ancora e ancora la medesima nefandezza.

So che oggi penserete che sia stato vile, debole, sconsiderato vagliare a soli diciotto anni la possibilità di farla finita, ma io vi risponderei che era la più cieca disperazione a offuscare la mia mente e le mie azioni, a convincermi che non c'erano altre vie d'uscita.

Quell'atroce sofferenza, segreta e assillante, mi tormentò per giorni, settimane, mesi finché deflagrò riducendosi a un semplice empito di ribellione che, intanato nei recessi della mia follia, emergeva solo nei momenti di massima frustrazione.

Col passare degli anni riuscii a trovare un modo per sopperire a quel dolore interiore, per liberarlo e impedirgli di infettarmi i pensieri con dissennate alternative i cui esiti sarebbero stati i più tragici.

E allora per vivere, per sostenere il peso inesorabile di tutte le mie afflizioni, trovai rifugio nelle donne, tra le loro caldissime membra, godendomi quei piccoli attimi di piacere nei quali il mio comportamento era la fatale conseguenza di un passato rovinoso, del mostro che mio padre aveva generato.

Trovai rifugio nelle loro urla roventi, nei punti di combustione dei loro corpi e soprattutto nei loro pianti.

Passionali, disperati, intensi, sublimi.

Adoravo vederle piangere.

Rinascevo in ogni loro lacrima.

La guardavo, l'ammiravo, fissavo al suo interno il riflesso sbiadito dei miei peccati.

E mentre restavo conficcato tra le loro cosce come una grossa scheggia infuocata, leccavo via ogni stilla luminosa per detergere la mia anima.

Le rigiravo, le schiaffeggiavo, le legavo, le fottevo con un andirivieni brutale e incandescente in qualsiasi fessura imberbe mi fosse concessa: bocca, vagina, ano, cervello, cuore.

Sì, anche il cervello e il cuore sono organi dotati di un personale ingresso.

Immagino che stiate leggendo quest'ultime parole considerandole il vaneggiamento inverosimile e volgare di uno squilibrato, ma non scappate, non siate precipitosi…

Quell'aggressiva brama e l'incontrollabile frenesia riuscirono a purificarmi.

Il rovello della morte si chetò.

Le donne divennero un nuovo e magnifico patimento finché, a sbaragliarle tutte con un battito d'ali, arrivò l'unica piccola creatura che non avrei mai considerato capace di esercitare un tale potere…

Lei.

3
Thea

Su questa terra possiamo amare solo col tormento
e solo per mezzo del tormento.
FËDOR DOSTOEVSKIJ

MI bastava.

Mi bastava ciò che Efrem mi aveva detto.

Non gli avevo chiesto come mai stesse crescendo un figlio che non era suo né dove fosse finita la madre di quel tenero bambino, tuttavia mi aveva spiegato come mai si era espresso in quel modo con Giselle – perché le aveva giustificato il nostro bacio con parole apparentemente ciniche – e io avevo deciso di fidarmi.

Donare la fiducia a qualcuno è sempre un grande rischio, c'è il pericolo di farsi male, di soffrire, di scoprire di aver sbagliato, di essere stati troppo ingenui, eppure io avevo deciso di concedergliela. Avevo percepito la sua sincerità, la fermezza del suo sguardo, la sicurezza dei suoi atteggiamenti e non avevo alcun motivo per dubitare di lui. Speravo solo che, prima o poi, avremmo avuto l'occasione di approfondire ciò che mi aveva confessato Ben. Volevo delle risposte, ma non avrei costretto Efrem ad aprirsi con me contro la sua volontà; sarei stata paziente, avrei atteso che tra noi si instaurasse la giusta confidenza per ripercorrere insieme il nostro passato e rivelarcene gli oscuri segreti.

Mentre sedevo a tavola con le altre ragazze persa nei pensieri, rigiravo la forchetta nel piatto e lo fissavo crucciata come se fosse un nemico in agguato dal quale avrei dovuto difendermi. A causa dell'agitazione la gamba sinistra mi tremava, così come la mano con la quale reggevo la posata. Mi guardai attorno a disagio per capire se qualcuna se ne fosse accorta, ma tutte erano concentrate ad affrontare la loro personale battaglia. Tutte osservavano in silenzio il pasto che la signora Monique aveva preparato seguendo il piano alimentare di ognuna e, tra palpiti di ciglia, tremolii d'angoscia, sospiri di terrore, tentavano di raccogliere, da qualche parte dentro se stesse, il coraggio di non mollare, di abbattere la paura del cibo, del suo aspetto o semplicemente dell'odore che emanava.

Dinanzi a un'elegante tavola così imbandita, chiunque avrebbe avvertito sensazioni del tutto diverse: il brontolio dello stomaco, l'acquolina in bocca, l'impazienza di sentire i sapori sulla lingua e subito dopo la soddisfazione di aver acquietato la fame.

Ma per noi non era così.

Per noi era come sedere a un banchetto infernale nel quale il cibo non era altro che un demone malefico pronto a tentarci, a indurci a cedere per poi condannarci, manipolare la nostra mente e distorcere la visione della nostra immagine.

La dottoressa Ruiz mi aveva spiegato che nel cervello ci sono due aree rispettivamente correlate alla fame e alla sazietà come se fossero dei *dispositivi mentali* che funzionano in modo alternato. Quando si accende il primo, il nostro corpo ne riceve il segnale e comincia a muoversi per procurarsi il nutrimento di cui necessita. Una volta mangiato, quel dispositivo si spegne ed è sostituito dal secondo che consente all'organismo di sentirsi sazio e riposarsi. Nelle pazienti affette da disturbi alimentari questi congegni non funzionano come dovrebbero, pertanto si incorre in un'alterazione del comportamento che, come nel mio caso, diviene ossessivo, sfiduciato e malsano.

Per me era una lotta su un ring dove l'anoressia nervosa rappresentava il peggior pugile che avessi potuto incontrare.

Riusciva a colpirmi dritto nella pancia, ad abbattermi, a farmi sentire debole finché me ne convincevo.

Mi convincevo di essere una debole, svilita dalla sua potenza.

E allora me ne stavo ferma, distesa sul pavimento, a prendermi quei pugni, a incassarli dandomi già per vinta.

«Non dovresti mangiare troppo, satanista.» A tirarmi fuori dalla voragine delle mie riflessioni fu Sophie Queen, la bell'attrice che, a quanto pareva, non aveva alcuna intenzione di lasciarmi in pace. Sedeva di fronte a me con un top succinto di qualche brand lussuoso e un trucco eccentrico i cui glitter luminosi le decoravano le palpebre valorizzando il verde giada delle sue iridi.

«Come?» Posai la forchetta sul bordo del piatto e la guardai stralunata.

«Perché non stai mai zitta, Queen?» intervenne Riley stanca quanto me di sentirla parlare a vanvera solo per insultare o denigrare gli altri.

«Nessuno ti ha interpellata, Adams», la rimbeccò chiamandola per cognome; era un suo vizio mettere a tacere le persone come se fossero esseri insignificanti che non dovevano intralciarla né redarguirla. Juliette mi posò una mano sulla spalla in segno di solidarietà; anche lei non tollerava la sua cattiveria. «Dicevo, cara Thea...» Sophie tornò all'attacco con un sorrisetto biasimevole. «Credo tu abbia messo qualche centimetro sul girovita. Come mai? Forse hai sospeso i tuoi allenamenti? Potresti andare a correre nel parco per bruciare le calorie anziché oziare con la tua chitarra e scrivere canzoni di cui a nessuno frega nulla.»

Fu sufficiente udire le sue offese sprezzanti per allontanare il piatto da me e scattare in piedi.

La sedia stridette rumorosamente sul pavimento spaventando Nasha e Akemi; tutte mi fissarono intimorite, pensando che avrei potuto avventarmi sull'attrice e menarla.

Sapevano cos'era successo con la dottoressa Ruiz in passato e non escludevano la possibilità di poter assistere a una reazione molto simile. Tuttavia io non ero una ragazza aggressiva, soprattutto con chi non era degno di ricevere le mie attenzioni.

Sfidai Sophie dall'alto, mantenendo la calma e il sangue freddo, poi lentamente ripetei un insegnamento che a me era stato dato, tempo prima, da un uomo che avevo cominciato a considerare importante, una guida, un mentore dai consigli preziosi. «'Ci sono persone che non valgono il nostro tempo. Né per l'amore, né per l'odio'», le dissi con un tono sicuro, raggelante, tanto che lei sollevò il mento e si impettì per mascherare il suo disagio. «E tu non vali *niente*, Sophie.»

Nella sala piovve un silenzio imbarazzante. Lei rimase sgomenta; io non provai nulla, soltanto un pizzico di soddisfazione per averla ammutolita. Schiuse la bocca per ribattere, ma, quando non riuscì a proferire parola, cercò conforto nello sguardo di Akemi che, subito, abbassò il capo fingendo di mangiare. Il suo fu un atteggiamento strano che intesi come un volersi dissociare dagli attacchi infondati dell'amica. Forse aveva capito quanto la presenza di Sophie stesse diventando tossica per tutte noi. Infieriva con malvagità, scoccava frecce velenose sulle nostre ferite già aperte e ne godeva, come se la sofferenza altrui accrescesse la sua autostima.

D'improvviso percepii il gelo perforarmi le ossa, un pugnale diradare la mia momentanea serenità, lo stomaco ribellarsi ai sensi di colpa: avevo ingerito due miseri bocconi che avevo fretta di rigettare.

La disperazione crebbe nel petto e con essa la convinzione che il mio aspetto fosse ripugnante.

Quei centimetri in più furono sufficienti a ridestare ogni mia paranoia.

La paura mi assalì e di nuovo mi sentii imperfetta, sbagliata, deforme, rifiutata.

Rifiutata dal mondo.

Rifiutata dalla mamma.

Rifiutata da Andy.

Rifiutata dai miei fan.

«Thea.» Juliette mi vide stropicciare il tovagliolo di stoffa in mano e lanciarlo sul tavolo, accanto al bicchiere. Con uno sguardo addolorato, le comunicai che stavo per cedere di nuovo al mio tormento, vanificando i piccoli progressi fatti. Lei sgranò le palpebre, spaventata. «No, Thea. No!»

Corsi via dalla sala.

Mi precipitai nel corridoio serrando le emozioni in un pugno invisibile, impedendo loro di risalire ed esplodere, altrimenti sarei crollata. Incespicai sulle scale un paio di volte, con gli occhi annebbiati dall'ossessione, dalle mie forme scheggiate, da quel numeretto che appariva sulla bilancia ogni volta che il dottor Nørgård mi pesava.

Confusa e amareggiata, urtai la spalla contro qualcuno, tuttavia non vidi chi fosse né mi girai per scusarmi.

Poteva trattarsi di un operatore, di Hunberct o di un addetto alle pulizie, in quel momento non mi importava.

Avevo solo un obiettivo nella testa.

Quando spalancai la porta della mia camera mi recai subito in bagno.

Quella volta non avrei riempito la vasca, non mi ci sarei immersa nella speranza di annegare, ma conoscevo altri diversivi.

Capitano a tutti i momenti in cui si pensa che mollare sia la decisione migliore, finché non arriva qualcuno a tenderti la mano per farti comprendere che la vita ha un valore e che, malgrado le difficoltà, merita di essere vissuta. La prossima volta che il dolore ti sottopone ad angherie del genere, corri da me… aveva detto Efrem tempo prima, ma in quel frangente non avevo le forze per cercarlo in tutta la clinica, sebbene ogni parte di me stesse urlando il suo nome.

Dove sei, adesso? Fu un grido silente che riuscì a vibrare nell'aria. *Vieni qui, Efrem, aiutami.*

Era la vecchia Thea a chiamarlo, ad avere bisogno di lui, a volerlo abbracciare e stringere a sé per aggrapparsi alle sue spalle e lasciarsi tirare su dal limbo nel quale era precipitata.

Tu hai bisogno di lui. Non io.

«Non io!» ripetei a voce alta per contrastare la vecchia me che tentava in ogni modo di sopraffarmi, di schiacciarmi, di cacciarmi via per riprendere possesso della propria vita.

Con le dita tremolanti aprii l'anta del mobiletto sotto al lavabo.

Efrem era riuscito a trovare la scatola di lassativi che avevo celato nella cerniera della scimmietta regalatami dalla mamma, tuttavia non sapeva che, in un pezzo di carta igienica, avevo nascosto altre dieci compresse, ben riposte nel luogo dal quale in quel momento le avrei tirate fuori.

Tastai per qualche secondo prima di trovarle.

Quando ebbi il mio scandaloso bottino tra le mani, lo appoggiai sul top di marmo e lo aprii con incertezza fissando le pastiglie contenute.

Non ero sicura di assumerle poiché ero consapevole delle controindicazioni.

Se ingerite in grosse quantità, potevano provocare effetti collaterali spiacevoli come crampi addominali, squilibri elettrolitici e patologie collegate al normale funzionamento dell'intestino.

Non volevo, non volevo prenderle.

Eppure, col cuore palpitante nelle orecchie e il sudore che mi imperlava il corpo, il mio braccio agì in totale autonomia, seguendo i segnali di una mente assuefatta, vettore di scelte sbagliate, portatrice di guai e pericoli.

Non voglio. Fermati!

Fermati, subito!

Con le lacrime grondanti di sofferenza, amare come veleno, alzai lo sguardo sullo specchio per guardarmi. I capelli scompigliati, i piccoli cerchi grigiastri che mi attorniavano gli occhi, gli zigomi spenti, privi di quel rossore naturale che solitamente li imporporava quando Efrem mi parlava o toccava, le labbra screpolate e disidratate, le lesioni invisibili ma strazianti dalle quali fluivano soltanto malessere e rassegnazione.

Mi sentivo in colpa: avrei voluto scusarmi con la vecchia Thea, chiederle perdono per ciò che le stavo facendo, ma non avevo la forza di arrestare quel demone, di debellarlo, di impedirgli di farci del male.

Io ero una vittima tanto quanto lei.

Come avrei potuto salvarci?

Per alcuni istanti tentennai, abbeverandomi di un'oscura tristezza che acre, infida, tagliente tentava di persuadermi a schiudere la bocca. In silenzio, come una viscida meretrice, il mio disturbo cercò di profanarmi l'anima e di sostituire quello scampolo di speranza con un lamento ostinato: *Assumile, buttale giù. Avanti.*

Io invece temporeggiavo, aggrappata con le unghie alla sottile corda che legava il raziocinio all'istinto malsano di distruggermi.

Non dovevo cadere.

Non dovevo scivolare nella sua feroce tana.

Dovevo resistere.

Intanto sentivo il peso dell'angoscia schiacciarmi il petto, delle corolle spinose pungermi le spalle fino a perforarle e costringermi a piegarle.

Resisti, Thea. Resisti!

Non ce l'avrei fatta. Non sarei sopravvissuta, non ne sarei uscita.

Cedere a quella perigliosa tentazione sarebbe stato più facile che combatterla.

Con un improvviso impeto di coraggio, schiusi le labbra e gettai sette capsule in bocca, esitando ancora prima di ingerirle.

Che diavolo stai facendo, Thea?

In quell'istante sollevai lo sguardo, sentendomi stranamente osservata: lo specchio rimandò il riflesso di qualcun altro, fermo, in piedi sull'uscio aperto. Una figura imponente, ottenebrante, che con la sua sola presenza riuscì a investire l'aria di uno stupore bruciante, un fuoco di collera. Ne percepii il magma ardente sulla pelle. Il terrore mi bloccò il respiro e mi pietrificò gli arti. Non ebbi il tempo né la lucidità di prevedere le sue mosse che, con una mostruosa determinazione, avanzò nella nebbia del mio dolore e infranse la muraglia della mia incoscienza.

Con un'ostinazione incontrastabile, mi afferrò il polso per girarmi nella sua direzione e con l'altra mano mi abbrancò le guance, schiacciandole con una potenza inaudita.

«Sputale.» Efrem mi spinse contro il lavandino per braccarmi come un cerbiatto indifeso. Sgranai le palpebre, sorpresa di vederlo lì, a torreggiarmi addosso. Sembrava un energumeno inferocito, capace di disintegrarmi più di quanto io stessa cercassi di fare da anni. Scossi il capo, depositando i grani sotto la guancia. Un gesto impulsivo che aumentò il livello della sua furia. «Maledizione. Sputale, Dorothea. Adesso!» Non l'avevo mai sentito imprecare in quel modo, segno che aveva perso la pazienza e che era davvero spaventato dalle mie intenzioni. Mi ribellai per liberarmi dalla sua presa, ma era impossibile sottrarsi a lui. Efrem era troppo forte, mi teneva così saldamente che a nulla sarebbe servito respingerlo. D'altronde sapevo quanto amava imporsi, in quel caso per una giusta ragione.

Di nuovo agitai il capo in un muto diniego e lui espirò dalle narici, affilando gli occhi in un'espressione a dir poco spaventosa. «Ti conviene darmi ascolto», ritentò con un'ambigua pacatezza che anziché indurmi a fidarmi mi fece correre un brivido di paura lungo la schiena. «Non fare sciocchezze.» Col petto ampio rivestito dalla camicia blu a imperare su di me, sembrava che tutt'attorno fosse calata una notte buia e fredda, nella quale lui cercava di ridonare la luce a una piccola stella, ormai smorta. Lo fissai profondamente chiedendomi come mai il suo tempismo non sbagliasse mai un colpo, come mai fosse intervenuto al momento opportuno. Ripensai al tizio al quale avevo dato una spallata mentre correvo per il corridoio e dedussi che era lui. Probabilmente si era accorto del mio stato confusionale, del malumore che si era abbattuto su di me, perciò mi aveva seguita con i suoi passi lenti e dosati, come un abile cacciatore, pregustando l'attimo in cui avrebbe fatto irruzione nel bagno per cogliermi di sorpresa e impedirmi di agire. «Dorothea», mi richiamò, facendo scoppiare la bolla nella quale mi ero rintanata. Indietreggiai ancora schiacciando l'osso sacro sul bordo del marmo mentre le mascelle bruciavano per il modo in cui le stava comprimendo tra le dita. Avevo la bocca arricciata in una smorfia dolente, eppure mi stavo opponendo con tutta la cocciutaggine che tanto odiava. «Sputale», sibilò ancora, rude e aspro. «Non costringermi a essere più brusco di così.»

Lo era stato tante volte e non mi era *mai* dispiaciuto; avrebbe dovuto ricordarselo.

Con un sorrisetto blando, debole, carico di strazio, mi persi a osservare una ciocca di capelli neri che gli fremeva sulla fronte, accarezzandogli con le punte le ciglia lunghe sotto le quali si celavano due iridi vigorose, l'eco lontana di una creatura immensa, magnanima ma anche crudele.

Le contemplai scoprendo un mondo sconosciuto, magnifico, incontaminato.

Una celeste voluttà discese al cuore come un angelo, lambì le corde più remote del mio essere e tentò di rallentare la tediante oscillazione del pendolo sul quale vivevo.

In compenso la tachicardia accelerò.

Anche in silenzio, con quell'atteggiamento duro e pervadente, la bocca semiaperta, il respiro caldo, i muscoli che mi ingabbiavano in una prigione infrangibile, Efrem riusciva a strapparmi i piedi dal suolo, a infondermi una pace totalizzante, una comprensione tacita con la quale mi scrutava dentro, malgrado spesso adottasse metodi irruenti per farsi valere.

Abbandonai le sue labbra e sollevai lo sguardo, cogliendolo a fissarmi serio, concentrato.

Sentii qualcosa torcermi dentro, invadermi i pensieri e scandagliarmi nel profondo.

Con un lento movimento del braccio mi aggrappai al suo polso e lo serrai tra i polpastrelli freddi per indurlo a lasciarmi andare, ma lui non accettò l'arrendevolezza celata dietro quella supplica speranzosa.

Sì, arrendevolezza.

Perché la verità era che mi stavo arrendendo al destino che avevo scelto.

Un destino che lui invece voleva cambiare, ostacolare, diradicare.

Innervosito, sospirò a denti stretti prima di spostare la mano dalle mie guance dietro la nuca. La ghermì con un'audacia che avrei considerato bramosa se non avessi percepito due lame brillanti e minacciose, affilate come coltelli, sotto le sopracciglia scure. Pervasa dalla confusione e stregata dai suoi modi impetuosi, mi resi conto soltanto vagamente di essere spinta a camminare verso il water lì accanto. Efrem, con una marcata sicurezza, sollevò la tavoletta ed esercitò una pressione indomita sul mio collo per costringermi a piegarmi. Ebbi la volontà di oppormi soltanto per pochi secondi finché non sentii le ginocchia cedere sotto il suo peso ineffabile e urtare contro il pavimento.

Con un lamento strozzato e le labbra ancora serrate, scossi il capo, ferma sulla mia decisione.

Eppure, se ero così certa di farmi del male, se davvero volevo dare così tanta importanza alle offese di Sophie da permetterle di manovrare la mia razionalità, perché non avevo ancora ingerito quelle maledette compresse?

«Ho detto: sputale, Dorothea.» La voce graffiante e cavernosa di Efrem mi riportò al presente, con le pupille inchiodate sulla ceramica bianca. «O mi obbedisci o resteremo qui, in questa posizione, per il resto della giornata, finché non vedrò quei lassativi uscire dalla tua bocca.» L'intensità del timbro fusa alla caparbietà delle parole mi fece tremare tutta. Conoscendolo, ero certa che mi avrebbe davvero costretta a rimanere così inginocchiata per tutto il tempo necessario. La sua presenza imperiosa dietro di me non mi avrebbe aiutata a prendere coraggio, anzi... l'avrebbe affievolito a ogni mio piccolo anelito. Perciò c'erano due alternative per affrontare quella situazione: soccombere a Efrem e ascoltarlo oppure proseguire con la mia ripicca, il cui risultato sarebbe stato soltanto ferire me stessa e deludere lui.

Frattanto che vagavo nel caos delle mie riflessioni, le sue falangi mi stringevano con più forza la nuca; il pollice premeva sulla giugulare sentendo a che ritmo frenetico mi stava battendo il cuore.

Davvero volevo ingerire sette compresse di lassativi?

Cosa avrebbe pensato di me la mamma?

E nonna Lizzie?

Che dolore avrei inferto a nonna Lizzie se la mia condizione fosse peggiorata?

Il respiro si sospese.

La lucidità e le conseguenze di ciò che stavo per fare mi ricondussero alla realtà e pian piano qualcosa dentro di me si sfaldò fino a ridursi in brandelli.

Non sapevo se fosse dipeso dalla rigorosità palpabile di Efrem o da una mia consapevolezza latente che finalmente era affiorata per lasciarmi riemergere dallo stato di dissociazione mentale nel quale mi ero smarrita, tuttavia rilassai le spalle e feci la cosa più giusta: schiusi le labbra spingendo con la lingua i lassativi per farli scivolare lontano da me. Con la gola secca e il petto bruciante, li vidi annegare a uno a uno nell'acqua limpida come frammenti di pietre gettate in un lago. Esalai un rantolo incredulo mentre le dita maschili, che poco prima mi avevano avvinghiata con violenza, allentavano la presa per concedermi una carezza compassionevole.

«Brava, bambina.» Fu un sussurro dolce dietro l'orecchio. «Sei più forte di quanto credi.» Poi un bacio fugace sotto il lobo, talmente leggero da sospettare di averlo sognato.

Libera da qualsiasi costrizione, ancora in ginocchio per terra, stirai il collo massaggiandolo con una mano e mi voltai per seguire i passi di Efrem. Con la sua andatura fiera, le falcate lunghe e decise, lo vidi sedersi sul bordo della vasca e tirare un sospiro di sollievo. Parve stanco, come se avesse fatto uno sforzo enorme e avesse temuto il peggio per me, per lui e per la reputazione della clinica stessa.

Infreddolita e scossa da brevi singulti, mi trascinai lontana posando la schiena contro la parete. Raccolsi le ginocchia al petto e mi rannicchiai impaurita. Intanto Efrem non parlava; se ne stava immobile, chino con i gomiti sulle cosce e lo sguardo fisso sui riflessi dorati del pavimento. Avrei voluto che dicesse qualcosa, qualsiasi cosa pur di mettere fine a quel mutismo logorante che sembrava celare critiche e giudizi contro la completa assenza del mio buon senso.

Una goccia d'acqua distillò dal rubinetto, lenta come una lacrima, cadendo nel lavandino; fu un rumore affusolato, sottile, che lo indusse a sollevare gli occhi prima sul lavabo, poi su di me.

Li sentii stamparmisi sul viso come due schiaffi e tremai sotto la forza inesorabile della sua cupa severità.

Efrem riusciva a comunicare di che umore era senza il bisogno di esprimersi: quando era irritato la fronte gli si raggrinziva, alcune rughette gli stropicciavano gli angoli del volto privando i suoi bellissimi lineamenti della grazia che li caratterizzava.

In quel momento era arrabbiato e anche abbastanza deluso.

«Smettila di guardarmi con biasimo.» Posai il mento sull'avambraccio, sfidandolo a testa bassa. La mia voce uscì stridula e timorosa, simile al vagito di un neonato. «Piuttosto dimmi ciò che devi.»

Efrem inframezzò le dita e si carezzò con l'indice la fede nuziale. Un tic consueto che gli serviva per riflettere o forse per scaricare la tensione. D'altronde quel gingillo non sanciva alcun limite per lui, lo indossava per semplice dovere.

«Sai perché ti ho portata all'*Himeros* quel venerdì sera?»

Mi sarei aspettata qualsiasi cosa, ma non una domanda del genere. Avevo appena affrontato una delle mie crisi emotive, necessitavo di un abbraccio, di un briciolo di conforto, di un po' di affetto, invece lui esordiva con la questione del resort erotico che inevitabilmente mi faceva ritornare alla mente Giselle e il modo in cui l'aveva sedotto nel suo studio.

Al solo pensiero una lava incandescente mi bruciava e consumava.

Non mi interrogai sul perché, non indagai oltre, non mi interessava sapere se fosse gelosia, possesso o senso di appartenenza.

Efrem non era mio come io non ero sua e questo mi bastava per scacciare via qualsiasi sensazione rovente mi attanagliasse il petto.

«Per farmi capire cosa ti piace?» gli risposi riluttante. Forse avrei dovuto usare il tempo passato, ma non ero certa che Efrem avesse del tutto abbandonato quel mondo. I due uomini che avevo incontrato al bar, Ronnie e Dick, lo avevano definito *racker* per distinguere lui – e quelli come lui – dai soliti dominatori che frequentavano il posto. Oltretutto, prima di entrare nella sala in cui si sarebbe tenuto un banchetto inusuale in stile Grecia antica, Giselle gli aveva chiesto di indossare un anello nero identificativo decorato con la testa di un satiro ed Efrem aveva specificato che quella sera la sua presenza non avrebbe indicato un nuovo inizio, bensì un'eccezione irripetibile.

«Cosa mi piace credo che tu l'abbia compreso già da molto. E no, non è questo il motivo.» Picchiettò appena un piede sul pavimento, tenendo il ritmo di un orologio immaginario. «Come ti ho già detto, la ragione per cui siamo andati all'*Himeros* eri tu. Volevo farti capire che esistono persone simili a te. Che condividono i tuoi stessi interessi, in alcuni casi anche più estremi. L'istinto sessuale di ognuno è alla base della conoscenza del nostro Io, rappresenta una delle tante virtù dell'essere umano. Non è salutare la sua totale abnegazione, al contempo non lo è neanche lasciarlo proliferare in maniera onnipotente fino a farlo degenerare in vizi più grandi, talvolta pericolosi. Questo è stato un mio errore. Un errore di cui mi pento e che oggi vorrei impedirti di commettere.» Il tono fu torbido, nostalgico, carico di un rammarico che riportò la sua mente indietro, in luoghi lontani, il cui ricordo risvegliava in lui un senso di colpa pungente, conficcato a fondo nel cuore come un chiodo sanguinante. «L'unico modo per gestire i tuoi impulsi è quello di accettarli.» Si osservò le mani, artefici di chissà quali peccati. «Solo così sarai in grado di non sbagliare, di vivere la tua sessualità con la massima libertà. Di abbandonarti a una passione sfrenata senza varcare quei limiti che riconosceresti come invalicabili. Il sesso deve essere vissuto con un'indipendenza sana, con sentimenti trascendentali, con consapevolezza e consenso. Non deve essere mai un mezzo di giustificazione per azioni abiette o dannose. Ma credo che tu sia abbastanza grande e intelligente da non avere bisogno di lezioni a riguardo.» Quando lo vidi abbozzare un lieve sorriso, sorrisi anch'io, come se fossimo l'uno il riflesso dell'altra. Mi aveva fatto un complimento senza neanche rendersene conto; arrossii all'idea che mi considerasse intelligente e non solo una ragazzina che si trascinava dietro una valigia piena di problemi. «Non torneremo più all'*Antéros*», proseguì, rigirandosi pigramente la fede sull'anulare. «Ti ho messo alla prova e l'hai superata. Ti ho provocata più volte, ti ho spinta tra le braccia di perfetti sconosciuti per capire che tipo di appagamento cercassi. C'erano uomini ovunque. Ti hanno ammirata e sedotta per tutto il tempo, eppure non hai ceduto a nessuno di loro. Finché non hai inscenato quell'infantile provocazione con Mitchell e Jordan mettendo a rischio la tua incolumità per ottenere una mia reazione.» Scosse il capo e le ciocche corvine si mossero appena come seta lucente, restando composte nel loro ordine. Avrei tanto voluto infilarci le dita per scompigliargliele tutte, proprio come lui stava facendo ogni giorno con me e la mia vita. «Quando Jordan ha tentato di trascinarti via con lui, ho visto il terrore dilagare nei tuoi occhi. Mi hai cercato per tutta la sala, mi hai lanciato il tuo grido d'aiuto perché ero l'unico uomo al quale avresti davvero concesso te stessa. In quel momento ho capito chi *sei*. Ho capito cosa cerchi. Ho visto la vera Dorothea, quella fragile e sensibile che in qualche modo riesce a fidarsi solo di me. Riesce a donarsi a me, a non fare un solo passo nel vuoto *senza* di me», dichiarò con una fermezza tale che sussultai, stringendo con più forza le ginocchia al petto. Aprii la bocca per replicare, ma in quel momento non serviva una mia risposta perché Efrem seguitò determinato a portare in superficie tutto ciò che io preferivo nascondere. «Eri in panico. Il tuo cuore ha ripreso a battere forte quando ti ho raggiunta e stretta al mio petto. E un palpito di vita ti ha rivestita di luce appena ti ho baciata.» La voce gli si affievolì sulle ultime sillabe fino a divenire un sussurro seducente.

Mi sentii disarmata, svelata, scoperta.

Credevo di essere stata brava a celare le sensazioni di quel bacio, invece lui le aveva catturate e intrappolate come farfalle in una teca di vetro. Abbassai la testa, ragionando sul modo in cui anche a quella distanza riuscisse a far tendere il mio corpo, a incendiare punti che sfiorava con lo sguardo, a pizzicarmi le guance rendendole rosse come quelle di una bambina. Poi tornai a osservarlo, curiosa di ascoltare ciò che aveva intuito. «E cosa cerco, secondo te?»

«Cerchi l'amore.» Pronunciò quel termine con un calore solenne come se l'*Amore* fosse una divinità, una prerogativa, il motore di tutto e non un semplice sentimento. «È questo il vero appagamento dei tuoi impulsi. Non vuoi l'avventura di una notte, non vuoi neanche un amore gentile o romanticizzato. Tu vuoi un amore travolgente, passionale, irruente, vero, da condividere solo con chi è in grado di toccarti l'anima. Ero certo che non saresti andata a letto con nessuno perché hai proiettato *su di me* il desiderio di essere amata. Per questo ho sorriso nel vederti così smaliziata con Mitchell.» Una scintilla di divertimento gli ammorbidì l'espressione rigida. «Non lo guardi come guardi me. Non arrossisci in sua presenza, non tremi mai quando ti parla. Non sei agitata né in imbarazzo quando ti accarezza. Non gattoneresti mai per lui né per qualcun altro che non sia io. Sono così insinuato nella tua testa che nessuno può sradicarmi a parte te. E tu sei così legata a me che le mani di un altro non riuscirebbero a provocarti le stesse emozioni che ti provoco io. È qualcosa che non decidi, che non manovri, che non controlli. Capita e basta. E a te è capitato con me. Puoi negarlo, puoi opporti, puoi fingere o importi che non sia così. Ma in fondo sai qual è la verità.»

«E qual è la verità?» Risi di me e del casino in cui mi ero infilata. «Che voglio un uomo impegnato con un'altra donna?» Dirlo ad alta voce fece più male che pensarlo. A volte, quando i segreti restano taciuti sembrano meno gravi di quando li confessiamo a noi stessi o agli altri.

Efrem si alzò, bello e imperioso nella sua avvenenza ipnotica. «La verità è che cerchi un amore diverso dall'ordinario, ma che è pur sempre amore. E lo cerchi con una persona che sia simile a te: distante dai pregiudizi, dai limiti morali o dai condizionamenti sociali. Hai capito che quella persona sono io, perciò non puoi combattermi. Ovunque io mi sia insidiato, puoi solo accogliermi. Anche se ti farò male. Anche se farò male persino a me stesso.» Si incamminò verso di me e mi tese la mano. La guardai per qualche istante, titubante, poi allungai il braccio e l'accettai. Strinsi il suo palmo lasciandomi tirare in piedi. Barcollai appena a causa di un lieve capogiro, allora Efrem, preoccupato che potessi stramazzare al suolo, mi prese da sotto le ascelle come una bimba e mi appoggiò sul ripiano di marmo. Il contatto della superficie fredda contro il retro delle cosce mi fece sfuggire un lamento, finché il tepore del suo corpo che si infilava nel mezzo acquietò quel gelo invasivo. Come se non fossi più padrona di me stessa, le distanziai per consentirgli di avvicinarsi e d'istinto incastrai i suoi fianchi tra le ginocchia. «Questa situazione è rischiosa, lo sappiamo, ma per una vita intera mi sono chiesto: cosa c'è di sbagliato a perdersi in un oceano di follia quando la follia ci rende felici più della normalità? E io non pretendo neanche tutto l'oceano. Per proteggerti, mi accontenterei anche di una sola goccia.» Con totale disinvoltura aprì il rubinetto, raccolse un po' d'acqua e mi bagnò il viso delicatamente, come per ritemprare il calore delle guance e le labbra arrossate. Quando le lambì con i polpastrelli indugiò a fissarle e io le schiusi sentendo qualche stilla scivolare dal mento al collo, e poi giù, lungo lo sterno.

«Ricordi quando mi hai parlato del mito di Tantalo?» Deglutii, resistendo alla tentazione di toccarlo e baciarlo. Il suo profumo fresco, di cedro e bergamotto, mi accarezzava la faccia più di quanto stesse facendo con le dita. «Mi hai detto che se cediamo a un desiderio a esso ne seguono molti altri che pretendono la stessa soddisfazione e...»

«Noi abbiamo già ceduto, Dorothea.» Da un gancio curvilineo affisso al muro prese un asciugamano e me lo tamponò sul volto, con gentilezza, come se fossi una bambola di cristallo fragile e preziosa. «Non ci resta nessun'altra soluzione che andare incontro a ciò che abbiamo scelto.» Dopodiché lo ripiegò diligente, con un ordine maniacale, per posarlo accanto al lavabo. Nel mentre studiai i suoi gesti ammaliata, percependone la perentoria virilità, la lapidaria sicurezza con la quale si approcciava a me, si occupava di me, si prendeva cura di me. Faceva tante cose *per me* e mi domandai se fosse così premuroso anche con sua moglie, con Giselle o con qualsiasi donna gli stesse accanto. Iniziai a pensare che volevo quelle attenzioni, che le anelavo come un'assetata, che le avrei pretese sempre più spesso per sentirmi esattamente come mi sentivo in quel momento: rinvigorita.

«Stento a credere che sei disposto a rischiare così tanto per me», sussurrai affranta. «Guardami.» Abbassai il capo dando una rapida occhiata a me stessa, seduta su quel ripiano, con le gambe penzoloni, gli shorts sfilacciati e la pelle fittamente ornata di lividi che mi provocavo nei momenti in cui punirmi per la morte della mamma riusciva a placare le mie inquietudini. «Sono un totale disastro.»

Chi avrebbe mai amato o desiderato una come me?

«Ehi.» Efrem mi prese il viso tra le mani per sollevarlo e indurmi a non affliggermi. Mi persi a fissare le sue iridi: due voragini color acquamarina nelle quali un tramonto infuocato si stagliava attorno alle pupille. Mi ci smarrii come un nomade in cerca d'amore, un viandante stremato dalla fatica, ma ancora speranzoso di ritrovare la propria strada, di camminare tra le stelle e volare in un firmamento costellato di sogni. «Quello che tu definisci 'totale disastro', un giorno piacerà al mondo intero.» Mi diede un tenero buffetto sullo zigomo, pizzicandolo tra le nocche dell'indice e del medio. E io trasalii con impaccio poiché non ero abituata a quel tipo di confidenza tra noi.

Era un'intimità ancora inesplorata.

«Il mondo non *guarda*, Efrem.» Mi riscossi, cercando di frenare il cuore che trotterellava troppo gioioso nel petto. «Si limita a vedere e a giudicare.» Avrei potuto aprire il profilo Instagram per dimostrargli quanto fossero veritiere le mie considerazioni; i commenti sprezzanti, i messaggi offensivi, le accuse, le esternazioni infelici erano lì, sotto ogni post, a ricordarmi che la gente aveva una predisposizione innata a ferire, danneggiare e umiliare gli altri. Soprattutto se a proteggerli c'erano una tastiera e un monitor o un display. È facile sentirsi inattaccabili se si rimane nascosti dietro la propria perfidia, circondati da individui affetti dallo stesso malanimo.

«E allora tu insegnagli a *guardare*», suggerì lui, con un ottimismo quasi contagioso mentre il suo timbro basso, maschile, ipnotizzava i miei sensi fino ad allontanarli dai pensieri negativi. «Fallo attraverso i tuoi testi, le tue canzoni, la tua voce. Fallo con la tua creatività, con la tua musica. Sono certo che si inchinerà alle tue note, ascolterà il tuo canto e capirà ciò che vuoi dirgli.»

Sei la mia piccola Rockstar, Dorie, mormorava la mamma quando mi rimboccava le coperte e mi baciava la fronte, accarezzandomi dolcemente i capelli. Le bastava un sorriso per dipingere la realtà nereggiante di colori, emozioni e poesia. Ed Efrem aveva la sua stessa capacità di far apparire il mondo un posto migliore, di descrivere l'inesprimibile, di tracciare sentieri magici in cui le lucciole riuscivano a volteggiare tra le tenebre come fate incantevoli e in cui non esistevano il dolore, la rabbia o la solitudine, soltanto seconde possibilità.

Soltanto nuove aurore tra le buie cortine della notte.

«Sai che ti meriti un bacio adesso?» In verità lo meritava sempre, ma in quel momento fu un buon pretesto per provarci.

Efrem aggrottò la fronte e fece scivolare lo sguardo sul nostro punto di unione. Notò che i suoi fianchi erano intrappolati tra le mie ginocchia flesse, ci mise qualche istante prima di capacitarsene, poi riportò l'attenzione sul mio viso assumendo un'espressione arcigna. «Non qui, Dorothea», obiettò autorevole, convinto che non avrei insistito.

«Proprio qui, invece.» Sorrisi maliziosa. «Ora.» Gli afferrai il colletto della camicia per strattonarlo verso di me, ma lui puntò i palmi sulle mie cosce e le strinse così forte che annaspai. Le sue dita mi si conficcarono nella pelle come tanti spilli appuntiti. A fondo, con un vigore crescente. Ero certa che mi avrebbe lasciato dei segni, che le sue mani mi avrebbero provocato ulteriori ecchimosi che si sarebbero aggiunte a quelle che già avevo. Forse pensava che la sua brutalità mi avrebbe scoraggiata, invece mi eccitò a tal punto che continuai ad attrarlo a me, mettendo a dura prova la sua resistenza. Cogliendo la mia sfida, Efrem irrigidì la schiena e i muscoli delle braccia, poi socchiuse le palpebre mentre un'oscura libidine corroborava la lucentezza dei suoi occhi, come se il mio dolore fosse la fonte di nutrimento per la belva che si celava sotto la foggia principesca. Era incredibile il modo in cui riusciva a sopprimere l'uomo gentile e sapiente a favore dell'uomo carnale e autoritario, difficile da sottomettere ai capricci di una ragazza. «Mi vuoi anche tu, smettila di resistermi.» Gli stropicciai il tessuto della camicia, sfogando su di essa la mia frustrazione. Lui aveva chinato il viso per incrociare il mio sguardo, con la bocca rosea e carnosa a un soffio dalla mia. Potei percepire una sua ciocca di capelli solleticarmi la fronte, l'odore di dopobarba sedurmi e sprigionare uno charme misterioso e corrosivo, impossibile da ignorare; lo sentii scorrermi addosso, sotto i vestiti, come un serpente a sonagli di cui udivo il pericoloso sibilo nell'aria.

«Se cedessi potrei perdere il controllo.» Chiuse le palpebre e inspirò a fondo, lentamente, mantenendo le spalle rigide, inflessibili, fedeli al dominio che aveva su sé stesso.

«Allora perdilo.» Incrociai i talloni dietro le sue gambe per spingerlo contro di me. Mugolai estasiata quando sentii l'addome asciutto premermi contro la pancia e il pube colmarmi il vuoto tra le cosce, infuocandone la carne con la sua durezza.

Stanco delle mie provocazioni, Efrem spalancò le palpebre e mi afferrò per i capelli tirandomi la testa all'indietro affinché alzassi il mento e mi inarcassi il più possibile per fronteggiarlo. Gemetti appena e mi aggrappai con più tenacia alla sua camicia; non sapevo se per supplicarlo di lasciarmi o di stringermi con più violenza.

«Ho detto: non qui», ringhiò disdegnoso, con l'aggressività di un animale. Fissai la lingua muoversi lenta tra i denti bianchi per scandire piano il suo ordine; la vidi spiccare rosea tra le labbra piene, dal contorno delicato ma virile. Un'arma di seduzione potente che, insieme al connubio di dettagli estetici del suo viso, invogliava alla resa, all'ammirazione più viscerale, al totale abbandono del corpo a qualsiasi crudeltà avesse voluto assoggettarlo.

Mi ammansii sotto il peso schiacciante della sua presa, assopita dal fiato caldo che mi lambiva la bocca. Troppo vicina eppure irraggiungibile. Rilassai la schiena, mi adattai alla mano che mi imbrigliava la chioma e sogghignai fiacca. «Non oso immaginare cosa accadrà quando mi avrai a tua disposizione su un letto.»

Efrem parve ragionarci serio e impassibile, poi inaspettatamente rise. Fu una risata cruda, spietata, con la quale volle smorzare sul nascere qualsiasi mia dolce fantasticheria. Non sarebbe stato clemente né galante. E non voleva illudermi, non voleva che io confondessi le sue buone maniere quotidiane con le abitudini che invece aveva in altri contesti. «Pensi davvero che ti concederò la comodità di un letto dopo tutte le volte in cui mi hai portato al limite con la tua insolenza? Vuoi anche che cosparga le lenzuola di petali di rosa? O che magari illumini la stanza con delle candele profumate?»

Scossi il capo debolmente, per quanto poté permettermelo il pugno stretto con il quale mi teneva bloccata. «Non pretenderei mai nulla di tutto ciò. Mi basterà averti nudo sopra di me.» *E coinvolto, spensierato, libero. Libero dalle responsabilità della tua professione, libero dai tuoi vincoli...*

Una libertà che aveva il sapore amaro di un'utopia.

«A me basterà averti nuda e *felice* sotto di me. Non c'è niente di più bello di una donna che sorride dopo aver fatto l'amore», rispose con un sussurro appesantito da una feroce sensualità. Mi fissò cupamente attraverso le ciglia nere mentre le sue parole ricamavano strane sensazioni su di me, incidendosi a fondo nella testa fino a figurarmi una felicità illusoria che consideravo inesistente, ma che forse avrei potuto raggiungere se solo avessi accettato di camminare con lui, fianco a fianco, nella stessa direzione.

Verso lo stesso luogo.

L'eccitazione cominciò a pulsare tra di noi come energia elettrica, a risvegliare i nostri corpi, a scuoterli, a bruciarli rendendo l'aria torrida, dominata da desideri sempre più viziosi.

«Perché?» La mia delicatezza parve accarezzare la bestia che errava solitaria nella foresta dei suoi tormenti. Ne intravedevo il manto e gli artigli mentre continuava a imporsi a muso duro, come se non conoscesse pace, come se avesse bisogno di qualcuno che la sfamasse e che ne placasse gli istinti per tanto tempo repressi.

«Perché significherebbe che l'ho scopata a dovere.»

Rabbrividii per la tonalità del timbro che parve più arrochito e gutturale. Gli osservai il collo possente, i nervi e le vene che lo solcavano, la scollatura della camicia che ancora impugnavo tra le mani, con un bottone che era saltato fuori dall'asola scoprendo una porzione dei pettorali tesi. Se avessi continuato a tirargliela in quel modo, l'avrei denudato e finalmente apprezzato in tutta la sua naturale mascolinità.

Quanto era fortunata Liliane a svegliarsi con lui ogni mattina?

A dormirci insieme ogni notte?

Ad accarezzarlo ogni volta che voleva?

A baciarlo, spogliarlo, sentirlo gemere, a cogliere le mille sfumature dei suoi occhi, ad ascoltarlo per ore e ore, appoggiata al suo torace, cullata dalle carezze inebrianti della sua voce e avvolta solo dalla coperta del suo profumo?

Si rendeva conto dell'uomo che aveva accanto?

Lo amava abbastanza?

E lui? Lui ne era innamorato?

Le mie erano riflessioni sbagliate, che non mi riguardavano, ma che non riuscii a impedirmi di fare. L'interesse per Efrem stava crescendo, mostrandomi chiaramente tutto ciò che comportava: per esempio che era sposato e che in quella relazione io ero di troppo.

Quando inchiodai lo sguardo al suo, mi accorsi che mi stava scrutando in silenzio, scavando nella mente, per capire cosa mi avesse indotta ad ammutolirmi così d'improvviso. Allora, per non destargli sospetti, sfoggiai il mio solito sorriso malandrino e ripresi a provocarlo. «Per un momento ho pensato che il tuo fosse un pensiero romantico.»

Efrem non ribatté subito; attese che le mie labbra rimanessero intagliate in quell'espressione plastica, menzognera, come se avessi una Polaroid puntata addosso e qualcuno stesse per immortalarmi in una fotografia. La sua presa si indebolì mentre le dita rimasero impigliate tra le mie ciocche bionde; l'irruenza si dissipò pian piano come un cielo che torna limpido dopo che una tempesta turbolenta ne ha squarciato le nuvole candide.

«Io non faccio mai pensieri romantici, piccola Dorie.» Per fortuna tralasciò il mio strano cambio d'umore e, dato che gli arrivavo a malapena al petto, si piegò ancora. Si avvicinò così tanto che a stento distinsi i contorni del suo volto; mi protesi in avanti, illudendomi che stesse per concedermi il bacio che avevo chiesto, ma lui si fermò a una spanna dal mio naso, divertito nel vedermi così arrendevole e agognante finché, perso a contemplare l'ambra liquida dei miei occhi, mormorò: «Soprattutto *su di te*».

Mi imbambolai; prima o poi avrei voluto scoprirli, quei pensieri, o meglio, avrei voluto che li concretizzasse e mi desse dimostrazione del suo ardore implacabile. Mi sporsi per sussurraglielo all'orecchio, fremente d'aspettativa, ma qualcuno ci interruppe rompendo quell'attimo di erotica leggerezza.

«Thea?» urlò una vocina stridula tra le pareti della stanza, oltre la porta aperta. «Perdinci! Dove sei?»

Prima che Juliette potesse irrompere nel bagno, Efrem si scansò indietreggiando di qualche passo; io invece scesi dal lavandino con un saltello rapido e mi riassettai i pantaloncini. «Thea?»

Juliette oltrepassò l'uscio e si fermò sorpresa quando vide il nostro dottore imperare nell'ambiente a poca distanza da me. Inclinò la testa soffermandosi sul mio aspetto sconvolto, poi dirottò l'attenzione su Efrem, fermo in un angolo, come un essere divino colto in flagrante durante un atto libidinoso. Sul suo viso spiccava una vivida eccitazione che, per quanto tentasse di mascherare, riluceva sui tratti nobili rendendolo ancora più ammaliante e attraente; la tensione dei muscoli e l'espressione insondabile incutevano un timore preponderante, tanto che Juliette si schiarì la gola imbarazzata.

«Salve, dottor Krugher.» Fece uno sforzo enorme per non balbettare; lo fissò interamente, con particolare intensità, come se nel bagno non ci fosse nessun altro a parte lui, stregata dal fascino spietato che emanava, sopraffatta dal modo in cui la stava osservando, come se avesse interrotto qualcosa di importante e stesse pianificando per lei una brutta punizione. «Oh, no.» Tentò di ammansirlo, agitando le braccia allarmata. «Non dirò a nessuno che è entrato nella camera di una paziente. Lo giuro.» Juliette incrociò le dita e le baciò in segno di promessa. «Né che ha trasgredito la regola numero dieci, secondo cui i medici non possono intrufolarsi nelle stanze degli ospiti senza che siano accompagnati da qualcun altro.» Più parlava, più peggiorava la situazione poiché, anziché rassicurarlo, gli stava spiattellando in faccia tutto ciò che di sbagliato aveva fatto nell'ultima ora.

Gli lanciai un'occhiata per cogliere una sua reazione, ma Efrem rimase imperturbabile ad ascoltarla, affrontando le sue colpe di petto, senza alcuna paura, come un uomo intransigente, che vantava una notevole posatezza. Sapeva l'effetto che esercitava sulle ragazze, sapeva di essere tanto desiderato quanto temuto e se ne compiaceva. Usava di proposito il suo aspetto diabolico per rimarcare, con un'arroganza sottile, la posizione di supremazia che aveva nella clinica. E non importava cosa facesse, non importava se trasgredisse o meno le regole: non si sarebbe giustificato né scusato con nessuno. In quel momento avrei potuto confessargli che Juliette era a conoscenza della nostra pseudo-relazione, ma preferii evitare, intimidita anch'io dal suo silenzio ammorbante. «Adesso vado via. Volevo solo accertarmi che Thea stesse bene.» Juliette mi guardò per analizzare il mio corpo. Notò le guance vivaci, il respiro concitato, i capelli scarmigliati e sulle cosce i segni arrossati di dita troppo grandi per appartenere a me. Poi sbirciò di sottecchi la camicia sgualcita di Efrem, i pettorali semiscoperti, ma per fortuna non scese a guardargli l'inguine, altrimenti sarebbe avvampata per la vergogna. «Be', direi che mi sono preoccupata inutilmente», bofonchiò con un sorrisetto timido e furbesco. «Vi lascio proseguire… cioè, no…» Scosse il capo come a rimproverarsi per l'impaccio che le faceva dire cose inopportune. «Vi lascio soli.» Arretrò di un passo, poi di un altro, facendo rimbalzare le pupille da me all'uomo che mi affiancava, finché, come una bambina pestifera, si voltò e scappò via impattando i piedi sul pavimento con un rumore buffo.

Risi per il suo atteggiamento così genuino, sempre un po' goffo e spontaneo, poi tornai seria quando incontrai lo sguardo ermetico di Efrem puntato su di me. Lo sentii vellicarmi la pelle come una carezza languida e indietreggiai. Trasmetteva un incanto oscuro capace di pizzicare le corde più profonde della mia vulnerabilità fino a farle vibrare in maniera incontrollata. Non amavo sentirmi così stordita e confusa in sua presenza, eppure lui riusciva a contaminarmi, a incrinare ogni mia resistenza e a suscitarmi emozioni contrastanti.

Mi mordicchiai il labbro inferiore, appoggiando le natiche contro il lavandino, come se non avessi le forze di sostenere la potenza di quegli occhi ammaliatori. Dopodiché studiai attentamente i suoi gesti: Efrem si sistemò la camicia, infilò il quarto bottone nella piccola asola libera e occultò alla mia vista la pelle bronzea, così tonica e profumata da desiderare di baciarla o lambirla con la lingua. Con estrema calma si passò le dita tra i capelli per riordinarli, come se il mondo si fosse fermato e lui volesse prendersela comoda. Non capivo perché stesse indugiando in quei movimenti lenti senza dire una parola, tuttavia averlo lì, vicino a me, mi dava una piacevole sensazione di protezione.

La paura svaniva e con essa la tentazione di prendere decisioni malsane.

Aggrapparmi a lui mi consentiva di rimanere a galla, di non affondare nell'oceano della mia disperazione. Era come un faro luminoso che, impavido, resisteva anche alle condizioni più avverse, era il punto fermo dei cuori solitari, dei cuori smarriti lungo le malfide rotte del mare.

Era un fascio di luce che fungeva da guida e da salvezza, che rendeva le acque più sicure e che donava una possibilità di sopravvivenza.

Perciò non volevo perderlo.

«Mi occuperò di Juliette nel colloquio di oggi pomeriggio.» Finalmente la sua voce stentorea riempì l'aria e mi strappò ai pensieri con un brivido inconsulto. Mi limitai ad annuire, strofinando il palmo sulla pancia a causa di un lieve crampo di fame. Efrem se ne accorse e, anziché redarguirmi o tediarmi con una delle sue paternali, fece qualcosa di totalmente inaspettato: infilò la mano nella tasca dei pantaloni ed estrasse un biglietto.

Inizialmente non capii cosa fosse finché me lo porse e io lo presi, fissandolo accigliata.

«Sono i recapiti telefonici della clinica, del mio studio e...» Si interruppe qualche istante, grattandosi il sopracciglio con il pollice. «Del mio cellulare.» Si fermò ancora prima di specificare: «Personale».

Il che significava che non ce l'aveva nessun ospite.

Il cuore ebbe un balzo nel petto quando intesi il valore di quel bigliettino e cosa conteneva. «Mi hai...» Mi si seccò la gola per l'agitazione, non riuscii a elaborare nulla di sensato. Per orgoglio non gli avevo mai chiesto il suo numero, neanche dopo che mi aveva toccata e baciata. Mi era sempre parsa una pretesa impossibile da rivolgergli, perché aveva una moglie e perché contattarlo in qualsiasi momento, a qualsiasi ora del giorno, mi sembrava un'invasione della sua privacy, un'intrusione violenta nella sua vita privata. «Mi hai davvero...»

Oddio, sembravo una ragazzina che aveva appena ricevuto una dichiarazione d'amore dall'unica persona dalla quale non se lo sarebbe mai aspettato. E invece si trattava semplicemente di un biglietto nero, in carta lucida, sulla quale era inciso con un'elegante scritta dorata il nome DR. EFREM KRUGHER e un elenco di numeri a cui far riferimento per qualsiasi evenienza.

«Mi pare di averti già detto che quando il dolore ti sottopone ad angherie come quella...» Efrem indicò con il mento il pezzetto di carta igienica che giaceva per terra, la prova inconfutabile della mia sconsideratezza. «Puoi correre da me. Ma a quanto pare non sei abbastanza veloce, quindi, per agevolarti, da adesso potrai chiamarmi o scrivermi un messaggio ogni volta che ne avrai bisogno.» Con la sua andatura virile si incamminò verso la porta e si fermò ancora come colto da una necessità lampante. Voltò appena il viso, concedendomi il profilo lineare, e mi scoccò un'occhiata d'intesa con la quale volle anticipare la complicità che, da quel momento in poi, avremmo dovuto condividere. Una complicità che non riguardava solo la nostra intimità sporadica, bensì la quotidianità nella sua pienezza. «Ovviamente dovrà rimanere un segreto tra noi.»

Uno tra i tanti.

Il primo di molti...

4
Thea

La vita è una notte riempita da un lungo sogno,
che spesso diventa un incubo opprimente.
ARTHUR SCHOPENHAUER

ERA tutto così vivido.

Erano vivide le urla laceranti, le pareti incrostate di sangue, i miei passi che si affrettavano a correre da lei, il cuore che si spezzava e cessava di battere.

Erano vividi gli occhi sgranati, vaganti nel vuoto come lucciole spente.

Erano vivide le mani abbandonate al suolo, insieme al corpo freddo, anchilosato, che la morte aveva strappato senza pietà a una vita rigogliosa.

Erano vividi i passamontagna dietro i quali prosperavano la barbarità degli uomini, le intenzioni spregevoli, la crudeltà umana.

«Sono due donne. Età: fra i trenta e i quarant'anni.» La voce di un poliziotto risuonava attorno a me, scalciava per farmi prendere coscienza della realtà mentre me ne stavo inginocchiata per terra. Stralunata. Estraniata. Un cremisi luminoso mi imbrattava le dita come fango sporco e io lo fissavo, sconvolta dall'atrocità di quell'abominio. «E con loro c'è una ragazzina sui diciotto anni. È sotto shock. Servono urgentemente dei soccorsi.»

Furono parole rivolte al mio gelido silenzio.

A una pelle di cui mi sentii spogliata.

Alla carne che percepii squarciata.

Oltre le vetrate trasparenti vidi sirene lampeggianti blu e rosse, uomini in divisa che invasero il posto, ambulanze chiassose e giornalisti che accorsero per diffondere la notizia su tutti i siti web e i giornali locali di cronaca nera:

WEST HOLLYWOOD: DUE DONNE ASSASSINATE.
SI APRONO LE INDAGINI PER OMICIDIO DOLOSO.

Quel giorno compresi cos'era l'Inferno: un abisso profondo nel quale c'era posto solo per i mostri.

Un recinto infuocato in cui quei mostri confinavano persone innocenti.

E la mamma ne era stata vittima.

Strinsi la scimmietta al petto e, col respiro affannato, osservai il soffitto buio.

Era tremendo svegliarsi in preda agli strattoni degli incubi.

Li sentivo avvinghiarmisi addosso come iene affamate le cui zanne artigliavano i miei sogni per sbrindellarli e costringermi a restare rinchiusa lì, in un passato doloroso.

Affondai il naso nella testolina del peluche fregandomene che fosse un atteggiamento infantile.

Non c'era nessuno che potesse vedermi o giudicarmi; abbracciare la bertuccia che la mamma mi aveva regalato da piccola mi infondeva una serenità rassicurante. Immaginare le sue carezze dolci, il suo profumo di more mi permetteva di sovrastare l'angoscia dei ricordi che, malgrado i miei sforzi, tornavano a ossessionarmi, a tormentarmi, a trascinarmi con loro negli anfratti più bui dell'anima.

Una profondità che avevo paura di visitare.

«Thea?» Sentii la voce sonnecchiante di Juliette richiamarmi dal fondo della stanza. Era notte inoltrata, credevo stesse dormendo, invece... «Ti ho sentita piangere. Tutto okay?»

Mi voltai a cercarla nella penombra della camera.

Piccoli fili lunari filtravano placidi dalla finestra aperta, proiettando ombre informi sul pavimento e illuminando fiocamente la sua esile figura. Si alzò su un gomito e cacciò fuori un timido sbadiglio.

Avevo pianto?

D'istinto mi toccai le guance con il dorso della mano e in effetti le avvertii umidicce e accaldate.

Era successo inconsapevolmente e lei se n'era accorta.

Sbuffando, tornai a fissare il soffitto; una brezza leggera mi accarezzò le gambe scoperte. In quel periodo ero solita dormire con le mutandine e una semplice canotta di cotone, dato che, con l'approssimarsi dell'estate, la sera era l'unico momento della giornata in cui mi beavo di un po' di frescura. «Mi dispiace di averti svegliata. Comunque, sto bene.» Non volevo si preoccupasse per me né che pensasse che avevo bisogno del suo aiuto o conforto. Ero decisa a non affezionarmi a lei e tantomeno alla nostra convivenza temporanea.

«Aspetta.» Con la sua gentilezza impacciata, Juliette scese dal letto. Quando superò la vetrata, intravidi la lunga chioma castana e scombinata, poi gli occhietti semichiusi ma desti. I piedini nudi sbatacchiarono deboli sul marmo finché percepii il suo profumo di gelsomino invadere il mio spazio. Stavo per ricordarle che aveva infranto la nostra regola: non doveva superare la linea immaginaria che avevo tracciato con il suo rossetto il primo giorno; avevo perso il conto di quante volte glielo avessi ripetuto, eppure lei mi raggiunse ed ebbe persino l'ardire di darmi un ordine: «Su, spostati».

Cosa? Diceva sul serio?

Purtroppo non poté vedere la mia espressione infastidita, ma mi impegnai a farle percepire una punta d'irritazione nella domanda banale che le rivolsi: «Che vuoi fare?»

Mi issai su un gomito, premendo la scimmietta contro il seno.

Lei sospirò, raccogliendo tutta la pazienza possibile per sopportarmi. «Mi metto accanto a te. Non fare la brontolona, avanti. Il letto è abbastanza grande per accogliere entrambe.» Con la manina mi spinse di lato e, in un elegante fruscio di stoffa e flebili movimenti, si distese accanto a me, posando il capo sul mio cuscino.

La guardai sconcertata.

Non sapevo interpretare quel gesto, quel momento di condivisione che non avevo mai vissuto, eccetto che con la mamma. Era una nostra abitudine dormire insieme. Prima e dopo di lei non c'era stato nessun altro al quale avevo permesso di starmi a fianco mentre io ero in un totale stato di incoscienza e abbandono. Mi vergognavo ad ammetterlo, ma non avevo mai dormito con un ragazzo, neanche con Andy.

E quella notte stavo davvero permettendo a lei di infrangere i limiti che mi ero imposta per una vita intera?

No, non l'avrei permesso.

«Scendi immediatamente.» Non fu necessario alzare la voce per lasciar emergere il mio nervosismo.

Tuttavia, Juliette si mostrò più testarda del previsto. «Ehm... no», rispose con insolenza. Potei giurare che stesse anche ridacchiando di soppiatto.

Mi agitai e misi distanza tra noi; mi spostai fino al bordo del materasso, laddove mi fermai per non cadere, come se stessi scappando da un piccolo mostriciattolo dall'aspetto incantevole. «Perché?»

Juliette si mise comoda e sprimacciò persino l'angolo del guanciale di cui si era appropriata. «Perché insieme possiamo mandare via i tuoi incubi. Devi superare la fobia di legarti a me. Non va bene.» Agitò l'indice teso da un lato all'altro come una maestrina saccente, poi emise un altro sbadiglio sonnacchioso. «Ti sono amica e lo sai, ma ti costringi a respingermi perché hai paura che io possa deluderti, farti soffrire o possa andarmene. Quando capirai che esistono persone capaci di *restare*, Thea? Io sono una di quelle.»

Nonostante la sua inesperienza e ingenuità, Juliette aveva compreso davvero qual era la mia paura più grande. La morte della mamma mi aveva segnata così profondamente da temere di affezionarmi a qualcuno per evitare di star male. Per questa ragione le mie amicizie erano sempre state difficili; in realtà non avevo amici oltre ad Halima e ad Andy. Anche se, con quest'ultimo, non ero certa di poter definire il nostro rapporto ancora un'amicizia, dato che la relazione che avevo instaurato con Efrem aveva danneggiato anche ciò che di bello c'era tra noi, facendomi provare spesso il terrore che la vecchia *Puffetta* e il vecchio *Bambino rock* fossero ormai una realtà irrecuperabile che sarebbe sopravvissuta solo nei miei ricordi. Lo dimostrava il fatto che, dopo la nostra discussione in presenza di Victor, non lo avevo mai cercato o chiamato, e non perché non lo pensassi, bensì perché non avevo il coraggio di affrontarlo e di confessargli che i suoi sospetti su di me e il mio medico erano sempre stati fondati.

«Non mi lascio convincere dalle belle parole.» La mia fermezza era più fitta del buio che ci avvolgeva; Juliette non poteva capire quanto fossero incurabili le ferite che avevo sul cuore.

«Non sono soltanto belle parole», mormorò con una dolcezza accomodante. «Ci tengo davvero a te.»

Sorrisi beffarda: era una fan della mia band.

Certo che ci teneva a me, ma non come voleva farmi credere.

Incrociai una caviglia sull'altra e continuai a fissare il vuoto, persuasa dalle mie convinzioni. «Idolatri la rockstar, è diverso.»

«All'inizio sì», ammise, distesa supina, probabilmente con le manine posate sul ventre. «Era così, ma adesso non più. Non sei solo la chitarrista dei Bright Demons per me. Sei anche e soprattutto Thea Jensen.»

E chi era Thea Jensen?

Mi ponevo quella domanda da due anni senza ottenere mai risposta. Soltanto dubbi, paure, incertezze che intessevano attorno a me un caos irrefrenabile. Per quel motivo la nonna aveva deciso di spedirmi in una clinica psichiatrica; era stata la prima a notare che mi ero smarrita, che la musica non era più una via di fuga e che il demone annidato nella mia pancia mi stava consumando carne e ossa impedendomi di vivere.

«Ti va di parlarmi dell'incubo che hai fatto?» Sentii il respiro di Juliette solleticarmi la guancia, segno che si era voltata nella mia direzione.

«No», borbottai piccata.

«Allora cosa facciamo?» sbuffò, insistente. «Per ora non ho più sonno.»

«Restiamo in silenzio.» Mi sembrò la proposta migliore, soprattutto perché odiavo rivelare troppo di me e ancor di più essere costretta a farlo. Non ero solita parlare di mia madre e dei miei incubi; persino la dottoressa Ruiz, malgrado la sua esperienza, mi aveva confessato di aver incontrato pochi pazienti con una reticenza salda come la mia.

«E se ti aiutassi a pensare a qualcosa di bello?» Juliette non demorse: voleva cercare di rallegrarmi, di scacciar via tutte le turbe che mi affollavano l'anima. Non ci sarebbe riuscita, ma apprezzai i suoi tentativi.

«Per esempio?» Cominciai a mostrare dei piccoli segnali di cedimento, tanto che lei ridacchiò vittoriosa. Avrei potuto girarmi dall'altra parte, darle le spalle e la buonanotte, troncando la nostra chiacchierata, invece continuavo ad assecondarla, coinvolta quanto lei dalla tranquillità di quel dialogo, come se entrambe ne avessimo bisogno.

«Raccontami del dottor Krugher, di ciò che stavate facendo in bagno», sussurrò goffamente. *Perché tanto disagio?* Non c'era nessuno ad ascoltarci. Eravamo sole in stanza, a ciarlare in piena notte, tuttavia, quando lei affrontava discorsi che riguardavano argomenti licenziosi, ne era sempre terribilmente imbarazzata. «Non l'avevo mai visto così... così...» Si umettò le labbra alla ricerca di un aggettivo appropriato.

«Eccitato», la precedetti. Al solo pensiero mi si contorse lo stomaco e una lussuria divampante mi scaldò il petto e le guance. Quel giorno avevo trascorso tutto il tempo con il suo profumo sulla pelle e la sua voce maschile a invadermi la testa. Efrem non mi aveva neanche baciata, eppure percepivo ancora le sue mani rudi e travolgenti sulle cosce, il respiro caldo a un soffio dalle labbra, l'espressione tagliente, bramosa di un desiderio represso, che mi aveva avvolta con ardore e graffiata sottopelle senza neanche che lui mi toccasse.

Quell'uomo era un rebus vivente: quando credevo di averlo in pugno, di averlo sedotto o convinto a cedermi, mi sfuggiva e si limitava a rivolgermi un sorrisetto tronfio, consapevole di essere inflessibile, scaltro, un animale selvatico difficile da catturare.

«Ehm, sì», bofonchiò Juliette timidamente. «Santo cielo... è davvero affascinante. Hai notato come cambia il colore dei suoi occhi?»

«Sì», sussurrai esterrefatta, figurandomi nella mente due cristalli lucenti sotto l'effetto magico di un artificio: scintillavano di un seducente azzurro acquamarina quando Efrem era vulnerabile, incline a seguire le emozioni più turbolente, mentre si incupivano divenendo di un intenso verde smeraldo quando si riappropriava della sua intransigenza, risultando compito e assertivo come un principe oscuro segregato in una risplendente rigidità. «Non ho mai incontrato nessuno come lui», ammisi con un fievole soffio al cuore che, nelle ultime settimane, faceva il birbante ogni volta che lo nominavo.

«Intendi così bello?» squittì Juliette con una vivacità esplosiva.

«Intendo così...» In quel momento fui io in difficoltà. Definire Efrem a parole senza lederne l'immensità che trasmetteva non era semplice. «*Tutto.* Possiede numerose qualità incredibili, difficili da trovare in un uomo.»

Era come un'onda selvaggia e travolgente.

Il respiro di un uragano.

La carezza di un vento impetuoso.

Un arcano universo che disfidava spazio e tempo.

Era come una stella luminosa che brulicava in cielo, tra sogni e chimere.

Era uno scrigno di saggezza e sapienza dal quale traboccavano certezze e speranze.

Era un angelo dall'aspetto crudele che passeggiava lento, tra le ombre smorte.

Dispiegava le ali per avvolgerne le sofferenze e conceder loro un brillante tremolio di pace.

Ne sfiorava con le dita le ferite, elargendo una lampada di vita.

Non gli importava se, alcune volte, quella lampada emanava una luce fioca, lui era nato per tramare contro la morte e per allontanare le anime dal ciglio della disperazione.

Ecco cos'era Efrem.

Una totalità inspiegabile.

«Ti confesso un segreto.» Juliette abbassò la voce, riducendola a un debole svolazzo di corde vocali. «Ho sentito dire la stessa cosa alla dottoressa Ruiz mentre chiacchierava con qualcuno al telefono.»

La nostra psicologa era stata la sua amante. Non sapevo per quanto tempo né se la loro relazione fosse nata quando lui era già sposato o prima. Nel discorso che avevo origliato, Efrem aveva detto a Liliane che quella storia risaliva a molti anni prima, quindi sospettavo che avesse conosciuto la dottoressa all'inizio della loro collaborazione nella stessa clinica, quando ancora non aveva incontrato colei che sarebbe diventata sua moglie.

«Non mi stupisco.» Pensare che la Ruiz serbasse ancora un interesse nei suoi confronti mi infastidì. Fu una sensazione logorante, cocente, talmente opprimente da impedirmi di ignorarla.

Non mi piaceva.

Non mi piaceva sentirmi così debole, così possessiva, così legata a qualcuno che non avrei potuto vivermi a lungo.

Prima o poi la mia ruota panoramica si sarebbe fermata.

E io avrei ripreso a camminare, sola e angosciata, in quel luna park tetro, privo di musica e colori.

Un luna park in cui i bambini non sorridevano.

Non conoscevano il sapore della libertà.

Non avevano neanche gettoni in tasca.

D'altronde a cosa sarebbe servito possederne uno se le giostre erano spente?

Il mio era un luna park al margine del mondo.

Rinchiuso in una palla di vetro scheggiata.

Abbandonato in un angolo desolato.

Un labirinto depredato di ogni spensieratezza, avvolto dal silenzio, al quale anche la luna si rifiutava di concedere un mezzo sorriso.

«Io la penso come te e lei, ma in un senso diverso. È come un padre per me. Nei nostri colloqui parliamo tanto. Mi sorride quando gli rispondo in modo strambo a qualcosa che non ho compreso e con la sua calma riesce a tranquillizzarmi. Mi ha salvata tante volte dalle mie crisi, ha asciugato le mie lacrime e ha cercato di rimettere a posto ogni pezzo di me. È molto intelligente. Se starete insieme, sarai la ragazza più fortunata del mondo», mormorò Juliette trasognante, immaginandosi una storia d'amore da romanzo rosa. Una delle tante che leggeva nei suoi libri preferiti, con dichiarazioni smielate e un ampolloso lieto fine.

«Non staremo mai insieme.» La mia convinzione fu come un colpo di falce che tranciò le sue assurde aspettative. «Ci sono troppi ostacoli tra noi.»

«Tipo? Sua moglie?» intuì, dando poco peso alla questione. «Esiste il divorzio. E con Joël potrà sempre mantenere un buon rapporto.»

Certo; detto così sembrava facile, ma chi ci assicurava che Liliane non avrebbe lottato per tenersi stretta chi amava? Una donna tradita, soprattutto ferita, spesso diventa imprevedibile. E, nella sua imprevedibilità, anche capace di commettere azioni pericolose.

Io non la conoscevo; l'avevo vista e sentita parlare soltanto una volta. Non avevo alcuna informazione su di lei, eccetto che fosse la persona che occupava la vita dell'uomo al quale mi stavo affezionando.

Efrem non avrebbe potuto stravolgere tutto per una ragazza.

Non avrebbe potuto farlo per me.

D'altronde chi ero per lui?

Una semplice paziente o qualcosa di più?

«Non eri contraria a questa relazione?» Girai il capo verso Juliette, ricordando i nostri vecchi discorsi. Non era mai stata d'accordo con la mia intenzione di sedurre il nostro medico. «Perché hai cambiato idea?»

Lei ci pensò pochi secondi, poi con un sospiro timoroso rispose: «Perché tu sei felice con lui».

Ebbi un lieve tentennamento quando udii le sue parole.

La felicità non esiste.

È soltanto la proiezione effimera di un'illusione alla quale l'essere umano crede per sopravvivere, per dare un senso alla tela di dolore che è costretto a dipingere per tutta la vita.

A volte mi chiedevo perché siamo destinati a godere di brevi attimi di gioia che subito dopo ci rigettano nella stessa condizione di sconforto e rassegnazione.

Una condizione che appare anche peggiore, dato che, quando si assapora quel briciolo di estasi o si sfiorano con le dita i nastri colorati di un arcobaleno, non è semplice tornare a camminare sotto la pioggia, con il fragore delle angosce a strepitare nelle orecchie.

«Felice?» Un'amara ironia mi distorse gli angoli delle labbra.

«Sì», confermò decisa. «Sembri un'altra in sua presenza. Hai una luce diversa nello sguardo, come se lui riuscisse a vestirti di sogni e a cullare anche le tue tenebre.» La voce di Juliette cercava di riportare la pace laddove io scatenavo tempeste, soprattutto a causa del mio pessimismo. «Se fossi in te, se avessi la tua stessa forza, combatterei per un uomo come lui.»

Chi non l'avrebbe fatto?

Rimandavo costantemente il pensiero che un giorno avrei dovuto dirgli addio, che avrei dovuto accettare di allontanarmi da lui, accettare di non sentire più i suoi rimproveri o le sue rassicurazioni, accettare di non poter più provare le mille emozioni che sapeva donarmi, accettare di non poter più correre a perdifiato verso gli orizzonti che mi mostrava.

Efrem era come un filo dorato che riusciva a tenere insieme tutti i cocci della mia anima.

Temevo che senza di lui mi sarei rotta ancora, di nuovo, fino a diventare un mosaico frantumato che nessuno sarebbe riuscito a ricomporre, ogni pezzetto un piccolo dolore che nessuno avrebbe lenito.

«Mi stai suggerendo di distruggere il suo matrimonio.» Fui schietta e indelicata, ma in sostanza questo era ciò che stava cercando di farmi capire.

Juliette non smentì, piuttosto si impegnò a rafforzare la sua teoria. «Ti sto suggerendo di non avere paura dei sentimenti. Prima credevo che lui non fosse interessato e che tu ti stessi infilando in una brutta situazione, ma quando ho iniziato a osservare attentamente i suoi atteggiamenti in tua presenza ho capito che è coinvolto quanto te. Non sei tu a distruggere un matrimonio, sarà lui a dover prendere la decisione di interromperlo. È ovvio che non ama la moglie.»

La sua sicurezza mi mise sull'attenti, incuriosita dal perché avesse una considerazione così negativa del loro rapporto. «Cosa te lo fa pensare?»

«Non avrebbe ceduto a te se l'avesse amata. Giusto?» declamò imperterrita. «Non è come i nostri coetanei, Thea. Come potrebbe un uomo maturo, con un lavoro affermato e una famiglia sulle spalle, mettere a rischio la sua relazione per una ragazza a cui non tiene?»

In effetti aveva senso; oltretutto Efrem non era superficiale. Perverso sì, amante del vizio anche, ma non così sciocco da agire in maniera imprudente senza considerare cosa ne sarebbe conseguito.

Per tre anni non aveva ceduto a nessuna donna, neanche a Giselle, e ciò significava che era in grado di controllarsi, di esimersi dall'andare a letto con la prima che gli ronzava attorno. Eppure, di donne che lo desideravano ce n'erano molte. Efrem era capace di incantare e terrorizzare, di attrarre e respingere, di elargire promesse di piacere con un solo sguardo e di deviare i sogni con il suo erotismo carnale per dirottarli su sentieri proibiti. Non c'era da stupirsi che chiunque lo incontrasse ne fosse particolarmente affascinato.

«Anche se lasciasse Liliane, non darei per scontato che sceglierebbe me.» Continuai a non crearmi false aspettative. Preferivo non crederci sin dal principio, anziché illudermi di qualcosa che non sarebbe successo.

«Sei sempre così 'fiduciosa'?» mi sfotté Juliette, con un risolino beffardo. «Per tirarti su di morale voglio raccontarti un mito che lui stesso mi ha narrato in uno dei nostri incontri. Hai mai visto dei fiori di mandorlo?»

«Mmh...» Ci pensai qualche istante. «No.»

«Hanno delle meravigliose corolle bianche e rosa, venate di viola. Si dice che abbiano il potere di portare la primavera anche quando, altrove, è ancora inverno. Il mandorlo simboleggia la speranza e l'amore. La sua particolare bellezza ha ispirato tanti miti e leggende. Uno tra questi è il mito di Acamante e Fillide. Lui era un eroe greco che, al primo incontro, si innamorò della principessa Fillide. Tra loro nacque subito una passione travolgente, ostacolata però da un destino avverso. Acamante dovette partire in battaglia, rimanendo per dieci anni a Troia, lontano dalla sua amata. Quando la guerra si concluse, Fillide, non vedendolo tornare, credette che fosse morto e, distrutta dal dolore, decise di togliersi la vita. Tuttavia, come la mitologia greca ci insegna, a ogni sventura segue anche l'intervento della Provvidenza: Atena decise di donare alla principessa l'immortalità e la trasformò in un albero di mandorlo.»

Attratta dal racconto, mi girai su un fianco trascinando la scimmietta con me. «E che successe ad Acamante?»

Juliette proseguì, felice che la stessi ascoltando con tanto interesse. «Quando l'eroe tornò dalla guerra e venne a sapere della morte dell'amata, pianse su quell'albero. Dalle sue lacrime cominciarono a fiorire delle cromie bianche, candide e profumate. Un regalo d'amore di Fillide al suo innamorato.»

«E questo dovrebbe tirarmi su di morale?» borbottai con la solita indelicatezza. «È la storia più triste che abbia mai sentito, per la miseria!»

La mia reazione la fece ridacchiare. «Fu la stessa cosa che dissi anch'io al dottor Krugher finché lui me ne spiegò il significato. La morte è invidiosa dell'amore. Spesso si oppone alla realizzazione del suo sentimento, soprattutto quando questo è così puro e potente. L'unico modo per vincere un nemico tanto insidioso è *crederci*. Riporre la speranza nella vita stessa, perché essa germoglia dall'amore. Non esistono amori impossibili, esistono solo persone talmente scoraggiate da pensare di non poterlo donare o di non poterlo ricevere. Come pensi che si possa raggiungere la felicità o la libertà se non si combatte per ciò che si ama?» Sentii un piccolo lamento quando anche Juliette si sistemò su un fianco, assumendo la mia stessa posizione. Nonostante il materasso fosse abbastanza morbido, il modo in cui premeva contro le ossa spigolose le recava fastidio. «La paura porta solo a credere a una realtà intrisa di false verità, a un disincanto pieno di rimpianto e sofferenza. L'amore vero è *incrollabile*. Non ci sono ostacoli che non possa abbattere, soprattutto quando si ama con tutta l'anima. Acamante continuò ad amare Fillide perché neanche la morte era riuscita a separarli. Secondo te, si può vivere un amore impossibile?»

Avevo sentito tante teorie sull'amore, un sentimento con il quale ero sempre stata in disaccordo e che forse non avrei mai compreso pienamente. Tuttavia, in quel momento, riflettei a lungo sulla sua domanda, cercando di capire il messaggio che celava quel mito e il motivo per il quale Efrem gliene avesse parlato.

Lui non diceva mai nulla senza un fine preciso, perciò tentai di coglierlo.

«Sì, perché anche l'amore impossibile può essere eterno.»

«Esatto!» L'euforia di Juliette esplose nella stanza, facendomi trasecolare. «Solo l'amore eterno permette di elevarsi al di sopra di ogni limite.»

«Quindi...» Infilai un indice sotto il chiodo di pelle della bertuccia, accarezzandole la pancia. «Tornando al punto d'origine della nostra conversazione, non ci sono ostacoli né limiti che io ed Efrem non potremmo superare se ci innamorassimo davvero.»

Intravidi uno strano barlume di speranza nel futuro ottenebrato che mi ero figurata fino ad allora.

Non avevo mai contemplato la possibilità che io e lui potessimo davvero stare insieme, e non perché non lo desiderassi, ma perché mi sembrava qualcosa di irrealizzabile.

Un giorno avrei ripreso a camminare su sentieri tortuosi, sarei tornata dalla nonna, dalla mia band, alla mia vecchia vita e avrei fatto il possibile per dimenticarmi di lui.

Provavo a convincermene, a impormelo, ma fallivo miseramente.

Non sarebbe bastata un'intera esistenza per dimenticarlo.

Come si poteva cancellare dalla mente un uomo come Efrem?

«Brava, sei perspicace Thea Jensen», mi irrise Julie, burlona.

Corrucciai la fronte anche se non poté vedermi. «E tu parli troppo. Basta con le frottole. È ora di dormire.»

«Agli ordini, capo», mi assecondò giocosa; tuttavia, mentre stavo per chiudere le palpebre, mi chiamò ancora: «Ehm… Thea».

«Dimmi», sbuffai platealmente.

«Potrei fare anch'io qualche incubo», mormorò preoccupata. «Di solito dormo con il *Bianconiglio*, ma è in lavanderia. Sai che gli faccio fare il bagnetto ogni settimana.»

Il *Bianconiglio* era il peluche con il quale dormiva spesso. Una sera mi aveva confessato che le era stato regalato da una persona importante, mostrandosi costernata e afflitta nel ripercorrere i ricordi che la legavano a lei, perciò avevo tenuto a freno la curiosità, senza porle domande invadenti a riguardo. Escludevo che si potesse trattare di un ex fidanzato – dato che non ne aveva mai avuto uno –, ma forse di un'amica o di un parente stretto.

«Per stanotte ti presto il mio.» Senza interrogarmi sul motivo della mia decisione, agii d'istinto: presi la scimmietta e la posizionai al centro del letto, tra i nostri corpi macilenti. Juliette allungò un braccio e tastò le lenzuola; per un istante sfiorò le mie dita con le sue e, quando trovò la bertuccia, l'afferrò per portarsela al petto. Non fui molto contenta di privarmene e ritenni necessario metterlo in chiaro. «Ne sono molto gelosa, non prenderla come un'abitudine.»

«Grazie», si limitò a sussurrare. Ogni volta che le mie parole la respingevano lei ribatteva con docili carezze. Quella ragazzina era davvero incredibile. «Come si chiama la tua scimmietta? Non te l'ho mai chiesto.» Annusò il buon profumo del manto, inspirandolo a pieni polmoni.

«Porta il nome di chi custodisco nell'anima.» Trattenni il dolore che mi soffocava il cuore mentre la sofferenza si distendeva alle mie spalle e mi stritolava come un fantasma che non voleva darmi tregua. Presi un gran respiro prima di risponderle: «Si chiama *Nancy*».

Il giorno dopo, un martedì dei tanti, ero seduta in biblioteca, particolarmente pensierosa.

Era sempre più frequente che mi sentissi schiacciare da un senso di sconforto misto alla smodata apatia con la quale cercavo di affrontare la realtà.

Spesso mi chiedevo se ce l'avrei fatta a superare tutto, se davvero avrei trovato la forza dentro di me di rialzarmi.

Non sapevo come sarebbe andata, come si sarebbe concluso il mio percorso riabilitativo né se avrei reso fieri di me la nonna, l'équipe medica e soprattutto Efrem.

Per la prima volta in vent'anni stavo davvero fronteggiando la sfida più grande che potesse capitarmi. La sfida contro me stessa, il cui esito mi avrebbe condotta a una clamorosa vittoria o a un'umiliante sconfitta.

Quella mattina avevo confidato i miei stati d'animo alla dottoressa Ruiz. Le avevo spiegato che continuavo a disprezzare la mia immagine, ma che stavo riuscendo a seguire più fedelmente il piano alimentare del dietologo e che l'ossessione per il peso, benché non fosse del tutto sparita, era almeno diminuita.

Stavo smettendo di controllare la circonferenza delle braccia o dei polsi, in compenso mi accarezzavo spesso le clavicole per accertarmi che fossero ben evidenti e mi assicuravo che le forme dei fianchi e delle cosce non si pronunciassero troppo.

Lei ne era stata contenta. Sosteneva che ero quasi a metà del percorso, che i progressi c'erano, seppur minimi, e che i risultati sarebbero stati evidenti alla fine, ossia al termine delle sedici settimane, allo scadere delle quali sarei dovuta tornare a West Hollywood, ma stranamente non ne ero molto entusiasta.

Se da un lato l'opportunità di vivermi tutti i giorni nonna Lizzie mi rendeva felice e mi spingeva a non mollare, dall'altro l'idea che non avrei più rivisto Efrem mi gettava in una voragine di angoscia e tristezza.

Perché?

Stavo forse diventando come quelle ragazze che credono nel grande amore e nell'illusione di viverlo davvero?

No, certo che no.

Ero sempre la stessa Thea disillusa, ancorata saldamente all'asfalto, che si impediva di volare troppo con la fantasia. Eppure la consapevolezza che non avrei più incontrato uno come lui risvegliava in me il timore che, da sola, non sarei stata capace di camminare tra le mie ombre.

Come avrei proseguito senza Efrem?

Chi ci sarebbe stato a risollevarmi quando i ricordi tornavano a opprimermi per trascinarmi nell'abisso più tetro?

Non mi importava che nel mondo ci fossero miliardi di esseri umani.

Nessuno avrebbe avuto lo stesso orizzonte negli occhi, lo stesso cielo nell'anima, lo stesso profumo di primavera, le stesse carezze nel timbro di voce, la stessa speranza nei piccoli gesti: i buffetti che mi dava sulla guancia, gli abbracci consolatori o quei piccoli sorrisi che celavano sempre l'insegnamento di amare la vita, qualsiasi difficoltà ci ponesse davanti.

E se avessi trascorso il resto del mio tempo a cercare la sua luce sul volto di un altro?

Quella domanda tacita, inaspettata, mi terrorizzò.

A volte volevo mettere a tacere il mio subconscio, che invece, come un grillo parlante, emergeva per sbeffeggiarmi e portare a galla dei dubbi che volevo ignorare.

Non dovevo contemplare l'amore né cercarlo né desiderarlo. Sebbene il mito che mi aveva raccontato Juliette mi avesse fuorviata per qualche istante, facendomi valutare un futuro con Efrem, non avevo intenzione di cadere nella trappola di un sentimento tanto pericoloso. Avevo fin troppi problemi, fin troppa sofferenza da sopportare, non sarei sopravvissuta a un'ulteriore perdita.

Forse avrei dovuto interrompere la nostra relazione prima che fosse troppo tardi.

D'altronde Efrem non si occupava direttamente del mio caso, ma mi aveva affidata ai colleghi.

Lui si limitava a controllare il trattamento facendosi coadiuvare da loro, perciò non era alla sua persona che mi rivolgevo per i colloqui o la misurazione del peso. Avrei potuto fingere che non esistesse, fingere che non girovagasse per la clinica. Non ero una paziente affetta da disturbi così gravi da rientrare nella sua competenza professionale, pertanto avrei potuto fare a meno di lui in qualsiasi momento. Il reale problema era che non riuscivo a tagliare quella corda invisibile che ci legava. Non sapevo quando mi si fosse avviticchiata addosso né da quanto tempo si fosse così ristretta attorno a me da impedirmi di liberarmene.

Mi sentivo come un colibrì in gabbia e non sapevo come uscirne.

Efrem era la cosa più bella e spaventosa che mi fosse mai capitata.

Qualcosa di prezioso.

Un'alba che invadeva le vetrate del cuore e ne indorava le crepe.

Un tramonto che mi invitava a volgere il viso verso il sole e a lasciarmi alle spalle ogni dolore.

Una torcia fiammeggiante che avrei dovuto stringere in mano, anziché gettare via, perché era l'unica in grado di dissipare le tenebre e guidarmi verso l'infinito.

«Ma è impegnato.» Mi picchiai il palmo sulla fronte come a riportare i pensieri sulla giusta traiettoria. «Impegnato, Thea», continuai a rimproverarmi. «E deve occuparsi di Joël. Sì, okay, non è suo figlio, ma è come se lo fosse.» Stavo letteralmente parlando da sola mentre sedevo a un tavolo, lievemente illuminato da una grande finestra a bovindo.

Per fortuna nella biblioteca non c'era nessuno, eccetto…

Qualcuno si schiarì la voce e mi voltai, individuando subito la signora Ferguson ferma a qualche metro da me. Aveva gli occhialini calati sulla gobba del naso, uno chignon ordinato con il quale teneva su la chioma di capelli, le palpebre socchiuse in un'espressione riflessiva e un sopracciglio inarcato.

Imbarazzata, le rivolsi un sorrisetto impertinente e ruotai l'indice all'altezza della tempia. «Sa com'è. Non può aspettarsi gente normale qui dentro», ironizzai con la solita spavalderia. La donna rimase imbalsamata nella sua posa seriosa, con un libro stretto al petto che probabilmente stava andando a riporre su qualche scaffale. In ligio silenzio, osservò dapprima il mio volto smunto poi il collarino nero e infine il volume che giaceva aperto dinanzi a me. Ci misi qualche istante per capire cosa stesse pensando. «Oh, sì. Non ho trovato molto, tra poco andrò via e potrà rimetterlo al suo posto», la rassicurai.

Lei annuì e, senza aggiungere altro, proseguì per il corridoio svanendo tra i mezzi busti degli scrittori e i capitelli imperiosi.

Al nostro primo incontro le avevo chiesto un tomo che parlasse delle deviazioni sessuali, tuttavia quel pomeriggio non furono loro l'argomento principale sul quale avrei voluto documentarmi. Stranamente, dopo la serata trascorsa all'*Antéros*, le spiegazioni di Efrem sul perché mi avesse portata proprio lì avevano chetato qualcosa dentro di me. Efrem era il solo ad agire mettendomi sempre dinanzi alla cruda realtà, pertanto mi bastava essere compresa da lui per non sentirmi sbagliata o giudicata; per giunta il fatto che esistevano altre persone inclini a vivere la sessualità in maniera del tutto libera e poco convenzionale aveva dischiuso in me un vasto campo di certezze: io non ero l'unica *diversa*. Stavo imparando a tenere a bada il lato più oscuro della mia personalità e soprattutto a *dialogare* più spesso con il mio *Io* interiore. Non che avessi ottenuto grandi risposte, ma provarci era già un buon inizio. Ciò che, invece, mi ronzava sempre più spesso nella mente era la curiosità di raccogliere maggiori informazioni circa la seduzione compulsiva.

Efrem me ne aveva parlato soltanto una volta quando, dopo la passeggiata nel parco, lo avevo provocato gattonando per lui mentre sedeva sulla panchina. Un brivido di eccitazione mi corse lungo la spina dorsale e mi fece boccheggiare al ricordo del suo sguardo severo ed enigmatico, scintillante di una ferale lussuria, dietro il quale si celava un satiro spietato e malizioso, intento ad abbeverarsi del mio folle desiderio di lui.

Ricordavo ancora l'intensità di quel momento; riuscivo a sentire i suoi occhi bruciarmi sulla pelle, la presa irruente con la quale aveva strattonato il mio *choker* e il modo in cui si era chinato sul mio esile corpo per espormi ciò che pensava di me.

Era per quella ragione che mi ero recata in biblioteca: dovevo saperne di più.

Avvolta da una quiete onirica, sfogliai ancora qualche pagina, leggendo attentamente. Scoprii che la seduzione compulsiva è un disturbo che può evolversi in vari modi e insorgere per cause diverse. Solitamente, una delle tante è un trauma infantile connesso all'assenza di una figura genitoriale maschile. Nel mio caso ero cresciuta senza un padre e questo aveva fatto inerpicare dentro di me la paura di non poter essere amata o accettata. Di conseguenza ricercavo in altri uomini l'amore che mi era stato negato da lui nel tentativo di attenuare la mancanza di autostima che mi logorava ogni giorno. Con lo sguardo puntato su quelle righe esaustive, ragionai anche su un'ulteriore condizione della patologia: la possibilità di sviluppare una dipendenza affettiva nei confronti di chi è capace di trasmettere protezione e sicurezza, di sostituire un padre assente, di colmarne il vuoto e di permettere a chiunque ne soffra di determinare *se stesso* attraverso la sua presenza.

Per un attimo la testa mi vorticò e mi mancò l'aria, tanto che mi sfiorai il collarino con i polpastrelli sentendo un viluppo d'angoscia incastrarsi in gola.

Era questo ciò che mi legava a Efrem?

Il bisogno viscerale di aggrapparmi a lui perché, per il mio subconscio, rappresentava il padre che non avevo mai avuto?

Era totalmente fuori luogo.

Una spiegazione del genere avrebbe avuto un senso per il mio affetto nei suoi confronti, ma non per l'attrazione fisica che mi avvelenava, la voglia di denudarlo, di fondermi a lui e strappargli l'anima. Di certo, quelli non erano desideri che avrei potuto rivolgere a qualcuno che considerassi un padre, bensì a un uomo al quale avrei voluto donare me stessa, nel modo più intimo e naturale possibile.

«Cavolo», mi irritai; continuare a indagare su questioni di cui non avevo chissà quanta conoscenza era solo una perdita di tempo. Rischiavo di fraintendere ciò che leggevo e di darmi risposte del tutto errate che mi avrebbero provocato ulteriori paranoie, perciò decisi di chiudere quel tomo e di alzarmi. Lo lasciai sul tavolo – la signora Ferguson lo avrebbe trovato e riposto nello scaffale giusto –, poi mi incamminai verso l'uscita con la testa appesantita da più dubbi di quanti ne avessi prima di entrare lì dentro.

«Che stupida», borbottai contro me stessa; dovevo smetterla di arrovellarmi. La mia vita era già troppo incasinata, non potevo preoccuparmi anche dello strano sentimento che pian piano mi stava infettando il cuore fino a rendermi così vulnerabile.

Mentre procedevo per il corridoio diretta in stanza, la suoneria di un cellulare mi fece sobbalzare. Inchiodai in un punto a caso del pavimento e mi guardai attorno sgomenta prima di realizzare che quella musichetta rock, parecchio assordante, proveniva proprio dal mio iPhone. Lo sfilai dalla tasca posteriore degli shorts e lessi sul display il nome del mittente: Andy.

L'ansia mi si attorcigliò al collo come un cappio che mi impediva di respirare.

Non lo sentivo da tanto tempo, per giunta non mi aveva mai cercata nei giorni successivi alla nostra discussione.

Forse aveva deciso di scusarsi?

O voleva di nuovo litigare?

Con Andy Tylor non ero mai certa di nulla; era talmente istintivo e imprevedibile che mi era difficile captare le sue intenzioni.

Con un sospiro pregno di coraggio mi accostai a un enorme capitello sul quale si ergeva la statua di Urano e con un lentissimo movimento del pollice aprii la chiamata.

«Pron...»

Non riuscii neanche a terminare che lui mi sopraffece.

«Puffetta, che bello sentirti», esordì allegramente. Aggrottai la fronte quando percepii la voce impastata, alterata, priva del carisma graffiante che la distingueva. «Come stai?»

«Andy.» Il cuore cominciò a battermi sempre più veloce, tanto che dovetti appoggiarmi una mano sul petto nell'assurda convinzione che potesse bastare a rallentarlo. «Hai bevuto?» Fu la prima cosa che gli domandai, dato che il modo in cui mi stava parlando faceva presagire che fosse proprio così.

Lui scoppiò a ridere; io rabbrividii per la crudeltà con la quale la sua risata riuscì a raggiungermi e sconvolgermi.

«Ti importa?» mi apostrofò con sdegno. Sebbene il nostro rapporto non fosse più come prima, ero ancora legata a lui, tuttavia Andy aveva sempre avuto un carattere particolare e ingestibile: credeva che io lo avessi usato e tradito con un altro. Le sue erano semplici supposizioni che aveva spacciato per certezze senza darmi la possibilità di esporgli come stessero le cose.

Con lui era sempre stato così: una lotta di insulti, urla e incomprensioni che ci portavano soltanto ad allontanarci, anziché a venirci incontro.

«Certo che mi importa», replicai sconcertata. «Sono a stento le sei del pomeriggio.»

«Vorresti consigliarmi un metodo migliore per affrontare questa vita di merda?» Sentii un leggero fruscio di lenzuola, seguito da una voce tenue, femminile, che gli mormorò qualcosa di incomprensibile. Probabilmente era in compagnia di una ragazza. «Ah, no. Lascia stare. Al momento sarai occupata con il tuo dottore.»

Non quanto lo era lui con la conquista di turno...

«Andy, chi diavolo c'è con te?» Non mi importava che fosse a letto con qualcuna, ma mi infastidiva il suo atteggiamento scontroso in presenza di un'estranea che ascoltava tutto. I nostri discorsi erano talmente personali da meritare un minimo di rispetto; una riservatezza che lui, a causa della sua evidente immaturità, stava calpestando senza alcun riguardo.

«Anche se non vuoi confessarmelo, lo so.» Ignorò la mia domanda, annebbiato da Efrem e da ciò che condividevo con lui. «Ti conosco così bene che mentirmi è praticamente inutile. Dimmi un po': ne sei solo attratta o c'è di più?»

Mi passai una mano sul viso, contenendo a stento la voglia di sbraitargli contro quanto la sua gelosia ossessiva tirasse fuori il peggio di lui. Un difetto terribile che per un anno intero aveva danneggiato la nostra relazione.

«Pensi di continuare a fare congetture sulla mia vita sentimentale senza darmi la possibilità di spiegarmi, oppure vorresti lasciarmi parlare?» mi spazientii; due operatori di passaggio mi lanciarono un'occhiata curiosa sostituita subito da un'espressione plastica e disinteressata.

«Non c'è nulla da spiegare.» Rise a qualcosa che la ragazza gli stava sussurrando, poi le chiese di stare ferma e di consentirgli di concludere la sua importante conversazione. «Quando quel bastardo ti scoperà, ricordati che sono stato io a venire a letto con te anche se mi maltrattavi. Quante volte ti ho sussurrato che eri bellissima per farti capire che mi piacevi nonostante tutto? E cosa ti ho detto dopo ciò che è successo con Blake a quella festa?» Non mi concesse il tempo di rispondere che mi incalzò furioso. «Ti ho detto che ti amo!» strepitò, facendomi sobbalzare. Appesantita dalle sue parole, mi appoggiai sulla colonna alle mie spalle, chiudendo appena le palpebre. Non dovevo permettere né ad Andy né al passato di trascinarmi a fondo, di nuovo, o avrei rischiato di perdermi e di non risalire più in superficie. «Ricordatelo, Thea, perché non troverai un altro coglione innamorato come me!»

«Blake non c'entra nulla», mormorai sfinita. Erano mesi che glielo ripetevo. Urlavo le mie ragioni in una stanza vuota, graffiavo i muri, li prendevo a pugni, cercavo una via d'uscita, ma nessuno sembrava udire il mio grido d'aiuto. «Io e te non stavamo insieme. E lui...»

«E lui ne ha approfittato perché eri ubriaca?» mi precedette, declamando con un tono canzonatorio la mia motivazione. *Che colpe avevo io? Davvero una ragazza che si diverte a una festa legittima gli altri a compiere su di lei azioni spregevoli?* Era questo ciò che credeva Andy: mi attribuiva la responsabilità delle decisioni malsane di Blake, profilando un'immagine di me sbagliata. Per lui era più facile considerarmi una poco di buono anziché la vittima di un gesto ignobile. Blake aveva concretizzato uno dei suoi desideri più squallidi senza il mio consenso. Se fossi stata lucida, non avrei mai ceduto alla sua folle richiesta. Spesso ne percepivo addosso lo sporco, vomitavo, mi ripiegavo come uno straccio vecchio in un angolino piangendo in silenzio, nascosta dal mondo, e l'indignazione che ne conseguiva mi faceva credere che, se la mia vita si fosse spenta, avrei smesso di provare dolore. «A quella festa non avresti dovuto metterci piede. Sapevi che ti voleva, sapevi che ci sarebbe stato anche lui e invece ci sei andata fottendotene che io non fossi d'accordo!»

«Non sei nessuno per dirmi cosa fare, Andy.» La mia voce vacillò, risultando afflitta e insicura. Non volevo dargli il potere di ferirmi, eppure ci stava riuscendo. «Oltretutto sei ubriaco, non è il caso di parlare di Blake né di aggredirmi in questo modo.»

«Oh, perdonami, dolcezza», mi prese in giro per sbeffeggiare non solo me, ma anche la sofferenza che mi fagocitava ogni volta che rivivevo addosso le terribili sensazioni di quella maledetta serata. «Per te non sono nessuno mentre io, nonostante abbia appena scopato con un'altra, sto ancora qui a pensarti e a farmi del male nel vedere le stronzate che hai combinato.»

«'Vedere'?» Spalancai gli occhi, in panico.

«Sì, vedere», ripeté divertito. «Non aprire l'ultima e-mail se non vuoi brutte sorprese.» Con un'ilarità spietata diede conferma ai miei dubbi, facendomi sprofondare nel vuoto totale. Una ferita ancora aperta mi squarciò lo stomaco, provocandomi un'ondata di nausea. Mi piegai in avanti, con un palmo sulla pancia, reprimendo l'istinto di rigettare il malessere che mi dilaniava. Andy sapeva che non stavo bene, sapeva che ero in quella clinica per superare tutti i miei problemi, eppure sembrava determinato a ostacolarmi, a distruggermi. «Anzi, no, aprila... l'e-mail», puntualizzò con una malizia diffamatrice.

«Quando bevi non ti rendi conto di quanto ferisci chi ti sta attorno. Perché mi stai facendo questo?» Mi risultò complicato proseguire quel discorso con lui senza piangere, stavo annaspando mentre rincorrevo a perdifiato i ricordi sfocati di quel momento. Rammentavo solo le ginocchia che dolevano, i grugniti maschili, le dita violente infilate nei miei capelli, una mano grande e ruvida abbrancata alla testa che spingeva, pressava e strattonava per costringermi ad assecondare la perversione del mostro che, da quel giorno in poi, sarebbe diventato uno dei miei peggiori incubi. «Appena la sbronza passerà, ti pentirai di questa chiamata.»

Andy si ammutolì pochi istanti; la ragazza al suo fianco mugolò smancerosa chiedendogli di sbrigarsi e lui la zittì infastidito prima di tornare a infierire, pilotato ancora dall'eccesso d'alcol. «Scusami se non ho quarant'anni e se non sono un manipolatore di bell'aspetto, ma provvederò a diventarlo così ai tuoi occhi sarò l'uomo perfetto. Ti ho creato anche una rima, magari la inserisco in qualche canzone», mi irrise, stordito dai suoi pensieri caotici.

Non era solo ossessionato da Efrem, ma del tutto terrorizzato.

La sua non era semplice gelosia, bensì vera e propria insicurezza.

E io avevo compreso anche perché...

«Non sarai mai come lui, per questo lo temi tanto. Fattene una ragione e vai in un *rehab*, Andy. Odiarmi o sfogare la tua rabbia su di me non servirà a curare te stesso dalle tue dipendenze.» Chiusi la chiamata, stringendo il cellulare contro l'addome. Lo serrai così rabbiosamente nel pugno che le nocche sbiancarono e le unghie mi si conficcarono nella carne fino a incidervi delle semilune sanguinanti.

Tremai nell'attesa di decidere se accedere o no alla casella delle e-mail.

Sapevo già cosa mi aveva inviato, tuttavia non avevo mai guardato quel filmato fino alla fine.

Ogni volta che, per volere del destino, mi era capitato sotto gli occhi, ne avevo sempre interrotto la riproduzione o avevo direttamente cancellato la pagina web sulla quale mi appariva, ma purtroppo anche quello era un conto che avevo in sospeso con la vecchia Thea e che avrei dovuto affrontare per permettere alla nuova *me* di andare avanti.

Con il terrore che mi pullulava attorno, la paura a fremere nel petto e la tachicardia inarrestabile, abbassai lo sguardo sul display per sbloccarlo. Lentamente eseguii l'accesso alla posta elettronica e visionai l'ultima e-mail ricevuta il cui mittente era appunto Andy.

Quando l'aprii individuai un file mp4 da scaricare.

Prima di cliccarci sopra, temporeggiai ancora cercando rassicurazione nella mia solitudine e allora sollevai il capo sulla divinità che dall'alto della sua onnipotenza osservava tacita una ragazzina che tentava di raccogliere i frammenti di se stessa: era assurdo che tutte le volte che provavo a rimetterli insieme ci fosse sempre qualcuno pronto a demolirli ancora. I colori stanchi del crepuscolo, filtranti dalla finestra aperta, luccicarono sul marmo del pavimento e accarezzarono timorosi i contorni di Urano, dio del cielo, rendendo la sua figura ancor più suggestiva, come se il tramonto con un incanto trascendentale stesse per donargli vita e anima.

Ne rimasi affascinata.

Socchiudendo le palpebre mi lasciai avvolgere da una quiete monastica, dall'assenza di rumori, dall'ultimo bacio del sole prima che la clinica cadesse nell'oscurità della notte.

Poi mi ridestai quando le luci nel corridoio cominciarono ad accendersi per sferzare il buio.

Con un sospiro profondo tornai a fissare il cellulare, quel terribile video e tutto ciò che si celava al suo interno.

Non potevo esitare ancora.

«Forza, Thea...» mi incitai sottovoce.

Con il pollice tremolante pigiai su download e attesi, pronta a ricadere nella spirale del passato...

E. K.
I ricordi di un matto

Berlino, 10 maggio

Ti consiglio una tecnica efficace:
quando hai un pensiero negativo
scrivilo su un pezzo di carta e strappalo.
Può aiutarti a liberartene.
EFREM KRUGHER

NON c'era cosa peggiore che smarrire l'agendina sulla quale annotavo tutti i miei contorti pensieri.

Ah, la memoria…

A quanti di voi capita di perdere un oggetto e di non ricordare dove l'avete messo?

E quante contumelie rivolgete alla povera *cosa* dispersa che colpe non ha?

Ebbene, io sono uno di voi.

Quando smarrisco le penne, le agende, i libri, le chiavi o il cellulare la colpa è sempre e solo di quella maledetta *cosa* latitante che si dà per contumace, una fuggitiva indocile e disubbidiente che ama giocare a nascondino nei momenti meno propizi.

Mist!

Permettetemi almeno di imprecare in tedesco.

In tal modo sembra che il mio savoir-faire non venga intaccato troppo.

Vorrei parlarvi di tanti argomenti, sviscerare con voi tutte le vicissitudini del mio passato, ma per non ammorbarvi dovrò inevitabilmente fare un sunto – preciso, con dovizia di dettagli e alquanto pedante, ma pur sempre un sunto.

Vi starete chiedendo perché io abbia bisogno di condividere con voi i miei ricordi, cosa voglia dirvi, cos'è quest'esigenza palpitante che mi spinge a essere così morbosamente loquace.

Vorreste sapere del mio rapporto con la piccola Dorie, giusto?

Di cosa ne è stato di noi.

Di cosa ne è stato di lei.

E allora è doveroso che io vi esponga le questioni per ordine.

Lo so, lo so, starete pensando che sono un ciarliero dall'impeccabile fascino tedesco, un po' arcigno, un po' brioso – vi ringrazio anticipatamente se destinate alla mia persona aggettivi così lusinghieri –, tuttavia vi garantisco che le premesse sono pressoché utili: prolisse, caotiche, intricate, ma utili.

Vi do la mia parola.

Non sono un uomo amabile dal retrogusto dolciastro tipico dei gentlemen della mia età, tantomeno spero di diventarlo; non starò qui a sottoporvi a sproloqui strappalacrime o descrizioni struggenti perché vi prenderei in giro.

E con voi, credetemi, ho intenzione di essere me stesso, spoglio di maschere da finto perbenista, denudato di qualsiasi romanticheria fasulla.

Non sono un cantastorie, non sono un giullare di corte né un poeta fallace, ma lo sembrerei se vi parlassi di sentimenti stucchevoli o di emozioni sdolcinate.

Al massimo potrei considerarmi un disgraziato che appartiene alla razza dei maledetti, quelli che scaldano i letti lasciandone le impronte fredde, quelli che venerano le donne senza impegno, quelli che la verità la sputano in faccia a volte con signorilità altre volte con marcata indecenza, quelli che sorridono poco e osservano tanto, quelli che non sanno ancora tutto della vita, eppure qualcosa potrebbero insegnarla.

Sarebbe pertinente, ma alquanto ridicolo e narcisistico, dirvi che indosso l'arroganza meglio di una camicia, che maneggio la rudezza come se fosse un flagello, che valorizzo una donna più di quanto possa farlo una giarrettiera sexy, tuttavia, con somma umiltà, preferisco confessarvi che anch'io ho le mie fragilità, che un uomo impara a essere forte solo dopo aver accettato di essere anche debole.

Per la miseria, parlo troppo... e pensate che da bambino non ero così estroverso.

Non amavo molto chiacchierare né ironizzare sulla vita e su ciò che spesso mi riservava. Il contesto famigliare nel quale sono cresciuto ha influito molto sulla formazione della mia personalità e sulla deformazione della mia psiche, soprattutto dopo i dieci anni.

Prima ero un ragazzino felice e sereno, profondamente legato e affezionato a sua mamma Salomè.

Ancora oggi ne pronuncio il nome con una devozione austera, con un'implosione di sensazioni che non riesco a fagocitare, che mi è impossibile elaborare.

Forse non ho mai davvero metabolizzato la sua perdita, non l'ho mai razionalizzata, ma soltanto intelaiata in una serie di eventi lontani che mi basta rimembrare per avvertire lo stesso dolore, atroce, emotivo e corporeo, con un'intensità, una perseveranza opprimenti.

Spero di non impelagarmi in una narrazione angosciante e, se così fosse, perdonatemi sin da ora.

Parlare di mia madre, dell'unica donna che abbia amato, non è facile.

Malgrado io sia un uomo apparentemente freddo e improntato a una severità spesso sprezzante, purtroppo posseggo la sensibilità di un normale essere umano.

Salomè era una donna di origine ebrea, cresciuta in una famiglia umile, tra arte e teatro.

In lei c'era tutto ciò che si possa desiderare in una donna: la placida delicatezza dei gesti, un brio luminescente negli occhi, l'innocenza e la purezza in ogni suo comportamento.

Sorrideva a chiunque, sempre, anche quando la tristezza le strideva nel cuore; era beneducata, gentile, raffinata e bella.

Incredibilmente bella.

Non c'era uomo che non si voltasse ad ammirarla quando passeggiava per le strade di Berlino, non c'era uomo che non provasse brividi lungo la spina dorsale a ogni suo battito di ciglia o che non rimanesse folgorato dai suoi occhi grigi, filettati da meravigliosi riflessi azzurri. Tuttavia, nonostante la sua evidente bellezza, lei non ne faceva mai eccessivo sfoggio né la considerava una dote da millantare.

Vestiva con abiti sobri e modesti, non si imbellettava mai il viso con nessun tipo di cosmetico e indossava spesso foulard colorati come copricapo. Era una donna ligia e fedele alla propria religione: custodì la verginità fino al matrimonio, esimendosi da qualsiasi tipo di contatto con i giovani pretendenti che le facevano la corte.

Mio padre se ne innamorò a prima vista, in un giorno di primavera.

Fu un colpo di fulmine che diradò il suo animo imperturbabile.

Per mesi interi fece di tutto per conquistarla, per ottenerla, per impossessarsene e sottrarla a chiunque volesse portargliela via, finché riuscì a far breccia dentro di lei, a sposarla e a deflorarla la notte stessa.

Markus Krugher aveva sempre desiderato dei figli, preferibilmente maschi.

Il primogenito avrebbe dovuto esserlo per generosa concessione del destino e lui sperò, pregò con tutto se stesso che Salomè potesse accontentarlo e donargli l'erede che sognava.

Lasciatemi confermare l'ovvio: riuscì a raggiungere il suo scopo quando, nove mesi dopo le nozze, nacqui io.

Oh, was für eine Überraschung!

Per mia madre fui il regalo più bello che il cielo potesse farle, per mio padre invece rappresentavo un traguardo, una tappa necessaria, un obiettivo di vita con il quale realizzare i suoi futuri progetti.

Aveva premeditato tutto sin dal principio: scegliere una donna seria, devota alla famiglia e che nutrisse dentro di sé la voglia di avere figli non era stata una casualità, bensì un'esigenza incombente. D'altro canto, Markus aveva dedicato l'intera giovinezza agli studi psichiatrici, pertanto, con l'avanzare dell'età, temeva che il tempo stesse scorrendo troppo velocemente e che non avrebbe più incontrato una donna come lei. Allora colse l'occasione e non di certo per compiacere il suo istinto paterno o il desiderio di ricoprire il ruolo di marito perfetto.

Perché perfetto non era: né come marito né come padre.

Lo dimostrava il numero di amanti che ebbe durante il matrimonio e anche dopo, quando, da vedovo, combatté il lutto andando a letto con varie donne delle quali, oggi, ho rimosso nomi e volti.

Ricordo soltanto che erano delle concubine inerti e accomodanti, soprattutto per le inusuali abitudini sessuali di mio padre; abitudini di cui sua moglie non fu mai a conoscenza e che per volere di un fato bastardo ereditai anch'io.

Ma di questo parleremo con più calma, un giorno in cui sarò maggiormente predisposto a rivelarvi la parte di me che apprezzo meno.

Sebbene mia madre non avesse mai dubitato dell'indole che Markus celava nella loro sfera intima, cominciò molto presto a sospettare che i metodi che adottava per educarmi non fossero giusti o adeguati a un bambino.

In questo momento rammento un episodio in particolare: avevo solo sette anni quando mi intrufolai nel suo studio e, con l'ingenuità di un infante che non aveva cognizione delle sue azioni e dei pericoli connessi, urtai sbadatamente dei documenti in bilico sul bordo della scrivania, facendoli scivolare al suolo. Mio padre si infervorò, balzando dalla poltrona, e prima che potessi correre via mi acciuffò dal collo per sbattermi contro il muro.

Quella fu la prima volta in cui constatai quanta forza gli scorreva nelle braccia e quanta ne impiegava nei pugni ogni volta che doveva afferrarmi o stringermi.

«Stai fermo qui, Efrem.» Fu un ordine perentorio che mi fece sentire le gambe deboli come sabbia. «Quante volte devo ripeterti che non puoi entrare nel mio studio mentre lavoro?» La voce era distaccata, inclemente e crudele. Sgranai gli occhi, impreparato a ciò che sarebbe successo. Ero troppo piccolo per affrontare o fermare un uomo come lui: spietato nell'anima. O forse dovrei dire che un'anima neanche l'aveva, che essa era stata maledetta, poiché era capace solo di provocare le peggiori pene. Non avrei mai pensato che, quel giorno, avrebbe perso il controllo mostrandomi fino a che punto arrivasse la sua collera.

Con violenza, mi colpì con dieci colpi di canna di *rattan* sui palmi aperti.

E *dieci* furono i minuti che lui perse per punirmi.

Dieci furono le suppliche che gli rivolsi.

Dieci furono le lacrime che riuscii a contare, ma non tutte quelle che versai…

Quando mia madre scoprì cosa mi aveva fatto gli intimò di non toccarmi mai più.

Discussero per tutta la sera e anche nei giorni a venire, soprattutto perché le mie mani si gonfiarono a causa dell'irruenza con la quale erano state picchiate, e Salomè dovette medicarle con degli impacchi di ghiaccio e un unguento lenitivo per accelerarne la guarigione.

«Non è colpa tua», tentò di rassicurarmi mentre sedevo sul bordo del letto, intento a fissare il colorito che aveva assunto la pelle. «Non voglio giustificarlo, ma credo sia molto stressato.» Proseguiva con la farsa, cercando di convincere se stessa anziché me. Il suo tocco delicato sortiva un effetto libidinoso, risvegliava un piacere morto che mi allietava i sensi e i muscoli.

Non scandalizzatevi.

Non è stato Freud a insegnarci come la libidine funga da energia fisica e vitale alimentata proprio dallo stretto legame con la mamma? Dal primo attaccamento del bambino alla sua mammella?

Un *transport response* che accomuna tanto gli animali quanto gli umani.

Intendo questo per libido: una condizione di piacere emotivo, del tutto innocente e naturale, che lei era in grado di donarmi attraverso la protezione e il conforto, un meccanismo fisiologico con il quale una madre riesce a percepire i segnali del figlio, il suo malessere o il suo dolore per curarlo con l'amore.

Tuttavia, nel nostro legame interdipendente vi era una terza persona che con la sua intrusione cercava di minarne l'armonia.

Da bravo oratore, Markus mise in atto tutta la sua capacità manipolativa pur di persuaderla e rasserenarla, promettendole che non avrebbe più perso il controllo e giurandole che io e lei eravamo il suo bene più prezioso, la famiglia che aveva sempre desiderato e che avrebbe protetto a ogni costo.

Tutte menzogne ovviamente.

Menzogne a cui credeva una donna innamorata, abbagliata dai suoi modi sofisticati e dall'aspetto mirabile, nella speranza che l'uomo che aveva sposato fosse lo stesso che l'aveva corteggiata con smancerie e cene galanti, che l'aveva accarezzata con dolcezza e che l'aveva attesa e rispettata fino al matrimonio, trattenendo l'ardore e la perversione con i quali fotteva le altre.

Come un demone carnivoro, Markus si cibava della violenza in ogni sua forma, dentro e fuori dal letto; Salomè era una rosa candida che lui aveva colto soltanto per farla appassire. Ne avrebbe divelto i petali per trarne i propri benefici, per irretirla in un amore malato, manovrarla e usarla a suo piacimento finché di quel fiore non sarebbe rimasto null'altro che uno stelo sfracellato.

Un destino che lei non meritava... e che non meritavo neanch'io.

Dopo quel primo avvenimento, mia madre notò dei cambiamenti in me.

Non riuscivo a sostenere lo sguardo di mio padre quando si esprimeva con una serie di vocaboli eruditi per tratteggiare tutto ciò che si aspettava da me, non riuscivo ad abbracciarlo né ad avvicinarmi a lui quando avevo bisogno di conforto o semplicemente di una dimostrazione d'affetto. Ero terrorizzato dalla sua figura compassata, dal freddo sepolcrale che mi turbinava attorno quando mi fissava in quel modo tetro e ingiurioso, capace di farmi sentire giudicato, in difetto, un randagio raccolto dal ciglio della strada al quale avrebbe impartito la sua dura disciplina.

Non voleva che mia madre mi coccolasse troppo, che mi rendesse emotivo né che mi concedesse eccessiva libertà. Pian piano stava mettendo gli artigli su di me, li sentivo graffiarmi la pelle, lacerarmi la carne, eppure dovevo tacere perché il timore che incuteva riusciva a serrarmi le labbra e a farmi piegare la testa. Tuttavia, mia madre possedeva la sensibilità innata che solo le mamme hanno; mi conosceva meglio di chiunque altro e spesso mi chiedeva cosa ci fosse che non andava, perché fossi sempre silenzioso, scostante, rattristato, perché non giocassi con gli altri bambini o non leggessi niente oltre ai libri scolastici.

Affinché mi rivalessi e la smettessi di soffrire, mi propose un piccolo escamotage.

Un mattino di luglio, sul pavimento della cucina, mi fece trovare un muro di mattoncini finti alto quanto me in quei teneri anni: circa 150 cm.

Era bianco, con dei graziosi cestini di paglia lavorati a mano da lei.

Pervaso da una piacevole confusione, la guardai in cerca di una spiegazione e lei mi accarezzò i capelli scompigliati, modulando con voce soave una spiegazione meravigliosa: «Quando avrai pensieri negativi per la testa, appuntali su dei foglietti e infilali in quei cestelli. Io li leggerò e li strapperò via. In questo modo conoscerò i tuoi stati d'animo senza sottoporti a domande invadenti. Ti va di farlo per me?»

Come potevo dirle di no, quando cercava di tirarmi fuori dal vuoto in cui piombavo e di trovare una soluzione per farmi star meglio?

Accettai, annuendo entusiasta, e così stabilimmo che *ogni mercoledì* le avrei rivelato qualsiasi cosa succedeva a scuola, con papà, o con chiunque mi provocasse problemi e difficoltà.

Mia madre sosteneva che quel muro era magico, aveva il potere di dissolvere la malinconia e di curare il cuore.

Per la miseria, me lo ripeteva spesso, sapete?

E io, da gran coglione, non le credevo.

Non le credevo mai.

Scusate, il mio savoir-faire si è ignobilmente incrinato.

E con esso anche l'intento di non sottoporvi a sproloqui angoscianti.

A tal proposito, vi confesso un piccolo segreto: al solo ricordo della sua voce delicata mi sento sormontare da un dolore incurabile. A volte, nei momenti più improbabili, vengo colto da rapidi lapsus nei quali mi appaiono ancora il suo sorriso etereo e gli occhi repleti di sentimento, come quelli di chi ama con tutta se stessa suo figlio e farebbe follie pur di donargli un pizzico di felicità.

Salomè Acher non sapeva che il *Muro dei pensieri* da lei creato avrebbe salvato non solo me, ma anche tante altre vite.

Non sapeva che sarebbe stato esposto in un giardino, tra le mura di una struttura rinomata, in una delle città più celebri d'America.

Non sapeva che suo figlio, tanti anni dopo, avrebbe regalato quel sogno anche agli adulti e che avrebbe concesso loro lo stesso pizzico di felicità: l'opportunità di tornare bambini e di liberarsi di ogni negatività soltanto imprimendola su un pezzetto di carta.

Una strategia terapeutica bizzarra, poco ortodossa; non sapevo neanche se fosse stata già utilizzata da qualche mio collega, ma che fosse giusta o meno, poco mi importava.

Fu grazie a lei, *e per lei*, che all'esordio della mia carriera decisi di fondare il Teìchos: il famoso muro bianco che trovate esposto nella clinica Asklepios.

Prima di concludere, vorrei darvi un consiglio e, vi prego, non pensate che io sia presuntuoso o saccente.

Limitatevi a giudicarmi come un farabutto, un puttaniere o un depravato, questo ve lo concedo.

Forse dell'esistenza, della sorte e del cosmo intero so meno di voi, o non so niente, ma alcune esperienze mi hanno permesso di comprendere delle massime inconfutabili.

Il modo migliore per amare qualcuno è dimostrargli che siete consapevoli di poterlo perdere.

Non sprecate le occasioni, non abbiate paura di sussurrare un *ti voglio bene*, un *grazie*, un *ti perdono* alla persona che avete accanto.

Non aspettate che il destino vi porti via la manciata di stelle che vorreste donare a chiunque occupi uno spazio importante nel vostro cuore.

Chiunque ci circondi, ogni cosa che abbiamo attorno è pervasa dalla possibilità di essere perduta, ma questo non deve spaventarvi; ciò che conta è accettare di non sprecare neanche un singolo istante per amarla.

Ricordatevi che l'essere umano ha poco tempo.

E che non può fare nulla per controllarlo.

Io ho amato mia madre e continuo a farlo, tutti i giorni.

A ogni alba e a ogni tramonto.

L'amore non causa mai disastri.

Il vero disastro è il rimpianto di non aver amato abbastanza o di non avere più la possibilità di dimostrarlo a chi, improvvisamente, se n'è andato.

Mia madre fu la prima donna che persi, ma non l'unica.

Gli eventi che si verificarono dopo la sua morte segnarono traumi e crepe inguaribili nell'anima.

Piccoli germi nocivi e malsani che sarebbero cresciuti con gli anni fino a compromettere la mia salute mentale e a causarmi problemi, ahimè…

Anche nelle relazioni sentimentali.

5
Thea

V'è più pericolo negli occhi tuoi
che in venti delle spade loro.
Guardami con dolcezza
e io sarò al sicuro da ogni nemico.
WILLIAM SHAKESPEARE

NON sentivo niente.

Niente che non fosse il mio respiro affannato, il cuore che martellava come un ossesso nelle tempie, i passi affrettati, l'aria della clinica che mi sferzava il viso.

Non sentivo nient'altro che l'urgenza di debellare il turbinio tormentoso dei miei ricordi, il bisogno viscerale di incontrare l'unica persona che in quel momento avrebbe potuto abbracciare le mie paure e placarle.

Nessuno di noi ha il potere di cambiare una situazione che ci provoca sofferenza, tuttavia possiamo scegliere con quale atteggiamento affrontarla.

La vita è come un ruscello che scorre così velocemente da non renderci conto di quanto le cose che ci circondano, anche le più piccole, siano importanti e capaci di allontanarci dal male per permetterci di raggiungere il nostro posto sicuro.

Qual è quel posto sicuro?

Può essere un libro, una canzone, un luogo, una passione, una persona...

Io l'avevo trovato.

Lui era il mio posto sicuro.

Il rifugio segreto nel quale proteggermi dagli urli e dai calci dei miei dolori.

Un tramonto che avrebbe risucchiato la mia anima per rivestirla dei colori più belli.

E prima che lo scandire del tempo mettesse fine a tutto, avrei vissuto appieno i pochi istanti che mi rimanevano.

Non mi importava che il destino non avesse pianificato un futuro per noi, avrei portato Efrem con me, nei miei sogni.

Lì, la nostra relazione non sarebbe stata sbagliata, ostacolata né giudicata.

Lì, con un solo bacio avrebbe potuto dissipare la placida malinconia della sua assenza.

Lì, saremmo stati immortali come Acamante e Fillide.

Lui il mio eroe e io il suo fiore di mandorlo.

Quelle considerazioni romantiche e decisamente sdolcinate mi provocavano sempre un forte turbamento.

Non riuscivo a capire quando Efrem avesse messo radici così profonde dentro di me, quando si fosse insidiato così intensamente nella testa da ribaltare tutte le mie convinzioni.

Io non credevo all'amore, eppure stavo cominciando a pensare che Efrem ne incarnasse la forma più oscura e primordiale.

Lui era l'ombra dell'amore.

Il figlio ripudiato dalla sua luce.

Colui che ascoltava i pianti e li provocava.

Colui che, come un uomo immondo, risvegliava il peccato e lo dominava.

Colui che celava dentro di sé un lago di tenebre sul cui riflesso bulicavano tutte le mie perversioni.

Assorta nei pensieri, giunsi dinanzi al suo studio.

Non sapevo neanch'io perché fossi lì o forse ne ero consapevole, ma non volevo ammetterlo a me stessa.

L'orario delle visite era terminato e il rischio di essere sorpresa con lui senza neanche poter dare una giustificazione valida era alto. Mi premurai di lanciare un'occhiata in fondo al corridoio per accertarmi che Melanie non si accorgesse di me e, incurante di bussare, piegai la maniglia, la spinsi in avanti ed entrai.

Non ero certa che Efrem fosse lì, tuttavia la fragranza che mi accolse era così sensuale e potente da corrompere l'aria e annullare ogni dubbio.

La sua presenza era come un insieme di petali neri che fluttuavano nell'aria, lambendomi la pelle con la seduzione di un invito e la pericolosità di una minaccia.

Quando richiusi la porta, sospirai e mi voltai lentamente incontrando due occhi selvatici, ardenti e insondabili, puntati su di me.

Come un uomo di tutto rispetto, era seduto dietro l'enorme scrivania di mogano, con un documento stretto nella mano sinistra e una stilografica sostenuta tra le dita della destra, intento a svolgere le sue mansioni bruscamente interrotte dalla mia intrusione.

Era assurdo il modo in cui riusciva a sopraffarmi con il suo carisma sconvolgente.

Con le ginocchia che cominciavano a tremarmi, mi mordicchiai il labbro inferiore, conscia di averlo disturbato, e prevenni qualsiasi rimprovero. «Non volevo irrompere qui così, senza avvisarti», asserii mortificata. «So che avrei potuto usare il tuo numero, ma la verità è che avevo bisogno di vederti.»

L'elegante lampada da studio gli indorava i tratti del volto incupiti da una glaciale imperturbabilità che, per quanto lo rendesse intrigante, mi fece subito pentire di aver seguito l'istinto senza ragionare sulle mille alternative che avrei potuto mettere in pratica per attenuare il mio malessere.

Avvolto dalle sue spire misteriose, Efrem era un amalgama di domande e dubbi, un'entità dal fascino onirico tanto criptica quanto incomprensibile.

Non sembrò sorpreso di vedermi lì, a pochi metri da lui, spaesata e turbata, piuttosto corrucciò la fronte riflettendo sul mio stato d'animo e squadrò il mio abbigliamento. Mi ero presentata con una semplice t-shirt nera talmente lunga da arrivarmi a metà coscia. Non indossavo nessuna giarrettiera, nessun collarino, nessun accessorio trasgressivo. Avevo ancora i capelli umidi per la doccia che mi ero concessa dopo la chiamata con Andy e il volto struccato, pallido, stremato. Sovrapposi un piede scalzo all'altro quando il suo sguardo lambì le mie gambe tornite scendendo fino alle caviglie sottili. Si accigliò nel fissarle. Ero corsa fuori dalla camera come una lince selvaggia, dimenticando la regola numero nove, secondo la quale si chiedeva agli ospiti di adottare capi appropriati all'ambiente. Una norma che continuavo a ignorare malgrado mi fosse stato intimato più volte di rispettarla.

«Non arrabbiarti, ti prego», lo implorai. Efrem riportò l'attenzione sul mio volto quando percepì quel lamento stanco e avvilito. Resosi conto della serietà della mia condizione, posò il documento sulla scrivania, con esso anche la penna, e adagiò le spalle contro lo schienale della poltrona in una posa comoda e sicura, interessato ad ascoltarmi. Come sempre. «Attraverso te vedo chi sono.» Cominciai a parlare senza alcun freno, lasciandomi guidare da ciò che *sentivo*. «Riesci a darmi la forza di non odiare la vita, di scendere a patti con essa e di accettarla. Ma da sola... io...» Mi torturai le dita, intrecciandole tra loro. Era difficile sostenere il suo sguardo impenetrabile senza avere un accenno dei suoi pensieri e al contempo proseguire un monologo così rivelatore e intimo. «Da sola non sono capace di camminare nel mio Inferno. Rischio di perdermi ogni volta.» Versai lacrime silenti che raccolsi infastidita con la nocca del pollice. Non amavo mostrarmi così debole. Avevo promesso a me stessa di non piangere più, ma dinanzi a Efrem ogni barriera crollava a favore di sentimenti ed emozioni pure. «Con questo non ti sto chiedendo di starmi accanto per sempre.» La determinazione e la lotta contro ciò che provavo per lui mi indussero a chiudermi dietro il muro dell'orgoglio. Alto, invalicabile, soprattutto artefatto. Scossi il capo per scacciare via la vocina che mi suggeriva di confessargli l'esatto contrario. *Resta. Resta tutto il tempo che vuoi, perché so già che se te ne andrai ti aspetterò ogni domani.* «Lo so che prima o poi dovrò tornarmene a casa, dalla nonna, e che nella tua quotidianità non ci sarà mai posto per me, ma almeno finché *ci sei* e finché *ci sono* vorrei che non mi lasciassi la mano.» Con una tacita disperazione, allacciai i miei occhi ai suoi. Anche a quella distanza li percepivo così caldi e intensi che un languore spossante mi inondò il ventre smorzando per un istante la mia loquacità. Trassi qualche respiro prima di continuare, soprattutto perché Efrem se ne stava in silenzio a scrutarmi a fondo mascherando ciò che stava provando al suono delle mie confessioni. Era buffo che l'uomo che più volte mi aveva esortata a lasciar fluire tutto ciò che reprimevo fosse lo stesso che in quel momento stringeva nei pugni il suo autocontrollo intaccabile. «Non so perché ti sto chiedendo tutto questo. Ti sembrerò pazza, ma sai, è successa una cosa brutta oggi. E tu sei l'unica persona che vedo nel mio buio quando mi perdo. Non so spiegarti perché. Prima, quando soffrivo e avevo bisogno di qualcuno che desse un senso alla mia esistenza, mi appariva il volto della mamma. Oggi... mi appare il *tuo*.» Chissà quanto ero ridicola così sfatta e confusa, ferma al centro del suo studio, a tediarlo con quelle dichiarazioni mielose. Efrem non era di certo dedito alle romanticherie. Malgrado non avessimo ancora condiviso una reale relazione, avevo colto qual era la sua vera natura: completamente lontana da una dimensione sentimentale, bensì ancorata a un erotismo singolare. Mi era bastato trascorrere una sola serata con lui all'*Antéros* e poi sbirciarlo con Giselle per comprendere in che modo amava approcciarsi alle donne, soprattutto il tipo di dominanza che esercitava su di loro. Pertanto, sospettavo che non fosse preparato a una richiesta così impegnativa: insomma, stavo pretendendo molto di più di ciò che era consentito a una normale paziente. Quando notai il silenzio protrarsi oltre, fuso alla rigidità inscalfibile del suo viso, feci qualche passo indietro terribilmente a disagio. Temevo che fosse sul punto di cacciarmi o di rimproverarmi. «Ho capito», mormorai affranta, dandomi mentalmente della stupida. Ero piombata lì con troppe aspettative, tuttavia Efrem non era né così accondiscendente né incline a sorbirsi i piagnistei di una ragazzina. «Vuoi che ti lasci in pace. Sono quasi le nove e devi tornare a casa. Hai ragione. Anzi, scusami… io…»

«Vieni qui, Dorie.»

Finalmente ebbe una reazione.

Nonostante fosse rimasto seduto, con una gamba accavallata e le mani strette ai braccioli della poltrona, mostrò un briciolo di vulnerabilità nello sguardo lucente. Sembrava profondamente colpito dalle mie parole, stupito che mi fossi esposta a lui con tanta sincerità, mettendo a nudo parti di me che mi ero sempre vietata di condividere con chiunque.

«Cosa?» Sbattei le ciglia alquanto sorpresa. Ero talmente stanca ed esasperata da tutto ciò che era successo nelle ultime ore, che non riuscivo più a connettere con la realtà.

«Vieni qui», ribadì paziente, accennando un sorriso confortevole. «Da me», precisò, dando a quelle quattro lettere un valore imperativo. Non aveva bisogno di dirmi che gli appartenevo, quel *«Da me»* significava che lui era l'unico al quale avrei dovuto e potuto rivolgermi in caso di bisogno, l'unico al quale avevo donato l'anima. Non sapevo quando né come fosse successo, ma ero certa che quel patto tra noi era stato suggellato molto tempo prima e che lui lo sapeva. Aveva solo atteso l'occasione giusta per sancirlo in maniera definitiva. «Avanti, che aspetti?» mi incitò quando percepì la mia titubanza.

Senza farmelo ripetere, avanzai a piccoli passi aggirando la scrivania per raggiungerlo.

Il suo profumo, intenso e lascivo, mi avvolse prima che lo facessero le sue braccia. Efrem spinse indietro la poltrona e con le mani, grandi e sicure, mi cinse i fianchi per attirarmi a sé e farmi sedere sulle sue gambe. Sorreggendomi, si spostò di nuovo sotto la scrivania e si fermò al limitare del bordo di legno. Deglutii impacciata quando la mia schiena gli premette contro il torace, ampio e sodo, la cui durezza mi ricordava l'armatura di ferro di un impavido cavaliere. Avrei voluto domandargli quante volte si allenava o se giocasse ancora a calcio; a dire il vero avrei voluto conoscere tutti i dettagli più sciocchi della sua vita, per esempio: cosa mangiava a colazione, quali erano il suo piatto o colore preferito, in che posizione dormiva, cosa faceva nel tempo libero…

Perché sentivo questa strana esigenza di scoprire ogni cosa di lui?

«Dorothea», mi chiamò e io sobbalzai, fissando le scartoffie di fronte a me alle quali si stava dedicando prima del mio ingresso. «Mi hai appena esternato le tue emozioni, non posso che esserne felice.» Il suo respiro caldo mi accarezzò la guancia; profumava di limone, probabilmente perché aveva mangiato una caramella il cui aroma gli impregnava ancora le labbra. Avrei voluto baciarlo per assaporarlo nella bocca, per sentire ancora la sua lingua lambire la mia in quel modo deciso e dominante con il quale già una volta mi aveva piegata alla sua rude lussuria, accendendo il desiderio molesto di ottenere un altro assaggio di lui.

«Non ti spaventa ciò che ti ho detto?» Mi costrinsi a non guardarlo negli occhi poiché, se l'avessi fatto, sarei annegata in un oceano smeraldino dal quale mi sarebbe stato impossibile riemergere.

Quante donne aveva incantato e condannato con sua la virile sensualità?

Sapienza e bellezza, in lui, erano due elementi potenti che creavano un connubio pericoloso.

Efrem anziché aiutare una donna a ritrovare la testa, si impegnava a fargliela perdere.

Risi sommessamente per quell'assurda riflessione.

Lui se ne accorse e inclinò il capo per osservarmi più attentamente; intimorita, smisi di sragionare per assumere un atteggiamento adeguato.

«No, non mi spaventa ciò che mi hai detto», rispose dopo qualche istante mentre io mi ero completamente dimenticata della domanda, troppo stordita dalla sua vicinanza. Con un braccio mi aveva avvolto il girovita, posando la mano sul basso ventre che contrassi a causa di un fremito a malapena contenuto.

Maledizione.

Speravo non si accorgesse che ero eccitata.

Mi mossi appena, spostando il mio peso da destra a sinistra. Sentivo il suo calore anche attraverso la stoffa dei pantaloni, insieme all'odore di bergamotto e cedro che aveva sempre addosso. Lui mi strinse il fianco per impormi di stare ferma e distanziò le gambe per farmi perdere il contatto con il pavimento. Gli finii seduta sul pube ed Efrem emise un leggero verso gutturale. Per non pesargli troppo sul membro che, fin troppo ingombrante, spingeva tra i miei glutei, allungai gli alluci, mettendomi sulle punte, e con le cosce tremolanti dovetti reggermi a fatica, combattendo contro i pensieri inappropriati, alimentati dalla posizione che avevo assunto. Era frustrante percepire il suo corpo a contatto con il mio, i muscoli vigorosi premere contro ogni angolo della carne, senza poterlo ammirare o toccare.

«Semplicemente mi fa piacere che tu stia imparando ad aprire il tuo cuore, ad ascoltare te stessa e ciò che senti.» *Sì, in quel frangente sentivo gli ormoni agitarsi come trottole impazzite.* La sua voce, poi, bassa e mordace, non mi aiutava a trattenere la mia frenesia. «E comunque smettila di strusciarti contro il mio inguine. Per quanto sia piacevole avere il tuo culetto addosso, ho degli istinti che è meglio non provocare.»

Arrossii violentemente quando mi resi conto di ciò che aveva detto; afferrai con le dita il bordo della scrivania e mi pietrificai impedendomi di fare qualsiasi movimento che potesse apparirgli provocatorio o indecente. Non mi stavo strusciando su di lui, stavo solo cercando di mettermi comoda, ma a quanto pareva anche per Efrem non era facile avermi così vicina. Non gli ero indifferente. Sebbene fosse più bravo di me a nasconderlo, gli suscitavo i medesimi desideri che lui suscitava in me e questo mi strappò un sorrisetto compiaciuto.

«Scusa… io…»

Mi bloccai quando la barba ispida mi graffiò l'orecchio facendomi rabbrividire. «Passiamo a un discorso più serio», mi sussurrò tra i capelli con un tono arrocchito, carico di una brama proibita. «E cerca di stare buona. Sei talmente piccola e profumata che la voglia di leccarti tutta mi sta torturando da quando sei entrata, ma, capiscimi, devo anteporre il dovere al piacere.» Il suo braccio mi strinse con più fermezza e la mano aderì al basso ventre, con le dita distese fin sopra al monte di Venere. La maglietta si era tesa sulle cosce divaricate, sollevandosi sulle anche, perciò se fosse sceso ancora avrebbe sfiorato le mutandine e scoperto il tepore che le aveva inumidite.

Aveva detto davvero… leccarti tutta?

L'immagine che le sue parole avevano evocato mi fece sfuggire un piccolo gemito che tentai di reprimere tappandomi la bocca con una mano. Efrem sorrise soddisfatto, conscio della tensione che aveva innescato nel mio corpo. L'avvertiva tanto quanto l'eccitazione in circolo che stava elettrizzando ogni mio nervo. Socchiusi le palpebre quando col torace si fece più avanti, sovrastandomi e avvolgendomi con più vigore. Mi ci adagiai contro e spinsi piano il bacino contro il palmo che scivolò sfacciatamente più giù, guadagnando un altro po' di spazio. Le dita aperte si posarono sul tessuto degli slip; il mignolo distava pochi centimetri dal clitoride pulsante. Avrei voluto afferrargli il polso e direzionarlo più in basso, pregarlo di intrufolarsi al di sotto dell'elastico e accarezzarmi con rudezza, nello stesso modo in cui lo aveva fatto nella suite dell'*Himeros*. Tuttavia, Efrem si era fermato di proposito lì, per portare al limite il mio stato di sovreccitazione e tenermi sospesa tra la sofferente insoddisfazione e il desiderio di appagamento. Sapeva che la mia mente non avrebbe pensato ad altro che alla sua mano tra le cosce e questo, da buon sadico qual era, lo dilettava.

Avrei potuto chiedergli di smetterla di giocare e di prendersi tutto ciò che potevo dargli, ma temevo un suo rifiuto soprattutto dopo che nel bagno mi aveva respinta, mostrandosi infastidito per il luogo inadatto.

E nel suo studio? Potevo rubargli un bacio?

Con la coda dell'occhio lo vidi prendere un foglio bianco e posizionarlo sotto il mio volto; dopodiché sfilò una biro nera dal portapenne di pietra e la picchiettò sulla superficie di legno per attirare la mia attenzione. A quel punto mi raddrizzai e, sporgendomi in avanti, mi puntellai su entrambi i gomiti. Il suo braccio allentò la presa mentre, a causa della posizione, l'intimità aderiva maggiormente al cavallo dei pantaloni. Mi fu difficile fissargli le dita, lunghe e maschili, senza associarle alle fantasie sconce che mi gravitavano nella mente, ma dovetti impegnarmi per riappropriarmi della dovuta lucidità.

«Ti va di raccontarmi quella 'brutta cosa' che ti è successa oggi?» Direzionò la punta della penna sul foglio, pronto a scrivere qualcosa, in attesa di una risposta. Mi irrigidii, colta da un'angoscia improvvisa. Sentivo i suoi occhi inchiodati su di me, a scandagliarmi un lato del volto, mentre tentavo di raccogliere le parole giuste per confessargli la verità. Con la dottoressa Ruiz, malgrado fosse la mia psicologa e l'unica con la quale parlassi, non ero mai stata così accondiscendente come con Efrem.

«Ho discusso con Andy perché mi ha telefonato e... non era in sé», snocciolai a fatica, sperando di risultare comprensibile. «Ha rivangato un errore che ho commesso in passato e come se non bastasse mi ha inviato un video nel quale...» Mi fermai, imbarazzata. Non volevo scendere troppo nei dettagli, così scossi il capo e ricominciai dall'inizio. «Due anni fa, insieme a delle amiche, mi sono intrufolata a una festa universitaria. C'erano ragazzi più grandi di noi che appena ci videro tentarono di adescarci con alcol e giochi vari. Io mi limitai soltanto a bere, ma uno di loro... Blake...» Il suo nome mi bruciò la lingua, facendomi arricciare la bocca per la sensazione di acidità che mi invase. «Aveva un interesse per me già da tempo poiché era un vecchio amico di Halima, la fidanzata di Steve, il bassista della mia band. Andy mi aveva ordinato di non andarci, dato che sapeva che ci sarebbe stato lui. Aveva intuito le sue intenzioni.» Ovvero quelle di portarmi a letto, ma Efrem era un uomo abbastanza astuto da averlo capito senza specificazioni. «Non bevvi molto, ma i cocktail che preparavano lì erano particolarmente forti e io non ci ero abituata. A fine serata mi alzai dal divano barcollante per andare in bagno; Blake mi seguì. Non riuscii neanche a raggiungere il corridoio che lui mi afferrò per la nuca e mi costrinse a baciarlo, poi mi chiese di inginocchiarmi perché voleva che...» Ancora una volta faticai ad andare avanti. Posai la mano su quella di Efrem, appoggiata pigramente sul mio ventre e non più tra le cosce. Lui si accorse del mio bisogno di essere incoraggiata, così mi permise di intrecciare le dita alle sue e di stringergli il palmo, come se fosse una corda penzolante alla quale aggrapparmi per non cadere in un dirupo. «Non potei sottrarmi. Non ne avevo la forza. Gli dissi che non volevo farlo, che volevo chiamare mia madre e tornare a casa, ma lui, con un sorriso cattivo, rispose che sarebbe stato veloce, che le mie labbra erano così invitanti da averlo già eccitato.» Col pollice gli accarezzai il dorso caldo e liscio, percependo la prorompenza delle vene in rilievo. Abbassai la testa per osservare quell'intimo contatto tra noi. Chissà cosa pensava di me, di una ragazzina senza genitori, che nella vita aveva collezionato solo sbagli e sconfitte. Quando percepii il suo sospiro dietro il collo, mi ridestai. Il mio racconto non era piacevole da ascoltare, probabilmente lo stavo innervosendo o disgustando; forse avrebbe persino smesso di sfiorarmi. «Non ricordo tutto, solo che qualcuno, intrigato dalla situazione, decise di riprenderci con il cellulare. E da allora quel video ancora mi perseguita. Per Andy è colpa mia. Mi considera una poco di buono per questo.» Conficcai le unghie nel suo palmo, reprimendo un conato di vomito. Di nuovo. Ancora. Come sempre quando parlavo di ciò che mi era stato fatto.

Efrem sfilò via la mano per stabilire una distanza tra noi e impedirmi di toccarlo. D'altro canto, ero abituata a essere giudicata male o schernita. Succedeva da anni, e non solo da parte di Andy, perciò non mi sarei stupita se Efrem mi avesse guardata con repulsione. Spesso, dietro la freddezza con la quale parlavo di me e del mio vissuto, celavo un grande senso di sconforto e rassegnazione; ormai ero in balia degli eventi, come una zattera galleggiante, senza bussola, timone né rotta, trasportata dalle correnti.

Non mi importava di essere colpita o spezzata.

Mi lasciavo condurre dalle onde di una vita insignificante, sotto i lampi della sventura, assalita dal vento del dolore, conscia che prima o poi sarei stata travolta da una furiosa tempesta.

E anche se a volte credevo che Efrem fosse diverso dagli altri, che lui avrebbe potuto capirmi e accettarmi, la parte più pessimista di me emergeva per schiaffeggiarmi e intimarmi di non credere alle illusioni o ai miraggi.

Potevo sopravvivere o morire, non ci sarebbe stata alcuna differenza per me.

Nuoti nell'infinità dell'oceano, ma non c'è nulla ad attenderti all'orizzonte, Sirenetta...

Questo mi gridava la coscienza.

E sebbene facesse male, sebbene mi squarciasse il cuore strappandolo in mille pezzi, sapevo che era la verità.

Convinta che la mia presenza non fosse più gradita, con l'ennesima delusione a vibrarmi nel petto, tentai di alzarmi per andarmene. Preferivo il suo silenzio indignato a uno sguardo ripugnato, ma Efrem mi agguantò ancora per un fianco e mi fece ricadere sulle sue gambe. Emisi un leggero verso di stupore quando sbattei rudemente contro il suo torace mentre lui mi stringeva forte per accertarsi che non mi azzardassi ad allontanarmi. Il suo avambraccio mi avvolse tutta e mi schiacciò il ventre con tenacia, facendomi scricchiolare il cuore. «Ti considera una poco di buono perché hai bevuto come di solito fanno tutti gli adolescenti e un coglione infoiato ha abusato di te?» desunse con una nota di biasimo nei confronti della bizzarra accusa di Andy. «Se tutti ragionassimo come lui dovremmo pensare che una donna non può indossare una minigonna altrimenti il suo abbigliamento legittimerebbe uno stupro? Oppure che non ha il diritto di divertirsi a una festa perché ciò significherebbe che è disponibile a sottostare a qualsiasi richiesta sessuale?» Il suo tono divenne più intransigente, scosso da una rabbia inumana. Voleva farmi capire quanto spesso le donne fossero considerate deboli, dei semplici oggetti dell'eros dai quali trarre godimento ignorando il loro consenso e calpestandone la dignità. Efrem mi portò una ciocca di capelli dietro l'orecchio cercando il mio sguardo che, ostinato, continuava a sfuggirgli per nascondergli quello scorcio d'anima martoriato che lui riusciva a vedere anche quando tentavo di impedirglielo. «La colpa non è tua, Dorothea, né di nessun'altra, se esistono bastardi incapaci di apprezzarvi o rispettarvi, bensì di chi pensa di approfittare di voi o di chiunque sia, in alcuni momenti, in condizioni di inferiorità psichica o fisica per uno stato d'animo alterato. Anche se la vittima ha assunto alcol o droghe volontariamente, ciò non giustifica la modalità insidiosa e subdola con la quale la si costringe a subire atti sessuali, di qualsiasi tipologia siano. Non è necessario un rapporto completo per configurare gli estremi di un reato. Dovrebbe saperlo il tuo amichetto Andrew prima di parlare a sproposito.»

Mi stupii per la schiettezza e l'elegante efferatezza con le quali aveva espresso il suo pensiero, ancor di più per la totale assenza di avversione verso la vecchia Thea. Per Efrem io ero vittima degli istinti bestiali di Blake e del modo in cui li aveva concretizzati. Mi voltai a guardarlo, fissandogli le ciglia nere, sotto le quali le iridi brillavano di una saggezza ammirevole, una maturità e una lucidità d'analisi che ad Andy mancavano a causa della giovane età e del carattere troppo istintivo. «Non provi ribrezzo per me?»

Efrem sorrise intenerito; la fossetta fece capolino sulla guancia sinistra, stuzzicando la voglia di baciarla. «Provo ribrezzo per chi ti ha fatto del male», constatò irreprensibile prima che i suoi lineamenti si contraessero in un'espressione minacciosa, accendendo una luce funesta nei recessi della sua razionalità. «Chi è questo tipo? Vive a West Hollywood? Qual è il suo cognome?»

«Oddio, Efrem.» Rabbrividii, agitandomi sulla sua gamba. C'erano varie sfaccettature della sua personalità che ancora non capivo, ma quella animalesca e spietata l'avevo colta in più occasioni, nonostante fosse stato in grado di gestirla e ingabbiarla.

Non avevo bisogno di incontrare faccia a faccia la bestia che soggiornava dentro di lui; ne avvertivo la presenza.

L'avevo fiutata e avvistata: era avvolta da spine mortali e affamata.

Molto affamata.

La diffidenza e l'eccessiva riservatezza sul suo passato ostacolavano il mio tentativo di comprenderlo, tuttavia confidavo nella complicità che si era creata tra noi, sperando che prima o poi Efrem si sarebbe aperto con me e mi avrebbe permesso di entrare nella sua mente.

«Non discutere. Rispondi e basta.» Mi tenne ferma, rafforzando la stretta attorno al mio girovita e intimandomi quell'ordine con una severità opprimente.

«Harris», confessai allora, torchiata dalla sua insistenza.

«Bene.» Si ammansì, soddisfatto, senza mollarmi un istante. «Più tardi farò una chiamata a Mitchell. Saprà sicuramente cosa fare, ma ho bisogno che mi invii quel video.»

Cosa? Era impazzito?

«No!» Trasalii interdetta. «Non voglio che lo guardi.»

«Dorothea, anche se lo guardassi la mia opinione su di te non cambierebbe.»

«Ma non voglio. Per favore.» Sbattei le palpebre in modo dolce e implorante.

Lui inarcò un sopracciglio e si rilassò contro lo schienale, trovando buffo quel banale sforzo di persuasione. «La tattica di ammaliarmi con il broncio da bambina non funziona. Lo sai, vero?»

Certo che lo sapevo. Se non lo avessi visto in atteggiamenti intimi con Giselle, avrei persino pensato che fosse immune al fascino delle donne e totalmente incapace di abbandonarsi al piacere. Invece, avevo scoperto che era soltanto padrone di se stesso, del suo corpo e delle sue emozioni, che decideva lui come e quando cedere, mantenendo comunque il comando, come se non ammettesse minimamente la possibilità di lasciarsi sopraffare da qualcuno.

Neanche nel sesso.

Il che mi intrigava e spaventava poiché non riuscivo a immaginare appieno come sarebbe stata la nostra prima volta. O meglio, l'avevo proiettata nelle mie fantasie molto spesso, senza individuare che tipo di comportamento avrebbe assunto un uomo così inflessibile come lui.

Avrebbe preferito possedermi in modo lento e passionale oppure più intrepido e spudorato?

In una conversazione precedente, abbastanza confidenziale, mi aveva fatto intendere che prediligeva i rapporti violenti, motivo per il quale si era costretto a non cedermi all'*Himeros*, tuttavia non riuscivo a figurarmi fino a che punto potesse spingersi, soprattutto con me.

«E cosa potrebbe… funzionare?» Quei pensieri mi avevano talmente illanguidita che nella mia domanda aleggiò un pizzico di spregiudicata malizia che Efrem percepì subito. Abbassò lo sguardo sulle cosce, che serrai tra loro per contenere l'eccitazione che turbinava nel mezzo, mentre lui, con un leggero movimento di polpastrelli, cominciò ad accarezzarmi il fianco al di sopra della maglietta. Forse stava solo cercando di tranquillizzarmi, ignaro del potere erotico del suo tocco. La carne prese a palpitarmi, nelle vene mi scorse il desiderio cruento di baciarlo, spogliarlo e prendermi quel pezzo di cielo puro, terso, che ammiravo nei suoi occhi. Era una sensazione accecante, folle, sfibrante che mi induceva a voler realizzare ciò che, spesso, sognavo su di lui o *con lui*. Per placarmi avrebbe dovuto tenere le mani lontane da me, capire quanto fossero ardenti, corrosive, capaci di farmi sentire vergognosamente liquefatta. L'attrazione che ci incatenava era più virulenta di una tormenta, più devastante di un uragano, più forte della consapevolezza di dover porre fine a quel giro sulla ruota panoramica, intrigante, piacevole ma deleterio per entrambi.

«Non provare a sedurmi, Dorothea, il discorso è più che serio e vorrei che tu rimanessi concentrata», mi ammonì. Era sempre indelicato e diretto quando qualcosa non gli garbava, fregandosene di mettermi a disagio. «Guarda qui», ordinò conciso.

Sbuffando, mi sostenni su un gomito e posai la guancia sulle nocche chiuse puntando lo sguardo sui due cerchi che riprodusse sul foglio con una precisione incredibile. Nel primo scrisse la parola *coscienza*, nel secondo il termine *reputazione*. Sporgendosi in avanti, Efrem osservò le sue stesse incisioni nere; le spalle enormi dietro di me parvero coprirmi e gettare il buio più tetro sul mio corpo. In quel momento era tremendamente serio, perciò qualcosa mi si smosse nello stomaco avvertendomi di non spingermi troppo oltre il limite: la sua pazienza non era eterna. «C'è una sostanziale differenza tra coscienza e reputazione. La prima riguarda ciò che sei, la seconda ciò che qualsiasi persona al mondo potrebbe pensare di te.» Con una freccia ad arco unì i due cerchi, poi ne tracciò un'altra verso il basso, al centro di entrambi, per indicare ciò che avevano in comune. «Nonostante io non segua personalmente il tuo caso, poiché non rientra nelle fattispecie che considero così gravi da aver bisogno del mio diretto supporto, al nostro primo incontro, in presenza della signora Curtis, ti ho spiegato che mi sarei fatto coadiuvare dai miei colleghi supervisionando il tuo trattamento e quindi la tua condizione. Pertanto, da ciò che ho potuto comprendere finora, i problemi che caratterizzano la tua situazione sono sostanzialmente quattro.» Esprimendosi nel suo modo telegrafico e professionale, segnò i rispettivi numeretti in verticale, pronto a stilare un elenco. «Il primo è l'opinione negativa delle persone che non amano la tua band o il tuo personaggio. Il secondo la relazione malsana con Andrew, le esigenze che gli hai esposto nei vostri momenti di intimità e che lui ha frainteso, accusandoti di essere troppo...»

«Perversa», gli suggerii, seguendo attentamente il discorso.

«Perversa», approvò prima di proseguire. «Il terzo è l'assenza di una figura paterna. Mi hai confessato di non aver mai incontrato tuo padre e che lui non ha mai voluto assumersi le sue responsabilità.» Razionalmente comprendevo l'assoluta franchezza con cui stava mettendo in luce punto per punto il mio passato, emotivamente non riuscivo a condividerne l'eccessiva diligenza. Mi stava di nuovo trattando come una paziente e, anche se capivo e apprezzavo il suo intento di aiutarmi, avrei preferito che mi parlasse come se fossi la sua *piccola Dorie* e non come Dorothea, un'ospite qualunque. Avrei voluto dirglielo, ma mi limitai ad annuire riflettendo sullo schema delineato. «Infine, ti senti in colpa per la morte di tua madre. Su di lei non ti costringerò a confessarmi altro, lo farai quando ti sentirai pronta.» Lo ringraziai mentalmente per non avermi posto domande in merito. Il mio respiro accelerò alla sola eventualità di dover tornare indietro, a quel 18 agosto, e nel cuore dilagò la sofferenza al ricordo del suo ultimo saluto. Come se fossimo in perfetta simbiosi, Efrem percepì il mio nervosismo e strofinò la punta del naso sul mio collo, inspirandone il profumo. «Stai tranquilla. Ti ho detto che aspetterò.» Fu indulgente e io potei rilassarmi contro di lui, con la testa inclinata verso la spalla, totalmente abbandonata alle sue carezze. Ogni mio senso si concentrò nel punto in cui la pelle iniziò a incresparsi mentre brividi inconsulti mi correvano lungo la schiena. In quel momento il mio dolore divenne anche il suo e riuscì a trovare sollievo soltanto tra le sue braccia, come se fossimo connessi da un'empatia devastante e il nostro sangue si fosse mischiato, intersecato a un dedalo di tacite confessioni e sincere emozioni. «Dunque», riprese da dove si era interrotto. «Queste tue convinzioni riportano solo a un unico cerchio: quello della reputazione.» Posò l'indice sul foglio e il mio sguardo saettò proprio lì. «Ti sei creata una realtà parallela nella quale sei diventata vittima di te stessa. La soluzione per stare meglio è abbattere questa realtà, comprendere che la tua autostima non dipende dal giudizio degli altri, che non importa ciò che la gente pensa di te, bensì ciò che *sei*.» Efrem mi stava comunicando che dovevo imparare a dare la giusta importanza a ogni componente: apparire non contava quanto l'essere. Era proprio nella parte più intrinseca e profonda dell'anima che avrei dovuto cercare delle risposte. «Da qui nasce il disturbo dell'anoressia nervosa atipica. Non è la causa della tua condizione, ma una conseguenza. L'esigenza di apparire perfetta all'esterno e il non riuscire a sostenere il peso dell'ansia che condiziona la tua quotidianità ti hanno condotta alla malattia. Credi di essere un manichino esposto in una vetrina e ricerchi nel consenso degli altri le tue sicurezze. Se non cambi questo tuo modo di vedere la realtà, se non rompi quella barriera mentale che ti separa dalla tua coscienza.» Picchiettò più volte l'indice sul primo cerchio. «Continuerai a permettere al passato, ad Andrew, a Blake o a persone che neanche conosci di determinare chi sei anziché vivere liberamente la tua vita.» Mentre le sue parole mi orbitavano nella testa catturando e strattonando ogni incertezza, Efrem mi prese il mento tra le dita per girarmi il viso nella sua direzione. «Ascolta, bambina.» Incrociai il suo sguardo lucente come argento vivo, così limpido da scorgervi dentro il riflesso di tutte le mie angosce; il suo fiato caldo mi carezzò la bocca, pregno di una dolce premura. «Il dottor Nørgård ti sta insegnando quanto il nutrimento e il cibo siano indispensabili per il tuo corpo. I colloqui con la dottoressa Ruiz, invece, ti servono per conoscere il tuo disturbo, imparare a gestirlo e ottenere un cambiamento. Prima o poi, la tua attenzione dovrà spostarsi al futuro. Il tuo caso è sottosoglia: ciò significa che ci sono buoni presupposti affinché sedici settimane siano sufficienti al trattamento.»

«Non vedi l'ora che me ne vada.» Gli rivelai quel pensiero, come già avevo fatto in passato in una vecchia conversazione nella quale lui aveva considerato la possibilità di spedirmi in un'altra clinica se non avessi smesso di trasgredire le regole.

Efrem contrasse la mascella e tentò di non ribattere alla mia infantile provocazione. «Non vedo l'ora di vederti felice, Dorothea. Tutto questo: le mura della clinica, l'équipe multidisciplinare, la lontananza dai tuoi cari… è solo passeggero. L'idea che non dovrai rimanere per sempre rinchiusa qui dentro deve darti la forza di credere in ciò che ti aspetta. La vita vera è lì fuori.» Con un cenno del capo indicò la parete priva di finestre. Una gabbia dalla quale lui stesso sembrava non poter uscire, poiché la bellezza folgorante dei suoi occhi – di quel colore tanto particolare da soverchiarmi e incantarmi ogni volta che mi investiva con la sua calda bramosia – se, per chi lo ammirava, era un'arma di seduzione, una caratteristica aggiuntiva ai suoi tratti estetici, per lui rappresentava una vera condanna. Non sapevo se l'eccessiva sensibilità alla luce fosse una forma di fotofobia dissociata da qualsiasi patologia oppure il sentore di qualcosa di ben più grave. Quell'ultima considerazione mi provocò un improvviso mancamento d'aria, come se fossi precipitata da un pinnacolo altissimo. Efrem se ne accorse, ma lo interpretò come una semplice reazione alle sue parole, ignaro dello schianto provocato dal mio sconvolgimento. «Lì fuori ti attendono successi, sorrisi, soddisfazioni, vittorie. Non credere che ciò che stai vivendo adesso sia la fine. Non è questa la fine.»

D'istinto sollevai la mano che, piccola e tremante, gli si strinse attorno al polso. Chiudendo il palmo sulla sua pelle, premetti il pollice sul punto in cui sentii il battito del cuore. Mi concentrai sul ritmo lento, forte, pulsante per accertarmi che lui fosse vivo, di fronte a me, e poter scacciare via il dubbio che mi aveva turbata poco prima. «Hai detto che è tutto passeggero», sussurrai in trance, con una strana afflizione nello stomaco. La possibilità di perderlo mi terrorizzava. E mi terrorizzava ancor di più la dipendenza che stavo sviluppando nei suoi confronti. «Quindi anche noi.» Non riuscivo più a capirmi, non mi era mai capitato di essere così travolta da un uomo, di esserne tanto ossessionata. Nel mio luna park spento, Efrem era l'unico che riusciva a rinvigorire i colori con la sua luminescenza e ad assopire la disperazione.

Una domanda silente uggiolò con ferocia tra le pareti del mio petto: *come sarei sopravvissuta se lo avessi perso?*

«Anche noi», confermò, con un sorriso rattristato, arreso a un destino che non avremmo potuto cambiare. «Ed è giusto così, Dorie. Nessuno deve intaccare la tua libertà, la tua essenza, la tua coscienza. I tuoi sogni. Né la gelosia del tuo ex né un maledetto video di un ragazzino che merita di marcire in carcere né un uomo che non può averti», concluse, riferendosi a se stesso.

In realtà, lui avrebbe potuto avermi se solo avesse preso una decisione circa il suo matrimonio, ma probabilmente non avrebbe mai lasciato Liliane per me.

Nei nostri trascorsi era stato chiaro al riguardo.

Scossi il capo, abbassando lo sguardo pronta ad ammettere una terribile verità. «Ma io non ho sogni, Efrem.»

E in quelli che mi cullano ogni notte, ci sei solo tu.

«Certo che li hai», mi contraddisse per infondermi un po' di pace e adornare d'incanto la mia speranza. «Stai solo permettendo ai tuoi incubi di intrappolarli. Perciò sta a te decidere se sfruttare appieno il tempo che ti resta, il tempo che io stesso impiegherò al tuo fianco per tirare fuori la vecchia Dorothea dal suo abisso, o se sprecarlo a rincorrere tutto ciò che ti fa star male senza permettere a me e ai miei colleghi di aiutarti.» Con un gesto eloquente mi incitò a voltarmi con tutto il busto; gli appoggiai il fianco sull'addome e gli avvolsi un braccio dietro la nuca. Distrattamente gli infilai le dita tra i capelli, sotto il colletto della camicia, per accarezzarglieli. Non mi sarei mai concessa una confidenza del genere se Efrem si fosse opposto, perciò attesi che mi redarguisse come al solito, ma lui mi fissò pensieroso senza negarsi al mio tocco. Non esisteva più l'Efrem Krugher che disdegnava le mie attenzioni, soltanto un uomo che stava accettando l'interesse che provavo per lui.

«Voglio che tu mi faccia una piccola promessa», esordì dal nulla, con un tono vellutato, godendosi le mie leggere carezze e tenendo a freno un'urgenza scellerata, un istinto atavico che gli fiammeggiava tra le ciglia torbide.

«Quale?» Avevo il cuore già in subbuglio.

Nel silenzio carico di tensione, lui indugiò sulle mie labbra con una vorace passionalità, capace di morderle e divorarle senza neanche sfiorarle; ebbi persino l'impressione di avvertire il suo sapore maschile sulla lingua e dei fremiti voluttuosi infuocarmi la pancia come se una colonia di farfalle si stesse librando in volo.

Tra le mie macerie, Efrem stava generando un caos terribile: non riuscivo a fermarlo né a definirlo.

Sembrava una follia implacabile, un tormento straziante.

Non capivo cosa mi stesse succedendo; l'apatia dietro la quale mi ero sempre nascosta si stava frantumando lentamente, lasciando emergere un'emotività che, dopo la morte della mamma, credevo di aver perso.

«Promettimi che, d'ora in poi, ogni volta che ti guarderai allo specchio sorriderai... voglio che cominci ad amarti un po' di più, ad accettarti con tutti i graffi e le cicatrici che hai addosso, con le imperfezioni che ti rendono unica, con quei difetti che hai sempre respinto senza considerare che sono l'essenza della tua bellezza, con le smorfie e i sorrisi, a volte buffi, che ti fanno sembrare una bambina pestifera. Voglio che cominci a perdonare te stessa, a perdonare chi ti ha fatto soffrire, a perdonare la vita anche se spesso è stata troppo ingiusta con te. Soprattutto voglio che ami l'amore, anche quando si palesa nelle forme più improbabili, perché esso non vede mai con gli occhi, non si limita al corpo, ma *guarda* oltre l'infinito. Perciò chiudili e comincia a *guardarti* davvero, a *guardare* il tuo futuro...»

Ti sbagliavi, la sua voce riuscì a camminarmi nel petto come un angelo nero dalla potenza edenica, trasmettendomi un messaggio inespresso ma chiaro. *C'è qualcosa ad attenderti all'orizzonte, Sirenetta...*

Non avere paura.

Nuota anche nella tempesta, sotto le intemperie, contro le correnti e contro i venti.

Non fermarti.

Non arrenderti.

Alla fine... troverai il Sole.

«Efrem, io...» Gli artigliai la nuca, rifugiando il capo nella curva del suo collo, scossa da un'emozione travolgente che ancora una volta tentai di nascondergli. Non ero abituata a quella parte di me così fragile; sentivo il bisogno di preservarla per paura che, se fosse stata calpestata, avrei sofferto ancora.

«Voglio solo che mantieni questa promessa.» Efrem mi strinse in un abbraccio consolatorio mentre il mio seno aderiva morbidamente ai suoi pettorali, fonte di un calore inestimabile, come se avesse una stella infuocata dentro. *Come se fosse lui il Sole che mi indorava e scaldava.* «Non ti chiedo altro, Dorothea.»

«La tua non è una reale richiesta.» Gli parlai con le labbra contro la pelle, inebriata dal profumo intenso che emanava; il mio respiro gli provocò un lieve sussulto del torace poiché anche lui avvertiva una follia dilagante scalciare brutalmente nel sangue, tentare di corromperci e urlare al peccato.

«No, infatti è un ordine, ma volevo essere gentile», ironizzò, accarezzandomi la schiena con la punta delle dita; era incredibile come bastasse il suo tocco per riempire di fiori le parti di me invase dai rovi del passato; ne estirpava i prunai e vi piantava i suoi germogli come se volesse guarirle con tutta la cura di cui era capace.

«Lo avevo immaginato.» Risi con le lacrime agli occhi; non mi ero neanche accorta di stare piangendo. *Quando era successo?* «Okay.» Catturai nel cuore le sue parole con tutta la forza che avevo dentro.

Ero piccola, distrutta, stanca, ma determinata e caparbia. Avrei fatto il possibile per non deluderlo. «Te lo prometto.»

Ogni volta che mi sarei guardata allo specchio avrei imparato a sorridere.

Per Efrem, per la mamma, per la nonna, ma soprattutto…

Per me stessa.

E.K.
Le donne

Berlino, 16 maggio

In ognuno di voi coesiste un altro Io.
Un giorno, dovrete sedergli accanto
e ascoltarlo senza paura.
EFREM KRUGHER

QUANTE volte vi capita di avere timore di rivolgere delle richieste erotiche alquanto particolari al vostro partner?

Indistintamente, uomini e donne, reprimono i loro reali desideri per non essere giudicati, insultati, additati come pervertiti, deviati e, nei casi più estremi, per non compromettere la loro relazione.

Non c'è cosa più bella che essere se stessi nell'intimità, condividere lacrime, sorrisi, schiaffi, carezze, strattoni e abbracci eppure esiste ancora chi inorridisce dinanzi a espressioni come «mettimelo dentro più forte», «legami i polsi», «prendimi da dietro», «ficcamelo fino in gola» e così via…

Insomma, l'immaginazione è un viaggio introspettivo dalle mille sfaccettature, potreste davvero divertirvi a sussurrare all'orecchio del vostro amante qualsiasi tipo di laidezza, ma troppo di frequente, proprio nei momenti in cui vorreste lasciarvi andare, scattano quei freni inibitori, spesso derivanti dai retaggi socioculturali, che inevitabilmente condizionano la vostra psiche e il vostro modo di interagire o di rapportarvi al sesso.

Vi capisco, Lesern…

Vi capisco perché, per un periodo della mia adolescenza, quando ero un ragazzino ancora inesperto ed estraneo all'eros, ho vissuto la stessa angoscia, gli stessi limiti, la stessa malsana convinzione di essere sbagliato o, chissà… malato.

Dovreste aver sentito dire – ma se così non fosse mi fa piacere assurgermi a educatore dei giovincelli – che gli psichiatri furono i primi a interessarsi alla sessualità, a improntare i loro studi sulle deviazioni a essa connesse.

Sapete perché?

Perché l'accurata analisi degli impulsi degenerati fungeva da chiave di lettura dei comportamenti dei criminali, per esempio dei pedofili, soprattutto ai fini legali e processuali. Grazie alla medicina è stato possibile ribaltare credenze errate secondo le quali ogni comportamento sessuale, anomalo o differente dalle convenzioni, era fermamente associato a un disturbo mentale. Oggi si è giunti alla conclusione opposta: dai disturbi mentali possono sorgere comportamenti sessuali aberranti.

Un passo evolutivo a dir poco memorabile.

Da allora si è compreso che alcune persone inclini a commettere atti immorali non erano del tutto responsabili delle loro azioni, ritenendo necessario sottoporle a cure mediche anziché condannarle o rinchiuderle in prigione. Uno dei compiti degli psichiatri era proprio questo: studiare e definire ogni aspetto della sessualità, estrapolarne le cause e analizzarle, cercare di ridimensionare il concetto di perversione, la quale era intesa solo come una malattia ereditaria avente sede nel sistema nervoso, infine riconoscere al suo interno, con la dovuta apertura mentale, una pluralità di pulsioni che accomunano individui diversi e il cui punto d'origine è rinvenibile soltanto nelle singole personalità.

Ovviamente alle figure importanti che svolgevano la mia stessa professione si affiancarono anche psicanalisti, giuristi, professori, scrittori dalle cui opere scaturirono numerose definizioni associate alle patologie sessuali.

Da giovane – non che oggi mi ritenga vecchio, conservo ancora lo charme di uno *schöner Mann* – mi approcciai a svariati testi dai quali trassi significativi spunti di riflessione. Per citarvene qualcuno: *Histoire d'O* di Pauline Réage, il quale mi fu malamente sottratto da una bambina bionda di appena dieci anni, imbronciata e pestifera.

Ah... maledizione!

Ecco il cuore che inizia a precipitare in picchiata come un'aquila impazzita mentre, nei pantaloni, scalpita la voglia di rovesciare sulle ginocchia la *giovane donna* che è diventata adesso, punirla e invaderle con la lingua il buchetto tra le natiche per strapparle a suon di urla le scuse che dopo tanti anni ancora mi deve.

Non che non l'abbia già fatto, ma riappropriarmi del tepore del suo corpo è ancora un sogno piuttosto ricorrente...

Tuttavia, ritorniamo all'elenco delle mie scabrose letture: i romanzi cruenti del Marchese de Sade furono di gran lunga i più allettanti. Nei ritagli di tempo, quando non ero impegnato con le solite attività, mi immergevo nella sua vita dissoluta e ne analizzavo le avventure bizzarre.

Fu proprio con lui che ebbe inizio il mio percorso di disamina sul sadismo, il masochismo, il sadomasochismo, il feticismo, il voyeurismo, l'esibizionismo e tutte le alternative rientranti nella medesima dimensione erotica.

Placate i brividi di terrore...

Non sono un dominatore né un masochista, ma se dovessi scegliere a quale delle due categorie appartenere sicuramente mi sentirei più affine alla prima. D'altronde il mio temperamento, apparentemente placido e paziente, cela una mania di controllo dalla quale traggo sempre un grande godimento, soprattutto a letto.

Ma a questo ci arriveremo pian piano... non abbiate fretta.

Ai tempi dell'università, poco prima che mi laureassi, seguivo spesso Markus nella sua clinica privata per comparare a un'istruzione meramente teorica delle esperienze empiriche che potessero arricchire i miei studi.

In quelle occasioni mi è capitato di ascoltare le confessioni più intime dei pazienti dalle quali – vorrei sottolinearlo – non sempre era possibile ricavare informazioni univoche o attendibili per la medicina, ma che si rivelavano utili a scoprire in quanti modi erano declinati il piacere fisico e la varietà di desideri che lo coinvolgevano.

Desideri che conoscevo bene non perché ne avessi appreso le nozioni su un banale manuale, bensì perché mi riguardavano personalmente.

E qui è auspicabile che io vi esponga il tipo di rapporto che instauravo con le donne.

I più attenti ricorderanno che, nelle pagine precedenti, ho citato dei disegni che mio padre aveva ritrovato sotto il letto.

Ebbene... quei disegni avevano tutti come soggetto prescelto la dolce e bellissima Engel.

Era proprio qui che volevo giungere con questa lunga introduzione: lei è stata il secondo patimento che ho subito dopo la morte di mia madre.

Con assoluta certezza, vorrei premettervi che non ne ero innamorato, tuttavia quella ragazzina per me non è stata neanche un incontro casuale o una semplice avventura.

È stata qualcosa che non so definire con chiarezza: non era amore e non era sesso.

Cosa c'era nel mezzo?

C'era Engel.

Inconfondibilmente, inspiegabilmente lei.

Non importa che io non sappia dirvi cos'ha rappresentato per me, importa invece comprendere il motivo per cui voglia parlarvi di quella parentesi di vita in cui aleggiano i suoi ricordi.

Vi assicuro che un motivo c'è.

Lungi da me far perdere tempo a chiunque di voi abbia anteposto, con estrema gentilezza, la lettura di queste misere righe a qualsiasi altro impegno, pertanto cercherò di ripagare la vostra attenzione fornendovi le giuste informazioni.

A essere sincero, o forse brutalmente sincero, se dovessi definire Engel in maniera poetica vi direi che è stata una sequenza di implacabili erezioni, baci affannati, scombussolamenti adolescenziali, mutandine stracciate, mani frementi sotto la gonna e lingua tra le cosce.

Una sequenza di palpiti struggenti tipici dell'età puberale, sfregamenti miserabili che per il fervore che provocavano sembravano spedirmi nell'aldilà mentre il buon compagno d'avventura che mi si ergeva tra le gambe si cimentava come un forsennato nell'aldiquà.

D'accordo, forse non è un paragone altamente poetico, ma l'arte è creatività e la creatività è l'espressione più soggettiva di ciò che la fantasia e la ragione sono capaci di produrre, perciò lasciate perdere la mia mancanza di romanticismo.

Le poesie che raramente redigo avranno sempre una quantità indefinibile di provocazioni che potrebbero indurre gli onnipresenti moralisti a elucubrare sui miei contenuti con il loro rigoroso, eccessivo e ossessivo ordine di principi etici del quale, in tutta onestà, mi fotte poco.

Se siete degli adepti della teologia integralista, se per partito preso siete dei persecutori seriali della morigeratezza, se siete incappati tra queste pagine per pura casualità e storcete la bocca con troppa facilità, chiudete immediatamente questo diario!

Non sono nato per andare in Paradiso.

L'Eden che venero è abbastanza diverso dal vostro, terreno e facilmente raggiungibile.

Per darvi qualche indizio in più: piccolo, stretto e morbido.

E non è ubicato in cielo.

A tal proposito, Engel fu una delle tante fanciulle che le porte del Paradiso me le spalancò, me le offrì con spontanea devozione mentre io venivo accecato dalla sua luce giovanile, dal piacere rovente che conseguiva a ogni mio ingresso in quella *Fotze* scottante e dal brivido violento col quale terminavo l'unione passionale, erotica e frenetica, che molto spesso si consumava velocemente, di soppiatto, lontano dalle nostre reciproche famiglie.

Quando Engel si accorse di me aveva circa diciassette anni ed era una ragazzina molto curiosa; inaspettatamente fu lei a fare il primo passo, mentre io non attendevo altro da tutta l'adolescenza. Non ricordo bene come passammo da un semplice discorso che riguardava le api e l'impollinazione a tubare, come due tortorelle, dietro un cespuglio. Tuttavia, andammo avanti così per ben tre settimane. La timidezza che le aveva tinteggiato le guance nei nostri furtivi incontri iniziali ben presto venne soppiantata da un'audacia impaziente e irrefrenabile. Mi sovviene ancora, in maniera molto nitida, quando la braccavo selvaggiamente nel giardino, e lei – con le dita insicure e gli occhietti maliziosi – si infilava nei miei pantaloni per brandirmi il pene, stringerlo forte e studiare l'esasperante tensione con la quale le chiedevo di muovere il palmo più velocemente, oppure quando ribaltavo la situazione, spingendola di schiena contro la corteccia di un arbusto, e le sollevavo una coscia per superare l'orlo della gonna e insinuare le falangi in quel pertugio candido in cui l'imene era ancora intatto e che pochi mesi dopo – in seguito a una lunga e laboriosa preparazione – sarei stato il primo a deflorare.

La nostra relazione, tra alti e bassi, durò circa un anno.

Engel era quell'attimo di serenità, un beneficio scarsamente impegnativo ma incredibilmente dilettevole al quale mi dedicavo per scappare dagli orrori che pativo con mio padre. Trascorrere le giornate con lei, chiacchierare al tramonto, nascosti sotto l'uggia dei pioppi, baciarla, toccarla, invaderla, consumarla era un modo per estraniarmi da ciò che ero costretto a sopportare tutti i giorni, era un modo per sentirmi un adolescente come gli altri, per assaporare la vita nella sua essenza migliore. Era una scialuppa di salvataggio sulla quale salire per evitare di annegare, perché per scappare da Markus l'unica alternativa sarebbe stata la morte.

Tuttavia, con la mia discutibile ingenuità, non considerai che i sentimenti della piccola Engel stavano crescendo e sbocciando come enormi ibischi fino a diventare talmente ingombranti che quella storia – lei preferiva definirla d'amore – cominciò a soffocarmi.

Iniziai a essere sfuggente, a risponderle meno al telefono o ai messaggi sentimentali con i quali di solito gli innamorati cercano di manifestare il proprio invaghimento, spesso con la profusione di frasi a effetto, aforismi ricercati su qualche rivista rosa o banali dichiarazioni prive di un reale valore e dettate dalla drammaticità infantile attribuita agli eventi inattesi.

Non eravamo ancora maggiorenni ed Engel, ahimè, concepì il mio allontanamento come l'evento più drammatico che potesse capitarle; non a caso quando la lasciai mi appellò con epiteti poco gentili: «stronzo» e «insensibile» furono i più decorosi. Le spiegai che non volevo ferirla, che avevo compreso di non essere il ragazzo giusto per lei poiché l'amore non era stato ancora in grado di coinvolgere o stravolgere un'anima turbolenta come la mia. Lei accettò le motivazioni che le esposi, accettò di metter fine a un rapporto nel quale avrebbe dovuto amare per due, sebbene non riuscisse del tutto a capacitarsi del fatto che il suo fidanzato non sarebbe stato più *suo*, ma sarebbe tornato a essere l'anonimo e ombroso vicino di casa.

Il malessere che ne conseguì le causò non pochi problemi, psichici e soprattutto fisici: Engel si ammalò.

Iniziò a mangiare meno, a detestare il suo corpo, a pensare di non essere abbastanza bella soltanto perché un fanciulletto – a quel tempo pieno di rabbia e di livori irrisolti; se posso essere *cochon*, una gran testa di cazzo – le aveva spezzato il cuore per la prima volta, frantumando il mondo incantato sul quale aveva vaneggiato per un anno intero. Tremendamente in colpa, tentai di parlare con sua madre, la signora Schäfer, indagando su quanto la nostra rottura avesse influito sull'andamento di quella faccenda, se fosse stata la causa o uno dei tanti motivi che avevano riaperto una ferita ancora sanguinante. Se davvero fossi stato io la cagione di quel male, non sarei riuscito a perdonarmelo né a sopravviverne, ma lei mi spiegò che Engel soffriva di anoressia nervosa *atipica* dall'età di tredici anni e che spesso il disturbo si era ripresentato ancor prima di conoscere me; specificò anche che l'imminente separazione dal marito aveva influito sul malumore della ragazza e che quest'ultima non confidava a nessuno quella parte di sé e del suo passato. Difatti non mi aveva mai accennato nulla nel nostro anno di relazione, tantomeno erano capitati episodi che avrebbero potuto instillarmi un qualche sospetto. Il suo fisico mi era sempre parso in salute, florido e arrotondato, perché quella particolare e maledetta forma di anoressia era la peggiore: si insidiava nell'anima in maniera silenziosa, infettava la mente velocemente come un veleno letale e non si palesava all'esterno, ingannando chiunque con la più subdola e callida ingegnosità. Misi da parte la momentanea incredulità, la collera e la delusione verso me stesso e promisi a sua madre che non avrei abbandonato la figlia in un momento tanto difficile. Il giorno stesso provai a contattarla poiché, anche se tra noi era finita, avrei voluto starle accanto, ascoltarla o abbracciarla ogniqualvolta ne avesse avuto bisogno.

Volevo esserci per lei, a prescindere dalla decisione che avevo preso.

Engel, però, non volle più vedermi né sentirmi.

Non rispose mai alle chiamate o ai messaggi e qualche settimana dopo si trasferì dalla nonna, dall'altra parte della città, pur di allontanarsi da me e dal giardino dirimpettaio nel quale entrambi avremmo per sempre custodito il ricordo dei ragazzini innocenti che eravamo stati.

La notizia che più di tutte mi destabilizzò giunse sei mesi dopo.

Engel si spense, precocemente, il 14 ottobre dello stesso anno a causa di un inaspettato arresto cardiaco e io rivissi come un incubo riacutizzato, un trauma lesivo, il dolore che avevo provato anni prima con la morte di mia madre.

Precipitai di nuovo nel baratro dei tormenti più atroci, nella sofferenza miseranda che risvegliò quel logorio pulsante ancora insito dentro di me: avrei voluto raggiungerla, avrei *dovuto* raggiungerla perché il bastardo ero stato io e perché tutte le volte in cui eravamo stati insieme avrei dovuto accorgermi che qualcosa di abominevole le stava corrodendo stomaco e viscere, invece non ero stato capace di vedere né di comprendere ciò che Engel, chissà in quante occasioni, aveva cercato di comunicarmi con quegli occhi gemmei, con i baci strazianti o con le carezze supplichevoli.

Ero andato via, egoisticamente, come un ragazzetto geloso della sua indipendenza, assuefatto alla libertà e impaurito dall'amore senza pensare a lei, a come sarebbe stata, a come avrebbe affrontato quel cambiamento e, malgrado la sua famiglia non mi attribuisse alcuna responsabilità, anzi continuasse a elogiarmi come un ex fidanzatino sano e beneducato, io mi convinsi che in parte ero stato l'artefice abulico, il committente indiretto, il sicario cieco di quell'imperdonabile e infelice perdita.

Perciò non restai impunito, ma scelsi di infliggermi la tortura più crudele.

Vissi e decisi che, da adulto, sarei diventato uno psichiatra come Markus, che mi sarei preso cura dei miei pazienti, che avrei dato loro anima e cuore pur di ridonarli alla vita e che non avrei commesso il medesimo errore, non mi sarei più fatto abbindolare dai sortilegi della psiche umana o dal modo in cui si celavano dietro un'effigie apparentemente eutocica o falsamente ordinaria.

In cambio della salvezza, avrei assorbito il loro male, gli avrei permesso di ledermi, contaminarmi, e col tempo avrei provato a sopportarlo.

Volevo comminare a me stesso il dolore che avevo causato alla piccola Engel, il cui esito non sarebbe stato immediato.

Mi sarei ferito, spezzato e ucciso in maniera lenta e massacrante, esattamente come meritavo.

Mentre mi concedo una fuggevole pausa, accomodato alla scrivania, con una tazza di tè fumante accanto a me – e l'immancabile fetta di limone galleggiante in superficie – mi sembra quasi di poter fiutare l'olezzo dei perbenisti seduti in prima fila.

Oh, sì, eccoli lì...

Con i loro sguardi giudicanti, il brusio frusciante, la mano posata sul petto a rimarcare, con una teatralità bizzosa, il terrore o lo sconcerto provocato dalle mie sincere dichiarazioni.

Sapete cosa tollero meno della società?

Quell'eccesso di burbanza che induce gli esseri umani a credere di potersi elevare a giudici supremi e – senza alcuna cognizione o esperienza – a ripugnare chiunque sovverta, ignori o violi quelle che *loro* sostengono siano delle verità universali.

Vi siete mai chiesti in che misura la moralità debba incidere sull'autonomia individuale?

In che misura debba determinare il libero arbitrio, la nostra volontà e le nostre azioni?

Non fraintendetemi, non intendo dire che dovremmo essere tutti dei peccatori ignobili privi di principi o razionalità, ma semplicemente vi esorto a fare un ragionamento pratico e controverso che, nel corso della storia, ha investito anche i filosofi dalle menti più brillanti.

Secondo il mio punto di vista, oggigiorno c'è un eccessivo costruttivismo di teorie, credenze, convinzioni che, infilate nell'enorme calderone della moralità, tendono erroneamente a ridimensionare, a riformulare, a giudicare con estrema superficialità comportamenti, pensieri e modi d'essere differenti preferendo l'etica individualistica al più semplice e dimenticato *rispetto* verso il prossimo.

Non dovrebbe essere anche questo un valore dall'indiscussa validità cosmica?

E dov'è il rispetto – mi rivolgo ai boriosi perbenisti che ho snidato tra di voi – quando vi prodigate in sentenze e verdetti grossolani, talora con un'intransigenza e un'ipocrisia del tutto degeneranti per il solo piacere di condannare gli altri?

Doctrina est ingenii naturale quoddam pabulum... Forse se riporto alla vostra attenzione una delle locuzioni latine più belle attribuite a Cicerone ho maggiori possibilità di essere compreso: «Imparare è un tipo di cibo naturale per la mente».

Con umiltà, vi incito – consideratelo un consiglio fraterno – a non essere troppo rigorosi con chiunque sbagli, ma a imparare appunto a deflettere dalle norme personali e a sottoporre voi stessi a un esame di coscienza prima di puntare il nobile e spietato indice verso il povero gaudente di turno.

Ritengo che su questa Terra non ci siano santi, nonostante mi susciti molto diletto osservare gli utopisti che credono di esserlo.

Dopo quest'importante digressione direi che posso riprendere indisturbato le ciarle sulle donne, o meglio, sulle *mie* donne.

Vi premetto che questo non è un elenco e che l'ordine di esposizione non rispetta un grado di importanza, semplicemente – stando alla cronologia dei fatti – dopo Engel, tra le numerose ragazze che si susseguirono nel mio letto, un'altra fanciulla che ricoprì un ruolo indispensabile fu Giselle Grimes; per gli amici e gli amanti soltanto Elle.

Non esagero nel dirvi che fu grazie a lei se riuscii a superare quel periodo luttuoso in cui il pensiero della morte della mia prima fidanzata divenne talmente frustrante da rasentare la follia. Mi trasferii in America all'età di diciannove anni e incontrai Giselle all'età di ventuno, in uno dei tanti locali che io e Mitchell frequentavamo la sera; in realtà fu proprio quest'ultimo a presentarmela. Dopo un breve dialogo all'insegna di qualche ammiccamento della prorompente Elle e di qualche mio sorriso un po' troppo fascinoso, entrambi capimmo di essere particolarmente affini, più di quanto potessimo immaginare. Nel frattempo, il mio amico aveva abbordato una cameriera dai capelli rossicci con un vistoso tatuaggio sullo sterno e un piercing luccicante a ornarle una narice, per cui – come nel più banale corteggiamento manipolato da un'impaziente bramosia – io e Giselle ci allontanammo per proseguire le nostre interessanti chiacchiere altrove: la mia auto, ferma in un parcheggio alquanto discreto, ma non troppo riservato, fu il luogo che scegliemmo. Ricordo la sventatezza con la quale lei mi seguì sul retro, su un paio di tacchi alti e un abito morbido di un seducente rosso corallo che ne risaltava le forme snelle, i seni prosperosi ben accennati dal tessuto aderente e un sedere che definire sodo o compatto sarebbe stato riduttivo. Glielo ammirai per tutto il tempo in cui, suggerendole di superarmi – cosicché, da bravo ragazzino qual ero, le avrei protetto le spalle dai mascalzoni –, Giselle mi ancheggiò davanti gesticolando e discorrendo di questioni che il mio cervello annebbiato, in quel momento, non registrò, troppo concentrato su un'attrattiva di gran lunga migliore.

Per farvela breve: un panorama da cartolina.

Ero davvero interessato ad approfondire la conoscenza con lei, in qualsiasi modo avesse voluto; tuttavia ero sempre stato maniacale, difficile e leggermente schizzinoso con le donne, pertanto prima di passare da un dialogo verbale a un dialogo *genitale* mi premuravo di verificare che la ragazza in questione fosse pulita. Non avevo grandi pretese, a eccezione del buon profumo della pelle, dell'alito fresco e della dovuta igiene intima. Qualora mancassero quelle semplici condizioni, per me basilari, interrompevo subito qualunque appuntamento rifiutandomi di giungere a un rapporto sessuale.

Insomma... non sono mai stato un infoiato, un energumeno strampalato al quale bastavano due tette e un bel fondoschiena per perdere il lume della ragione. Non mi concedevo a chiunque; ho avuto molte partner, certo, ma tutte rigorosamente rientranti in quello che io definisco il *mio* prototipo.

E il mio prototipo non era così facile da trovare.

Giselle, però, ebbe la fortuna di rispecchiare appieno l'ideale femminile dal quale sono sempre stato affascinato: curve al punto giusto, chioma mogano e lucente, viso morbido dai tratti delicati, labbra carnose e naturali, ciglia adunche a sventagliare due iridi color indaco e una fragranza di vetiver, aldeidi e vaniglia da far girare la testa.

Col suo effluvio puro emanava una sensualità talmente potente che mi bastò sollevarle il mento e chinarmi a sfiorarle il collo per decidere che quella notte sarebbe stata mia. Lei, d'altro canto, mi guardava come se non avesse mai incontrato un ragazzo più intrigante, più imponente o più enigmatico di me; quando la baciai le si infiammarono le guance, le esplose il cuore, le tremarono le mani e mi restituì quel bacio con così tanta passione da farlo divenire irruente e sgarbato. Senza perdere tempo in smancerie, Giselle mi salì a cavalcioni sui sedili posteriori della mia vettura – una delle tante costose che il figlio di un medico, abituato agli agi, poteva permettersi –, si alzò l'orlo dell'abito rivelando degli slip in pizzo bianco semitrasparenti sotto ai quali il monte di Venere era perfettamente depilato e, con un'impudicizia eccitante, mi chiese di scoparla con tutta l'aggressività di cui ero capace. Fu una richiesta inaspettata poiché, di solito, con le ragazze avevo sempre trattenuto, nascosto, represso quegli impulsi violenti che avrebbero potuto spaventarle o indurle a scappare via, ma lei era diversa.

Era una deliziosa scoperta che mi permise di mostrarle i miei loschi *vizi* di gioventù.

La scopai come lei aveva desiderato, al contempo la feci piangere come invece desideravo io.

Stille d'ardore, di smania, di passione le rigarono il volto mentre la bocca si schiudeva per invocare il mio nome, il ventre accoglieva il frutto spinoso della lussuria e il culo resisteva agli strattoni, alle sberle e alla dilatazione barbara delle carni. Le dissi che presto avrei voluto invaderle anche quello, che morivo dalla voglia di fotterglielo e lei, con una risatina isterica, acconsentì promettendomi che non me ne avrebbe privato se ci fossimo rivisti.

Mi eccitavano le lacrime delle donne, ma le ammettevo solo nel sesso e solo in situazioni consensuali; la bella Giselle mi aveva concesso la libertà di farle tutto ciò che volevo, ignara che avrei soddisfatto alla lettera quell'incosciente azzardo. Non mi preoccupai di essere gentile né accorto, non mi sforzai neanche di confortarla quando mi conficcai nella passerina stretta – abituatevi, è così che adoro chiamare il Paradiso – e il dolore la indusse a inarcarsi, gemere e urlare artigliandomi le spalle con le unghie affilate.

Nessuno avrebbe mai immaginato che il ragazzetto dagli occhi di cristallo, i capelli scuri e l'aspetto da principino intemerato si trasformasse in un animale o in una qualche divinità demoniaca quando doveva gingillarsi col suo membro tra le cosce delle *Mädchen*.

Ora... voi vi starete chiedendo: che diamine ha fatto, dottor Krugher, alla povera Giselle?

Vi garantisco che tutto ciò che *le ho fatto* per quattordici anni le ha donato la possibilità di conoscere i limiti di se stessa, di intendere il dolore come un'esplorazione sensoriale, l'umiliazione come un preliminare estatico e l'orgasmo come una risposta d'apprezzamento alle pratiche estreme alle quali l'ho sottoposta.

Le relazioni tanto speciali, fuori dall'ordinario, non possono essere intraprese con superficialità ed è necessario che una donna scelga un partner che si impegni in maniera seria, con perizia e piena maturità, così come fece lei con me.

Mi scelse.

Nei nostri successivi appuntamenti, sempre serali, sempre nella mia auto e sempre molto focosi, Giselle mi chiese da dove venissi – giacché il mio accento americano tradiva le origini tedesche – e cosa studiassi. Quando le risposi che mi stavo specializzando in psichiatria, lei divenne un fascio di nervi e si rifugiò contro il mio torace nudo, ammutolendosi; chissà perché uno psichiatra è sempre inevitabilmente associato a un mentecatto o susciti, spesso, agitazione e diffidenza.

Con la mia cupa indifferenza andai avanti: le spiegai che, oltre ai disturbi depressivi, ai disturbi della personalità e ai disturbi alimentari, ero particolarmente interessato alle parafilie sessuali, che in quel periodo erano oggetto dei miei studi. Avrei voluto redigere un trattato in merito che eludesse dalla psicanalisi classica di Freud o dalle valutazioni piene di solecismi, in base alle quali l'esame dei singoli episodi mi avrebbe indotto a un'interpretazione limitante e troppo sessualizzata.

La cara Elle parve illuminarsi di una perigliosa malizia e subito dopo mi suggerì di recarmi con lei in un luogo abbastanza ambiguo in cui, puntualizzò, avrei trovato del materiale stimolante: dalle parafilie più svariate, inclusi i traumi infantili che le avevano causate, sino al tipo di sessualità deviante che suscita scalpore e pregiudizi nel senso comune.

Con uno spasmo di torva curiosità – la perversione dentro di me stava già sbavando come un cane brigoso – le domandai quale fosse nello specifico quel posto e lei, con una rapida leccatina al labbro inferiore ancora tumido per via della *profonda fellatio* con cui mi aveva spompato pochi minuti prima, si protese al mio orecchio per sussurrarmi con tono un po' troppo melenso: «L'*Himeros*...»

6
Thea

Gli innamorati hanno, come i pazzi,
un cervello tanto eccitabile
e una fantasia tanto feconda,
che vedono assai più cose
di quante la fredda ragione
riesca poi a spiegare.
WILLIAM SHAKESPEARE

A VOLTE, la mente umana è come una prigione.

Ti guardi attorno per cercare la chiave, ti inginocchi, raschi con le unghie sul pavimento fino a sanguinare, ma non la trovi.

Quella maledetta chiave non la trovi.

Ti senti incastrata nella tela della disperazione.

Persa nel limbo del tuo martirio.

E allora, con il viso sporco di polvere, accovacciata a terra come un salice piangente, volgi lo sguardo in alto, su un soffitto di filo spinato, privo di luce, di sole, di speranze.

Non c'è una botola da raggiungere, non c'è alcuno spiraglio né una via di fuga.

Ci sei solo *tu*.

Faccia a faccia con quella parte di te che continui a ripudiare, a respingere, a odiare.

Quella parte di te che continua a urlarti di essere liberata, di bloccare gli ingranaggi mentali che continuano a ribaltare, confondere, distorcere la realtà e l'immagine che hai del tuo corpo.

Un'ingiustizia che ti autoinfliggi, una condanna che ti autocommini perché non guardi.

Non riesci a guardare.

Anche se ci provi, anche se credi che spalancare gli occhi e fissarti da ogni angolazione sia sufficiente.

Eppure il corpo è un'invenzione magnifica che sottovaluti.

Non senti il respiro che circola nei polmoni e fluisce dentro di te.

Non ti accorgi di come sia un tutt'uno con lo spirito, di come insieme formino una stella luminosa che dirada la vita.

E la nutre.

La nutre in silenzio, anche quando sei incosciente.

Non ti accorgi di come il corpo ti protegge, ti difende e ti ascolta.

Lui capisce che non stai bene e cerca di comunicartelo, cerca di lanciarti dei segnali d'allarme che spesso ignori.

Il corpo non è rancoroso: anche quando lo insulti, lo giudichi e lo maltratti, lui resta con te.

Al tuo fianco, come un compagno fedele.

Lotta per contrastare ogni malattia.

Ti sostiene, ti preserva, resiste e combatte per opporsi ai graffi del presente o ai pugni del passato perché lui è il luogo in cui vivi.

Il luogo in cui resterai fino al tuo ultimo battito di ciglia.

È quel *tutto* senza il quale non potresti ammirare l'alba ogni giorno.

È un bambino che si rifugia nei dolci avvallamenti dell'anima e ne bacia ogni sofferenza.

È l'abbraccio che lo spirito non chiede mai, ma di cui ha bisogno sempre.

Non ti è avverso, sei tu a credere che lo sia.

«Sono io a credere che lo sia», ripetei sottovoce. Le parole della dottoressa Ruiz, durante il nostro ultimo colloquio, mi si erano incise nella testa come inchiostro indelebile. Ancora una volta avevamo parlato a lungo: lei si era seduta dietro la scrivania e con tutta la pazienza di cui disponeva mi aveva ascoltata, cercando di analizzare con me qual era la visione che avevo del mio aspetto e l'eventuale causa che l'aveva scaturita. Mi stava insegnando a conoscere a fondo i vari modi in cui il mio disturbo si manifestava, a considerare delle tecniche o strategie con le quali cercare di ingurgitare i pasti e di trattenerli nello stomaco, dandomi consigli su come debellare le condotte di eliminazione alle quali ricorrevo spesso per liberarmene.

Stavo imparando a non spezzettare il cibo, ma in compenso mangiavo lentamente. Suddividevo ancora i pasti in buoni e cattivi, ovvero a basso o ad alto contenuto calorico. Malgrado fossi abituata ai morsi della fame, cercavo di non ignorarli e di alimentarmi. Il mio peso era aumentato di tre chili e settecento grammi, un piccolo progresso che aveva rallegrato il dottor Nørgård. La particolarità dell'anoressia di cui soffrivo, definita atipica o nascosta, era l'assenza di una condizione di sottopeso, tuttavia per l'équipe medica era importante non sottovalutare la possibilità che potesse evolversi in tipica. D'altronde il controllo sul cibo mi permetteva di tenere a bada le mie emozioni, di non sentirle troppo; il rapporto col corpo era come una fortezza inespugnabile nella quale mi era difficile *entrare*, perciò, pur essendo il mio peso normale, non riuscivo a identificarmi nella mia *non* magrezza.

Una contraddizione interiore che mi provocava confusione e frustrazione.

Ogni giorno mi stavo impegnando a cancellare la visione irrealistica che avevo di me stessa, ma la mente e il disturbo che la manovrava continuavano a opporsi per ostacolarmi: un'alterazione dei neurotrasmettitori che mi mostravano allo specchio qualcosa che, nella realtà, non esisteva. A questa evidente difficoltà si aggiungeva anche un quadro clinico più articolato poiché, secondo i medici, al disturbo alimentare si correlava una personalità complessa forgiata dal mio passato, dalla morte della mamma e dal trauma che ne era conseguito. La soluzione, dunque, sarebbe stata infrangere l'enorme barriera che mi ero costruita attorno e permettere loro di scavare a fondo dentro di me per conoscere l'anima, la psiche, e tirar fuori tutta la negatività che mi logorava da anni.

Il mio era un percorso difficile, nessuno aveva la certezza che ne sarei uscita, eppure non avrei smesso di lottare.

Avevo cominciato a ripetere ogni mattina, davanti al mio riflesso, un obiettivo ben preciso correlato a un sorriso triste ma battagliero: *«Io voglio guarire. Voglio guarire per me e per te, mamma»*.

Il lunedì successivo constatai che erano trascorsi quasi due mesi dal mio ingresso nella clinica Asklepios e che ne mancavano altri due prima del mio rientro a casa.

Avevo sempre temuto che quelle sedici settimane non sarebbero mai passate e che trascorrere il tempo lì dentro sarebbe stato insopportabile, invece mi ero abituata a misurare il peso con il dietologo, a chiacchierare con Juliette ogni notte, a infilare nei cestini del Tèichos dei bigliettini che racchiudevano i miei pensieri, a intrufolarmi nello studio di Efrem per parlargli di me o semplicemente per stare con lui, per vivermelo finché ne avessi avuto la possibilità; oltretutto, anche le conversazioni con la dottoressa Ruiz si stavano rivelando più interessanti di quanto avessi immaginato.

Quella mattina il nostro colloquio era terminato già da dieci minuti, ma lei mi aveva chiesto di aspettare e di restare seduta mentre rispondeva a delle e-mail.

Nel silenzio asettico che aleggiava tra noi, rimasi cristallizzata sui suoi lineamenti raffinati, osservando attentamente ogni dettaglio: il caschetto di capelli rossi le cui ciocche le tagliavano finemente le mascelle, la pelle levigata ricoperta da un leggero strato di trucco e gli occhi di un verde cinabro, più luminoso con i riflessi del sole che, filtrando dalla finestra, danzavano tra le increspature del marmo baciandole il volto.

Inclinai la testa di lato, scendendo a squadrarle i seni procaci e voluminosi, pressati dalla camicetta di raso bianco, e mi chiesi quante volte Efrem li avesse stretti nei palmi, morsi, leccati o schiaffeggiati. Quante volte ne avesse succhiato i capezzoli, sentendosi forte ed esaltato quando gli si inturgidivano in bocca. Mi chiesi quante volte fossero stati a letto insieme, quante volte lui avesse provato il tepore della sua carne, quante volte lei lo avesse toccato e ammirato nudo, quante volte avessero condiviso l'intimità che Efrem mi negava.

Quante maledette volte si era concesso a lei?

Basta, Thea. Dacci un taglio!

Mi imposi di smetterla di torturarmi in quel modo. La gamba sinistra cominciò a tremarmi e con essa sentii un fuoco inarrestabile partire dallo stomaco e risalire fino alla testa.

Un'insolita rabbia mi esplose fra le tempie, per un istante mi ovattò i timpani e mi abbagliò la vista, tanto che il mio respiro divenne corto e anelante.

«Cosa stiamo aspettando, esattamente?» Tentai di controllare quell'assurda emozione che mi avvelenava la gola, rendendo la mia voce fastidiosamente gracchiante.

Non sapevo cosa fosse, non sapevo come definirla.

Era forte, incontrollabile, pericolosa; qualcosa che non avevo mai provato prima.

Riportai gli occhi sul viso della donna cancellando dalla mente le immagini di lei, ansante e sudata, sotto l'uomo da cui ero attratta. Mi innervosiva l'idea che avessero avuto una relazione e ancora di più l'eventualità che lei ne fosse ancora innamorata. Le loro professioni erano strettamente correlate e questo costringeva entrambi a condividere gli stessi spazi; lei lo venerava ogni volta che lo guardava e arrossiva quando lui le rivolgeva la parola. E io non riuscivo a tollerarlo. Lo strano desiderio di possesso nei confronti di Efrem mi sconvolse e spaventò, poiché non era da me mostrarmi gelosa di qualcuno che non mi apparteneva, ma forse la verità era un'altra: inconsciamente reputavo Efrem *mio* e quindi consideravo una vera minaccia le donne da cui era circondato. Mi venne voglia di picchiare la testa contro il muro o di prendermi a sberle per l'assurdità dei miei pensieri.

Se li avessi confessati a qualcuno, sarei stata definita una ragazzina infatuata che voleva incatenare in una stanza il proprio dottore per impedirgli di avere rapporti umani con il mondo esterno.

Mi trattenni dal ridere per la follia delle mie stesse considerazioni.

«È una sorpresa, abbi pazienza e vedrai.» Il timbro tenue e fiducioso della Ruiz – ignara dell'irruente caos che mi stava pervadendo e rendendo così agitata – dissolse per un attimo la mia gelosia, improvvisa e irrazionale.

Pur sapendo che nessuno avrebbe dovuto scoprire ciò che c'era tra me ed Efrem, decisi comunque di correre il rischio e di addentrarmi nel campo minato del suo passato.

E quale opportunità migliore avrei potuto cogliere se non quella di fare conversazione con una delle sue ex?

«Lei ha un compagno?» esordii dal nulla, per rompere il ghiaccio.

La dottoressa Ruiz spostò lo sguardo su di me, con un inaspettato disagio. Non mi ero mai mostrata interessata alla sua vita privata né le avevo mai rivolto domande personali. Quella fu la prima volta, ma sperai non ne intuisse i motivi. «Perché me lo chiedi, Thea?»

«Curiosità.» Scrollai le spalle, fingendomi annoiata. «So che voi medici non potete esporvi troppo con i pazienti, ma insomma... lei sa molte cose di me. Non credo sia un problema se anch'io conosco qualcosina di lei.» Mi sembrava una giustificazione plausibile; a dire il vero avevo intavolato quel discorso per uno scopo ben preciso che avrei raggiunto lentamente, con la dovuta astuzia.

«No, al momento non ho un compagno.» La Ruiz tornò a diteggiare sulla tastiera, scorrendo il cursore del mouse su un elenco di file archiviati. Nel mentre analizzai la sua risposta: dunque era libera, e se Efrem fosse stato d'accordo avrebbero potuto frequentarsi di nuovo. D'altronde il matrimonio non era limitante per lui né lo era il concetto di fedeltà, al quale attribuiva un significato personale, del tutto anticonvenzionale. Per di più aveva già ceduto a Giselle e non sarebbe stato impossibile che si verificasse la stessa situazione anche con un'altra delle sue ex amanti.

I miei dubbi provenivano proprio da ciò che avevo sbirciato nello studio dell'ala ovest, in compagnia di Ben: vederlo così disinibito con Giselle aveva sovvertito tutte le certezze che avevo su di lui.

«Ci sarà stato qualcuno... presumo», insistei cauta, cercando di centellinare qualche informazione in più. Era un mio difetto lasciarmi sopraffare dalle paranoie e crearmi problemi che avrei potuto risparmiarmi; magari lei ed Efrem erano rimasti buoni amici, oppure collaboravano come due ottimi colleghi senza alcun rancore, tuttavia, a causa della confidenza e intimità che avevo instaurato con lui, avvertivo l'esigenza di capire meglio che tipo di rapporto ci fosse tra loro.

«Sì, un po' di tempo fa», rivelò con discrezione. «Da allora mi sono dedicata soltanto al lavoro.»

«È stato un uomo importante?» Forse questa domanda avrei potuto evitarla, ma non ero brava a frenare l'istinto. Mi agitai sulla poltrona sperando che la dottoressa non si accorgesse della tensione che cominciò a brulicarmi addosso.

«Ci siamo frequentati per circa otto mesi», proseguì limpida, inforcando gli occhiali da vista per analizzare un documento in particolare. «Per me sì... è stato importante. Non so se per lui è lo stesso.»

«Pensa ancora a lui o crede di averlo dimenticato?» le chiesi con troppa insistenza. La psicologa dirottò ancora una volta lo sguardo dal monitor a me, indugiando sulla mia espressione nervosa come se mi stesse analizzando. Per non destarle alcun sospetto, dovetti correggermi subito. «Oh, mi scusi.» Ostentai un sorriso mortificato condito con un pizzico di falsa timidezza. «Non volevo essere invadente. Sa, ho sempre pensato che parlare di questioni amorose aiuti le persone a essere più complici, ma potrei sbagliarmi.»

«Condividere le esperienze di vita aiuta generalmente le persone a instaurare una particolare complicità», mi corresse, dandomi un insegnamento di cui mi fregava ben poco. La mia intenzione era scoprire tutt'altro. «Comunque, penso ancora a lui, sì, ma è una relazione chiusa. Non potremmo mai tornare insieme.» Con nonchalance, spostò indietro la poltrona per sporgersi di lato e aprire un cassetto sottostante dal quale sfilò una cartellina colorata. Controllò la targhetta che riportava il nome di un paziente e ne valutò la corrispondenza con un documento che stava visionando sul portatile.

«Perché?» Non ero convinta di poter tirare un sospiro di sollievo. C'era qualcosa di strano nel modo in cui evitava di guardarmi e soprattutto nella velocità con la quale mi concedeva delle risposte, come se l'avessi infilata in una situazione difficile e non vedesse l'ora di uscirne.

«Perché ha una storia con un'altra», confessò piccata e, sebbene non avessi la conferma che l'uomo del quale stavamo parlando fosse indirettamente Efrem, quel dettaglio servì a convalidarne la concreta possibilità.

«Magari non ne è innamorato. Che ne sa?» Lanciai un'occhiata alla finestra chiusa. Ormai era quasi giugno e l'alta temperatura sembrava filtrare dalle pareti e invadere anche l'ambiente interno, o forse ero io a sentirmi accaldata a causa dello sforzo che richiedeva indagare sulla relazione che la dottoressa Ruiz aveva avuto con Efrem.

Per quale ragione mi ficcavo sempre in casini che potevo evitare?

«Credevo anch'io che non fosse un uomo propenso a impegnarsi seriamente e invece ha stupito tutti con la sua decisione», seguitò, appesantita dalla sua stessa ammissione. «Sembra che con l'attuale compagna sia felice.»

Se davvero Efrem fosse stato felice con Liliane, non avrebbe cercato nessun tipo di attenzioni da Giselle, come invece era successo. «Ne parla ancora con malinconia», constatai, cercando di reprimere il mio fastidio.

La Ruiz emise un sospiro rassegnato, vagando con la mente nel passato. «È un uomo difficile da dimenticare, tuttavia sono una donna forte. Ho superato di peggio. Conservo di lui, anzi di noi...» specificò con un lieve abbassamento di voce. «Soltanto un bellissimo ricordo.»

«Meglio così», mi lasciai sfuggire, contenta che ci avesse messo una pietra sopra. Sentendosi toccata nel vivo, la dottoressa Ruiz aggrottò la fronte alquanto confusa. «Cioè, intendo dire, è la cosa più giusta da fare.» Mi schiarii la gola con impaccio. «Ne incontrerà altri, forse migliori.»

Lei accennò un sorriso tirato, un po' incerto. «Migliori è difficile, ma ho imparato a guardare avanti e a credere che il vero amore per me debba ancora arrivare.»

E non era Efrem.

Quantomeno non lo sarebbe stato neanche se lei lo avesse voluto, perché ci sarei stata io a impedirle di riconquistarlo. Ancora una volta pensai che stavo delirando, che l'irrazionalità mi stava veicolando su una strada completamente sbagliata, eppure ciò che sentivo, ciò che provavo non erano altro che la paura di perderlo e la necessità di evitare a tutti i costi che essa potesse concretizzarsi prima che il nostro tempo scadesse, prima che me ne tornassi a West Hollywood e decidessi di stargli lontano.

A cosa era dovuto quel timore?

A una semplice attrazione o a un sentimento che stava germogliando dentro di me?

E dopo? Dopo cosa sarebbe accaduto?

Due colpi di nocche alla porta mi riscossero da quelle tediose riflessioni.

A entrare nello studio fu, inaspettatamente, il dottor Nørgård in compagnia di…

«Nonna Lizzie.» Non seppi neanch'io se la mia fu più un'affermazione o una domanda. Rimasi quasi senza parole. Fu sconvolgente e strano rivederla dopo intere settimane trascorse a pensarla, a videochiamarla, a chiedere di lei a Efrem senza possibilità alcuna di incontrarla. Ci misi qualche secondo a capacitarmi che fosse davvero venuta a trovarmi. «Nonna!» Presa coscienza della sua reale presenza, balzai dalla poltrona e le corsi incontro, gettandomi letteralmente tra le sue braccia. Per un istante pensai che potesse trattarsi di un sogno, di un'allucinazione, di un miraggio finché sentii il suo profumo tanto simile a quello della mamma e la sua voce tremolante, provata dall'emozione.

«Milla.» Fu tutto ciò che mormorò al mio collo, quando mi strinse forte a sé, felice di potermi riabbracciare. «Come stai? Perché non potevo raggiungerti agli appuntamenti del venerdì? Cos'è successo? Che hai combinato?» snocciolò in fretta com'era suo solito quando si preoccupava troppo per me o dava per scontato che mi fossi messa nei guai. Mi allontanò, stringendomi le spalle, e mi fissò negli occhi in attesa che le dessi una spiegazione. Come avrei potuto giustificarle l'atteggiamento di Efrem? Di certo non potevo confessarle che era stato il mio comportamento irriverente a sobillare la sua risolutezza inducendolo a quella rigida decisione: lui mi aveva punita per avergli scritto una poesia erotica, per avergli mancato di rispetto e per averlo provocato più volte. Forse un giorno le avrei raccontato della sbandata per il dottore, ma in quel momento preferii ne rimanesse del tutto estranea.

«Non è successo nulla.» Le ghermii il viso per rassicurarla. La sua pelle calda, dall'incarnato chiaro quasi scialbo, era così delicata che temevo di romperla. «Era necessario lasciarmi ambientare e permettermi di seguire il trattamento senza condizionamenti esterni. Ora sei qui finalmente. Ed è ciò che conta.» L'abbracciai ancora nel disperato tentativo di colmare il vuoto della sua lunga assenza. La nonna si abbandonò a me, fidandosi delle mie parole, dell'impegno che mi ero assunta quando le avevo promesso che avrei fatto il possibile per guarire. Glielo dovevo. Lo dovevo alla sofferenza che aveva condiviso con me nei due anni in cui più volte mi aveva raccolta dal pavimento dolente e stremata, mi aveva curata dalle ferite dei tormenti, aveva lenito gli squarci dei sensi di colpa, mi aveva riportato il sorriso sulle labbra rotte dai pianti. Lo dovevo a lei che aveva ricamato sul mio cuore orli di speranza, nonostante la mia anima continuasse a stillare odio e rabbia, a grondare di disperazione, madida di un amaro dolore che mi aveva spinta giù, sul fondo della vita. *Al limite della morte.* «Vieni.» La presi per mano e la condussi con me verso le poltrone, facendola accomodare al mio fianco. Frattanto il dietologo e la dottoressa Ruiz avevano assistito alla scena restando in disparte.

«Sono contenta che sia venuta a trovarci, signora Curtis. Com'è andato il viaggio?» La psicologa si risedette dietro la scrivania mentre Nørgård preferì lasciarci sole, congedandosi educatamente.

La nonna si osservò attorno frastornata stringendo contro il ventre la borsetta di pelle nera con la stampa dei Nirvana in bella mostra. «Bene. Anche se l'auto ha fatto un po' i capricci», ammise con una punta di ironia.

«La tua auto è un vecchio catorcio, nonna. Perché non sei venuta con Victor?»

Lei mi mise a tacere con un gesto della mano, infastidita all'idea che stessi sottovalutando le capacità della carretta a cui era tanto affezionata. «Non dire sciocchezze, Milla. Quel 'vecchio catorcio', come lo chiami tu, è con me da ormai vent'anni.»

«Credimi, si vede», ridacchiai, guadagnandomi una sua occhiataccia.

«Per giunta non volevo scomodare Victor.» Lanciò un sorriso di circostanza alla dottoressa che, nel frattempo, ci stava ascoltando in silenzio. Lizzie Curtis era sempre stata il tipo di donna che non chiedeva mai nulla, che affrontava qualsiasi problema da sola cercando il modo di cavarsela anche nelle situazioni più ostiche. L'estrema cocciutaggine era una caratteristica di famiglia che, difatti, avevo ereditato anch'io.

«È il mio manager.» Me ne fregai di risultare petulante. «È un suo dovere rendersi disponibile.»

«Oh, santi numi, Milla», sospirò esacerbata. «Sono qui, sana e salva.» Decise di troncare il discorso; altro terribile difetto che emergeva soprattutto quando era consapevole di aver sbagliato, ma non voleva ammetterlo.

«Sa come sono i nipoti, signora Curtis.» La dottoressa Ruiz apprezzò il nostro gioviale battibecco. «Si preoccupano spesso. È sicuramente un modo per dimostrare il loro affetto.»

La nonna appoggiò il gomito sul bracciolo e protese la mano per coprire la mia, abbandonata sulla coscia. «A volte si preoccupano anche troppo», assentì bonaria. «Come procede il trattamento? Mi perdoni se sono così impaziente, ma attendevo da settimane quest'incontro.»

Presa dall'euforia, non le avevo chiesto se fosse stato direttamente Efrem a chiamarla oppure se avesse delegato il compito alla sua assistente; in ogni caso lo avrei ringraziato perché era stato lui a concedere il permesso di poter incontrare la nonna. D'altronde avevo capito come funzionavano le cose. Efrem era capace di donare e di togliere in ugual misura, di punire e premiare: mi puniva quando cedevo all'indole di trasgredire e mi premiava quando seguivo il buon senso. Non sapevo cosa avessi fatto per meritarmi di rivedere la nonna, ma ero contenta. Finalmente quell'attimo di pace aveva congelato le mie agonie, i lamenti della fame, lo stress della terapia, la paura di fallire, intessendo con un filo d'amore tutte le parti dell'anima che ormai sentivo disgregate dalla stanchezza.

«Me ne rendo conto», le rispose la dottoressa. «E per fortuna ho delle buone notizie per lei.»

La nonna mi strinse più forte la mano. Non le importava che fossimo sedute su due poltrone diverse e che la posizione assunta per mantenere il nostro contatto fosse scomoda. Lei non mi avrebbe mai lasciata sola. «Mi dica, allora.»

«Thea sicuramente sta cercando di impegnarsi nel percorso terapeutico. Sia io che i miei colleghi abbiano notato e soprattutto apprezzato i suoi progressi.» Dopo un iniziale slancio positivo che potei notare nel suo tono entusiasta, la dottoressa Ruiz si fece pensierosa e si preparò a mettere in risalto anche i lati più negativi del discorso appena cominciato. «Tuttavia, non possiamo pretendere che la situazione cambi da un giorno all'altro. Solitamente io, ma posso parlare anche a nome dei miei colleghi, non amo le eccessive sollecitudini né dispensare consigli che potrebbero sortire l'effetto opposto, spesso più dannoso. Il percorso con i pazienti è finalizzato a dar loro gli strumenti adatti per conoscere il proprio disturbo, individuarne i sintomi e le conseguenze, imparare a gestirlo e infine a debellarlo. Ciononostante non sempre il termine del trattamento coincide con una totale guarigione.»

La nonna divenne d'un tratto pallida, il sorriso tra le guance rosacee scomparve, lasciando il posto a un'espressione allarmata. «Cosa intende?»

«Intendo dire che la vera sfida è il modo in cui la paziente affronterà la vita reale, il modo in cui riuscirà a badare a se stessa. È ancora presto per parlarne, Thea resterà qui per altri due mesi, ma è importante che anche le persone che le stanno accanto, come in questo caso *lei*...» marcò l'importanza di quelle ultime sillabe, «...imparino davvero a comprendere la lotta interiore con la quale convivono le persone affette dal disturbo di sua nipote.»

«Ho cercato di starle accanto senza mai farle pressioni», confessò la nonna, nella blanda intenzione di mascherare la sua mortificazione. «Ma non è facile.»

Mi voltai per guardarla, tuttavia lei rifuggì i miei occhi come se il solo osservarli potesse riportarla indietro nel passato: a quando non ricordavo chi ero, a quando le dicevo che sentivo nella testa una voce suggerirmi di non mangiare, a quando l'aggredivo per farle comprendere che senza la mamma consideravo inutile la mia esistenza, che ero io la responsabile della sua morte, che il cibo ne era strettamente connesso e che il raggiungimento di un'immagine estetica che potesse adattarsi a ciò che la società esigeva avrebbe allontanato ogni critica, mi avrebbe concesso l'illusione di essere migliore, meno miserabile.

«La capisco», riprese la dottoressa, con estrema indulgenza. «Non è facile, è vero, ma ci sono delle tecniche, dei comportamenti mirati che lei potrà assumere per aiutare Thea a non ricommettere gli stessi errori...»

Mi estraniai dallo studio, perdendo il senso del tempo e dello spazio, quando la Ruiz proseguì la conversazione elencando tutto ciò che la nonna avrebbe dovuto fare e al contempo evitare.

All'evidente preoccupazione di attenermi al trattamento prestabilito, si era aggiunta anche l'ansia di ciò che avrei dovuto affrontare dopo. Sapevo che c'erano casi più resistenti alla terapia, altri che si risolvevano in pochi mesi, altri ancora che invece eliminavano la malattia dopo anni.

E il mio?

In quale casistica sarebbe rientrato?

In quel marasma di dubbi, l'unica certezza era non arrendersi.

Per giunta il mio disturbo non presentava una gravità clinica tale da interferire in modo considerevole con le mie condizioni psicofisiche e ciò significava che, se da un lato avevo più possibilità di guarire, dall'altro la mia situazione avrebbe potuto degenerare in un'anoressia nervosa *tipica*, soprattutto se non mi fossi impegnata abbastanza.

Camminavo su un filo invisibile, in bilico tra la salvezza e la distruzione.

Al confine di entrambe.

Albergava un mostruoso Tiranno dentro di me sul quale dovevo imporre la mia volontà, contro il quale dovevo urlare che la negazione della fame non era normale, che impedirmi di *guardare* il mio aspetto e di apprezzarlo così com'era non era normale, che obbligarmi a rifiutare me stessa non era normale…

Niente di tutto ciò era normale.

Dovevo fare a pugni contro di lui per salvare la vecchia Thea, intrappolata nelle sue grinfie.

Schiava di quel castigo mortale.

La libertà ha sempre un prezzo alto e io avrei dovuto lottare duramente per riottenerla.

Avrei dovuto lottare per riammirare il bagliore del mio volto.

Avrei dovuto lottare per imparare a camminare sulle crepe dello specchio senza tagliarmi.

Avrei dovuto lottare per correre tra i campi invasi dal dolore, tra i fiori ricoperti di lacrime, e ascoltare il loro respiro che fremeva al vento.

Avrei dovuto lottare per riconoscere in quei respiri la purezza della vita.

Avrei dovuto lottare per scorgere, tra le corolle lucenti, i frammenti di arcobaleno muniti di ali e becco. Rari e piccolissimi, che nessuno notava, che nessuno riproduceva sulla propria tela, ma che erano le creature più belle che si potessero ammirare nel cielo.

La mamma diceva che *i colibrì* sono in grado di volare anche sotto la pioggia e che niente e nessuno può privarli della forza.

A loro basta il Sole.

Grazie ai suoi raggi cercano il tutto anche laddove noi pensiamo che ci sia il nulla.

«Thea.» La dottoressa Ruiz richiamò la mia attenzione, sventolando una mano. Con aria perplessa, tornai da lei, dalla nonna e al discorso che stavano intrattenendo. «Hai sentito cosa ho detto?»

Avrei potuto annuire e mentire, tuttavia la psicologa avrebbe potuto mettermi alla prova con delle domande mirate a smascherarmi, perciò mi limitai a scuotere la testa. «Dovrai cominciare ad assumere un contraccettivo.»

«Cosa? Perché?» intervenne la nonna, con troppo impeto. «Insomma, mia nipote non ha un fidanzato.» Tentò di ricomporsi. «Non credo che...» Lasciò in sospeso la sua considerazione, pensando subito alla situazione più sconveniente, ovvero alla possibilità che io potessi avere rapporti sessuali con chissà chi.

La dottoressa sorrise e si premurò di rassicurarla. «I contraccettivi non servono solo a evitare gravidanze indesiderate, signora Curtis, ma sono anche utili a regolarizzare il ciclo. Thea ha sospeso la pillola per la paura di ingrassare, oltretutto il suo buon funzionamento, nelle pazienti affette da disturbi alimentari, è spesso compromesso dalle condotte compensatorie: indursi il vomito o assumere lassativi ostacola l'assorbimento intestinale degli ormoni steroidei contenuti nel contraccettivo orale, così come ostacola l'assorbimento dei nutrienti e delle calorie contenuti nel cibo. Ovviamente ricominciare a prenderla potrebbe essere utile non solo a ristabilire l'equilibrio mestruale bensì ad accrescere in Thea il senso di responsabilità nei confronti della propria salute», concluse con solenne serietà.

Assorta nei pensieri, abbassai lo sguardo sulle mie cosce, avvolte da un paio di shorts neri. La paura di ingrassare c'era ancora, era un rodio che continuava a tormentarmi, un fiore smorto che, divampando nel rogo dell'anima, lasciava dissolvere nel fumo nero ogni lapillo di speranza.

E bruciava. Bruciava tutto.

Anche le scarse aspettative che avevo riposto in me stessa e nel mio percorso.

Innervosita, conficcai le unghie nella carna nuda, le affondai dentro per lacerarla pian piano finché un lieve cremisi fuoriuscì dai lembi dentellati. Graffiarmi non serviva a risolvere la situazione, tuttavia il dolore esterno, superficiale, riusciva a placare quello interiore, radicato a fondo e che faceva più male di qualsiasi altra cosa.

Ero arrabbiata con il mio corpo e, ancor peggio, con la mia testa e la sua incapacità di poterlo accettare e amare.

A volte pensavo che non meritassi di *vivere*, ma che ci fosse un motivo per il quale il destino mi aveva risparmiata e, quel 18 agosto, ero *sopravvissuta*.

Un motivo che ancora dovevo comprendere.

Ricominciare ad assumere la pillola significava convivere con l'idea che il mio peso potesse variare, *ancora*. Che le mie linee potessero cambiare, *ancora*. Che la mia immagine potesse mutare, *ancora*. Eppure tutto ciò che scorgevo allo specchio, quando mi soffermavo a fissare il mio riflesso, era sempre uguale: mai armonioso, mai proporzionato, mai accettabile.

Avevo messo su tre chili e settecento grammi, il dottor Nørgård si era addirittura complimentato con me per la mia forma fisica, eppure le gambe mi sembravano troppo sbilenche, i fianchi troppo larghi, i seni troppo piccoli, le braccia troppo amorfe.

Era tutto sempre *troppo*.

Troppo lontano dall'ideale di perfezione a cui ambivo; un obiettivo che mi ostinavo a raggiungere, ma che di fatto sarebbe rimasto un'ambizione cieca.

Spesso non riusciamo a renderci conto di quanto l'imperfezione sia ciò che di più umano esista al mondo. Di quanto l'imperfezione corrisponda alla libertà d'essere e ci renda autentici, svincolati da qualsiasi limite entro cui saremmo soltanto un'orma sbiadita uguale a tutte le altre. Troppo spesso accusiamo noi stessi di essere imperfetti e tendiamo a *punirci* per la stessa ragione. Motivo per il quale anch'io mi sottoponevo all'estenuante tortura di graffiarmi, procurarmi lividi, darmi pugni alla pancia, incurante di danneggiare soltanto la vecchia Thea, la ragazza che ero stata un tempo, che si nascondeva dentro di me e che si palesava rare volte, sempre timorosa di non poter più prendere in mano la propria vita e soppiantare del tutto il demone che la seviziava.

La vecchia Thea che Efrem era riuscito a vedere nei recessi della mia anima e alla quale aveva offerto il suo aiuto.

Lui era stato il solo a interpretare il mio linguaggio silente, a sbirciare oltre la calotta ingannevole dietro la quale celavo le mie emozioni, a comprendere le mie esigenze taciute, a dar loro un significato e a spiegarlo anche a me. Era un uomo incredibilmente intuitivo e intelligente, d'altronde il suo interesse per la branca olistica derivava da un'eccessiva sensibilità, che sconfinava, trascendeva la semplice cura della malattia psichica e includeva, in maniera ben più ampia, la cura dello spirito. Questo lo rendeva diverso da chiunque avessi mai incontrato; percepivo in lui un'inconsueta immensità, talmente suggestiva da sentirla sommergermi anche in sua assenza.

Era una sensazione inesplicabile, incomparabile, eccezionale.

Efrem si dedicava con passione al mistero del cosmo, ne ammirava le sfaccettature come un bambino che, con ingenua umiltà, cerca di cogliere l'essenza del cielo, di analizzarne l'infinitezza e di accarezzarne le stelle. Con determinazione, raccoglieva la loro luce e con essa creava una corda d'argento per avvolgere tra loro mente, cuore e anima.

E finalmente unirli.

Unirli affinché fossero insieme, allineati sulla stessa volta celeste.

Questo era ciò che Efrem tentava di fare con i pazienti e soprattutto con me.

La sua Dorie...

Il resto della giornata passò troppo velocemente.

Una volta uscite dallo studio della dottoressa Ruiz, io e nonna Lizzie decidemmo di trascorrere insieme l'intero pomeriggio, durante il quale parlammo di varie cose: della permanenza in clinica, del rapporto indefinito con Juliette, del piano alimentare e dei miei sforzi di rispettarlo senza saltare alcun pasto, infine di come mi stessi trovando con l'équipe medica. Evitai accuratamente il discorso *Efrem Krugher*, un tasto dolente che avevo timore di pigiare soltanto perché sapevo che non sarei stata in grado di occultare le emozioni che vorticavano dentro di me anche solo quando pronunciavo il suo nome. Quell'uomo esercitava una potenza maschile inesorabile; non era necessario vederlo o sentirne la voce, molto spesso bastava che mi figurassi nella mente il suo sguardo intransigente per avvertire addosso la sensazione di essere osservata o persino avviluppata a lui in un modo che non riuscivo a spiegarmi, come se fossimo due corpi connessi anche a distanza, capaci di trasmettersi reciprocamente un'energia invisibile ma vibrante e palpabile sulla pelle. Efrem era una presenza violentemente invasiva, un pensiero ossessivo del quale non riuscivo a liberarmi neanche quando cercavo di distrarmi, di abbozzare una canzone o semplicemente di dialogare con qualcuno. Sembrava che lui fosse presente in ogni mio respiro, in ogni mio passo, in ogni mio gesto, come se tutto conducesse inevitabilmente a lui, anche l'impossibile.

La nonna si accorse della mia evidente disattenzione, borbottò varie volte che avevo la testa tra le nuvole e allora provai a depistarla, scortandola con me fino al parco. Approfittammo degli ultimi rimasugli di sole, prima del tramonto, e passeggiammo sui vari viottoli dipanati tra i pini maestosi, ammirando i fiori che, come tappeti colorati, si srotolavano attorno a noi. Quando la nonna cominciò ad accusare i primi segni di stanchezza, ci sedemmo su una panchina e continuammo a chiacchierare. Mi aggiornò su come Victor stava gestendo i canali ufficiali dei Bright Demons evitando qualsiasi fuga di notizie sulla mia condizione, sul fatto che la band era ancora ferma con i concerti perché i ragazzi preferivano attendere il mio ritorno anziché esibirsi senza di me e, purtroppo, mi comunicò anche che non era arrivata ancora nessuna proposta discografica per noi. Nulla di nuovo, insomma. Ormai mi ero rassegnata all'idea che probabilmente non avremmo mai raggiunto alcun successo e che saremmo rimasti così... con gli occhi aggrappati ai sogni, le mani strette ai nostri strumenti e la bocca cucita alle illusioni.

Spesso il mio essere realista serviva proprio a questo: le basse aspettative aiutano a non soffrire troppo e io di aspettative non me ne creavo mai, neanche quando c'erano tutti i presupposti per vederle realizzarsi.

Con un sorriso avvilito, tentai di non lasciarmi scoraggiare dalla cattiva notizia, non davanti alla nonna, e mi imposi di non pensarci, di mettere tutto nelle mani della sorte e di non rincorrere più ciò che non ero destinata a raggiungere.

I sogni si avverano quando smettiamo di crederci e forse la vita, se non era così stronza come sospettavo, avrebbe potuto sorprendermi.

Quando, prima di sera, la nonna dovette andar via, mi raccomandai con lei di avvisarmi del suo arrivo e soprattutto di non tornare da sola la prossima volta, ma di chiedere al mio manager di accompagnarla.

Rientrata in camera, mi stiracchiai il collo sentendo i muscoli delle spalle stranamente intorpiditi.

«Che fai, piagnucolona?» Mi fermai accanto al mio armadio e sfilai le sneakers senza piegarmi, aiutandomi con i piedi, mentre lanciavo un'occhiata curiosa a Juliette distesa a pancia in giù sul suo letto. Aveva i capelli raccolti in una crocchia gigante, le sopracciglia aggrottate e batteva velocemente i polpastrelli sui tasti del suo MacBook.

«Niente di che», bofonchiò evasiva. «Scrivo.»

Aveva una luce diversa sul viso quando si cimentava nella stesura delle sue poesie, una sorgente di vita dall'incredibile effetto prodigioso. Sembrava addirittura più bella: gli zigomi le si illuminavano di un vivace entusiasmo e le iridi sbrilluccicavano di tacite fantasie.

Inarcai un sopracciglio, scettica, quando la vidi trattenere un sorriso, stringendo tra i denti il labbro inferiore.

«Ti rende così felice quello che stai scrivendo?» Decisi di sfotterla un po' mentre sfilavo la t-shirt e i pantaloncini per gettarli disordinatamente su una poltrona.

«Mh-mh», ribatté con un lieve annuire del capo.

«Stranamente, da quando l'avvocato Ryke ti ha proposto di fargliele leggere sei più... euforica», la stuzzicai ancora, avvicinandomi a lei con addosso solo la biancheria intima.

«Non cominciare, Thea.» Mantenne lo sguardo fisso sul monitor, facendomi intendere che la stavo disturbando. «Non accadrà mai. Figurati se ha tempo da perdere con me.»

«Non ricordi cosa ti ha detto? Per lui il tempo con te sarebbe... *piacevole.*» Enfatizzai l'ultima parola attribuendole un'intonazione maliziosa, ma Juliette non mi diede corda, troppo concentrata nella scrittura.

Decisi di non importunarla oltre e, alzando gli occhi al cielo, mi avviai in bagno per fare una doccia.

Spogliarmi o guardarmi nuda era il momento peggiore della giornata; a volte avevo paura di me stessa e dei pensieri paranoici che mi invadevano la testa. Spesso mi costringevano a fissarmi allo specchio e, malgrado avessi smesso di analizzare la circonferenza di braccia e cosce o di stringermi tra le mani il girovita, continuavo a coprirmi i seni con i palmi e ad avvicinarli tra loro per tentare di nascondere l'incavo ossuto dello sterno, anche se rimaneva lì, visibile, il punto centrale dal quale si diramavano le coste ricurve fin sotto alle clavicole.

Avrei voluto scagliare un pugno contro quell'immagine deforme, sentirne le schegge conficcarsi nelle nocche e bagnarmi gli occhi col sangue, accecarli, imbrattarli e costringerli a *guardare.*

Guardare, guardare, guardare... e non solo vedere.

Ma la mente restava impigliata tra le ombre, respingeva i baci della luce e accettava solo gli schiaffi di quella realtà distorta, un'illusione che imponeva all'anima di cercare se stessa nel buio, nella totale mancanza di stimoli, avvolta da un dolore schiacciante e avvilente.

In totale stato di trance, repressi la voglia di farmi male, di pizzicarmi la pelle o di romperne i capillari; mi sfilai il reggiseno e le mutandine, poi chiusi le palpebre e mi fiondai sotto il getto caldo.

Infilarmi a letto dopo una doccia ristoratrice non era servito a rendermi meno irrequieta del solito, e i sogni erotici che mi soggiogavano nello stato di incoscienza erano peggiori degli incubi.

In piena notte mi risvegliai con il cuscino stretto tra le gambe, uno strano formicolio al ventre e la pelle accaldata, lievemente umidiccia.

I raggi lunari lambivano delicatamente le pareti della stanza e il letto di Juliette, sul quale lei stava sonnecchiando indisturbata.

Come colta da un attimo di imbarazzo mi girai dall'altra parte, dandole la schiena, e continuai a serrare tra le ginocchia il guanciale morbido, troppo morbido per appagare la vera cagione di quel languore invadente.

Con le pupille dilatate, suscettibili alla semioscurità, fissai i poster dei Guns N'Roses affissi alla parete cercando di regolarizzare il respiro e i battiti del cuore.

Il sesso, per me, era una sorta di dolce tormento, l'unico piacere della vita che riusciva in qualche modo ad acquietare la sofferenza, a placare il dolore e a permettermi di dimenticare, anche solo per pochi istanti, i fardelli che mi pesavano addosso.

Le esperienze oniriche erano una delle porte d'accesso al mio Es.

Rammentai uno dei primi colloqui che avevo affrontato con Efrem, nel quale mi aveva spiegato che le pulsioni sessuali, se represse o ignorate, si annidano in un'istanza intrapsichica dell'uomo celandogli la sua vera *natura*. Una natura dalla quale è inutile scappare, ma che necessita di essere riconosciuta e compresa. Malgrado continuassi a interrogarmi su quale fosse la mia, non ero ancora riuscita a identificarla con precisione: forse si trattava solo di una semplice perversione intrinseca o forse di una forma di masochismo per cui, per provare una soddisfazione totale, avevo bisogno di fondere al piacere quel pizzico di dolore *sano* che avrebbe risvegliato e sfamato i feroci desideri del mio subconscio.

L'unica certezza era che mi sentivo assetata, desiderosa di riempire corpo e anima di una linfa che non avevo ancora assaggiato, ma che sapevo che c'era, che esisteva e che pochi uomini avrebbero potuto offrirmi.

Efrem mi aveva portata all'*Antéros* per farmi capire che non ero l'unica a vivere la sessualità in maniera poco ordinaria, ma, nonostante mi sentissi rassicurata nel sapere che c'erano altre persone come me, confessare ed esternare le sconcezze che la mia immaginazione era in grado di concepire mi provocava ancora un forte turbamento, probabilmente legato al pudore e ai pregiudizi.

Devi solo imparare a guardarti dentro, Dorothea, senza alcun timore. Imparerai col tempo a conoscerti e ad accettare tutto ciò che nascondi nelle tue stanze...

Le parole di Efrem emersero dolcemente da un angolo dei ricordi, strappandomi un lieve sorriso. Con lui riuscivo a sentirmi normale senza il timore di mostrare le mie insicurezze, fragilità o paure. Riusciva a leggermi dentro, a capirmi anche quando non ero brava nel parlargli di me o nell'esporgli i miei pensieri. Ero certa che lui possedeva la linfa che cercavo e che, se avesse scardinato il suo autocontrollo, mi avrebbe concesso di trarne beneficio come una ninfetta spudorata, di curare un cuore ammalato e di vedere il sole, lì... sulla linea dell'orizzonte.

Presa dall'impeto, feci qualcosa di altamente stupido.

Afferrai il cellulare dal comodino, sbloccai il display e controllai l'orario: erano le due del mattino.

Non sapevo se stesse dormendo o se fosse a letto con Liliane; non ragionai neanche sull'eventualità di causargli una litigata con la moglie né che chiamarlo a tarda ora avrebbe messo a rischio il nostro rapporto.

Accecata dal mio istinto, a volte malsano, aprii la rubrica e scorsi col pollice le lettere, fermandomi su un nome in particolare. Avevo memorizzato il numero del suo cellulare scrivendoci solo Efrem e non dottor Krugher; dopo tutto ciò che avevamo condiviso mi sembrava ridicolo considerarlo un medico come gli altri.

Trassi un gran respiro, strinsi con più forza il cuscino tra le cosce e avviai la telefonata, portando l'iPhone all'orecchio.

Attesi, attesi, attesi... e più i secondi passavano, più nel petto avevo un martello che batteva furente contro la cassa toracica.

«Pronto.»

Sobbalzai aggrappandomi con le unghie alla cucitura della federa; il suo timbro dominante mi raggiunse come una lingua smaniosa e mi accarezzò i timpani in un sussurro rude, facendomi rabbrividire. Era bastata una sola parola per esercitare la sua autorità maschile e farmi pentire di averlo chiamato.

«Ciao.» Deglutii a vuoto, intimorita. Avrebbe potuto riattaccare oppure rimproverarmi per averlo contattato senza alcun preavviso.

Efrem era imprevedibile, quindi non sapevo come avrebbe reagito.

«Dorothea.» Pur non sapendo chi fossi, riconobbe la mia voce al primo colpo; non sembrava assonnato, piuttosto vigile e lucido come se non avessi interrotto nulla. *Non stava dormendo?* «Che succede?» si affrettò a chiedermi, alquanto sorpreso.

«Puoi parlare?» Gli rivolsi un'altra domanda, anche se non era molto educato.

Sentii un rumore acuto, argentino, l'impatto di due cubetti di ghiaccio contro un bicchiere di vetro. «Al momento sì.»

«C'è Liliane lì con te?»

«Se posso parlare significa che non è accanto a me.»

Strano. L'avevo immaginato disteso vicino alla moglie, magari seminudo, con un pantalone elegante di seta blu, una mano abbandonata sul torace statuario, l'altra a sorreggere il cellulare mentre le iridi verdeazzurre catturavano le ombre del soffitto, scintillando sotto i riflessi della luna.

«E se ti raggiungesse?» insistei sottovoce, girando appena la testa per controllare Juliette.

«Cercherei un modo per fartelo capire...»

«Okay.» Non seppi come proseguire il discorso; insomma, perché lo avevo chiamato? Cosa pretendevo facesse? O, meglio, cosa speravo mi dicesse? Era la prima volta che interagivamo telefonicamente ed Efrem ostentava sempre una serietà conturbante capace di attribuire un valore maggiore a tutto ciò che condividevamo. Era faticoso approcciarsi a lui, soprattutto per il senso di soggezione e inadeguatezza che spesso riportava a galla la mia inesperienza. Le conversazioni con Andy erano quasi sempre una combinazione di insulti, parolacce o battute volgari; con Efrem invece dovevo impegnarmi a renderle interessanti, ricche di contenuti e soprattutto non banali, altrimenti un uomo come lui si sarebbe stufato o addirittura allontanato.

Come si intratteneva una persona ermetica e fuori dal comune senza annoiarla?

«È successo qualcosa?» Per fortuna riuscì astutamente a tirarmi fuori da quell'impasse, abituato più di me a chiacchierare con una donna, tenendo sempre la situazione sotto controllo.

«No, nulla», sussurrai pensierosa. «Volevo solo sentirti. Non ti vedo da una settimana.»

«Lo so.» Percepii il suo sospiro stanco. «Sono stati giorni impegnativi.»

«Non hai chiesto di me?»

Dopo il nostro colloquio importante avvenuto nel suo studio, non ci eravamo più visti né sentiti; volevo sapere almeno se fossi stata nei suoi pensieri...

«Chiedo sempre di te», confessò, con un tono velato da una calda dolcezza. «Come chiedo di qualsiasi altro ospite», aggiunse per farmi capire che informarsi dei pazienti era la prassi, una prerogativa della quale non godevo solo io.

«Quindi mi consideri come gli altri.» Mi tolsi il cuscino dalle gambe e lo infilai sotto la testa. Mi sistemai alla bell'e meglio, restando in posizione fetale, poggiata su un fianco.

«Se ti considerassi come gli altri non avresti il mio numero.»

La sua fu una risposta a effetto che comunque non riuscì a ingannarmi.

«Il tuo numero credo ce l'abbiano anche Giselle e la dottoressa Ruiz. O sbaglio?» Trattenni un risolino arguto. Ero più piccola di lui, certo, ma non così ingenua.

«Ce l'hanno, sì.»

«E anche con loro hai fatto ciò che fai con me?»

Intercorse qualche secondo di silenzio nel quale Efrem parve riflettere sulla mia domanda inaspettata. Forse nella mente stava rivivendo tutto ciò che era successo: i nostri incontri fugaci, le carezze proibite sotto la gonna, tra le cosce e tra le natiche, infine il bacio pregno di una sensualità erotica, di una virilità marcata che ancora riuscivano a scottarmi le labbra.

«Ho fatto di peggio», ammise serio, senza un briciolo di pentimento.

Con loro ci era andato a letto, si era divertito sfogando qualsiasi perversione oscena e magari – con le pratiche a cui era avvezzo – non si era limitato solo a sculacciarle o a possederle rudemente.

Di nuovo, la sensazione di cocente invidia tornò a corrodermi lo stomaco, facendomi strusciare nervosamente le ginocchia.

Decisi di cambiare discorso, soltanto perché non volevo rievocare il sesso con le altre mentre chiacchierava con me. «Stamattina ho osservato attentamente la tua collega. È molto bella, sai? Ma non quanto Liliane, anche se hanno entrambe un dettaglio in comune: i seni prosperosi. Ti piacciono così?» lo provocai. Non capivo cosa ci trovasse di attraente in me, non era mai stato chiaro. Confessarmi di essere attratto dalla mia natura era ben diverso dall'esserlo dal mio aspetto o dalla mia persona nella sua totalità. Un giorno, al parco, aveva specificato che l'attrazione per lui era differente dall'attrazione sessuale... e non sapevo ancora quale delle due forme di desiderio accostasse a me.

«Mi piacciono *anche* così.»

«Cioè?»

«Apprezzo anche i tuoi, altrimenti non ci avrei giocato...»

Giocato non era proprio l'espressione adatta, ma sottintendeva in maniera maliziosa tutte le attenzioni, anche brutali, alle quali li aveva sottoposti.

«Però non li apprezzi abbastanza da cedermi.» Mitchell mi aveva detto che era necessario spingerlo al limite per ottenere una reazione e avevo capito cosa intendeva: Efrem era un uomo particolarmente rigido, non amava lasciarsi sopraffare dalla vulnerabilità delle emozioni né dall'impeto della passione; era necessario sfidarlo, istigarlo, farlo arrabbiare e condurlo al varco della perdizione per scorgere in lui un minimo di debolezza umana. Quella debolezza che gli altri uomini faticavano a mascherare e che invece in lui appariva addirittura un aspetto marginale, una sottile cornice che non andava a ottundere l'ombrosa fermezza del suo carattere.

«Non cedo per proteggerti, Dorothea.»

Continuava con quella storia: non sei pronta, potrei essere violento, potrei farti male, potresti soffrire...

Mi sembravano solo scuse inutili per rimandare, per giustificarsi, per tenermi in bilico come una palla da basket roteante sul suo maledetto indice.

Eppure sapeva cosa mi piaceva, sapeva che ero diversa dalle altre...

«O forse non cedi per proteggere te stesso», lo accusai a denti stretti, attenta a non disturbare Juliette.

«Non mi importa molto di me.» Nulla, nessuna reazione. Le mie parole gli scivolarono addosso come oro colato. Rimase imperturbabile come se stessimo parlando di una ricetta culinaria, anziché del suo atteggiamento ambiguo e della relazione tra noi. «Mi importa più di te... hai mangiato, oggi?»

«Sì.» Mi arresi, tanto era impossibile dirottare il discorso su qualcosa di cui non voleva parlare. Era abile nell'aggirare gli ostacoli, soprattutto avvalendosi della sua impeccabile eleganza e acuta furbizia. «E ho incontrato anche nonna Lizzie... siamo state tutto il giorno insieme. Grazie. Ne avevo bisogno.»

«Te lo sei meritata. Sei stata brava.»

Aggrottai la fronte: chissà che intendeva...

In cosa ero stata brava?

A non trasgredire le regole? A non arrabbiarmi troppo per ciò che avevo scoperto di Joël? Ad avergli creduto quando mi aveva spiegato che Giselle era solo un'amica? O a non aver insistito per ottenere un altro bacio?

Confusa dai troppi rovelli, mi stropicciai le palpebre con le dita e ripensai a ciò che era accaduto una settimana prima. «Mi farai incontrare anche Andy?» Avevo un conto in sospeso con lui, che presto avrei saldato. Non l'avevo perdonato per avermi offesa in quel modo, non mi importava neanche che fosse ubriaco e fuori di sé: mi doveva delle scuse.

«No. Andrew no.» Efrem fu categorico, non ci rifletté neanche per un istante. Se non avessi conosciuto la sua estrema noncuranza circa il passato che avevo condiviso con Andy, avrei sospettato che fosse geloso di lui e che non gli piacesse l'idea di vederlo al mio fianco. «Adesso la sua presenza sarebbe negativa per te. Dopo ciò che ti ha fatto credo sia meglio che ti stia lontano. Risolverete le vostre divergenze quando sarà il momento.»

Ovvero quando sarei uscita dalla clinica, tra due mesi; non ci sarebbero state altre occasioni.

«D'accordo.» Era strano vedermi così accondiscendente, ma con Efrem non c'erano molte alternative: dovevo attenermi a ciò che decideva, poiché se mi opponevo mi puniva. Mi venne da ridere. Neanche la mamma era stata mai così severa o inflessibile con me; certe volte Efrem mi pareva proprio un padre dispotico che prendeva a scapaccioni la figlioletta alla minima disubbidienza. «Alla fine...» Mi mordicchiai il labbro inferiore prima di seguitare, passando a un altro argomento. «Lo hai visto?» Pregai che intuisse a cosa mi stavo riferendo; quel video era un tassello doloroso di cui mi sarei vergognata fino alla fine dei miei giorni. Eppure avevo accettato il suo aiuto e glielo avevo inviato, supplicandolo di non aprirlo.

«No», ribatté secco, risollevandomi dalla mia momentanea angoscia. «Ho rispettato la tua richiesta; mi sono limitato a consultare Mitchell. Provvederà lui a fargliela pagare.»

Quando Efrem si impuntava su qualcosa, non c'era possibilità di fargli cambiare idea. Su questo era persino più testardo di me.

«Come?» Mi avviai una ciocca di capelli dietro l'orecchio, persa a contemplare il buio sulla parete.

«Legalmente», esemplificò con ovvietà; non avrebbero mai agito con malefatte compromettenti. «Quindi stai tranquilla.»

«Io sono sempre tranquilla.» Cercai di sopprimere un sibilo capriccioso che accompagnò la mia risposta. Non lo ero affatto e il respiro concitato, il calore inarrestabile sotto la pelle, il batticuore implacabile ne erano la chiara conferma. Mi stupii di me stessa per aver affrontato quella conversazione scacciando via le immagini indecenti del mio sogno, senza incespicare in ansiti o sospiri rivelatori.

«Dici?» Il suo tono divenne maliziosamente insinuante. Mi costrinsi a non lasciarmi sedurre, d'altronde non poteva vedermi, era impossibile intuire cosa stava succedendo al mio corpo. «Questa non mi sembra una chiamata 'tranquilla'.»

Il sorrisetto insolente che mi aveva increspato le labbra si affievolì di colpo. «C-cosa te lo fa pensare?» balbettai goffamente, dandogli prova di essere stata scoperta.

«Credi che sia stupido?» mi sfidò, con una punta di arroganza, quasi divertito da me e dalla mia innocua infantilità. *Avrei potuto prendere in giro un ragazzino, non di certo lui.* «La tua voce. Lo sai che mi piace molto... e che ne riconosco le varie sfumature. Non mi hai chiamato semplicemente per 'parlare'.»

«Non è vero», negai sulla difensiva.

Cavolo. Avrei negato in eterno se fosse stato necessario.

Efrem rise, trovando banale il mio tentativo di tenergli testa. «Lo percepisco, Dorothea.» Dall'altro capo del telefono seguirono dei passi calmi e misurati che cessarono pochi istanti dopo, come se si fosse accomodato da qualche parte, forse su una poltrona o un divano. «Anche se non sono lì. Avverto la tua eccitazione...»

E come se avesse direttamente comunicato con le mie parti intime, i muscoli pelvici si contrassero e il desiderio tornò a pulsarvi nel mezzo.

Affannata, mi rigirai sulla schiena puntando le pupille sul soffitto. «Non potrei fregarti neanche se mi impegnassi, vero?»

«*Nein.* Dimmi il reale motivo per cui mi hai chiamato.» Il timbro gli divenne più roco e gutturale; talmente avvolgente da sentirlo coprirmi ogni lembo di pelle, come se il suo corpo mi stesse strisciando addosso.

«Ti pensavo...» Inconsciamente mi accarezzai il collo con i polpastrelli per asciugare qualche goccia di sudore, poi ne seguii la patina umida che scivolava fino alla clavicola.

«Voglio tutta la verità. Non mezza», pretese, sfrontato e autoritario.

Intanto le falangi si infilarono timide sotto il bordo della canottiera di raso nero e sfiorarono la curva superiore di un seno; il cuore batteva veloce, ronzando nelle orecchie. «E riflettevo su una frase che mi hai detto poco tempo fa: 'Permetti all'immaginazione ti fotterti la testa, al tuo corpo ci penserò io'. La ricordi?»

«Sì.» Fu reattivo alle mie parole; era concentrato ad ascoltarmi e a non perdersi neanche un mio respiro.

«Ho bisogno di stimoli. Non sono una ragazza semplice, ma...» Fermai il movimento delle dita senza osare di più. I brividi cominciarono a corrermi lungo le braccia e le gambe, che serrai tra loro. «Non so se posso fidarmi di te fino a questo punto… anche se… è tutto ciò che desidero fare.»

«Neanch'io sono un uomo 'semplice'.» Lo sentii deglutire; forse stava sorseggiando qualcosa: un comune alcolico o il suo amato *Eiswein*. «Cosa desideri fare?»

«Lasciarmi andare.» Mi alzai dal letto. Juliette stava dormendo e non potevo continuare quella conversazione restando in camera con lei. Se avesse preso la piega che sospettavo, non sarei mai stata capace di ignorare la sua presenza. «Con te.»

Mi incamminai a piedi nudi verso il bagno, attenta a non fare troppo rumore. Aprii la porta, stringendo i denti a causa dell'inaspettato cigolio dei cardini. Dopo aver lanciato un'occhiata fugace alla ragazzina per accertarmi che fosse ancora incosciente, la richiusi in fretta, tirando il fiato quando mi ci posai contro con la schiena.

Efrem intanto era rimasto in silenzio; riprese a parlare solo quando comprese che mi ero spostata e che gli avrei concesso la mia totale attenzione.

«Non è necessario che io ti dica che sono l'ultima persona al mondo che potrebbe giudicare il tuo modo d'essere. Sai già che abbiamo inclinazioni simili. Tuttavia, sei libera di fidarti o di interrompere questa chiamata. Non è mia intenzione convincerti o costringerti a fare nulla.»

Come al solito tentava di arginare la situazione prima ancora che potesse prender vita. Non sapevo se per il timore di illudermi o di lasciarsi coinvolgere troppo da ciò che neanche lui poteva controllare.

Le emozioni non sono mai realmente controllabili… neanche quando ce lo imponiamo.

«Non voglio riattaccare. Voglio…» Cercai a tentoni sul muro l'interruttore della luce e lo pigiai. Il forte bagliore mi fece per un attimo socchiudere le palpebre finché gli occhi si abituarono alla luminosità e misero a fuoco lo specchio di fronte a me. «Sono in bagno. In pigiama… mi sono svegliata sudata e… agitata», farfugliai negandomi la vista del mio riflesso. Mi avvicinai al lavandino e mi voltai di spalle per appoggiare i glutei sul bordo di marmo. «Ho sognato te», confessai, in un sussurro ammaliato.

Efrem mugolò pensoso. Lo immaginai con lo sguardo sfavillante perso nei meandri della sua mente mentre con l'indice si accarezzava il labbro inferiore. Sarebbe stato bello da morire, affascinante come una divinità ultraterrena capace di arroventare il cuore con il suo tocco lussurioso.

«Agitata non è l'aggettivo che useresti se davvero ti fidassi di me.»

«Eccitata», ritrattai con sincerità. «Sudata ed eccitata.»

«Cosa hai sognato?»

«Me e te insieme.»

«Cosa stavamo facendo?» mi incalzò ancora, intrigato.

«Eravamo nudi. Tu eri… tu eri sopra di me. Mi baciavi, mi toccavi, mi leccavi e…» Valutai la possibilità di soddisfare l'impulso di sfiorarmi, ma qualcosa mi fece desistere. Forse l'idea che a separarmi da Juliette ci fosse solo una misera porta chiusa. Ci ripensai: sarei stata silenziosa e lei non avrebbe sentito nulla. Non avrei esagerato, volevo solo provare un po' di sollievo. *Soltanto un po'.* Sconfitta, cedetti a quell'impulso esasperante e spostai una mano sotto la canottiera fino al seno che, ormai insopportabilmente appesantito, strinsi nel palmo. Il capezzolo si inturgidì, bisognoso di essere stuzzicato, pungendomi la pelle come un piccolo spillo. «E mi hai morso.» Tornai a dedicarmi a Efrem, dimenticando tutto il resto. Mi leccai il labbro inferiore e socchiusi le palpebre, intontita da un'eccessiva languidezza. «Ho urlato e mi hai schiaffeggiato una coscia per zittirmi, poi hai ripreso a penetrarmi. Con forza. Eri rabbioso. A me piaceva. E anche a te piaceva…»

«Mi piaceva penetrarti con forza?» ripeté, dando alle sue parole una carica ancora più erotica. Potente. Feroce.

«Sì.» Pizzicai il bottoncino tra pollice e indice, lo torturai tirandolo dall'areola e la lieve fitta di dolore che riverberò nel petto mi fece emettere un sospiro appagato che Efrem udì.

Chissà se anche sul suo corpo erano visibili gli effetti di quel discorso…

«Dove?» Il suo sussurro fu bollente e licenzioso, proibito come una stoccata animalesca tra le gambe.

«Ovunque.» Immaginai la sua erezione tesa prendere forma sotto i pantaloni ed ergersi fino a comprimersi contro la stoffa leggera. L'avevo vista una sola volta affondare tra le labbra di Giselle e riemergere lucida e spessa, troppo lunga, impossibile da succhiare tutta. Ne ricordavo l'ampio diametro, le venature grosse e sporgenti, la punta gonfia e rossastra dalla cui fessura gocciolavano gemme perlacee che l'amante assaporava bramosa. «Quando hai smesso di muoverti, ho temuto volessi lasciarmi lì, da sola. Poi mi hai sorriso per rassicurarmi. Mi hai afferrato le cosce con le mani, hai affondato i pollici nella mia carne facendomi gemere e mi hai leccato il ventre, lentamente, fino all'ombelico… ma prima che potessi vedere cosa avevi intenzione di fare ho spalancato gli occhi risvegliandomi al buio, nel mio letto. E non sai quante volte ho provato a riaddormentarmi per finire quel sogno…»

Tenni la mano sul seno, ma smisi di seviziarlo.

Non era necessario chiedere a Efrem cosa volevo; sperai che lo capisse e che non mi sbattesse il telefono in faccia. Avrebbe avuto tutti i diritti di sgridarmi, di appellarmi come una ragazzina deviata e viziosa e di impormi di non richiamarlo mai più, soprattutto per non ascoltare le mie fantasie impudiche. Se avesse reagito come Andy, me ne sarei fatta una ragione e avrei iniziato a credere che nessuno poteva accettare e amare una personalità come la mia.

«Ti ho posato un bacio sul pube.» Ma Efrem mi sorprese lasciandomi completamente esterrefatta e, col suo timbro reboante e selvaggio, continuò per me. «Hai emesso un altro gemito e io ho capito cosa volevi. I versi hanno un loro significato sessuale più di quanto lo abbiano le parole, sai, Dorie?» Con la mano ripresi a vagare verso il basso. Scesi lungo il ventre che si ritrasse appena, lasciandomi dietro una scia infuocata, e giunsi sino all'elastico dei pantaloncini. «E tu ne hai emessi molti, brevi, timidi ma maledettamente erotici. Ho percepito il tuo godimento, hai rilasciato la tensione del corpo appena ti ho sfiorato il clitoride con le labbra…» Ormai sovreccitata, intrufolai le dita più giù, sotto le mutandine, e timidamente massaggiai il piccolo grumo di carne, sentendomi già liquefatta ed elettrizzata. «Ti sei inarcata per incitarmi a proseguire. Volevi che interpretassi il tuo desiderio. Volevi la mia lingua, volevi che smettessi di osservarti e che iniziassi ad assecondare la tua perversione. La stessa che ci accomuna. Quella che ci rende contraddittori, giudicabili, incomprensibili. Volevi che iniziassi a dialogare, sì… ma in un modo diverso, volevi che muovessi le labbra per succhiartela e morderla, non di certo per parlare. Volevi che la conoscessi davvero. La tua fica… stretta e morbida.» A occhi chiusi, mi lasciai guidare dalla sua voce sensuale; le falangi scivolarono sulla vulva, landa degli istinti più nascosti, e l'aprirono, raccogliendone con i polpastrelli il tenero umidore. Tutto per lui. *Solo per lui.* «Volevi che la reclamassi. Che la fottessi così brutalmente da impregnare le lenzuola di te. E di me. E di tutto il dolore che hai liberato e riversato fuori… sulla mia bocca, perché sai che sono in grado di accettarlo.» Stringendo le cosce, spostai le dita ormai bagnate più giù, fino a sfiorare la piccola apertura schiusa, pronta ad accoglierle. L'esigenza di penetrarla fu impellente e non riuscii a contenerla. «Volevi che io scopassi con le tue insicurezze, che le accogliessi tra le braccia e le accarezzassi con la dolcezza di un uomo e la violenza di un Diavolo.» Spinsi le dita dentro, adagio, in quel miele bollente che cominciò a traboccare come da un barattolo ormai pieno. La carne gonfia le serrò, trattenendole, mentre scorrevano lentamente simulando un attrito più membruto. La testa molleggiò di lato, il petto immetteva aria a fatica, i seni si tesero, il sangue pompava a una velocità incredibile. «Volevi scacciar via la superficialità di qualsiasi dichiarazione d'amore e udire soltanto la vera poesia che i nostri corpi sanno cantare. Volevi donarmi la sincerità di un'emozione pura e incontaminata, allacciare i tuoi pensieri ai miei così come avevi allacciato le tue gambe alla mia schiena. Mi hai tirato i capelli per dirmi che mi stavi donando tutta te stessa e ti sei spinta contro di me, contro la mia faccia, graffiandoti con la barba, per sentire la lingua fino in fondo. Mi hai detto: *sì, fottimi.* E io l'ho fatto fino al limite sacro oltre il quale, sapevi anche tu, non sarebbe stato più solo sesso ma un reale annegamento.» Il medio e l'anulare, uniti e piegati all'interno, proseguirono più velocemente, colti da un'impazienza irrefrenabile. Scavarono, invasero, spinsero, violarono, aderendo alle pareti calde e frementi. Il bacino iniziò a ondeggiare con più irruenza contro il palmo, alla ricerca di una virilità che potesse occuparne il vuoto. Le nocche urtavano contro la carne umida, imponendomi un limite che avrei voluto superare perché non mi bastava. Desideravo di più, qualcosa che non potevo sostituire e che non era minimamente paragonabile a ciò che sentivo dentro. *Desideravo lui. Tutto di lui.* «Hai voluto che immergessi il viso nell'oceano, che seguissi il canto dei tuoi ansiti, che ti afferrassi per le anche e ti torturassi le labbra. Dentro e fuori. E tutt'attorno. Gonfie e vermiglie, grondanti, stremate dai sussulti interni. E prima che quel poema cavalleresco finisse, ti ho afferrata e impalata sul cazzo. Oh, sì... è stato un colpo secco e crudele che ti ha fatto esplodere vocali feroci dal petto. Mi hai insultato con una smorfia di dolore, poi hai guardato in basso, l'hai ammirato troppo grosso e duro, avvolto dalle tue pieghe fradicie, e con un'espressione soddisfatta hai cominciato ad ancheggiare sotto di me imbrattandolo di schiuma e sale come una sporca Sirenetta. Ti piace, vero? È così che lo vuoi?»

«Continua...» Mi piegai sulle ginocchia tremanti, in una posizione scomoda, ma che mi permetteva di mantenere le cosce ben divaricate;

schiusi la bocca per emettere un gemito che mi gorgogliò dalla gola, un calore intenso cominciò a saccheggiarmi la lucidità e ad annebbiarmi la vista.

«Quando abbiamo sentito il rumore delle onde, l'intensità del loro suono… ci siamo guardati. Hai capito che io ero come te, che *sono* come te, e sorridente mi hai chiesto di sbatterti di più. Ancora. Ancora… sempre più a fondo. Finché ci siamo spezzati, annientati, distrutti… abbandonati. Siamo venuti, l'uno incastrato all'altra, peccando nell'unico modo in cui l'Inferno approverebbe.»

Efrem spezzò, annientò e distrusse anche me.

Un pizzicore invadente si espanse dalle punte dei piedi ed esplose irruente nel centro delle cosce, ricettacolo di ogni stimolo, anche del minimo anelito d'aria. Serrai gli occhi, sollevai un braccio e venni in un urlo muto, attutito contro l'incavo del gomito, bisbigliando varie volte il suo nome. Poi, barcollante, mi aggrappai al lavandino per non cadere all'indietro. Le unghie raschiarono sul marmo, mantenendo a fatica l'equilibrio, mentre l'altra mano restava nascosta sotto gli shorts di raso.

Efrem tacque e ascoltò tutto, compiaciuto. Assorbì il mio orgasmo, ne fu il mandante e il destinatario, lo immaginò, lo assaporò, lo bevve e lo divorò come una bestia. Catturò i miei gemiti, percepì i miei spasmi, infiacchito quanto me dal piacere che scoppiò in quel bagno e che inondò la nostra comunicazione, anche a distanza.

Con la testa vorticante, rimasi piegata su me stessa, scivolando col sedere a terra. Il freddo del pavimento mi concesse una sensazione ritemprante. Sentivo il corpo riarso, la lingua secca, le guance andare a fuoco e il clitoride pulsare violentemente, scosso ancora dai tremiti.

«Efrem…» Riaprii gli occhi, con la voce rotta dall'affanno.

Lui rise, dileggiato nel sentirmi soggiogata dall'affamata depravazione che era stato capace di saziare.

Fu una risata vera, genuina, appagata.

Felice.

Era riuscito a spogliarmi di ogni cosa: della ragione, del pudore, dei tormenti e del terrore.

Con lui ero stata *me stessa*, senza alcuna inibizione.

Scoppiai a piangere perché per *la prima volta* non mi ero nascosta, non mi ero vergognata, non mi ero sentita sbagliata né diversa come invece era successo con Andy.

Per *la prima volta* un'energia rivitalizzante mi scorse dentro come se fossi un colibrì che comincia a muovere le ali, piano piano, anche se non è ancora in grado di volare.

Per *la prima volta* ero stata bene: bene sotto i miei vestiti, bene nel mio corpo, bene con le ombre dei sentimenti che rinnegavo, bene con i lati oscuri dell'anima che troppo spesso mi facevano paura, bene con la persona che mi stava aiutando a capire *chi ero* e che continuava a stringermi a sé ogni volta che rischiavo di crollare.

Compresi che stavo correndo su due binari paralleli ma diversi: sul primo la dottoressa Ruiz e il dottor Nørgård mi stavano insegnando come gestire il disturbo alimentare ed eventualmente debellarlo del tutto; sul secondo Efrem aveva raccolto tra le mani le varie sfaccettature della mia personalità, soprattutto sessuali, e le stava analizzando insieme a me, nel suo modo crudo e realista. Tutti e tre stavano svolgendo contemporaneamente compiti differenti, finalizzati allo stesso scopo: *ridonarmi a me stessa.*

«Secondo te qual è il vero amore di una ragazza, il primo o l'ultimo?» Mi asciugai le lacrime con il dorso di una mano, poi mi stropicciai le palpebre come una bambina. Quello non era il momento adatto per porgli una domanda del genere, di sicuro non era abituato a sentirsi dire certe assurdità dalle donne, tuttavia avevo bisogno di saperlo.

L'istinto non ammetteva logica.

Efrem inspirò profondamente e io gli concessi il tempo di realizzare ciò che era appena successo, ciò che gli avevo donato. Respirammo in sincrono quell'assurda e viziosa complicità finché rispose con un timbro pigro, gratificato: «Né il primo né l'ultimo, ma quello di cui si ricorderà per tutta la vita».

Che scherzetto sadico mi aveva riservato il destino.

Proprio io che non ero mai stata innamorata, che da sempre scalciavo via i sentimenti e sbeffeggiavo chi si amava…

Ero certa che di lui, di quell'uomo poetico e perverso, rude e raffinato, bellissimo e indemoniato, mi sarei ricordata davvero per tutta la vita.

E.K.
L'Himeros

Berlino, 14 settembre

Ogni tanto è necessario un approccio mentale aperto alla vita.
Dovremmo farci colpire dallo splendore dell'irregolarità.
E rivalutare la bellezza del caos.
EFREM KRUGHER

A BREVE affronteremo argomenti che io considero la salva dell'artiglieria pesante, pertanto, se anche i nostri sventurati integralisti sono giunti fin qui, li invito a valutare qualche istante se proseguire o meno la lettura delle pagine che seguiranno, prima che il loro benamato regno della bacchettoneria sia disastrosamente raso al suolo.

Vi ho accennato al mio grande interesse per le parafilie sessuali. Credo voi ne abbiate sentito parlare, ma per chiarezza ve ne rammento l'accezione: per parafilie si intendono tutte quelle forme di eccitazione, comportamenti, impulsi o fantasie che possono manifestarsi verso soggetti o situazioni atipiche.

È opportuno sottolineare, soprattutto per chi non ha dimestichezza con questa terminologia, che non sempre una parafilia presenta i criteri di un disturbo parafiliaco.

In sostanza – dopo anni di brancolamenti scientifico-forensi lunghi e confusionari – si è giunti a una scissione concettualistica.

Grazie al cielo!

Quindi oggi le attività che a volte ci sembrano insolite – la coppietta che consensualmente apprezza che un terzo assista al loro amplesso – non sono *ipso facto* riconducibili a un disturbo mentale; conseguentemente la presenza di una parafilia non rappresenta una condizione sufficiente a rivolgersi a uno specialista.

Immagino le vostre boccucce spalancate e le sopracciglia lievemente arcuate, ma leggete il resto...

Quando vi è una diagnosi di disturbo parafiliaco – per esempio il disturbo frotteuristico, il quale consiste nello strofinarsi contro una persona non consenziente; badate bene: non consenziente – è pressoché necessario un intervento trattamentale.

Secondo voi perché?

Perché un atteggiamento simile induce a una grave menomazione sociale, lavorativa e personale, oltre ad avere un'indiscutibile rilevanza penale.

In sintesi, una parafilia di per sé non è pericolosa, ma può diventarlo qualora, nel momento in cui viene soddisfatta, reca disagio o danno a se stessi e agli altri.

Altresì – e qui, perdonatemi, dovrò lasciar emergere l'uomo zelante che è in me – non sempre un comportamento sessuale illegale si etichetta come psicopatologico, tuttavia se adesso mi addentrassi nel campo normativo rischierei di ciangolare troppo e voi finireste per sbadigliare e urlarmi un bel: *fick dich, Arzt.*

Letteralmente: «Vaffanculo, dottore».

Dunque, onde evitare che qualcuno di voi possa effettivamente considerare questo sermone medico troppo noioso, mi limiterò a discorrere delle questioni che di sicuro potrebbero stuzzicare il lato più indecente della vostra curiosità, giacché sono certo che – e non provate a mentirmi – ognuno di voi ne ha uno.

Quando entrai per la prima volta nell'*Himeros*, il resort erotico più famoso di Los Angeles gestito dalla famiglia Grimes, più precisamente dal padre di Giselle e dalla sua matrigna, osservai e studiai da vicino – molto da vicino – le parafilie più disparate.

Da diligente ricercatore cercai di passare inosservato, nonostante fossi troppo giovane rispetto agli avventori del luogo, e sminuzzai la realtà che mi circondava con un intento tutt'altro che criticante.

Non ero lì per giudicare né avevo accettato l'invito di Giselle a entrare a far parte del suo personale *castello di Roissy*, semplicemente volevo comprendere perché ci fossero individui adulti che amavano essere sottomessi o maltrattati, perché infliggevano al partner umiliazioni, sofferenze e percosse con attrezzi vari, perché indossavano capi di vestiario alquanto particolari, perché si armavano di oggetti stravaganti progettati per la stimolazione sessuale; volevo risalire a cosa si innescava nella loro mente senza dequalificarne la personalità.

Di giorno in giorno scoprii tutte le prospettive dalle quali poteva essere analizzata la sessualità e riuscii a distinguere quei comportamenti sessuali che pur discostandosi dalla *normalità* non rientravano necessariamente nel panorama dei disturbi parafiliaci, tantomeno nell'illegalità.

Qui è doveroso porre l'accento sull'utilizzo improprio del termine: normalità.

Cos'è normale o anormale nel sesso?

Fu una delle prime domande che mi posi quando, da bambino, sognavo di legare alla testiera del letto Engel e di vederla piangere, non a caso la rappresentavo sempre come una ninfa lacrimevole sui miei disegni, i capelli biondi sparpagliati sul guanciale, le braccia tese verso l'alto e i polsi e le caviglie circondati da corde strette. Mi piaceva immaginarla ferma, sotto di me, impossibilitata a toccarmi, a comandarmi, a controllarmi e ogni volta che – oniricamente – saggiavo i suoi pianti, le invadevo lo spazietto tra le cosce, la udivo supplicarmi di frustarla o schiaffeggiarla... gli spasmi feroci che mi incendiavano il basso ventre e lo stato di esaltazione che ne derivava mi provocavano un godimento talmente voluttuoso che non era necessario neanche masturbarmi per raggiungere l'orgasmo; inconsciamente quasi tutte le mie polluzioni notturne e adolescenziali furono dedicate a lei...

Un dono più romantico di un mazzo di fiori.

Finalmente, dopo i vent'anni potei trovare alcune risposte alle mie martellanti turbe, risposte che sui manuali di studio erano spesso circoscritte, scarne o troppo metodiche.

Come vi dicevo, la sessualità può essere esaminata sotto vari punti di vista e suddivisa, per semplificare, in quattro enormi insiemi: normalità, parafilie, disturbo parafiliaco e trasgressione.

Vi prego, non pensate che questo discorso vi stia facendo perdere tempo, poiché è importante diffondere una cultura che possa aiutare a porre maggiore attenzione a chi reputiamo diverso da noi, a quell'eccesso di moralismo che promuove l'odio e la rabbia verso tutto ciò che si allontana dagli stereotipi della convenzionalità.

Piccola Dorie, se leggessi queste righe potrebbero aiutare anche te a comprendere che non ti ho mai mentito quando sostenevo che la tua anima era perfetta così: piena di colori e di ombre, a loro modo meravigliosamente lumeggiate da un etere brillante.

La trasgressione è uno stadio evolutivo, quel livello di consapevolezza in cui il trasgressore insegue i propri desideri sessuali, finalmente ne accetta i contorni, entra in una ridda perversa e decide di conoscere se stesso nel modo più sfaccettato, di ascoltare le esigenze implicite e gli stimoli reali del corpo, senza ledere nessuno e sempre col consenso dell'altro.

Nella trasgressione avviene ciò che io chiamo un *innesto poetico*: la fantasia apre le gambe al sesso e, finalmente, come due innamorati iniziano a copulare su un letto di legalità, rotolandosi tra esperienze nuove e inusuali.

Nel trasgressore non c'è nulla di deviato – a differenza di quanto accade per un paziente affetto da disturbo parafiliaco –, malgrado sia spesso sottoposto dalla società a un processo *morale* del quale, poveretto, non conosce neanche i capi d'imputazione. Tutto ciò avviene perché, come ho già esposto, è più facile condannare ciò che non concepiamo come normale anziché rispettarne la diversità.

Questa breve digressione vi serve per capire che l'*Himeros* pullulava di trasgressione, a partire dalle pratiche BDSM – a cui Giselle era molto avvezza – fino ad arrivare al RACK, di cui invece divenni io il cultore.

Non lasciatevi intimidire da quest'ultima rivelazione: il RACK indica semplicemente un tipo di rapporto più estremo, consensuale e svincolato dalla disciplina rigorosa dei dominatori. Include attività sessuali particolarmente rischiose nelle quali il partner non può ricorrere alla *safeword*, sebbene decida spontaneamente di aderire a dei giochi che solitamente si spingono al di là dei limiti.

Fu proprio grazie alla mia lunga esperienza nel resort, nata come oggetto di studio con un fine banalmente ludico, che mi ritrovai a superare quei limiti, passando dall'essere un semplice turista, un curioso forestiero, un neofita scienziato, a uno dei peggiori *racker* con cui una donna potesse intrattenersi.

In quattordici anni con Giselle, ma non solo con lei, mi cimentai in varie attività, alcune più pericolose di altre, scoprendo cosa preferivo, come lo preferivo e soprattutto in che *modo*.

Giselle fu la prima partner che mi accompagnò in quel viaggio libidinoso, che soddisfò le mie richieste, appagò le mie pretese, si sottomise a me, si umiliò per me, assecondando qualsiasi fantasia o desiderio volessi realizzare.

Inutile elencarvi cosa facemmo, quanto sperimentammo e quanto ci spingemmo oltre... non voglio che voi immaginiate quel ciarpame sessuale, tantomeno starò qui a turbarvi con descrizioni ricche di dettagli scabrosi; non ho alcuna intenzione di vantarmi delle esperienze del passato, di ciò che ero o di come mi approcciavo alle donne.

Sarebbe disgustosamente inelegante.

Vi basti sapere che conobbi i lati più profondi della mia perversione, l'oscurità più turpe del mio impeto e toccai il fondo quando mi resi conto che quel posto mi aveva rivelato tutto ciò che di blasfemo c'era in me, tutto ciò dal quale io stesso sarei scappato, tutto ciò che mi rendeva maledettamente simile a Markus.

Gettarsi ai miei piedi, rimpinzarmi di lascivia fra torture e broccati lussuosi significava andare all'Inferno e marcire in rapporti degradanti, privi di sentimento e buone maniere.

Per intenderci, sia a me sia alle mie amanti piaceva più l'asfissia erotica che non l'aberrante posizione del missionario, tuttavia, malgrado da un lato riuscissi ad appagare la mia natura, a liberarla e a provare qualche palpito di soddisfazione, dall'altro l'assenza di emozioni mi stava disumanizzando, poiché il sesso nutriva l'animale che nascondevo al mondo, ma ostacolava la crescita dell'uomo che avrei voluto diventare.

Giselle era colei che si impegnava più di tutte a sfamarmi, a lanciare ogni settimana nella mia gabbia pezzi di carne fresca con i quali concedermi un benessere primitivo, a volte troppo sbrigativo e adiaforo. Spesso organizzava incontri in cui, a noi due, si aggiungeva un'altra donna e mi chiedeva di possederle entrambe, giacché si trattava di una masochista che ricercava il piacere in un uomo che potesse regalarle stimoli più forti e spezzare le sue resistenze anche ricorrendo all'*edgeplay*, pertanto non aveva alcun problema a privarsi della parola di sicurezza o delle regole attorno alle quali verteva il comune rapporto con un dominatore.

Per le più temerarie, approcciarsi a un *racker* era una fantasia spaventosa, una sfida eccitante, l'ultimo tassello d'esplorazione sessuale, il cartello di divieto che si voleva superare per dimostrare a se stessi di non avere paura di nulla e di poter vivere l'erotismo in tutti i modi possibili. Era la strada più ardimentosa che si imboccava soltanto quando si desiderava togliere qualsiasi freno al sesso – già estremo – per sentirsi in balia del rischio, abbandonare ogni sicurezza e affidarsi completamente al proprio compagno. Il che non significava che io avevo la libertà di compiere qualsiasi azione folle o subdola sulle masochiste – diffidate da chi sostiene questa pazzia –, ma semplicemente di far comprendere loro che, in qualunque attività, che fosse bondage o RACK, c'erano dei pericoli da valutare e dei fondamentali presupposti da salvaguardare: il consenso e la responsabilità a non attentare alla vita dell'altro.

Per quanto mi riguardava ero un uomo abbastanza carnale, rude e brutale, ma poco incline all'utilizzo di un'attrezzatura impegnativa; avevo provato quasi tutti i gingilli tipici dell'ambiente giungendo subito a delineare cosa non apprezzavo; alle fruste in stile Indiana Jones – non si offendano gli egregi Dom – preferivo le sculacciate a mano nuda che, stando a quanto raccontano le mie ex, erano più dolorose del colpo di un *paddle* poiché riuscivo a sospingerle in avanti, soprattutto quando erano carponi davanti a me, e a provocar loro lividi più brucianti di quelli di un normale scudiscio; ai falli o ai vibratori artificiali con cui far sollazzare la mia donzella prediligevo il plug gioiello con cui occuparle l'accesso più ostico e lasciare l'altro completamente a mia disposizione. Per quanto concerne le manette – uno dei sex toy più comuni – non ne facevo uso e le sostituivo spesso con un semplice filo di cotone rigirato su se stesso attorno ai polsi, così sottile da lacerare la pelle nel caso in cui ci fosse un eccessivo sforzo muscolare per liberarli; al posto dei capi stravaganti o in latex neri optavo per delle graziose morsette, chiamate *clamps*, da applicare sui capezzoli o sulle labbra della vagina – impazzivo quando le indossavano per me –, o ancora, acquistavo dei completini intimi composti solo da catenelle di cristallo abbinate a un collare solitamente d'argento, con i quali adoravo ornare il corpo della mia *Hure*. Un discorso simile valeva per le ammucchiate, ero uno dei pochi che alle orge miste preferiva i *threesome*, per lo più con donne. Raramente ammettevo la presenza di un uomo, a meno che non si trattasse di Mitchell – il mio *voyeur* preferito. Alle feste fetish non aderivo quasi mai; l'ultima volta che vi partecipai fu dopo aver trascorso qualche mese in Germania per curare la mia nevrastenia, quando mi spostai in Francia per prolungare quel periodo di pausa prima di tornare all'Asklepios. Una sera in cui la noia aveva quasi completamente assorbito ogni fantasia lussuriosa, a causa della mia salute mentale ancora in fase di guarigione, presenziai – con una certa pigrizia – alla *Nuit Dèmonia*, uno dei party più trasgressivi d'Europa.

Non accadde nulla di eclatante quella notte, andai via dopo appena quaranta minuti dal mio arrivo, eppure furono sufficienti a conoscere una certa Isabel. Era una masochista di qualche anno più giovane di me, castana, con una frangetta irriverente, due occhi da cerbiatta e un seno prosperoso di quelli che solo a guardarlo ti viene voglia di riempirti le mani e la bocca.

In particolare, era fan del self-bondage, ovvero delle pratiche di immobilizzazione autonoma, e da un po' di mesi stava cercando di imparare a procurarsi una legatura effettivamente solida ed efficace che, al contempo, le garantisse una via di fuga nell'attimo in cui avrebbe voluto porre fine al suo gioco.

Ricordatevi questo dettaglio...

Con la mia suadente affabilità mescolata a una bellezza aristocratica e a una serietà accattivante – forse per questo le *Frauen* si prostravano a me come tenere puttane –, dopo averci conversato per circa mezz'ora la invitai a trascorrere la serata altrove, in una stanza del rinomato *Hotel de Crillon* situato al 10 di Place de la Concorde, un posto tranquillo, raffinato, che non aveva nulla in comune con la giungla degli scimpanzé in foia dai quali eravamo scappati. Quando vi arrivammo, dopo un tragitto in taxi abbastanza lepido, le spiegai che era uno degli alberghi in cui alloggiavo ogni volta che mi recavo a Parigi e, per metterla a proprio agio, tentai di innalzarla a regina della serata raccontandole che Maria Antonietta aveva preso lezioni di musica proprio in una di quelle stanze; tuttavia, per evitare che il suo giovanile entusiasmo divampasse in un precipitoso sentimento d'amore che non avrei corrisposto, aggiunsi anche che all'ingresso era stato decapitato Luigi XVI, provocando in lei uno strano verso inorridito e un brusco dietrofront delle sue fantasiose aspettative.

Povera piccola... eri finita nelle mani del cattivone dottor Krugher.

Le stesse mani che, per almeno quattro ore, in una delle tante camere sfarzose, la invasero fino ai polsi – la ragazzetta amava molto il fisting – portandola a mugolare, pregare, piangere, gemere e agitare il bacino con una lena forsennata finché la voltai prona e le chiesi se fosse disposta a concedermi il sederino grazioso con il quale, durante i nostri preliminari, aveva tentato più volte di provocarmi. Le confessai che oltre all'ipossifilia – una delle pratiche in cui ero più esperto – avevo una certa predilezione, come se fosse il mio personale bicchiere di *Eiswein*, per gli sfinteri femminili, soprattutto quelli disabituati ai membri della mia dimensione. Era una congiunzione carnale che reputavo eccitante perché non potevo possedere una donna più di così. Rappresenta la massima forma di dominazione esercitabile da chi detiene il comando e la massima forma di sottomissione per chiunque acconsenta. La cara Isabel mi rivelò che non sarebbe stata la sua prima volta, ma che al tempo stesso non si era mai abbandonata a qualcuno che avesse la mia vigorosità. Questo indusse lei a tentennare per paura di un eccessivo dolore e me a impiegare circa venti minuti per rassicurarla, imponendomi di attendere, mentre l'erezione – già avvolta dal preservativo a cui ricorrevo sempre con ogni sconosciuta – protendeva dalla cerniera aperta.

Quando si lasciò andare, abbattendo ogni remora, la ragazza si mostrò più ardita di quanto sembrasse; sbatté le natiche contro il mio basso ventre come se io fossi la battigia e lei un'onda spumosa, rapida, crescente che smaniava di sommergerla di un piacere salato; percepii il miasma della sua eccitazione e, purtroppo, non fu del tutto di mio gradimento: mi ricordava quello di una palude acquitrinosa.

Mannaggia all'ossessione per l'igiene...

Mentre lei se ne stava come una coniglietta con il culetto sventolante e le ginocchia piantate sul materasso, il suo fisico mingherlino riuscì ad accogliermi più di quanto sperassi; era una guaina calda, stretta, in cui il mio pugnale si sentì ospitato con desio, nonostante a ogni spinta feroce la naturale pressione dei suoi muscoli tentasse di impiccarlo a metà asta.

Non la baciai né la leccai laddove bramava la mia lingua; non fu una scopata memorabile, tuttavia risultò abbastanza soddisfacente da farmi riempire l'involucro in lattice, poi ci furono qualche contrazione e qualche flebile sospiro di appagamento e tutto morì, compreso il mio entusiasmo.

Il giorno dopo, la *fillette* decise di restare con me poiché le avevo detto – mentendo – che sarei partito per l'America dopo una settimana, perciò, presa da un attimo di sconforto, si impegnò a godere delle mie attenzioni ancora un altro po': si profumò la pelle con una doccia calda, emanando in tutta la stanza una fragranza ricca e speziata con qualche nota floreale, e al mio risveglio la trovai seduta a gambe aperte sulla poltroncina posizionata di fronte al letto, completamente nuda, con un piattino sul quale era posato un *pain au chocolat* che le copriva la passerina glabra.

Ne sentivo l'odore, sia della pasta sfoglia appena sfornata sia del saccottino rosaceo che avrei volentieri farcito con un altro tipo di *crème...*

Iniziammo la giornata con quella colazione inusuale e, tra un amplesso e l'altro, passammo otto ore chiusi nella stanza d'albergo: io a mostrarle quanto apprezzassi il suo *dolcetto*, lei a donarmelo con un'acquiescenza che non sempre riscontravo in un'amante.

Ora, dovrei riassumervi ciò che successe nei cinque giorni successivi per farvi comprendere perché io vi stia raccontando di questa esperienza, apparentemente inutile, e cosa c'entri con la mia decisione di abbandonare il mondo dell'*Himeros*, poiché sì, dopo quattordici anni, a causa di Isabel – o forse grazie a lei – decisi di non rimettere più piede in un luogo simile.

La ragazza, in mia compagnia, scoprì di amare particolarmente l'asfissia erotica; mi confidò che pochi uomini l'avevano esercitata su di lei e che io ero stato l'unico a trasmetterle maggiore praticità e padronanza. Le volte in cui, per quella settimana, facemmo sesso mi chiese spesso di sottoporla a quella pratica dacché, se non ci fossimo più visti, non l'avrebbe riconcessa con tanta facilità a qualcun altro.

Quando, al termine della lunga vacanza all'insegna di coccole smaccate da parte sua e sconcezze varie da parte mia, le feci credere che avessi un volo imminente per Los Angeles, Isabel insistette affinché ci scambiassimo i numeri di telefono; a dirvi la verità, avrei accettato qualsiasi compromesso pur di liberarmi di lei, dunque repressi il brontolio annoiato col quale avrei voluto metterla subito alla porta e con un sorriso finto acconsentii.

Restai a Parigi ancora a lungo, ma non incontrai più Isabel né potei sentirla per una ragione alquanto inaspettata.

Poche settimane dopo la nostra brevissima frequentazione, apparve su un giornale locale la notizia di una giovane che, mentre praticava autoerotismo nel suo appartamento, aveva perso la vita soffocata a causa probabilmente di un gioco erotico finito male. L'incidente era avvenuto quando la ragazza era sola in casa senza che qualcuno potesse soccorrerla in tempo; tramite l'autopsia era stata confermata la tesi che qualcosa fosse andato storto durante una sessione di self-bondage nella quale lei aveva tentato di replicare un tipo di attività che di solito è preferibile svolgere con un esperto.

Quando lessi il nome della vittima, ovvero Isabel Lefèvre, un vuoto al petto dal quale affluì un'intuizione scomoda mi suggerì potesse trattarsi della stessa Isabel con cui mi ero sollazzato, e ne ebbi conferma nell'attimo in cui, voltando la pagina, vidi il suo viso fresco e aggraziato ritratto in una foto.

Il malessere che mi travolse fu talmente devastante che la mia nevrastenia – il cui trattamento psicoterapeutico era cominciato in Germania – parve peggiorare e insorgere con più violenza. Avevo superato la fase della depressione acuta, ma prendevo ancora i miei ansiolitici per le crisi provocate dagli attacchi di panico, dal disturbo ossessivo-compulsivo da controllo e dallo stress che avevo accumulato sul lavoro. Insomma, un quadro clinico abbastanza preoccupante del quale l'unico colpevole era mio padre.

Poiché fui dannosamente vicino a un crollo mentale, chiamai Giselle raccontandole tutto: le spiegai che mi sentivo responsabile di quanto accaduto alla giovane Isabel e che stavo nuovamente vagliando l'assurda possibilità di compiere un'azione insensata, esattamente com'era successo anni prima. D'altronde mi sarebbe bastato aumentare la dose dei farmaci per provocarmi un decesso immediato e appassirmi romanticamente lì, *dans la belle ville de Paris*, ma Giselle, dall'altra parte del mondo, tentò di tranquillizzarmi, di spiegarmi che quella ragazza era stata incosciente e che aveva deciso deliberatamente di farsi del male. Sebbene le fosse piaciuto ciò che aveva sperimentato con me, non avrebbe dovuto rischiare così tanto; oltretutto pose l'accento sulla passione che Isabel mi aveva confidato di avere per il self-bondage facendomi ragionare sulla certezza – decisamente accreditata – che lo avesse già praticato prima di incontrare me.

Elle riuscì a placarmi, seppur con qualche difficoltà, ma non desistetti dalla decisione di porre fine alle mie abitudini malsane, aggiungendo anche che non avrei più messo piede nel suo resort. Lei, ovviamente, con una certa insolenza iniziò una lunga disquisizione sulla mia esagerata drammaticità, su quanto gli inconvenienti, nel nostro ambiente, fossero abbastanza ricorrenti e privi di dolo, e sul fatto che ciò che aveva commesso Isabel non era neanche direttamente riconducibile a me; caso diverso sarebbe stato se, al momento di quella scelleratezza, si fosse trovata nel mio letto...

Tuttavia ragionai a lungo sulla possibilità che la ragazza avesse voluto rivivere, da sola, le sensazioni provate con me, forse aveva persino chiuso gli occhi e immaginato di avermi nudo sopra di sé a soddisfare il suo piacere com'era accaduto giorni prima, e non potei ignorare quella disgrazia senza sentirmi implicitamente parte della sua morte.

Così come lo ero stato della morte di Engel.

Mi rendo conto che, quando si affrontano determinati argomenti, la prudenza non è mai troppa, per cui vorrei rivolgermi ai miei *Lesern*: il self-bondage è una delle pratiche più pericolose, una sfida con se stessi nella quale spesso è difficile imboccare l'uscita di emergenza.

Tanti casi di cronaca dimostrano che giocare da soli conduce a un esito davvero drammatico, perciò siate cauti, non fidatevi di chiunque, non cimentatevi in qualcosa che non conoscete abbastanza senza avere accanto chi possa guidarvi o salvarvi; divertitevi con intelligenza, non impegolatevi in situazioni spiacevoli e date libero sfogo alla fantasia sempre con la dovuta attenzione.

Chi meglio di me può dirvelo...

Uno a cui sembrava che il destino riservasse solo sciagure, maledizioni che fioccavano come neve infida, soprattutto prima di sposarmi. A tal proposito, dopo ciò che accadde a Isabel, decisi di impormi un'astinenza prolungata – sì, appesi il mio ferro di cavallo al chiodo – e di rimanere a Parigi finché non fossi stato emotivamente e mentalmente meglio. Nel frattempo, all'*Himeros*, poiché la conversazione tra me e Giselle era stata origliata da un suo sottomesso, si sparse il pettegolezzo che una ragazza fosse morta a causa mia. Vi lascio immaginare come quel travisamento di informazioni, da un cliente all'altro – o dovrei dire da un imbecille all'altro –, fu condito di dettagli inesistenti, di scenari macabri e di conclusioni indiscrete, del tutto sbagliate, volte a mettere in cattiva luce la mia reputazione. Fui dipinto come il mostro che, durante una notte di eccessiva passione, aveva soffocato una fanciulla poiché, essendo un *racker*, non aveva rispettato alcuna disciplina, spingendosi oltre il limite.

In poco tempo fui macchiato d'infamia, la mia persona venne completamente denigrata, il mio onore calpestato con vituperio e per tutti divenni il temibile Efrem Krugher, colui che strangolava e assassinava le donzelle.

È terribile persino regredire a quei ricordi: fui accostato a un crimine che non avevo mai commesso, venni definito come un bruto incapace di frenare la sua crudele violenza e anche questo, insieme a tutti i problemi che avevo già accumulato, aggravò la mia condizione psichica.

L'unico spiraglio di luce che rammento di quella permanenza in Francia – come un abbacinamento che squarcia il mio passato –, aveva due occhi di un azzurro ghiaccio folgorante, una chioma di un biondo tiepido e l'eleganza di una dea.

Quell'abbacinamento celestiale, del quale presto vi racconterò, si chiamava... *Liliane Depardieu.*

7
Thea

Guardatevi dalla gelosia, mio signore.
È un mostro dagli occhi verdi
che dileggia il cibo di cui si nutre.
WILLIAM SHAKESPEARE

MANCAVA sempre meno all'estate, eppure, stando alla logica delle mie contraddizioni, nonostante amassi il mare, l'odore salmastro che emanava e la purezza della sabbia quando i suoi granelli dorati mi scivolavano tra le dita, odiavo il cielo lindo, privo delle nuvole che tendenzialmente ne sporcavano il candore, odiavo anche il caldo torrido e asfissiante, ritrovandomi a sperare che giungesse quanto prima l'autunno.

Ormai non facevo altro che gironzolare fuori dalla clinica in cerca di un angolino ombreggiato, soprattutto quando ero colta dall'ispirazione di abbozzare una canzone e i raggi infuocati mi esponevano al rischio di beccarmi una bell'insolazione, una conseguenza che volevo evitare giacché di problemi ne avevo sin troppi.

Quella mattina me ne stavo seduta su una panchina in beata solitudine, sotto un'uggia fresca, cercando di trarre idee dalla natura, esattamente come faceva la mamma quando dipingeva all'aperto, cogliendo i colori, le sfumature, le linee e i significati più profondi di tutto ciò che la circondava. I colibrì erano i suoi soggetti preferiti, li raffigurava in sprazzi di tonalità e angolazioni varie, malgrado le capitasse anche di riprodurre qualsiasi altro elemento, naturale o urbano, che riteneva interessante, l'epicentro di un flusso creativo, puro e incontrollato, che lasciava affiorare sulla tela la sua opera d'arte.

In quel momento stavo cercando di seguire il suo esempio, di guardarmi attorno e lasciarmi allietare dai dettagli che, spesso, consideravo superflui: il cielo limpido che scorreva come un ruscello, il canto degli uccelli che, cinguettanti, svolazzavano tra i rami come bambini che giocano a nascondino, le foglie lobate, incastrate fra loro, che creavano uno spazio quasi inaccessibile alla luce rifulgente, un riparo tranquillo per chi, come me, intendeva sfuggirle.

Inspirai ed espirai a fondo, riempiendo i polmoni di ossigeno, un esercizio che mi aveva consigliato la dottoressa Ruiz, utile a tenere a freno l'ansia o la preoccupazione. Tuttavia a scombussolarmi anima e corpo quel giorno erano i pensieri rivolti a una persona in particolare, qualcuno che la notte precedente non mi aveva permesso di chiudere occhio e la cui voce, bassa e viziosa, continuava a invadermi la mente come un interludio di note rock trasgressive, feroci e ammalianti, qualcosa da cui si resta affascinati anche quando ne conosciamo la pericolosità perché è difficile resistergli.

Efrem era stato il primo con cui avevo condiviso un'intimità simile perché vantava un'esperienza diversa, una maturità ineguagliabile, un'intelligenza che avrebbe suscitato invidia in chiunque. In passato l'unico ragazzo al quale avevo confessato alcune delle mie fantasie era stato Andy, ma non si era mai impegnato a comprenderle, figuriamoci ad appagarle. Con Efrem, invece, non era necessario perdere tempo in discorsi tedianti o spiegazioni artificiose, riusciva a intuire i desideri di una donna, a soddisfarli e ad acuirli, diventando un diabolico complice, un abile giocatore con il quale una partita risultava imprevedibile ed eccitante. Non era semplice anticipare le sue mosse, sapeva stupire e sconvolgere, afferrare un'anima turbolenta e trascinarla con sé nelle tenebre più tetre senza alcuna paura.

Lui ci passeggiava nel mezzo, perfettamente a suo agio; fiero ed elegante, visitava i gironi dell'Inferno, si innalzava al di sopra delle fiamme, pestava la cenere e ghignava ai dannati, privo di compassione o pietà.

Era impossibile intimidirlo, dominarlo o sopraffarlo.

Non avevo mai incontrato un uomo così forte.

Forte in tutto il suo essere: caparbio nella mente e inscalfibile nel cuore.

Rappresentava una sfida ardua che non ero certa di vincere, ma che di sicuro avrebbe lasciato un segno indelebile sia su di me che su di lui. D'altronde quel viaggio lo stavamo affrontando insieme, mano nella mano, con tutti i guai e i perigli che prevedeva. Prima o poi ci avrebbe condotto a una via d'uscita, oltre la quale le nostre strade avrebbero potuto unirsi o separarsi per sempre.

Una fitta tra le costole mi fece espirare di colpo l'aria, interrompendo i miei esercizi di respirazione. L'eventualità che un giorno potessimo separarci mi faceva tremare d'angoscia come se ci fosse una voragine ad aprirsi nello stomaco e a spezzarmi in due.

Che diavolo era quella sensazione strana e irrisolta?

Perché mi sentivo così legata a Efrem?

Mi ero consacrata a lui.

Indissolubilmente.

Avrebbe dovuto essere soltanto un giro su una ruota panoramica.

Invece era diventato il luna park intero.

La sofferenza c'era ancora, ma lui, senza alcuna delicatezza, entrava nell'anima, ne scuoteva le paure e le trasformava in emozioni.

Artigliava la rabbia, la strappava in mille pezzi e da ogni brandello faceva risuonare brividi elettrici.

Il suo sorriso, arguto ed enigmatico, riusciva ad accendere i colori.

E a rianimare le giostre, pregnanti d'amore.

«Amore...» ripetei tra me, scuotendo il capo con scherno.

Io che non ci credevo, io che svuotavo ogni lettera del suo debole significato, io che ero stata condannata a non potermene nutrire perché mio padre non aveva mai voluto conoscermi e mia madre era morta due anni prima, io che odiavo l'amore perché era stato crudele, perché mi aveva privata dell'unica persona che avessi mai amato davvero, io che lo ripudiavo perché mi aveva sottratto ogni forza vitale mi ritrovavo a ricamarci attorno versi poetici e metafore sdolcinate. «Per colpa tua.» Guardai un cespuglio di narcisi, accusandolo come se avessi Efrem dinanzi a me. «È colpa tua, sì. Non so cosa stai combinando dentro di me...» E il cuore ebbe un sussulto, forse due o tre, per approvare il mio sconcerto e renderlo ancor più veritiero.

«Anch'io, a volte, parlo da solo.» Una voce maschile interruppe il mio idilliaco duello contro gli effetti collaterali di quel sentimento rovinoso. Reclinai il collo e percorsi per intero la figura di Mitchell, stagliato di fronte a me con un'espressione sarcastica. Era così gigante da offuscare il sole e lasciar calare un'ombra fitta sul mio esile corpo. «Sbaglio o hai l'aspetto di una che ha trascorso una nottata interessante?»

Il suo senso dell'umorismo non tardò a palesarsi e come al solito lo assecondai.

«Come fa a dirlo, avvocato Ryke?» Portai la Lucky Strike alla bocca e mi accorsi che la brace ne aveva quasi consumato la cartina, fino al filtro. Pensare troppo mi aveva impedito di godermi la mia sacrosanta sigaretta.

«Il corpo delle donne non ha segreti per me.» Mitchell si sedette sulla panchina al mio fianco, ovviamente senza chiedere il permesso. Non ne aveva bisogno. In questo, lui era esattamente come Efrem: prendeva e otteneva ciò che voleva. Differiva solo nel modo, poiché si serviva di una gentilezza irrisoria, spesso fasulla. «Vediamo...» Appoggiò il braccio sullo schienale; una sferzata di profumo esotico mi colpì il viso mentre lui mi squadrava da capo a piedi sfacciatamente. «Non hai segni addosso, sei ancora tutta intatta ma trasognante. Presumo che Efrem ti abbia accontentata in qualche modo, ma che non siate stati a letto insieme. Non ancora perlomeno...»

«La tua sicurezza è fastidiosa.» Gli sorrisi per niente imbarazzata. Mitch sapeva tutto e, da quello che avevo capito, era anche dalla nostra parte. «E se non fosse così?»

«Improbabile.» Individuò il pacchetto di sigarette posato accanto alla mia coscia, lo aprì e ne sfilò una con i denti. «Altrimenti a quest'ora saresti ancora nella tua cameretta ad aspettare che i muscoli smettano di farti male.»

Mentre mi sbeffeggiava, lo vidi tastarsi le tasche dei pantaloni per cercare l'accendino; avrebbe potuto chiedermelo, invece usò il suo, portando la fiammella vicino al punto di combustione. Ogni gesto era carico di una virilità dirompente, una sicurezza che metteva in soggezione e che vanificava qualsiasi tentativo di rivalsa. Mitchell era come un felino apparentemente mansueto che nascondeva negli occhi vivaci ma calcolatori un barbaglio illeggibile. Era lì che si rintanava la sua forza valorosa e seducente; capivo perché Juliette ne era così stregata.

«Sei molto rassicurante.»

La camicia blu abbinata a un paio di jeans chiari gli marcava la simmetria dei muscoli; la scollatura sui pettorali evidenziava un torso mascolino e scolpito. Era difficile evitare che il mio sguardo scivolasse proprio lì, perciò, prima di essere colta in flagrante e sorbirmi qualche sua battutina inappropriata, mi costrinsi a spostarlo altrove.

«Sono solo sincero.»

Sollevai le gambe per incrociarle sotto di me, poi feci un ultimo tiro dalla Lucky Strike prima di strofinare il mozzicone sulla panchina per spegnerlo del tutto. «Comunque volevo scusarmi con te se nel nostro ultimo incontro sono stata così scontrosa. Ero arrabbiata e...»

«E hai cercato di proteggere la tua amica da me», arguì, comprensivo. «Lo capisco.»

«Non so se lo capisci, Mitch.» Continuai a mantenere il capo basso, afflitta dai sensi di colpa per il modo in cui lo avevo maltrattato, seppur per una buona ragione. Sollevai la testa per guardarlo, cogliendo già le sue iridi azzurre puntate su di me. «Juliette non è come le altre. Non è come le donne a cui sei abituato.»

«Lo so», rispose con la certezza di aver percepito quanto fosse speciale. «Non mi permetterei mai di toccarla. Il primo a darmi un calcio nel deretano sarebbe Efrem, e non scherzo. Ci tiene molto a lei.»

Stentavo a credere che l'amico potesse sortire un effetto intimidatorio anche su un bestione come lui. Aggrottai la fronte, dubbiosa. «Non mi sembri uno che possa avere timore di Efrem...»

«Infatti non ho timore di lui.» Il sorriso laterale che mi rivolse appurò che ero totalmente fuori strada. «Semplicemente preservo la nostra amicizia; Juliette è una sua paziente e lui ne è responsabile.»

«Sì.» Un sapore amaro mi invase la bocca al pensiero di ciò che anche lei stava affrontando. «Ha dei problemi seri che ancora deve risolvere.»

«Li ho visti. I suoi sono molto più 'visibili' dei tuoi, non farei mai nulla per nuocerle.» Mitchell aveva notato la sua magrezza, le ossa così sporgenti da far sembrare la pelle troppo sottile e fragile. Anche se Juliette non accennava quasi mai al suo disturbo alimentare, neanche a me, ne portava addosso tutto lo strazio e la fatica. Conviverci non era facile. «Spero solo che guarisca e che torni presto a vivere la sua vita. È qui da quasi un anno; i progressi sono lenti, ma per fortuna ci sono. Pur avendoci parlato poche volte, ho capito che è una ragazzina in gamba. Confido in lei.»

«Concordo.» Juliette era fantastica, celava un intero universo dietro la sua bontà. Un universo che speravo donasse all'uomo giusto, colui che avrebbe apprezzato davvero la fatale armonia della sua bellezza. «Da quando le hai detto che leggerai le sue poesie ne sta scrivendo molte, ogni sera. È bravissima», affermai con ammirazione; tuttavia quella momentanea euforia si spense e un'improvvisa preoccupazione ebbe il sopravvento. «Per favore, non prenderla in giro, Mitch.»

«Non è mia intenzione. Vorrei leggerle davvero», ribatté, quasi irritato dalla mia eccessiva diffidenza. «Ti sembrerà strano, ma non amo solo approcciarmi a codici e testi giuridici, apprezzo anche la filosofia, l'arte, la musica, il teatro e la letteratura. Soprattutto nel tempo libero.»

«Ero certa che preferivi trascorrere il tuo 'tempo libero' in altri modi...»

Avevo dedotto le sue attitudini dai piccoli indizi che avevo colto in quei due mesi; oltretutto non era difficile immaginare quali fossero le passioni di un tipo come lui, la cui smodata malizia era come una presenza che gli gravitava attorno e che travolgeva lascivamente chiunque gli stesse vicino.

«Non sono solo l'uomo che hai visto all'*Himeros*, Thea.» Mitchell ci mise qualche istante prima di ritrovare il sorriso e tornare a discorrere con pacato cinismo. «Mi piace il sesso, mi piace farlo, mi piace conoscere ed esplorarne anche gli aspetti più dissoluti. Non sono impegnato con nessuna, pertanto sono libero di frequentare chi voglio, anche più donne insieme se questo m'aggrada, ma ciò non significa che io non abbia altri interessi. Sai poco di me e capisco che hai tratto delle conclusioni affrettate, tuttavia se fossi così superficiale Efrem non sarebbe mio amico e suo padre non si fiderebbe ciecamente di me», concluse con durezza.

«Non metto in dubbio la tua serietà, non fraintendermi.» Non avrei voluto offenderlo in alcun modo e dal suo cambio di tono compresi che qualcosa lo aveva infastidito. «Ti sto soltanto chiedendo di rispettare Juliette. Potresti persino trascorrere con lei tutto il tempo libero che vuoi, a patto che tu tenga le mani a posto.» Non mi importò di risultare drastica o troppo protettiva. In fondo ci tenevo a quella piagnucolona, anche se non glielo avrei mai confessato. «E anche qualcos'altro...» aggiunsi previdente per rafforzare il concetto.

Mitchell non ebbe bisogno di ulteriori chiarimenti. «Terrò le mani a posto.» Ci rise su con leggerezza. «Su quel 'qualcos'altro' non posso darti certezze, ogni tanto fa il mattacchione, ma cercherò di insegnargli le buone maniere. Almeno con le brave ragazze.»

«Con Juliette non puoi far...»

«Thea», mi interruppe, intuendo subito dove stavo andando a parare. «Non sono un ragazzino da scolarizzare, soprattutto su certe questioni. Ci sono cose che un uomo sa già, senza discuterne. D'altronde il motivo per cui io non oserei pretendere nulla da Juliette è lo stesso per il quale Efrem resiste alle tue continue provocazioni.»

Per un attimo mi osservò i seni, coperti da un top nero a bretelline, e nei suoi occhi vitrei passò un lampo sagace come se stesse rivivendo il momento in cui mi aveva imprigionata tra il proprio corpo e quello di Jordan, in una danza sensuale nella quale il suo membro era stato una lusinga tangibile contro la mia schiena.

Non riuscii a impedirmi di arrossire e distolsi l'attenzione. «Quale sarebbe il motivo?»

«Il rispetto.» Sentii il suo sguardo ustionarmi la guancia; non aveva alcuna intenzione di attenuare il mio disagio, ma sembrava volerlo alimentare per compiacersene.

Anche in questo era simile al suo amico...

«Be'...» Mi appiattii contro la panchina, accarezzata da una folata di vento caldo. «Efrem mi rispetta in modo discutibile.»

«Perché stai approfittando della sua pazienza», lo difese, facendosi più serio, poi si sporse per avvicinarsi e assumere un tono segretamente confidenziale. «Stai attenta a non tirare troppo la corda. Nessuno deve scoprire cosa sta succedendo tra voi. A essere sincero sarei stato il primo a mandarti via dalla clinica e a informare il dottor Markus della vostra relazione, se Efrem non mi avesse coinvolto nella situazione il giorno in cui ti ha sculacciata in mia presenza.» Di nuovo incontrai il suo sguardo e di nuovo Mitchell mi irretì come se fossi un pesciolino in fuga. «Da quel momento sono diventato, purtroppo, anch'io vostro complice e adesso è troppo tardi per tirarmene fuori. Non sono un vigliacco. Si è già verificata la violazione del *setting*, ovvero l'infrazione delle norme presenti nel regolamento. Avete superato i confini oltre i quali, oggi, Efrem rischia grosso. Con questo non ti sto attribuendo alcuna colpa, in realtà in sede processuale la responsabilità ricadrebbe totalmente sul tuo medico. E lui lo sa bene.»

Un brivido di terrore mi corse lungo le braccia e mi fece drizzare la schiena, preoccupata. «Che significa?»

Mitchell arretrò di poco, riadagiandosi con disinvoltura contro la panchina. «Significa che rischierebbe la sospensione dall'esercizio professionale; nel peggiore dei casi sarebbe radiato dall'albo e condannato alla reclusione in carcere. Tuttavia, quest'ultima conseguenza si verificherebbe solo nel caso in cui si configurassero gravi estremi di reato, ma la vostra situazione non rientra in questa fattispecie. Siete due adulti consenzienti, oltretutto la tua condizione mentale, per quanto importante, non è invalidante né inficia la tua capacità di intendere e di volere.» Con un colpetto di pollice fece cadere la cenere che si era accumulata sull'estremità della sigaretta, poi aspirò una boccata incavando le guance e rigettò il fumo verso l'alto.

Fissai meticolosamente ogni gesto, assimilando le sue parole.

Una strana agitazione mi intorpidì la lingua e i pensieri; non volevo accettare la realtà per quella che era.

«No, cavolo!» schiamazzai, riprendendo lucidità. «Assolutamente no. Efrem non mi costringe a nulla, anzi, sono io che lo cerco... sono stata io a dichiarargli il mio interesse.» Quasi annaspai per la foga di discolparlo e di mettere in chiaro le cose sin dal principio.

Mitchell mi posò una mano sulla spalla per placarmi e spingermi a risedere composta. Il mio impeto battagliero non serviva a nulla. «Calmati, lo so, ma dimostrarlo a un giudice sarebbe un po' complicato per il solo fatto che lui è il tuo psichiatra, mi capisci? Efrem sarebbe condannato senza riserva.»

«Non segue direttamente il mio caso.» Continuai a spiegare le mie ragioni, impanicata. «Mi ha affidato alla dottoressa Ruiz e al dottor Nørgård, lui si limita solo a supervisionare il trattamento. Per intenderci: non si occupa di me come si occupa di Juliette o dei pazienti con patologie più gravi.»

«Fa comunque parte dell'équipe medica, Thea», mi contraddisse, dispiaciuto più di me nel mettere in evidenza che non c'era nessuna giustificazione plausibile. «A prescindere da quanto sia coinvolto nel tuo percorso terapeutico, una relazione che esula da un rapporto professionale è sufficiente a condannare il vostro comportamento. Intendo legalmente. Umanamente so che non state facendo del male a nessuno. Perciò voglio che tu sia prudente. È mio dovere tutelare lui, ma anche te.» Sentendo il mio respiro corto, afflitto, Mitchell mi lambì una guancia teneramente con la premura di un fratello maggiore anche se non era il suo il tocco che desideravo addosso. Non aveva su di me lo stesso effetto travolgente di quello di Efrem. «Se può consolarti non siete i primi a vivere questo interesse che travalica i limiti del *setting*. Negli anni si sono verificati numerosi casi, anche clamorosi, di relazioni sessuali intraprese tra medico e paziente. Non è un'eventualità della quale sono pregni solo i grandi romanzi letterari, pensa a Sabina Špil›rejn e alla sua relazione amorosa con Jung, ma anche alle esperienze reali di tanti colleghi. Ciò succede perché il medico – che spesso viene considerato una figura astratta, trascendentale, onnipotente contro la quale possiamo sfogare tutte le nostre frustrazioni – non è che un essere umano fatto di carne e ossa, sentimenti e pulsioni. Prova emozioni, desideri ed eccitazione esattamente come li proviamo noi. Dunque, il suo operato lo sottopone a una costante pressione psicologica tanto da interrogarsi, a volte in maniera ossessiva, su se stesso, la sua vita, la sua sfera sentimentale e personale.» Smise di accarezzarmi, reputando inopportuno un contatto fisico eccessivo, e continuò a fumare, con lo sguardo rivolto alla distesa verdeggiante di fronte a sé. I capelli biondi baluginarono sotto i riflessi del sole conferendogli uno charme celestiale. «Spesso Efrem mi telefona, si sfoga con me e quando noto che sta per perdersi nella sua oscurità cerco di riportarlo qui, alla realtà. Gli dico sempre che non ci sono corsi di formazione che possano insegnare a un medico come affrontare le molteplici dinamiche del proprio mestiere e che è difficile riconoscere in tempo quando collassa il *transfert* richiesto nella comune relazione medico-paziente a favore di un coinvolgimento più sentimentale. Purtroppo, se esistessero delle vere linee guida per evitare di innamorarsi, oggi né Efrem né alcuni dei suoi colleghi avrebbero commesso questi errori.»

Il suo discorso non faceva una piega, tuttavia avrei dovuto fare attenzione per proteggere me ed Efrem da eventuali ripercussioni gravi, soprattutto su di lui. Non me lo sarei mai perdonata se avesse perso il lavoro a causa mia.

«Sarò prudente», acconsentii abbassando il capo, sommessa. «Ci tengo molto a lui.»

Più del dovuto.

Avrei voluto dirgli che lo sentivo scorrere sottopelle, nel sangue, tra le ossa.

Che lo sentivo avvelenarmi il cuore, infettarmi la testa, infilarsi nell'anima e sradicare con violenza tutto ciò che non gli apparteneva, ma sarebbe stata una confessione troppo intima.

Non ero ancora pronta ad accettare ciò che continuavo a negare a me stessa.

«Ne sono sicuro.» Mitchell si levò in piedi, con la sigaretta ancora fumante tra le labbra. «Ora dovrei andare a recuperare Giselle. L'ho accompagnata per farle un favore.» Piegò il braccio per controllare l'orologio sul polso. «Ha detto che doveva parlare con Efrem ed è trascorsa quasi un'ora da quando è entrata nel suo studio. Credo abbia finito.»

Giselle? Nel suo studio? Da un'ora?

Quante cose avrebbe potuto fare in un'ora?

Per un secondo sperai di aver sentito male, ma quando realizzai che Giselle era davvero con lui, forse a intrattenerlo con qualsiasi altra attività che non fosse parlare, scattai in piedi dalla panchina. A causa dell'eccessivo slancio feci cadere per terra il mio pacchetto di sigarette e lo recuperai con un'imprecazione scurrile.

«Vengo con te», annunciai nervosa, incurante dell'espressione confusa che velò il viso di Mitchell.

Quella volta non sarei stata zitta ad assistere a una delle loro sporche carognate, altrimenti avrei sfondato la porta e mi sarei esibita in una bella scenata.

Le cose tra me ed Efrem erano cambiate.

Non era più un gioco né una sfida né un passatempo.

Quando li avevo spiati insieme, avevo incassato il colpo in silenzio soltanto perché non mi era ancora chiaro quanto fosse forte l'interesse per lui, ma dopo ciò che avevamo condiviso, dopo le sue giustificazioni, dopo la sua richiesta di vivere insieme il poco tempo che ci restava, non avrei più tollerato che si comportasse in quel modo con un'altra. Liliane meritava una considerazione diversa, il fatto stesso che era sua moglie non mi permetteva di avanzare alcunché, ma Giselle no. Era di troppo ed esercitava su di lui un'attrazione erotica particolare, perciò, dopo la telefonata della notte precedente, dopo essermi totalmente messa a nudo e svelata, non gli avrei permesso di sminuire tutto a causa della sua *amica*...

La rabbia era sempre stata il mio tallone d'Achille.

E in quel momento la sentii diramarsi dentro di me, incanalarsi nel cervello e spiritarmi le orbite.

«Thea? Aspetta... dove vai?»

Inferocita, superai Mitchell e mi incamminai verso l'ingresso della clinica, con l'istinto che strepitava e urlava, annuvolando la ragione.

Non mi importava di ciò che sarebbe successo, tantomeno di chi avrebbe assistito.

Se li avessi sorpresi in atteggiamenti osceni come l'ultima volta avrei combinato un casino.

Marciando spedita, entrai in clinica con ampie falcate e nel mentre percepii lo sguardo di Melanie seguirmi per tutto il tempo in cui attraversai la hall; la ignorai, imboccando il corridoio.

Prima ancora che raggiungessi lo studio dello stronzo sul quale avrei riversato tutta la mia collera, qualcuno mi anticipò: la porta si aprì e una donna ne varcò l'uscio.

Mi fermai all'istante.

Ovviamente mi ci volle poco per riconoscerla: era bella da mozzare il fiato.

Il suo provocante *sex appeal* era valorizzato da un abito champagne con un blazer leggero, le ciglia folte incorniciavano due gemme blu sfolgoranti, i capelli mogano erano disposti in un'acconciatura ondulata.

Alle spalle apparve una figura alta e imponente che la superava di almeno due teste. I suoi occhi cangianti mi scaldarono la pelle, tanta era la focosa luminosità che li distingueva, come se fossero due cristalli rari incastonati sull'avorio. Ovviamente l'aveva fatta passare per prima, com'era nel suo stile cavalleresco, o forse, dietro tanta galanteria, avrei dovuto pensare che si celasse il pretesto malfido di sbirciarle il fondoschiena.

Da Efrem avrei potuto aspettarmi di tutto.

Immobile, tra le raffinate statue che parevano assistere come una schiera di soldati dormienti all'incontro inatteso, osservai le guance colorite di Giselle, il sorriso radioso, la camminata flessuosa, un po' troppo ancheggiante, e infine lo sguardo languido, perso a vellicare i lineamenti duri del volto di Efrem. Non sembrava neanche cosciente di chi o cosa la circondava, tanto era distratta a contemplare l'uomo che le stava accanto.

Come biasimarla...

Efrem ostentava un carisma tutto suo, oscuro, crudele, letale.

La sua bellezza era capace di strusciarsi al corpo come una sgualdrina esperta e di persuaderlo a cederle con moine ammalianti.

Era una bellezza diversa dalle altre: ingannevole, impudica, invadente.

Carnale.

Elargiva sogni proibiti e incubi spaventosi.

Risvegliava i desideri più cupi e rivestiva la realtà dei segreti più indecenti.

Faceva male fissarlo troppo, tanto quanto faceva male non ammirarlo affatto.

Rivederlo dopo una settimana ribaltò ogni ingenua aspettativa.

Credevo di essermi abituata a lui, all'impatto devastante del suo corpo, a quello della brezza cupa e fredda che mi intirizziva la nuca quando mi guardava, a quello della sua anima che in qualche modo comunicava con la mia, l'afferrava con irruenza e la inchiodava di fronte alle mie torbide fantasie senza neanche toccarmi. E invece non era così: ogni volta mi sentivo debole, attaccabile, rivelata perché riusciva ad accendere delle pulsioni incredibili dentro di me e a farle emergere con un'aggressiva impetuosità.

Mi mancò l'aria per tutto il tempo in cui incedette nella mia direzione, in compagnia della sua amante, come se mi avesse derubata della capacità di respirare.

Mi resi conto solo vagamente di essere rimasta in silenzio anche quando si fermarono entrambi di fronte a me, aspettando che io proferissi parola o che, semplicemente, concedessi loro un saluto com'era doveroso per buona educazione.

«Buongiorno, Thea.» Giselle fu la prima a rompere quell'atmosfera catatonica, ma continuai a starmene muta, come impossibilitata a muovere le labbra. Efrem, invece, abbassò la testa scrutandomi da sotto le sopracciglia scure. Il suo sguardo era talmente glaciale e insistente che riusciva a spogliare chiunque delle proprie sicurezze e a sfidarne i limiti, piegandone ogni barriera difensiva. Sembrava completamente diverso dall'uomo passionale e sconcio con il quale avevo intrattenuto una chiamata erotica.

Mi stava fissando come se non fosse successo nulla, come se non avessi motivo di essere così tesa e turbata.

Alla fine cedetti, sopraffatta da una pressione che non potevo sostenere. «Buongiorno.»

«Tutto bene?» Giselle sbatté le palpebre accigliata, mostrandosi più gentile di quanto meritassi. Non tolleravo la sua presenza, non volevo neanche vederla accanto a lui. Per appurare che i miei sospetti fossero veri, spostai l'attenzione su Efrem mentre si passava una mano tra i capelli neri, per sistemarli all'indietro. Erano ben ordinati come ogni mattina, sebbene un ciuffo ribelle gli cadesse spesso a tagliargli una tempia. Con un'accurata disamina, scesi sulla camicia bianca, le cui maniche erano arrotolate fino ai gomiti, notando che il tessuto era leggermente raggrinzito sul torace. Proseguendo la mia lenta analisi, mi soffermai sulla tasca destra dei pantaloni eleganti, corrugando la fronte. Di primo acchito sembrava che la forma calcata dalla stoffa rievocasse quella di un cellulare o di un pacchetto di fazzolettini, ma la protuberanza era così poderosa da fugare subito quel dubbio: Efrem celava ben altro, qualcosa di più eloquente, un ingombro scomodo che a causa delle dimensioni raggiunte non gli era possibile nascondere.

La sua condizione mi confermò cos'era successo in quello studio e io divenni preda della rabbia più cieca.

«Non sai proprio tenere la 'bocca chiusa', vero?» Scattai verso Giselle dopo minuti incessanti di tensione, rompendo così l'armonia fittizia che credeva di aver instaurato con me; la donna trasecolò, sorpresa dal mio assalto.

«Dorothea.» Efrem fece un passo avanti, intento a intervenire ed eventualmente arginare qualsiasi reazione.

Si preoccupava per lei? O per me?

«Tu sta' zitto!» Sollevai un palmo per intralciarlo. «È imbarazzante quello che hai fatto.» Stropicciai le labbra in una smorfia contrita, dando per scontato che avesse di nuovo ceduto alle avances dell'amante.

Efrem mantenne il suo cipiglio austero, imperscrutabile, senza batter ciglio. D'altronde era una sua specialità quella di non perdere il controllo. «Stai assumendo un atteggiamento infantile.»

Quasi gli risi in faccia; reputavo molto più grave il *suo*, di atteggiamento, che non la mia momentanea istintività. «E tu sei irrispettoso!» urlai fuori di me.

Nel frattempo, Mitchell sopraggiunse alle mie spalle, captando all'istante l'alterco in corso tra me e l'amico.

Efrem inspirò profondamente, imponendosi di mantenere la calma. «Non alzare la voce.»

Certo, aveva timore che qualcuno potesse sentirci, per esempio Melanie, il signor Hunberct, qualche operatore di passaggio o, nella peggiore delle ipotesi, i suoi colleghi.

Mitchell si intromise, con tono benevolo. «Thea, non è il caso di...» Tentò di afferrarmi per una spalla, ma mi divincolai in tempo.

Ormai ero irragionevole.

«Non te ne frega niente di me, è questa la verità!» Non vedevo nessun altro che Efrem, fermo dinanzi a me, con quell'espressione impenetrabile che accresceva oltremodo il mio nervosismo. Era inintelligibile, impossibile da decifrare, tremendamente ammaliante e io non avrei voluto essere così suscettibile all'aura tenebrosa che gli gravitava attorno, attirando come una calamita infernale chiunque gli si avvicinasse. «Mi consideri una stupida. Vero?» Non attesi neanche una risposta, pronta a sbeffeggiare me stessa per esserci cascata. «Sai che ti dico? Ti *odio*! Cazzo. Ti *odio* davvero!» continuai, gettandogli addosso tutta la mia sofferenza. Ne avevo accumulata così tanta in quei due anni che, inconsapevolmente, Efrem divenne soltanto il capro espiatorio al quale decisi di addossarla per liberarmene e alleggerirmi il cuore. «Ti odio perché riesci a capirmi come nessun altro. Ti odio perché sono un libro aperto per te mentre io non so neanche cosa pensi. Ti odio perché sei salito sul mio pendolo a modo tuo, con quell'autorevolezza spaventosa che sottomette chiunque al tuo potere. Hai voluto oscillare con me e osservare dall'alto la mia vita di merda, privandomi dell'apatia con la quale vivevo fino a poche settimane fa. Preferivo non sentire niente, essere un involucro vuoto. Avevo imparato a non sentire neanche il dolore per la morte della mamma e a causa tua è riemerso tutto!» lo accusai furibonda, sull'orlo del pianto. «Adesso percepisco ogni emozione con troppa forza, con troppa intensità, tanto da non essere capace di gestirla. Ti odio perché quelle maledette emozioni le provo anche per te che dovevi essere soltanto una ruota panoramica. Uno come tanti, un fottuto giro elettrizzante del quale, il giorno dopo, mi sarei dovuta dimenticare. Un passatempo per sopravvivere tra queste quattro mura, un diversivo per i miei problemi. Invece ti odio perché sei diventato molto di più. Guardati...» Lo indicai, lasciando scorrere i miei occhi lungo tutto il suo corpo. Avrei voluto spogliarlo della sua elegante avvenenza, di quel vello sapiente e intrigante che era un fattore di attrazione potente e pericoloso; avrei voluto striare con le unghie la sua perfezione per renderla meno straziante, poiché al desiderio venereo si era aggiunto anche un calore strano all'altezza del petto. Efrem aveva la capacità di artigliarmi il cuore e di scuoterlo come una palla di vetro piena di corpuscoli bianchi, dimostrando così di esserne il padrone e di poterne fare ciò che voleva. «Avrei dovuto limitarmi a desiderarti come ti desiderano tutte le altre! E sappi che il tuo maledetto aspetto non è l'unica cosa che odio. Odio anche la tua mente, il tuo modo di esprimerti, la tua intelligenza e la tua sensibilità. Odio la tua gentilezza e odio anche la tua rudezza. Odio tutti quei pregi che per me non sono altro che difetti perché riescono a rendermi vulnerabile. Lo capisci?» seguitai imperterrita, trattenendo le lacrime. «Tu mi rendi *debole*.»

Perché io ero sempre stata forte.

Per una vita intera avevo rifuggito l'amore e con esso il dolore che ne derivava e invece era arrivato lui, come un fulmine a ciel sereno, a impiastricciare la mia oscurità di colori, a disegnare un arcobaleno su uno sfondo tempestoso, a tratteggiare la linea dell'infinito su un panorama tetro nel quale non c'era nulla.

Nel quale un tempo non vedevo nulla.

Si era permesso di riempire il vuoto di una beatitudine lussuriosa.

Era riuscito a placare il respiro dell'oceano in burrasca e a divellere le stelle adesso penzolanti di speranza. Era riuscito a rendere l'alba meno tiepida e il tramonto più avvampante.

Era riuscito a cullare la vecchia Thea, a risvegliarla e a mostrarle il mare.

Lo vedi, Sirenetta? Il mare è come un letto caldo che ti accoglie e ti scalda. Aspetta solo che tu impari a nuotarci dentro, sembrava sussurrarmi ogni volta che mi era vicino.

«Mi dispiace.» Efrem parve rinsavire da un sogno; le sue iridi scintillarono come lame al sole, un inaspettato turbamento macchiò la sua impassibilità. «Evidentemente hai frainteso alcuni miei atteggiamenti.» Arretrò per mettere distanza tra noi, una cupa freddezza fendette l'aria e una profonda crepatura sfaldò il nostro rapporto. «Credo sia meglio tu vada via.»

Giselle scattò a guardarlo, sorpresa quanto me dalla sua affermazione; Mitchell sospirò rassegnato, conscio che prima o poi sarebbe successo.

«Cosa?» mormorai a fatica, incapace di aggiungere altro.

Ero scioccata.

Efrem non fu esitante né dispiaciuto. Si riappropriò della sua austerità, cacciando via qualsiasi traccia di emozione per parlarmi con la meccanicità di un automa. «Provvederò io stesso a trovarti una clinica adeguata e un'équipe medica efficiente che possa tutelare la tua privacy. Chiamerò il signor Donovan in questi giorni per informarlo.»

La mia rabbia aumentò fino a straripare come un fiume in piena e a esondare oltre gli argini di un pacato confronto verbale.

«Non puoi farlo!» Mi avventai su di lui e lo spintonai con forza; le mie mani troppo piccole per la sua mole immensa impattarono contro l'addome che contrasse subito per attutire il colpo. Mi scagliai contro una montagna rocciosa, dura e irremovibile.

Efrem indietreggiò, non per il mio assalto, bensì per allontanarsi volontariamente da me. Evitò persino di toccarmi come se improvvisamente gli suscitassi disgusto o ribrezzo, dunque fu Mitchell a interporsi tra noi inducendomi ad arretrare. Diede le spalle al suo amico, coprendolo solo in parte, e cercò di riportarmi alla ragione.

«Thea, cosa ti ho detto prima?» mi rimproverò, deluso. «Sembra che tu ti sia dimenticata del mio discorso. Questa sfuriata, qui, di giorno e in presenza di altra gente, è davvero sconveniente, oltre che rischiosa.»

Efrem gli posò una mano sul bicipite per sospingerlo leggermente di lato. «Ci penso io», lo rassicurò, poi avanzò per inchiodarmi al suolo con la sua brutale autorità.

Non voleva che qualcuno interferisse, tantomeno il suo avvocato, poiché aveva stabilito di portare a termine quell'assurda discussione nel modo più crudele.

«Ho sbagliato a darti la possibilità di restare.» Mi guardò dall'alto del suo metro e novantatré, incurante dei miei occhi lucidi, dei coltelli con i quali mi stava trafiggendo. Sembrava un bastardo privo di scrupoli, spietato e determinato a respingermi. «Avrei dovuto mandarti via subito. Prima che ci fosse tutto questo malinteso. Tu non hai nessuna colpa, ovviamente. Volevo solo aiutarti a capire che ciò che consideri 'diverso' non è segno di stranezza, che i tuoi lati oscuri sono fonte di un'energia psichica che fa parte di te, della tua personalità, e che non devi averne paura. Tuttavia, ho commesso degli errori.»

Chi era la persona che mi stava parlando?

E cosa ne aveva fatto dell'Efrem premuroso e complice con il quale mi ero approcciata fino ad allora?

Per un istante pensai di essermi immaginata tutto.

Di aver vissuto una realtà parallela, utopica, nella quale avevo solo fantasticato su qualcosa che non era mai accaduto.

Sbattei le palpebre, colta da un lieve capogiro. Forse la permanenza lì dentro mi aveva fatto impazzire senza rendermene conto. «Che malinteso? Quali errori? Che cavolo stai dicendo?» La mia voce fu un urlo muto lanciato contro il nulla.

Stanco di quella diatriba inconcludente, Efrem mi superò, ignorando sia Mitchell che Giselle, per incamminarsi verso l'enorme scalinata che l'avrebbe condotto al piano superiore.

Ero così frastornata che la mia reazione fu tardiva ma inevitabile. Lo rincorsi, affannandomi per stare al suo passo. Lui era troppo veloce rispetto a me, un gigante sotto il quale il pavimento tremava. Vederlo andarsene tra i maestosi capitelli, sui quali si ergevano le statue di antiche figure mitologiche, fu quasi una scena onirica: una divinità superiore al cui passaggio anche dèi e Titani, forze primordiali del cosmo, avrebbero voluto prostrarsi riverenti, sottomessi al terrore che suscitava. Neanche un intervento divino e ordinatore sarebbe stato in grado di riportare la quiete nel suo animo. Efrem era stato inabissato dal caos: un disordine tumultuoso che aveva destabilizzato il suo controllo ossessivo e che lo aveva gettato nella confusione più totale.

«Non ho finito, stronzo!» Le mie urla rimbombarono per tutto il corridoio, indice di una perseveranza che non ammetteva paura, tuttavia neanche quello servì a rallentarlo. Non demorsi e non mi scoraggiai. «E smettila di trattarmi come una paziente qualunque!»

«Tu *sei* una paziente qualunque, Dorothea!» Quando si voltò lo fece con così tanta violenza che sobbalzai, come colpita dall'onda d'urto di un'esplosione. L'avevo visto rare volte imbestialito, non accadeva quasi mai che si lasciasse vincere dalla rabbia. Mi feci piccolissima e, a causa dello spavento, andai a sbattere di schiena contro la modanatura di una colonna; i polmoni si serrarono ed emisi un guaito di dolore. Efrem abbassò lo sguardo sulle mie labbra arricciate; un lampo di preoccupazione dissipò la tempesta nei suoi occhi alteri, per un attimo parve volermi accarezzare o abbracciare, ma ben presto la furia tornò a divampare con veemenza, spazzando via ogni rimasuglio di bontà. «E dovresti darmi del *lei* anziché rivolgerti a me come a un tuo amichetto d'infanzia!»

Piena di orgoglio, cercai di non dargli a vedere quanto stessi male per il suo modo di trattarmi, non era da lui, o forse era un lato del suo carattere che ancora non conoscevo e che, pian piano, stava venendo fuori. «Non capisco perché...» Le parole si persero nel respiro irregolare, rotolando confuse sulla lingua. «Non capisco perché...» Non riuscii a concludere, tremando come una foglia. Avrei voluto impedirmi di mostrarmi così abbattuta, ma tutto ciò che feci fu chiudermi in me stessa e zittirmi. Nonostante percepissi l'ira di Efrem brulicarmi attorno, graffiarmi la pelle e osteggiare qualsiasi mio tentativo di fuga, mantenni lo sguardo fisso nel suo per comunicargli le mie domande inespresse: *perché mi hai baciata? Perché mi hai chiesto di non sprecare il tempo che ci resta? Perché mi hai dato il tuo numero? Perché mi salvi ogni volta che sto per cadere? Perché rimetti insieme i miei pezzi quando mi rompo?*

Perché mi hai costretta a vivere quando volevo morire?

Perché mi mostri il cielo se sai che le mie ali sono spezzate?

Non sono abbastanza forte; non sarò mai come un colibrì.

Non esiste nessun Sole per me.

Smettila di farmelo credere.

Efrem ascoltò il mio silenzio, lo interpretò e comprese tutto ciò che non fui capace di esporgli poiché lo vidi tornare da me, a quel *poco* che avevamo condiviso, a quel *niente* che avevamo costruito, e le sue iridi riassunsero la colorazione luminescente, tersa, bruciante che per quegli attimi di follia era stata offuscata.

I demoni si erano placati, la belva si era nutrita di un piccolo assaggio di umiliazione e, benché non fosse stata del tutto soddisfatta, decise di rintanarsi più a fondo possibile permettendo a una fioca fiammella di rischiarargli la ragione.

«Vuole che glielo spieghi io, signorina Jensen?»

Efrem indietreggiò e si voltò subito quando il dottor Markus scese adagio le scale, abbigliato col suo camice bianco che accresceva la raffinatezza e la compostezza del portamento. Sebbene ostentasse sempre una pomposa gentilezza nel porsi, questa celava la pericolosità di un'ascia mortale. Gli bastava un colpo netto per recidere l'anima dei suoi ospiti, senza alcuna pietà. L'oscurità che emanava il padre era diversa da quella del figlio: non era un oblio mesto o negletto nel quale le ombre inseguivano la luce, cercando una parvenza di equilibrio tra bene e male.

Era peggiore.

Era come una brina fitta e inquietante in cui non c'era spazio per nulla: i sentimenti erano disattesi, la luce invisibile, il bene inesistente.

C'era solo il male che, come una melma vischiosa, si appiccicava a tutto ciò che lo circondava.

Oggetti e persone... ne imbruttiva l'aspetto e ne sporcava l'essenza.

«Ahimè, non ho ascoltato la vostra conversazione dall'inizio.» Si fermò nel bel mezzo del corridoio, a pochi metri da noi. Se non fosse stato per la chioma brizzolata e le rughette evidenti che ne accentuavano la maturità, fisicamente vantava ancora il vigore di un uomo molto più giovane. «Ma ho potuto coglierne i dettagli più importanti. È opportuno rivolgersi a tutti i medici presenti in questa clinica con la dovuta educazione, inoltre non è auspicabile urlare, ribellarsi o mancare di rispetto come ha fatto lei, poc'anzi. L'ho sentita strillare dal mio studio.» Puntò i suoi occhi verdi su di me e la pelle sembrò lacerarsi laddove si posarono. Erano tetri, pletorici, dissimulanti, embrioni di chissà quali insidie, imparagonabili a quelli splendenti di Efrem. «Per quanto riguarda il vostro 'malinteso', sono certo che mio figlio saprà spiegarmi cosa intende e che lei ha interpretato in maniera inesatta la convivenza pacifica che è richiesta in questa struttura, soprattutto tra medici e pazienti. Sono sicuramente ammissibili l'empatia, la comunicazione, lo scambio di emozioni, il dialogo e la comprensione, mentre non lo è affatto un rapporto che possa essere declinato in una forma di relazione differente. Nel caso in cui ciò accadesse, il medico coinvolto ne subirebbe le conseguenze e lei sarebbe allontanata immediatamente dalla clinica. C'è qualcosa che ancora non le è chiaro?» mi domandò, irridente. «Vuole forse ulteriori delucidazioni?»

Avrei voluto mandarlo a quel paese, con un bel dito medio, tuttavia ero sconvolta dalla discussione avvenuta con Efrem; mi sentivo spossata, svigorita, fiacca. Desideravo solo tornarmene in stanza e concedermi una lunga dormita.

«No», mi limitai a ribattere.

Il dottor Markus avanzò fissandomi con un morboso disprezzo, come se avesse voluto staccarmi la testa dal collo.

«Ne è sicura?» Più si avvicinava, più sentivo l'aria appesantirsi e la bile in gola soffocarmi. «Mi creda, so essere anche più esaustivo di così.»

«Ha capito. Basta», lo fronteggiò Efrem, indurendo la voce per fargli intendere di non esagerare. «*Ist alles klar*», soggiunse con un tedesco greve, piazzandosi davanti a me a mo' di protezione. Tutto ciò che vidi fu la sua ampia schiena e le spalle poderose che superavano solo di pochi centimetri quelle del padre. Il battito del cuore accelerò quando il suo profumo di cedro e bergamotto mi avvolse come un abbraccio virile nel quale sentirmi al sicuro.

L'uomo da cui, poco prima, sarei scappata, in quel momento divenne il mio più leale salvatore, poiché avrebbe appeso per la collottola il dottor Markus se avesse continuato a parlarmi con tanta sufficienza.

«*Wenn du das sagst.*» Non sapevo cosa avesse risposto il padre, ma il suo tono fu carico di una tagliente ironia. «Mitchell, raggiungimi nel mio studio tra mezz'ora», ordinò perentorio mentre, come una bambina, cercavo di sporgermi di lato per sbirciarlo, accontentandomi di intravedere soltanto un pezzetto del suo camice. «Con te, Efrem, parlerò appena terminerai il turno. E sei pregato di non farmi aspettare», sentenziò, prima di girarsi e avviarsi verso le scale.

Non ebbi neanche il tempo di sospirare che Efrem si voltò nella mia direzione; reclinai la testa per osservarlo e la sua durezza ebbe il potere di farmi incurvare le spalle, pressate da un macigno schiacciante. Senza alcuna traccia di indulgenza, indicò un punto ben preciso con un cenno sbrigativo. «Torna in camera, Dorothea. Oggi la tua bella sceneggiata mi costerà cara.» Si strofinò una mano sul volto, come a ripulirlo da tutte le questioni che avrebbe dovuto risolvere, poi lasciò ricadere il braccio lungo il fianco e scosse la testa, contrariato. «E per giunta dovrò essere convincente o passeremo guai seri...»

Non riuscii a dire nulla, né a giustificarmi o a difendermi.

Non ebbi neanche il coraggio di salutare Mitchell e Giselle, d'altronde tutto era iniziato dalla mia reazione di gelosia verso quest'ultima.

Speranzosa, cercai nello sguardo di Efrem un briciolo di comprensione, qualcosa che ancora ci legasse e che potesse farmi credere di non averlo allontanato per sempre, di non averlo spinto di nuovo a ergere un muro verso di me, ma non scorsi niente.

Si era barricato nel suo mondo criptico, in una bolla di vetro, dietro una barriera trasparente dalla quale riuscivo a vederlo senza percepire nessuna delle sue emozioni.

Era gelido come una lastra di ghiaccio.

Quando chiuse le palpebre e si concesse qualche minuto di riflessione, compresi il mio enorme sbaglio.

Di quel meraviglioso agglomerato di colori che lui era riuscito a mostrarmi, non era rimasto null'altro che dei riflessi ormai affievoliti, una cocente amarezza a imbrattarne il candore…

E tanta, tanta delusione.

Le ore seguenti furono terribili.

Avevo perso il conto di quanti messaggi gli avevo inviato. Almeno uno ogni trenta minuti, e tutti diversi.

Thea: *Efrem, scusami.*

Thea: *Potresti rispondermi?*

Thea: *Non volevo reagire così d'impulso.*

Thea: *Non so cosa mi sia preso, davvero.*

Thea: *La rabbia è un mio terribile difetto.*

Chiusa in camera, seduta sulla poltroncina, col sedere appoggiato su un malloppo di indumenti disordinati, continuai a scorrere l'elenco dei miei inutili tentativi d'approccio.

Thea: *Com'è andata con tuo padre?*
Potresti chiamarmi? Oppure non puoi? Certo che non puoi…

Mi misi una mano in fronte per la stupidità di quell'ultimo SMS, e a giudicare dai successivi non ce n'era nessuno migliore.

Thea: *Avrei dovuto parlarne con te in privato... di Giselle, intendo.*
Di quello che c'è tra voi.
Credimi, mi dispiace.
Ho perso la testa, ogni tanto mi succede.

Non era assolutamente vero; con Andy non mi era mai accaduto di cedere alla gelosia, non ne avevo mai avvertito i sintomi prima di quella disastrosa giornata.

Thea: *Ricordi quando ti ho detto che sono un totale disastro?*
Ecco... ora pensi ancora che piacerò al mondo?

Rabbiosa, raccolsi una lacrima dalla guancia; non piacevo neanche a chi mi stava accanto e nutriva una sorta di affetto per me, figurarsi a una moltitudine di persone. Scappavano tutti, temevano sempre di essere feriti, illusi o di ricevere delle pugnalate.

Alla fine avevano ragione.

Quello che era successo alla mamma era dipeso *da me*, la sofferenza di Andy era dipesa *da me*, quello che mi aveva fatto Blake Harris era dipeso *da me*.

Ricaddi di nuovo nel vortice delle mie convinzioni malsane; mi venne voglia di infilarmi due dita in bocca e vomitare, ma non avevo nulla nello stomaco da rigettare, soltanto angoscia e veleno.

Avevo perso il controllo di me stessa, perché lo avevo ceduto a lui. Glielo avevo messo tra le mani, gli avevo concesso il potere di plasmarmi, ridimensionarmi, ricrearmi e quello era stato il risultato: sofferenza.

Si cela sempre la sofferenza dietro ogni attimo di felicità.

Non hai il tempo di viverlo che il destino, come un cecchino impietoso, è pronto a colpirti dritto al cuore.

Questo è il grande inganno della vita.

E io ci ero cascata appieno, trascinando Efrem con me.

Forse avrei dovuto considerare la situazione da una prospettiva diversa: la vera ruota panoramica ero io; lui la vittima che, per quel maledetto giro al quale lo avevo quasi costretto, stava rischiando di pagare le conseguenze a caro prezzo.

Con gli occhi velati dalle lacrime, guardai il fagotto che avevo preparato sul letto. Un semplice zainetto con dentro pochi effetti personali: la mia scimmietta, alcuni top e pantaloncini, i *choker* e gli anfibi vecchi.

Mi ero arrovellata sul da farsi per ore incessanti, valutando di commettere l'ennesima follia.

Come sarei riuscita a scappare?

Avrei dovuto improvvisare un piano sperando di scavalcare il cancello d'ingresso dato che, tutt'attorno, la clinica era circondata da una muraglia troppo alta. Il problema era che, nel mio stato debole, non avrei potuto correre per chilometri interi, oltretutto le guardie armate – Alf e Thomas – non erano appostate lì a caso e, contro una ragazzina come me, avrebbero vinto senza grandi sforzi.

Con un ringhio frustrato mi alzai dalla poltrona e scaraventai a terra lo zainetto, urlando.

Urlai. Urlai. Urlai finché la gola raschiò, gli arti tremarono e le tempie cominciarono a pulsare.

Sfogai tutto ciò che avevo dentro, cadendo sulle ginocchia con le mani infilate tra i capelli.

Mi sentivo in trappola.

Segregata nella prigione della mente che non faceva altro che suggerirmi idee malsane, distorcere tutto ciò che vedevo, ledere il mio corpo e torturarmi.

Soltanto con Efrem mi sentivo meglio e volteggiavo gioiosa nella mia *diversità*, perciò, se davvero avesse deciso di mandarmi via, proprio ora che stavo facendo dei piccoli progressi nel percorso terapeutico, mi sarei rotta ancora. Sarei crollata, inducendo me stessa all'autodistruzione e la vecchia Thea a nascondersi di nuovo nel suo angolino infernale, negandosi qualsiasi aiuto.

Pregai che rivalutasse la sua decisione, che mi desse una seconda possibilità, perché non avrei mai voluto ledere la sua reputazione o il suo lavoro.

Mai.

Ero istintiva, a volte un po' infantile, divorata dalla rabbia e dal dolore, avevo addosso ancora le ferite del passato, dolorose e sanguinanti, oltretutto sapevo che avrei dovuto imparare tanto, crescere, maturare, tuttavia non c'era traccia di malvagità in me. Nonostante la mia anima fosse scheggiata, lesionata, rattoppata in più punti, preservava una parte profonda, pura, incontaminata che emergeva solo con chi amava.

E quando amava.

Il trillo del cellulare mi riscosse.

Con gli zigomi umidi, le palpebre gonfie e arrossate, mi trascinai ginocchioni sul pavimento fino a raggiungere il letto e tastarlo per recuperare il telefono. Sbloccai il display nella speranza di trovare una risposta di Efrem, ma rimasi delusa nel notare che si trattava di una notifica di Instagram della quale non me ne fregava nulla. Lo rigettai tra i cuscini e piegai la testa sugli avambracci, restando appoggiata coi gomiti sulla sponda. Probabilmente lui non mi avrebbe più rivolto la parola. Era troppo severo, inflessibile e, a dir poco, cocciuto. Sarebbe stato difficile fargli cambiare idea, forse non contavo nulla per lui e tutto quello che aveva fatto per me e soprattutto *con* me era servito solo ad aiutarmi senza alcun fine sessuale o sentimentale.

Eppure...

Era stato coinvolto anche lui, mi aveva baciata con passione e mi aveva toccata con lo stesso ardore; mi guardava, mi respirava, mi accarezzava, mi abbracciava, mi sussurrava desideri che non appartenevano a un uomo disinteressato.

E anche il suo corpo aveva più volte manifestato, in maniera piuttosto evidente, l'attrazione per me: ne avevo percepito addosso la tensione, il vigore, l'elettricità, la torbida perversione. La smania che, come una bestia efferata, ringhiava e si agitava dentro di lui, ossessionata dalla voglia di spogliarmi, di leccarmi, di mordermi, di entrarmi dentro e divorarmi.

Una vampata tremula al basso ventre mi fece sospirare e serrare gli occhi.

La carne gridava il suo tocco, ne bramava le dita e le labbra; mi sarei ridotta in cenere per lui e gli avrei permesso di condurmi fino agli astri se avesse voluto. Sospettavo che quella libidine feroce, corrotta e sbagliata, che piegava i nervi, incendiava i sensi e ci rendeva furiosi fosse una delle ragioni per cui era così nervoso.

Anche lui, come me, stava patendo quell'atroce castigo.

Di nuovo, lo scampanellio acuto mi avvertì dell'arrivo di un messaggio. Sollevai la testa, sentendola leggermente pesante, e allungai un braccio per afferrare l'aggeggio che speravo, almeno quella seconda volta, avesse qualcosa di interessante da mostrarmi.

Quando dall'anteprima dello schermo lessi il nome del mittente, sgranai gli occhi, illuminandomi come se fossi tornata in vita, e in fretta, col pollice goffamente tremolante, lo aprii per leggerne il contenuto:

Efrem: *Mi è stato insegnato che l'amore conduce alla pazzia.*
Ma io le psicosi non me le procuro. Le curo.
Farmi innamorare è un maledetto ircocervo.
Amerei solo se riuscissi a liberarmi del tempo.
E, ahimè, è impossibile…
Perché un uomo non può eliminarlo dalla sua esistenza.
Ricordalo, piccola Dorie.

E. K.
La mia mogliettina

Berlino, 26 settembre

Non cercate l'amore laddove
non siete liberi di essere voi stessi.
EFREM KRUGHER

SARÒ sincero: sono un po' inetto nel descrivere ciò che provavo per le donne.

So che, da *guter Mann*, dovrei impegnarmi a sorprendervi con qualche poeticismo studiato *ad hoc*, ma mi capitano giorni, come oggi, in cui sono leggermente pigro, un bradipo che con estrema abulia resta beatamente accoccolato al suo albero della fannullaggine; perciò, se dovessi stilare un elenco di aggettivi per presentarvi la mia Lili, non sarei in grado di rendere al meglio l'idea che avevo di lei.

Userò un metodo del tutto anticonvenzionale per farvela immaginare: pensate al brano *Für Elise* di Ludwig van Beethoven. È una bagatella leggera, senza troppe pretese, composta da accordi delicati e fluidi, ma così coinvolgente da assurgersi a capolavoro.

Se dovessi paragonarvi Liliane a un'opera musicale probabilmente vi prenderei come riferimento proprio *Für Elise*. Tuttavia, prima di raccontarvi come la conobbi e come nacque la nostra relazione, è preferibile fare qualche passo indietro e ripercorrere la fase della mia nevrastenia alla quale ho fatto cenno qualche pagina fa.

Quando mi specializzai in psichiatria – dopo un percorso lungo e decisamente estenuante –, a discapito dei filoni di pensiero che venivano quasi sempre seguiti dai miei colleghi, io fui affascinato dalla branca olistica che, tuttora, include una visione completamente innovativa della cura dei disturbi mentali al punto da considerare il trattamento farmacologico una soluzione ultima o integrativa ad altri rimedi. Non vi tedierò troppo con questioni e argomentazioni complesse, mi limito a dirvi che, grazie al contributo delle neuroscienze e alle acquisizioni neurobiologiche, la psichiatria ha potuto evolversi – per capirci meglio *umanizzarsi* – coinvolgendo nuovi criteri diagnostici e attribuendo maggiore importanza all'insieme delle condizioni che contribuiscono ad accrescere, aggravare o migliorare un disturbo psicofisico. Ho sempre pensato che curare un paziente con la classica metodologia tirannica – troncare i suoi contatti sociali, imbottirlo di farmaci innescando in lui una dipendenza, esercitare sulla sua persona un controllo smodato – avrebbe potuto allontanarlo dall'essenza della vita, avrebbe congelato la sua capacità di espressione o di accettare e interiorizzare le emozioni. Quindi lo avrebbe indotto a dimenticare di avere un'anima, cos'è la fiducia verso se stessi, qual è la propria verità, la cui risposta è nascosta solo dentro di noi e non al di fuori. Uno dei miei motti attuali è: «Attento alla pastiglia che il cervello ti intortiglia». Perciò, contrariamente alle preferenze di mio padre che apparteneva alla classe dei medici affetta da manie ossessive per la terapia farmacologica, intrapresi una strada del tutto diversa e cominciai ad analizzare le parti emozionali dell'essere umano, a decodificare i segnali lanciati dal malessere patologico e a valutare la cura dell'anima come una potenziale soluzione a ristabilire l'energia psicofisica necessaria alla salute. Ciò che a me interessava nell'approccio a un mio paziente era comprenderne il vissuto, ascoltarne la storia personale, insegnargli a prendersi cura di sé, a capirsi e ad amarsi.

Con questo non sto affermando di aver espletato al meglio la mia funzione, di non aver mai sbagliato o di essere un esempio da emulare per i miei colleghi – anzi, di errori ne ho commessi parecchi, e la piccola Dorie è stata uno di quelli –, ma ho sempre tentato, mio malgrado, di proteggere i miei pazienti, di salvarli e di accogliere le loro emozioni, positive e negative.

Chiaramente le più preponderanti, soprattutto nelle sedute individuali, erano quelle negative che, in ogni interazione, assorbivo e contenevo dentro di me come forma di autopunizione per ciò che era accaduto a Engel.

E questo è uno dei passaggi cardine che vi condurrà alla comprensione della mia nevrastenia.

Purtroppo, non sempre le ferite che ci causano molto dolore si rimarginano con facilità: la perdita di mia madre era stato l'epicentro dal quale fino all'età adulta si era diramato quel senso di nostalgia e bisogno di cui ero stato privato in tenera età; a seguire, la morte della mia prima fidanzata aveva alimentato una sofferenza, apparentemente superata, acutizzandola così tanto da indurmi a ricercare nella perversione sessuale il modo per attenuarla. L'*Himeros* era stato per anni il luogo in cui avevo trovato rifugio, nascondendomi dietro la comoda menzogna di studiare le parafilie mentre io stesso ne venivo risucchiato, sviluppandone o, dovrei dire, scoprendone a mia volta *una* la cui radice si era abbarbicata a me sin da bambino: la dacrifilia.

Non lasciatevi spaventare da questa parolona – δάκρυ e φιλία in greco significano rispettivamente lacrima e amore –, ma affronteremo l'argomento quando vi svelerò quale fu la reazione di Lili alle mie confessioni...

Concentriamoci invece sulle emozioni e il loro ruolo; sostengo da sempre quanto siano importanti benché io stesso abbia tentato spesso di scappare dal sentire emotivo finché, da adulto, ho compreso che non possiamo ignorare ciò che siamo né gli eventi che ci recano sofferenza.

Adesso è facile analizzare con voi il mio passato, ma quando sei troppo giovane la soluzione non è mai così immediata. Da ragazzino, più crescevo con un padre difficile, più mi barricavo dietro una muraglia invisibile che mi allontanava da chi ero davvero e non mi aiutava ad affrontare il mio dolore – considerate che Markus non condivideva la corrente di pensiero olistica, sottovalutando la cura dell'anima –, perciò continuavo ad affidarmi a delle strategie di sopravvivenza completamente errate, tolte le quali credevo sarei morto. A tutto ciò si aggiungeva una rigida educazione, della quale vi ho già parlato, associata a punizioni violente che nel corso dell'adolescenza hanno creato un ambiente devastante e insano, trasformandomi nell'individuo astruso che sono oggi.

Un figlio deve essere amato nel modo giusto per impedirgli di subire una disgregazione interiore che possa condurlo all'infelicità, e purtroppo nel mio caso sono stato amato in una maniera distorta, o, forse, non sono stato amato affatto. Sono stato generato e plasmato secondo le esigenze di un padre che mi avrebbe voluto a sua immagine e somiglianza. E, sebbene non sia riuscito a raggiungere il suo obiettivo, ho addosso, dentro di me, ancora le tracce della sua malsana influenza.

Tracce che sono emerse con forza dopo i trent'anni quando ho cominciato a sviluppare i primi sintomi di un esaurimento nervoso. Ho sempre lavorato tanto, ho sempre cercato di rispettare i miei doveri, di assumermi la responsabilità della mia professione, di impegnarmi a essere un uomo serio prima che un medico qualificato, tuttavia il turbamento provocato dall'ascoltare, curare e incanalare le problematiche dei pazienti, la stanchezza fisica e psicologica, i turni lavorativi spesso massacranti, le pressioni di Markus mi avevano condotto a uno stress eccessivo. Ho iniziato a soffrire di attacchi di ansia, sbalzi d'umore, pensieri depressivi – persino allucinazioni –, perdendo entusiasmo anche per le attività che solitamente ritenevo piacevoli, come suonare, passeggiare al parco, uscire con una donna o farci sesso; continuavo a svolgerle, ma senza alcun coinvolgimento.

Come un fantoccio senza cuore, ricordo con un sorriso mesto uno dei primissimi poussée linguistici rivoltimi dalla mia ribelle bambina...

Vi sto parlando con tanta dovizia della nevrastenia poiché, non essendo considerata un'entità diagnostica distinta, essa è classificata come un disturbo somatoforme indifferenziato. In sostanza, una condizione spesso caduca e improvvisa che, per le sue complicazioni nelle relazioni private e sociali, necessita di un percorso psicoterapeutico e di una pausa che possa permettere a chiunque ne soffra di arginarla e superarla. A trentatré anni, fu necessario allontanarmi dall'Asklepios, pertanto tornai in Germania per affidarmi alle cure di uno psicoterapeuta a quel tempo noto, il dottor Jürgen Schultheiss – un emerito cazzone tarchiato, coi capelli biondo cenere e i baffetti Chevron – che pensò bene di affiancare alla psicoterapia un trattamento farmacologico a base di rarissimi sedativi ipnotici, farmaci alquanto obsoleti, dai quali ovviamente divenni dipendente e il cui consumo oggi per fortuna è stato ridotto a causa della loro tossicità.

I più attenti si staranno chiedendo: ma dottor Krugher, lei è uno psichiatra olistico e si è lasciato infinocchiare da un collega con tanta facilità?

Ebbene... in quel periodo ero a stento capace di alzarmi dal letto e lavarmi, avevo scarso interesse per tutto, fuori di casa mi sentivo disorientato preferendo confinarmi tra le mura domestiche senza neanche recarmi al lavoro. Insomma, non ero minimamente in grado di ragionare con lucidità su ciò che fosse adeguato o dannoso per la mia salute, sicché non mi resi conto di come il medico al quale mi ero rivolto – attenzione: famoso per la sua inappuntabile bravura – mi stesse quasi intossicando con la tipologia di ansiolitici prescritti.

Il trattamento durò circa otto mesi, piano piano riuscii a migliorare e a riacquistare la dovuta cognizione su chi mi stava curando e in che modo. Non attesi neanche di concludere il percorso stabilito che smisi di presenziare ai colloqui con il dottor Schultheiss, cancellai il suo numero di cellulare e tentai di riprendere in mano la mia vita. Innanzitutto, interruppi l'assunzione dei sedativi a favore di farmaci più adeguati e meno invasivi, dopodiché aspettai ancora qualche mese prima di tornare in America e nel frattempo mi concessi il viaggio in Francia.

Qui vi ho già esternato la disavventura con Isabel, in seguito alla quale riemersero gli attacchi d'ansia che aggravarono la mia condizione incitandomi a restare a Parigi per altre settimane.

Malgrado avessi la possibilità di acquistare tutti gli appartamenti che volevo, decisi di non trincerarmi in nessun luogo in particolare. Ero un uomo che fuggiva ogni giorno dalla noia, amavo visitare, esplorare, spostarmi di qua e là, perciò ritenni sufficiente affittare una stanza d'albergo in base alle mie esigenze. In quel periodo, in una sera d'autunno, addentrandomi in una galleria d'arte, mi persi a osservare, con un certo interesse, la riproduzione di un'opera a tema mitologico intitolata *Ila e le ninfe* di John William Waterhouse realizzata da un artista contemporaneo. La particolarità che mi colpì fu che rappresentava le Nàiadi, le ninfe delle acque dolci, mentre emergevano da un lago, nude e bellissime, per accerchiare il giovane Ila chino per bere. Il mito narra che lo scudiero, nato egli stesso dall'unione di Teiodamante con una ninfa, fu subito notato dalle fanciulle e afferrato da una di loro per essere baciato e trascinato nell'oscurità della sorgente; egli non fu più ritrovato né si scoprì con esattezza che cosa gli fosse capitato.

Probabilmente era annegato.

Piccola Dorie, se tu fossi qui, sapresti espormi un'interpretazione accurata di ciò che accadde al povero Ila, o sbaglio?

Certo che sapresti farlo; probabilmente ti saresti già seduta sulle mie gambe – se chiudo gli occhi riesco ancora a sentire il culetto sferico premermi contro il basso ventre – e con quel tuo sorrisino furbetto mi avresti sussurrato che Ila era morto perché non era riuscito a contrastare l'ardente zelo della ninfa, che si era lasciato irretire come un idiota, cadendo nella trappola dell'inganno, infine avresti replicato lo stesso gesto: mi avresti avvolto un braccio attorno alla nuca e ti saresti sporta a succhiarmi le labbra, ma, ingorda come sei, non ti saresti accontentata di un miserabile e casto bacetto.

Guarda che combini, kleines Äffchen... mi distrai anche quando dovrei parlare di altro!

Riprendendo la mia narrazione esattamente dalla mostra, fu quella sera che inaspettatamente, mentre elucubravo sulla tela dinanzi a me, una donna mi si avvicinò chiedendomi in tono cordiale se stessi bene.

Una domanda insolita, soprattutto se udita da una perfetta sconosciuta, tuttavia compresi subito il motivo della sua curiosità: le mie sclere arrossate e lucide come se fossi sul punto di piangere; in realtà si trattava della fotofobia causata dalla forte illuminazione della galleria. Sovente, chi era ignaro del mio problema credeva che fossi un uomo sensibile e di conseguenza suscitavo una sorta di affascinante empatia in chiunque. In tutta onestà non mi dispiaceva apparire così innocuo; d'altronde quella finta ingenuità mi aiutava a celare la mia depravazione dietro un'avvenente rettitudine superiore a qualsiasi sospetto.

Quando mi voltai verso la voce gentile che aveva volutamente attirato la mia attenzione, la meravigliosa *femme* che mi ritrovai davanti mi fissò dapprima gli occhi – non vorrei apparirvi vanesio, ma nessuna resiste alla loro malia misteriosa – dopodiché la bocca che incurvai in un sorriso predatorio. La rassicurai sul fatto che stavo benissimo e le spiegai che soffrivo di una forma anomala di intolleranza alla luce, e da lì cominciammo a chiacchierare, arrivando a presentarci con una stretta di mano. La donna mi rivelò di chiamarsi Liliane Depardieu, un nome conosciuto che mi balzò nella mente come famoso, decisamente famoso. Era una delle pianiste più note al mondo, alla quale erano stati attribuiti numerosi riconoscimenti; aveva persino scritto un libro autobiografico intitolato *La musique est le son de l'âme*. La scrutai con circospezione, alla ricerca di quei dettagli che avrebbero dovuto suffragare la mia teoria, ma il taglio dei capelli diverso – un elegantissimo caschetto biondo – e le iridi molto più chiare di quanto sembrassero in foto o in televisione mi depistarono, finché fu lei a porre fine a ogni dubbio e a confermare la mia agnizione.

La scoperta di avere di fronte a me una delle musiciste più ammirate degli ultimi tempi avrebbe dovuto suscitarmi una naturale soggezione o un minuzzolo di imbarazzo, invece non persi la mia virile sicurezza e rimasi tranquillo a conversare, sfoderando anni e anni di autocontrollo che neanche Madame Depardieu avrebbe potuto fendere.

Che fosse proprio quella spudorata padronanza a intrigarla oltremodo?

Liliane mi parlava con un'espressione svagata, quasi imbambolata; le guance raffinate e femminili assunsero via via un colorito avvinazzato, le movenze divennero più soffici e seducenti e ogni tanto, tra un argomento e l'altro – tutti convenevoli iniziali che non mi spreco a descrivervi –, mi posava una mano sul braccio in un timido tentativo di approccio dietro al quale percepivo una forte tensione mentre io le osservavo, da vecchio volpone, il profilo morbido con le labbra porporine e il naso sottile, scendendo con astuta prudenza sul seno avvolto da un maglioncino bianco aderente e semicoperto da un trench doppiopetto color cammello.

Era delicata e sofisticata, diversa dalle amanti con cui mi intrattenevo all'*Himeros*; non c'era nulla di insolente o trasgressivo in lei, bensì una bellezza pura, un portamento leggero e un'armonia dei lineamenti che avrebbero offuscato le migliori opere d'arte presenti in quella galleria.

Riconoscevo subito le donne come lei, erano le più impegnative: sarebbe stato impossibile calarle le mutandine se non fossi stato educato e paziente. Liliane desiderava essere portata a cena fuori almeno una volta a settimana, ricevere minimo tre chiamate al giorno quando eravamo lontani, sentirsi unica e importante poiché associava il sesso all'amore. Insomma... non si sarebbe mai spogliata per qualcuno senza che vi fosse il presupposto di un sentimento corrisposto, neanche se quel qualcuno fosse stato un esemplare maschile altamente attraente come me.

Dopo la sera della mostra decidemmo di rivederci, o meglio, la invitai a uscire; lei – in seguito a un forzato atteggiamento renitente con cui finse di pensarci – mi lasciò il suo numero con una risatina nervosa, sperando che non sparissi e che le mie parole non fossero state vane.

Furono sufficienti circa tre o quattro appuntamenti per comprendere a fondo la nostra diversità; Lili era una sognatrice che credeva fortemente nel vero amore, a differenza mia che sull'amore avevo una tesi del tutto pessimista e disillusa. Lei prediligeva i rapporti lunghi e consolidati, io non rifiutavo le scopate consumate senza emozioni; lei desiderava sposarsi e avere dei figli, io non contemplavo neanche la possibilità di diventare padre e consideravo il matrimonio un contratto limitante, un legame che sgretolava la libertà sociale di un uomo, una forma di nevrosi che avrebbe inibito per sempre la passione e l'erotismo a favore dell'abitudine e dell'insoddisfazione – il buon Freud, a mio parere, è stato previdente; lei apprezzava il sushi, io ne odiavo persino l'odore; lei non tollerava il sapore del limone, io non potevo vivere senza; lei provava un intenso disagio a denudarsi o a mettersi carponi davanti a me, io non riuscivo a eccitarmi senza darle qualche schiaffo sul culo, soffocarla o chiederle di toccarsi in mia presenza.

E questi erano i preliminari meno audaci che condividevo con le mie amanti.

Sapete qual è il problema, secondo me?

Vi espongo la mia teoria a riguardo – *non siate borbottoni, sarò breve*.

Se una donna decide di farsi dominare dal proprio partner è, secondo la *communis opinio*, priva di personalità, di autonomia di pensiero o, ancor peggio, è una poco di buono. E se l'uomo preferisce avere il comando o il potere sotto le lenzuola, allora è – cito alcuni epiteti che mi sono stati rivolti – un villano, irrispettoso, misogino, violento, figlio di puttana.

Dunque, mi dispiace dissentire dalle vostre convinzioni assolutiste, dalle certezze morali che imponete indistintamente a chiunque come regole da seguire, altrimenti il ribelle fautore delle trasgressioni sessuali non è altro che un bruto, incivile o maschilista.

L'erotismo, a mio parere, è da sempre il frutto dell'esperienza personale, del gusto e dell'essere di un individuo; in quanto espressione della sfera più intima dell'anima, un riflesso interno che proiettiamo all'esterno, è qualcosa che non può essere assoggettato a norme universali, a un idealismo che calpesta la volontà individuale o a un moralismo spesso derivante da verità che di assoluto non hanno un cazzo.

Dominare a letto non vuol dire sancire una dominazione anche sociale; pretendere che la mia partner sia totalmente *mia* – entro i confini erotici – non significa annullarne l'identità, il raziocinio, la libertà o la natura. Essere brutale, rude o volgare non implica una mancanza di rispetto o la possibilità di esercitare una qualsivoglia forma di violenza su di lei; non mi permetterei neanche di inoltrarmi in argomenti così malsani, tantomeno di promuoverli o legittimarli. Cerco solo di farvi comprendere delle sottili differenze che, troppo spesso, vengono completamente ignorate: il sesso spinto, sporco, *rough* – chiamatelo come vi pare – è diverso dallo stupro; la donna che si sottomette volontariamente al proprio compagno differisce da quella che viene sottomessa con la forza – nel primo caso parliamo di un'intimità profonda e condivisa, nel secondo di un atto gravissimo penalmente rilevante –; altresì anche la donna che concede il proprio consenso a sottoporsi a pratiche sadiche è diversa da quella che non è favorevole a provare dolore o umiliazione.

Sia chiaro: il mio non è un discorso propagandistico, non mi interessa convincere nessuno né ottenere il vostro beneplacito, vi sto soltanto esponendo la mia opinione poiché questa è stata una delle prime discussioni che ho affrontato con Liliane.

Lei prediligeva quel tipo di sesso che io definisco algido o frigido.

Solitamente si distendeva a letto, supina, con le mani posate sul ventre e attendeva, con la stessa apatia di una salma in una bara, che io adempissi il mio dovere. Quando le chiedevo di prostrarsi per servigi più intimi – per esempio trastullarsi con il mio pene, poverino, desideroso della sua bocca –, Liliane cominciava a sguainare giustificazioni esasperanti su quanto la *fellatio* fosse impura e rendesse poco *raffinée* una donna.

«*Je n'aime pas*», commentava in francese, con le palpebre sgranate dalla paura, ogni volta che le mostravo la mia enorme torre Eiffel dura e gocciolante; ci misi un po' di tempo a capire che non si riferiva all'aspetto o alle dimensioni del mio membro – tra l'altro ampiamente apprezzate da tutte –, ma al modo in cui avrebbe dovuto soddisfarlo.

Se per un banale pompino partiva una vera e propria disputa, vi lascio immaginare cosa sarebbe successo se avessi provato a prenderla da tergo per sodomizzarla. Ovviamente, le pochissime volte in cui riuscii a girarla prona, neanche tentai di insinuarmi tra le sue natiche pallide o avrei rischiato che si mettesse a pregare per scacciare via il Diavolo.

Nelle occasioni in cui cedetti alla sua carne, repressi gli impulsi che avrebbero potuto spaventarla o indurla a respingermi. Non la costrinsi mai a nulla che non volesse e mi accontentai di ciò che fu disposta a concedermi. Nonostante le nostre evidenti divergenze, rispettai la sua visione riprovevole di tutto ciò che inglobava le voluttà o le blandizie esterne al semplice sesso vanilla. Non la feci mai sentire sbagliata o diversa, soprattutto perché, al di là delle varie discrepanze, Liliane era una donna poliedrica e interessante. Oltre a vantare una cultura musicale che mi affascinava – giacché anch'io suonavo il pianoforte –, era anche piena di valori, religiosa, sensibile e molto romantica, sebbene un po' antiquata nei gusti. Non amava imprecare o ricorrere a termini triviali, neanche quando la rabbia o l'istinto la sormontavano; odiava esprimere giudizi a sproposito, mi ascoltava coinvolta quando discettavo di argomenti medici, alquanto torti e pesanti, e mostrava sempre un dolce pudore quando la sfioravo, mormorandomi all'orecchio di non farle male, di andarci piano perché la sua pelle era così bianca da irritarsi subito.

E considerate che a me non sarebbe dispiaciuto tempestarla di segni, ma senza il suo consenso non potevo fare assolutamente nulla.

In compenso alle natiche pallide – fra le quali non mi era concesso accedere, pur essendone un estimatore –, Lili aveva due seni grandi, di quelli ben modellati, maturi, dalla forma tuberosa ma soda. Erano alti e appuntiti, con due areole vistose, brune e tondeggianti, e almeno con essi non mi privava di gingillarmi, ogni tanto, con bocca e denti, mentre la ingroppavo come un avido cavallerizzo, sebbene non le avessi mai domandato di indossare delle pinzette erotiche per me. Nei momenti di solitudine mi limitavo a fantasticare su come sarebbe stata sexy con una lingerie trasparente – diversa dalla sua solita biancheria castigata – dalla quale avrei potuto ammirare la *Fotze* deliziosa leggermente ricoperta di peluria castana sul monticello, oppure con un vibratore infilato tra le cosce con il quale avrebbe potuto darsi piacere per il bene della mia perversione assetata, e un paio di tacchi a spillo con un bel lucchetto agganciato al cinturino di cui solo io avrei posseduto la chiave.

Ah, sì, era bello fantasticare, certo, ma non per un bastardo come me... cresciuto troppo negli eccessi, nei vizi, circondato da donne spigliate alle quali bastava un mio schiocco di dita per intuire come appagarmi.

La fantasia, in tal caso, non poteva superare la realtà.

Non era facile privarsi della dominazione a cui ero abituato e, sia chiaro, per dominazione non intendo l'esposizione attoriale di un copione di formule, l'improvvisazione di pratiche rischiose, l'utilizzo di frusta o attrezzature varie con le quali percuotere la sottomessa, umiliandola con frasette banali. Intendo quel tipo di erotismo che mi permette di conoscere la mia donna, di scoprire e soddisfare la sua dimensione più intima. Intendo quel tipo di erotismo col quale mi introduco nella sua mente, prima ancora di penetrarle il corpo, per giungere al fulcro delle sue esigenze più particolari, fondermi alla sua anima e godere con lei.

Questo era ciò che avrei voluto condividere con Liliane, ma in qualsiasi modo tentassi di rigirare la mia frittata non c'era verso di fargliela mangiare.

Mangiare, Lesern, figuriamoci ingoiare...

Perciò quando, dopo un mese di assidua frequentazione – trascorso all'insegna di cenette a lume di candela, chiacchierate fino all'alba e nottate abbastanza movimentate –, cominciai a notare un suo morboso attaccamento a me mescolato a una gelosia e a un sentimento crescenti, stabilii di affrontare con lei il complicato discorso sulla mia *vera natura*.

Una sera, dopo che mi ero cimentato in una prestazione impegnativa – degna di un futuro marito passionale – e mi ero lavato di dosso il sudore e qualsiasi fluido corporeo, mi appoggiai con totale disinvoltura allo stipite della porta del bagno, nella mia stanza d'albergo, mentre Lili raccoglieva dal pavimento gli slip che le avevo sfilato un'ora prima. Mi persi a fissarle quelle curve da sogno su cui, troppo spesso, mi ero schiantato con imprudenza finché, deciso a rivelarle ogni cosa, esordii con un'affermazione breve ed esaustiva: «Io amo vedere le donne piangere, soprattutto a letto con me».

Inutile dirvi come Lili, colta di sorpresa, rimase immobile, con l'indumento di cotone agganciato all'indice e lo sguardo incredulo puntato sull'uomo di cui si era innamorata. Provò a metabolizzare le mie parole sperando, in cuor suo, di aver udito male. Per sicurezza le ripetei il concetto, corredandolo di una spiegazione più accurata: «Si chiama dacrifilia, ma attenta, non è una vera e propria parafilia... considerala più una stravaganza. Mi eccita vedere qualcuno piangere, provocarne le lacrime o semplicemente assistervi, poiché mi permette di avere il controllo sulle sue emozioni. Mi dà piacere che una donna soffra mentre è in uno stato di inferiorità o fragilità e al contempo mi dà piacere soccorrerla, aiutarla e starle accanto. Per me può essere anche un preliminare che mi induce più facilmente a un orgasmo intenso».

Liliane, a dir poco atterrita, si infilò le mutandine e mi guardò spaesata, restando con le graziose mammelle esposte e i capezzoli arrossati dai miei languidi morsi. «Ti... ti capita con chiunque pianga?»

«No. Mi capita solo se a piangere è una donna da cui sono attratto.»

Come avevo già premesso a Lili, più che una reale parafilia, la mia era – ed è ancora oggi – un'astrusa inclinazione a trarre una gratificazione sessuale da chi si commuove, per un motivo o per un altro, perché valorizza una disparità eccitante tra colui che detiene il controllo, io, e colei che lo perde, la mia preda.

Per farvela breve, ognuno ha il suo feticcio: c'è chi ama suggere l'alluce di un piede o infilarsi una sonda in acciaio nell'uretra, e c'è chi ama raccogliere le lacrime con la lingua.

Per quanto mi riguarda, sono sempre stato un *dacrifilo* empatico, affettuoso, amorevole e mai malvagio o lestofante; ho sempre accudito e rispettato le mie amanti, senza permettere a questa stranezza di digradare in un problema relazionale o sociale.

Mi definirei un pervertito innocuo, anche se non tutte accettavano di buon grado il mio modo d'essere e purtroppo le comprendevo.

Ero – anzi sono – un uomo estremamente complesso, polimorfo, mentalmente deforme.

Attenzione, non un pazzo; in quel caso credo che sarebbe stato più semplice sottopormi a una diagnosi e risalire a una valutazione precisa.

Dopo l'iniziale sgomento, Liliane rimuginò, camminò per la camera, si sedette e si alzò di nuovo, scrollandosi varie volte il caschetto biondo sensualmente spettinato a causa del modo in cui l'avevo serrato tra le dita. Conscia di non poter vagare in eterno sul terreno delle sue confabulazioni, agghiacciata da un silenzio improduttivo, restò mezza nuda e si accasciò sul letto – le tette parvero due grosse papaie pencolanti che avrei volentieri schiaffeggiato –, dopodiché iniziò a pormi varie domande sul mio passato e sulle donne che erano state con me.

Ovviamente le raccontai tutto, a partire da Engel sino ad arrivare all'*Himeros*; non mi preoccupai di edulcorare gli episodi o le esperienze sadiche che avevo sperimentato, tantomeno le omisi il dettaglio che c'era un'amante in particolare con cui avevo instaurato un legame speciale: Giselle.

Le spiegai che lei sarebbe rimasta nella mia vita, anche se mi fossi sposato, anche se mi fossi trasferito altrove; aggiunsi che Giselle era stata l'unica a non scappare, l'unica a non avere timore di me, l'unica a nutrire e domare il mostro che celavo dietro l'aspetto da bellimbusto e il sorriso amichevole. L'unica che aveva avuto il coraggio di accettarmi così com'ero, che si era concessa con dolcezza e adorazione.

Non avrei mai tradito la sua fiducia e il rapporto che c'era tra noi.

Liliane si mostrò più matura e razionale di quanto mi aspettassi; mi domandò se fosse essenziale che continuassi a frequentare un'altra donna e se avessi intenzione di vederla anche qualora tra noi due la relazione fosse andata avanti.

Le confessai la verità: c'erano cose che a letto non le avevo mai chiesto in quel mese e che sapevo non avrei mai potuto chiederle neanche in futuro.

Giselle avrebbe sfamato l'animale dal quale Liliane non avrebbe fatto altro che fuggire, eppure non avrei voluto rinunciare a lei.

Non potevo rinunciarvi.

Mancavano pochi mesi alla fine del processo che mi avrebbe garantito l'affidamento di Joël e io avrei dovuto, nonché voluto, profondergli una famiglia.

Una famiglia vera, composta da un padre e da una madre uniti e felici.

Lili era a conoscenza del piccoletto che crescevo in America e che avrei voluto vivesse con me; si era commossa appena le avevo mostrato le sue foto abbandonandosi, subito dopo, a un pianto angosciato quando le avevo raccontato cos'era stato costretto a sopportare.

Perciò, giocai egoisticamente – e scaltramente – la carta giusta: spremetti tutta la sua eccelsa bontà, consapevole che l'avrei persuasa a sufficienza da sottostare alle mie condizioni. Le afferrai il viso tra le mani e la baciai con ardore, stringendola forte contro di me e palpitando sulle sue labbra vellutate per dissimulare i miei abominevoli intenti.

«Sposami, Lili», le proposi con troppa impazienza, timoroso che, se l'avessi persa, avrei perso anche l'opportunità di sottrarre Joël ai servizi sociali. «Sposami e vieni a vivere con me a Los Angeles. Ma se accetterai, sappi che non potrò fare a meno di Giselle, che lei dovrà far parte della nostra quotidianità. Non pretenderò nulla di più da te. E ti garantisco che la sua presenza servirà a proteggerti.» Chiusi le palpebre, sforzandomi di non pentirmene perché sapevo di non essere adatto a un matrimonio; tuttavia, avrei anteposto la felicità del bambino alla mia e sarei stato un marito collaborativo e affidabile, benché come uomo sarei rimasto così com'ero: storpiato, scisso tra un'elegante nobiltà d'animo e una feroce, spaventevole trasgressività.

Liliane mi guardò come di solito si guarda qualcuno dal quale si è turbati e stregati o qualcosa che può battagliare persino con la bellezza del creato; avrei potuto chiederle di tutto e lei mi avrebbe accontentato tanta era l'oscura fiaba che vedeva in me, nel nostro rapporto e nel nostro futuro. «Non sarebbe normale acconsentire che tu abbia anche un'altra donna oltre a me, ma ho capito le tue ragioni e mentirei se ti dicessi che mi basterebbe varcare quella porta per dimenticarti. Sono certa che se lo facessi morirei. Ti chiedo solo di rispettarmi entro i limiti in cui ti è possibile...» Mi abbracciò teneramente celando una cupa disperazione e costringendo se stessa a inseguire un amore folle, anziché salvarsi dal criptico Demonio che sapeva come manipolarla, come toccarla e come renderla placida e servizievole, nascosto dietro un paio di occhi tanto mirabili quanto dannatamente gabbatori. «Per il resto accetto le tue condizioni. Purtroppo... ti amo, Efrem.»

In quel *purtroppo* percepii la nota stonata di tutta la rassegnazione e la sofferenza alle quali quel maledetto amore unilaterale l'avrebbe presto condannata.

E, come se già lo sapesse, sospirò accettando di diventare la signora Krugher.

La mia gentile, apprezzabile e *magnifique*... mogliettina.

8
Thea

Godi, amico mio, godi e non giudicare…
godi, lascia alla natura
la cura di rigirarti a suo piacere
e all'Eterno quella di punirti.
Godi della fiamma dell'Universo:
la sua luce brilla davanti ai tuoi occhi
per illuminare i piaceri.
Marchese de Sade

Pazzia, amore, ircocervo, tempo, esistenza.

Comprendere la mente complessa di Efrem era peggio che decifrare un enigma o un rebus. Mi ci perdevo dentro, non sapevo mai quale direzione imboccare per evitare di tornare al punto di partenza e per impedirmi di restare impigliata lì, nell'ingarbuglio di un dedalo che non aveva alcuna via d'uscita.

Ogni volta che pensavo di aver intrapreso la strada giusta, quella che mi avrebbe condotta alla soluzione, ad avvicinarmi a lui per afferrare un aspetto della sua personalità, ecco che ricominciava tutto da capo e mi riportava indietro a quando di Efrem non riuscivo a capire molto.

La sua psiche labirintica restava un mistero per me.

Avevo riletto circa sei volte le righe che mi aveva scritto nel suo messaggio e l'unico dettaglio che avevo colto era che non c'entravano nulla con ciò che era successo con Giselle o con il dottor Markus. Nascondevano un significato diverso, ben più ampio…

Con le sue parole si era riferito a noi, nello specifico a me; forse aveva frainteso ciò che gli avevo rivelato davanti a Giselle e Mitchell. Quella sequenza di *ti odio* era stata raccolta da Efrem, analizzata e associata a un'emotività più profonda. Aveva compreso che il mio coinvolgimento, il mio *sentire*, la diretta conoscenza del mio vero *Io* – attraverso le esperienze che stavo vivendo con lui – avevano inevitabilmente innescato un'intesa troppo forte tra noi, probabilmente connessa anche alla natura *complementare* a cui mi aveva più volte accennato. Tuttavia, per Efrem le caratteristiche che ci accomunavano non corrispondevano a uno scambio di sentimenti o al presupposto che ci potesse essere amore tra noi, bensì a delle preferenze, attitudini, inclinazioni che voleva io accettassi. Gli piaceva trascorrere del tempo con me, forse si stava anche affezionando, ma temeva che proseguire quel tipo di rapporto, un percorso così intimo insieme, mi avrebbe fatta innamorare di lui e, qualora ciò fosse successo, lui non sarebbe stato capace di ricambiare.

Per il tempo.

Dal canto mio non sapevo ancora cosa provassi nei suoi confronti; non potevo né confessare né negare di esserne innamorata perché non avevo nessuna certezza dentro di me. Malgrado fossi ostile all'amore, ero convinta che non era un sentimento prevedibile, controllabile o battibile; Efrem credeva di esserne immune come se anche per lui fosse un virus infettivo dal quale stare alla larga.

Risi, pensando a quanto eravamo simili anche sotto questo aspetto, con la differenza che io ne ero spaventata e spesso lo palesavo con concetti o considerazioni sprezzanti; Efrem invece era semplicemente indifferente, sicuro di poter tenere sotto scacco il suo cuore e impedirgli di battere per qualcuna. A quel punto anche il dubbio che non amasse Liliane – che mi era stato insinuato da Juliette in una nostra conversazione – trovava una concreta conferma.

Stava con lei per altri motivi, gli stessi per i quali non avrebbe mai scelto me.

In quel momento sentii l'estremo bisogno di confrontarmi con lui, soprattutto dopo aver letto il suo messaggio nel quale sembrava tranquillo.

Quindi non era più arrabbiato con me?

Aveva risolto tutto con il dottor Markus?

Erano ormai le nove e mezzo di sera; Juliette era in bagno a farsi una doccia mentre io gironzolavo per la camera assorta nelle mie elucubrazioni.

L'orario dei colloqui era terminato e solitamente Efrem tornava a casa per cena. Quella volta, però, avrebbe potuto essere ancora in studio oppure in giro per la clinica, perciò, spinta dalla voglia di vederlo, uscii dalla stanza.

Con passi lesti percorsi il tratto che mi divideva dal suo studio; quando raggiunsi la porta chiusa, mi fermai di fronte alla targhetta dorata, ammirando l'incisione del suo nome che svettava con deferenza. Ragionai sulla possibilità di tornarmene indietro e di non importunarlo; quel giorno l'avevo combinata grossa, quindi avrei potuto scusarmi continuando a mandargli dei messaggi, sennonché interagire come due ragazzini era più conforme alle mie abitudini che non alle sue. Lui avrebbe preferito un dialogo diretto, maturo e pacato. Erano stati proprio i nostri lunghi incontri a insegnarmi l'importanza della comunicazione, dalla quale dipendevano la comprensione e la conoscenza dell'altro.

Prima che potessi alzare le nocche per bussare, una voce coriacea mi distrasse.

«Non è lì.»

Sobbalzai quando il signor Hunberct sopraggiunse alle mie spalle con la solita espressione flemmatica che celava, dietro agli occhi grigi, un animo solerte, più scaltro di quanto sembrava.

«Ciao, Hunberct.» Mi voltai imbarazzata, non sapendo bene come giustificare la mia presenza, soprattutto a quell'ora. «Sai dirmi se è già andato via? È urgente.»

Il maggiordomo temporeggiò qualche secondo, rigido nel suo completo scuro che gli valorizzava il fisico smilzo. Mi osservò da sottinsù, valutando l'abbigliamento sportivo; per una volta avevo rispettato la regola numero nove, dato che non indossavo nulla di provocante, bensì un semplice paio di leggings con una maglietta a maniche corte. Gli *space buns* con i quali avevo raccolto i capelli folti, invece, mi davano un'aria sbarazzina e un po' bambinesca. «La sua auto è ancora parcheggiata qui fuori. Credo si sia intrattenuto nello studio dell'ala ovest.»

Un terribile disagio mi stridette addosso, perché a quel maledetto posto associavo ricordi poco piacevoli e non ero felice di rimetterci piede.

«D'accordo, grazie.» Forzai un sorriso cortese, avviandomi verso l'enorme scalinata. Una volta sul pianerottolo svoltai a sinistra e percorsi il corridoio con una strana sensazione sulla pelle. Speravo che parlargli servisse a rimettere a posto tutto ciò che in pochi attimi avevo distrutto, ma temevo che lui sarebbe rimasto convinto delle proprie idee e che avrebbe riconfermato la decisione di mandarmi via.

Non ero pronta a quel tipo di affronto, ero invece orientata a un dibattito pacifico che avrebbe potuto aiutarci a capirci e a rafforzare il nostro rapporto, ma forse avevo aspettative troppo ottimiste.

Persa nei pensieri, non ebbi neanche il tempo di realizzare di aver raggiunto lo studio che qualcuno mi precedette spalancando la porta.

Quando Efrem mi si palesò davanti, con l'irruenza di chi aveva fretta di andar via, arretrai temendo che stesse per venirmi addosso. Tuttavia si fermò nello stesso istante in cui si accorse di me, un essere minuto che al suo cospetto pareva quasi invisibile.

Rimase con il palmo stretto al battente e mi fissò torvo, per niente intenzionato a lasciarsi ammorbidire dal mio sguardo colpevole. «Dorothea.» Non sembrò felice di vedermi, tutt'altro. Forse aveva sperato di non incontrarmi fino al mattino dopo. «Che ci fai qui?»

Avanzai di un passetto, temeraria, decisa, nonostante il cuore mi tremasse. «Ho bisogno di parlarti. Hunberct mi ha detto che eri...»

«Ora non posso», mi interruppe, disinteressato ad ascoltarmi. «Sto tornando a casa. È già tardi.»

Avrebbe potuto superarmi e andarsene, invece rimase immobile sull'uscio socchiuso come se non fosse certo di respingermi, quindi presi coraggio e avanzai ancora, arrivando a meno di un metro dal suo corpo.

«Mi hai scritto quel messaggio.» Lo guardai dal basso, incatenata all'oscurità che riusciva a corrompermi e a trascinarmi nelle sue spire malefiche, aberranti e proibite. «E io ci ho rimuginato finora.»

Efrem era una barriera di cemento, insensibile, un demone pronto a castigarmi. Non fece altro che osservarmi con sdegno e calpestare il mio rammarico come detriti di scarso valore. «Per caso, in quel messaggio, ti ho chiesto di vederci?» La sua voce cupa fece traballare ogni mia sicurezza. Era prevaricatrice, fredda, priva di compassione.

«No.» Scossi il capo. «In realtà non ho ben inteso cosa volessi dirmi, ecco perché ti ho cercato.»

«Non posso dedicarti il mio tempo, stasera», ribadì con più arroganza. I capelli sembravano un macabro oceano nero che gli conferiva un aspetto più oscuro e imperante; le iridi invece reclamavano attenzione scintillando con uno sfolgorio aggressivo sulla pelle brunita come due lampi in un temporale.

Averlo così vicino era sempre sconvolgente, soprattutto quando mi fissava per studiare ogni mia espressione, spogliarmi di qualunque pensiero e inchiodarmi a un paradiso di ghiaccio.

«Mi bastano cinque minuti, per favore», piagnucolai sentendo l'iniziale coraggio scemare, succube di uno smarrimento inaspettato.

«Ho un impegno», insisté irremovibile, per sbarazzarsi di me e liquidare così la faccenda.

«Certo, un 'impegno'.» Sbuffai un sorriso beffardo tra i denti, cambiando subito atteggiamento. Il mio dispiacere fu subissato da un fastidio rovente. «Con chi?» Divenni ancor più mordace, rincarando la dose. «Con Giselle? Con Liliane? Con un'altra di cui non so? Da chi devi correre, adesso? O forse non sei capace di scegliere nessuna perché sei solo un egoista che pensa a se stesso e a dove infilarlo? Avanti, sorprendimi, *dottore.*»

Non riuscii a tenere a freno la lingua, tantomeno l'impeto rabbioso con il quale lo insultai. D'improvviso sentii una forza bruta trainarmi, le gambe perdere stabilità e le sneakers strascicare sul pavimento. Efrem mi aveva afferrata per il polso e attirata nello studio senza che potessi far molto per oppormi. Mi resi conto di essere dentro solo quando la porta sbatté con un rumore assordante e io ci impattai contro di schiena, esalando un lamento strozzato.

«Mi spieghi perché stai facendo di tutto per portarmi al limite? Eh?» Efrem mi sovrastò, urlandomi addosso. Dovette piegare la testa per incrociare i miei occhi affinché gli dessi una risposta immediata, ma rimasi in attonito silenzio. «Me lo spieghi? Cosa vuoi che ti mostri? Il mio peggio? Questo vuoi vedere?» Colpì col palmo aperto la porta, ben distante dalla mia testa, eppure sussultai, avvertendone le scosse riverberare lungo la spina dorsale come se ci fosse stato un terremoto.

Non parlai.

Smisi anche di immettere aria nei polmoni come se lui me li avesse lacerati.

Non ero preparata a una reazione tanto aggressiva.

Sentivo il suo respiro ferino, un portale funereo che mi avrebbe trascinata dritta all'Inferno per essere gettata nel girone dei peggiori abietti.

Quando Efrem si accorse del modo in cui stavo tremando sotto di lui, del modo in cui mi ero livellata alla superficie di legno come se volessi passarci attraverso pur di scappare, notai la sua fronte distendersi, le sopracciglia perdere la loro linea animalesca e le tenebre dissiparsi, rintanandosi negli angoli smussati del suo volto. Scrutò attentamente l'ambra liquida del mio sguardo, scorse la paura che come una bambina indifesa se ne stava tremolante ad attendere la sua punizione e serrò la bocca in una smorfia addolorata.

Comprese.

Comprese di aver esagerato, poiché non era abituato a perdere il controllo e, negli istanti in cui ciò accadeva, faticava a gestirsi.

«Sei tu che sbagli, non io.» Non mi lasciai scaraventare in quel portale; ne rimasi sospesa sul ciglio indiavolato.

Efrem fece scivolare la mano lungo la porta, si impedì di toccarmi e arretrò, osservandomi preoccupato, per accertarsi che stessi bene.

«Ah, sì?» Il suo timbro fu un ruggito tetro; il torace gli si gonfiava a ogni respiro tendendo al massimo il tessuto della camicia che gli aderiva addosso come una seconda pelle. «Il tuo comportamento di oggi ti è sembrato giusto?» rimodulò il tono, sebbene fosse ancora carico di rabbia. «Ti è sembrato giusto esporre entrambi al rischio di essere scoperti?»

«Non era mia intenzione», mi difesi, scossa dalla sua reazione.

Efrem si allontanò e cominciò a camminare avanti e indietro, con una mano posata sul fianco e l'altra sulla fronte, prima di voltarsi ancora. «Urlare in mezzo a un maledetto corridoio nel quale poteva passare chiunque presuppone l'intenzione di farci scoprire, Dorothea!» sbraitò furibondo.

Per frenare il tremore degli arti, mi chiusi tra le braccia, afferrandomi i gomiti. «Tu pensi questo? Pensi davvero che l'abbia fatto apposta?»

Efrem notò il mio gesto istintivo, ingenuo, che mi fece apparire più piccola di quella che ero.

Per la prima volta mi stavo proteggendo da lui.

«C'è forse un altro motivo?» Riportò gli occhi sul mio volto, che sentii ardere di un cocente imbarazzo.

«Mi infastidiva l'idea che tu fossi con Giselle, ecco qual è il motivo!» confessai d'un fiato nonostante lui l'avesse già capito e non necessitasse di ulteriori spiegazioni, tuttavia ciò che mi disse dopo fu del tutto inaspettato...

«E io cosa avrei dovuto fare, allora?» Una strana scintilla gli valicò lo sguardo: un'emozione insolita, diversa dalla rabbia ma altrettanto potente, un turbamento che aveva cibato la sua collera inducendolo a inalberarsi in quel modo. «Ti sei presentata con una spallina calata sul braccio, le guance colorite, i capezzoli turgidi e le ginocchia arrossate. E quando ho visto Mitchell alle tue spalle mi sono chiesto se fosse una coincidenza o se foste stati insieme, poi ho capito che ti eri intrattenuta con lui.»

Non era possibile.

Non era possibile che avesse pensato una cosa del genere.

«Stai scherzando?» Ero incredula; Efrem aveva associato il mio affanno, lo sforzo della corsa che avevo fatto per raggiungerlo e le ginocchia arrossate dovute alla posizione assunta sulla panchina a una situazione oltremodo scabrosa. «Non dirai sul serio? Cioè… stai davvero insinuando che…»

«Non mi permetterei mai di insinuare nulla.» Represse quel brillio rivelatore, lo spense con la sua indifferenza reputandolo lui stesso assurdo. Non avrebbe mai potuto essere geloso di me. «Sei libera di fare ciò che desideri. Semplicemente non voglio che tu venga a sindacare quello che faccio io.»

«Per chi mi hai presa?» lo incalzai, ancora più furiosa per le scandalose illazioni sul mio conto. «Credevo che mi conoscessi bene, invece hai pensato che io…» Non riuscii neanche a proseguire; non riuscii a figurarmi nella testa un rapporto intimo col suo amico. Mi affrettai persino a cancellarne l'eventualità, altrimenti mi sarei sentita sporca, con me stessa e con Juliette. «Non farei mai nulla con Mitchell. Non eri stato tu a dirmi che non guardo nessuno come guardo te?»

Era stato proprio lui, nel bagno della mia camera, a dirmi che non arrossivo quando Mitch mi accarezzava, che non avrei mai gattonato per qualcun altro che non fosse lui.

La sua anima aveva il potere di avvolgere la mia, di espandersi come se fosse un cielo che mi invitava a librarmi in volo, un cielo dal quale ero affascinata e al contempo intimidita. Nonostante tutte le nostre incrinature, sembravamo due frammenti di arcobaleno che insieme, come un arco imbandierato, facevano da corona alla pioggia.

Non avrei mai potuto sostituirlo con nessuno.

«Sì, ma certi impulsi non si possono controllare.» Piegò le spalle, arreso a quell'amara consapevolezza, come se fosse la causa della sua costante infedeltà. Era per quegli *impulsi* che lui non poteva promettere amore eterno né a Liliane né a qualsiasi altra donna.

«Forse sei tu quello che non riesce a controllarli, a giudicare dallo stato in cui eri oggi», mormorai affranta, ripensando a ciò che avevo visto poche ore prima, quando era uscito dallo studio con Giselle.

«Almeno hai la certezza che non soffro di disfunzione erettile. Dovresti esserne contenta», eccepì borioso con un sorrisetto sfrontato prima di voltarsi e incamminarsi verso la scrivania. Dopo averla aggirata, afferrò lo schienale della poltrona, la tirò indietro e si sedette, sospirando stanco. Non aveva più voglia di discutere, perciò aveva deciso di fare la sua uscita trionfale con un sarcasmo gretto e arrogante.

Io invece ero ancora abbagliata dai residui della mia venefica gelosia. «Dovrebbe essere una battuta?»

«No, una constatazione amichevole.» Efrem rise della sua stessa risposta. Sembrava talmente provato da tutto ciò che stavamo vivendo che si massaggiò le tempie, chiudendo per un attimo le palpebre. Forse voleva educatamente farmi capire di smetterla, di tacere o di lasciarlo solo poiché non aveva più intenzione di starmi ad ascoltare. «Adesso, per favore, Dorothea, resta in silenzio. Mi scoppia la testa.» Lo sforzo che percepii mi confermò che non stava bene.

Dispiaciuta, mi schiodai dalla porta e con passi lenti mi avvicinai; Efrem aveva posato i gomiti sulla scrivania mentre continuava a far roteare i pollici sulle tempie per attenuarne il dolore acuto. Qualsiasi cosa gli avessi detto avrebbe solo ignorato la sua richiesta di non parlare, perciò quando lo raggiunsi decisi di sedermi a terra, di lato ma parallela alla sua poltrona, raccogliendo le ginocchia al petto.

Ammutolita, fissai la parete di fronte a me – priva di finestre – seguendo le striature dorate del marmo come se fossero sentieri tortuosi che avrebbero potuto condurmi a una soluzione.

Ma quale sarebbe stata la via d'uscita giusta?

Come avremmo dovuto affrontare la nostra bizzarra situazione?

Ormai c'eravamo dentro con tutta l'anima, e il cuore, e non potevamo fare niente per cancellare ciò che avevamo condiviso.

Non potevamo fare nulla per tornare indietro.

Girai la testa per guardarlo, ma lui era ancora fermo nella stessa posizione, con le labbra schiuse che emettevano dei profondi sospiri e le palpebre serrate a placare le fastidiose palpitazioni che avvertiva. Avrei voluto essergli d'aiuto, avrei voluto alzarmi, abbracciarlo, stringerlo e incanalare verso di me quel dolore muto per permettergli di stare meglio, tuttavia Efrem non avrebbe accettato una mia intrusione; in quel momento si era confinato nel suo spazio personale, in un interstizio immaginario nel quale vagava alla ricerca della pace. Aveva bisogno di ammansirsi, di riacquistare la dovuta serenità e di accantonare i cattivi pensieri. Conoscevo bene i sintomi della rabbia, quando sfumava via si lasciava dietro solo un forte stordimento e una spossatezza quasi estrema.

Con un verso sommesso ma lamentoso, Efrem reclinò il capo sullo schienale. Sebbene avesse ancora le palpebre chiuse, ogni suo senso inseguiva il lieve rumore dei miei movimenti e catturava il mio respiro, vigile a qualsiasi mossa. Era consapevole che lo stavo fissando; se avesse voluto mandarmi via l'avrebbe già fatto, invece non sembrava dispiacergli la mia presenza, a patto che rispettassi l'ordine di non fiatare.

Un ordine al quale, ovviamente, disubbidii.

«Comunque se tu avessi concesso certe attenzioni a me non sarebbe successo questo casino.» Non riuscivo proprio a non dire con franchezza ciò che pensavo, soprattutto a lui. Ero fin troppo schietta e sincera; di solito non mi importava di esserlo, avevo trascorso l'intera adolescenza a prendere in giro i ragazzi che mi corteggiavano, a convincere me stessa di non meritare l'amore di nessuno, ma Efrem toccava parti di me ignote, le stuzzicava e le svelava trascinandole in alto, fuori dal loro abisso.

«Non posso concederle a te.» La sua voce fu così bassa che sembrò un ruglio lontano; per fortuna mi aveva risposto senza sgridarmi.

Inclinai la testa ammirando il collo flessuoso, il mento proporzionato, il profilo modellato con la punta alla francese, il tutto armoniosamente intonato ai lineamenti virili e signorili. «L'hai già fatto. E puoi rifarlo tutte le volte che vuoi.» Avrei voluto mantenere un atteggiamento serio, tuttavia da ogni sillaba gocciolò una languidezza provocatoria, segno del desiderio che stava riemergendo dal profondo, calamitato da Efrem e dal suo corpo.

«Credo tu stia confondendo una fugace infatuazione con l'innamoramento, Dorothea. E non va bene.» Eccolo lì… il suo rimbrotto severo che, come una freccia scoccata con insensibilità, mi colpì dritto al petto.

«Ti ho detto che ti odio, non che ti amo. Che io abbia un interesse per te l'hai sempre saputo, ma so che sei impegnato. So che non lasceresti mai Liliane e so che vuoi mantenere la tua famiglia unita. Non pretendo nulla», misi in chiaro, per deragliare tutte le sue paure. Ciò che gli avevo confessato quel giorno era stato la causa della sua confusione. Efrem credeva che fossi così accecata da non saper distinguere una passione intensa e superficiale da un reale coinvolgimento emotivo e sessuale.

A quel punto aprì gli occhi, fece schioccare il collo da un lato all'altro e si massaggiò una spalla, tentando di sciogliersi i nervi. «Sei gelosa di Giselle. La gelosia sottende la 'pretesa' dell'esclusività. Qualcosa che non posso darti.»

«Qualcosa che non puoi darmi, ma che vorresti da me», lo pungolai ostinata. «Altrimenti neanche tu saresti geloso di Mitchell.»

Quando udì il nome dell'amico, Efrem si voltò abbassando la testa per guardarmi, rannicchiata per terra come una sottomessa. Adoravo quella posizione di subalternità, poiché affermava il principio della sua autorità. Mi eccitava vederlo al comando o cedergli il potere di dominarmi. La razionalità, fredda e limitante, si lasciava annientare dall'istinto di essere umiliata, e non con azioni spregevoli o insulti degradanti, bensì attraverso due semplici doni: il rispetto e la devozione.

Il fatto stesso che mi fossi prostrata ai suoi piedi avrebbe dovuto spingere Efrem ad accettare il mio atteggiamento come regalo. Per me significava mettere da parte l'orgoglio per instaurare di nuovo una connessione con lui, sedare il mio impeto ribelle e diventare più *sua.*

Ti voglio, bambina, mi aveva confessato all'*Antéros* e io avevo ben inteso la totalità di quella esternazione, che trascendeva il rapporto fisico e includeva anche la mente, la volontà e l'anima.

Efrem non era un uomo come gli altri, perciò ne avevo colto la singolarità; non si sarebbe accontentato di portarsi a letto una ragazza, lui oltre al sesso pretendeva tutto il resto.

Qualsiasi cosa appartenesse all'altra persona sarebbe diventata di sua proprietà.

Anche la vita.

Sì, lui voleva tra le mani anche la vita stessa e io gliel'avevo elargita, inconsapevolmente, già al nostro primo incontro.

Forse per questo non riusciva ad amare le donne, perché non tutte erano in grado di darsi completamente, di travalicare il piacere carnale e di permettere a un uomo di vedere, conoscere e domare il loro spirito.

Dal modo intenso in cui mi stava fissando aveva colto tutto il mio ragionamento silente e, in fondo, l'aveva anche apprezzato.

«Non sono geloso di Mitchell, semplicemente non tollero di essere preso in giro, soprattutto...» Accavallò una gamba e si fece indietro con la poltrona; la fece girare un po' sul perno per avere una visuale migliore di me accentuando l'enfasi di quella pausa. «Da una ragazzina.»

Eppure, quando gli faceva comodo non mi considerava tanto ragazzina.

«Credi che ti stia prendendo in giro?» Tenni per me i miei reali pensieri e preferii rimbrottarlo a tono. «Dovrei perdere tempo dietro un uomo che, senza offesa, è più complesso di quanto pensassi... per cosa?» Volsi una mano verso l'alto indicando il nulla. «Per una scopata? Punterei un ragazzo della mia età, manovrabile e meno difficile. Oppure sì, punterei il tuo amico che si farebbe meno problemi di te a divertirsi, ma non è quello che cerco. Mi hai spiegato tu stesso che voglio qualcuno che riesca a toccarmi l'anima. Adesso mi sembrano assurdi i tuoi dubbi.»

«Ti assicuro che i miei dubbi hanno una loro logica», confutò contrariato. Si era innervosito perché avevo colto nel segno e probabilmente avevo anche ragione.

«Una logica contorta.» Gli sorrisi con dolcezza; mi piaceva quando corrugava la fronte come un bambino indisponente o quando la bocca gli si serrava in una linea volitiva come se fosse un fidanzato possessivo e autorevole. «*Tu* sei una persona contorta.» *E splendida nel suo groviglio di tenebre.*

«Lo so», confermò aspro.

«E non ti fidi di me.» Posando un palmo per terra, mi diedi lo slancio giusto per rimettermi in piedi.

Efrem mi squadrò lentamente dall'alto al basso, ammirando le mie forme delicate, e non mi tolse gli occhi di dosso per tutto il tempo in cui mi avvicinai.

«Non mi fido del tuo lato istintivo, Dorothea.»

«Peccato.» Giunta davanti a lui gli feci abbassare la gamba con una mano e mi misi a cavalcioni. «Se mi baciassi riusciresti a placarlo.» Il contatto con il suo corpo sodo mi aveva già mandato in frantumi la ragione. Sistemai meglio le ginocchia ai lati dei suoi fianchi e gli presi il polso, pigramente adagiato sul bracciolo, per condurlo verso il mio petto. «Riusciresti a percepire come mi batte il cuore.» Gli premetti il palmo contro il seno, poi gli coprii la mano con la mia per schiacciarla con forza. Efrem socchiuse le palpebre quando emisi un gemito basso e strinse tra pollice e indice il bottoncino pungente da sopra la maglietta con abbastanza determinazione da farlo rizzare. Boccheggiai prima di riprendere a parlare. «Sentiresti come mi vibrano i muscoli quando mi sfiori e come i capezzoli si inturgidiscono per te e per nessun altro.» Mi spostai un po', sistemandomi meglio sul cavallo dei suoi pantaloni; ne avvertivo la durezza tra le cosce come una spada che voleva trafiggermi e, ardita, mi ci dondolai sopra, piano. Le mutandine e il tessuto dei leggings facevano da barriera alla carne accaldata mentre la tachicardia sotto la sua mano aumentava e le guance mi si imporporavano di un rosa candido.

«Credi che seducendomi io possa permetterti di restare?» Strinse con maggiore pressione il seno come se avesse voluto staccarmelo e mangiarselo. «Ti manderò via ugualmente.»

Appoggiai la fronte alla sua, chiusi gli occhi, poi continuai a ondeggiare debolmente sull'inguine teso e farfugliai: «Riusciresti a entrarmi nella mente, a sbirciare nei miei sogni e a vedere che in tutti *ci sei tu*».

Gli sfiorai il naso, sperando che si avventasse sulle mie labbra, che le mordesse e le baciasse con foga.

«Chiamerò il tuo manager, domani», mi minacciò risoluto, prima di tirar fuori la lingua e leccarmi con lenta lascivia il contorno della bocca; la saliva calda la inumidì e una fitta improvvisa mi contrasse il ventre.

Quando la ritrasse, nello spazio che ci divideva, rimase a unirci solo un piccolo filamento argentino, la corda che legava due bestie pronte ad azzannarsi.

Gli portai l'altra mano sul mio fianco, ma Efrem la dirottò verso la natica e con violenza stropicciò tra le dita l'orlo della maglietta, così lunga da impedirgli di toccarmi meglio il sedere. Si era aggrappato a me per trattenere la voglia di strapparmela di dosso, ignaro che con quella presa mi stesse sgretolando anche l'anima. Avrebbe voluto essere brusco, famelico, indelicato, ma stava tentando di tenere a freno quel lato irruente. Emisi un rantolo, sbilanciandomi su di lui, e proseguii quella lenta litania. «Riusciresti a capire che mi piaci sul serio, e che non si tratta di una semplice attrazione fisica.»

Mentre io ero succube delle sensazioni devastanti che aveva innescato in me, Efrem seguitò a controbattere sempre più intestardito. «Farò preparare a Mitchell i documenti necessari, ti concederò ventiquattro ore per preparare la valigia e per salutare le tue compagne.»

Intanto, con una mano sul seno, mi attirò a lui facendo scontrare i nostri corpi; il membro indurito premeva tra di noi palesando i suoi desideri più osceni e contrastando con l'indifferenza di quelle parole. Con i neuroni annebbiati, gli scoccai un sorrisetto insolente. «Riusciresti a capire che per me sei speciale e che non importa se abbiamo poco tempo, se poi me ne andrò o te ne andrai. Una volta ti ho sentito dire che un uomo intelligente non ama vivere con la costante paura di sbagliare né con il rimpianto delle occasioni perdute.» Schiacciai ancora la fronte contro la sua, intrecciando i nostri occhi brillanti di una latente cupidigia. I suoi erano un gorgo buio, profondo, nel cui abisso germinava la depravazione più pericolosa. «Preferisci che io sia un bel ricordo o un terribile rimpianto?» sussurrai con la voce intrisa di lussuria. «Devi dirmelo.»

«Sarai entrambi, piccola Dorie. Un ricordo che rimpiangerò per sempre.»

Quando sentii una morsa bestiale artigliarmi la nuca e una forza inaudita spingermi in avanti, Efrem si sporse e mi aggredì le labbra. Il suo impeto focoso prevalse e con la lingua mi brutalizzò la bocca, la invase, la soggiogò, l'allargò, pretendendo una reazione. Non si fece scoraggiare dalla mia iniziale titubanza o dalla mancanza di reattività causata dallo stupore, mi sculacciò una natica e io sobbalzai. Il mio gemito risuonò dal fondo della gola ed Efrem lo accolse nella propria, continuando a baciarmi con un ardore travolgente, divenendo sempre più impetuoso e rude. Succhiò e morse il mio labbro inferiore fino a farlo sanguinare, poi si impose per prendere possesso di ciò che gli apparteneva. Padrone del mio corpo, della mia bocca, di ogni minima particella del mio essere. Una folle smania emerse e si sfrenò, ribellandosi alle continue provocazioni, all'esasperazione della nostra discussione, alla lunga attesa che ci aveva sfiniti. Non riuscivo a respirare, eppure gli avvolsi le braccia attorno al collo per ricambiare con la stessa disperazione, per prendermi quel bacio colmo di errori e peccati, un bacio che avrebbe condotto entrambi alla morte. Efrem bruciava di un fervore violento; una volta abbattuto ogni argine, emergeva la sua indole aggressiva e io non potevo che esserne travolta. Insinuando le dita tra i miei capelli, li imbrigliò e li serrò nel pugno tenendomi ferma per approfondire, spingere, aprirsi un varco più agevole e invadermi in modo barbaro.

Ancora. E ancora.

Senza alcuna pietà.

Raggiunto il culmine dell'eccitazione, alternava carezze sensuali per consentirmi di riprendere fiato e tornava a reclamarmi con più audacia per strapparmelo via.

Mi dava, toglieva e sorrideva nel mezzo, bruciandomi tra le vampe della sua ira lussuriosa.

Stava lasciando un'impronta, un segno, un'orma in ogni parte di me.

Con quel bacio era stato capace di dominare il mondo, di avvolgerlo di luci e colori, di accendere le giostre e di permettere ai miei sogni di salirci sopra come teneri bambini.

Mi ruppi e rinacqui sui margini del suo spirito, divenendo parte di un qualcosa di divino, un *tutto* che il destino aveva già prefissato.

Mi sentivo soggiogata e avversa alla bestia che dimorava dentro di lui, stordita dal fragore che provocava, poiché riusciva a vincere persino sui miei demoni, a indorare le curve dei miei patimenti, a orlare di una cupa magia l'universo, a farmi orbitare sui pacati gorghi di un'oscura galassia.

E brulicavo su quelle labbra calde, carnose, viziose.

Brulicavo nel loro spazio, volteggiavo come un colibrì curioso, ruotavo come una girandola impazzita, me ne abbeveravo e nutrivo come una ninfa annientata dai dolori della vita.

Rinascevo in ogni suo battito, vibravo in ogni nota violenta che suonava con la lingua, rilucevo sotto il tocco esigente delle sue mani e mi ricomponevo, pezzo dopo pezzo, quando mi stringeva in un abbraccio amorevole come se ci conoscessimo da un'intera esistenza e fossimo parte l'uno dell'altra.

Da sempre.

Di me non sarebbe rimasto nulla per un altro uomo, nulla che lui non si sarebbe già preso, nulla che non avrebbe profanato, dilatato, consumato, marchiato, distrutto.

E quello era solo l'inizio...

Il preambolo dell'opera erotica che avrebbe scritto su di me.

«Cosa hai fatto oggi con Giselle?» Mi costrinsi a distaccarmi poiché avevo bisogno di respirare. Mi sentivo umida e accaldata, pulsante in ogni angolo del corpo.

Efrem mi fissò torbidamente, ammirando con uno scintillio cupido, perfido e compiaciuto, le fiamme nelle quali mi aveva scaraventata. «Niente. Mi ha semplicemente sussurrato i suoi desideri nel modo in cui sa farlo una donna esperta, ricorrendo alle tattiche migliori, ma l'ho rifiutata.» Usò un tono sensuale che rese insopportabile lo sfregamento dei nostri indumenti, come se stesse escogitando un castigo peggiore al quale sottopormi che non fosse un bacio da capogiro.

«Perché?» Vagai sui tratti meravigliosi del suo viso, notando gli zigomi tinti di una soddisfazione impostora, le labbra tumide, pregne di me, e le iridi illuminate da una passione fervida.

Eccitato era ancora più attraente, un farabutto al quale avrei voluto strappare anima e vestiti.

«Perché quello che è successo tra me e lei è stato un episodio singolare. E gliel'ho chiarito.»

Mi aggrappai al suo collo e gli accarezzai con i pollici la barba fresca di rasatura con la quale mi aveva graffiato la pelle. «Ho fatto tanti altri sogni su di te... con me... lascia che te ne mostri uno e capirai che non hai bisogno di Giselle.» Mi accostai al suo orecchio per mormorare in confidenza: «La prossima volta che ci proverà dille che la tua bambina sa fare di meglio».

Efrem spostò una mano dal seno al mio interno coscia; lo percorse lentamente risalendo con le dita fino al sesso coperto per poi premerle proprio nel mezzo. Abbassando lo sguardo, osservò il modo in cui il tessuto si incuneò quasi a voler risucchiare i suoi polpastrelli, disegnando la forma femminile dell'intimità ormai gonfia e dilatata. «Mmh...» mugolò, riportando l'attenzione sul mio respiro affannato. «La *mia* bambina ha fame?»

Annuii con le guance arrossate. «Molta.»

Efrem mi accarezzò dal basso all'alto, riuscendo a individuare l'esatto punto in cui avrebbe trovato il clitoride. «E cosa vuole?» Lo massaggiò lentamente, facendomi inarcare la schiena; una scarica di brividi partì dal mio centro e risalì fino al petto. Il ventre si ritrasse in un bocciolo infernale, esasperato dal vuoto che avvertiva tra le anche, mentre cominciavo a farle roteare in circolo seguendo il ritmo che lui stava dettando, preda di un incendio divorante.

«Vuole te.» Gli strinsi le spalle, incapace di reggermi. Sentivo la testa leggera, le membra troppo appesantite.

Efrem indirizzò le dita più giù, sfiorando da sopra i leggings l'apertura già grondante, e con il medio la lambì simulando qualcos'altro. «Vuole il mio cazzo, non me», grugnì volgare. «E lo vuole qui.» Esercitò una fastidiosa pressione, tormentandomi quel punto delicato, reattivo. Sentii la vulva aprirsi, la carne prepararsi ad accoglierlo e serrarsi convulsamente attorno al nulla in spasmi desolanti.

«Sì.» Gli sgualcii la camicia tra i pugni, i bottoni sul cannoncino trattennero a fatica il desiderio che cominciò a scorrergli nei muscoli tanto che i pettorali guizzarono, come se non ne potessero più di quella tensione.

Era al limite anche lui.

«Non dovremmo, lo sai.» Mi coprì il pube con l'intero palmo smettendo di toccarmi, come a concedergli una carezza lenitiva. Voleva forse scusarsi per aver acceso un fuoco che era divampato oltre l'immaginabile e che esigeva di ardere?

Non lo avrei accettato; quella volta avrei ottenuto ciò che volevo senza alcuna rimostranza.

«Possiamo fare altro, ti prego.» Mi piegai a baciargli il collo; il suo meraviglioso profumo mi inebriò mentre le mani scorrevano lungo il torace marmoreo tastandone la solidità. Era ampio e accaldato quanto me, così virile da esserne stordita. Non sapevo che incantesimo mi avesse fatto, tuttavia non sarei uscita da quello studio trascinando con me la solita insoddisfazione dei nostri furtivi incontri. «Dammi un piccolo assaggio di te.» Ripresi a cullarlo con la mia voce melliflua, muovendo le labbra sul lobo morbido per stuzzicare la sua zona erogena. «La scorsa notte ho sognato di inginocchiarmi, di abbassarti i boxer e di...» Mi scostai per guardarlo negli occhi, cogliendoli affilati e guardinghi. Non era necessario dirgli *cosa* esattamente avessi sognato, Efrem si affidò alla sua astuta esperienza per intuirlo, ma, a differenza di ciò che credevo, non sembrò considerarla una buona idea. «Mi hai già rifiutato una volta, nella stanza dell'*Himeros*», gli ricordai, sperando che non mi cacciasse via; non potevamo azzerare ancora il nostro rapporto, non dopo quel bacio che mi aveva donato, la prova di un interesse vero, concreto e non illusorio. «Non sono stupida, so cosa sto facendo. Sei l'unico con cui io mi sia mai sentita *normale*. Dopo ciò che è successo con Blake, non ho più concesso a nessuno quel tipo di intimità», gli confessai a cuore aperto; lui era il primo verso il quale sentivo un legame così profondo e intenso, l'unico a cui avrei sottratto ogni frammento di peccato, ogni sprazzo di vita, e meritava di saperlo. «Con Andy l'ho fatto per dovere perché era il mio ragazzo, con Blake è stata una costrizione. Con te lo desidero davvero. Desidero condividere tutto ciò che, in passato, non ho condiviso con altri.»

«Basta, Dorothea.» Per niente suscettibile alle mie lusinghe, Efrem serrò la mascella e mi afferrò i fianchi, affondandoci le dita per allontanarmi.

«No, no, non respingermi.» Gli artigliai le spalle per resistere alla sua forza, non gli avrei permesso di fuggire ancora. «Non puoi farlo di nuovo. Non puoi negarti ciò che provi. L'hai detto anche tu: 'Abbiamo già ceduto, non ci resta nessun'altra soluzione che andare incontro a ciò che abbiamo scelto'.»

A quel punto si fermò, restando a fissarmi attonito, pervaso da quella verità innegabile; era inutile scappare, fingere che non fosse coinvolto quanto me, fingere che la nostra situazione non esistesse, che io non esistessi, poiché *io* c'ero, con la carne bruciante e le ossa tremolanti, seduta sopra di lui a supplicarlo di non limitarsi, di non frenarsi, di non ostacolarmi. Volevo che fosse se stesso, che mi trattasse come una persona e non come una paziente, che mi considerasse una donna e non una ragazzina, perché io credevo in lui.

Credevo in noi, anche se ci saremmo vissuti per poco tempo.

Quando le luci del mio luna park si sarebbero spente avrei accettato di andar via.

Ma per il momento non sarei scesa dalla mia ruota panoramica.

La vista da lassù era mozzafiato e la sofferenza sembrava distante. *Impotente.*

«Sei sicura di quello che vuoi?» esitò ancora, ma per dimostrargli che non mentivo, che non stavo giocando e che non volevo prenderlo in giro, con movimenti delicati ed eleganti scesi dalle sue gambe, che tenni scostate con le mani, e mi inginocchiai sul pavimento, di fronte a lui. Non avrei potuto dargli una risposta più eloquente; Efrem mi fissò in silenzio, il suo autocontrollo vacillò, ma non abbastanza da fargli riconsiderare la mia proposta. Nessun altro sarebbe stato in grado di resistere quanto lui; probabilmente avrebbe ceduto subito, avrebbe approfittato di me e usato il mio corpo senza il minimo riguardo.

Efrem invece era diverso: dominava l'eros e lo utilizzava come un'arma mortale, maneggiava i desideri femminili, li accresceva e poi li prosciugava tenendosi sempre lontano, nascosto dietro la sua splendida magnificenza.

Era avvenente, inavvicinabile e imbattibile da chiunque, come un temibile avversario in un duello all'ultimo sangue che intendevo vincere a ogni costo.

Lo guardai dal basso, sentendo la collisione dei nostri pensieri, due mondi che attendevano solo il nostro consenso per fondersi e unirsi. Gli comunicai il piacere che provavo a concedermi a lui, non c'era nessuna traccia di pentimento in me e mi incantai sui suoi occhi opalescenti che brillavano nella penombra della stanza, illuminata appena da una lampada da scrivania; le ombre delle nostre sagome correvano sui muri come se fossero impazienti di sedersi su un palchetto teatrale, curiose di assistere allo spettacolo immorale.

«Bene», commentò Efrem con arrogante levità, mettendosi comodo sulla poltrona. Distanziò meglio le gambe e si portò una mano sulla fibbia della cinta per liberarla; ogni suo gesto fu dominante e deciso. Deglutii un nodo d'ansia quando mi resi conto che aveva accettato e che mi avrebbe permesso di toccarlo malgrado le mie intenzioni andassero ben oltre…

«Er gehört dir», proferì in un tedesco autoritario e seducente, dopo aver abbassato la cerniera. «È tutto tuo, goditelo.»

Avendo avuto prova di quanto fosse virile il suo corpo, avida la sua bocca, forti le sue braccia, mi ritrovai a tentennare soltanto perché la mia scarsa esperienza regredì a un'insicurezza improvvisa quando pensai a quante donne si fossero susseguite nel suo letto, a quante donne gli avessero strappato gemiti di godimento e sussulti d'eccitazione, temendo che non sarei stata brava quanto loro; soprattutto quanto Giselle.

Proprio nel momento in cui avrei dovuto dimostrargli l'ardore del mio desiderio, fui pietrificata da un'inadeguatezza avvilente.

«Cosa c'è, Dorothea?» Efrem se ne avvide e mi parlò con l'indulgenza che si riserva a una bambina. «Vuoi che ti aiuti?»

Alternai lo sguardo dal suo volto duro al membro altrettanto turgido ingabbiato nella stoffa dei boxer e proteso sul lato destro, il verso più congeniale per lui.

«Devi dirmi come ti piace», sussurrai indecisa; volevo essere impeccabile per non deluderlo.

«Lasciati guidare dall'istinto, mi importa che piaccia a te in primis», rispose sincero, con una premura che mi scaldò le guance e il petto, infondendomi la giusta dose di coraggio. Sebbene il suo atteggiamento fosse sfrontato e impositivo, non mi sarei aspettata nessuna pretesa, poiché Efrem sapeva essere esigente senza risultare oppressivo.

Con dita leggere gli accarezzai i quadricipiti allenati, sentendone la robustezza sotto le falangi, e raggiunsi con calma il cavallo dei pantaloni; Efrem non mi aiutò quando tentai di strattonarli in basso per avere maggior accesso al suo sesso. Scorsi già la punta gonfia sbucare dall'elastico dei boxer neri; un languido terrore mi sommerse al ricordo di quanto fosse grande e spesso.

Umettandomi le labbra per il nervosismo, vellicai il segno del morso che mi aveva lasciato all'interno, proprio laddove aveva inciso i denti durante il nostro bacio, ma non sarebbe stato d'intralcio al mio obiettivo. Con una mano abbassai il cotone fine, scoprendo l'erezione che, imperiosa, svettò fuori colpendomi quasi la faccia. Impallidii nel vederla così da vicino. La luce fioca della lampada mi permise di sbirciarne ogni torvo particolare: la cima era diversa dalla radice, solcata da spesse vene che serpeggiavano a partire dal basso ventre, attraversavano il tronco e sporgevano in superficie marcandone la possanza. Quattro in particolare, voluminose e nodose, spiccavano più delle altre, conferendogli un aspetto spaventoso. Mi sembrava impossibile che una donna potesse accoglierlo nella pancia, figurarsi altrove.

«Oh, cazzo», detonai spaventata. La Thea sicura e disinibita era andata a farsi un giro chissà dove, pertanto non potei mascherare il mio sconcerto.

«Sì, bambina. Si chiama proprio così.» Efrem ci scherzò su, posando i gomiti sui braccioli e adagiandosi comodamente allo schienale; la mia espressione perplessa aveva solleticato il suo ego facendogli fiorire un sorriso inorgoglito. «L'hai già fatto in passato, giusto? Cosa ti turba?»

E aveva anche l'ardire di chiedermelo?

Nei miei trascorsi l'unico che si era sempre vantato delle proprie doti era stato Andy, eppure il membro di Efrem mi parve grosso il doppio, perciò sortiva un effetto diverso. Oltretutto era un preliminare che non concedevo a nessuno con tanta facilità e del quale avevo ricordi sfocati poiché l'ultima volta risaliva a troppo tempo prima.

«Ho paura che mi strozzi e al tempo stesso è tutto ciò che vorrei», gli confessai imbambolata mentre dei brividi erotici mi correvano lungo la spina dorsale. Lui non rispose; si limitò a sorridere con aspettativa, interessato a vedermi in azione, a capire di cosa fossi capace, perciò lo avvolsi nel palmo dalla base e con una certa titubanza chiusi le dita che, malgrado la presa stretta, non riuscirono a congiungersi. Lo studiai ammaliata come se fosse un giocattolo nuovo, dalla forma perfetta, le dimensioni vigorose e l'odore gradevole.

Non c'era nulla di indesiderato in lui: Efrem emanava un profumo fresco, di pulito, particolarmente virile, che mi indusse ad avvicinare la bocca.

«Non sentirti costretta se non vuoi», mi avvertì diffidente, tuttavia intrecciai lo sguardo al suo affinché notasse il luccichio bramoso delle mie iridi; doveva comprendere che non mi sarei fermata e che non avrebbe dovuto opporsi. Ebbe conferma della mia determinazione quando feci saettare fuori la lingua e gli leccai il glande, tutt'attorno, scendendo lenta al di sotto, sul frenulo, quel sottile lembo che sperai lo facesse impazzire. Efrem contrasse l'addome e irrigidì le gambe; essendo circonciso, era un punto molto sensibile per lui e sentirlo bagnato dalla mia saliva lo eccitò così tanto che l'asta si inspessì, pressandomi il palmo come un enorme pezzo di granito.

«Non ti rendi conto di quanto sei attraente», lo lusingai, portando su di lui anche l'altra mano. Le mossi entrambe dall'alto al basso, in sincrono, fissando curiosa il modo in cui la fessura superiore si stava inumidendo di piccole stille trasparenti. Ci passai il palmo per raccoglierle e usarle come lubrificante, poi, smaniosa di assaggiarlo, chinai la testa e glielo avvolsi tra le labbra. Efrem fremette, ma non emise alcun gemito, soltanto un piccolo sospiro appagato. Distrattamente sollevò l'orlo della camicia e scoprì le anche spigolose che, mascoline, delimitavano la zona pelvica, soda e muscolosa, contratta dal piacere.

Finalmente era in mio possesso e potei gustarmi la vista della sua nudità elegante e selvaggia, la peluria rada che la circondava, l'addome armoniosamente cesellato; i solchi ben definiti sembravano i rilievi di una scultura realizzata da tratti artistici sicuri, capaci di renderla straordinaria.

Rapita, continuai a baciare, lambire e suggere con delicatezza la cima, brandendo quella durezza come se fosse uno scettro d'oro. Il membro caldo, liscio e palpitante mi scorreva dentro e fuori, nonostante fosse troppo ingombrante per essere accolto interamente; le mascelle mi dolevano e la distanza dai denti era minima, motivo per cui procedevo lenta, attenta a non graffiarlo.

«Non esagerare. Non voglio che ti vengano i conati.» Efrem affondò le unghie nei braccioli quando percorsi con la lingua tutta la sua lunghezza, sollevando lo sguardo per ammirarlo. Fui investita dalla tempesta infuocata che gli stava imperversando negli occhi, un oceano incandescente nel quale annegai, e dischiusi le ginocchia a causa di uno spasmo, accanendomi con più audacia sulla punta rigonfia. Con la mia perseveranza gli feci intuire di non preoccuparsi e di lasciarmi proseguire, quindi si rilassò restando serio a fissare il modo in cui lo stavo venerando. Non c'era parte del suo corpo che non desiderassi, tuttavia in quel momento cercai di impegnarmi al massimo per soddisfarlo, concentrandomi sui punti che preferiva. Studiai le sue reazioni: se leccavo la corona del glande, emetteva sospiri brevi ma non intensi; quando invece lo succhiavo sfiorandogli con colpetti docili anche la piccola fessura umida come se volessi profanarla, i suoi muscoli guizzavano portando il bacino a inclinarsi verso l'alto in segno d'approvazione.

«Con quale mano ti sei toccata mentre parlavamo a telefono?» La sua voce risultò arrochita, ma ancora troppo rigida e controllata. L'affanno era lieve, il coinvolgimento minimo.

Forse stavo sbagliando qualcosa?

Con la bocca ancora occupata dalla sua presenza, sollevai la destra per rispondergli; lui mugolò pensieroso e distese una gamba, lasciando l'altra ancora piegata. «Bene. Toccami solo con quella. E ricorda che l'organo genitale maschile non comprende soltanto il pene», mi ammonì autorevole.

Ecco qual era il mio errore.

Arrossendo, spostai la mano sinistra sui testicoli sorretti dall'elastico stretto che li pressava da sotto. Li massaggiai piano, sentendoli pieni e scivolosi, tuttavia, anziché assistere a un ansito delirante, percepii un suo sospiro infastidito; alzai le iridi, mortificata, e il panico mi piombò addosso.

Santo cielo, stavo facendo un casino!

Le eccessive emozioni non mi aiutavano a essere spontanea e capace di appagarlo come avrei voluto. Avevo atteso per così tanto quel momento che l'agitazione stava rovinando tutto; per un istante valutai l'idea di alzarmi e scappare via.

«Non agitarti, Dorie.» Efrem tentò di rasserenarmi, cogliendo subito il mio disagio. «Ascoltami: chiudi meglio la bocca, deve aderire a me come se fosse la tua fica. Quando ti ho penetrata con le dita era morbida e accogliente, è così che ti voglio adesso.» Si sfilò con lentezza e rientrò con prepotenza. Fissai perplessa l'erezione troncata a metà dalle mie labbra poi, seguendo il suo consiglio, la serrai con tenacia, muovendo il capo su e giù. Acquisii più sicurezza, prendendo confidenza con la parte più minacciosa del suo corpo, ed Efrem si lasciò sfuggire un verso gutturale, liberando due bottoni della camicia per l'ondata bollente che gli scaldò la pelle facendola apparire ancora più brunita. I suoi pettorali, coperti da una leggera villosità, scintillarono sotto la velatura di sudore che ne accentuava la bellezza, rendendolo disarmante. «Ecco, sì... brava», mormorò coinvolto, afferrandomi uno dei codini per dettarmi un ritmo incalzante. Lo fece con brutalità. Imperioso e rude. «Ora stringilo. Di più», ordinò arcigno. «Non avere paura, non mi fai male. Lasciati guidare dal desiderio.» Le sue falangi affondarono nei miei capelli, le dita li impugnarono con forza facendo pressione; il mio collo si tese sotto al suo peso e scivolai più in basso finché, con le mascelle tese, la punta urtò contro la faringe. Nell'aria scoppiarono un colpo di tosse e un gemito: il primo fu il mio, il secondo il suo. «Oh, sì, ci sei... accelera.» Efrem continuava a fissarmi spavaldo, con gli zigomi vividi d'eccitazione e le palpebre affilate come una belva affamata; io invece mi abbandonai al desiderio più sfrenato proprio come mi aveva suggerito. Gli strattonai i testicoli, tirandoli nel palmo, e lui emise un sibilo animalesco spingendomi la testa contro l'inguine per invadermi ancora più in profondità; sulla rima ciliare si raggrupparono piccole perle di lacrime. «Lo so, bambina, resisti un altro po'.»

Un altro po', aveva detto, ma andammo avanti così per minuti interminabili poiché la sua, di resistenza, era eccessiva...

Gli affondi divennero più duri, impetuosi, esigenti.

Efrem si aggrappò anche all'altro codino e si mosse con più impudenza; sollevò le anche scopandomi la bocca come se fosse il mio corpo. Il cuore mi palpitò nelle vene, la gola accolse la sua passione smoderata e il ventre mischiò il dolore al piacere, facendomi delirare all'idea che potesse soffocarmi. Una fantasia che non era mai emersa con nessun altro perché solo a Efrem avrei concesso una fiducia così totalizzante. Purtroppo, si accontentò di ciò che potevo accogliere e non mi costrinse a circuire la sua lunghezza per intero, sebbene mi sembrasse già molto quello che stavo riuscendo a contenere. Ci avrebbe impiegato ancora troppo a raggiungere l'apice, ma non mi sarei arresa. Le ginocchia mi dolevano, il braccio destro formicolava, la bocca gridava pietà, ma lì, ai suoi piedi, era l'unico luogo in cui avrei voluto essere.

Elargirgli piacere l'unico atto che mi permise di sentirmi completa, avviluppata e connessa a lui.

Colmata ovunque come se i nostri corpi fossero stati creati per assoggettarsi l'uno all'altro.

«Vuoi ingoiare?» Efrem mi tirò bruscamente il capo all'indietro per puntarmi addosso le sue pupille torbide e libidinose. «Altrimenti devo fermarmi.»

Così bloccata nella sua morsa crudele, mi liberai per un attimo dell'ingombro del pene, duro allo stremo, per guardarlo dal basso, con le guance umide e arrossate. Il suo affanno mi comunicò che era nel pieno del desiderio sessuale, carico come una bomba a orologeria. Avrei potuto mentire, fingermi esperta come avevo sempre fatto, invece decisi di essere sincera. *Almeno con lui.* «Voglio sentire il tuo sapore, saresti il primo», confessai imbarazzata, perché con Andy mi ero sempre rifiutata di spingermi così oltre e con Blake non c'era stata eiaculazione a causa dell'alcol che aveva ingerito.

Efrem ne fu sorpreso, non si sarebbe mai aspettato che la ragazzina insolente che lo aveva provocato per tutte quelle settimane preservasse ancora un lato così pudico. «E sei certa di volere che sia io?» Una dolcezza sinistra gli velò il timbro, rendendolo più basso e setoso.

Intendeva dire: Sei sicura di voler rischiare?

Mi concesse una carezza sulla nuca, osservandomi assorto, con un trasporto talmente bruciante che pensai volesse baciarmi o fare l'amore subito.

«Sì.» Annuii.

A quel punto, la razionalità si spense e una spietata carnalità prevalse quando Efrem si infilò ancora tra le mie labbra e spinse con una forza selvaggia, senza alcun freno inibitorio. La mia rivelazione lo aveva esaltato, le sue mani erano diventate d'acciaio sulla mia testa e il membro più spesso. Più feroce. Tanto da soffocarmi davvero. I polmoni si compressero artigliando l'aria, nel petto la sua irruenza appiccò un incendio che esplose dalle costole fino alle tempie. Come se un morso fatale mi avesse strappato esofago e trachea, tossii un paio di volte, ma lui continuò a scivolare imperterrito dentro e fuori, perciò lo assecondai per mantenere accesa la fiamma del suo impeto distruttivo.

Mi lasciai spezzare e sottomettere, *godendo con lui.*

L'eleganza dell'abito che indossava strideva con l'immoralità dei gesti, l'indecenza della situazione, l'inadeguatezza del luogo, la volgarità degli ordini.

«Succhia», sbottò sprezzante. Il suo timbro sbatté lugubre contro le pareti della mia anima, graffiandola crudelmente. «Te lo devi scopare, Dorothea. Non voglio carezze gentili.»

E quell'efferatezza perversa era ciò che avevo sempre ricercato.

Nel fragore dei respiri ansanti e dei vagiti eccitati, mentre stava arretrando per prepararsi a un altro affondo energico, gli sfregai erroneamente i denti sulla pelle sensibile e lui ringhiò, vibrando dentro di me.

«Cazzo, Dorie!» mi rimproverò con uno strattone ai capelli, tuttavia il piacere non si affievolì e presto Efrem tornò nella mia bocca come se non potesse farne a meno. «Continua, vai avanti...» Ignorò il dolore, sopraffatto dalla voglia di invadermi fino al limite; allora proseguii deliziata con le palpebre chiuse, stremata dagli sforzi, ma speranzosa di sentirlo venire per assaporarlo intimamente. Prima che il mio collo si spezzasse e la gola andasse a fuoco, sentii un ringhio bestiale, seguito da un gemito sommesso e degli spasmi incontrollati. Gli puntai le mani sulle cosce, affondai le dita nel tessuto dei pantaloni e lo guardai dal basso, ammaliata: Efrem si irrigidì, serrò gli occhi, il collo divenne un fascio di nervi elettrici e compresi che c'era quasi. Contraendosi, mi tenne la testa ferma tra i palmi e io rimasi immobile aperta per lui; indugiò qualche secondo dentro di me finché la punta pulsò contro l'ugola.

E finalmente venne.

Venne in un silenzio eccitante.

L'autocontrollo si disgelò, una morsa violenta gli incendiò il basso ventre e una scia infuocata sfrecciò lungo l'asta esplodendo in un orgasmo così potente che mi scosse dall'interno come se fosse una sequenza di schiaffi su ogni organo vitale.

L'erezione palpitò sulla mia lingua, inondandomi la bocca di fiotti densi e caldi.

Fu un getto persistente, copioso, e io rimasi inginocchiata a bere ogni goccia, fino all'ultima, chiudendo le palpebre deliziata perché tutto ciò che stavo accogliendo apparteneva a lui e da quel giorno sarebbe appartenuto *anche a me*.

Mugolando, trattenni ancora il membro per accertarmi che non avesse altro da darmi, continuai a succhiarlo per intensificare la sensazione liberatoria, poi quando smise di zampillare lo leccai tutto, seguendo i fili perlacei che gli colarono ai lati. Come una ninfetta melata glielo pulii, vezzeggiandolo ancora un po'. Efrem riaprì gli occhi, smarrito ancora nell'estasi del piacere, e sussultò quando gli succhiai anche i testicoli; di rimando sollevai le ciglia su di lui, rivolgendogli un sorrisetto spudorato.

Poté riprendere fiato solo quando smisi di stuzzicarlo; allentò la presa sui miei capelli fino a sfilarsi gradualmente e si rilassò contro la poltrona. Sudato e scombinato, risultò bellissimo come un dio peccatore ed esiliato.

«Com'è il mio sapore, piccola Dorie?» sospirò sfinito mentre io riemergevo dall'apnea prolungata, poi mi massaggiai la gola dolente e mi umettai le labbra assaggiando gli ultimi residui del liquido vischioso e salato.

«Forte come te, ma mi piace.» Gli contemplai il pene che pian piano svigoriva, ormai stremato dall'eccesso vizioso del suo padrone, e sbattei le palpebre, incredula per ciò che era successo. Lui era davvero stato il primo e neanche per un attimo avevo pensato a Blake o al male che mi aveva causato. Con Efrem non era stato terribile o angosciante, non era stato neanche disgustoso. Eppure, avevo sempre creduto che quell'episodio traumatico – soprattutto nei momenti di intimità con qualcun altro – sarebbe riemerso dal fondo della memoria per ferirmi ancora, farmi sentire una poco di buono, usata e costretta ad assecondare la cattiveria di un mostro; invece non era accaduto.

I ricordi si erano annullati e l'anima era stata in balia soltanto di un uomo.

Come una sciocca arrossii perché avrei voluto addirittura rifarlo, dare a Efrem il piacere che meritava, riassaporarlo e fluttuare nella beatitudine di quel momento insieme a lui, con meno impaccio e più passione.

«Sei la mia sporca bambina.» Lui sorrise come se mi avesse letto nella mente e si allungò per afferrarmi da sotto le ascelle e trasportarmi sul suo grembo con una facilità disarmante. Mi sentii sballottolata come una bambolina di pezza e mi voltai nella sua direzione, ancora intontita. «Molto sporca e capricciosa.» Con il pollice mi pulì l'angolo del labbro inferiore ancora bagnato dal suo seme, poi ne tracciò il contorno schiacciandolo contro i denti. Dal taglio che mi aveva procurato distillò un po' di sangue, diffondendosi nel palato. Avevo la testa vorticante, la nuca indolenzita, gli *space buns* rovinati e la cute bruciante per il modo in cui mi aveva stretta e strattonata; ma quando, incantata, indugiai su di lui, notai che non era messo meglio di me: con il membro ancora scoperto, gli occhi due abissi di tenebre, magnetici e spietati, il corpo una mappa scandalosa sulla quale lampeggiavano i segni di un uomo che aveva goduto e che, sotto la camicia sbottonata, aveva i muscoli avvelenati dall'eccitazione al punto da emanare una carica erotica letale.

E la causa del suo sconvolgimento non era stata Giselle, bensì io.

Non potei nascondere un ghigno furbesco e vittorioso.

«Anche tu lo sei.» Gli infilai una mano tra i capelli soffici lisciandoglieli all'indietro e, colta da un'improvvisa stanchezza, gli rifugiai la fronte nell'incavo del collo, sentendo sull'arteria il battito tornare a un ritmo regolare mentre restavo languida tra le sue braccia. «Sporco, rude e volgare.»

«Ne sono consapevole. Era questo che volevo farti intendere quando ti ho spiegato che apprezzo i lati più oscuri del sesso, senza alcun tabù. Ciò che abbiamo condiviso adesso è solo una piccola parte di quello che davvero voglio.» Efrem mi accarezzò la schiena, intrufolandosi sotto la maglietta in cerca di un contatto diretto con la mia pelle. I suoi polpastrelli erano bollenti mentre lambivano la spina dorsale, eppure mi lasciai coccolare. «Spero che avremo la stessa intesa anche a letto.»

Con i seni premuti contro il suo torace, i capezzoli si ersero come richiamati da quella parola, che pronunciata da lui sembrò più sconcia e proibita. «Hai deciso di concederti a me?» Gli strofinai il naso sotto l'orecchio, inspirando il suo profumo ancora fresco e aromatico, leggermente corrotto dal sesso; lui appoggiò la testa allo schienale, rilassato dal mio gesto, ed emise una risata provocatoria, colma di rassegnazione, che mi riportò alla mente il testo di una canzone che avevo abbozzato tempo prima…

Ti attrae l'idea che io sia pazza.
Non riuscirai a rompere la mia corazza.
Le ombre svolazzano.
I mostri impazzano.

So che non sei mio.
Vieni a passeggiare tra i miei demoni.
So che non sei mio, ma i desideri ci rendono deboli.
Quando tornerai da lei, dimenticherai chi sei.
Avrai sempre bisogno di me.
Oh, satiro selvatico...
Ricordalo: la ninfa respinta, alla fine, sarà colei che brinda.

«Ho altra scelta? Sappiamo entrambi che presto sarai mia», asserì stanco, stringendomi forte un fianco fino ad affondare le dita nella carne come a marchiarla ferocemente. «*Del tutto...* mia.»

Il che significava che mi aveva perdonata, seppur a modo suo, che non mi avrebbe più mandata via, che avrebbe spezzato le catene della razionalità e che, oltre al cuore, si sarebbe impegnato a farmi tremare anche le gambe...

Senza riserve.

O false romanticherie.

E.K.
Cosa sei?
Una bambina o un dono?

Berlino, 29 settembre

Poi ho incontrato lei.
Un petalo infiammato di lussuria.
Una pericolosa cacciatrice, un giardino di delizie.
Il mio peccato più grande.
EFREM KRUGHER

SAPETE che i ricordi sono dei codici?

Nei processi di elaborazione mnestica, la prima fase riguarda proprio la trasformazione dell'informazione in un codice che viene inserito nell'archivio della memoria e che quest'ultima riconosce; dopodiché, si procede con la fase di stabilizzazione in cui il ricordo viene immagazzinato a lungo termine per poi essere recuperato con uno stimolo che possa renderlo accessibile all'individuo, ormai cosciente.

Tuttavia ciò che funge da richiamo deve essere fortemente associato o connesso alla persona, all'evento o al segmento di vita che intendiamo rievocare, pertanto ho di fronte a me un reperto alquanto interessante: una foto del giorno del mio matrimonio – priva di cornice, un po' sbiadita agli angoli – che ritrae me e Liliane, plasticamente avvinghiati in un abbraccio di circostanza, con gli sguardi rivolti all'obiettivo, io con un sorriso stentato, lei con un'espressione più serena e spontanea.

Ci sposammo il 16 aprile, a Los Angeles, quattro mesi dopo il nostro primo incontro; fu una cerimonia discreta, direi desolante, umile, con pochissimi invitati e contrassegnata dal timore ossessivo della mia mogliettina per l'ipotetico e sgradito sopralluogo di giornalisti invadenti che avrebbero potuto nascondersi tra le siepi per immortalare l'improvvisa unione coniugale, accaparrarsi lo scoop dell'anno e divulgarla in tempi troppo celeri sui giornali. Liliane era una donna estremamente riservata; non amava sbandierare i suoi amori o legami privati, ma preferiva rendere pubblico solo ciò che riguardava la carriera, la partecipazione a Festival internazionali o le esibizioni dinanzi a personalità di spicco.

Anch'io, dal mio canto, non ero meno peritoso di lei, al punto che rivelai a Markus di essermi sposato soltanto due settimane dopo le nozze, quando decisi di riprendere la mia attività all'Asklepios. Vi lascio immaginare la sua incredulità, celata dietro la brina di un'infida temperanza; con la sua perfida scaltrezza, intuì subito il motivo del mio gesto, troppo improvviso e affrettato: volevo aiutare Mitchell nella difficoltosa impresa di vincere il processo nel quale io ero il suo assistito.

E l'ausilio indiretto che gli avevo dato era stato dei più callidi e spietati.

Mio padre non avrebbe potuto giudicarmi – d'altronde, quell'aspetto così sleale, da farabutto, l'avevo ereditato proprio da lui – e saggiamente neanche provò a esporsi su quanto fosse stato assurdo sposare una donna appena conosciuta, molto famosa e per giunta più grande di me di tre anni – all'epoca dei fatti, io ne avevo trentaquattro e Lili trentasette.

Se state pensando che il matrimonio con lei sia stato solo una farsa, una costrizione, un sacrificio, un cimento... vi sbagliate.

Sceglierla decretò la mia salvezza, e anche quella di Joël.

Quando il bambino fu affidato completamente a noi – dopo una lunga e accurata procedura finalizzata a escludere eventuali cause che potessero comprometterne l'incolumità e a verificare che il piccolo fosse sottoposto alle cure, all'istruzione e al mantenimento di cui aveva bisogno – Liliane divenne per me e per lui una presenza fondamentale nella nostra vita. Quella donna sembrava che fosse nata per assumere il ruolo di moglie e mamma; forse, dopo l'aborto spontaneo subito nella sua precedente relazione, il fato le aveva regalato una seconda opportunità. Non avrebbe mai avuto figli con me, sarei stato attento a evitarlo; perciò dovette accontentarsi di accudire un pargoletto di otto anni che, benché non fosse biologicamente suo, o mio, fu trattato come il frutto legittimo del nostro amore immaginario.

Liliane era dolce, affettuosa e molto premurosa; al mattino si svegliava presto per imbandire la tavola con tutte le prelibatezze che sapeva preparare – si era persino documentata su delle ricette tedesche per sorprendere il maritino straniero – e, poiché non bevevo caffè, era solita portarmi a letto il mio succo d'arancia con un bel *brezel* farcito di marmellata alla fragola, la mia preferita. Non ero dedito a una galanteria eccessiva né a un atteggiamento troppo sentimentale, ma sapevo come ricambiare la sua gentilezza quando, nelle ore notturne, mentre il piccolo dormiva, mi avvicinavo alla sua figura flessuosa come un gattone in cerca di calore e, con qualche proposta lasciva all'orecchio – sempre dosata, mai cafonesca –, l'accarezzavo cupidamente mostrandole quanto adorassi strapparle mugolii e gemiti di piacere.

In totale sincerità, vi confesso che ne godevo anch'io quanto ne godeva lei.

Liliane imparò a essere passionale e travolgente in un modo femminile e delicato; non prendeva mai l'iniziativa, ma quando abbattevo il suo iniziale imbarazzo diventava irrequieta come una giumenta. Bastavano qualche coccola fintamente svenevole e qualche complimento lezioso per convincerla a sottomettersi affinché si lasciasse cavalcare come piaceva a me. Col passare dei mesi si abituò ai miei modi fauneschi, nonostante non fossi del tutto libero di esprimere la mia reale indole. Dovevo sempre tenere a mente che odiava il dolore, che non riusciva a tollerarlo in nessuna forma e che non potevo, non dovevo superare il limite.

All'inizio quell'eccesso di ristrettezze sessuali, quella sorta di bunker della moderatezza in cui mi aveva segregato, non gravò troppo sul mio uccello malavvezzo – la radice di tutti i miei problemi, *dannato viziato* –; fui capace di gestire gli impulsi come un uomo ormai maturo, ben integrato nella società e mentalmente stabile, malgrado ricorressi ancora agli ansiolitici nelle giornate più emotive e ombrose. E Liliane provò con tutta se stessa a adattarsi a quel tipo di libidine che considerava contraria al buon costume senza, però, cambiare nulla delle sue vedute virginali. Capitava che piangesse per i sensi di colpa quando, stantuffandola come un assatanato tra le cosce – tra gli scricchiolii delle molle, il fiato spezzato e la spalliera che batteva a un ritmo secco, incessante, concitato contro la parete –, io ci impiegavo decisamente troppo a raggiungere l'apice; a volte provvedevo a mantenere l'erezione grazie alle violente fantasticherie erotiche che, in passato, avevo concretizzato con numerose amanti. Avevo già rivelato a mia moglie che avevo bisogno di molto di più per sentirmi appagato, le avevo ripetuto che avevo bisogno di spezzarla, di farle male, di bere le sue lacrime o deprivarla del respiro; se, tempo prima, aveva accettato la condizione che continuassi a vedere Giselle per ovviare a un problema che lei non poteva risolvere, dopo il matrimonio Liliane aveva sviluppato una possessività accecante al punto che le bastava udire il nome dell'altra poveretta per freddarsi, afferrare il suo cuscino e sistemarsi sul divano del salotto limitandosi a rivolgermi un rancoroso «*Bonne nuit*», con le consonanti accentuate, pregne di rabbia e gelosia.

In che ambiente malsano sarebbe cresciuto Joël se si fosse accorto che sua mamma non era felice, ma delusa dal comportamento irrispettoso e infedele del papà?

Che razza di egoista sarei stato se avessi pensato a come soddisfare me stesso mentre a casa il bambino avrebbe assistito al malumore dei genitori, alle loro discussioni e alla loro totale scoordinamento?

Quanto avrebbe influito la mia condotta sul nostro equilibrio familiare?

Se perdere un genitore – e io lo so bene – può essere dannoso, perderne due sarebbe stato un trauma irreversibile soprattutto per un bambino come lui, il cui mutismo selettivo era già un confine invalicabile che inconsciamente poneva tra sé e il mondo esterno.

Sicché presi una decisione netta e la comunicai a Lili: avrei ridotto i miei incontri con Giselle al minimo e solo a quei momenti in cui reprimere la mia natura avrebbe rischiato di trascinarmi in uno stato di esasperante frustrazione e malessere.

D'altronde, il passaggio da uomo libertino a marito ammodo non determinava necessariamente un totale disinteresse per il mio benessere psicofisico, giusto?

Se mi fossi impigliato ancora nella cetra della nevrastenia, se mi fossi ammalato o avessi trascurato le attività innominabili che concedevano una magra consolazione alla mia perversione, non sarebbe stato controproducente per la mia famiglia?

Se Joël, a causa mia, fosse stato trasferito in una struttura apposita o, peggio, affidato a qualcun altro?

Ma per quanto avrei potuto impastoiare la bestia che intimoriva Liliane?

Non per sempre, soltanto per il tempo necessario a Joël per crescere e raggiungere la maggiore età, poi io avrei potuto divorziare e riappropriarmi della mia libertà, parzialmente compressa.

Un pomeriggio piovoso – mentre leggevo *Aus der Geschichte einer infantilen Neurose* di Freud –, Lili si sedette accanto a me, sul divano del salotto, mi baciò la mano come se fossi il suo imperatore e, stringendola nelle proprie, intavolò il discorso sulle mie spasmodiche esigenze: mi pregò di limitarmi a dei preliminari soft, a giochetti sadici, a delle percosse consensuali, ad assistere a serate a tema BDSM... insomma a tutto ciò che non avrebbe incluso una penetrazione completa, sul fronte o sul retro, o un *cunnilingus*; con uno squittente avvilimento mi supplicò di non praticare sesso orale a un'altra donna, specificando che invece per la *fellatio* avrebbe fatto un'eccezione. Essendo ipocondriaca, temeva la trasmissione di malattie o infezioni veneree, herpes genitali o molluschi contagiosi. Credeva che Giselle fosse una prostituta – definizione alquanto errata, dacché era una *switch,* la migliore che avessi mai incontrato – e non voleva che io, a causa della mia incurabile trasgressione, esponessi la sua salute a pericoli simili.

Accettai poiché meritava una ricompensa per l'impegno che stava dimostrando in quella relazione: si era concessa una pausa dai viaggi e dalla carriera per iniziare a insegnare musica in un'accademia privata, senza rinunciare a prendersi cura di me e Joël. I suoi orari, a differenza dei miei, erano abbastanza flessibili. Trascorreva circa quattro ore con gli alunni, soltanto tre giorni a settimana: il martedì, il giovedì e il venerdì. Secondo lei, quello era l'unico modo per poter conciliare le nostre vite, difatti riusciva sempre a pranzare con il bambino – mentre io tornavo dalla clinica per cena – e la sera ci concedevamo dei giocosi momenti familiari per far percepire al piccoletto la presenza e l'affetto di entrambi.

Malgrado potessimo permetterci tutte le governanti o domestiche che desideravamo, Lili mi chiese di occuparsi della casa – la mia casa – senza cambiarne lo stile o l'arredamento, prettamente maschili, poiché sapeva quanto fossi suscettibile con ciò che mi apparteneva. Si limitava a pulirla o ad aggiungere qualche souvenir – con molta cautela per evitare di irritarmi – che desse all'ambiente un tocco personale, qualcosa che annunciasse a gran voce: «Signori e signore, in questa villa ci abito anch'io. Il dottor Krugher, lo scapolo d'oro tanto ambito, è ufficialmente *hors-jeu*».

Fuorigioco.

Se volete un consiglio sgradito ma utile: riflettete bene prima di sposarvi!

Come già vi ho premesso, Lili soffriva di una folle gelosia nei miei riguardi; non solo per la durata del nostro matrimonio non ebbi mai, e dico mai, rapporti con Giselle o con altre donne – a Dorothea ci arriveremo con calma –, ma, ahimè, vivemmo un periodo di crisi quando seppe che Nina Ruiz, una delle mie ex di cui le avevo raccontato durante la nostra conoscenza, era stata assunta all'Asklepios come psicologa e psicoterapeuta dell'équipe multidisciplinare. Quando mi domandò se avessi più frequentato – sottintendendo anche se ci avessi fatto sesso – la dottoressa Ruiz, o se conservassi ancora il suo contatto personale, il mio eccellente quoziente intellettivo fu affetto da una momentanea afasia simile a quella di un ubriaco, come se le vie nervose superiori fossero state manomesse. Quel maledetto numero era ancora nella mia rubrica e, sebbene per me non avesse alcuna importanza, per Liliane sarebbe stato il presupposto giusto per sospettare di un imminente e terribile ritorno di fiamma con la rossa tutta tette e gambe. Io e Nina ci eravamo conosciuti a un convegno anni prima e avevamo vissuto per qualche mese un'avventura folle ed entusiasmante, ma, per quanto quella relazione fu piacevole, oggi vi confesso che non ebbe molto valore per me.

Fu soltanto una curiosità risolta, un passatempo faceto, uno dei tanti gustosi dessert che delibavo quando ne avevo voglia.

Spiegai esattamente questo a mia moglie e la rassicurai sull'impossibilità che potesse ripresentarsi con la mia ex il medesimo interesse; Lili sapeva che non avrebbe dovuto farsene un cruccio. Se avessi voluto trascorrere qualche momento sfrenato con un'amante, stando ai nostri patti, lei sarebbe stata la prima che avrei informato, ma per sua fortuna ciò non accadde poiché riuscii a sacrificarmi. L'etica paterna e la sana educazione che avrei trasmesso a Joël mi indussero a sopprimere il buon vecchio Efrem e a rispettare Liliane, attenendomi ai monotoni doveri coniugali. Le fui anche fedele – *Lesern*, non storcete il naso – per tre lunghi anni prima che la mia dignitosa rettitudine fosse compromessa, prima che annegassi in un sentimento proibito, prima che mi lasciassi persuadere dalla voce di una Sirenetta, prima che un lunedì dei tanti, nel mio studio, ricevessi una visita inaspettata e una ragazzina insolente cominciasse a minare l'assoluta conformità al principio del *guter Ehemann* – bravo marito – che mi ero prefissato di onorare.

Ah, miei curiosoni, da dove volete che inizi?

So che avete atteso questo momento come si attende una nova rossa luminosa anche se *lei* era molto di più di un'esplosione di stelle, perciò, nonostante io senta il cuore tremare al sol pensiero di incidere con la mia umile stilografica il suo nome, di ornare questo foglio insignificante con quelle melodiose otto lettere, sappiate che per me non è mai stata semplicemente Dorothea.

Non è mai stata una rockstar, la chitarrista dei Bright Demons, la nipote della signora Lizzie Curtis, l'ex fidanzatina di Andrew Vince Taylor o la compagna di stanza di Juliette Obrien.

Per me lei è stata il mio desiderio più ombrifero.
Il segreto più pericoloso.
La musica più profana.
Il corallo più prezioso.
Il fiore più bello.
La fanciulla più appetibile.
E anche la pena più amara…

Quel lunedì mattina fui informato dell'appuntamento con una certa Dorothea Ludmilla Jensen, accompagnata da un parente. Il suo manager Victor Donovan aveva contattato la mia assistente Melanie, settimane prima, chiedendole di poter parlare direttamente con me per espormi nel dettaglio i problemi della piccina – svenimenti improvvisi, insonnia, mancata concentrazione, attacchi di nausea, crampi allo stomaco e un pallore sospetto sul viso –; puntualizzò anche che si sarebbe accollato le spese dell'alloggio, raccomandandosi sulla riservatezza riguardo a quel periodo di permanenza e al buon esito del trattamento. Ragionai a lungo su quale potesse essere la diagnosi della giovane che avrei incontrato, ma senza un colloquio esauriente non mi era possibile trarre conclusioni adeguate. Potei solo costruire delle blande supposizioni, delle teorie farraginose che avrebbero potuto trovare riscontro con la sua patologia o essere del tutto smentite.

Prima di raggiungere la novellina nel mio studio, temporeggiai e rimproverai con assoluta intransigenza la guardia Alf per il modo in cui l'aveva accolta all'ingresso. Thomas tentò di giustificare la negligenza del collega, ma mi bastò uno sguardo eloquente, e piuttosto minaccioso, per zittirlo ingiungendo invece all'altro – che stava quasi per pisciarsi sotto dalla paura – di non commettere ancora lo stesso errore, soprattutto nei confronti dei miei ospiti.

Non ero un tipo manesco, tuttavia il mio carattere a volte intrattabile, inflessibile e particolarmente ambiguo suscitava timore in chiunque.

Non ero manesco – lo ripeto –, ma sapevo *menare*.

Da ragazzino ero stato anch'io il classico bruto immaturo, propenso alle risse di strada o alle zuffe scolastiche; le avevo prese e le avevo date. Crescendo ero diventato decisamente più pacato e razionale, ma non avevo del tutto profligato quel lato di me istintivo e barbaro: c'era ancora. E benché si palesasse in rarissimi momenti, non era comunque consigliabile provocarmi, infastidirmi, contraddirmi, intralciarmi, sfidarmi o mancarmi di rispetto.

Una volta rimesso in riga quel coglione di Alf Meyer, entrai nel mio studio.

La prima cosa che vidi fu l'eccentrica nonnina che, alzandosi in piedi, mi accolse con un sorriso raggiante, a dir poco fiducioso. Per buona educazione la salutai, scusandomi per il ritardo, e tentai di non soffermarmi troppo sull'eccesso di violetto che aveva sulle palpebre, sull'acromia della pelle coperta da chiazze malmesse di fondotinta di una tonalità più scura o sulle mèches blu che le decoravano, in modo alquanto bizzarro, la chioma ingrigita. Mi accorsi del pizzicotto che diede al braccio di un *agalma minuscolo* seduto accanto a lei – per i Greci l'*ἄγαλμα* era un ornamento, un oggetto prezioso di piccole dimensioni ma dal grande potere carismatico, qualcosa di magico. Dallo schienale della poltrona notai infatti una testolina bionda ergersi di qualche centimetro: non superava il metro e sessanta d'altezza. Si voltò nella mia direzione, svogliata, costretta ad assecondare la nonna per risparmiarsi una ramanzina, e quando incontrò i miei occhi già avviluppati a lei, come due malefici avvoltoi, schiuse le labbra – grandi, carnose, di un rosa così acceso da sembrare innaturale – e rimase qualche istante immobile, oserei dire esterrefatta, sorpresa, colpita.

Forse un po' troppo.

Mi venne voglia di darle un buffetto sulla guancia per farla rinsavire, ma optai per qualcosa di molto meno confidenziale e più professionale. Le tesi la mano, cercando di metterla subito a suo agio. La *cosetta minuscola* protese il braccio con una malcelata titubanza, non dettata dalla diffidenza di avere di fronte a sé un perfetto sconosciuto, come sarebbe stato lecito in una situazione simile, bensì dall'imbarazzo puerile e ingenuo di una ragazzina che aveva appena fatto una scoperta consolatoria: il medico non era un signore tarchiato o calvo, prossimo alla pensione, dal portamento goffo, l'alitosi e il baffo biancastro.

Dalla variazione del suo respiro compresi che era stupita da quella scoperta, ma anche molto spiazzata e spaventata. Quando le circondai la mano, affermando con sicurezza che lei era Dorothea – la Dorothea che stavo aspettando – mi premurai di non stringerla troppo per non farle male; aveva delle dita esili e sottili con le unghiette un po' smangiucchiate. Il suo palmo era caldo, accogliente, delicato. L'improvvisa e turbolenta scossa voluttuosa, che mi percorse il braccio fino a digradare violentemente lungo la spina dorsale e a esplodermi nel petto, fu il primissimo allarme che avvertii e che mai – assolutamente *mai* – avevo percepito con altre donne. Quella dinanzi a me non era neanche una donna, bensì una giovincella che dimostrava all'incirca sedici o diciassette anni, ma che in realtà ne aveva venti.

Avevo già visionato il suo documento, memorizzando alcune delle informazioni più importanti.

Tuttavia, l'errore che commisi in quell'istante fu di ignorare quell'allarme, di fingere che non avessi sentito, nel corpo, in un punto molto maschile, l'Inferno cominciare a preparare la sua tortura.

Il Diavolo complottare su come ergere il suo forcone.

Anche lei, la *mia* cosetta minuscola, fu pervasa da un tremito che per un istante le spezzò la ragione, le parole, la connessione neurofisiologica tra cervello e bocca, quella bocca che mi ritrovai a fissare e che lei non accennava a chiudere.

Chiudila, bambina, avanti. Fa' la brava... altrimenti non avrei smesso di pensare a come avrei potuto tastarne l'apertura motoria, a come sarebbe stato piacevole sentire sulla punta del mio grosso e dissennato obelisco la salivazione eccessiva, il riflesso faringeo provocato dai colpetti di tosse e la conseguente, nonché conclusiva, deglutizione di ciò che, ironicamente e poeticamente, potrei definire: *un latteo elisir d'amore*.

«Sì, piacere di conoscerla», mi rispose, e io mi concentrai su quel *«sì»* estremamente impudico, oscenamente femminile, con la vocale finale aspirata, molto simile a un ansito erotico. La ragazza – ancora a bocca schiusa – non smetteva di vagare indisturbata dai miei occhi, al naso, alle labbra e di nuovo trotterellava dagli occhi, al naso, alle labbra... esattamente in questo ordine, in una sfacciatissima analisi di quelli che erano i miei tratti somatici.

La sua fronte mi arrivava a stento al petto, precisamente allo sterno, eppure mi studiava a mento alto, come se non temesse di essere redarguita, di risultare insistente o troppo intraprendente per la sua giovane età.

Quando mi resi conto che quell'effimero contatto stava scombussolando me e lei in un modo per entrambi insolito, del tutto inadatto a un medico e a una paziente, abbandonai a fatica la sua manina sudata, in un repentino cambio d'espressione che da cordiale divenne rigida e impersonale.

Mi sedetti dietro la mia scrivania, evitando di allentare la camicia che avvertivo improvvisamente troppo stretta, e dopo aver invitato la signora

Curtis e la nipotina ad accomodarsi, entrai nella parte del dottore serio, gentile ma cinico, ignorando lo strano palpito licenzioso che mi pulsava nel basso ventre ogni volta che Dorie interveniva nel discorso con la sua voce soffice, flautata, melodica, né troppo infantile né troppo matura.

È difficile spiegarvi perché mi attraesse così tanto: ogni lettera, ogni vocale o consonante emesse da lei erano perfettamente intonate e modulate, con un'espressività affinata, cristallina.

Presto, avrei sviluppato un'ossessione per la sua voce...

Parlai adagio, controllando la mia stessa lena e camuffandola con l'eccelsa preparazione in materia di anima, branca olistica e multinazionali del farmaco, soddisfacendo le curiosità della nonna e indirizzando qualche sguardo – da discreto marpione – alla taciturna nipote che, nel frattempo, aveva notato la fede sull'anulare. Fui attento a ogni suo movimento, alla mimica facciale, alla postura, al modo in cui si sfregava i palmi sulle cosce, agitava la gamba sinistra, si mordeva il labbro inferiore e seguiva il discorso in corso, lanciando continue occhiate pensierose alle mie mani congiunte. Ebbi l'impressione che si stesse annoiando o che volesse fuggire dalla situazione in cui era stata trascinata. Avevo già intuito che aveva un caratterino difficile; non sarebbe stato così immediato indurla a fidarsi di me, non lo era mai con nessun paziente, e ne ebbi conferma quando con un'insolenza fastidiosa mi intimò di non farle domande di protocollo e di non avvalermi di nessun taccuino.

Se avessi seguito l'istinto, le avrei ribattuto – con altrettanta indelicatezza – di scusarsi subito per il tono aggressivo con il quale mi si era rivolta o l'avrei volentieri messa di faccia al muro e sculacciata, ma soggiacqui a un'accondiscendenza di comodo perché non volevo discuterci o danneggiare il nostro rapporto ancora acerbo, rischiando di allontanarla anziché avvicinarla a me. Oltretutto non avevo bisogno di ricorrere a una pratica sistematica per approcciarmi a lei. Mi sarei affidato alla comunicazione non verbale, avrei decifrato i segnali consci e inconsci del suo corpo per ricavare le informazioni necessarie sullo stato d'animo, sui pensieri e sulla personalità. Con la giusta dose di pazienza e comprensione sarei riuscito a conoscerla, a leggerle l'anima e a capire come aiutarla.

Gli sbalzi d'umore – dei quali mi aveva accennato il suo manager e che durante la nostra chiacchierata mi aveva ribadito la signora Curtis – erano il chiaro sentore non solo di un evento probabilmente doloroso che la bambina non riusciva a superare, bensì della presenza di una patologia importante: anoressia o bulimia.

Ero già al corrente che soffriva di un disturbo alimentare, poiché avevo letto e analizzato il modulo compilato in ospedale, ma per individuare a fondo il problema avrei dovuto visitarla, così chiesi alla nonna di lasciarci soli e poco dopo suggerii alla piccina di sedersi sul lettino.

Come un astuto rapace, cominciai a levarmi in alto, adocchiando il crepaccio scosceso ove l'appetitosa preda temeva di zampettare e sulla quale avrei voluto precipitarmi in picchiata...

Ora non posso esimermi dal farvi una discrezione accurata: quando Dorothea si alzò dalla poltrona e raggiunse lo sgabellino, posandoci sopra un piede con esitazione, mentre io mi strofinavo le mani con del gel disinfettante in un angolo della stanza, il mio occhio cadde – vi giuro, capitombolò in maniera del tutto involontaria e incosciente – sulla curvatura concava della schiena che, al principio delle natiche, dava vita a un sederino sporgente, rotondo, invitante, il quale, pur essendo coperto da una gonnellina scozzese con dei quadretti lilla e neri, stuzzicò la voglia rischiosa, rischiosissima, di palpeggiarlo e morderlo, o morderlo e palpeggiarlo. A prescindere dalla sequenza delle due azioni – entrambe sbagliate ed entrambe sufficienti a radiarmi e processarmi per cattiva condotta e violazione deontologica –, quell'amenità degradante mi fece stringere mascelle e denti come un allupato, eppure il pensiero che i denti volessi affondarli in quella carne morbida e prelibata continuò a massacrarmi.

E fottermi.

E massacrarmi.

E fottermi ancora.

Come un depravato sperai che, chinandosi in avanti con le mani piantate sulla branda, il bordo le si alzasse abbastanza da permettermi di sbirciare le mutandine, di sicuro ben aderenti ai forellini – ai due forellini divini: passerina e *passerotto*, abbiamo un nome anche per il secondo – che avrei con lauto piacere baciato, leccato e penetrato.

Per tutto il tempo in cui, con passo pesante e arcigno, mi avvicinai ostentando una calma fintissima, ebbi davanti alle iridi quei nembi oscuri, deplorevoli, perversi che mi proiettavano nella mente la ragazza con le cosce avvinghiate ai miei fianchi, gli slip scostati di lato, le manine aggrappate alle mie spalle, il forcone di Satana a darle piacere fino a farla piangere e quel *«sì, sì, sì...»* ripetuto come un carme sensuale al mio orecchio.

Mi rivolgo ancora ai moralisti: merito la galera per questi pensieri impuri o direttamente la morte?

Fatemi prima narrare la storia, okay?

Dopodiché uccidetemi, tagliatemi il cazzo ed esibitelo nella piazza come la più bella spada di bronzo che abbiate mai raccolto, fate ciò che reputate giusto secondo la vostra visione sbagliata, ma datemi l'opportunità di concludere oppure gettate via quest'effemeride.

La *mia* cosetta minuscola sedeva con le gambe penzolanti nel vuoto e lo sguardo perso a cogliere i dettagli inutili della stanza soltanto per scappare da me, benché fosse esaltata all'idea di ricevere la mia attenzione. Il fatto stesso che eravamo soli creava un'atmosfera intensamente intima, stranamente complice, qualcosa di proibito ed eccitante.

«Allora, Dorothea, quanti anni hai?»

A dire il vero, era un dato anagrafico che conoscevo già, ma era basilare cominciare a conversare partendo da domande semplici che l'avrebbero incoraggiata a comunicare con me. Nell'attesa che mi rispondesse le presi la mano, osservando le abrasioni che, come tanti graffietti sanguigni, le deturpavano le nocche.

Il segno di Russell.

Conscia che stessi guardando proprio quell'indizio fin troppo riconoscibile, ebbe l'impulso di ritrarre il braccio, ma col pollice l'accarezzai, muovendolo lentamente in circolo, per trasmetterle la sicurezza di cui necessitava.

La piccina si chetò, rilassò le spalle e si sforzò di non balbettare. «Venti.»

«Studi?» Notai le medesime escoriazioni anche sulla mano sinistra e, dopo che lei mi spiegò che si era diplomata ma che non aveva intenzione di iscriversi all'università, le chiesi come si era procurata quelle ferite.

Sentite cosa mi disse, la furbetta: «Soffro di una strana allergia da contatto. La mia pelle è molto delicata, perciò anche un semplice detergente profumato la irrita in questo modo».

Certo, piccola, certo... e io sono il lupo buono che non ti avrebbe mai mangiata, non è così?

In quel momento, crebbe dentro di me la malsana intenzione di afferrarla per la nuca – la bugiardella –, di avventarmi su quella boccuccia menzognera e di farle implorare perdono mentre con la lingua le aggrovigliavo cuore e cervello in un unico efflusso lussurioso fino a toglierle il fiato.

Ma mi imposi di essere professionale.

L'avvertii che avevo bisogno di controllarle la schiena e che avrebbe dovuto sollevarsi la maglietta; Dorie cercò di affrontare l'imbarazzo della situazione con assoluta indifferenza, tuttavia il modo in cui le si dilatarono le pupille tradì un certo nervosismo.

Ero un pervertito, sì, ma non un maniaco; non l'avrei mai toccata né molestata o sottoposta ad atti oggettivamente illeciti.

Aggirai il lettino e la raggiunsi alle spalle; la mia bambina aveva già alzato la t-shirt e scoperto la schiena puntellata di lividi più o meno scuri in direzione di ogni vertebra. Supposi si allenasse molto e facesse delle sessioni di addominali distesa sul pavimento. Attento a non farle troppo male, esercitai una lieve pressione sugli ematomi per accertarmi delle condizioni della spina dorsale, arrivando poco sotto al gancetto del reggiseno – di un normalissimo nero che spiccava candidamente sulla carnagione chiara.

Le chiesi se provasse dolore, ma, di nuovo, la bugiardella mentì.

Non so dirvi con esattezza se credeva di essere abbastanza astuta da raggirare uno come me o se credeva che io fossi talmente stupido da non accorgermi di nulla. Di solito era un'abitudine dei pazienti negare o sottovalutare la propria condizione, non era la prima volta che mi capitava; molti, oltre a mentire, si lasciavano consumare dalla malattia mentre io ci combattevo contro, per annullare le loro credenze patogene, per impedire che le paure spegnessero la loro vita.

Sarei morto prima io di te, avrei lottato e corrotto il destino affinché il corso degli eventi fosse esattamente questo, Dorie.

Il momento in cui potei averla così vicina da inspirare il suo profumo fu quando dovetti misurarle il peso.

Ricordo ancora quant'era fragile e frastornata quel giorno: sorrideva con le labbra, ma mai con gli occhi, viveva in una solitudine che le era stata imposta e di cui non era felice, scrollava il capo quando era indecisa o impacciata, abbassava il viso quando pensava di non essere abbastanza per il mondo e si trascinava dentro un patema enorme, una sofferenza che non era in grado di sostenere da sola, ma che si costringeva a sopportare con tutte le forze che le rimanevano.

Era come un colibrì lucente con le ali lussate, incapace di spiccare il volo.

Quando scese dal lettino e si sfilò gli stivali, mi sentii libero di osservarla come non avevo fatto prima, in presenza di sua nonna: i capelli erano lunghissimi, un po' arruffati sulle punte, di un biondo aureo e naturale, i seni erano appena accennati sotto la magliettina stinta, più piccoli dei miei palmi ma ben formati, il girovita tanto stretto da poterlo avvolgere con un solo braccio e le gambe affusolate, minute, perfette per essere tempestate di baci.

Più la guardavo, più il cuore sembrava correre, impennare, schiantarsi e sanguinare nello stesso momento, soprattutto quando mi persi nei raggi aprici che le circondavano le pupille.

C'era il sole in quegli occhi, *Lesern*, e c'erano il cielo che albeggia, le nuvole immote, le stelle obnubilate.

C'era l'alba!

Un'alba che, a causa della fotofobia, non avevo mai potuto ammirare davvero, se non attraverso delle fotografie, delle cartoline o nei recessi della mia immaginazione, e che, per la prima volta, dalla mia alta vetta, vidi sorgere tra le ciglia adunche di una ragazzina che, con ogni battito, mi strapazzava il petto.

Non mi era mai successo con nessun'altra.

Poteva esserci un nesso di concausa fra i tre nei che le abbellivano la guancia destra – se li avessi uniti con una matita, avrebbero creato un grazioso triangolo –, il suono familiare del suo nome intero e abbreviato e questa raffica di sensazioni?

O si trattava soltanto di un evento o, addirittura, del frammento di un evento fatuo?

Che dir si voglia... fu un colpo allo stomaco, un'onda emozionale, una connessione immediata, un'attrazione improvvisa, un'adrenalina e un'eccitazione violente iniettate nelle vene.

Qualcosa di rarissimo, inspiegabile, ma secondo la biochimica... possibilissimo.

Un fenomeno unico e spesso irripetibile.

Fu molto di più del semplice desiderio di possederla, fu come volerle entrare nell'anima e trovare un cantuccio in cui restare.

Avrei voluto avvicinarmi a quell'alba, denudarmi, spalancare le braccia per lasciarmi inondare fino a bruciare.

Fino a morirne.

Ma non potevo; non potevo sfiorarla né pensarla né averla.

Né pensare di averla.

Ero sposato, avevo un figlio adottivo di cui occuparmi e lei era la mia paziente.

La mia paziente.

Quando si posizionò di fronte alla bilancia, scalza e indecisa sul da farsi, ne approfittai per chiudere le palpebre e inspirare la sua fragranza muliebre: era dolce e invasiva, fresca e boschiva, selvaggia e forestale come quella di un'Alseide. Un effluvio irresistibile e pericoloso.

Cosa sei?

Una bambina o un dono?

Senza pensarci troppo, con un movimento lento e deciso, come se fossi un forestiero assetato e lei la mia brocca di vino, ebbro del suo odore, le posai una mano sulla base della schiena per incitarla ad avanzare. Dalle punte dei polpastrelli – a contatto con il calore che emanava dalla maglietta sottile – riverberò una vibrazione dirompente e terribile che mi istoriò nella mente, come una pellicola per adulti, l'immagine degli spasmi impazienti del mio membro all'interno della tenera e stretta *Fotze* di Dorothea, dilatata, vermiglia e bramosamente lacrimosa...

Pulsava, serrava, inumidiva, accoglieva... e il cazzo era Efesto e lei la sua fucina, gli ansiti erano le scintille di fuoco ed entrambi erano il peccato.

Sconvolto da quella visione tanto indecente, evitai di toccarla ancora.

Mi sarei spezzato le ossa dei polsi se avessi osato lambirla con la medesima e turpe intenzione, perciò mi concentrai sul discorso circa una massima latina e la sua accezione comunicandole anche che era in normopeso.

Un dettaglio rilevante che, insieme all'irregolarità mestruale, indirizzò la mia diagnosi su una strada precisa.

Tramite Melanie invitai la signora Curtis a rientrare. Ovviamente omisi gli inopportuni sussulti avvenuti sotto i miei abiti e spiegai sia a lei che a Dorie l'esito di quella visita, chiarendo che potesse trattarsi di anoressia nervosa atipica.

Come la cara Engel...

La reazione di Dorothea fu prevedibile: strinse i pugni per la rabbia, scattò in piedi, indietreggiò, si tappò le orecchie per non ascoltare tutto ciò che stavo esponendo a sua nonna.

Mi considerò un nemico, un bastardo, uno stronzo che la stava trafiggendo e ammazzando con perniciosa inclemenza.

Quando scoppiò a piangere e poco dopo incespicò, cadendo al suolo, mi chinai sulle ginocchia, ci posai sopra i gomiti e la guardai adorante, solleticato nella mia personale percezione di ciò che ritenevo artisticamente mirabile.

Era bellissima con la pelle infiammata attorno agli occhi, sugli zigomi o agli angoli della bocca; mentre singhiozzava e ansimava, fiorivano e stillavano altre gocce argentee tra le ciglia bagnate e le spuntò anche una graziosa macchietta corallina al centro della fronte, una caratteristica solo sua che sarebbe emersa in ogni pianto... anche in quelli di piacere.

In quell'attimo eterno considerai assolutamente seducente il colorito che aveva assunto la sua carnagione, allettanti i singulti che le alteravano la voce, meravigliosi i capelli spettinati e vivide le labbra gonfie, lustrate di saliva e amarezza.

Di purezza e di vita.

Il *dacrifilo* che era in me avrebbe voluto chinarsi per leccare in punta di lingua quella rugiada fanciullesca e assaporarla, rigirarsela sul palato, sorseggiarla avidamente, poi abbracciare la ragazzina, stringerla forte, provocarle altri pianti e sussurrarle che sarebbe andato tutto bene, ma il dottore la confortò con l'operosità richiesta, dicendole ciò che di più vero pensava: *«Ti garantisco che farò il possibile per restituirti il sorriso che hai perso, dovrai soltanto fidarti di me»*.

Senza scorrazzare troppo nella mia anima.

Senza fluttuarmi sul cuore.

Senza torturarmi o avvilirmi le membra.

Senza carpirmi all'assennatezza.

Senza farmi innamorare di te, perché non abbiamo tempo.

E perché non posso amarti.

L'amore è amarsi da soli.

Da soli, piccola incosciente!

Quindi ti prego...

Non farmi annegare.

O annegherai con me.

E.K.
La Sirenetta sperduta

Berlino, 4 ottobre

Brilli troppo, piccola mia.
Anche se non riesci a vederlo.
Non permettere al dolore di oscurarti,
non limitarti a illuminare il mondo.
Accecalo.
EFREM KRUGHER

QUELLA bambina era una peste.

Una vera peste.

Avevo programmato per lei sedici settimane di trattamento e l'avevo affidata alla mia équipe medica, ponendomi *super partes* rispetto ai miei colleghi per poter monitorare e controllare che eseguissero il loro dovere nel modo in cui esigevo.

Dorothea non avrebbe sostenuto i colloqui con me, bensì con la dottoressa Ruiz e col dottor Nørgård; io – nonostante facessi parte del team – sarei stato una sorta di guardiano invisibile, di custode alienato, posto lì, di fronte alle porte della sua guarigione, nell'attesa che la ragazzina superasse il varco della sofferenza e concludesse il suo percorso al meglio.

Mi convinsi che non era successo nulla in quel primo – stupefacente, indimenticabile – incontro.

Non l'avevo violata né lesa, tantomeno le avevo instillato il dubbio che potessi provare una stramba attrazione nei suoi confronti; a dirla tutta, associai le mie fantasticherie inusitate a un momento di debolezza dettato dalle numerose paturnie che mi affollavano la mente: l'infelicità del mio matrimonio, l'assenza di sentimento verso Lili, l'insoddisfazione sessuale, il timore che non fossi un buon padre per Joël, l'ansia che prima o poi avrei potuto perdere il controllo…

Credo che voi abbiate sospettato che ero ossessionato da quest'ultimo aspetto, vero?

Odiavo gli imprevisti, odiavo che qualcosa sfuggisse all'astuta lente delle mie cogitazioni, odiavo non poter valutare o prevedere razionalmente tutto ciò che era inatteso.

Per cause di forza maggiore, riuscivo ad affidarmi agli altri – per esempio nel lavoro –, ma dovevo mantenere l'assoluta padronanza di ogni scelta, situazione o risultato prefissato; vivevo in un costante loop in cui il sollievo era soltanto una pausa fugace concessami in quegli attimi sporadici in cui mi sembrava che tutto stesse andando come mi aspettavo.

Mi piace spiegare questo mio eccessivo bisogno controllante come una forma di protezione verso qualsiasi cosa, attività o persona a cui tengo tanto; chiaramente questa disfunzione mentale può essere associata a storie personali molto diverse tra loro, nel mio caso derivava dalla rigidità con cui mio padre mi aveva educato e cresciuto, ingabbiandomi in schemi psichici decisamente stressanti e interferendo con il normale sviluppo della regolazione delle emozioni e del comportamento individuale.

Quando in Germania curai la nevrastenia, tentai anche di attenuare, limare e comprimere questa *maniacale* esigenza di dominare il destino e la sua imprevedibilità finché, pur fallendo nel mio intento, grazie alle esperienze di vita ho compreso che ciò che davvero sbagliavo era l'approccio col quale fronteggiavo gli eventi, senza considerarne l'impermanenza, conosciuta anche come *Anitya*.

Avete mai sentito parlare di quest'affascinante teoria della dottrina buddhista?

Se non vi reca tedio leggere la seguente esposizione – vi rinnovo la mia gratitudine se siete ancora qui a perdervi tra le pagine di questo disgraziato –, vi spiegherò brevemente di cosa si tratta.

Ordunque... l'impermanenza non è altro che la transitorietà dei fenomeni, la quintessenza mutabile, passeggera, l'incapacità della realtà di restare invariata.

In sostanza è l'antipode della permanenza che, per me, non è che un'illusione frenante e limitante sul fluire delle cose.

Da giovane ero sempre stato scettico all'idea di credere che tutto è in divenire e che niente è immutabile, ma devo ammettere che il mio punto di vista si è... emancipato.

La vita stessa rappresenta il ciclo naturale dell'impermanenza: nasciamo, cresciamo, invecchiamo e moriamo. E non c'è nulla che possiamo fare per impedire che l'attaccamento alle fasi, alle persone, alle cose, alle idee, alle abitudini digradi inevitabilmente in una separazione.

Dobbiamo imparare a lasciar andare, ad accettare il cambiamento, che non sempre può essere inteso come un male.

A volte si prefigura come l'opportunità di un miglioramento, altre come il rischio di un peggioramento.

Ecco... anche il rischio fa parte della vita.

Quando viviamo, camminiamo sulle sabbie mobili delle incertezze, cerchiamo nel microcosmo della nostra anima di restare appigliati a ciò che consideriamo *certo*, per paura di cadere o semplicemente di cambiare direzione, interrompendo inconsapevolmente la nostra crescita personale.

E riflettete con me... se nulla è duraturo, né la felicità, né le sicurezze, né gli attimi in cui siamo persuasi dalle emozioni più belle, allora non lo saranno neanche il dolore, la sofferenza e la perdita, giusto?

Saremo in grado di tornare alla vita, alla sua energia.

Saremo in grado di essere liberi.

Di slegarci da un illusorio per sempre.

Di amare incondizionatamente perché, anche se l'amore è *impermanente* – non sono sicuro che quest'aggettivo esista, in ogni caso lo userò lo stesso –, può essere eterno nella sua impermanenza: può dare e ricevere, può essere intenso, reale, forte, curativo, anche se la relazione tra i due innamorati non permane.

Un uomo può amare, godendosi ogni istante presente, senza attaccarsi a quell'amore, poiché non deve dimenticare che non può controllarlo.

Non deve dimenticare che la libertà consiste nell'amare all'infinito in un mondo che è *finito*.

In un mondo che, al di là delle nostre speranze, è plasmato dalle scelte, dalle condizioni, dagli imprevisti, dalle opportunità e muta forma ogni giorno...

Ogni dannatissimo giorno.

Il patimento nasce dal tentativo di bloccare il flusso vitale al quale ognuno è destinato, nasce anche dalla paura della morte che, come ogni fenomeno, è soggetta all'impermanenza.

Si muore per poi ritornare *a essere*.

Nonostante io abbia una volontà che non si è mai piegata a nessun altro all'infuori di me, ho dovuto – dopo averci rimuginato a lungo – accettare che la vita è incontrollabile, il cambiamento è incontrollabile, il tempo è incontrollabile.

E dunque anche l'amore.

Il problema, però, era esplicare tutto questo ragionamento cervellotico – se vogliamo anche pieno di incongruenze – a una ragazzina che, a vent'anni, aveva un concetto del tutto diverso d'amore.

A una ragazzina che non distingueva un'infatuazione dall'innamoramento.

A una ragazzina che era spaventata dall'amore poiché, per l'appunto, l'aveva vissuto *attaccandosi* a sua madre e illudendosi che il loro rapporto non sarebbe stato sommerso dall'imprevedibilità.

Capite, adesso, il motivo di questa lunga divagazione?

Dorothea, oltre a essere sfiduciata e visibilmente problematica, era anche provocatrice, ribelle e a tratti immatura.

Non che tu ne abbia colpa, piccola mia... eri ancora tanto giovane e tanto arrabbiata...

Mi accorsi subito dei tentacoli voluttuosi con i quali provò a cingermi impazientemente – che Sirenetta spudorata –, del modo in cui le guance le rilucevano di dissolutezza quando la guardavo troppo e dell'atteggiamento scontroso dietro al quale, tra offese infantili e diatribe inutili, celava una silente richiesta d'aiuto.

Se fossi stato un uomo privo di sensibilità ed esperienza, l'avrei semplicemente considerata una maleducata, con problemi di gestione della rabbia e un'evidente incapacità di socializzare e relazionarsi agli altri in maniera adeguata; tuttavia la sua situazione era ben più seria e complicata di così: la mia bambina era cresciuta senza un padre, aveva perso la madre da circa due anni e viveva un rapporto ostile con se stessa, col proprio corpo, con l'adattamento a una società demoralizzante, e pressante, e con la scoperta di una nuova dimensione erotica dalla quale era terribilmente spaventata.

Con questo non intendo giustificarvi ogni suo comportamento – spesso esasperante ed esasperato –, ma quantomeno lumeggiare le motivazioni che la inducevano a essere così meravigliosamente... *imperfetta*.

Prima di proseguire farò una puntualizzazione non richiesta ma necessaria: non sono mai stato attratto dalle ragazzine, né da donne il cui divario anagrafico – rispetto alla mia età – superava i dieci anni. È sufficiente ricordarvi che Liliane era addirittura più grande di me e che le poche amanti di cui vi ho narrato avevano oltrepassato da un pezzo i vent'anni; a eccezione di Engel che rappresenta una parentesi puberale della mia vita amorosa ma, anche in quel caso, io ero più giovane di lei, un innocente, seppur sadico, pargoletto.

Dunque non avevo alcuna difficoltà a resistere agli occhietti languidi delle mie pazienti, ai sorrisini civettuoli, alle gonnelle succinte con le quali esponevano alla mia vista cacciatrice la porzione di pelle serica sufficiente a innescare l'animalità che tentavo di sedare; persino Sophie Queen, una delle attrici più amate di Hollywood, fallì miseramente nell'assalto carnale che mi riservò durante uno dei nostri colloqui privati, in cui dovetti afferrarla per i polsi per impedirle di strapparmi la camicia e di spolparmi le labbra come un piranha.

Ve lo giuro... che cosa provocassi nel gentil sesso – tanto da innescare attacchi di libidine acuta – non mi sarebbe stato chiaro neanche se mi fossi affidato alla scienza...

L'unica – e ribadisco l'*unica* – che riuscì a incrinare la mia lucidità, a perforare la mia razionalità, a turbinare nelle mie notti insonni anche quando dovevo blandire mia moglie e soddisfarla, era quella piccina di cui vi ho già accennato qualche pagina fa.

La birbante che non sapeva tacere quando le intimavo di ascoltarmi, la pestifera che non riusciva a ubbidirmi quando le ingiungevo di rispettare il regolamento dell'Asklepios, la bugiardella che mentiva continuamente pur di non mostrarmi quanto stesse soffrendo e mi sfidava con allusioni indecenti e giochetti erotici.

Come la poesia che mi trascrisse su un foglietto, infilandolo poi in uno dei cestini del Tèichos; lo stesso foglietto che, oggi, conservo ancora accuratamente in una vecchia capsula di cuoio – o astuccio – del filatterio che mia madre legava al braccio sinistro durante la *Shachrith*, la preghiera del mattino.

Ricordo che mi arrabbiai per la sconsideratezza e la leggerezza con le quali Dorie si era esposta al rischio di essere scoperta e cacciata via seduta stante, soprattutto se quel biglietto l'avesse trovato mio padre e non io. Fu necessario rimproverarla in presenza di Mitchell e farle presente che non era così facile abbindolarmi; volevo che cominciasse a crescere, a comprendere che l'atto fisico con un uomo era qualcosa di puro, profondo e rispettabile, e che non avrebbe dovuto sminuire il proprio valore o ricercare se stessa attraverso un tipo di rapporto spiritualmente frivolo, che non avrebbe dissipato le sue paure né colmato le sue incertezze, ma soltanto quel vuoto tra le fresche creste iliache che, prima di me, era stato occupato – con ventosa e inconsistente immaturità – dal suo ex fidanzatino. Motivo per il quale Dorothea non aveva la benché minima idea di quanta disparità ci fosse tra me e lei, di quanto fosse impreparata – e inesperta – nell'approcciarsi a un uomo molto più vecchio. Non aveva la benché minima idea che uno come me non si sarebbe limitato a occupare quel vuoto come un ragazzino in festa, bensì l'avrebbe egemonizzato, sottomesso, assoggettato, torturato, *ancellizzato* – termine inesistente – come un sultano crudele.

E se avessi ceduto al desiderio tormentoso di gingillarmi nel mio fantasioso impero con la mia deliziosa schiava – come un tempo accadeva all'*Himeros* –, non solo avrei distrutto il mio matrimonio e la mia carriera, ma avrei compromesso la sua salute, già indebolita dal disturbo alimentare, e anche il rapporto padre-figlio che avevo instaurato con Joël.

Insomma, più vagliavo una scorciatoia da imboccare in quella situazione paradossale e più tutto ciò mi suonava come una canzonetta stonata che non aveva ragion d'essere né di nascere né di proseguire.

Perciò tentai in ogni modo di resistere alla tentazione logorante di colonizzare un territorio inavvicinabile, di afferrare per la coda una Sirenetta impudente, di indugiare – anche solo per un istante – sulla possibilità di ribattere a quella poesia seduttiva con: «*Brandisci l'incudine del mio piacere, bambina, smanettalo rapidamente, poi conducilo tra le tue branchie, bacialo, succhialo, trangugialo tutto... e lasciati soffocare, bevi il mio liquore opale, mandalo giù. Sai, riesco a immaginare la tua trachea dolcificata dalla bevanda lattiginosa, la tua lingua ondeggiante tra gli schizzi lucenti, la gola imbrattata di silice bianca... vedo qualche gocciolina di perla adornarti il labbro tumido e colarti sul mento, e sembri davvero sporca adesso. Davvero scopabile, no scusami... adorabile. Volevo dire adorabile. Su, dimmi com'è... dimmi se ti piace...*»

Che dite, sarebbe stato abbastanza *poetico* risponderle come uno scrittore dal cuore imbottito di versi ampollosi?

O fu più giusta la mia decisione di colpevolizzarla per le fantasie, gli struggimenti e le voglie che aveva portato a galla dall'abisso di una depravazione anestetizzata?

Fu più giusto umiliarla davanti al mio avvocato e alla sua amichetta, nonché compagna e complice di quella birichinata?

Fu più giusto privarla di incontrare sua nonna per tre settimane e fissarla dall'alto con superbia, manifestandole un fasullo disgusto per ciò che aveva appuntato?

Vorreste sapere quale sarebbe stata la reale punizione che avevo in mente?

Avrei mandato via Juliette, mentre Mitchell sarebbe rimasto a godersi lo spettacolo; avrei avvolto la nuca di Dorothea e, accertandomi che lo volesse anche lei, l'avrei spinta in ginocchio a riprodurre, senza saltare nessun passaggio, ogni fottutissima riga di quel componimento e a recitarmela a bocca spalancata, ostruita dal mio cazzo venoso.

Ecco… così le sarebbe stato chiaro il tipo di mostro che stava destando e avrebbe smesso di punzecchiarlo.

Ma dovevo essere professionale, *maledizione*, e la professionalità non ammetteva gravissime irregolarità di quel genere. Perciò mi costrinsi a mantenere il dovuto contegno e a sperare che la mia severità, connaturata a una rigorosità congenita, bastasse a farle capire di rispettare le regole e di non ricommettere errori simili.

Mi rendo conto che non sono un poeta esimio quando parlo di una donna; so di essere a volte volgare, truculento, cannibale nello scarnire, masticare e sputare termini magistrali che sottintendono concetti e pensieri discutibili, ma vi avevo premesso che sarei stato sincero, che non avrei finto di essere qualcun altro.

Altresì alla mia bambina non riserverò solo parole sporche o sillogismi connessi al sesso violento che mi ispirava.

Sia chiaro: lei per me non era una delle tante, non le avrei mai fatto del male, me ne sarei preso cura come un fratello maggiore – sebbene i miei modi non fossero dei più *delicati* –, l'avrei protetta e preservata, mi sarei sottratto alle sue carezze, impedendomi di cederle, finché non fosse stata meglio e fisicamente in grado di sopportare le mie… *di carezze*.

Le capitava spesso di vivere giorni di malessere o crisi emotive nelle quali diventava particolarmente diffidente e bellicosa; una delle vicende che sconvolse maggiormente la clinica fu l'aggressione alla dottoressa Ruiz. Le piccole sviste possono capitare, ma a volte comportano conseguenze spiacevoli: la sua le era costata la totale perdita di controllo della paziente. Dovrei rammentare quell'episodio come terrificante, eppure vi sorprenderà scoprire che fu una delle prime occasioni che, se da un lato indusse Dorie ad allontanarsi dalla mia collega, dall'altro la spinse dritta tra le mie braccia.

Quando fui avvertito dell'accaduto, chiesi agli operatori di condurla nella sala ricreativa, un luogo tranquillo e appartato nel quale avrei voluto parlarle in totale riservatezza – cosa che non avrei potuto fare se fossi entrato nella camera che condivideva con Juliette.

Vederla distesa sul divano, in posizione fetale, con una copertina a coprirla fino alle spalle, fu una visione dolce che mi riempì occhi e cuore di una tenerezza che provavo solo verso Joël.

Quella bambina era ambrosia pura – la bevanda degli dèi – che mi gocciolava tra le pareti dell'anima, un nettare in cui avrei voluto intingere le mani per poi portarle alla bocca e saggiarne il gusto; era un narcotico potente che mi sopiva la ragione; era come un mondo inesistente nel quale io non ero il suo medico e non ero sposato, ma soltanto un uomo... libero di esprimere i propri pensieri, libero di conoscerla, libero di toccarla, libero di inseguire – per una volta – ciò che voleva e non ciò che era giusto per gli altri, per la moglie, l'albo, la società, la moralità.

Avevo vissuto un'intera vita senza vivere.

Tra percosse, doveri, responsabilità, ingiunzioni in cui il mio unico diritto era stato quello di respirare e di non morire perché, secondo Markus, non potevo neanche decidere quando mettere fine alla mia infelicità.

Quando ho cominciato a essere infelice?

Probabilmente dal momento in cui ho abbandonato il grembo di Salomè e, se il fato continuerà a riservarmi la sua goliardia, lo sarò finché la mia carcassa non si sarà decomposta sottoterra, divenendo mangime per i lombrichi.

Tuttavia, ignoriamo la mia melodrammatica amarezza e proseguiamo con la piccola Dorie.

Ebbene, sonnecchiava – sola, infreddolita, indifesa – sul morbido Chester della sala; non essendoci nessun altro a parte me, mi chinai sulle ginocchia per osservarla da vicino come un'enorme bestia che ammira ingobbita la sua bella. Notai che i bulbi oculari erano irrequieti sotto le palpebre tremolanti, le lunghe ciglia castane – più scure, quindi, dei capelli dorati – erano come aculei lievemente arricciati sulle punte, simili a quelle di una bambola. Il nasetto all'insù comprovava il suo lato furbesco; le unghie sottili erano gli artigli di un felino, un giaguaro apparentemente docile ma randagio e carnivoro. Per chetarla, o provare a rassicurarla addentrandomi nella dimensione onirica in cui stava lottando contro qualche incubo terribile, le accarezzai una guancia, una dolce curva lussureggiante, calda, rosata che riempiva a malapena il mio palmo gigante. Non avrei voluto osare di più: se fossi stato scoperto, se anche solo uno dei miei colleghi avesse scorto l'interesse pericolosamente intimo che stavo manifestando verso una paziente, sarei stato sospeso nell'immediato e, nel peggiore dei casi, avrei dovuto rispondere delle mie infrazioni davanti a un giudice.

E come avrei potuto giustificare il tormento dal quale volevo scappare e che al tempo stesso mi sfibrava con un desiderio crescente che zigzagava tra i sensi di colpa verso Liliane e il bisogno, irreprimibile, di peccare?

E perché era proprio questa creatura il mio peccato?

La bacca velenosa che avrebbe ammazzato il Fauno?

La sola che avrebbe potuto segnare la mia caduta e rovina?

Non riuscivo a spiegarmelo neanch'io, era successo tutto troppo velocemente…

Dove sono gli esperti della biochimica?

Chi mi sa definire il colpo di fulmine?

Io sono uno psichiatra, non chiedetemi di insinuarmi in un campo che non mi compete, santo cielo!

Non sono mica Friedrich Wöhler!

Dorothea mosse il capo, sfregando lo zigomo contro la mia pelle, e io mi infuocai; un tumulto interiore mi fece sprofondare in una vacuità sognante, un tremolio lussurioso mi contrasse tutti i muscoli, soprattutto inferiori, e allora mi permisi – sempre con grande autocontrollo – di sfiorarle le labbra con il pollice.

Ne disegnai il contorno, memorizzandone ogni increspatura.

Ho già specificato quanto fossero carnose, di un colorito acceso, sensuale; il polpastrello mi si bagnò di una leggerissima patina di saliva, poi un soffio tiepido, un sospiro rilassato, un fuggevole sussulto di membra, e la mia bambina parve ritrovare la pace.

Ne fui talmente inorgoglito che sorrisi, il mio stupido ego pompò sangue, adrenalina e furore, ma la preoccupazione spense quell'attimo vittorioso lasciando rifluire l'opportuna razionalità.

Cosa ti è capitato?

Qual è il dolore che ti trascini dietro? La morte della mamma o qualcosa di più?

Chi altro ti ha fatto del male?

Perché ho l'impressione che qualcuno ti abbia uccisa più volte?

E che qui, davanti a me, ci sia solo una parte di te?

Dovevo allontanarmi subito, limitarmi a rimirare quel sentiero di stelle che ci divideva, ma che nessuno dei due avrebbe mai potuto percorrere verso l'altro.

Ne avremmo osservato il lucore, in un buio moribondo, senza poter mai sfiorare quel sacro universo in cui io avrei potuto rubarle mille baci e lei avrebbe potuto travolgermi come un giubilo di boccioli che mi sarebbero fioriti tra le dita.

Non avevo mentito alla signora Curtis nel nostro primo incontro: *«I giovani hanno il coraggio di essere ciò che noi adulti non siamo più»*.

Dorothea era ciò che io, alla sua età, non avevo mai avuto il coraggio di essere; forse per questo l'ammiravo così tanto, o mi sentivo connesso a lei in un modo sorprendente.

Tuttavia, di quella connessione, di quell'interesse illecito, di quelle fantasticherie proibite, Dorie non avrebbe mai dovuto sapere nulla.

Avrei dissimulato, incurante di apparirle insensibile, dacché ero piuttosto bravo nel mostrarmi freddo, cinico o spietato, se necessario, mentre ero un po' meno pratico nelle faccende di cuore. Se si fosse innamorata di me, se avesse sperato in un futuro tra noi, non avrei fatto altro che distruggerla, perché – oltre alla nostra differenza d'età – non potevo lasciare Liliane né Joël, non dopo aver faticato così tanto per ottenere dalla legge il suo benestare.

Avrei represso, quindi, quello strano luccicore fiabesco che mi faceva desiderare di rincorrere la mia Driade nel suo bosco; mi sarei concesso ogni tanto di inspirarne l'odore di mughetto e fiori bianchi, di rivolgerle un sorriso affettuoso – mi ripeteva spesso che amava la mia fossetta – e di abbracciarla laddove avessimo avuto bisogno, sia io che lei, di provare un empito di gioia, godimento o semplice conforto, ma solo con un fine terapeutico, solo per instaurare l'intesa richiesta tra medico e paziente, non una relazione segreta o un'avventura salottiera.

Fu con questo intento che suonai per lei e le regalai la mia stilografica – una di quelle a cui tenevo di più – per chiederle di scrivere una canzone, di ricercare nelle passioni che aveva coltivato per tutta la vita l'entusiasmo che aveva smarrito.

E lei mi ascoltò e fissò con quello sguardo che meriggiava tra le ombre dei pensieri più indecorosi che non mi aveva ancora espresso, ma che riuscivo a percepire.

I suoi occhi inseguivano le rughette del mio volto, si tuffavano nell'oceano sporco delle mie iridi, si intrufolavano negli spigoli dei muscoli, mi spogliavano del camice e di qualsiasi abito indossassi, e mi circuivano i nervi con una lenta, straziante e bambinesca lussuria che mi faceva scorrere nel sangue l'efflusso di un'insaziabile follia, di una famelica ingordigia, di una tragica e opprimente brama.

Di un'assoluta e fatale necessità...

Se avessi potuto trasportarla nel mio personale Eden immortale, l'avrei fatta sedere sul pianoforte, avrei diteggiato i tasti della concupiscenza più profonda tra le sue cosce morbide e avrei udito la melodia dei suoi gemiti, dei suoi sussurri ovattati, dei suoi desideri nascosti...

Ma a precedermi, in quell'esaltante esperienza, fu l'amichetto, ex ragazzo, sbarbatello, strimpellatore di accordi rock... Andrew.

Quello stronzetto – scusate il tono irrisorio e stizzito con il quale parlo di lui – non solo si permise di introdurre nella mia clinica un pacchetto di sigarette truccate con della droga, ma ne offrì una a Dorothea e tentò di persuaderla, di approfittare del suo malsano stordimento nella stessa sala in cui io mi ero figurato l'idillio georgico di un satiro, bello e vigoroso, che abbranca la sua ancella sperduta.

In questo magnifico quadretto pastorale vi lascio intuire quanto fosse poco pertinente l'intrusione di un *capretto* – neanche minimamente paragonabile al grosso e affascinante satiro, non osate! – ricoperto di calugine biondo platino e ghirigori decorativi in sovrabbondanza su braccia e collo che mi facevano dubitare del suo gusto estetico.

Provate a immaginare quanto possa essere disperante e orribile un'opera siffatta!

Se non fossi stato un uomo maturo, l'avrei sbattuto a calci fuori quella sera stessa anziché limitarmi a un banalissimo ceffone, la cui impronta sarebbe scomparsa nel giro di poche ore.

Ciò che mi allarmò e mi fece colare il sudore freddo lungo la schiena fu lo stato di Dorothea; quando la sorpresi con lo sguardo vacuo, i capelli scombinati, la maglietta stropicciata e una grossa chiazza violacea all'altezza della clavicola, probabilmente provocata da lui, fui accecato da una collera violenta. Provai a chiamarla, a parlarle e mi accorsi che la mia voce, pur arrivandole ai timpani, non aveva possibilità di insinuarsi nella sua mente, sopraffatta da una mancanza di lucidità, a causa della sostanza in circolo nell'organismo. A quel punto, nella mia testa si susseguirono riflessioni contrastanti e frenetiche: *Efrem* avrebbe voluto strangolare il ragazzino, e vi garantisco che mi sarebbe bastata una sola mano per afferrarlo per quel collo da giraffa ornato di catene e ammazzarlo; il *dottore* invece avrebbe dovuto affidarsi alla sua saviezza, foriera di buoni consigli, e assicurarsi che entrambi si riprendessero presto dalla bravata commessa.

Poiché la prima alternativa mi avrebbe condotto dritto in una cella, optai – per senso civico – per la seconda.

Mi liberai del moccioso sequestrandogli le chiavi dell'auto e consegnandolo al maggiordomo, dopodiché mi concentrai sulla piccola vittima di quella malefatta. Dorie non aveva neanche il coraggio di guardarmi, come se mi avesse tradito e fosse stata sorpresa a copulare con l'amante; la gonna da scolaretta le si era sollevata così tanto sulle gambe che potei notare il colore violetto delle mutandine, ma evitai di farmi sorprendere a osservarla così intimamente e mi avvicinai per prenderla in braccio. Non si reggeva in piedi, tuttavia sospettai che, anche se ne fosse stata in grado, non si sarebbe privata dell'occasione di avere un contatto così ravvicinato con me.

Francamente non me ne sarei privato neanch'io.

Appena la strinsi al mio petto, gracile, col profumo corrotto dal fumo e dalle sregolatezze di gioventù, la sentii tremare, esalare respiri rapidi mentre mi soppesava dal basso con quegli occhi vispi, colmi di ingenuità e malizia, di impudicizia e pudore, di iattanza e umile curiosità. E, allo stesso modo, il mio sguardo captò ogni minuzia del suo corpo che, sfacciatamene, seduceva la virilità più abominevole del mio essere; adocchiai una piccola cicatrice sul ginocchio sinistro, forse la traccia di una vecchia caduta, qualche altro neo lionato – molto simile a quelli che aveva sulla guancia destra – rabescarle la spalla scoperta di una graziosa carnagione tendente al brunastro.

Ero certo che la pelle, con l'abbronzatura, le si sarebbe trasformata in una colata d'oro e al sole l'avrebbe fatta brillare come un ornamento barocco.

Entrai nella camera in cui Juliette dormiva, trasgredendo una delle regole della clinica, ma fu doveroso per poter mettere a letto la mia bambina.

La deposi gentilmente sul materasso, le tolsi gli stivaletti e le rimboccai le coperte come se fossi un papà virtuoso. Avrei dovuto stare attento a tutte quelle carinerie poiché le ragazze tendono a costruire i loro ideali romantici basandosi sulla figura paterna; Dorothea non aveva neanche conosciuto quell'uomo – come mi confessò poco tempo dopo –, sicché avrebbe potuto prendere me come modello di riferimento.

Pur consapevole di stare assolutamente superando i limiti, mi trattenni con lei quando, ancora intontita, mi si avvinghiò alla camicia attirandomi contro il suo volto per sussurrami un flebile: «Grazie».

Le fui talmente vicino, così miserabilmente svelato, che il mio desiderio divenne un tuono rombante che temevo lei potesse sentire.

Avrei potuto chinarmi un altro po', sigillarle le labbra con le mie e schiudergliele con la lingua, assaggiare il suo nettare per pochissimi istanti, una goccia soltanto.

Come baciava?

Sapeva modulare il respiro?

Si era mai concessa a un uomo più grande?

Avrebbe saputo come compiacerlo?

Io, di sicuro, l'avrei divorata, sbranata, fottuta finché entrambi fossimo annegati nella nostra stessa passione.

Che Juliette fosse distesa nel letto a pochi metri di distanza non mi importava, non mi sarei tirato indietro se avessi davvero voluto godere della mia neofita.

Nei suoi occhi lessi la speranza di dare una degna conclusione a quel nostro primissimo momento di indisturbata complicità; la realtà per un attimo fu sommersa da uno stillicidio bollente che mi affrettai a interrompere prima che Dorothea si accorgesse della disperazione con la quale avrei voluto abbandonarmi al suo corpo, strapparle le lenzuola di dosso e riempirla di piacevoli sussulti.

Avrei voluto gettarmi in quell'alba abbacinante e atterrare su una nuvola di lussuria.

Con la mia nuda, grossa e ammirevole... *mascolinità*.

Ma non avrei mai ceduto.

Non con lei così stordita, non in quel letto freddo, non tra le mura della clinica, non in presenza di qualcuno che potesse vederci e condannarci.

E soprattutto, non prima che il suo fisico cancellasse quella pallidezza sotto agli occhi, che l'astenia passasse, che i centimetri attorno al punto vita aumentassero...

Frenai in tempo la mia attrazione fremente, senza schiacciare o danneggiare la ragazzina.

Le accarezzai i capelli, lasciandoli scivolare tra le dita come fili di raso, poi le diedi un sobrio bacio sulla fronte, inalando la sua fragranza dolcissima che mi capovolse lo stomaco.

Uscii dalla stanza con le viscere attorcigliate, agitato, nervoso, conscio che per me si prospettavano ore infuocate, furiose, in cui appena tornato a casa avrei preteso da Liliane ciò che dalla mia paziente avrei ottenuto a piccoli sorsi...

E.K.
La tua natura

Berlino, 8 ottobre

Come un animale, come un viandante in una selva,
io sono attratto da te.
Dal tuo modo di guardarmi, di ridere, di piangere
e di camminare.
Persino dall'ombra che ti trascini dietro.
EFREM KRUGHER

A VOLTE mi chiedo se il mio sarcasmo, pungente e un po' supponente, non mi faccia apparire, ai vostri occhi, un pallone gonfiato, un cafone, un villano, tuttavia vi ricordo che sono pur sempre un sadico – sebbene non stia qui a elencarvi tutte le esperienze nefande vissute all'*Himeros*, le volte in cui Giselle si sia accidentalmente fatta male durante qualche nostro amplesso selvaggio o mi abbia chiesto di essere fustigata senza pietà – lo sono, lo sono fino al midollo e ogni tanto, attraverso anche dei semplici scritti, provo un sottile piacere, un compiacimento arrogante, una scossa tumultuosa, dall'incudine lungo tutto il martello, nell'umiliare lo stronzetto Andrew o l'insolente Dorothea o qualsiasi sventurato io prenda di mira.

Non mi preoccupo di questa mia predisposizione, ho già affrontato e superato la fase dello sconvolgimento iniziale e dell'eventuale accettazione delle mie pulsioni, spesso perverse. Per fortuna gli psichiatri più celebri come Krafft-Ebing – mio connazionale, oh... *ich fühle mich geehrt* – ci hanno insegnato a considerare la perversione come l'espletamento di una forza indomabile che sfocia nell'illegalità solo quando ci si abbandona agli istinti con l'intento di ledere qualcuno e di soppiantarne il consenso; in tutti gli altri casi non è altro che la massima espressione di noi stessi, un bisogno fondamentale, il seme dal quale nasce e cresce la piantina dell'energia psichica, della spinta vitale con la quale accedere ai più disparati desideri sessuali e conoscerli.

Oggi vi sto scrivendo con una forte emicrania a grappolo che mi soverchia dall'occhio sinistro alla fronte, perciò se doveste trovare i miei discorsi più lambiccati del solito, potrebbe dipendere da questo...

Considerando, dunque, la teoria dell'illegalità, non commettevo nessun reato quando fissavo Dorie gironzolare nel corridoio, con lo sguardo curioso rivolto alle statue che lo adornavano, i passetti un po' pigri con quegli anfibi vecchi a farle sembrare i piedi troppo grandi rispetto alle caviglie sottili, o quando sedeva in giardino, sotto l'uggia di un olmo, a gambe incrociate con la mia stilografica tra i denti e un quadernetto tra le mani sul quale stava cominciando ad abbozzare idee, strofette, versetti e tutto ciò che, da brava bambina, avrebbe dovuto scombiccherare su consiglio del suo gentile dottore.

Con totale inconsapevolezza, in una fluttuazione di ciocche bionde, ciglia dispettose e cosce attraenti, Dorothea era bella da lacerarmi il cuore.

Bella come una condanna che ti resta addosso per tutta la vita e della quale non puoi liberarti.

Bella come un'alba che, se i suoi occhi te ne privassero, non potresti ammirare altrove perché non avrebbe gli stessi colori.

Bella come un demone sensuale, una diavoletta seducente, una fatina ingannatrice.

Un fiore ferino.

E io quella bellezza la coglievo ogni volta che potevo, in silenzio, celandomi dietro un'indifferenza meschina quando le passavo accanto fingendo di non vederla, una severità esagerata quando dovevo rimproverarla per farle capire cosa sbagliava o qual era il comportamento da tenere nella mia clinica, una prosopopea – questo termine ha troppe *p* – irritante quando la respingevo, dicendole che ero sposato, che era opportuno la smettesse di provarci con me perché non ero il ragazzetto in piena crisi ormonale con il quale giocare, e che non doveva toccarmi o valicare i confini del semplice rapporto professionale che avremmo instaurato.

Nei casi, direi frequenti, in cui disubbidiva o si ribellava, la soluzione più efficace era quella di punirla.

Come sempre, vi confesso la verità: non era un metodo tipico della clinica, non era un metodo del quale i miei colleghi erano a conoscenza o che avrebbero dovuto attuare con i pazienti.

Ci tengo a precisare che non potrei mai essere un medico o un uomo dal quale prendere esempio, ma solo qualcuno da cui potreste comprendere tutto ciò che *non* si deve fare.

Tutto ciò che *non* si deve essere.

Tutto ciò che *non* si deve patire.

Amavo punire perché io stesso ero stato punito per anni.

Non importava che fossi un figlio educato o uno studente serio, almeno fino ai miei quattordici anni se Markus riteneva che meritassi due ceffoni in faccia allora me li assestava, con forza, con violenza, senza la minima esitazione; da bambino mi fece persino saltare qualche dente, sostenendo – con un sorriso dei suoi, distaccato e aguzzo – che sarebbe caduto comunque.

Mio padre soffriva di un sadismo culminante col quale amava, letteralmente, torturare chiunque, che fossero le sue amanti o un pargoletto generato dalla defunta moglie era indifferente, purché sfogasse, liberasse e riversasse la malvagità che gli erodeva le viscere.

Una delle pratiche più strane con le quali gli piaceva divertirsi consisteva nell'utilizzo del ghiaccio.

E non intendo i cubetti estratti dai nostri frigoriferi, la cui temperatura è inferiore ai due gradi, bensì il ghiaccio secco, realizzato in laboratorio e disposto in certi imballaggi che non sapevo dove acquistasse, la cui temperatura era inferiore invece ai cinquanta gradi sottozero. Il che significava che ne bastava un piccolo spicchio per anestetizzare la pelle nei primi cinque secondi e ustionarla nei successivi cinque.

I motivi per i quali venivo sottoposto a torture termiche di questo genere erano i più futili: un'alzata di spalle mentre lui mi esponeva qualche questione di dubbia rilevanza, una smorfia di troppo, una parolaccia o espressione inammissibile per un bambino: stupido, che schifo, merda, coglione, pazzo. Quest'ultima, soprattutto, lo incolleriva molto e quindi mi afferrava per un polso o per un braccio e mi trascinava in una camera buia – accanto al suo studio, quella dove la mamma cuciva e rattoppava i vestiti – priva di finestre, con solo delle pareti nere insonorizzate e una lampadina penzolante dal soffitto. Posti a schiera contro il muro, come forzieri preziosi, vi erano dei grossi bauli moderni, con delle maniglie di ferro a forma di serpente, al cui interno non erano contenuti denaro o gioielli, ma oggetti difficilmente identificabili o stravaganti che Markus usava con le sue concubine per fini erotici.

Con me per fini, a suo dire… *educativi*; per fortuna non è mai accaduto che si eccitasse picchiandomi – lo dichiaro con assoluta certezza –, non mi ha mai violato o carezzato neanche quando mi intimava di spogliarmi per medicarmi le ferite, tuttavia se rincorro qualche confuso crespolo d'infanzia è capitato che, dopo aver ignorato un suo ordine, mi minacciasse di strofinarmi delle verghe urticanti sui genitali o alludesse a strane torture di altro tipo, mostrando una grande cultura su quanti modi conoscesse per procurare dolore a un uomo.

Era un bastardo, sì, ma non un pedofilo; non avrebbe mai abusato di suo figlio.

Non vi sto raccontando questi stralci del mio passato, alquanto disturbanti, per suscitarvi compassione o pietà, non sono sentimenti che gradirei ricevere, cerco solo di spiegarvi che, benché non ci sia una correlazione genetica tra le due inclinazioni sadiche sviluppate dapprima da Markus e poi da me, la sua condotta riprovevole ha influito, dal punto di vista psicologico, sulla mia deformazione sessuale, inducendomi a prediligere rapporti aggressivi, a voler trarre piacere dal dolore, seppur in maniera diversa da lui: il suo era uno sfogo dannoso che creava un disagio significativo in chi lo subiva; il mio un'innocua stimolazione volta a ricercare l'eccitamento sessuale solo con partner consenzienti.

Insomma, una differenza sostanziale che ci rendeva due mostri di distinta natura: lui avrebbe dovuto essere sottoposto a un trattamento, malgrado spesso fosse inefficace; io avrei dovuto fare attenzione a non perdere il controllo e perseguire il mio appagamento solo in presenza di determinati limiti e condizioni.

Questa fu una delle tante ragioni che mi spinse a proteggere da me la piccola Dorie, a tenerla lontana, perché io non ero un giocattolo col quale esplorare nuovi stimoli con troppa imprudenza.

Ero una macchina da guerra che una bambina non avrebbe saputo maneggiare.

Essendo molto giovane, fu talmente ammaliata dal mio aspetto – come era capitato a gran parte delle mie donne – che fissò le sue mire su di me perché non era abituata agli uomini sfuggenti e di polso. Nelle prime settimane avevo notato che, più ero schivo e artico, più ai suoi occhi apparivo desiderabile, una sfida illimitata, un trofeo da accaparrarsi.

Un giorno, per capire meglio cosa affliggesse la mia tenera novellina, chiesi alla dottoressa Ruiz di confidarmi le sue prime impressioni su di lei.

Quel pomeriggio ero seduto su una panchina, con in mano una gattina che solitamente vagava con i fratellini nel parco, saltellando tra i roseti e i cespugli. Era una femminuccia di pochi mesi, l'ultima arrivata, con un pelo irto e maculato di un giallo-grigiastro, con bande più chiare sulla coda, una tigrotta di dimensioni ridotte. E come una tigrotta aveva anche l'attitudine a mordermi i polpastrelli.

«Mi sembra una ragazza smarrita. Non ama parlare della madre, è morta circa due anni fa. Del padre non so nulla, credo l'abbia abbandonata o questo ho dedotto da alcune sue rivelazioni frammentate. Efrem, mi stai ascoltando?»

Nina odiava che non la guardassi negli occhi mentre mi parlava e che preferissi tenere in grembo la micetta irrequieta. Quella pallina giocherellona mi rotolava sull'addome, mi si arrampicava su un lembo del camice e, quando riusciva a raggiungermi la spalla, io l'avvolgevo con un palmo, dal dorso, e la riportavo giù, sulla mia gamba accavallata. «Certo che ti sto ascoltando. Cos'altro hai notato?» La micetta cominciò a leccarmi un indice e io lo strofinai sui dentini, sorridendo. Nina, invece, si era improvvisamente ammutolita fissando il modo in cui la gattina aveva afferrato il mio dito maschile – lungo quasi quanto la metà del suo corpicino – con entrambe le zampette per continuare a lapparne la punta.

Oh, posso immaginare quali porcherie stesse rammentando, la punicea dottoressa dai capezzoli egocentrici...

«Ha problemi relazionali con gli uomini e una marcata insicurezza di fondo col proprio corpo. Credo ricerchi in loro le certezze che le mancano.» La voce della mia ex mi suonò diversa, stridula, larvata di un languore malinconico. «Sentirsi apprezzata da un ragazzo per lei equivale a sentirsi anche bella. Abbiamo chiacchierato un po' delle sue esperienze... non mi ha confessato molto, ma ho capito che nutre un particolare piacere nel – ti cito letteralmente le sue parole: 'Prendere in giro i ragazzini che vogliono infilarsi tra le mie cosce. Quegli stupidi... pensano che io sia una tipa facile? Eppure sa, dottoressa Ruiz, mi fa impazzire vederli perdere la testa per me. Mi dà potere, ma non posso legarmi a nessuno di loro. Mi piace oscillare sul mio pendolo da sola'.»

«Mmh...» A volte ero verboso e prolisso, altre un coacervo di mugolii bruschi, quesiti diretti e risposte affettate; in quel caso – forse perché si trattava della paziente che stuzzicava maggiormente la mia curiosità – ragionai molto prima di esprimermi, ansioso che il mio tono potesse tradire un qualche interesse secondario. «Seduzione compulsiva, quindi.»

«Dici?» Nina arcuò un sopracciglio scuro, sotto la frangetta focosa. «Sei tu la sua psicologa. Io sto solo supponendo.»

«Ha anche detto qualcosa su di te.»

«Del tipo?» La mia domanda fu un po' troppo veemente, ma lei non ci fece caso.

Ah, gli dèi... con me, erano sempre generosi.

«Del tipo che non ti sopporta, non le piace l'idea che non possa incontrare sua nonna ed è convinta che tu la odi.»

Con la falange ancora umida, lambii il musetto della gattina distesa a pancia in su sul mio quadricipite; sapevo bene perché la bambina pensava che io la odiassi. Non ricambiavo le sue avances, ero altezzoso e la rimproveravo per il suo abbigliamento. Non riusciva a conquistarmi, a piegarmi, a controllarmi e questo la confondeva, la irritava e depistava, tantalizzando il suo desiderio di far capitolare un uomo sposato per puro divertimento.

«È giovane, deve abituarsi a noi e alla clinica. Diamole tempo.» Misi giù la micina, vedendola zampettare verso un paio di orecchie nere che spuntavano dietro una siepe, uno dei fratellini, e volsi l'attenzione alla *miciona* sexy a braccia conserte di fronte a me. Alzandomi dalla panchina, le concessi una furtiva e fredda occhiata alla scollatura della camicia – aveva sempre avuto due seni interessanti che, in passato, avevo unto e rimescolato nella bocca fino a renderli di un allegro lilla – e lei sovrappose una caviglia all'altra, spostando un piede in avanti, per stringere le cosce massicce, degne di una sportiva che praticava jogging ogni mattina.

Se non fossi andato via, avrebbe tirato fuori l'argomento del perché l'avessi piantata in asso al nostro ultimo appuntamento.

Cosa avrei dovuto dirle?

Che il suo fascino mi era parso di giorno in giorno sempre meno sapido, che non ardevo più dalla voglia di baciarla, che ogni spasmo del mio corpo era un fuocherello debole, sul punto di spegnersi, e che quando la riaccompagnavo a casa e tornavo nel mio letto sentivo il cuore vuoto, arido?

Non riuscivo a innamorarmi di nessuna e, così come io non avevo mai colpevolizzato le mie ex, loro non avrebbero dovuto colpevolizzare me di quei sentimenti invasati, tanto fulminei quanto temporanei, soltanto perché, per preconcetto, mi consideravano sempre lo stronzo della coppia, soprattutto quando la relazione finiva.

E Nina era proprio quel tipo di donna che preferiva una bugia bianca alla pura verità.

Con la scusa di un imminente colloquio la ringraziai e, pizzicando qualche peletto felino dal camice, la superai; volevo evitare di suscitare in lei la temerarietà di un approccio più confidenziale che l'avrebbe incoraggiata ad appropinquarsi, posarmi una mano sul bicipite, corteggiarmi e sussurrarmi qualche oscenità che avrebbe riacceso – seppur fugacemente – le voglie che dovevo strettamente tenere a bada.

Non ottenni molte informazioni da quella breve conversazione, tuttavia mi confermò il sospetto che Dorothea vedesse in me qualcuno da sedurre per un compiacimento personale legato al rifiuto del suo corpo e alla sua costante esigenza di ritrovare se stessa nello sguardo di chi l'ammirava o di chi fingeva di ammirarla per approfittarne.

Si era forse accorta del modo in cui la guardavo?

Per questo ero diventato il suo dilettevole bersaglio?

No, no, impossibile.

Ero troppo calcolatore e scaltro per permetterle di captare l'abisso in cui sprofondavo ogni volta che sentivo il suo odore tormentosamente femminile nell'aria.

Ero un dissimulatore innato.

Esigo un premio Nobel e anche una standing ovation, subito.

Oppure dopo.

Faccio una breve pausa, Lesern.

L'emicrania è peggiorata, urge un triptano...

Come si narra una storia di questo tipo?

Una di quelle scomode, vere, travolgenti ma inadatte a essere divulgate, lette o conosciute?

Come si narra dell'attrazione amorosa e cupida di un uomo sposato verso una ragazza di vent'anni, problematica, orfana e incredibilmente piacente in tutto quello stormo di smorfie, occhi rivolti al cielo, improperi, sorrisi rilucenti e chioma di boccioli d'oro?

Ah, grazie al cielo non sto scrivendo un romanzo né un testo regolativo col quale istruire su come peccare nella vita o su come introdursi nella passerina o nel passerotto dell'amante senza che la mogliettina lo scopra.

E se la fortuna sarà dalla mia parte, questi stralci saranno presto strappati o bruciati, nonostante mi piaccia immaginare di dilettarvi un po'...

D'altronde, nella drammaticità delle mie esperienze sentimentali, serbo per voi anche quel pizzico di comicità che potrebbe rendervi questo viaggio meno... come dicono i giovani di oggi? Palloso?

Ecco, meno *palloso*.

Proseguendo la mia curiosa narrazione, una delle soluzioni per placare la piccola Dorie era punirla e non perché io fossi un bruto arrapato – *sei nicht vulgär, Arzt!* – che voleva godere dei suoi pianti – dei quali avrei goduto certamente, in situazioni più favorevoli –, ma perché avevo scoperto con sommo piacere che la mia bambina era una masochista ancora inconsapevole, itinerante, raminga.

E secondo voi chi sarebbe stato il suo intelligente e galante cicisbeo? Chi sarebbe stato il suo dotto accompagnatore?

Avevo già notato il modo in cui affondava le unghiette nella carne delle cosce per graffiarsi o come la torceva tra le dita per maltrattarla; in un attimo di sensibile voluttà – mentre entrambi eravamo rapiti l'uno dall'altra in un intreccio di sguardi più carnale di una scopata – mi aveva confessato di preferire il dolore fisico a quello emotivo, sperando che leggessi tra le righe il suo reale messaggio. Tuttavia, in seguito a un nostro gradevole colloquio informale nel quale ci barcamenammo tra Freud, una delle sue opere letterarie, la stanza dell'Es e la storiella vissuta con Andrew, arguii che Dorothea era una fanciulla diversa, con una sessualità variopinta che quel damerino dell'ex era stato incapace di cogliere, preferendo ridurre le sue insicurezze a un'inanità di poco conto, anziché inginocchiarsi di fronte a quella creatura tanto *speciale*.

Ignorando le battutine della birbantella sulle punizioni che avrebbe voluto ricevere da me – alludendo chiaramente a un contatto erotico –, colsi l'occasione della sua fiduciosa apertura emotiva per spiegarle che le sue fantasie non avrebbero dovuto spaventarla e che a vent'anni è relativamente comune sentirsi confusi o disorientati, soprattutto in presenza di cambiamenti e consapevolezze che potrebbero destabilizzarci. Anch'io, molto prima della maggiore età, ho dovuto fare i conti con il lato più bestiale della mia personalità, sicché ero uno dei pochi, o l'unico, a comprendere appieno il suo stato d'animo altalenante. Andrew non aveva la maturità né l'esperienza di godersi la cocente esplorazione delle perversioni più istintive, di conciliarsi a una ragazza che amava prostrarsi totalmente al proprio uomo, di decorarle la voce con teneri singhiozzi, di ricamarle le guance con perle lucentissime; per certi versi pensai che fosse meglio così o quel *capretto* avrebbe potuto farle del male.

Il sesso è qualcosa che parte dalla mente, defluisce verso il basso e si inerpica in tutto il corpo; è il mezzo attraverso il quale stabiliamo dei legami o li ostacoliamo, comunichiamo chi siamo o lo nascondiamo, ci affermiamo, dominiamo o ci lasciamo dominare, è un elisir misterioso, conturbante, utile, senza il quale non possiamo vivere. È lo straordinario potere che la psiche ha di tramutare le nostre necessità biologiche in passione, piacere o trasgressione. Non sempre è necessario declassarlo a patologia, soprattutto se coinvolge fantasie che esulano dalle convenzioni. Dorothea doveva imparare ad accettare la sua eccitazione sessuale e gli stimoli che la provocavano, doveva imparare a considerarli normali e non indice di un disturbo o una deviazione psicologica. Molti miei colleghi tendono a interpretare tutto ciò che è diverso o inusuale come la conseguenza di cause gravi o di traumi irreversibili, generalizzando e confondendo il masochismo sessuale con il *disturbo* masochistico: nel primo caso non siamo dinanzi a un quadro clinicamente significativo tale per cui si generano danni o menomazione, ma si tratta soltanto di una partecipazione intenzionale a rapporti in cui si sceglie di sottomettersi a qualcun altro per ottenere il proprio piacere. Questo era ciò che Dorie desiderava fare in una relazione: essere libera di esprimere se stessa, governare la sua sfera emotiva senza soccombere alle credenze spesso falsate, irrazionali o inconsce che, sovente, inibiscono il piacere incrementando la sofferenza e il senso di disagio.

Per quanto io sia da sempre un sostenitore di Freud e per quanto le sue scoperte siano state illuminanti, tanto da ispirare gli studi di numerosi psichiatri, ritengo che sotto certi aspetti siano anche confuse e fallocrati, pertanto, essendo devoto alla mia caparbietà e autonomia di pensiero, ho tentato negli anni dedicati alla professione di vagliare altre teorie, per lo più positive, e di ragionare sulle loro concezioni moderne secondo le quali le fantasie sessuali, anche molto perverse, sono il tentativo del nostro inconscio – *Unbewusstes* – di portare alla soglia della coscienza delle risposte. Per intenderci – e forse a qualcuno sorprenderà ciò che sto per enunciare – persino la *scatologia telefonica* è stata estromessa dalla categoria dei disturbi parafiliaci, ma annoverata solo tra le parafilie non patologiche – ovviamente quando non valica i limiti legali.

Secondo voi perché ricercate nei libri o nei film quel *quid* che stuzzichi la vostra curiosità sessuale?

Perché, a volte, il comportamento in pubblico è nettamente differente dalle vostre fantasticherie private?

Ci avete mai pensato?

Non sarà perché, oggi, si considera più facile nascondere le nostre preferenze erotiche e soggiacere alle proibizioni sociali per evitare i pregiudizi morali?

Dorothea aveva giocosamente ricopiato la poesia di Carlos Drummond de Andrade per comunicarmi che la eccitava l'idea di inginocchiarsi a un uomo che conosceva a malapena e dal quale era attratta; mi aveva dedicato delle strofe di una canzone con chiari riferimenti a demoni, fruste, corde e ninfe, per spiegarmi che quello era il mondo immaginario in cui desiderava entrare.

Non sarebbe stato facile leggere cosa nascondeva dietro quegli *occhi d'alba*, dietro l'infantile seduzione che esercitava su di me, se non avessimo avuto una natura complementare, se io non fossi stato un animale e lei il mio pasto, se io non fossi stato il satiro e lei la mia Nàiade se io non fossi stato il sadico e lei la sottomessa…

Quel caos infernale, la corsa esasperante verso delle risposte troppo complicate, la difficoltà di gestire la perdita improvvisa di una madre, l'inabilità a adattarsi all'impermanenza del ciclo vitale la spinsero a compiere un gesto estremo, rischioso, che ancora mi turba, mi infervora, mi stritola lo stomaco…

Trovarla inerte, sul fondo di una vasca ricolma d'acqua, con le pupille naufragate nel vuoto e le labbra strette a trattenere il respiro, fu più doloroso di tutti gli schiaffi, le ustioni, gli slegamenti o le contratture che mi erano state provocate da mio padre.

Mi figurai la bambina appena arrivata in clinica affusolarsi e sparire in una bruma di disincanto e rabbia, tendere le braccia verso di me in un aiuto disperato e poi recidersi la vita per ritrovare se stessa nella morte.

Me la figurai agonizzante, come una Sirenetta stremata, in un apparente momento di requie, mentre, con un nitore fioco sui lineamenti delicati, stanchi, ma ancora vivi, discendeva lentamente verso gli abissi dell'oceano.

Voleva annegare, la mia bugiardella.

La mia peste.

Ma non aveva previsto, in quel piano malefico, una fortuita intromissione.

Poco prima l'avevo adocchiata correre nei corridoi, in uno stato alterato, con una lena intensa, così l'avevo seguita fino al bagno, giungendo a scoprire le sue truci intenzioni.

Pestando l'acqua tracimata sul pavimento, mi catapultai a chiudere il rubinetto, affondai le braccia nella vasca e le abbrancai i fianchi per tirarla su. Lei spalancò le palpebre – tra le ciglia bagnate vidi intrappolato ogni granello di dolore –, uscì dalla distesa cristallina in cui si era perduta e, aggrappandosi al mio sguardo, che in quel momento doveva essere davvero spaventoso oltre che spaventato, tossì e annaspò fragorosamente.

Riuscii a placarmi solo quando, seduto per terra – io con la schiena contro il muro, lei rannicchiata a conchiglia contro il mio torace –, potei sentire il suo respiro caldo tessermi dolci brividi sul collo, poi la tempia posarsi sul mio petto e il suo cuore pulsare, volare, sprigionare tutt'attorno un bagliore confortevole.

Avrei potuto toccarla, poiché non c'era nessuno con noi: né Juliette, né i miei colleghi, né eventuali guardoni che avrebbero potuto scoprirci dalle telecamere, sempre disattivate nei bagni.

Avrei potuto agire, sedurla, manipolarla affinché mantenesse il segreto e io restassi impunito.

Ma mi resi conto che i miei pensieri abietti stavano sconfinando nella follia totale e che non mi riconoscevo in quell'uomo tanto subdolo. Ero un chiaro esempio di purulenza morale e suppongo che mentre leggete queste righe lo stiate pensando anche voi, ma cercate di essere indulgenti: queste sono le confessioni di un animo estremamente *fulminato* che preservò, respinse e rimproverò Dorothea per tutto il tempo in cui si era autoimposto di non cadere nella trappola di una lussuria deviante.

Benché fossi arrabbiato, benché volessi rigirarla sulle ginocchia e darle due o quattro sberle sul sedere, la strinsi a me, la scaldai, la rassicurai, l'accarezzai con delicatezza come se fosse un petalo di rosa che anelava un filo di sole. Rinunciai a qualsiasi mia storpia aspirazione; in quell'istante mi preoccupai di avvolgerle il corpo con un telo e di cullarla, tenendola ancora tra le braccia.

Mi riempii i polmoni del suo profumo fresco e le mani della sua morbidezza; i polpastrelli bruciavano a contatto con la schiena vellutata mentre le sfioravo piano la strisciolina scoperta tra la maglietta e i pantaloncini. Un furore assordante cominciò a strepitarmi tra le vene. Quando, con il nasetto invadente, la piccola Dorie inspirò il mio odore poco sopra la clavicola – nel modo più malizioso che possiate immaginare – e scese con la punta a patatina sullo sterno, nello scampolo aperto della camicia ormai infradiciata, repressi, con molta fatica, la voglia di lasciarla fare e di chinarmi a seviziarle le labbra con uno dei miei baci disgraziatamente violenti.

L'avrei presa a morsi fino a farle sanguinare quei due lembi di ciliegia che, assiderati com'erano, viravano a un delizioso violetto come due orchidee luccicanti.

Ero smanioso di spogliarla e sentirla ondeggiare sotto di me, ma la delusione del suo gesto mi aveva sconvolto così tanto che fui più duro del solito.

Le spiegai che non era quello il modo di affrontare il dolore né di ricercarlo e, quando mi accorsi di alcuni graffi sull'avambraccio sinistro, decisi di darle una dimostrazione pratica di quale fosse il dolore che io reputavo... *sano*.

Cingendole il girovita con un braccio, spostai la mano verso il basso per stringerle forte un fianco. Affondai le dita, con irruenza, nella carne dell'anca e lei si abbandonò a me – con una spontanea disinvoltura –, si arrese alle sensazioni che quella sofferenza dominatrice stava rimestando nel suo subconscio. Mi si avvicinò al punto da posare la fronte sulla mia mandibola, ascoltò se stessa, il suo corpo, socchiudendo le palpebre in uno stato di completa estasi, soggiogata da quell'incantesimo magico.

Captai la variazione del suo respiro deliziosamente agitato e, per portare quella prima esperienza a un livello superiore, con l'altra mano mi permisi di carezzarle l'addome, poco sotto l'orlo della maglietta. Sentii la pelle incresparsi al passaggio dell'indice attorno all'ombelico. Un suo gemito, tremulo e intenso, mi incoraggiò a scendere cauto verso il basso, fino a introdurre il mignolo sotto il bordo delle mutandine, che fuoriusciva teneramente dai pantaloncini, e a tratteggiarle l'orma merlettata che le aveva lasciato sulla pelle. Schiudendo la bocca, Dorie ansimò così intensamente che una prurigine peccaminosa cominciò a torturarmi in quel punto tribolato sul quale era appoggiato il profilo della sua coscia. Sarebbe bastato uno sfregamento, una banale frizione contro di lei per tramutare quell'iniziale solleticamento in un turbinio di spasmi liquidi da riversarle sulla pancia, o magari sulla lingua...

Se avesse percepito il pene vigoroso che si stava indurendo, e interponendo, tra me e la sua gamba, avrebbe potuto respingermi e insultarmi, ma la piccina mi asserragliò la nuca con l'incavo del gomito e con un movimento istintivo, quasi inavvertibile, si spinse contro il mio dito impiccione, facendomi intuire che avrebbe desiderato di più.

Distavo poco dalla mia meta, il monticello glabro era vicino, la rondella femminile anche.

Oh, cazzo... come sarebbe stato penetrarla?

Era schiusa, gonfia, bagnata?

Un solo passetto avanti, una sola manovra astuta e l'avrei scoperto.

Mi sentivo in bilico tra il dovere di non commettere errori – sebbene uno lo stessi già commettendo – e il bisogno di entrare in quel gineceo maledetto in cui non sarebbe esistito nessun altro all'infuori di me e della ragazza che mi sedeva addosso.

Avrei voluto rimuovere gli strati di stoffa che ci dividevano e saggiare il tepore del suo inguine, pazientando come un uomo e fremendo come una belva.

Non muoverti, bambina.

Ti prego, non muoverti, non provocarmi oltre.

Cercai di tenere a freno la smania che mi stava accaldando; il mio cuore era annegato in un mare di peccati e io provavo disperatamente a riportarlo alla ragione. La fede che indossavo mi parve improvvisamente un ragno che tesseva una tela spinosa attorno al mio anulare per ricordarmi che a casa c'era una donna ad aspettarmi, e non da sola.

C'era anche Joël.

Con poca eleganza mi scrollai di dosso Dorothea e mi rialzai, stordito e assorto in riflessioni incongrue: alternavo momenti in cui pensavo fosse bellissima, graziosa e innocente, altri in cui la paragonavo a una streghetta malefica che avrei dovuto spedire il più lontano possibile da me.

Lei avvertiva la mia oscura confusione e questo le suscitava paura e insicurezze verso la mia figura di medico, verso l'autorità che mi era riconosciuta in quella clinica.

Eppure, non immaginava neanche che sarebbe diventata la mia violetta nera, l'unico fiore che preferivo in un giardino di narcisi e tulipani.

Il fiore che avrei colto e coltivato, diventandone persino gelosissimo.

Non immaginava il piacere che mi avrebbe dato, giorni dopo, vederla gattonare per me, nel parco, con una pesante felpa invernale a celare le sue linee di pesca, ma non le movenze cerviere, dannatamente sensuali.

Ero stato un bastardo a punirla in quel modo, lo ammetto, nonostante ne sia ancora profondamente compiaciuto, ma era stato necessario per farle capire che non aveva bisogno di origliare le mie conversazioni private con Mitchell per conoscermi, oltretutto doveva comprendere che non serviva a nulla sfidarmi o mancarmi di rispetto.

Non ero un suo nemico; se avesse saputo cogliere i miei consigli, entrambi avremmo ottenuto ciò a cui ambivamo poiché non volevo vedere la Thea Jensen che mostrava sui social, alla band, agli amichetti o a chiunque le si avvicinasse, io volevo vedere, abbracciare, parlare con la Dorothea che un tempo era stata capace di credere nei sogni, di creare, di sorridere e di vivere.

Volevo vedere la Dorothea che aveva bisogno di me, che aveva bisogno di correre tra le mie braccia per fronteggiare qualsiasi dolore e che, qualora mi avesse baciato, si sarebbe arresa a me sinceramente, ineluttabilmente e non per sfidare il fato o farsi beffa dei sentimenti umani.

Miei e suoi.

Volevo vedere la Dorothea capace di amare e di ricevere amore, non la ragazzina che voleva svendere il proprio corpo al primo che passava per dimostrare a se stessa di avere il potere sulle emozioni anziché accettare di lasciarle scorrere liberamente.

Era questa *la chiave* che mi avrebbe permesso di provare un'attrazione emotiva oltre che fisica, e di insegnarle che non avrebbe ottenuto nulla da me senza imparare a guadagnarselo.

Quando mi aveva chiesto, durante uno dei nostri primi incontri privati, se io la considerassi attraente, le avevo mentito dicendole che non provavo alcuna attrazione sessuale nei suoi confronti, ma se non fosse stata la mia paziente le avrei risposto che per me lei era come il vino: un sorso non mi avrebbe appagato a sufficienza da mettere via il calice. La cupidità di abbeverarmene fino all'ultima goccia, fino a ubriacarmene, mi avrebbe reso ebbro di decisioni sbagliate, di una libidine feroce, di una dipendenza eterna, di una felicità effimera.

Sai, piccola Dorie…

Non sapevo se fossi discesa dal cielo o ascesa dal mare, sapevo solo che eri sollievo e abbattimento.

Che eri la mia Menade e io il tuo Dioniso, che i tuoi sguardi erano festosi baccanali e i tuoi sussurri le più sporche feste orgiastiche.

Che racchiudevi il tramonto fra i capelli e l'alba fra le ciglia.

Che il sangue mi ribolliva di desiderio quando mi irretivi con le tue cosce.

Che le tue labbra erano nefaste come scaglie infernali.

E i tuoi sorrisi tanti frammenti di Paradiso che un giorno avresti imparato a rimettere insieme.

Eri l'esaltazione del tormento più mortificante.

Eri la morte nell'amore e l'amore nella morte.

Mi rinvigorivi con i tuoi pianti preziosi e mi uccidevi quando, estremamente bella e violenta, gridandomelo con ogni fibra del tuo corpo in fiamme, mi supplicavi di ingabbiarti con me dietro le sbarre di una relazione impossibile, mi chiedevi di essere un bambino coraggioso e di assecondare le tue illusioni da bimba, mi pregavi di distendermi resupino sul tappeto di una frenesia adolescenziale e di accarezzare le grazie di una realtà irrealizzabile.

Come avrei potuto essere così ignobile ed egoista?

Tu, nella tua incoscienza giovanile, insistevi, persistevi, mi premevi e spremevi…

Inconsapevole che con ogni tua carezza mi condannavi alla follia, infinita e crudele, di strapparti al mondo e tenerti con me.

E.K. Kleines Äffchen

Berlino, 11 ottobre

Sei come una guerriera piena di ferite.
Ti auguro di abbandonare i demoni
nel loro eterno silenzio
e di stringere tra le mani il tuo infinito.
EFREM KRUGHER

CI sono tanti motivi per cui non potrei essere uno scrittore.

In primo luogo, non ho il dono della sintesi, sono involuto, intricato, poco scorrevole, non utilizzo un lessico scarno che dovrebbe garantire la giusta fluidità delle parole, adoro i periodi complessi, la contorsione delle proposizioni e mi perdo, spesso, nelle dissertazioni teoriche scevre di semplicismo.

Non so esattamente dire se questo sia un difetto o una caratteristica, mi piace considerarlo il mio strabismo di Venere: qualcosa di divergente, che per alcuni potrebbe essere sinonimo di fascino, per altri un'anomalia da correggere.

In secondo luogo, le menti contemporanee alquanto filistee, amanti della lineare *affettazione* che non implichi troppi ragionamenti, non avrebbero mai apprezzato l'autore Efrem Krugher – il mio stesso nome, sulla copertina di un libro, risulterebbe appesantito, goffo, disarmonico, scomodo – e immaginate i giornalisti distratti che nei loro articoli si imbizzarrirebbero con la fantasia, riportandone il cognome in tutte le varianti possibili: Krueger, Kruger, Crüger, Kryger…

Insomma, non c'è assolutamente nessun buon proposito che possa spingermi a redigere un manoscritto, forse per questo sono stato destinato a essere un dottore, sebbene io abbia vissuto un momento nella vita in cui ho messo in discussione anche la mia professione, valutando di andarmene dall'Asklepios e sospendere l'attività, non per problemi legati alla mia salute, com'era accaduto prima di sposarmi, bensì per allontanarmi dalla bambina che mi stava provocando un'enorme e parossistica ossessione.

Precisazione zelante: l'ossessione è un fenomeno psicopatologico, una malattia mentale che deflagra in un'angoscia o in uno squilibrio del quale non si ha alcun controllo pur essendone cosciente.

Dorothea era l'oggetto delle mie perenni ruminazioni mentali: persino quando facevo l'amore con Liliane l'immagine intrusiva di quella ragazzina – nonostante i miei sforzi di ignorarla o respingerla – mi induceva a ricercare con più passione una parvenza di sollievo fra le cosce di mia moglie e quest'ultima, ignara di dove virasse la mia immaginazione, ne godeva come una matta, attribuendo l'apice del mio desiderio alla possibilità che, durante i tre anni del nostro matrimonio, mi fossi realmente innamorato di lei.

La nostra attività sessuale era aumentata, nonostante fosse già abbastanza assidua, e Lili non riusciva a capire perché fossi così bisognoso delle sue attenzioni da cercarla spesso. Da quel che ricordo: una volta al mattino, una la sera prima di addormentarci e un'altra durante la notte, in cui mi svegliavo di soprassalto, gonfio e sudato, e strisciavo verso la sua schiena bianca infilandole la mano sotto la vestaglia di raso per strapparla al torpore del sonno.

Le erezioni notturne che, di regola, sono involontarie e servono a ossigenare il pene in maniera del tutto avulsa dal piacere, nel mio caso erano l'indice di una risposta del sistema nervoso centrale a stimoli olfattivi, visivi o tattili che la mente mi proiettava attraverso sogni scandalosi e perversamente erotici nei quali, come un ossesso senza scrupoli, possedevo la ventenne appena giunta nell'Olimpo del peccato.

Un giorno particolarmente nebbioso – sembrava stesse quasi per piovere –, dopo essere uscito di casa già stanco per un amplesso troppo energico che mi ero concesso con Liliane, mi diressi in clinica impreparato alla situazione oltremodo spiacevole che avrei dovuto affrontare.

La piccola Dorie era stata vittima di un'altra delle sue crisi di cui, quella volta, la destinataria fu la cuoca Monique e il piatto del pasto che le aveva preparato. Quando entrai nella sala da pranzo, senza essere stato avvisato su ciò che stava accadendo, adocchiai velocemente Dorothea seduta al tavolo, rannicchiata con le ginocchia al petto su una sedia. Prima di soffermarmi su di lei, persi tempo a redarguire i miei colleghi, soprattutto Nina, poiché non si era degnata di informarmi né di contattarmi sul cercapersone, quindi, in preda al fastidio cocente che la mia bambina stesse male e io non ne fossi stato messo al corrente subito, scardassai a parole la dottoressa, dinanzi a tutti i presenti. Mi conosceva da anni, sapeva benissimo che non amavo la negligenza, tantomeno l'essere estromesso da qualsiasi cosa riguardasse i miei pazienti e dunque il mio lavoro.

«Ho chiesto a Thea di parlare con me, nel mio studio, ma ha rifiutato. Non è in sé stamattina.» La psicologa, ancora a disagio per la mia strigliata, mi indusse a voltarmi verso la piccina che, da sotto le ciglia fitte, mi stava fissando con il labbro inferiore – magnificamente arrossato – stretto tra i denti perlacei.

Oh, Dorie... a cosa stavi pensando mentre ti mangiavi la bocca incantandoti sulla mia?

Desideroso di rimanere solo con lei senza che qualcuno sospettasse del mio perverso godimento interiore, mandai via tutti eccetto il maggiordomo, giacché era necessario che un terzo incomodo rimanesse con noi.

Quando mi accomodai con la placida nonchalance del perfetto padrone di casa, notai che Dorothea aveva le sopracciglia graziosamente aggrottate in un'espressione imbronciata che considerai a dir poco incantevole. Supposi fossi l'ultima persona che avrebbe voluto vedere perché, nel nostro ultimo incontro, le avevo intimato di non intromettersi nella mia vita privata né di rivolgermi domande a riguardo. Ero stato molto brusco e questo aveva alimentato in lei una reazione respingente, rancorosa. Avrei dovuto prevederlo, ne ero finanche dispiaciuto; come un amante pentito, mi scusai per essere stato sgarbato, ma non potevo negare a me stesso quanto fossi soddisfatto del valore che aveva attribuito alla nostra conversazione.

Lei mi svolazzava attorno come un colibrì in cerca di un rifugio, sentivo il suo canto vibrarmi nel petto e uno sfarfallio delizioso smuovermi gli organi a ogni battito d'ali ed ero lusingato all'idea che la sua rabbia – un'emozione potente quanto l'amore – fosse rivolta a me e non a qualcun altro.

Tra una battuta e l'altra di un discorso stentato in cui non faceva che stuzzicarmi o riversarmi addosso il suo livore, intuii che la cuoca l'aveva pressata con troppa insistenza per terminare la minestra del piano alimentare, al contempo percepii un odore diverso nell'aria, un lieve sentore di femminilità e sangue, che inalai come una belva mettendo in moto tutte le cellule del mio corpo agognante. Ogni indivisibile atomo, fibra, nervo reagì a quell'afrore penetrante rammentandomi i tempi in cui l'avevo inspirato sulla pelle di Giselle, durante alcuni dei nostri giochetti estremi – preferisco essere elusivo – che avrei potuto far sperimentare anche alla piccola Dorie se non fosse stata, appunto, così... *piccola.*

Che io abbia una fogna in cui i miei ormoni sguazzano come orchi lerci non dovrebbe sorprendervi, ma sappiate che non mi sono mai spinto tanto oltre con lei...

Era proprio quella sua caligine d'innocenza ad attrarmi follemente e non avrei voluto corromperla in alcun modo, anzi, l'avrei preservata con tutto me stesso dallo sterquilinio delle mie sadiche stranezze.

Quel sorriso tristemente arrogante dietro il quale nascondeva un passato di sofferenza, l'infantile cocciutaggine con cui imponeva sempre la sua disubbidienza, le movenze impacciate con le quali fingeva di essere una donna capace di affrontare un adulto come me, quando invece era solo una ragazzina piena di dubbi e incubi, erano tutti i suoi difetti migliori, tutto ciò che di lei non avrei mai cambiato perché la rendevano unica: *il disastro più bello che avessi mai visto.*

Quel giorno non volle rivelarmi qual era il motivo del suo malumore – che tra l'altro avevo già dedotto –, dunque mi divertii a provocarla per spingerla a confessarlo quantomeno a se stessa e a trovare un mezzo per condividerlo con me.

Il mio ruolo non è mai stato quello di normalizzare la condizione di un paziente o di sgominarne le angosce con una bacchetta magica, bensì di accogliere le sue richieste di aiuto e di intraprendere con lui la strada migliore verso un trattamento efficiente, malgrado né io né nessun altro possiamo assicurarne ciecamente il buon esito.

Con Dorothea, per esempio, mi sentii più sicuro ad affidarla ai miei colleghi poiché io, in sua presenza, ero troppo disattento, vulnerabile, spericolato, pervaso dal suo maleficio in un modo che non mi garantiva di svolgere le mie mansioni come invece avrei dovuto.

Mi ero già permesso di toccarla due volte – prima in bagno quando ero accorso a salvarla, poi nel parco infilandole una caviglia tra le cosce – e, pur trascinandomi dietro il senso di un'ossessiva irrequietudine, continuavo a sottostare alle sue provocazioni, perfino a ricambiarle, oppure a flirtare con lei come un adolescente per dimostrarle che non avrebbe potuto mai piegarmi o abbindolarmi... *ma io sì.*

Il mio stupido orgoglio maschile aveva, sin dal principio, accettato la sfida di quella ragazzina e intendeva vincerla per punirla della sua malsana protervia e scarsa modestia, andando contro anche alle regole professionali che vietavano contatti intimi tra medico e paziente. Tuttavia, non potevo ammettere la verità, non potevo giocare a carte scoperte, rivelandole i miei punti deboli, ma dovevo persistere nel respingerla, nel trattarla con sussiego, nel farle credere che ero interessato alla sua vita come lo ero alla vita di ogni mio ospite. Dovevo convincerla che, benché fossi profondamente tormentato dal desiderio per lei, non avrebbe mai potuto condurmi nel suo letto perché nella mia immensa disonestà conservavo ancora un briciolo di sana onestà. Quella sana onestà che avrebbe protetto entrambi, che a me avrebbe impedito di tradire Liliane, di conculcare il codice deontologico, la fiducia dei miei colleghi, la stima di Joël e di essere radiato senza alcuna benevolenza; a lei di essere mandata via con l'accusa di aver sedotto il suo psichiatra e, per i retrivi ossessivi, di essersi comportata come una puttanella.

L'unica colpa della mia puttanella – nessuno osi chiamarla così – era quella di non avere alcuna colpa.

Il solo *Betrüger*, sconsiderato e irresponsabile, in quella faccenda ero io.

Pertanto, signori, prendetevela pure con me.

Attendo a braccia aperte che mi elenchiate i vostri, di errori, sicuramente meritevoli di biasimo più dei miei.

In quell'occasione, anziché chiedere alla dottoressa Ruiz di fissare un appuntamento con la sua paziente, mi sporsi verso Dorothea per capire il suo malessere, soprattutto la ragione che la ostacolava nell'alzarsi dalla sedia, giacché le avevo chiesto di spostarci nel mio studio. Avevo intuito che le erano arrivate le mestruazioni, il nidore *eccitante* che emanava – eviterò di fare dell'humour raccapricciante sulle mie inclinazioni sessuali – era simile a quello di una ferita aperta, ma poiché sulla sua pelle non c'era traccia di tagli che potessero provocare un'emorragia di ingente portata, la spiegazione plausibile che mi soggiunse fu che provasse imbarazzo a trascorrere del tempo sola con me.

Dov'era finita la Dorie che aveva gattonato al mio cospetto, strisciando palmi e ginocchia sull'erbetta come una Driade dei boschi?

Con un istinto sconsiderato, in presenza del maggiordomo appostato alla porta, afferrai i bordi della sedia della piccina e la trascinai verso di me, ansioso di capire che cavolo avesse. Lei sgranò le palpebre terrorizzata come se un bruto gigantesco stesse per aggredirla; per un attimo temetti che non stesse riconoscendo l'uomo di cui si era già fidata, l'uomo che aveva suonato per lei, le aveva regalato una stilografica di valore, l'aveva salvata da una vasca da bagno mortale, le aveva colto una violetta nera dal giardino e che, in più di un frangente, era stato tentato dal baciarla.

Mi rasserenai solo quando le sue guance divennero due ortensie luminose, la bocca un'albicocca carnosa da mordere e succhiare e gli occhi un'affascinante finestra che mi concedeva il panorama della sua anima fragile, laddove pian piano mi stavo insinuando come un manigoldo. Con delle carezze gentili le sfiorai l'incavo delle ginocchia per portargliele delicatamente giù. Dorothea trattenne il respiro quando percepì il mio tocco sulla pelle e mi assecondò tremando e stringendo l'orlo della gonna. Scorsi la radice del suo giustificato disagio e la brama indecente che mi si conficcò nel ventre come una spina bruciante punse la mia più recondita e oscena perversione.

Il livello raggiunto dal testosterone rischiava di accecarmi e soverchiarmi.

Avrei voluto dirle che non doveva vergognarsi di nulla, soprattutto con me, perché se fosse stata già mia io l'avrei posseduta anche lì, in quel momento, semplicemente scostandole di lato le mutandine e perdendomi nelle rosse pareti infernali dalle quali mi sarei lasciato assassinare, morendo nell'organico e viscoso succo carminio della sua dolce passerina.

Ero certo che quel *capretto* di Andrew non aveva mai fatto esplorare alla mia bambina il piacere di essere desiderata ogni giorno del mese; era troppo inesperto per insegnare a una donna ad amarsi e a lasciarsi amare dal proprio uomo anche nei periodi più cagionevoli in cui il corpo subisce un meraviglioso mutamento naturale e temporaneo.

Avevo già notato i seni più gonfi emergere dalla magliettina di cotone, qualche foruncolo di troppo discendere dalla fronte su una tempia e l'incarnato cereo, eppure io la consideravo bellissima anche così... tutta sfatta, scontrosa, in preda agli sbalzi ormonali e con quell'impercettibile pudore di cui, nei miei sogni, l'avevo già spogliata innumerevoli volte. Nondimeno anche lei sembrava fluitare su un torrente libidinoso, poco opportuno per una ragazzina, quando le ero così vicino: mi fissava la bocca, i denti, la lingua. Ne studiava il lento movimento, persa nelle riflessioni in cui cercava di pianificare un modo efficace per sedurmi, conscia che non era affatto facile conquistare un uomo come me.

Nonostante esercitasse un forte potere erotico sulle mie deviazioni latenti, questo non bastava a renderla abile nel manovrarmi: nessuna ci era mai riuscita. Avevo quasi quarant'anni, un autocontrollo resistente, una personalità assettata, una vita stabilizzata e una furbizia che avrebbe sorpreso i peggiori levantini. Neanche da ragazzino ero mai stato facilmente soggiogabile dalle varie farfalline che mi ronzavano attorno. La piccola Dorie avrebbe dovuto arrendersi alla decisione che non avrei mai fatto sesso con lei – non in tempi imminenti perlomeno –, ma che mi sarei limitato a concedermi dei brevi e peccaminosi atti di piacere con i quali non avrei compromesso la sua salute.

Capitemi, quella severa ritrosaggine derivava da una forma di tutela nei confronti della sua patologia, del suo corpo indebolito e del suo *status* di paziente.

E quando mi tentava con i sorrisetti cospiratori, quando si aggrappava al mio camice e cercava un qualsiasi contatto fisico, da un sussurro mordace a un abbraccio affettuoso, mi sentivo sollevato per la mia capacità di resisterle, di attendere che mi confidasse prima qualcosa in più di lei, che si fidasse di me abbastanza da elargirmi il suo dolore, i suoi traumi e permettermi di instaurare una connessione emotiva. Francamente del sesso in generale o dell'atto sessuale nello specifico non mi importava molto, non era quello il mio obiettivo, sicché tolleravo, pazientavo e combattevo contro la mia lussuria esasperante; l'attrazione fisica era solo una componente che accresceva il mio tormento, che rendeva l'attesa più acutizzante e che era indice di una estrema desiderabilità di cui Dorothea non era consapevole.

Una desiderabilità che aumentava negli attimi in cui mi disubbidiva, piantando i piedi per terra, sbuffando con insofferenza e servendomi numerose occasioni di punirla – anche se alcune, ahimè, ero costretto a lasciarle sfumare via.

La prima volta che ebbi davvero difficoltà a trattenere le mie sadiche intenzioni fu quando, accecato da una brama rabbiosa, venni a sapere che si era cacciata ancora nei guai.

Era stata sconsiderata nel non attenersi al mio ordine di non uscire dalla stanza dacché un uomo pericoloso come Benjamin era evaso dalla sua. Ovviamente la *mia peste*, anziché darmi ascolto, decise di girovagare liberamente per la clinica, imbattendosi poco dopo nel fuggiasco dal quale le avevo intimato di stare lontana.

Mentre discorrevo con Mitchell di alcune clausole di un contratto fui avvertito dal maggiordomo e dagli operatori del ritrovamento di una ragazzina bionda nello studio dell'ala ovest; intuii subito che era lei, nessun'altra sarebbe stata tanto scriteriata. Fui sommerso da una preoccupazione, ansia, paura devastanti e la voglia di farle male – con qualche pratica altamente sadica – mi formicolò nei palmi. Non accettavo di essere stato, ancora una volta, ignorato e sottovalutato dalla sua sconsideratezza.

Cos'era successo?

Ben l'aveva picchiata? Insultata? Molestata?

O addirittura violata?

Mitchell cercò di rassicurarmi mentre ci affrettavamo a raggiungerla, ma io percepivo dentro di me il terrore che le fosse capitato qualcosa di terribile. Se così fosse stato avrei ammazzato a mani nude quel bastardo. Mi vidi già dietro le sbarre, accusato di aver commesso un omicidio abominevole nella mia stessa clinica; d'altronde la mia reputazione era stata già ampiamente danneggiata a causa delle maldicenze circolanti nell'*Himeros*, quindi avrei finalmente dato a quegli imbecilli ciarlatani un crimine reale sul quale spettegolare.

La mia mente precipitò nel vuoto ributtante della follia più meschina nella quale mi figurai a strangolare qualcuno... e non per fini erotici.

Mi tranquillizzai solamente quando la vidi rannicchiata sul pavimento, spaventata, ma sana e salva. L'iniziale sgomento sfociò in una collera incontrollabile che repressi a fatica porgendole la mano per aiutarla ad alzarsi. Lei si stropicciò un occhio proprio come una bambina, le lacrime le avevano donato un rossore insopportabilmente voluttuoso; sentii lo stomaco gorgogliare di una fame carnale, la brama scuotermi sotto la cintura, l'ardore straziarmi i polmoni quando si afferrò a me con la manina – sulle unghiette c'erano i rimasugli di uno smalto nero – e, fregandosene delle regole, mi si gettò addosso stringendomi forte a sé come se non esistesse nessun altro al mondo a cui avrebbe donato il suo cuore.

Neanche per me, piccola, esisteva nessun'altra alla quale avrei donato il mio...

Non avrei voluto ricambiare, avrei dovuto spingerla via e darle una raffica di ceffoni – sulle cosce o sul culo – per farla piangere sul serio, ma vederla così impaurita e bisognosa di me mi incitò ad accoglierla come un padre che non avrebbe mai avuto il coraggio di maltrattare la figlioletta.

E quella stretta tra noi bruciava.

Come bruciava il suo petto contro il mio addome, il mio pube poco sotto al suo seno.

Come bruciava ogni mio minimo spigolo acuminato contro le sue anse morbide e femminili che mi cingevano, scaldavano e martoriavano.

Tuttavia, dovevo restare fedele non solo a Liliane, ma anche all'indole severamente scorbutica che le manifestavo ogniqualvolta fosse necessario sgridarla, perciò l'afferrai per la nuca, incastrando le dita tra le ciocche setose con una presa talmente funesta che Dorie trasalì, poi la indussi a inclinare la testa per sottoporla a una serie di domande che avrebbero dovuto immediatamente scongiurare un'aggressione.

Nel mentre le passai addosso il mio sguardo indagatore per accertarmi che non avesse segni sulla pelle, qualche giuntura slogata o anche solo un capello torto.

Quella volta discutemmo pesantemente con la passione di due amanti che, se nel sesso avessero condiviso il medesimo furore, avrebbero spaccato il letto.

Le urlai contro che era una ragazzina testarda e irresponsabile, che doveva finirla di comportarsi come se fosse in un albergo e non in una struttura medica, altrimenti avrei rinunciato al suo trattamento, trasferendola altrove.

Quest'ultima presa di posizione la ferì così tanto che potei vedere la sua anima disperdersi nell'aria come un fiore di tarassaco bianco sul quale la mia ira aveva soffiato con troppa violenza.

«È così? Non vede l'ora di sbarazzarsi di me, vero?» Trattenne le lacrime che avrei voluto baciare per scusarmi; valutai di prenderle il viso tra le mani, chinarmi e sussurrarle che ero stato troppo precipitoso, ma non ebbi il tempo di sentir emergere i sensi di colpa che il suo impeto ribelle la spinse a scappare via da me.

Come avrei potuto dirle che lei era l'alba che non avevo mai visto?

La finestra dalla quale ammiravo l'orizzonte più indorato?

Che dinanzi a me esisteva solo lei e che il mio mondo era stato contaminato dal suo profumo?

Come avrei potuto dirle che i miei pensieri rincorrevano, giorno e notte, ogni sua ombra e che con quelle ombre io giacevo e perivo in ogni sogno?

Come avrei potuto *dirti*... che eri un frammento d'arcobaleno nei miei palmi?

Che quando la tua tristezza cadeva ai miei piedi io avrei voluto regalarti una vita migliore?

Che quando mi abbracciavi destavi una dolce amarezza e un piacere insidioso che con prepotenza mi ristorava il corpo?

Come avrei potuto dirti, bambina mia, che aumentavi dentro di me la paura e l'attesa, e la paura dell'attesa di qualcosa che inseguivo, che mi incantava da lontano, ma che non avrei mai raggiunto?

Quando la vidi andar via stravolta chiesi a Mitchell di indagare su cosa Benjamin le avesse detto; avrei voluto essere il primo a parlarle del mio passato, qualora ce ne fosse stata la necessità, e non avrei tollerato che qualcun altro deviasse, corrompesse o terrorizzasse Dorie raccontandole fandonie per millanteria, geremiade o semplice vendetta. Non riuscii a starle lontano più di mezz'ora e mi incamminai, serioso e irritato, verso la hall nella quale la trovai distesa di fianco sul divano. Il mio amico era in piedi dinanzi a lei, con una sigaretta accesa tra le dita; lo sguardo imbambolato sul suo volto stremato.

«Vuoi che ti accompagni in camera?» le propose come se avesse il diritto di avvicinarsi a lei più di quanto io potessi concedergli. Mitch avrebbe dovuto ricordarsi che spettava solo al sottoscritto stabilire quando, come e se toccarla. Senza un mio ordine esplicito non avrebbe dovuto neanche porgerle quella domanda.

«No, ci penso io», intervenni con un'irritabile animalità.

E un minuto dopo fui di fronte alla mia pestifera.

Indossava un paio di scarpe sportive, dei calzini bianchi il cui orlo fasciava le caviglie sottili, degli shorts di jeans che le valorizzavano il sedere – quelle natiche tonde e strette sulle quali fantasticavo troppo – e una camicetta di un viola chiaro che le aderiva alle montagnette dei seni. Avrei voluto dirle che il lilla le donava tanto, che le baciava graziosamente la pelle diafana, ma Dorothea era assonnata e anche molto provata dall'accaduto sicché la presi in braccio e, mentre le sue palpebre lottavano contro una lassezza defatigante, mi posò la fronte tra la spalla e il collo. Nonostante discutessimo spesso, ogni dissapore svaniva al mio flebile tocco e al turbamento della discordia si sostituiva la delizia di una lascivia concorde.

«Posso aggrapparmi a lei?»

Avrebbe dovuto solo aggrapparsi a me.

Non vedendo alcuna opposizione, Dorie zampettò con le dita sulla mia camicia, trovò uno spiraglio tra due asole chiuse e vi intrufolò nel mezzo un indice. Appena il polpastrello mi sfiorò l'addome, mi contrassi come un disperato, le corde del piacere si tesero in ogni zona, anche la più indecente; non contenta, la monella forzò quel fragile alveo, insinuò un altro dito e giocherellò con la lieve peluria del ventre. Il mio respiro divenne frenetico, un gradevole efflusso cominciò a fervermi nei muscoli, a tendermi i pantaloni, a ustionarmi la carne sotto i boxer, ma rimasi calmo e controllato.

Padrone di me stesso; prima di essere un *racker*, ero un uomo e un medico.

Avevo una coscienza, non avrei potuto sbagliare.

«Domani provvederà a mandarmi via?»

Sì, assolutamente, sì. Devi andartene.

Devi sparire.

Non dovresti neanche esistere, porca miseria!

«Tu vuoi che lo faccia?» Aprii la porta della camera e la trasportai dentro, sperando che il karma avesse pietà di noi e lasciasse dormire Juliette.

«No. Lei è l'unico stronzo che riesco a sopportare, non ne voglio un altro.»

Tradotto avrebbe dovuto essere più o meno questo: «Lei è l'unico dottore che riesce a capirmi, a farmi sentire diversa e apprezzata». E fin qui credo che sia tutto lusinghiero, ma leggete quanto fu più ardita l'interpretazione che diedi a quelle parole: «Tu sei l'unico che intendo torturare con un'effimera brama indiavolata, ammaliare con una beatitudine crudele e avvelenare come una pulce macerante attaccata al tuo cazzo disfatto, finché non morirai nella sconsolatezza di un amore che non vivrai mai».

Non le considerate *poetiche*? Le dichiarazioni implicite della mia pulce?

E non considerate me uno dei pochi temerari che amava averla addosso a farle suggere sperma e oculatezza?

Quando la misi a letto e le rimboccai le coperte, anziché ritirarmi nel mio studio o tornamene a casa da Lili, mi sedetti al suo fianco – Dorie mi si era acciambellata dietro – e mi persi a osservare il paralume con i fiorellini rosa accanto al quale c'era un peluche a forma di scimmietta con una chitarra di stoffa e un chiodo di pelle. Quella stanzetta emanava la stessa fanciullezza di quella di Joël, già questo avrebbe dovuto essere sufficiente a spingermi fuori dalla porta, soprattutto perché la mia disamina del pupazzetto, che avevo preso in mano, stava mettendo in imbarazzo Dorothea.

«È carina», la rassicurai con un timbro talmente basso e sonoro che mi parve troppo senile tra le pareti così bambinesche.

Lei si rilassò e con un tono alquanto malinconico decise, spontaneamente, di raccontarmi di suo padre, del modo in cui si era disinteressato della sua nascita, appellando la madre con un epiteto irrispettoso. Aggiunse che odiava festeggiare il suo compleanno, mentre io le dissi che associavo quell'evento a un dono di Dio; il suo stesso nome ne era la massima espressione.

Vorrei rubarvi qualche minuto con il seguente *excursus* etimologico: Dorothea è composto da δῶρον e θεὸς e mi preme farvi notare che da δῶρον deriva anche il nome ebreo Doron – ricorderete le mie origini, vero? – oltretutto adespota, ossia non identificabile con quello di nessun santo, forse per questo la piccina era un'indiavolata, estranea alle leggi morali?

Potevo associare a una fatua coincidenza che una ragazzina americana portasse un nome che, in qualche modo, era connesso all'antico popolo semita al quale apparteneva mia madre?

Che ci fosse il mio sangue gocciolante su quelle otto lettere?

Oppure si trattava di un macchinoso stratagemma del destino che amava burlarsi di me, contessere in una trama tortuosa nome, natura e desideri di quella bambina per attrarmi, convincermi che il nostro incontro fosse frutto del volere di un fato benevolo per poi sottrarmela bruscamente e punirmi per aver ceduto alla debolezza dell'illusione?

Checché se ne dica dell'ingegno della sventura... cedetti ugualmente.

Cedetti quando, rimesso il peluche al proprio posto, mi permisi di scostarle una ciocca bionda dietro l'orecchio e ne approfittai per lasciar scorrere le nocche lungo la mascella delicata. Dorie era già ansante, trepidante, incantata e io proseguii quell'itinerario vietato, scendendo sul collo e avvolgendolo col palmo per percepire il battito furente della giugulare; era così esile che spariva nella mia mano muscolosa. Avrei voluto stringerglielo, deprivarla dell'ossigeno, vederla annaspare per me e al contempo strapparle le lenzuola di dosso per soddisfare una delle mie ricorrenti bizzarrie veneree, la pratica che prediligevo e che – insieme alle lacrime – avrebbe appagato il mio appetito malsano.

Non sarebbe stato nulla di stucchevole, nulla di mitigato o sdolcinato.

D'altronde era così che a lei sarebbe piaciuto... forte, carnale, travolgente, doloroso.

«Le chiedo scusa per averla insultata.» Dorothea cominciò ad agitarsi troppo, rischiando di farci scoprire da Juliette, perciò le liberai la gola per tranquillizzarla mentre lei continuava a farneticare. «Non volevo offenderla. Credo lei sappia che non penso davvero quelle cose...»

Ovvero i tanti insulti che mi aveva riservato, la birbantella. Ma non ero un uomo rancoroso, come poi le risposi, e non lo sarei mai stato soprattutto con lei, quindi accettai le sue scuse e mi sporsi lentamente per darle un bacio sulla fronte.

Amavo quel tipo di vezzo e lo riservavo soltanto a lei.

A nessun'altra ospite. A nessun'altra donna.

Inspirai la fragranza profumata dei suoi capelli restando con la bocca immobile ad assorbire, assaporare, assaggiare la pelle calda e levigata. Per rispetto verso la mia professione, verso mia moglie e verso il suo corpo, dovevo accontentarmi di quei brevi momenti che mi regalavano un refolo di allettamento, uno spasmo sottile di godimento, un contorcimento massacrante ai piani bassi che, oppressi da un'involontaria sollecitazione, diventavano abbastanza *alti e dolenti*...

E prima che le chiedessi – pazzia pura! – di blandirmi e spremermi per far rovesciare sul pavimento o nella sua bocca – sì, avrei preferito la sua bocca – quel liquido bollente che mi stava fermentando di libidine, mi alzai infastidito riafferrando con una mano invisibile la mia lucidità sfuggente.

«È meglio che io vada, Dorothea...» *Anche se ti porterò con me, nella mia casa, nel mio letto, distesa tra me e Lili, stretta tra le mie braccia.*

E ti scoperò davanti a lei, o forse con lei... o forse sarai lei.

«*Gute Nacht*, dottore.» Si sforzò di usare un tedesco comprensibile e io ne fui orgoglioso.

Speravo imparasse la mia lingua molto presto per poter capire tutto ciò che le avrei rivelato, anche se consideravo divertente la sua lacuna perché potevo usarla spesso a mio vantaggio.

«Dir auch, kleines Äffchen.»

Curiosa e scattante, mi chiese di tradurle cosa le avevo detto, ma andai via ridendo sadicamente, trascinando con me il peso di un'altra giornata di sconvolgimenti interiori, oscenità impraticabili e desideri snervanti, perché non ero pronto a confessarle che mi faceva impazzire il modo in cui si appendeva a me, al mio collo, con quel braccetto smunto, la manina molesta e il musetto tenero che mi invogliavano a un'affettuosa indulgenza proprio come se fosse una... *scimmietta*.

La mia adorabile scimmietta.

9
Thea

L'uomo è un cavo teso tra la bestia e il superuomo,
un cavo al di sopra di un abisso.
FRIEDRICH NIETZSCHE

ORMAI avevo cominciato la fase tre del mio percorso terapeutico, ovvero l'analisi degli eventi e delle emozioni che influivano sui miei stati d'animo, che mi inducevano all'eccessiva restrizione dietetica, ad attuare le condotte compensatorie affinché mi abituassi a ricorrere, nella mia quotidianità, alle strategie che mi avrebbero aiutata ad allontanarmi dal disturbo alimentare.

A tal fine, nei nostri colloqui, io e la dottoressa Ruiz parlavamo spesso del dolore.

Lo esaminavamo insieme, cercavamo di capire come esso si era integrato all'anima e in quanti modi l'avesse influenzata.

Non le avevo mai raccontato di com'era morta la mamma, tuttavia le avevo confessato di non aver avuto mai un padre accanto. Per un'intera vita mi ero chiesta perché non mi avesse voluta conoscere, perché non avesse mai provato a telefonarmi o semplicemente perché non si fosse mai interessato a me e non avesse mai voluto concedermi l'amore paterno che qualsiasi genitore nutre per i propri figli. Forse i problemi della mancata accettazione di me stessa si erano radicati lì, in quell'assenza che non avevo mai pienamente compreso, per poi proliferare con il tempo, accrescendo le mie insicurezze. La perdita della mamma era stata la goccia che aveva fatto traboccare il vaso, il trauma che aveva accentuato ferite già presenti dentro di me, rendendole ancora più profonde e gravi.

La psicologa mi aveva spiegato che il dolore può curare la sofferenza, che attraverso esso si può imparare a tollerare gli stati d'animo più intensi e che evitarlo, respingerlo, fingere che non ci sia allontana dall'amore e da tutte le sensazioni associabili ai sentimenti. Mi aveva spiegato che il dolore è inevitabile per tutti, ma che, al contempo, la sofferenza di un evento traumatico può essere assorbita e superata.

Ma come si può superare la sofferenza?

Lei mi aveva risposto che è importante entrare in contatto con se stessi, affrontare tutto ciò che ci fa paura e sentire quella paura addosso, viverla, sradicarla fino a cancellarla per sempre.

Io avevo paura del mio aspetto.

Avevo paura di non piacere agli altri.

Avevo paura di essere una persona sbagliata.

Avevo paura di essere stata una figlia indegna.

Le difese che tendevo a erigere attorno alla mia persona mi suscitavano ansia e preoccupazione, le convinzioni sbagliate mi allontanavano dal mio *Io* e dalla capacità di riconoscere le emozioni.

L'unico che riusciva a riportarle a galla, a prenderle per mano e a scuoterle era Efrem, perciò mi terrorizzava. Lui era come uno specchio nel quale vedevo il mio riflesso, vedevo le cicatrici, i lividi, le forme imperfette, gli angoli bui, i ricordi angoscianti e vedevo anche un sorriso, un brillio diverso negli occhi, il sole che mi indorava i capelli, un bocciolo di rosa sul quale si posavano tutti i miei sogni.

Vedevo le ombre e vedevo la luce che le rischiarava... e ne ero spaventata.

Quando fissavo me stessa nel suo oceano infuocato, Efrem diventava me, io diventavo lui e tutto sembrava in ordine, in equilibrio, giusto.

Ogni cosa sembrava perfetta nella sua imperfezione e andava bene così. Tuttavia non ero ancora in grado di capacitarmene, di realizzare ciò che lui mi trasmetteva, ciò che mi mostrava, gli ideali malsani che stava capovolgendo.

Efrem riusciva a mitigare l'inquietudine che avvertivo dentro di me, a addentrarsi nel mistero della mia sessualità e a padroneggiare il senso di rifiuto che provavo verso me stessa per dimostrarmi che non c'era nulla che non andava. Come me, anche lui si cibava di stimoli intensi e fantasie dissolute per alimentare il suo erotismo, per questo ciò che avevamo condiviso non era stato un semplice preliminare; Efrem aveva capito che con lui riuscivo a esprimere il mio piacere, a comportarmi con naturalezza, a dissipare il sentimento di *deprivazione* dell'amore con il quale convivevo da anni. I nostri occhi erano rimasti allacciati per tutto il tempo in cui mi aveva riempita e posseduta, parlato e guidato quando il panico aveva tentato di sommergermi, appagando la mia ricerca di rassicurazione e sicurezza.

Con lui mi sentivo nutrita, accudita, compresa e amata.

Amata per la mia diversità.

Amata per quella che ero.

Sorridevo trasognante ogni volta che ripensavo al suo volto eccitato, alla voce roca carica di un nitore controllato e al momento estatico in cui si era abbandonato a me serrandomi con violenza i capelli. Il suo corpo si era teso e contratto, rendendo sconvolgente l'esperienza di esplorarlo e di goderne, al punto che mi bastava chiudere gli occhi per sentire nella mente il verso gutturale che aveva emesso, nella bocca il sapore maschile con il quale l'aveva detersa e per ammirare, dietro le palpebre, la passione fluire sfolgorante nei muscoli duri e valorosi.

Non aveva perso la sua elegante compostezza neanche in quel frangente di passione, neanche quando la libidine gli aveva corrotto i tratti e il respiro, neanche quando mi aveva donato una parte di sé, pulsando sulla mia lingua, neanche quando lo avevo guardato, grata, proclamando giocosamente la sua sconfitta.

Imponente e orgoglioso, mi aveva sfidata con un sogghigno sghembo, quasi infido, e definita *sporca* bambina come se fosse il più bel complimento che avesse mai concesso a una donna.

Be'... in effetti a renderlo indimenticabile era stato il mia *che lo aveva preceduto.*

Ridacchiando tornai a concentrarmi sulla nuova canzone che stavo appuntando ormai da giorni; sentivo un flusso particolarmente creativo scorrermi nella mano, le dita vibrare e muoversi sul mio quadernetto con euforia. Tuttavia ciò che mi sembrava strano era la sua essenza differente da quelle che avevo abbozzato in precedenza; non era affatto simile alle strofe che avevo canticchiato a Efrem né a quelle che avevo usato per sedurlo.

Erano versi più decorosi, emotivi, profondi.

Titolo: ...

Ti cercherò tra i petali di una violetta nera.
Traccerò con una stilografica le spire del mio passato.
E te le narrerò, tenendo al caldo la tua anima.
Nuoterò nell'oceano dei dolori e li supererò.

Come un colibrì, giocherò con i nastri dell'arcobaleno.
E volgerò le ali al Sole.

Manterrò la promessa.
Farò risplendere il mio sorriso.
Manterrò la promessa.
Farò risplendere il mio corpo.
Troverò la forza.

Un tempo stavo sbiadendo.
Piangevo a dirotto.
Dall'alto pioveva sangue.
E io camminavo tra le macerie.
In un luna park desolato tu sei il mio eroe e io il tuo fiore di mandorlo.
L'amore è come una ruota panoramica.
E tu regali al mio cuore un paesaggio mozzafiato.

Manterrò la promessa.
Farò risplendere il mio sorriso.
Manterrò la promessa.
Farò risplendere il mio corpo.
Troverò la forza.

Sentirò la tua voce nel vento.
La sentirò indicarmi l'orizzonte.
E sussurrarmi: sono qui.
Mentre il tempo scorre…
E il tuo profumo mi bacia.
È nell'attesa che ti ritroverò.
Non lasciarmi.
Ovunque andrai…
Abbracciami sempre.
Sii il mio cielo.
E io volerò.

Rilessi l'intero testo cercando di capire cosa cambiare o modificare.

Erano frasi scritte di getto, frutto dei ricordi, dei pensieri, delle sensazioni con le quali mi ero svegliata quella mattina. Non avevano alcun collegamento con il sesso, con le ninfe, i satiri, la morte o i demoni, tematiche che inserivo spesso.

Erano semplici, spontanee, prive di rime studiate.

Le avevo scritte per me stessa, non per i Bright Demons, non per il pubblico o per impressionare Efrem, soltanto per comunicare con la vecchia Thea, per dirle che c'ero, che ero disposta ad aiutarla e ad accettare il sostegno di chi stava cercando di ascoltarla. Sorrisi ancora, felice di aver fatto un altro passetto in avanti, debole, incerto, ma pur sempre positivo e, tamburellando la stilografica sul foglio, ragionai su un titolo da dare alla canzone; prima o poi ne avrei dovuto scegliere uno adeguato, ma non avevo ancora trovato qualcosa che mi ispirasse o che potesse rappresentarne appieno il significato. Avrei potuto denominarla *Nancy*, poiché era dedicata a lei, a mia madre, eppure sentivo che dietro quelle parole si celava un tripudio di concetti umani: l'importanza di sapersi attendere. Di dare a noi stessi il tempo di conoscerci, amarci e apprezzarci, di aprire tutte le stanze della nostra anima senza la paura di scoprire cosa nascondono, di cercare la tana in cui si è annidato il dolore per poi sedergli accanto e capire da cosa proviene, dove vuole condurci, come intende pilotarci e se ha intenzione di lasciarci liberi. Io avrei imparato ad *aspettarmi*.

Ad aspettare la vecchia Thea.

Ad aspettare la mamma perché un giorno ci saremmo rincontrate, ad aspettare che la sofferenza smettesse di tenermi prigioniera, ad aspettare che l'amore venisse a baciarmi, ad aspettare che Efrem capisse quanto tempo restare con me, ad aspettare che il cibo non fosse più mio nemico, ad aspettare che io tornassi ad amare la vita e ad accettarla così com'era.

Ogni giorno.

E nell'attesa avrei dovuto imparare ad avere coraggio, a crederci, a rialzarmi dalle macerie e a smetterla di camminare sul ciglio della rassegnazione, ma prendere la rincorsa e saltare sul lato opposto: quello della salvezza.

Con tutte le mie follie, i difetti, le stranezze e le imperfezioni.

Raggiungere la vecchia Thea e invitarla con me...

Nella parte giusta dei sogni.

Perché ne avevo ancora tanti da fare, tanti da realizzare e dovevo cominciare a *vederli*.

La paura è ancestrale, strettamente connessa all'origine della vita. Non esiste uomo che non l'abbia provata. È foriera di problemi, ma anche di libertà. Può privarti di ogni possibilità di redenzione oppure permetterti di raggiungere l'ottimistica consapevolezza che, malgrado lei ci sia, tu sei più forte. Sta a te stabilirlo.

Con il cuore che batteva frenetico nel petto, mi sovvenne una lezione morale che Efrem mi aveva impartito al nostro primo incontro. Con lo sguardo puntato nel vuoto, estraniata dalla realtà, rammentai il quadro che avevo notato nel suo studio sul quale era incisa la versione latina di una massima religiosa rinvenuta nel tempio di Apollo: *Nosce te ipsum*.

Lui mi aveva spiegato che significa conosci te stesso, aggiungendo che era importante non presumere di essere di più, poiché in ogni uomo la verità risiede nel profondo del suo animo e non c'è nessun'altra dimensione in cui cercarla. Finalmente riuscivo a dare un senso alle sue parole, a comprendere cosa intendesse e soprattutto che lui mi aveva indicato la strada da percorrere sin dal principio.

Nella sala ricreativa, aleggiò improvvisamente un insolito ottimismo che per la prima volta diradò il mio perenne cattivo umore. Guardai ancora il foglio sul quale avevo cancellato e riscritto le righe della canzone, soddisfatta di me e della mia nuova ondata di entusiasmo, poi fissai la tastiera del pianoforte a coda di fronte alla quale sedevo. Mi sistemai meglio sullo sgabello classico, ripensando ai due brani che Efrem aveva eseguito in mia presenza: *Sonata al chiaro di luna* di Beethoven e *Notturno* di Chopin. Chiudendo gli occhi potei quasi sentire la sinfonia di quest'ultimo riecheggiare nell'aria, solleticarmi la pelle e assopirmi le membra con note altisonanti e sublimi, stentoree, maestose come lo erano lui e la sua criptica personalità.

Il cigolio dei cardini mi riscosse dal tepore dei ricordi e di scatto mi voltai verso la porta che si stava aprendo.

La musica che pullulava nell'angolo più recondito dell'immaginazione si spense di colpo; sulla sala sembrò calare il buio più tetro e con esso un gelo invernale.

«Guarda, guarda, chi si rivede...» Un timbro rauco mi raggiunse i timpani, riportandomi alla mente un unico volto. Contai i passi pesanti, gli scarponi che si trascinavano sul pavimento, mentre l'uomo che aveva parlato irrompeva con la sua mole selvatica nella stanza. Ben si avvicinò con un sorrisetto malfido; la sua voce fu come un pugno soffocante attorno alla gola che mi strappò il respiro. Non lo avevo più visto da quando mi aveva rivelato che Joël era suo figlio. Ci avevo pensato e ripensato, non avevo dormito per notti intere finché ero giunta alla conclusione che lui era un paziente con chissà quali problemi psichici da curare, pertanto non potevo dare assoluta credibilità alle sue rivelazioni. La ricerca della vendetta, l'intenzione di uccidere Efrem erano obiettivi difficilmente raggiungibili in una struttura altamente sorvegliata; a dire il vero mi sembravano i deliri di un pazzo che stava esasperando le conseguenze di un torto subito in passato apposta per suscitare intimidazione, paura o semplicemente per puro diletto.

«Che ci fai qui?» Avrei voluto sparire o calarmi giù dalla finestra pur di sfuggirgli. Più avanzava e più sulla sua figura ogni dettaglio inseguiva l'altro palesandosi in tutto il suo rozzo fascino: dal sopracciglio sinistro sfregiato al corpo alto e nerboruto fasciato da una tuta grigia come il manto di un ratto. Strinsi fra le mani il quadernetto e la stilografica così forte che le nocche sbiancarono, e tenni lo sguardo fisso su di lui finché si accomodò sul divano angolare, spalancando le gambe in un invito indecente. Il suo profumo di fumo e sandalo mi provocò uno strano pizzicore al naso, ogni mio nervo si irrigidì mettendosi in guardia. Ben mi osservò con un piglio deprecabile concentrandosi sul mio *choker* nero e un sorrisetto inaffidabile gli si affacciò sul volto squadrato, talmente trasandato da marcarne la pericolosità. Mi sentii risucchiare dalla voragine delle sue iridi spente, fosche, e potei percepire i pensieri scabrosi, le promesse perverse che stava rivolgendo al mio corpo in attesa che io le assecondassi.

«Dimmi cosa vuoi», lo incitai; non avevo voglia di perdere tempo né di farmi ammorbare dalle sue idiozie.

«Sei agitata, scricciolo?» Ben accarezzò con la punta delle dita il bracciolo del Chester come se fosse la testolina di un animaletto.

Tentai di non perdere la calma, regolarizzando il respiro troppo ansioso. «Non capisco perché appari dal nulla e fai di tutto per spaventarmi.»

Ben si sfregò la barba con una finta espressione mortificata. «Oh, merda… ti sto davvero spaventando?»

«Sì.» Posai il quadernetto chiuso e la penna sui tasti del pianoforte; a causa dell'impatto le corde vibrarono nella cassa armonica, emettendo un accordo stonato.

«Scusami. Stavo solo cercando di capire come mai sei così serena.» Ben si strofinò una mano sul ginocchio come per scaricare la tensione. Faceva continui gesti convulsi mentre batteva un tallone per terra, indice di un forte nervosismo che stava tentando di controllare. «Credevo che ciò che avevi 'visto' quel giorno ti avesse turbata.»

«Io e Efrem ne abbiamo già parlato.» E non avevo alcun interesse a riaffrontare lo stesso discorso; mi aveva spiegato chi era per lui Giselle. Il loro rapporto, seppur poco convenzionale, non era così importante da ostacolare la relazione che aveva instaurato con me; o almeno così speravo.

Ben emise una risata beffarda che gli contrasse i lineamenti in una smorfia pregna di cruda follia. «Pronunci il suo nome come se fosse il tuo amante. Non sai proprio mentire.»

«Qual è il tuo problema?» Quando notai il suo sguardo calare sulla gonna nera di jeans, strinsi le gambe, spostandole di lato, per evitare che dalla sua postazione potesse sbirciare altro.

«Mi piacciono le micette con gli artigli affilati.» Tornando a fissarmi negli occhi, si leccò lentamente il labbro inferiore come una bestia che non vedeva l'ora di denudarmi e farmi male. *Molto male.* «Ma solo in circostanze più intime e solo quando mugolano e scalpitano sotto di me...»

Non mi feci impressionare dalle immagini scandalose che aveva evocato e mantenni il punto della questione. «Te lo ripeto: cosa vuoi?»

«Ti ha manipolata, vero? Dopo il bacio all'*Antéros*, quale altro contentino ti ha concesso per ammansirti?» mi provocò con un ghigno mendace; tacqui di colpo per evitare di dire qualcosa di sbagliato che avrebbe compromesso me ed Efrem. «Pensavo fossi una ragazzina forte, invece sei come un cagnolino che al minimo richiamo del padrone scodinzola e lo rincorre per leccargli le scarpe.»

Ovviamente per ottenere una reazione era passato alle maniere forti e a offese più pesanti, ma non avrei ceduto, perciò lo rimbrottai sfrontata: «Ti dispiace che le 'scarpe' non le lecchi a te?»

Ben trovò divertente la mia battuta, ne fu intrigato più che infastidito. «Se fossi disposta a farlo non mi tirerei indietro, anche se ti reputo troppo giovane per me. È lui quello ossessionato dalle ventenni.» Con il pollice indicò alle sue spalle la porta chiusa. «Io preferisco le donne», concluse con un tono malizioso.

«Ancora con questa storia», chiosai annoiata.

In uno dei nostri incontri, avvenuto nello studio dell'ala ovest, mi aveva lasciato intendere che a Efrem piacevano le *ninfe* e per rafforzare la sua teoria aveva osservato un quadro a tema mitologico nel quale ne erano rappresentate quattro intente a fare un bagno in un laghetto. Era un'opera elegante ma esplicita, tanto che la nudità e l'erotismo ne erano gli indiscussi protagonisti; ciononostante in tutta l'Asklepios vi erano richiami alla Grecia antica, alla dissolutezza e alla sessualità più primordiale, questo non bastava ad accreditare le sue assurde teorie.

«Sai perché ti ha scelta?» Ben parve aver ripensato al medesimo dipinto; i suoi occhi sfavillavano di una luce lussuriosa. «Perché sei il suo trauma irrisolto, la soluzione che può espiarlo dai peccati, purificargli l'anima e convincerlo di essere un brav'uomo. Crede che salvando te possa salvare se stesso. D'altronde un uomo folle ricorre alla follia per dare un senso alla sua vita», lo irrise con uno sforzo causato dalla raucedine, poi tossì com'era tipico dei fumatori incalliti. «Per non parlare di Mitchell Ryke.» Si schiarì la gola prima di seguitare. «Scopa con Vanessa Holmes, uno degli agenti di polizia più noti del dipartimento di Los Angeles. Sarà un caso?»

Holmes era il cognome della donna di cui avevo già sentito parlare in una conversazione privata tra Efrem e Mitchell, la donna con cui l'avvocato aveva rischiato di perdere l'orologio in uno dei loro giochetti estremi.

Come dimenticarlo...

«Li conosci bene a quanto pare.» Tentai ancora di non lasciarmi plagiare o convincere. La vita privata di Mitchell non era affare mio e il fatto che avesse una relazione sessuale con una poliziotta non poteva essere sufficiente ad accusarlo di chissà quale complotto.

«Li conosco molto bene», confermò Ben, caustico. «E quando ti renderai conto che ho ragione sarà troppo tardi.»

Come faceva lui, chiuso in una clinica e separato dal mondo esterno, a essere così informato?

«Ero rimasta a una precisa parte di tutta questa pantomima.» Finsi di pensarci, battendomi l'indice sul mento. «Oh, sì. A te che mi dicevi che avresti fatto di tutto per riprenderti tuo figlio, anche a costo di tornartene in galera, anche a costo di ammazzare il mio *caro* dottore.»

«L'unico scenario in cui Efrem è morto davvero è nella mia testa.» Ben si picchiettò una tempia mentre una risata bassa e cattiva gli storpiava la bocca. «Ho immaginato tanti modi diversi per farlo fuori e in tutti pativa come un cane.» Le sclere biancastre divennero due pozzi sanguigni, ricolmi di odio. «Ovviamente nella realtà non è così semplice agire. Devo limitarmi a pregare che gli venga un infarto, un cancro o qualcosa che lo faccia agonizzare. Sì, mi piacerebbe vederlo soffrire. Se morisse subito sarebbe meno allettante, non trovi?»

Rabbrividii per la crudeltà che ostentava come se fosse un pregio di cui essere fieri. «Le tue parole sono spregevoli.»

«Ciò che lui ha fatto a me lo è ancora di più!» Ben fece uno scatto furente in avanti, tuttavia chiuse i pugni sulle gambe, sforzandosi di mantenere il controllo. Quindi riadagiò le spalle contro il divano, serrando la mascella. «E tu, che lo difendi soltanto perché ti ha mostrato come usa il cazzo, sei più stupida di quanto pensassi.»

Non sapevo come facesse a essere sicuro di ciò che era successo tra me ed Efrem, tuttavia non me ne sarei stata zitta a sopportare altri insulti da parte sua.

«Basta così!» Mi alzai, lasciando sulla tastiera il mio materiale per andarmene via. Vedendomi avanzare verso la porta, Ben balzò in piedi con l'agilità di un felino e prima che potessi superare il divano mi afferrò per il gomito per fermarmi. La sua presa fu così violenta che boccheggiai, barcollando sulle gambe come se mi trovassi su un terreno sdrucciolevole; non caddi all'indietro soltanto perché lui riuscì a reggermi con una tale sicurezza che mi sentii subito impotente.

«Apri gli occhi, ragazzina», mi mormorò a un millimetro dalla faccia con un ringhio intimidatorio masticato a fatica tra i denti. Avrebbe voluto imprecare, urlare o forse prendermi a schiaffi, ma si trattenne. Le sue grosse dita tremavano attorno al mio braccio, asserragliandolo con più atrocità. I muscoli del trapezio, gagliardi come ogni parte del suo corpo, si tesero fino al collo tirando il tessuto della maglietta stinta, vecchia ma pulita. «Sei qui dentro perché hai dei problemi da risolvere e lui ti sta usando. Chi si comporterebbe così, eh?» Mi strattonò per imprimermi nella testa la sua domanda, facendomi emettere un lamento di dolore. *Insano.* Quello che non aveva nulla a che fare con il sesso o con l'eccitante umiliazione che ne conseguiva. Con uno scatto del capo mi tolsi dall'occhio una ciocca bionda, arricciando le labbra con ostilità per non ribattere, altrimenti, nella posizione svantaggiosa in cui ero, avrebbe potuto farmi qualsiasi cosa. «Soltanto un uomo che non ha un briciolo di morale, di buon senso e di compassione umana. E ti garantisco che non sei la prima. È già successo. Non riesce a evitarlo. La sua depravazione calpesta anche l'etica della professione, della quale se ne fotte perché...» Mi lanciò una lunga occhiata, soffermandosi sulla scollatura del top viola che mi copriva a stento l'ombelico. Non era niente di provocante, ma risultava abbastanza femminile da fargli notare le collinette dei seni, «...a lui interessa prima fottere te.» Quando si piegò per avvicinarsi al mio viso, mi voltai e serrai gli occhi appena percepii il suo naso premermi sulla guancia e indugiarvi per annusare il mio profumo come un boia pronto ad ammazzarmi. «Mmh... d'altronde una puttanella così carina non si incontra tutti i giorni.»

«Tu sei davvero fuori di testa!» sbottai disgustata, sperando che non oltrepassasse il limite. «Lasciami.» Abbassai lo sguardo sulla mano tatuata sotto la quale la pelle bruciava, l'osso doleva e il sangue aveva smesso di fluire, facendone impallidire l'incarnato.

«Continui a non fidarti di me. E sai? Lo capisco.» Ben ignorò la mia supplica e agganciò con l'altra mano lo scollo del top. Lo tirò così tanto da allargarlo, i tre bottoncini che lo decoravano saltarono e il tessuto si aprì mettendo in mostra lo sterno. A nulla valse chiudermi nelle spalle per proteggermi. Lui adocchiò il reggiseno in pizzo, mugolando licenzioso. Un brivido violento mi fece gemere di terrore e il bastardo se ne compiacque con un ghigno empio. «Non mi conosci, non sono nessuno e in effetti non avrei motivo di preoccuparmi per te e per la tua miserabile sorte, ma consideralo un atto di bontà.» Abbassò la mano, godendosi la vista della scollatura malamente lacerata. «In passato ci sono state delle cose che non ho potuto impedire, cose per le quali sono ancora molto incazzato perché avevo sottovalutato quel figlio di puttana. Ho visto altre ragazze cadere nelle sue grinfie esattamente come sta succedendo a te. Per questo sto cercando di aiutarti.»

«Sono adulta, so quello che faccio.» Cominciai a essere insofferente a causa della posizione a cui mi aveva costretta: immobile, di fronte a lui, con l'arto bloccato nella sua morsa velenosa. Lo guardai dal basso, impedendomi di piangere. Non volevo dargli alcuna soddisfazione; chissà quante volte si era imposto allo stesso modo con le donne, assumendo atteggiamenti scorretti e nutrendosi della loro paura.

«No, cazzo. Non lo sai!» Mi scosse e temetti che stesse per staccarmi il braccio o picchiarmi. Con un rantolo gli finii quasi sull'addome, duro come cemento armato, e tentai di divincolarmi, ma lui affondò con più forza le dita nel muscolo, tanto da sentirle comprimermi la carne. «Se lo sapessi te ne saresti andata da questo posto di merda la prima volta che ti ho esortata a farlo.»

«Lasciami», gli intimai ancora, cercando nel suo sguardo uno sprazzo di condiscendenza, ma non vidi null'altro che un'ira nebbiosa.

Restando chino su di me, Ben continuò ad alitarmi sulla faccia senza retrocedere. «Rivedo in te una persona a cui ho tenuto tanto. Aveva la tua stessa fragilità, la tua stessa confusione, la tua stessa bellezza e la tua stessa ingenuità. Lui ne approfitta di quelle come te perché siete prede facili, ragazze insicure e maneggevoli.»

«Ho detto: lasciami o mi metto a urlare.» Fui costretta a minacciarlo per farlo desistere. Ben scosse il capo e si allontanò col busto soltanto quel poco che bastava a tenermi buona. Infatti non mi liberò; rimase aggrappato a me per costringermi a non scappare.

«Devi ascoltarmi», insisté, digrignando i denti rabbioso. «Allontanati da lui, concludi il tuo percorso. E va' via. Sparisci senza lasciare traccia. Quando verrà a galla tutto ciò che ha fatto, questa maledetta clinica chiuderà ed Efrem Krugher sarà sbattuto in galera come merita. Il tuo nome non dovrà essere accostato al suo, tu non dovrai lasciarti trascinare a fondo, non devi permetterglielo.»

«Non riesco a crederti, mi dispiace.» Mi stupii io stessa del sangue freddo che riuscii a mantenere; un'altra ragazza al mio posto sarebbe già esplosa: gli avrebbe sputato addosso, pestato un piede o, ancor peggio, tirato una ginocchiata ai piani bassi. Non che mi mancasse il coraggio di agire, ma preferii non indurlo a perdere la pazienza. Forte com'era avrebbe avuto la meglio su di me e, se la situazione fosse degenerata, non avrei saputo come affrontarla.

«Devi farlo. Non per me, non per farmi un favore.» Sentii i suoi polpastrelli staccarsi uno dopo l'altro dal mio braccio e, quando fui libera, arretrai in fretta, prima che cambiasse idea. Ciondolando, mi massaggiai il punto indolenzito e tremai perché, nonostante avessi messo distanza tra noi, mi sentivo comunque un topolino chiuso in gabbia con una iena inferocita. Fermo lì dov'era, Ben prese un gran sospiro, squadrando la mia esile figura con biasimo. «Fallo per te stessa, Thea, e per chi, a differenza tua, non ha avuto l'opportunità di cambiare il suo destino...»

E.K.
L'amore è una psicosi

Berlino, 15 ottobre

Si dice che per capire se qualcuno ci piace
sono sufficienti trenta secondi.
Quando ti ho vista... a me ne sono bastati cinque.
EFREM KRUGHER

AH, *Lesern*, miei amici immaginari, miei lodevoli confidenti, miei pazienti uditori...

Continuo a parlarvi con circonlocuzione – forse con troppe perifrasi – di quel sentimento che, al primo incontro con la piccola Dorie, mi aveva atterrito come un fulmine a ciel sereno, una scossa elettrica che mi era arrivata tutta d'un colpo dritta sul cuore fino a lesionarlo e bruciarlo.

Sono un uomo peritoso, abbastanza freddo e discreto sulle questioni amorose; probabilmente non sarebbe stato altrettanto facile per me dichiarare tutto ciò che sto redigendo in queste pagine se avessi dovuto sostare in piedi, su un palcoscenico, con un microfono in mano e guardare ognuno di voi negli occhi, timoroso che il riflesso delle mie angosce potesse rispecchiarsi nelle vostre sclere attente.

Sarei stato colto – come mi succedeva da bambino – da uno dei miei attacchi di panico.

Il tremolio dell'ansia avrebbe ostacolato la fluidità del mio discorso, inducendomi a sproloquiare o balbutire; voi avreste cominciato a borbottare nervosamente sulla mia incapacità di coordinare pensieri e proposizioni encomiabili, le gocce di sudore freddo mi avrebbero impregnato la schiena facendomi annegare nella disperazione più amareggiante e, in tutto quel tartagliamento di confessioni, ammissioni, accadimenti, voi vi sareste alzati, sareste andati via e non avreste più saputo cosa ne è stato di me e della mia scimmietta.

Il mio racconto non è importante – ne sono consapevole –, è soltanto l'insieme dei vaneggiamenti malinconici di un adulto che, per un breve frammento di vita, ha bighellonato tra la smania adolescenziale e il brivido del proibito, scaldandosi, come un disgraziato indegno, nel trabiccolo di una passione divampante il cui esito era prevedibile sin dall'inizio.

Eppure, la certezza che quel trabiccolo, prima o poi, sarebbe crollato, riducendosi a un cumulo di schegge di legno, non riuscì a frenare la voglia di bearmi del suo calore o di versarci dentro i miei umidi piaceri...

Stando a queste mie considerazioni, pensereste che io sia quel tipo di individuo che crede nell'amore, giusto?

Che non potrebbe vivere o sopravvivere senza, vero?

Vi ripropongo i modelli analizzati da Erich Fromm per discernere due tipi di amore: l'amore immaturo e l'amore maturo. Nel primo si tende a legarsi all'altro per colmare una mancanza. Quindi per un bisogno inconscio o conscio si idealizza la relazione, si cercano conferme e rassicurazioni e, spesso, si tende a non guardare le differenze che potrebbero comprometterla; nel secondo non si ama per bisogno, non si ama per raggiungere una completezza mancante, ma si ama per arricchirsi o arricchire, si ama per essere felici e donare la felicità, si ama nel rispetto di ciò che è identitario e indipendente, si ama incontrando le particolarità dell'altro e accettandole nella loro totale eterogeneità. Si ama non per sopperire a una necessità, ma per imbatterci in qualcosa di sconosciuto che, oltre a comportare modificazioni neurobiologiche, ci permette di vivere l'esperienza dell'amare, a prescindere che la relazione sia durevole, stabile, fugace o impossibile.

A proposito delle modificazioni neurobiologiche, recenti ricerche a cui mi sono interessato hanno confermato che l'amore comporta una riduzione della serotonina simile a quella riscontrata nei pazienti affetti da disturbo ossessivo-compulsivo, poiché innesca nella mente il pensiero ossessionate rivolto alla persona di cui siamo innamorati, altresì provoca alterazioni di vari ormoni e l'aumento di un neurotrasmettitore – la dopamina – la cui origine deriva dall'energia psichica e sessuale o dall'euforia del legame instaurato.

Tutto ciò vi fa comprendere che l'amore secondo Freud – il quale, sin da quando ero un adolescente, ha terribilmente influenzato le mie convinzioni – può degenerare facilmente in una psicosi, può renderci più fragili, dipendenti, impotenti oppure inguaribilmente nostalgici e tristi, soprattutto nei casi in cui non si è in grado di gestire la propria emotività.

Già immagino l'indignazione comune, o lo sconcerto, nello scoprire che l'innamoramento – *fase acuta* – e l'amore – *fase cronica* – confluiscono in una forma di psicosi affettiva.

E questo è uno dei motivi che mi ha sempre indotto a considerare brutalmente l'amore per quello che è: la comorbidità di più patologie, il godimento di un'illusione, una potenza inarrestabile che proprio in virtù della sua capacità di espansione e intrusione è anche molto pericolosa.

Mio padre, che concordava con me, mi ripeteva sempre: «*Tu le psicosi le curi, non te le procuri. Ricordalo, Efrem*».

E, adesso, credo fosse l'unico insegnamento utile che mi abbia mai trasmesso.

Il mio approccio ai sentimenti – nonostante sia uno psichiatra olistico – è sempre stato abbastanza razionale, quindi, analizzando nel dettaglio la *mia* situazione clinica con la piccola Dorie, lei è stata una bomba che, esplodendo al suo arrivo, ha provocato un gran numero di danni che ora vi riporto: la stimolazione dei neuroni del sistema limbico per opera della dopamina, testé menzionata; un innalzamento del tono dell'umore; una disfunzione serotoninergica, ossia ossessione, pensieri invasivi; una tachicardia eccessiva derivante dai neurotrasmettitori d'eccezione, epinefrina e norepinefrina, prodotti dalle ghiandole surrenali. In ultimo, la ragazzina ha coinvolto anche i neuropeptidi come l'ossitocina e la vasopressina rispettivamente connessi alla regolazione dell'attività sessuale e alla diminuzione dello stress.

In sintesi, la Dorothenite – *la Kryptonite di Efrem Krugher* – si era localizzata nel mio cervello emotivo poiché, a differenza di ciò che si crede, le emozioni non sorgono nel cuore, ma nel sistema nervoso. Sono delle risposte psicofisiologiche a ciò che accade attorno a noi e si collocano in un'area cerebrale chiamata sistema limbico. La Dorothenite, dunque, serpeggiava tra le complesse e intersecate strutture cerebrali controllando le mie emozioni e inviandone i segnali a ogni parte del corpo.

Platone direbbe che l'innamoramento a prima vista è totalmente irrazionale, un'anima che non accetta alcuna disciplina; Freud converrebbe con me e Markus sull'idea di ritenerlo il principio di una psicosi; Lacan direbbe che l'amore coincide essenzialmente con il voler essere amati; Jung sosterrebbe invece che corrisponde al movimento psichico che unisce due persone creando una terza forza: la relazione...

Insomma, potrei andare avanti ancora a lungo e riportarvi molteplici e discordanti teorie su cosa sia l'amore, tuttavia per me era una malattia dalla quale avrei dovuto curarmi, possibilmente senza ricorrere a un trattamento farmacologico e prima che mi danneggiasse in maniera irreversibile.

Ahimè, non sono ancora guarito, giacché custodisco Dorie nell'ippocampo – memoria emotiva – che, connettendosi alle altre zone encefaliche, oggi mi permette di attingere alle informazioni che mi servono per ricordare e condividere con voi le sensazioni che mi trasmetteva con ogni suo battito di ciglia.

L'avreste mai pensato che una bambina alta appena un metro e sessanta potesse innescare un meccanismo tanto affascinante?

E purtroppo per voi, non è finita qui.

Oltre a infettare il mio sistema limbico, la Dorothenite infettava anche il sistema nervoso autonomo, responsabile di tutte quelle reazioni che sfuggivano alla mia volontà: sudorazione, contrazione muscolare, eccitazione, palpitazioni e...

Basta, basta, basta attenerci alle neuroscienze adesso, posso solo sintetizzare il preludio di questo disfacimento in un unico modo, chiaro ed esaustivo: ero estremamente fottuto.

Oh, scheiße... mi è tornata l'emicrania.

Ancora.

Un'altra pausa.

Un altro farmaco da ingerire.

La Dorothenite non la puoi controllare né fermare.

È come un tumore maligno che cresce, prolifera, invade e devasta.

Si infiltra nelle cellule e nei tessuti dell'organismo, li altera e li muta.

Nessuno meglio di me può conoscere l'aggressività con cui si espande, fino a ucciderti.

La Dorothenite è una psicosi feroce che ti annebbia la vista, offusca il cervello e risveglia gli istinti più animaleschi, un'alienazione mentale che ho inserito da anni nei disturbi del mio personale manuale diagnostico.

Che l'APA sia clemente con me...

A volte mi convincevo che non ero colpevole di ciò che pensavo o dicevo, era la sintomatologia di quel sentimento irragionevole e inverosimile a farmi perdere ogni contatto con la realtà, a farmi prendere decisioni inappropriate e a farmi agire con troppo impulso.

Come quando Dorie entrò nel mio studio, dopo un alterco avvenuto col suo manager e il *capretto* Andrew per il ceffone che avevo dato a quest'ultimo. In quell'occasione la mia bambina mi aveva coperto e protetto, aveva mentito e insabbiato tutto ciò che c'era stato tra noi, dai contatti più lascivi alle provocazioni più erotiche, dandomi l'assoluta certezza che potessi fidarmi di lei.

Se avesse voluto rovinarmi, se avesse voluto mettere fine a quell'embrionale complicità sulla quale stavamo ancora trovando il nostro punto d'incontro, avrebbe potuto confessare al signor Donovan, o al suo ex fidanzatino, tutta la verità. Invece aveva negato con una determinazione e una sicurezza che mi avevano positivamente sconvolto.

E con quella stessa determinazione si era intrufolata, un'ora dopo, nel mio studio.

Ricordo ancora il brivido bestiale che mi percorse quando la sorpresi con indosso solo una maglietta semilunga nera, con al centro un teschio fiammeggiante, e priva di shorts.

La pulce continuava a suggere, ogni minuto di ogni giorno, la mia oculatezza, ma voleva anche il *latteo elisir*...

Bambina sporcacciona!

Si era conciata così per sedurmi, ancora; non avrebbe mollato finché non avesse vinto.

Il suo profumo aveva profligato l'odore della stanza come una bruma infernale; i capelli erano un ammasso di fili dorati, morbidi e setosi, coi quali avrei potuto colmarmi il pugno stretto.

E se da un lato la guardai con disappunto per farle capire che quell'atteggiamento ci avrebbe creato dei seri problemi, soprattutto se avesse continuato a gironzolare mezza nuda per la clinica, dall'altro ebbi voglia di afferrarla per la gola, distenderla sulla mia scrivania e ficcarle la lingua in bocca per dimostrarle che non ero un fesso con cui giocare al gatto e al topo.

Alla ninfa e al satiro, sì.

Ero il suo dottore e mi doveva rispettare, tanto quanto io rispettavo lei, astenendomi dal ricambiare le sue attenzioni insistenti. Ma Dorie aveva l'incoscienza tipica dei suoi vent'anni e la sfacciataggine di una donna esperta, sebbene non lo fosse, perciò abbassò impudicamente lo sguardo sulla patta dei miei pantaloni per verificare se avessi o no reagito alla posizione sexy che aveva assunto: natiche appoggiate al bordo del ripiano, caviglia accavallata sull'altra, cosce strette tra le quali – con occhiate da pervertito – mi sforzavo di cogliere un brincello di carne.

Portava le mutandine, almeno?

Rimase delusa quando vide che, sotto alle braghe, nessuna particolare scossa sismica aveva smosso la mia prorompente torre granitica, rimasta cheta e malleabile a soffrire sotto la pressione psicologica del mio autocontrollo ormai temprato.

Cosa credeva?

Che bastasse qualche moina per risvegliare la libido?

A causa delle mie facoltà tiranniche, di un'autorevolezza acuta, il mio corpo sapeva quando palesare il proprio fermento e quando starsene buono a patirlo.

Quindi mantenni il sangue freddo e la respinsi, come sempre, perché preferivo che mi temesse anziché assecondarla ed esporre entrambi al rischio di essere scoperti, soprattutto per il modo in cui teatralizzava la sua attrazione per me.

Discutemmo anche allora e con toni più accesi del dovuto; le feci persino una battuta infelice sui rapporti anali, di cui mi pentii subito, e che lei, per fortuna, nella sua ingenua inesperienza non comprese.

La piccina, poiché mi aveva difeso a spada tratta, era troppo concentrata a pretendere che io cominciassi a concederle un po' di spazio nella mia vita, voleva entrare in quell'incavo profondo situato tra le costole e succhiarmi il cuore.

Che malefica pulce...

Dove volevi arrivare?

Cosa volevi da me, Dorie?

Inseguirmi in un mito dissacrato in cui non avrei potuto darti il finale che speravi?

Cosa preferivi?

La morte del satiro o la morte della sua ninfa?

In quel diverbio disutile in cui entrambi ci rincorrevamo a vicenda, lei provocandomi fino all'esasperazione e io berciando di finirla, la presi per un gomito e, fumando di rabbia, la strattonai a me malamente per sbatterla fuori dal mio studio. La strinsi con troppa irruenza, temendo di farle davvero male, e lei si ribellò, si agitò, tentò di divincolarsi graffiandomi l'avambraccio.

Sentii le sue unghie conficcarsi nella mia pelle, lacerarla, e pensai che me lo meritassi.

Meritavo che mi ferisse, che mi odiasse e soprattutto che la smettesse di guardarmi come se fossi suo padre, il suo amante, il suo migliore amico e infine il suo dio.

Continuammo a sbraitarci addosso, l'uno contro l'altra, due belve confuse, nervose, stremate dalla concupiscenza più mostruosa, sull'orlo di una voluttà che non potevano vivere.

Chissà se anche lei era affetta dalla mia stessa malattia...

La mia ribelle guerriera si placò soltanto quando, reagendo all'ennesima provocazione, la sbattei contro la porta tenendola in ostaggio dal collo.

Fu la prima volta che ci guardammo davvero e io potei capire fin dove arrivasse la sua perversione masochistica, restandone sorpreso: Dorie si eccitava con l'asfissia erotica, nota anche come ipossifilia.

E parve riconoscere se stessa, in quell'istante, specchiandosi nei miei occhi voraci.

Con una tenerezza ammaliante si abbandonò alla mia dominazione, al mio palmo enorme che la serrava, la reggeva, la imprigionava, e mi lasciò assaggiare qualche stilla di miele che nutrì, addolcì, rinvigorì il *racker* che desiderava da settimane sottometterla, toccarla, invaderla, conoscerla a fondo.

Era deliziosa così arrendevole e svelata, con le pupille dilatate, la bocca schiusa, il respiro interrotto, esterrefatta quanto me da quella meravigliosa scoperta. Fui certo che non era mai stata domata da nessun altro, mai stata assoggettata, compresa e scopata come avrebbe voluto.

Ogni mio nervo si tese, elettrizzò e intrecciò a lei, facendomi annegare – annega, annega, dottore! – in una dimensione onirica in cui ero già dentro il suo calore o a morderle i capezzoli pungolanti contro il mio torace.

Eravamo pronti ad affondare come un battello colpito da una sciagura.

Le appoggiai la gamba tra le cosce per darle un appoggio solido sul quale sostenersi e lei – quella marmocchia indisponente – iniziò a muovere le anche avanti e indietro su di me, usando il muscolo del quadricipite come un fallo duro col quale gingillarsi.

Lo vidi, Lesern.

Vidi il Diavolo in faccia: bello, irresistibile, incontenibile, infame, diabolico...

La Dorothenite cominciò a bruciarmi la corteccia cerebrale, a mandarmi in tilt i neuroni, a far scorrere rapidamente l'eccitazione dall'alto al basso, infuocando di piacere la radice maschile che la piccola Dorie voleva afferrare tra le dita ed estirpare violentemente per ficcarsela nella passerina – cazzo, la sua era favolosa – e darsi sollievo.

E a me che sollievo pensavi di dare con quella fiamma vivida che ti scoppiettava tra i lineamenti del viso?

Con quella cupa tristezza che ti rendeva luminosa quando gemevi contro le mie labbra?

E con lo sguardo perduto in una vacuità trasognante col quale mi mangiavi, inghiottivi e assorbivi come se già ti appartenessi?

Come se già fossi tuo?

Prepotente che non sei altro!

Dimenticai Lili, dimenticai Joël, dimenticai tutto quando osservai la cupidigia che la rivitalizzava, che le vellicava le ciglia e la rendeva ancora più bella, ancora più invitante, ancora più *mia*, ma io ero un bastardo innato e appena sentii la sua eccitazione – il caldo languore della carne gonfia a contatto con i miei pantaloni, le palpitazioni irrefrenabili della vagina traboccante, proemio di un'orazione spumosa dedicata a me – mi sottrassi in fretta assistendo, orgoglioso, agli spasmi intimi che la pervasero in totale solitudine, con un barbaglio desolante, e la fecero cadere in ginocchio ai miei piedi come un'ancella delusa.

La punii ammirandola dall'alto, con i segni rubri delle mie dita attorno al collo, piegata dai tremori violenti in una sconfitta che le avevo inflitto senza neanche penetrarla.

E quello stato involontario di completa soggezione e asservimento al suo padrone, o a colui che lo sarebbe diventato, mi provocò un inturgidimento così vistoso, così commovente – che romantico! – che non mi preoccupai neanche di nasconderglielo.

Ci era riuscita.

La mia bambina aveva vinto.

Tantalo e il suo mito non contavano più nulla.

Il fuoco era affiorato dalla pelle e davanti agli occhi, in quel bosco popolato dalle Oreadi, con le Naiadi giocherellanti in un ruscello, Pan aveva scorto una splendida creatura, la sua Nereide, mentre si cibava di frutta, scorrazzava sinuosa tra gli alberi e cantava melodiosa facendo echeggiare tra le fronde una sinfonia passionale che presto avrebbe indotto il satiro – predatore e ninfomane – a suonare per lei col suo voluminoso *flauto divino*.

Tuttavia, quella stessa sera, nonostante fosse ancora infatuato della radura soleggiata, si accontentò di esibirsi dinanzi a Liliane.

La raggiunse a letto, la baciò, la spogliò e ci fece l'amore.

Con l'avidità di un buon compagno e la meschinità di un traditore.

E. K.
Caleidoscopio

Berlino, 18 ottobre

Sei una fanciulla rara.
Sorgente di vita. Avida d'amore.
Con cicatrici profonde, ricche di fiori.
Non nasconderle. Mostrale e amale.
EFREM KRUGHER

AH, che emozione meravigliosa è la nostalgia, che fascino ancestrale esercita l'accezione più antica del suo vocabolo: *il dolore del ritorno*.

Riflettete su quest'ultima espressione… non vi sembra particolarmente poetica?

Attenzione, non dovete confonderla con la tristezza che solitamente è connessa a un periodo terribile sul quale continuiamo a rimuginare in maniera quasi autolesionista.

No, no, la nostalgia non è così terrificante; essa è una vecchia amica che, quando meno te lo aspetti, torna a farti visita, bussa alla tua porta ed entra senza alcun preavviso.

Non importa che tu finga di essere un duro, un menefreghista, un anaffettivo, un imbecille senza sentimenti, lei è come un'ombra intrisa di luce – sì, è un concetto contraddittorio –, è come un'orma sulla battigia al tramonto del sole, è un silenzio affollato di ricordi, è un palpito di vita che vibra tra passato e presente, è un modo per sentirci vicini a chi non abbiamo più accanto, è tutto ciò che attribuisce un senso a quello che viviamo e che ci permette di ricostruire la nostra esistenza.

La nostalgia, come il dolore, può essere terapeutica se l'accogliamo senza timore. Può dare un senso a ciò che è stato e che mai più sarà, può rafforzare i nostri ideali o modificarli, può punirci o darci insegnamenti, soprattutto può consentirci di attribuire maggiore valore a quello che abbiamo affrontato. Riassaporarla attraverso i nostri ricordi, dal punto di vista interpersonale, incrementa l'esigenza di condividerla, forse è per questo che le pagine che scrivo ne sono particolarmente pregne.

Tuttavia, raccontarvi di Dorie mi consente, in una dimensione irreale ma sensitiva, di poterla toccare e vivere ancora una volta, come se ogni riga fosse la promessa di un arrivederci, di un tornerò presto, di un ti aspetto... *infiniti*.

Nella mia dimensione irreale io e lei esistiamo, io e lei siamo un'entità unica, un'anima connessa a un'altra anima oltre qualsiasi logica e limite spazio-temporale.

Il mio contatto attraversa i suoi vestiti, la sua pelle, va' al di là dell'epidermide e del corpo, e la sento.

E quando la sento è come se prima di incontrarla non ci sia stato nulla e tutto ciò che verrà sia sospeso, persino la morte.

Dunque, lasciatemi in panciolle nell'eternità di quei piccoli gesti: lo sfioramento delle nostre mani, gli sguardi comunicativi, i sorrisi inafferrabili, le blandizie licenziose... perché io e Dorothea abbiamo parlato tanto con il *contatto* e continuiamo a farlo come se fosse una dolce concessione divina.

La prima volta che abbiamo affrontato una delle comunicazioni più intime è stato quando l'ho sculacciata.

So che questo argomento potrebbe riportarvi alla mente una banalissima, nonché discretamente diffusa, pratica di dominazione, dal cui fascino sono stati attratti, oltre a me, anche intellettuali che le hanno dedicato opere e poesie varie; ma non voglio concentrarmi con voi sul piano erotico, sulla sublimazione sessuale che comporta per chi la riceve o per chi la infligge, bensì sui meccanismi psicologici che accompagnano le fantasie o i gesti così incestuosi.

La piccola Dorie, dopo la morte di sua madre, aveva smesso di accogliere le emozioni, finanche il dolore stesso, respingendole e preferendo schermarsi dietro l'apatia, il menefreghismo, la superficialità con i quali affrontava la paura dei nuovi legami, affettivi o amorosi, e il timore di fuggire da se stessa e dalle diversità che ricercava in un rapporto.

Nonostante non le avessi mai posto domande indiscrete, mi erano bastati pochi elementi, un'attenta analisi dei suoi atteggiamenti e delle confessioni non dette o implicite, per comprendere quali erano le sue reali esigenze, sicché, in un giorno in cui avevo perso la pazienza per un'altra delle sue marachelle – aveva nascosto i lassativi nella cerniera del peluche –, avevo deciso di prenderla a sculaccioni in presenza di Mitchell, che da buon *voyeur* ne avrebbe tratto godimento quanto me.

Ora, voi penserete che io, come un depravato, abbia voluto condividere un momento di forte intimità dinanzi a uno dei miei amici più affidabili, altrettanto depravato, e che una condotta simile sia del tutto illecita, prosaica e aberrante, motivo per il quale mi avete già da tempo giustiziato, condannato, ghigliottinato.

Non vi avevo chiesto di tagliarmi il cazzo e non la testa?

E di aspettare che terminassi la mia narrazione?

Se non fossi un uomo puntiglioso, potrei anche darvi ragione e concludere qui l'esposizione di quell'episodio increscioso, ma, giacché avete avuto la sfortuna di leggere le ammissioni di uno dei dottori più pedanti – la mia noiosa meticolosità include tanto la professione quanto la sfera privata – dovrò indurvi a rivalutare la vostra opinione o quantomeno a darvene la possibilità.

Nel caso in cui rimaneste fermi sulle vostre convinzioni morali, personalmente non avrei nulla da obiettare, rispetterei il vostro complesso sistematico di immutabile eticità e continuerei a essere un peccatore con grande fierezza.

Ordunque, Dorie aveva bisogno di superare la repulsione verso i suoi desideri, verso ciò che non aveva mai avuto il coraggio di rivelare ad Andrew o ad altri ragazzi, verso ciò che affluiva dalle stanze del suo subconscio e che lei inabissava e ignorava, impedendosi di crescere ed esplorarsi.

Quando l'avevo bloccata sul suo letto, sotto di me, alzandole la gonna fino alle reni – quel culetto sodo l'avrei voluto aprire e leccare tutto –, non era stata soltanto una condivisione ridotta a un'umiliazione o a un preliminare sessuale, bensì la rottura definitiva di un sortilegio socioculturale, un transito semantico di piacere che aveva concesso alla mia bambina di incontrare se stessa, di smettere di sentirsi sola o incompresa, di ascoltare gli immensi segnali del suo corpo e decifrarli. Mi aveva permesso di raggiungere la sua interiorità senza parlare perché a volte, laddove non riusciamo ad arrivare con i discorsi, serve il *contatto,* serve qualcuno che con amore ed esperienza ti insegni ad accarezzare ciò che ti spaventa di più.

Lei si era arresa alla vecchia Dorothea, si era sciolta sotto i miei colpi, in un canto da Sirena, un pianto colmo di gemiti, singhiozzi e ansiti che le avevano suggerito la strada giusta: *tu sei questa.*

Non devi ottenere il consenso di nessuno, non devi piacere per forza a tutti, non devi considerarti sbagliata.

Lascia scorrere la tua energia, lascia pulsare il cuore, ascolta il sangue che defluisce tra le tue cosce, attingi da me il coraggio di conoscerti.

Seguimi per quegli attimi in cui potremo volare insieme.

Guarda il mondo.

Assorbi la vita da tutto ciò che ti circonda, assorbila anche da me...

Smettila di chiudere gli occhi, esci fuori dalla tua gabbia.

I colibrì sono i guerrieri del Sole.

Allora rincorri il tuo Sole, piccola mia, e amati.

E così era stato.

Non era riuscita a ingannare la sua pelle né le vibrazioni tattili che a ogni mio schiocco avevano smosso la sua coscienza, bagnandole le guance e anche le mutandine. Quando, tenendola per i polsi, mi ero sporto per sbirciare nel solco dei glutei – deliziosamente irrorati tanto da sembrare due mele rosse da mordere –, avevo notato la colorazione scura che il cotone aveva assunto in direzione della passerina e avevo sorriso, contento della potente sinergia che avvertivo tra di noi.

L'odore inebriante della sua eccitazione aveva risvegliato la voglia di scostargliele per infilarci dentro due dita e proseguire con più brutalità la sessione a cui avevo dato inizio, ma Dorie era sfinita dall'eccesso di endorfine e languidamente appagata dalla soglia del piacevole dolore che le avevo riservato.

Mitchell aveva assistito alla scena per il tempo necessario a subire un'erezione fastidiosa, la stessa che tendeva anche i miei pantaloni, finché io, ritenendo sufficiente ciò che aveva visto, con un cenno del capo gli avevo fatto intendere – all'insaputa di Dorothea – di lasciarci soli.

Avevo condiviso con lui quel flusso di vitale energia, ma questo non significava che avrei condiviso anche colei che l'aveva scaturito. Il messaggio silente che gli avevo trasmesso, da uomo a uomo, con la potenza di uno sguardo era stato di tutt'altro contenuto: *«Questa ragazzina è mia. La voglio e me la prendo. Né tu né mio padre potrete fare alcunché per impedirmelo»*.

Sottometterla davanti a lui era stata un'imposizione chiara alla quale non avrebbe potuto opporsi, ma soltanto appoggiarla e tacere. D'altronde sapevo dominare anche gli uomini tanto quanto le donne, senza ricorrere al sesso, e nei suoi confronti avevo assunto quel tipo di atteggiamento prevaricatore che non ammetteva nessuna contestazione o replica; non eravamo in un'aula di tribunale, ma nel mio limbo di magia alchemica, di aleatorietà endorfinica, di trip ormonale. Quindi poteva entrarci e sballarsi con me, oppure uscirne ed essere saggiamente omertoso. Avermi come amico era di gran lunga migliore che avermi come nemico. E se Mitchell avesse tradito la mia fiducia, avrei fatto di tutto per rovinarlo e farlo bruciare con me nel rogo dei nostri vizi.

Oh, suvvia, non propinatemi corbellerie smielate sul valore dell'amicizia, Lesern...

Non siate ipocriti.

Siamo tutti egoisti dinanzi ai rischi o alla salvaguardia di noi stessi.

Voi non punireste un amico infame che ha la crudele volontà di nuocervi?

Per fortuna Mitchell mantenne il segreto, dimostrandomi – in virtù degli anni del nostro rapporto – di essere onesto e sincero e io potei continuare ad abbeverarmi, sorso dopo sorso, delle poche occasioni in cui riuscivo a stare con Dorie, senza destarle il sospetto che mi avesse provocato una reale psicosi e senza attirare troppo le curiosità sgradite dei miei colleghi o del personale.

Seppi fingere benissimo e anche per molto: con Liliane inscenavo il ruolo del marito attento ai suoi bisogni che adempiva i doveri coniugali, con Dorothea ero l'uomo sdegnoso che resisteva ai suoi continui tentativi di seduzione, con i colleghi ero il dottore che svolgeva la professione nel migliore dei modi e che non nutriva alcun interesse illecito verso la propria paziente.

Tutto ciò sarebbe stato incredibilmente geniale se non avessi commesso l'errore di portare a cena fuori Dorie il giorno del compleanno di mia moglie.

Fatevi pure una risata!

Oltre a essermi dimenticato del nostro anniversario settimane prima, quel venerdì sera avevo preferito trascorrere un paio d'ore nella suite dell'*Himeros* con la mia piccola amante anziché fare una sorpresa a Lili e festeggiare insieme i suoi quarant'anni.

Ne ero stato dispiaciuto? Sì.

Me ne ero pentito? Ovviamente no.

Nient'altro avrebbe potuto compensare la beatitudine di stare con la mia bambina, cenare insieme, vederla ridere e giocare su come si pronunciassero in tedesco le pietanze che avevo ordinato per lei. Adorava prendermi in giro, si agitava sulla sedia e arrossiva quando fissavo il modo delicato in cui maneggiava le posate, si portava il boccone alle labbra e le schiudeva per accoglierlo sulla lingua, sforzandosi di deglutirlo. E mentre mi perdevo nei riflessi albeggianti delle sue iridi, pregustavo il momento in cui l'avrei condotta nella camera che sovente avevo utilizzato con Giselle e su quello stesso letto l'avrei desiderata, le avrei cosparso di stelle le smagliature, baciato i seni che considerava troppo piccoli, morso le cosce che riempiva di lividi e toccata – per la prima volta – nel fulcro del suo piacere per rompere le catene delle inibizioni e indurla a condividere con me le fantasie più segrete, a essere libera di godere con un uomo, di godere di se stessa, del suo corpo e di imparare a domare quei potenti flussi inconsci perennemente in contrasto con l'imbarazzo o la razionalità.

Mi sentivo legato a quella ragazzina in un modo talmente venereo e doloroso che non riesco neanche a spiegarvelo a parole.

Posso solo dirvi che io morivo ogni volta che mi permetteva di accarezzarla, concedendomi molto di più di ciò che speravo, che il mio cuore naufragava in una voragine caotica per tutto il tempo in cui la sua bocca era a un soffio dalla mia; nel suo fiato trepidante l'intero mondo oscillava, attendeva, sperava che l'integerrimo dottore si arrendesse a lei.

Ogni suo gemito aveva il potere di sbrecciarmi un pezzo d'anima.

Da ogni suo sorriso vedevo fiorire splendide violette nere.

I capezzoli inturgiditi tra i miei denti erano frutti esotici con cui sfamarmi.

E la carne bagnata che pulsava attorno alle mie dita era pura ambrosia ustionante, pericolosa come un acido che mi avrebbe corroso per sempre.

Quante donne avevo frequentato, lambito e posseduto?

Erano state molte – non ricordo un numero preciso –, ma mai con nessuna mi ero sentito tanto perso, stordito, smanioso e protettivo. Così protettivo da impedirmi di spingermi oltre e di prenderla su quel letto. Mi strappai a lei, al desiderio di denudarmi ed entrarle dentro, per non farle male, per non illuderla di un futuro che non avremmo vissuto. Le feci credere di averla semplicemente assecondata affinché la smettesse di provocarmi, le chiarii persino che non avrei lasciato Liliane e che avevo dei vincoli che non mi era possibile recidere – anche se per lei li avrei recisi volentieri.

Dorie non immaginava neanche quanto soffrissi nel vedere quel chiarore rutilante – che il mio stesso tocco le aveva provocato – spegnersi poco dopo che si era concessa a me a causa delle mie osservazioni insensibili. Le negavo i miei sentimenti, riducevo tutto a una semplice attrazione verso la sua natura complementare che, per quanto fosse vera, non rappresentava l'unico motivo per il quale la desideravo.

Non potevo dirle che lei era diventata un'ossessione, una deviazione, una malattia, una maledetta psicosi.

Non potevo dirle che la sua presenza, la sua esistenza, il solo fatto che camminasse sulla mia stessa terra, all'interno dei miei spazi lavorativi e *mentali*, era una delle peggiori torture, la proliferazione di una frustrazione che mi provocava una confusione insormontabile e che sempre più spesso mi faceva valutare la follia di mollare tutto, di fregarmene di ogni cosa e di portarla via con me.

Quando ero scontroso, indelicato o severo, cercavo disperatamente di farle capire che, malgrado avessi ceduto, la situazione tra noi non sarebbe cambiata perché, ahimè, non poteva cambiare.

Se non in peggio...

Come poi accadde.

Quella sera, prima di rientrare a casa, spensi il motore e rimasi in macchina a tentare di riordinare i pensieri assillanti, impuri, immorali, e soprattutto di studiare una giustificazione plausibile per spiegare a mia moglie come mai mi fossi dimenticato del suo compleanno e con chi avessi trascorso la serata. Avevo ricevuto ben dodici sue chiamate alle quali non avevo risposto, tuttavia meritava delle scuse sincere e soprattutto di sapere la verità. D'altronde quelli erano i nostri patti: se fossi tornato all'*Himeros* o avessi avuto bisogno di ritrovare me stesso con un'altra donna, lei sarebbe stata la prima che avrei informato; ma con Dorie era diverso. Non apparteneva al resort, non era una sottomessa né un'amica accondiscendente, come Giselle, con la quale intrattenermi.

Reclinai la testa sul sedile, fissando dal parabrezza l'oscurità della notte moritura che aduggiava la villa, coprendola di spettri. I bagliori delle finestre lucevano come particelle d'argento nel buio, un refolo di vento accarezzò la corteccia rugosa degli alberi, stormì tra le statue del giardino e, passando attraverso lo spiraglio aperto del finestrino, mi sfiorò la tempia e una ciocca di capelli come un languido adulatore. Prima che scendessi dall'auto, il cellulare riposto nel taschino interno della giacca squillò e fui costretto a sfilarlo poiché, se fosse stata Lili, l'avrei avvertita che avevo appena parcheggiato e che stavo per rientrare.

Scorsi il pollice sul display senza neanche guardare il nome del mittente. «Pronto.»

«Mi spieghi che cazzo stai combinando?»

La fronte mi si increspò quando la voce del mio amico mi strepitò nell'orecchio; mi afflosciai sulla schiena assumendo una posa fiacca.

«Di cosa parli?»

«Mi ha telefonato Liliane.» Sentivo rumori echeggianti e qualche suadente risata femminile, come se fosse in compagnia di più signorine, e invidiai la spensieratezza con la quale poteva gingillarsi senza troppe rogne. «Credeva che tu fossi con me e le ho detto che non ero al corrente dei tuoi programmi. Era abbastanza preoccupata. Lei e Joël ti hanno aspettato per cena, ma tu sei completamente sparito e ha pensato ti fosse successo qualcosa.»

«Ero all'*Himeros.*» Fui diretto. Necessitavo di dirlo a qualcuno per alleggerire il fardello dei fattacci commessi.

«Cosa?» Mitchell era a dir poco impreparato a quella rivelazione. «Hai deciso di tornarci?»

«Soltanto per stasera.» *E mai più*, mi dissi, battendo nervosamente la nocca dell'indice contro il vetro del finestrino… così, senza senso, tanto quanto era senza senso lo stato psichico e indefinito in cui mi trovavo.

«Eri con Giselle?»

«No.»

«E con chi?» Questa domanda fu più carica di curiosità. «La conosco?»

«La conosci, sì… ma non è una sottomessa o una *switch.*» Non era difficile intuire chi fosse la giovane fortunata; aveva già capito il giorno della sculacciata che Dorothea per me non era come le altre.

«Non dirmi che…» Un sospiro tediato fendette la brezza del suo momentaneo shock, seguito probabilmente da una manata ostile contro la faccia barbuta. «Efrem, è la tua paziente, maledizione! Ha solo vent'anni. Che ti sta succedendo? Non è da te.»

Sorrisi, avvolto dalle tenebre dell'abitacolo, peregrinando in uno sconforto colpevole e perverso. «Se te lo dicessi non mi crederesti.»

«Sono tuo amico, non ti giudicherei mai, lo sai.» Altro sospiro scorato, fintamente imbibito di una bonaria comprensione. «Hai preso una sbandata?» continuò senza neanche concedermi di ribattere. «Senti, può capitare, magari è una precoce crisi di mezza età.» Sappiate che non esiste una precoce crisi di mezza età, *Lesern*, ma andiamo avanti con le macchinazioni dell'avvocato; in fondo erano divertenti. «Non è grave. La vera gravità di questa faccenda è che la vostra relazione è rischiosa oltre che illegale. Se tuo padre venisse a…»

«Non rischierei tanto per una sbandata, Mitch.»

Non era mai capitato in trentasette anni e mai l'avrei messo in conto.

«Quindi ti piace davvero?» Il suo tono divenne più inquisitorio. «Mi dici che ci trovi di interessante in una ragazzina? Thea è fantastica, non fraintendermi, ma andiamo… un uomo come te…»

«Non l'avevo previsto neanch'io. È accaduto tutto in fretta e contro la mia volontà.» Nonostante il dramma delle mie confessioni, manifestai un'accortezza olimpica e distinta. «Non ho mai tradito Liliane in tre anni. Ma né la vita né l'esperienza ti preparano a questo.»

«A questo cosa?» Era letteralmente sconvolto. «Non ti sarai mica innamorato?»

«No, peggio. Mi sono ammalato…»

Oh, Mitch... che vuoi saperne tu della Dorothenite?

E del bruciore che provoca in tutto l'organismo?

Non ne sei stato contagiato, non potresti immaginare quanto siano avvilenti i sintomi...

«Efrem, ascolta. Sarò franco come sempre.» Altri tre, quattro sospiri. Quella telefonata doveva essere abbastanza affaticante per lui. «Forse sei stressato, il lavoro ti impegna troppo e hai bisogno di distrazioni. All'*Himeros* puoi trovare tutte le donne che vuoi, disposte a giocare pesantemente come piace a te, oppure se non ti va di andare a caccia come i vecchi tempi, ti fai una bella scopata con Giselle. Ce l'hai lì, pronta per te, anzi è pazza di te… e acconsentirebbe a farsi legare e sottomettere in qualsiasi modo preferisci come in passato, ricordi? Lascia scorrere questo momento, prenditi del tempo per riflettere su come salvare il tuo matrimonio, che mi auguro tu non voglia mandare a puttane dopo tutto ciò che abbiamo fatto per ottenere l'affidamento di Joël. Non è difficile, devi solo stare lontano da Thea; non avvicinarti, non parlarci, non darle confidenza… fai parte dell'équipe medica, certo, ma non sei il suo psichiatra.»

Sarebbe stato facile se la ragazzetta in questione non fosse stata una birbantella indemoniata che amava starmi attorno.

«Non la conosci, Mitch. È una che non demorde, da quando è arrivata non mi molla un istante. Anche se volessi starle lontano, troverebbe il modo per…»

«Ti stai facendo seriamente fottere il cervello da una ventenne?» Stava quasi per infervorarsi e darmi del coglione, anche se mi rispettava troppo per insolentirmi con attributi indecorosi. «Perché è tutto assurdo.

Nessuna tua ex è mai riuscita a conquistarti e una tizia problematica sì? Sicuro di non essere ricaduto nella nevrastenia? Perché non ti prendi una pausa e vai in vacanza con Liliane? Tra una cenetta romantica, una passeggiata in riva al mare e qualche notte di fuoco, potreste ritrovare il vostro equilibrio di coppia.»

Al passaggio *notte di fuoco* replicai con un grugnito poco elegante, impermalito e infastidito. Odiavo quando qualcuno mi suggeriva di risolvere un problema col sesso, lo consideravo scortese e intellettualmente offensivo. «Non servirebbe a nulla. Sono certo che niente potrebbe comparare una sensazione così... *caleidoscopica.*» Feci un po' il sentimentale; con le donne ero sempre cinico e riluttante, ma col mio amico potevo concedermi di essere più morbido. «Hai mai guardato dentro un caleidoscopio?»

«Efrem, hai esagerato col vino per caso?»

Per quanto adorassi bere qualche goccetto di *Eiswein*, non eccedevo fino al punto di ubriacarmi.

«No, Mitch. Non sono mai stato così sobrio. Quindi? Hai mai guardato in un caleidoscopio?»

«Temo di no.»

«Ecco, lei è come un frammento d'arcobaleno visto attraverso uno strumento ottico. È talmente colorato che non puoi privarti di ammirarlo e, quando lo raccogli tra le mani, è così tagliente da farti sanguinare, eppure non vuoi lasciarlo andare. Non ne hai le forze, non ce la fai. Sei ipnotizzato, desideri analizzare tutti i riflessi delle sue forme simmetriche che mutano continuamente e cambiano colore. Ti ricorda un fiore a sei petali. Poi ha quegli occhi che... mi crederai pazzo, ma ha l'alba negli occhi, Mitch, dico davvero. E pensa che io non ne ho mai vista una, mai, neanche da bambino, sai che con la fotofobia non posso. Finché ho incontrato lei e ho scoperto quant'è fulgido il sole, capisci? Quella scimmietta ha il sole dentro.»

La mia scimmietta che non vedevo l'ora di possedere...

Totalmente.

«Merda... sei messo parecchio male, *mein Freund.*»

Fu un commento appropriato che incontrò il mio triste consenso. «Te l'ho detto che mi sono *ammalato.*»

«Be', tu sei l'esperto in materia, dottore.» Decise di riderci su, conscio che ormai era impossibile dirottarmi sulla linea della probità matrimoniale. Che il mio rapporto con Liliane fosse in bilico era chiaro a entrambi, come era chiaro che non sarebbe bastata una vacanza romantica per rimediare. «Che cura proponi?»

Mi ero autodiagnosticato il disturbo, sapevo di aver sviluppato una psicosi rara e, ovviamente, dovevo anche prescrivermi dei farmaci, ma io ero uno psichiatra olistico, fautore convinto dell'olismo, quindi...

«L'unica cura che ritengo efficace è vivermi quella bambina fino a quando potrò averla accanto.»

No, non era questa la cura.

Era una condizione che avrebbe solo aggravato la mia salute.

«E dopo?» Immaginai Mitchell grattarsi la barba nel suo consueto gesto pensieroso.

«Dopo distruggerò quel caleidoscopio e tornerò alla mia infelicità.»

Sentii il cuore sfilacciarsi a poco a poco; la mano del Diavolo si stava già impegnando a far perdere al tessuto dell'amore le fila dell'ordito, ma al contempo procedeva lentamente per rendere il mio declino abbastanza penoso da lasciarmi moribondo a espiare ogni colpa.

Quando entrai a casa, dopo il subitaneo sfogo col mio amico, era già passata la mezzanotte, il compleanno di Lili era sfumato da circa quaranta minuti – ironia della sorte – e la ritrovai, sveglia, seduta sul divano del salotto. Non riusciva a addormentarsi senza di me, me lo ripeteva spesso. Presi un gran respiro prima di avvicinarmi, mi trascinai come se la mia mole fosse diventata talmente pesante da non avere la capacità di spostarla da un punto all'altro.

Provavo ribrezzo verso me stesso, ero così rammaricato che non sapevo neanche da dove cominciare per porgerle delle scuse. Eppure mentre pensavo a cosa dirle per farmi perdonare, mi rendevo conto della smisurata nebulosità della mia mente: avevo sulle dita ancora l'odore dell'eccitazione di Dorothea, non volevo neanche lavarle per rimuoverlo, il corpo ardeva di una brama che non aveva trovato soddisfazione in quella suite e cercai di mantenerla, di restare fermo sul pendio di una *durezza* che da imperiosa e verticale rischiava di cadere flaccida e spiovente nell'amarezza delle elucubrazioni e nel dovere di congiungermi a una donna che non era lei.

Terribilmente delusa dal mio comportamento e dalla mia dimenticanza, Liliane mi chiese con chi fossi stato. Non dove, bensì con chi... subito, senza girarci attorno.

Aveva gli occhi arrossati, le guance fiammanti di irritabilità, una sottoveste di raso nero che rendeva il suo incarnato ancora più perlato e tra le falangi lo stelo di una flûte di champagne, vistosamente instabile. Non indugiai troppo prima di dirle, con una freddezza inquietante, che ero stato al resort. Mia moglie non ne fu meravigliata; rimase con la coscia accavallata e lo sguardo immobile rivolto alla vetrata, con le palpebre che a malapena scalpitavano.

«Con Giselle?» Si portò il bicchiere alle labbra e tracannò più di un sorso; il millesimo a giudicare dal suo aspetto fiaccato tipico di una sbronza.

«No. Una persona che non conosci.» Rimasi in piedi, alto e sacripante, a soppesarla per capire quanto avesse bevuto.

«Rapporto completo?»

«Mi attengo a ciò che abbiamo stabilito: niente rapporti completi. Quindi no.»

Il suo sguardo carico di venerabilità e gelosia sfrecciò su di me come su un gelato che sperava di leccare presto. «E allora cosa avete fatto?»

«Che importanza ha?» Mi infilai le mani nelle tasche dei pantaloni. Lei squadrò il mio completo, fermandosi sotto la cintura, sul turgore ancora visibile, ma virante verso una passività che presto l'avrebbe smorzato del tutto.

«Siccome hai dimenticato che giorno era…» Fece dondolare la caviglia nuda, i piedi scalzi erano lunghi e curati. Se fosse stata più disinibita, le avrei insegnato ad appurare l'utilità delle piante chiuse dolcemente ad arco attorno al mio membro, ben eretto e sollecitato nella morsa peccaminosa. Non avevo alcun feticcio a riguardo, ma in passato – con qualche creativa contorsionista dell'*Himeros* – avevo considerato abbastanza divertente il *footjob*. «Voglio almeno capire quanto fosse necessario preferire questa 'persona' a me.»

Lili proseguì la sua pressante rampogna alla quale sottostetti di malavoglia. «Non l'ho preferita a te.»

«A me non sembra.» Si sporse sul tavolino laterale, tirò fuori da un cestello la bottiglia di champagne e se ne versò un'altra copiosa quantità. «Abbi la decenza di essere sincero fino in fondo, Efrem.»

Tra poco le avrei tolto di mano quella roba rintronante…

«Se non avessi voluto essere sincero, avrei inventato un motivo qualunque per giustificarti il mio comportamento, invece ti sto confessando la verità.»

«Pensi che lo rifarai?» Una spallina le scivolò sul braccio scoprendo la porzione superiore del seno alto e prosperoso, ma non riuscii a esserne attratto. Nella mia bocca avevo ancora la consistenza soffice di quello di Dorie, il cui capezzolo – piccolo e rosaceo – si era gonfiato con insolenza appena era stato titillato dalla mia lingua, sporgendo spudorato per farsi succhiare. Stavo ancora digerendo la porzione di lussuria che la mia bambina mi aveva offerto e di certo non avrei rinunciato ad assaggiarla ancora, con maggiore violenza e intensità. «Se ne avrò bisogno, sì.»

Liliane non si stupì della mia schiettezza, arrogante ma coraggiosa. «È successo altre volte in questi tre anni?»

«No, altrimenti ti avrei informata.»

«Credevo fossi felice con me.» Il bicchiere oscillava e con esso anche la sua testa, i capelli nivei, il suo patema e il tono iperbolico col quale stava realizzando un tradimento, seppur non completamente compiuto. Faceva male anche quando era acerbo. «Ma mi consideri una puritana, noiosa e inappagante, vero?»

«Sei perfetta così come sei.» In piedi, dinanzi a lei, protesi con premura un braccio per sottrarle quella flûte, tuttavia lei si sottrasse tempestiva. «E la nostra diversità non implica che uno dei due sia migliore o peggiore dell'altro, Lili.»

«Lei, però, è migliore di tua moglie.» Disciolse le gambe e le divaricò; la sottoveste le risalì sulle cosce bianche. Non fu un gesto di seduzione, semplicemente l'alcol la rendeva distratta e meno attenta alla compostezza. «E sarà una meretrice… come te.»

«Non è educato ciò che hai appena detto», la rimproverai risentito.

Lei sogghignò con una boriosità che non le si addiceva. «La difendi anche.» Con le spalle appoggiate allo schienale del divano, inclinò a destra il capo studiando con occhi adoranti i bottoni richiusi della mia camicia o la muscolatura calcata dalla trama raffinata.

«Sì.» Mi chinai per strapparle di mano quel maledetto bicchiere; qualche goccia spagliò sulla punta delle mie scarpe nere e lei scoppiò in una risata isterica. «Perché stai dando della puttana a una ragazza che neanche conosci.» Rovesciai il liquido spumeggiante nel secchiello colmo di cubetti di ghiaccio.

«Oh, quindi è una ragazza. È anche giovane.»

Mi ero rovinato da solo con un dettaglio che avrei dovuto evitare di dirle.

«Poco più di me», divagai, soltanto per non farle intuire la reale età di Dorothea e depistarla; nell'ipotesi più plausibile avrebbe pensato che fosse una trentenne.

«Mmh... ti irrita che io ne parli male.» Mi stava provocando per innescare una reazione che non seppi controllare. Avevo un caos logorante dentro al quale, già di mio, faticavo a dare un ordine.

«Dove vuoi arrivare, Lili?» Non alzai la voce, ma la mia rabbia – fredda e superba – le arrivò addosso come una colluvie di aragoniti che la fece tremare.

«Sono sicura che, ovunque io voglia arrivare, lei ha già preso la scorciatoia.» Con lo sguardo sprofondato nell'etere etilico dell'ebbrezza, Liliane distese una gamba per sfiorarmi intenzionalmente, col dorso del piede, un polpaccio nell'imitazione di un contatto seduttivo che avrei potuto interpretare come il segnale di un'immediata disponibilità; tuttavia fui scaltro nel capire che stava soltanto fingendo di corteggiarmi, forse per marcare il territorio o forse per dimostrarmi che nessun'altra avrebbe potuto sostituirla.

Con una sovrabbondante pazienza – che stavo racimolando da chissà quale magnanimo angolo del mio carattere – mi scostai ponendo fine a quel gesto sgradito. «Sei gelosa, lo comprendo, ma...»

«Un'altra, al mio posto, ti avrebbe già lasciato, Efrem!»

Sicuramente nessuna sarebbe stata in grado di avere la stessa tolleranza, perciò acconsentii mortificato. «Lo so.»

«No, non lo sai!» Liliane si alzò con una foga irosa, facendo passetti stentati prima di ritrovare l'equilibrio e avvicinarsi. «E non potrei neanche minacciarti dicendoti che te la farò pagare perché sei talmente depravato che resteresti a guardare mentre un altro uomo mi tocca!»

Stanco del modo in cui mi stava spregiando, l'afferrai nervosamente per un braccio portandomela così vicina che perse tutto l'impeto della sua arditezza. Era più alta di Dorothea, ma non così tanto da sovrastarmi. Doveva reclinare il collo per guardarmi negli occhi, la mia stazza la intimidì fino a farla tacere di colpo e scuotere un pizzico di senno in quel delirio ebbro. «Te l'ho anticipato anni fa: non puoi mettermi al guinzaglio. Io vado altrove per non pretendere troppo da te, per rispettare le tue pruderie e concezioni castigate. Hai dimenticato che odi inginocchiarti davanti a me, fare la doccia insieme o semplicemente farti ammirare nuda? Perché io lo ricordo bene.»

«Mi hai scelta così. Sono sempre stata questa.» Si sporse verso le mie labbra con lascivia e io percepii il suo fiato alcolico misto all'odore di camelia rossa che vaporizzava da ogni poro del suo corpo, facendola risplendere di quell'energica eleganza e quella delicata classe che mi avevano colpito al nostro primo incontro. «A chi vuoi che dia la colpa? Alla mia famiglia? Alla mia fede? A padre Albert che continua a farmi credere che il mio amore possa salvarti? Se il mio eccessivo pudore ti repelle, perché non chiedi il divorzio?»

Stava per piangere e in quel caso le lacrime non mi avrebbero eccitato, perciò le presi il viso tra le mani cercando un contatto più affettuoso e meno guerresco. «Perché conti molto per me e per Joël.» Non potevo perderla; non potevo sottrarre al bambino la famiglia che gli avevo concesso, non sarei stato tanto sconsiderato.

Lili mi ghermì i polsi per liberarsi dalla mia trappola dominante. «Conto solo per lui, non per te.»

«Questo non è vero.» Dovevo assolutamente persuaderla o avrei rischiato di vederla andar via con una valigia piena di livore e risentimento. «Non è vero, *ma chérie. Tu es importante pour moi.*» Il francese era una lingua che ci permetteva una connessione più familiare; la utilizzai appositamente per ricondurla da me, dal suo uomo, ed evitare che continuasse a respingermi.

«Je ne te crois pas.»

Non mi credeva, quindi cercai di essere più insistente e, controvoglia, svenevole. Con una vocazione attoriale, recitai: *«Je veux pas te perdre. Je suis ton mari et tu es ma femme».*

Lesern, fatemi un plauso dai palchetti del vostro sommo entusiasmo. Vi ho appena svelato un'altra mia dote...

«Sono tua moglie solo quando ti conviene. Sei un bugiardo manipolatore.» Si sorresse a me istupidita; si tenne in piedi gettando una guancia sul mio torace e chiudendo i pugni sul mio addome come se fosse combattuta nel toccarmi.

«Non dire sciocchezze... hai bevuto troppo.» Con un braccio la strinsi a me, facendomi più severo, mentre con le dita – che sapevano ancora della femminilità della mia piccina – le accarezzavo la nuca esposta dal taglio sensuale. «Ti accompagno a letto.»

«Ho festeggiato da sola. E comunque allontanati.» Arretrò, gesticolando sgraziata. La testa le ciondolava, pesante quanto un sacco colmo di sassi. «Hai il suo orribile profumo sui vestiti. Traditore.» Tentò di avviarsi verso il piano superiore, brontolando qualche parolaccia contro di me, ma, quando la vidi disorientata e ondivaga, le andai dietro per arpionarle il fianco prima che cascasse a terra. Lei sbuffò, ma non si negò il mio aiuto.

«Andiamo.» La guidai verso la direzione giusta, sospingendola poco più avanti di me per intervenire qualora avesse perso di nuovo stabilità. Finalmente tacque, dandomi l'occasione di rigenerarmi dopo quel discorso oneroso. Le osservai le scapole nude, sulle quali le bretelline si adagiavano con riverenza, poi la pelle nitente che cospargeva spesso di creme profumate, finché si fermò d'improvviso, inducendomi quasi a schiantarmi contro la sua schiena.

Afferrò tra le dita il corrimano di vetro e, anziché imboccare la scalinata, si inarcò per far aderire il sedere al mio bacino, voltando appena il volto con un sorrisetto alterato. «Dovrai fare l'amore con me se resti in camera, *mon cher*.» Sollevò un braccio e si tese per avvolgermi il collo come l'ala calda di un cigno, adagiandosi al mio petto. Con mesta commiserazione – non giudicatemi, siate buoni – mi chinai sfiorandole con la bocca l'orecchio mentre pressavo tra i polpastrelli la carne dell'anca, sgualcendole la veste. «Credi che non sappia essere egoista come te? Devi darmi ciò che desidero, Efrem. Subito.»

«Lo vuoi qui, sulle scale?» Con la punta del naso le sfiorai il lobo ornato da un diamante. Ero sicuro che non avrebbe accettato, ma la mia indole fremeva rumoreggiante quando doveva manifestare una certa trasgressione.

Lili sfregò con lenti e goffi cerchi il posteriore contro il mio inguine pigro, stranamente meno euforico di quanto fosse stato poche ore prima in compagnia della mia pulce. «Non sono una donnaccia come le tue amanti.»

«Purtroppo a me piacciono da morire… le 'donnacce'.» E un'apprezzabile scossa lungo il glande mi fece mugolare fiducioso. Forse sarei riuscito a essere efficiente, come Madame pretendeva; con un po' di sforzo mnemonico avrei reso quell'amplesso abbastanza dinamico da ottemperare l'obbligo di mostrarmi partecipe.

«Perché sei come loro», mi offese con una morbosità sfiancante.

«Smettila di insultarmi e cammina.» Prima che mi mandasse in bestia, la costrinsi a salire, dandole una sonora pacca sulla natica priva di intenti sessuali, a differenza di quelle che riservavo al culetto della mia bambina…

Per rendere quell'unione meno costringente – soprattutto se consideriamo che un pene vizioso come il mio non è responsivo senza uno stimolo adeguato –, prima sarei sceso in cucina a scolarmi mezza bottiglia di vino, dopodiché sarei stato abbastanza intontito da evocare l'immagine di Dorothea a gambe aperte per me mentre con le dita errava tra le sue pieghe fradicie; dunque visualizzandola sotto i miei colpi martellanti per tutto il tempo, magari con la lingua a saggiare la sua dolcezza lattiginosa, avrei aggirato il calo della libido e mi sarei adoperato in coccole prestanti e durature con le quali accontentare la mia mogliettina su di giri.

Che ne pensate…

Je ne suis pas un bon mari?

E. K.
La mia sporca bambina

Berlino, 22 ottobre

Sai, piccola Dorie, sei come un frammento d'arcobaleno
tra un raggio di sole e un fiore di mandorlo.
Un bacio sospeso tra un'alba e un petalo di giacinto.
EFREM KRUGHER

QUANTE volte nell'arco della lettura di queste memorie avete pensato che io sia stato scorretto?

Un traditore? Un uomo ignobile che non merita Lili e non merita neanche Dorie?

E quante volte mi avete giudicato per questo?

Per le mie azioni sbagliate o i miei pensieri disonesti sull'una e sull'altra?

Vi garantisco che c'è una sostanziale differenza tra l'essere infedele e l'essere scorretto.

Sicuramente è giusto che io faccia ammenda, quantomeno moralmente, della mia infedeltà nei confronti di Liliane, al tempo stesso è doveroso specificare che non sono mai stato scorretto.

La scorrettezza presuppone che qualcuno non sia leale nel modo di comportarsi e, se ragioniamo insieme sul mio concetto di lealtà – il rispetto di determinati valori quali la trasparenza e la sincerità –, io con mia moglie sono sempre stato onesto e coerente, sicché nella mia epicurea praticità ho semplicemente seguito gli ideali teorici in cui credo.

Dunque, partendo da questi assiomi che appurano la mia teoria deduttiva, potrei definirmi un fedifrago corretto, un avventuroso esploratore che con un'audacia incredibilmente coraggiosa ha percorso le strade rocambolesche dell'infedeltà tenendo a bada la costante rispondenza della fiducia concessami e l'impegno a conformarmi alle condizioni che io e Lili avevamo stabilito, assumendomi liberamente il dovere di dirle la verità.

O almeno una parte di essa, perché poi c'erano dettagli, attimi, tante *microeternità* di lussuria che preferivo tenere per me. Per esempio, quando seguivo l'andirivieni di Dorothea dallo studio di Nina allo studio di Adrian, fissandole le natiche tondeggianti come se fossero due lune piene messe lì per regalarmi un cielo notturno meraviglioso.

Ah, quanto sono poetico!

In effetti potrei spendere due parole in più per parlarvi del culo della mia piccola pulce.

Innanzitutto, sembrava sempre di ottimo umore, pronto a sbeffeggiare le stelline anteriori che sbrilluccicavano da sotto i top o le magliette aderenti.

Si muoveva da destra a sinistra con un'impudente eleganza, oserei dire che ondeggiava con una librazione spontaneamente provocante, o forse ero io che consideravo provocante qualsiasi cosa la mia scimmietta facesse, tuttavia vi assicuro che era uno spettacolo imperdibile.

Si dilettava a farmi immaginare quanto sarebbe stato incredibile averlo sotto i palmi, ammirarlo sbatacchiare contro il mio basso ventre o dibattersi sulla mia faccia, mentre la lingua si sarebbe destreggiata – esperta e veloce – tra Paradiso e Inferno, tra l'amabile passerina e l'indomito passerotto.

Solito chiarimento coscienzioso, soprattutto rivolto ai giovincelli: la regola più sicura è quella di passare dalla prima al secondo, e mai viceversa.

Mi raccomando, non fate sozzerie insalubri!

Altra cosa che amavo fare – quando non c'erano disturbatori nei dintorni – era sbirciarla da qualche finestra. So di avervelo già confessato, ma qui vorrei rimarcarvi come quell'iniziale desuetudine fosse peggiorata, diventando un reale traviamento.

Ogni giorno scostavo appena il pesante tendaggio per scorgerla in giardino, seduta sotto le seghettate creste di una siepe, con le gambe allungate o incrociate tra gli steli d'erba che teneramente ne accarezzavano la pelle abbronzata, luminosa come il miele, le cosce baciate dagli shorts sfilacciati, l'ombelico scoperto dalla canotta sottile, tra le lunghe dita di una mano un foglio sul quale scolpiva le sue idee e nell'altra la mia stilografica magica. E quando lasciava fluire la creatività inondando le righe che tracciava, il radioso sorriso che le appariva sul volto apriva le nuvole, sfrecciava nel cielo e abbagliava il sole di cui lei vedeva solo l'ombra.

Mi piaceva ammirarla sorridere; le labbra vermiglie si intonavano con le passionali gerbere alle sue spalle.

Quella birbantella arricchiva le mie giornate e impoveriva le angosce che mi perseguitavano.

Era come un dono che, inconsapevolmente, faceva risplendere in me la speme di poterla raggiungere sul confine in cui mi stava aspettando.

Ma puntualmente, quando i miei pensieri viaggiavano troppo oltre, l'amara dolcezza dell'impossibilità prorompeva dal petto fino in gola, spegnendo a una a una le luci del futuro.

Era una dura lotta desiderarla con la consapevolezza di non poterle stare accanto per sempre.

L'amore è *impermanente*, la vita e il tempo sono *impermanenti.*

E anche tu lo sei, piccola Dorie.

Anche noi lo siamo.

Ma non potevo né volevo fare a meno di stringerla, di trascorrere insieme qualche ora e di disilluderla dicendole che ero attratto solo dalla sua natura, che non c'era pericolo che potessi innamorarmi di lei, che non saremmo mai andati a letto insieme e tutte quelle menzogne stornanti con le quali indurla a credere che non avrebbe mai potuto avermi.

Mentre io morivo dalla voglia di essere suo.

Il profumo di mughetto e fiori bianchi mi perseguitava, riuscivo a sentirlo anche quando Dorothea non era vicino a me, bensì accovacciata a origliare o spiare dietro le porte come una bambina beneducata non avrebbe dovuto fare. Mi ero accorto da tempo di questo suo vizietto e a volte mi dilettava usarlo come scusa per punirla. Ciò accadde quando, sette giorni dopo il nostro primo appuntamento, la invitai nello studio dell'ala ovest per parlarle di quello che era successo nella suite; cercai di farle capire che non ero un dominatore, che non l'avrei mai trattata come una schiava, ma anche che non avremmo potuto avere alcun rapporto, soprattutto violento, finché non si fosse rimessa in salute. A fine conversazione avrei dovuto mandarla via, ma l'impellente desiderio di toccarla, l'agonia che avevo sopportato per l'intera settimana – nella quale la sua lontananza era stata un assillo costante – mi incitò a prolungare quel momento con altri infinitesimi momenti.

E fu così che Dorothea finì rovesciata sulle mie ginocchia, con la gonna sollevata e le dita maschili, fin troppo invadenti, a mostrarle una sordida predilezione per il suo sederino vergine tra le cui grazie si intrufolarono, ispezionarono, giocherellarono con la delicatezza di un infante e la perversione di un uomo.

E quell'incontro ravvicinato col grazioso culetto fu così mirabilmente fiabesco che ho di nuovo l'esigenza di essere *poetico*...

I gemiti di Dorie erano un canto ancestrale, i lenti movimenti del bacino che inseguiva le carezze interne delle mie falangi una danza morbida e impaziente, la pioggia di saliva che discese dal mio cavo orale sull'ingresso proibito fu l'aiuto sublime che poté rendere quel rifugio ancora più accogliente.

Oh, che opera d'arte le chiappe nude libere dalla ragnatela delle mutandine, ma intrappolate ancora in un'ingenuità emozionante.

Due bolle di sapone che avrei voluto tinteggiare di rosso.

Due montagne da scalare, dalla cui vetta osservare la schiena pianeggiante ricoperta di madore e i polpacci dondolanti nell'aria.

E com'erano impudenti, quelle chiappe, quando si schiudevano come le ali di un augello, invitandomi a chinarmi e a posare le labbra nel mezzo come se, nascosto nel buchetto, ci fosse un calice dal quale abbeverarmi del vino più pregiato: il *Dorieswein – la fantasia non pone limiti ai giochi di parole.*

Il mio studio divenne l'Olimpo delle preghiere e dei singhiozzi erotici di una splendida fanciulla.

Libera di esplorare con me l'umido clivo dal quale fioriva un nuovo piacere, diramandosi in dolci arabeschi fino allo stomaco.

Fino all'anima.

E quel fiore di loto, fieramente piccolo e curioso, era grondante d'ardore, circondato dai fremiti dei glutei in festa.

Il modo in cui sbocciava e si richiudeva quasi in simultanea fu un richiamo per il gran fallo – sovrano dei vizi – ormai raddrizzato e sofferente.

Mi bastò quell'immagine, lenta o in movimento, o lentamente movimentata, per provare un'estasi che neanche l'*Himeros* era stato capace di profondermi.

A proposito dell'*Himeros*, io e Dorothea ci tornammo una seconda volta, in compagnia di Mitchell. Il giorno stesso le avevo comunicato la nostra uscita in maniera abbastanza galante, con un biglietto nel quale le avevo scritto che per conoscere se stessa avrebbe dovuto discendere nei meandri dell'inconscio, che la sua oscurità non doveva farle paura e che a tal fine le avrei dato tutto ciò che desiderava. La bambina necessitava di vedere con i propri occhi che esistevano persone simili a lei, che ricercare nella sessualità ciò che è diverso non era sinonimo di disturbo parafiliaco e che avrebbe dovuto fidarsi solo di chi le avrebbe insegnato ad accettarsi.

Si divertì molto, direi davvero tanto, la mia marmocchia quando, entrati all'*Antéros* – una zona peculiare del resort in cui, durante un apparente e casto banchetto, avvenivano tra i tavoli, o sotto di essi, carezze dedite a sciogliere le membra e a esaltare i sensi –, ammirò tutt'attorno la bellezza dell'erotismo estremo, la cultura del sadomasochismo nel suo indiscusso fascino spaventoso e, *tout court*, i modi in cui la trasgressione veniva vissuta con assoluta ponderatezza. Non c'era nulla di convenzionale, ma neanche illegale o rischioso; c'erano persone di ogni tipo ed età che sperimentavano la propria fisicità in un ambiente sano, raffinato e bernesco.

Ci portai Dorothea con la consapevolezza che, soprattutto in mia presenza, nessuno avrebbe osato farle del male o condurla in una delle stanze senza il mio permesso. Conoscevo bene le regole di quel posto, la gerarchia dei ruoli, la potenza che scaturiva da un banalissimo anello nero sull'indice, un chiaro messaggio in codice che non aveva bisogno di altre esplicazioni, e – considerando la mia cattiva reputazione – suscitavo una riverenza che avrebbe disatteso qualsiasi proposta o manovra rischiosa rivolta alla ragazzina. Nonostante fosse entrata senza indossare l'abito bianco richiesto per una neofita, nessuno osò opporsi, ciò dimostrava che, malgrado i tre anni di assenza, non avevo perso l'autorità che un tempo esercitavo su qualsiasi *racker*. Agli occhi di chiunque, Dorie era la mia nuova sottomessa, ai miei, di occhi, Dorie era molto di più, ma non era quello il luogo adatto ai sentimentalismi, non era fondamentale mostrare la veridicità del mio affetto per lei bensì il possesso che detenevo sulla sua vita: questo era ciò che comunicava il mio sguardo ferale agli uomini che la fissavano più di quanto riuscissi a tollerare. Tuttavia, avevo premesso a Dorothea che l'avrei aiutata ad assurgersi a spirito sciente delle proprie tenebre, a comprendere la sua vera natura, sicché permisi a due imbecilli, seduti di fronte a noi, di sbirciare sotto l'orlo del suo vestito. Dopo qualche attimo di renitenza, riuscii a farle allargare le gambe e a infilarle una mano tra le cosce concedendo un'eccitante visuale a chi sperava di essere al mio posto. Con un sorrisetto satirico, mi accertai che col palmo le stessi coprendo il sesso a sufficienza da concedere sì uno spettacolo, ma senza consentire a nessuno di occhieggiare la tenera

Fotze che, ammantata da un tessuto di tulle, si scaldava, si inumidiva e palpitava contro i miei polpastrelli indecenti. Ero l'unico che poteva toccarla, l'unico che poteva vezzeggiarla, torturarla, baciarla o scoparla; i due *voyeurs* potevano fantasticare, vagheggiare su immagini chimeriche della mia bambina inginocchiata ai loro piedi come un'ancella devota, ma in quel momento era accanto a me, legata a me, dipendente da me, gemeva contro il mio collo e godeva sotto i movimenti esperti delle mie dita. Finché mi fosse appartenuta nessun altro l'avrebbe mai sfiorata. Quando inizialmente le avevo chiesto di prostrarsi a uno sconosciuto, ero certo che avrebbe rifiutato, sentendosi offesa dalla mia proposta; tuttavia avevo avvertito il bisogno di capire fin dove arrivasse la curiosità di scoprirsi e fin dove io dovessi preservarla.

Mentre la mia mente galleggiava in una sorta di beatitudine appassionata, imprigionata nel desiderio di trascinarla in una suite e spogliarla, mi sporsi al suo orecchio per sussurrarle tutte le sconcezze che le avrei fatto io, fingendo che fossero i pensieri di uno dei due uomini che la stavano ammirando. Le bastò udire la mia voce, lenta, cavernosa ed erotica, per tendersi e furoreggiare, ansimare con più trasporto e mordicchiarmi l'ansa del collo. Per quanto la sua spregiudicatezza incrinasse il mio buon senso, rammentai che mi aveva disubbidito ignorando del tutto ciò che le avevo richiesto nel bigliettino, perciò agii rapidamente. Per punirla la privai con empia crudeltà dell'estasi che le avevo fatto prelibare in quei lunghi minuti, lasciandola sospesa in un'insoddisfazione sconfortante con la quale avrebbe convissuto fino al termine della serata.

Inutile dirvi che ciò che ne seguì fu un bailamme di frustrazione, rabbia, umiliazione e delusione che portò la mia peste a scappare via pur di allontanarsi da me e da ciò che temeva avrei scorto sul suo volto arrossato: il piacere di essere stata guardata da degli sconosciuti ai quali non si sarebbe concessa, ma la cui brama aveva allietato la sua autostima.

Una fantasia piuttosto comune nell'*Himeros* e della quale, se non fosse andata via, avrei voluto dirle che non c'era nulla di cui vergognarsi. La vidi sgambettare tra i clienti con quel culetto – il *mio* – che troppo sensualmente dondolava da un lato all'altro attirando eccessive occhiate maschili.

«Mi spieghi che stai facendo, Efrem?» mi domandò Mitchell con un tono fastidiosamente giudicante.

«La sto tenendo d'occhio.» E non riuscivo a tranquillizzarmi né a smettere di controllare ogni suo passo: un meccanismo ossessivo dal quale non ero mai guarito. Aveva quasi raggiunto il bar, pertanto dovevo accertarmi che nessuno le si avvicinasse per abbordarla. Era una preda appetibile con quell'abitino metallico la cui trama di un argento scintillante le cascava come un velo astrale sulle curve delicate, che io ricordavo a memoria, ma che per gli altri erano sentieri misteriosi, ignoti, nei quali addentrarsi. Non per essere rigoristico – sarei l'ultimo individuo a poter decantare la morale –, ma la sua purezza corrotta dalla fluente libidine, la pelle crepuscolare con i segni dell'abbronzatura sulle spalle nude, le caviglie leggermente molleggianti su quei tacchi alti che non occultavano affatto la sua età fanciullesca erano terribilmente stuzzicanti per chiunque la incrociasse o le passasse accanto. E lì dentro gli uomini non avrebbero avuto scrupoli ad approfittare di una neofita stordita dall'eccitazione, dal fervore rabbioso e dal luogo disorientante, per giunta priva di un padrone dacché non si era neanche attenuta alla regola di adottare l'abbigliamento adeguato.

«L'hai masturbata davanti a due tizi. Cosa volevi ottenere?» Giselle inarcò un sopracciglio facendolo arrivare quasi all'attaccatura dei capelli tinteggiati di mogano. Era seduta accanto a Mitchell, eppure sembrava che attorno a lei non ci fosse nessun altro che me, come se si sentisse ancora la mia *unterwürfige*.

«È giovane», ribattei brusco. «Ricordi quant'è stato difficile anche per noi accettare cosa ci piaceva? Accettare chi siamo? Tu hai avuto me e io te, Giselle. Lei non ha nessuno.»

Hai me, piccola Dorie. Avrai me finché potrò esserci.

«Pensi abbia capito cosa facevi qui?» Accavallò la gamba, scoprendo con finta sventatezza una seducente porzione di coscia che apprezzai, prima che i miei occhi volassero subito dietro di lei avvinghiandosi ladreschi alla nuca della mia bambina come un collare invisibile e insopportabilmente stretto.

«È più sveglia di quanto credi», le risposi tediato, ma attento ad analizzare ogni minimo movimento di Dorothea. «Certo che l'ha capito.»

Aveva appoggiato metà natica su uno sgabello alto mentre il barista, anziché limitarsi a fare il mescitore di turno, stava analizzando se indossava il reggiseno sotto il drappo lunare che la faceva risplendere come una meteora.

Era troppo sensuale, troppo deliziosa.

«L'ho portata con me per mostrarle una nuova realtà, non per usarla o prenderla in giro.» Quel discorso, quel distacco, quel moccioso dallo sguardo strisciante... stavano piegando l'asse della mia pazienza.

«Le hai appena negato un orgasmo ed è arrabbiata.» Al sarcastico Mitchell – che a volte sapeva essere irritante come un'orticaria – avrei voluto ribattere che l'orgasmo l'avevo negato anche a me a giudicare dai boxer accaldati e compressivi o da come la cintura, un serpente affamato attorcigliato ai miei fianchi, mi premeva il muso contro la punta in combustione.

«Non mi ha ubbidito. Era il minimo che potessi riservarle.» Quando mi accorsi che il moccioso mi aveva indicato con un cenno del mento e Dorothea si era voltata nella mia direzione con una lenta rotazione del busto correlata a una delle sue smorfie seccate che le sprimacciavano l'angolo della bocca carnosa, con aria spavalda – e piuttosto minacciosa – sollevai due dita in un saluto blando per avvertire il tipetto che se si fosse azzardato a versarle dell'alcol molto probabilmente gli avrei staccato la testa; lo stavo fissando con tanta insistenza affinché facesse la cosa giusta.

Mitchell raccolse il suo Boulevardier e fece tinnire i cubetti di ghiaccio contro il bicchiere, ridendo per il modo in cui avevo dato inizio – a distanza – a una baruffa mentale con un poveretto che era stato semplicemente colpito dalla malia insolente di una sua coetanea. «Sto ancora cercando di comprendere se c'è qualcosa fra te e lei.»

Per fortuna Giselle si era alzata per salutare una mistress dalle tette baldanzose coperte da un peplo bianco la cui deità stonava con il trucco estroso e l'acconciatura dai boccoli cespugliosi come se a inizio serata fosse già stremata dagli eccessi.

Approfittai di quel momento di distrazione per sporgermi con i gomiti sulle ginocchia e parlare al mio amico in tono confidenziale. «Non può esserci niente.»

Mitchell scosse il capo con sottile ludibrio. «Lei ti vuole, ma le stai facendo credere che per te non conta abbastanza. La stai portando all'esasperazione per un bacio.»

Era chiaro, miei *Lesern*, che non avesse idea della dissolutezza di Dorothea né di quante volte avesse provato a sedurmi, inducendomi quasi – sottolineo il quasi – ad affogare nella tentazione.

«È lei che sta esasperando me per ottenere molto più di un bacio, Mitch, qualcosa che non posso darle.» Avevo preferito non raccontargli di tutti gli approcci in cui io e Dorie eravamo stati così vicini, così intimi, così assorti nel nostro impudico tumulto che non sarebbe servito neanche andarci a letto per sancire un tradimento nei confronti di Liliane.

«Perché? Non è il tuo caleidoscopio? Il tuo fiore a sei petali? La tua alba?»

«Non deve saperlo. Non deve assolutamente saperlo.» Puntai l'indice sul tavolo, ringhioso e pentito di essermi esposto così tanto. «È una confessione che rimarrà tra me e te. Oltretutto sto rispettando la sua condizione fisica, non può reggere un rapporto sessuale con me adesso. Mi ammazzerei piuttosto che mettere in pericolo la sua salute.» Mi chetai, riprendendo il controllo delle mie emozioni discrepanti, tutte rivolte a quella ragazzina. «Un uomo per amore deve essere disposto alla più grande delle rinunce, al più doloroso dei sacrifici. Solo così sarà in grado di dimostrare che ama la sua donna più di se stesso.»

Provavo già una profonda costernazione alla possibilità che, un giorno, qualcun altro avrebbe potuto assaporare quel corpo, cingerlo tra le braccia, riempirlo di carezze affamate e colpi libidinosi, restando impunito perché la legge e la morale, e la legge della morale, sarebbero state suoi complici.

Benché Mitchell fosse colpito dalle mie affermazioni, rivolse un'occhiata pensierosa al sedere di Giselle, ancora di spalle, intenta a chiacchierare con l'altra donna, e ribatté con inerzia: «Non sono d'accordo».

«Non mi importa del tuo consenso, Mitch.» Mi misi comodo, poggiando la schiena contro la dormeuse come se un'inquietudine opprimente mi avesse per un attimo tramortito.

«Da quando ti conosco non fai altro che privarti di ciò che vuoi, pensando solo a quello che ritieni giusto per chi ti sta attorno: tuo padre, Liliane, Joël... dovresti imparare a essere un po' egoista. Non è mai troppo tardi per i cambiamenti, soprattutto per quelli che potrebbero renderti felice.»

«Rendermi felice?» Sì, sarebbe stata una bella sensazione... peccato che fosse talmente transitoria da non considerarla un obiettivo saldo per il quale paralizzare le mie responsabilità di marito e di padre. In sostanza: non potevo navigare tra le acque di un mare in tempesta soltanto perché desideravo rincorrere una Sirenetta irraggiungibile. «Potrei essere felice nel mettere in gabbia una ragazzina che ha ancora una vita intera da vivere?»

Mitchell si atteggiò in un'espressione parecchio dogmatica, bevendo il suo cocktail con una strana tronfiezza. «E se quella ragazzina volesse trascorrere il resto della vita con te?»

Non l'avrei mai condannata a vivere un'intera vita con me.

«I vent'anni sono il periodo più prolifico di incertezze, Mitch. Ci si innamora e disinnamora con estrema facilità. Non c'è nulla di solido o permanente. Si vincono le battaglie, si rincorrono i sogni, si costruisce il futuro... un uomo più vecchio di lei è solo un ostacolo, un oggetto di cui presto vorrà sbarazzarsi, un abbaglio che devia il suo percorso di crescita. Dorie dovrà amare, cambiare, sbagliare, viaggiare, vivere... e dovrà farlo senza di me.»

«Quindi non dai alcun valore al tuo sentimento?»

«Il valore del mio sentimento è misurabile con ciò che le sto donando e con ciò che sacrificherò per proteggerla.»

«Sei molto saggio, *mein Freund*, ma io sono un figlio di puttana testardo. Lo sai.»

«E quindi?»

«E quindi...» Prima che potesse rispondermi, si accorse del mio sguardo arpionato alla bambina che, non sapevo da quanto, era stata braccata da due uomini. Mi ero lasciato trasportare dal discorso perdendola di vista e Ronnie e Dick, due *racker* che frequentavano l'*Himeros*, più grandi di me di qualche anno, l'avevano adocchiata e circondata come lupi in agguato. «Vuoi che vada da lei?» Mitchell fiutò il pericolo, soprattutto perché Ronnie le stava particolarmente addosso e Dorie – della quale riuscivo a scorgere metà profilo – continuava a dargli corda anziché defilarsi e tornare da me.

«Sì. Altrimenti io la prenderei a sculacciate davanti a tutti.» E l'avrei fatto senza alcuna pietà. Le avevo chiaramente intimato tre semplici regole prima di entrare. Tre maledettissime regole alle quali mi aspettavo che avrebbe obbedito, invece, come al solito, le aveva ignorate intrattenendosi con due tizi che definire viscidi era poco. Il più intraprendente, nonché il più insistente, le passò una nocca sulla guancia, scostandole una ciocca di capelli dietro una spalla, e lei si ritrasse a disagio, restando immobile e spaurita a fissarlo con quegli occhi teneri, innocenti, luminosi che per settimane avevo psicanalizzato, impreparato al modo in cui mi infioravano l'anima di sensazioni immortali. L'istinto di andare lì e sottrarla bruscamente fu talmente forte che mi alzai, ma Mitch mi fermò reputando più sicuro che andasse lui. D'altronde io, essendo irrazionalmente persuaso da quella bambina, non sarei stato in grado di mantenere la calma e con ogni malsana probabilità avrei lasciato traboccare la gelosia verso l'uomo che l'aveva toccata, rischiando di innescare una zuffa furibonda in cui avrei messo da parte la dialettica e sfruttato la mia vigoria fisica nella maniera più incivile.

Quando Dorothea si issò dallo sgabello, intuendo che avrebbe dovuto darsela a gambe prima che succedesse il peggio, Mitchell l'afferrò per un braccio attirandola a sé. In quel momento avrebbe dovuto riportarla indietro, dal sottoscritto, invece la consolò, la sfiorò, la strinse come se fosse sua e avesse un qualche diritto su di lei. Non compresi subito che intenzioni avesse – ero già nervosissimo – finché, chinandosi troppo, le passò un pollice sul labbro inferiore e se lo portò alla bocca per leccarne via il sapore squisito. Quel sapore che io non avevo mai saggiato e che Mitchell voleva che bramassi come un poveraccio, dopodiché il burbanzoso avvocato – grandissimo stronzo – mi guardò con una presuntuosa intrepidezza affinché mi pentissi di non averla ancora baciata. Sapeva che per scuotere il mio contegno avrebbe dovuto esagerare, perciò non mi stupii quando, cingendola per il girovita, le palpò una natica e le sollevò l'orlo dell'abito dando una visione del suo meraviglioso culo non solo ai presenti, bensì a me. Apprezzai lo spettacolo, ma l'idea che la stessero guardando anche altri uomini riuscì a infastidirmi.

No, non voglio mentirvi...

Non fu solo fastidio ciò che provai.

Fu un cocente malessere, un bruciore insaziabile che partiva dal basso ventre e fluiva fino alle tempie, una venerea baldanza di raggiungerla e ricordarle che era *mia*.

Meine kleine Meerjungfrau.

Ma petite Sirène.

Intanto, Giselle mi si era seduta accanto e con una libertà che non le avevo concesso cominciò ad accarezzarmi il ginocchio; quell'atteggiamento servile che un tempo mi aveva attratto scatenò una reazione diversa, meno coinvolgente, direi indifferente. Nello stesso attimo in cui Dorothea cercò i miei occhi – sempre incatenati a lei, mai altrove, mai lontani –, la mia ex amante mi si avvicinò all'orecchio per sussurrarmi che le sarebbe piaciuto trascorrere una notte con me, aggiunse anche qualcosa di più indecente che rammento a malapena poiché le mie facoltà mentali erano in lipotimia e la vista ostacolata da un oscuramento passeggero tale per cui non vedevo nulla attorno a me, eccetto che lo spicchio di luna-bionda stretto fra i palmi del mio amico. Mitchell mi lanciò uno sguardo di pura sfida e io, seduto a gambe distanziate con un braccio abbandonato lungo lo schienale e una fierezza disturbante per il suo ego smaccato, mimai con le labbra un limpido: «Continua pure».

Il livello di difficoltà di quel gioco perverso aumentò quando Mitch, cogliendo il rilancio di quella sfida, invitò a unirsi a loro anche un altro avventore del resort, uno dei peggiori.

Jordan Aleksandrovich, un giocatore di basket di origine russa, alto quasi due metri.

Uno di quei dominatori che usava il sadismo come arma di distruzione e che aveva una particolare preferenza per le ragazze più giovani di lui.

Per permettervi di visualizzare nella mente una sua chiara immagine mi avvalgo di una mistura di locuzioni: Jordan era muscoli e culturismo – no, non cultura –, mazzi di arnesi taglienti, cenette a lume di cera, calici di sangue e musica metal assordante durante ogni sessione.

Era convinto di potersi identificare col dio Ares, di cui indossava l'anello, invece per me era soltanto – vi cito la mitologia greca – un Carcino: un crostaceo di dimensioni giganti, a forma di gambero o granchio, le cui chele erano enormi proprio come le sue mani. Quelle chele catturarono i fianchi della mia bambina, affondarono nella sua pelle mielata mentre col corpo pesante incombeva dietro di lei, incastrata tra lui e Mitchell.

Dorothea cominciò a muoversi tra loro, i fianchi femminili erano come un'amaca morbida che dondolava dapprima contro l'inguine teso dell'avvocato – il gaudente pianificatore si era persino eccitato –, dopo contro le cosce torose di Jordan. Quest'ultimo, o meglio il granchio, spostò le chele dal girovita fin sopra alle costole, poco sotto i piccoli seni, che subito avvolse e strizzò. Dorothea si inarcò posandogli il capo sul torace, ma non gemette, non si morse il labbro roseo come aveva fatto con me nella suite; chiuse le palpebre e stropicciò il volto in un'espressione addolorata, tormentata, come se non volesse essere lì, come se i membri, i fiati, i profumi che sentiva avvilupparla non fossero quelli che desiderava. In quell'orribile, teatrale, bislacco strusciamento, Mitchell si piegò per darle un bacio sul collo e io mantenni a fatica la mia apparente – e dolente – compostezza.

Con il pollice mi rigirai la fede nuziale per frenare la voglia di unirmi a quel trio istrionico e dare due cazzotti all'uomo di legge e al gambero complice, scopando la ragazza davanti a loro col semplice fine di rideterminare i ruoli.

«Efrem, tutto bene? Mi sembri troppo nervoso...» Questo fu l'unico commento di Giselle che la mente riuscì a sceverare nel miscuglio caotico delle mie riflessioni. Ero sul punto di mostrare un'indole barbara, irrazionale, del tutto distante dalla logica serrata con la quale fronteggiavo gli imprevisti. Tuttavia, vedere due uomini sfregare le loro erezioni su Dorie che, con avvilente spontaneità, corrucciava la fronte, faceva smorfie strane, a metà tra il disgusto e il disagio, e continuava a voltarsi nella mia direzione per accertarsi che stessi guardando tutto, era stata una delle assurdità più inaspettate. Mi sbottonai la camicia fino allo sterno, fermentando di una rabbia più pericolosa di un ordigno esplosivo, tuttavia seppi fingere quando il ricettacolo della mia furia si voltò ancora verso di me per suscitarmi una reazione da fidanzatino geloso con i suoi modi infantili, ottenendo in risposta soltanto un sorriso quieto e provocatorio.

Pensava davvero di fregarmi?

Di farmi credere che stesse godendo con quei due?

Che potessi temerli o anche solo valutare la possibilità di lasciarle proseguire quella messa in scena ridicola?

Le stavo permettendo di giocare, d'altronde l'iniziativa era stata di Mitchell, ma avrei deciso io quando porre fine a quello show di cattivo gusto. Il sonoro, e immaginario, rintocco del termine di quell'exploit mi riverberò nella cassa toracica quando Dorie sgusciò via dai due corpi e Jordan provò a trattenerla con la forza, tirandola dall'abito. Il terrore esplose e deformò i lineamenti della mia peste; Mitch intervenne per proteggerla e in simultanea scattai in piedi, pronto a riprendermela e a suonargliele sul culo di santa ragione. O forse, in quella circostanza, avrei potuto usare un bel *tawse* di cuoio per farla piangere cosicché ammirassi, racchiuso in ogni lacrima, il vero sfavillio del piacere.

Per quanto mi lasciassi corrompere dalle fantasie abiette – del sadico in me – che a volte mi lampeggiavano nella testa come bagliori reconditi di un passato lontano e ahimè ancora presente, per quanto volessi inseguire l'ombra di quella lussuria perversa che continuavo ad aborrire, quando mi lanciai a passo svelto fra i tavoli, impaziente di raggiungere Dorothea, che rimase ferma ad attendermi come l'unico fiore vivo in un roseto in fiamme, dimenticai che cosa avessi voluto farle o dirle. Il lucore della sua carne sotto i riflessi del lucernario, la nitente letizia dei suoi zigomi, gli occhi liquefatti da una tenera aspettativa, la bocca schiusa già pronta e le manine protese per difendersi dal mio assalto destarono in me un'insolita vena *romantica* che deviò l'intenzione di rimproverarla sulla volontà di strapparle un bacio così intenso, così fisico, così profondo e sognante che mi parve di non riuscire più a contenere il mio desiderio. Lo sentii espandersi rapidamente, troppo rapidamente, esplodere in un abbandono estatico e irreale, rapire, assorbire ogni sua energia vitale appena l'afferrai da dietro il collo, le inclinai la testa e mi spezzai violentemente sulle sue labbra come un ignobile bastardo che non indossava una fede al dito, che non aveva un'altra donna a casa, che non aveva alcun impegno da rispettare, soltanto il bisogno di dimostrare a chiunque ci stesse guardando che quella ragazzina era *mia* e che nessun uomo avrebbe potuto portarmela via, che né Mitchell né Jordan avrebbero dovuto tentare di sottrarmela.

La baciai senza ritegno, con un'accuratezza dissoluta, con movimenti veloci e crudeli; non mi preoccupai di moderarmi, di darle il tempo di abituarsi all'enorme divario tra noi, poiché i miei guizzi indelicati non erano come quelli dei suoi coetanei e lei, scossa dai tremori dell'inesperienza, non riuscì subito a ricambiare con la stessa brutale passione. La sua bocca era un cocktail di fragola e fanciullezza, i seni rotondi – rifugiati nelle cunette del mio addome – erano due boccioli che avrei voluto leccare e torturare con i denti, il suo profumo era la lode a un mondo inesistente in cui noi due esistevamo.

Noi due esistiamo, bambina mia.

Tenendola per la nuca le palpeggiai una natica con la rozzezza di una sconvolgente astinenza e lei ansimò d'amore e merore, echeggiandomi in gola, nel petto, come un canto polifonico; mi divorò e si fece divorare, meravigliosamente calda, sfacciata e dissennata quanto me. La voglia di entrarle dentro mi temprò ogni muscolo – soprattutto inferiore – e l'eccitazione si irrobustì come una lamina d'acciaio smaniosa di conficcarsi tra le sue cosce.

«*Ich will dich*», le sussurrai mugolando d'ardore. Dorie, sfinita da quel contatto degenerato ormai nello sfascio di qualsiasi forma di controllo, cadde in ginocchio ai miei piedi, arrossata, ansante, incredula; la luce e la vita divennero due festanti in estasi nell'atto di strimpellare le corde della sua bellezza.

Una bellezza che mi soffocava, annegava e che negli abissi della soddisfazione di un impulso era l'eco oscura della morte.

E non c'era donna o fanciulla in quella sala, e oltre, che potesse competere con ciò che soltanto lei riusciva a trasmettermi.

Quello era un maleficio, miei *Lesern*.

La più deplorevole e straordinaria delle magie.

***

Per spiegarvi nel dettaglio il motivo che, tre giorni dopo quel bacio, mi spinse a commettere un gesto che molti di voi potrebbero considerare spregevole, ignominioso – fetente, ditelo pure – è necessario che io faccia un piccolo *détour* su Freud e le *Kontrasteinstellungen* – immagino vi si sia intorpidita la lingua a leggere quest'ultima parola tedesca –, ovvero le imposizioni o rappresentazioni di contrasto. Freud riteneva che in ognuno ci fossero dei contenuti psichici inconciliabili con la coscienza, con i valori razionali, e seppelliti nell'inconscio, rimossi o riposti in una zona ombrifera alla quale sarebbe stato possibile accedere solo in caso di una possessione.

No… non intendo la possessione di uno spirito, bensì di una forza che si afferma come una contro-volontà, qualcosa di estraneo all'Io cosciente, qualcosa che gli è addirittura nemico e che lo rende impotente. Gli studi freudiani si basavano prettamente sui sintomi isterici o i meccanismi psichici della nevrosi, spiegandone l'origine nel possesso del corpo da parte di una rappresentazione che soppianta il lucido controllo dell'Io e altera la percezione della realtà.

Il giorno in cui Giselle si presentò nel mio studio e da una semplice conversazione finimmo per essere manovrati da un fato demoniaco – lei nuda con delle morsette ai capezzoli e all'intimità e io col membro infilato nella sua bocca –, potrei riassumere la mia condotta come una sorta di possessione di una contro-volontà, un istinto che non potevo dominare, una proiezione delle mie perversioni interne perché adoravo il suo corpo, adoravo sottometterlo, adoravo vederla masticare e ingoiare il dolore a causa di quelle *clamps* atroci e invaderla fino all'ugola per soffocarla.

A volte le pulsioni attingono dalla debolezza, spesso rintanata negli angoli più impenetrabili della personalità, e Giselle era stata in grado, con molta astuzia, di liberarle nel periodo peggiore che stessi vivendo dopo ben tre anni in cui non avevamo avuto alcun tipo di rapporto.

Le proiezioni delle mie perversioni interne – appena citate – potrebbero essere una motivazione connessa solo al campo sessuale.

Che dirvi invece del campo emotivo?

Lì… quali erano state le mie percezioni interne?

Per tutti i minuti in cui ero stato conficcato tra le sue labbra – fottendola con la stessa indelicatezza dell'uomo che aveva conosciuto, amato e del quale si era persino scarificata in modo permanente le iniziali E.K. su una spalla – la mia *rappresentazione di contrasto* rispetto a ciò che stava accadendo le aveva modificato i capelli da un bruno-rossiccio a un biondo aureo, le iridi da due amazzoniti color indaco a due gocce d'alba di un dorato-aranciato, il naso da una linea nubiana a un pistillo piccolo con la punta a patatina e l'odore... l'odore era così selvaggio, svergognato, ribelle che lo studio mi parve una foresta incantata, le pareti furono ricoperte di fiori bianchi e il pavimento e il mobilio di mughetto verzicante. L'immaginazione fu così realistica che credetti che la mia scimmietta fosse vicina, nascosta da qualche parte; il suo profumo mi scorse nel sangue, mi annebbiò il cervello, mi velò gli occhi e – impossibilitato a ritardare oltre – serrai le palpebre, eiaculando in fondo alla faringe con vigore. Mi leccai il labbro con un tormento elettrico a galvanizzarmi gambe, schiena, pene e testicoli e sprofondai nella certezza che avrei voluto avere lei sotto di me, a cosce aperte sui braccioli di quella poltrona; invece mi ero semplicemente accontentato di una riproduzione falsata, di un'illustrazione trasparente e figurativa, in cui al posto di Giselle c'era stata Dorothea.

C'era stata la contro-volontà di ciò che la volontà avrebbe voluto farle all'*Antéros*.

Ma lei non era lì, non era stata la sua bocca candida ad avvolgermi e, quando le scintille dell'orgasmo svanirono e io mi ritrassi, seminudo e colante, ricaddi nello scoramento totale, con un abbattimento rabbioso a padroneggiare sul mio cattivo umore.

Sapevo che sarebbe stato sbagliato cedere ancora a quella ragazzina, ma capii anche che non avrei risolto il mio problema scappando con altre donne, non l'avrei risolto tornando alle vecchie abitudini dell'*Himeros*.

«Ti va di venire a casa mia, stasera?» Giselle era sporca del mio seme, sudata e assorta nella fantasticheria di poter scopare con me; d'altronde il mio comportamento aveva riacceso in lei la speranza di tornare a essere quelli di un tempo...

«Non succederà più.» Arretrai, alluvionato dallo squallore di ciò che era successo. «Devi andartene.»

Io volevo la mia bambina, non mi ero pentito di averla baciata e non mi sarei pentito di rifarlo.

Ormai mi ero *ammalato.*

Ero annegato.

E allora volevo morire con stile, beatamente disteso tra i suoi seni sboccianti o intrappolato tra i suoi glutei eccentrici.

Tanto quanto lo sono le stramberie che ricordo e scrivo.

10
Thea

L'uomo autentico vuole due cose: gioco e pericolo.
Perciò vuole la donna, come il giocattolo più pericoloso.
FRIEDRICH NIETZSCHE

AVREI voluto scacciare via le parole di Ben dalla testa.

Avrei voluto squarciarle, dimenticarle, far finta di non averle mai sentite, eppure continuavano a gravitarmi attorno come demoni infestanti, continuavano a condizionare il mio umore, a tenermi segregata in una spirale di dubbi, tanto che un'ora dopo il nostro incontro ritenni necessario vedere Efrem per parlargli.

Con le braccia incrociate al petto me ne stavo in piedi nel suo studio vuoto.

Sì, vuoto.

Perché l'assistente Melanie mi aveva riferito che era impegnato e proposto di attenderlo fino a quando si fosse liberato. Per fortuna non mi aveva posto alcuna domanda sull'urgenza di vederlo; forse credeva che, come qualsiasi paziente, avessi un colloquio con lui, ma non c'era nulla di più lontano dalla verità. Avrei potuto tornarmene in camera da Juliette, suonare la mia Gibson per liberare la mente o cercare la dottoressa Ruiz per sfogare il mio malessere, tuttavia non mi sarei tranquillizzata finché non avessi ottenuto le risposte che cercavo.

Quando sentii la porta aprirsi e dei passi incedere alle mie spalle, non ebbi bisogno di voltarmi.

Sapevo che era lui; avvertii subito la sua fragranza fascinosa difficile da decifrare, un contrasto di freschezza, seduzione e mistero, che gocciolava nell'aria come una pioggia aromatica, la camminata lenta e decisa con la quale piegava a se stesso tutti, il respiro pacato ma pregno di un'occulta brutalità che accordava le due parti del suo universo: l'uomo calmo e ragionevole e la bestia carnale e irruente.

Lo avevano già informato della mia presenza?

Oppure non si aspettava di trovarmi lì?

Con un lieve tremore degli arti rimasi a fissare la poltrona su cui, di solito, sedeva mentre il calore di un torace immane mi si irradiava lungo la schiena, segno che si era fermato dietro di me a pochi centimetri di distanza. Una mano gentile ma impositiva mi accarezzò una spalla, facendomi sussultare.

Non mi sarei aspettata nessun contatto da lui, non nel suo studio, un luogo che aveva sempre considerato inadatto, anche se, dopo ciò che era successo l'ultima volta, iniziai a pensare che ne avesse rivalutato l'utilità.

L'ignoto, la sensazione di non vedere la sua espressione né di poterne assorbire i pensieri rese quel momento ancora più terrificante.

Il silenzio, amplificato dall'agitazione, gli permise di udire il mio sospiro esitante.

Non mi sarei mai abituata a Efrem, all'oscurità perturbante che emanava, all'autorità dei gesti, all'imponenza del corpo, che erano superiori a quelle di chiunque avessi mai incontrato.

Senza dire una parola, spostò la mano lentamente dalla mia spalla alla gola, che si tese sotto la pressione ferrigna delle falangi; la strinse tra le dita rinvigorendone il dolore e io mi inarcai come se mi avesse dato una frustata sulla spina dorsale. Un filo invisibile mi agganciò alla perversione delle sue riflessioni: *Ti fa ancora male? Ricordi come sei stata accomodante nell'accogliermi? Ricordi quanto ti è piaciuto succhiarlo?*

Non aveva emesso neanche una sillaba, eppure la connessione che sentii con lui fu capace di farmi percepire il suo timbro ruvido e severo e di risvegliare, con il fugace déjà-vu di quegli attimi, un formicolio invadente tra le cosce.

Il mio sospiro si tramutò in un gemito d'assenso e lui parve comprenderlo poiché si appoggiò a me, delicatamente, sfiorandomi il sedere con la gamba muscolosa. Frattanto la mano risalì ancora, sostando sotto il mento che catturò tra indice e pollice, poi lo spinse in alto per indurmi a reclinare il capo. Eseguii il suo ordine muto come se non fossi padrona di me stessa e lui avesse il potere di manovrarmi.

Una ninfa smarrita nelle grinfie del satiro amorale.

Data l'evidente differenza d'altezza tra noi, gli appoggiai la testa sull'addome lasciandomi travolgere dai berilli cristallini delle sue iridi che, con estrema serietà, planarono sul mio volto. Avrei voluto salutarlo, baciarlo, dirgli qualcosa di carino, ma non sapevo come comportarmi dopo ciò che era successo. Efrem non era un uomo dedito alle smancerie e me ne diede ulteriore dimostrazione in quel momento.

«Apri la bocca per me», sussurrò, velando sotto una richiesta apparentemente gentile un'ingiunzione precisa. Negli occhi gli si celava la fiduciosa speranza che non facessi la bambina, rovinando l'atmosfera ascetica che si era creata attorno a noi.

Senza chiedergli quali fossero le sue intenzioni, obbedii: la dischiusi e attesi.

Piegandosi a sufficienza per accostare il viso al mio, Efrem fece scivolare un rivolo di saliva sulla mia lingua, uno zampillo schiumoso e denso che passò lentamente da lui a me; con i polpastrelli mi lasciò il mento e salì a pressarmi le guance da entrambi i lati, per indurmi a richiudere le labbra e ingerirlo. Assaggiai il suo nettare dolciastro mentre un sapore aspro di limone si appiccicava alle papille gustative. Efrem accennò un sorriso carismatico, passando la caramella da un molare all'altro. Ne percepii il rumore vetroso sotto i denti e di rimando gli sorrisi anch'io. «Avresti potuto offrirmela», lo provocai, con un cipiglio buffo, restando in quella posizione scomoda ma confidenziale. «Sai, per educazione.»

«Ti ho offerto altro», mi assecondò lui. «E da quello che rammento l'hai apprezzato molto.» Restando dietro di me, infilò entrambi i palmi sotto le mie ascelle per dirottarli verso i seni. Si riempì le mani di quella discreta abbondanza e li compresse l'uno contro l'altro, posandomi un bacio sulla fronte. Mi sovrastava di molto, eppure l'idea di essere così piccola e indifesa mi divertiva. La solidità del suo torace era un porto sicuro sul quale approdare, le sue braccia enormi le uniche corde che avrei voluto attorno a me, la sua essenza la mia sola àncora di salvezza.

Sentendo le gambe divenire molli, mi accasciai sul suo corpo come un merlo sulla scultura di una divinità greca, e lui avvertì i tipi di desideri che mi stavano divorando, bisognosi di trovare la dovuta soddisfazione con la sua perversione.

«Io voglio tutto di te, Efrem.» Inclinai la testa in avanti per guardargli le mani intente a stritolarmi, così grandi da ricoprirmi interamente il petto. Poco sotto il turgore del mio capezzolo, la fede sull'anulare scintillò per ricordarmi che lui non se la sfilava mai, allora innervosita ci posai il palmo sopra come se bastasse a cancellare l'amara verità che era impegnato. Evitavo sempre il discorso, non gli chiedevo mai della moglie, fingevo di non pensarci e ogni volta che i sensi di colpa tornavano a gridarmi contro che c'era già una donna nella sua vita, io mi rinchiudevo in un mondo lontano, immaginario, laddove Liliane non avrebbe mai potuto raggiungermi. *Nel mio luna park non c'era posto per lei.* «Ogni cosa.» Improvvisamente mi rattristai e gli affondai le unghie nelle nocche, lasciandovi delle piccole incisioni; Efrem mugolò accettando il mio gesto ribelle perché forse aveva intuito cosa l'aveva scaturito; non era un caso che la mano che stavo maltrattando fosse proprio la sinistra. «Hai mai avuto con un'altra paziente il tipo di relazione che hai con me?» La mia domanda lo investì come un profluvio di coltelli acuminati.

Efrem arretrò subito, lasciandomi i seni con la stessa irruenza con cui li aveva palpeggiati, e io mi girai incontrando il suo sguardo sbigottito; non se lo aspettava. Per un istante temetti che non mi avrebbe risposto, poi ricordai che era un uomo dall'indole forte, che non si lasciava intimidire da niente e nessuno e che quindi mi avrebbe affrontata con la sua piccata e sferzante signorilità.

«Assolutamente no.» Come sospettavo, tranciò subito qualsiasi insinuazione sagace senza scomporsi. «Altrimenti non sarei qui. Anche Mitchell ti ha specificato che sei stata la prima.»

Indietreggiai di pochi passi per appoggiare le natiche sul bordo della scrivania; dopo il nostro lieve contatto sentivo il bisogno di calmarmi, di domare la smania libidinosa che aveva stuzzicato.

«La prima paziente che hai sculacciato davanti a lui, la prima che hai portato all'*Himeros*, ma il tuo amico non ha puntualizzato se sono stata anche la prima paziente con cui hai instaurato una relazione 'segreta'.»

Efrem non fu contento della mia insistenza; lo intuii dal modo in cui irrigidì braccia e spalle. «*Was fällt dir denn ein?*» berciò indispettito; sobbalzai per l'alterazione della sua voce, fissandolo confusa. «Cosa diavolo ti salta in mente, Dorothea?» tradusse, offeso dalle mie considerazioni. «Pensi che mi metta a fare l'idiota con qualsiasi donna incontro? Hai constatato tu stessa quanto tempo mi ci è voluto per cedere persino a te.»

Su questo aveva assolutamente ragione; non era stato facile indurlo a lasciarsi andare, ad ammettere la sua attrazione né tantomeno a corrompere il suo autocontrollo, tuttavia ciò non significava che Efrem fosse così integerrimo come pensavo. Era una belva incantatrice, impietosa e scellerata. A darmene prova era stato ciò che avevo scoperto di Giselle, il tipo di sessualità che li accomunava, il resort erotico che entrambi frequentavano e il rapporto che avevano anche con Mitchell.

«Era solo curiosità», mi giustificai, rigirandomi tra le dita la chiave che pendeva dal braccialetto della mamma; un vezzo a cui ricorrevo quando ero particolarmente tesa. «Non mi dici nulla della tua vita o del tuo passato, credo sia lecito che io pensi di tutto.»

«No, non lo è.» Efrem mi squadrò come un animale schivo che, in quel momento, stentava a riconoscere la ragazzina con cui si era approcciato poco prima. In lui non c'era più la malizia con cui mi aveva toccata, bensì un'indesiderata incredulità. «Quando ci siamo conosciuti, ti ho fatto una richiesta precisa.» Sollevò l'indice con autorevolezza. «Una», ripeté con più stizza. «Ti ho espressamente detto: fidati di me. La fiducia non è un gioco, Dorothea. Non la pretendo da tutti e non la concedo a chiunque.»

Neanch'io la concedevo a chiunque e il fatto che lui era stato uno dei pochi privilegiati mi induceva a essere così preoccupata.

«Io mi fido di te», replicai abbattuta, abbassando lo sguardo. «È solo che… ecco, Ben…»

«Benjamin?» intuì subito con una strana inquietudine. «L'hai visto ancora?»

Sollevai la testa e tornai a osservarlo negli occhi; due uragani funesti che avevano su di me un potere sconvolgente. Erano come una porta d'accesso alle acque serene e a una tempesta turbolenta; l'ambivalenza che caratterizzava la sua personalità. «È stato lui a trovarmi. Io ero nella sala ricreativa, seduta al piano, perché era il posto più tranquillo in cui poter continuare a scrivere il testo della mia canzone e…»

Efrem non mi fece neanche concludere che mi sopraffece con una rabbia forsennata. «Cosa ha fatto?»

Mi strinsi nelle spalle infossando la testa come un mollusco investito da quell'ira tenebrosa, capace di farmi tremare tutta. «Nulla… lui…»

«Quante volte devo ripeterti che non devi avvicinarti a quell'uomo, Dorothea?» mi sgridò senza permettermi di spiegare com'era andata davvero.

Non era lui quello che odiava essere interrotto mentre parlava?

«Non arrabbiarti con me», mi difesi in uno slancio di coraggio. «Io non c'entro nulla.»

«Mi preoccupo per te, è diverso.» Efrem si moderò, mostrando un'apprensione che un tempo avevo ricevuto solo dalla mamma. Con poche falcate si avvicinò per avvolgermi le guance con i palmi e mi osservò come se fossi qualcosa di prezioso che non avrebbe voluto perdere. «Non vorrei mai che ti facesse del male. E, credimi, Benjamin ne sarebbe capace. Ti ha toccata, insultata, minacciata? Dimmi cosa ha fatto», sciorinò d'un fiato, pronto a fargliela pagare. Ogni volta che c'era di mezzo Ben, o chiunque attentava alla mia incolumità, Efrem sembrava perdere la sua temperanza per farsi pilotare da una collera violenta.

Mi beai del calore della sua pelle e inclinai lievemente il capo, per strofinarmi contro la mano che occupava almeno metà del mio volto. «Mi ha detto che sono accadute delle cose in passato che non ha potuto impedire, di cui tu sei il responsabile, che Mitchell frequenta una poliziotta per un possibile tornaconto personale, che tu hai sedotto e usato altre ragazze prima di me e che io sono soltanto un'altra delle tue prede.» Lo trattenni dai polsi, quando smise di accarezzarmi. Non volevo che fraintendesse le mie parole; non lo stavo accusando di nulla, avevo solo bisogno di chiarimenti.

«E tu pensi sia vero?» I suoi occhi si adombrarono sotto l'arcata sopraccigliare; divennero di una tonalità più fitta, come imbrattata da pensieri indomiti. Quando si rabbuiava così era in grado di suscitarmi più paura di qualsiasi altro uomo.

«Non so cosa pensare», ammisi sconfitta.

Efrem vinse la mia resistenza e riuscì ad allontanarsi. Si sfregò con il pollice il mento, punteggiato dalla barba corta, e sospirò innervosito. «Ragioniamo insieme: secondo te mi esporrei al rischio di essere sospeso, radiato e processato per portarmi a letto ogni mia paziente?» Allargò un braccio, indicando un punto imprecisato. «Pensi che sia talmente disperato da non avere un minimo di dignità? Che a quasi quarant'anni sia incapace di gestire i miei istinti e che sia sufficiente che una donna mi seduca per farmi dimenticare quali sono i miei doveri?» Il suo sguardo rimase pesantemente posato su di me mentre il braccio ricadeva lungo il fianco, arreso all'idea che io avessi davvero una scarsa considerazione di lui. «Ti rispondo io: no.» Non gli importò di sentire la mia opinione; in quel momento aveva deciso di sottopormi alla sua ramanzina e non avrebbe smesso finché non mi fossi pentita di aver creduto a Ben. «Non è così. Sei stata l'unica con cui è successo. Ti ho respinta, ti ho punita per farti allontanare da me, per farti capire che non poteva esserci niente, ma sei stata caparbia. Come sempre. Hai ribaltato tutto, e non perché l'hai stabilito tu, bensì perché io te ne ho dato modo. E l'ho fatto consapevolmente.» Sotto la camicia bianca, i muscoli innervati pulsavano a ogni suo movimento, emergendo sotto il tessuto con una forza maschile e brutale, come se fossero disabituati a quell'eccesso di emozioni, per lo più vulnerabili, e volessero scoppiare da un momento all'altro. «Ti ho ripetuto più volte che non sono un ragazzino, che non agisco con l'imprudenza dei tuoi coetanei e che qualsiasi cosa io faccia è frutto di una decisione razionale. Tutto ciò che abbiamo condiviso non sarebbe accaduto se io mi fossi negato. So impormi anche con più crudeltà quando mi infastidisce che una donna mi ronzi attorno, e se avessi adottato i miei 'reali' metodi anche con te, ti avrei così terrorizzata che non avresti avuto neanche l'ardire di sfiorarmi. Sono stato clemente perché la tua presenza mi piaceva.» Passò al vaglio la camicetta a quadretti annodata sulla pancia con la quale avevo sostituito il top, poi la gonna di jeans nera; un lampo di desiderio, veloce come la scintilla di un demone, gli sferzò le iridi in tumulto. «Anzi, mi piace.» Dall'intonazione più carezzevole pensai che, per un attimo, avesse valutato che era abbastanza corta da potermi scopare senza neanche sfilarmela. E io lo guardai facendogli intuire che gli avrei concesso la libertà di torturarmi, penetrarmi e farmi sua anche subito se avesse voluto. Gli avrei permesso ogni cosa, contro ogni logica. Efrem notò il modo in cui con le dita avevo artigliato il bordo della scrivania, immaginando di avere i suoi fianchi poderosi tra le cosce; indugiò sulle mie labbra schiuse, sul respiro ansante, sulla tensione del collo e dei seni, e comprese che avrebbe dovuto smettere di spogliarmi con gli occhi o lo avrei indotto a realizzare ogni sua fantasia, gettando al vento l'importanza di quel discorso. Passandosi una mano sulla bocca tentò di riportare la mia attenzione dove più la esigeva. «E quindi ti ho lasciato giocare.» Riprese il suo monologo come se nulla fosse, scacciando via le nubi lussuriose che si erano interposte tra noi. Su questo, l'esperienza gli giovava parecchio poiché era molto più bravo di me a gestire una discussione senza perdersi in congetture inadeguate. «A volte ho assecondato la tua indole ribelle, altre volte ho cercato di domarla, soprattutto quando diventava intollerabile. Ciò che voglio farti capire è che non sono un uomo facile da avvicinare, è un beneficio di cui possono vantarsi poche donne. Se tu rientri tra queste l'ho voluto io», chiarì senza alzare la voce, tornando freddo, composto, ingessato, come se le emozioni fossero un bendaggio di fasce che gli comprimeva il corpo, impedendogli di essere sciolto e rilassato. Efrem non era abituato a parlare molto, soprattutto di questioni che non riguardavano il lavoro. Mi dava l'impressione di essere sempre stato cinico, menefreghista, ostile ai sentimenti e di aver condiviso con le ex appuntamenti galanti, chiacchiere più o meno interessanti, con l'unico fine di portarsele a letto senza concedere loro nulla di più del sesso estremo e sfrenato.

L'anima era qualcosa che non contemplava di mostrare o donare; il tesoro nascosto che io avrei voluto trovare e rubare, sfondando le porte della sua reticenza.

Mi mossi sulle natiche, tornando concentrata sulla nostra conversazione e lasciai perdere le fantasticherie inutili. «E Mitchell? Davvero ha una relazione con quella Vanessa Holmes solo perché è una poliziotta e gli serve per fini 'personali'?»

Questo era ciò che Ben mi aveva detto, utilizzando però altre parole.

Efrem infilò le mani nelle tasche dei pantaloni eleganti, restando in piedi a qualche metro di distanza, avvolto nella sua peccaminosa eleganza con quegli occhi mordaci che, senza mollarmi un attimo, mi imprigionavano in una gabbia di velluto. «Mitchell è diverso da me. Non ha i miei stessi vincoli, per giunta ha un carattere più espansivo e vive i suoi rapporti con leggerezza. Mi ha parlato di Vanessa perché è una cliente abituale dell'*Himeros*. Da quello che mi ha raccontato, si sono incontrati proprio lì e hanno scoperto di essere molto affini, soprattutto considerando i 'giochi' che ama fare lui.»

«E che ami fare anche tu. Per esempio con Giselle.» La mia vista fu colpita dalle immagini della sua amante che aveva indossato delle pinzette erotiche apposta per eccitarlo; mi scorsero davanti come le scene di un lungometraggio a cui non volevo assistere. E non perché non fosse abbastanza bella anche conciata in quel modo, bensì perché lui l'aveva ammirata e desiderata proprio dopo aver baciato me, sminuendo tutto.

«Io riesco a privarmene.» Il suo tono divenne più basso, avido, quasi sporco, probabilmente perché anche lui aveva ripensato ai capezzoli di Giselle serrati in quei morsetti così come lo era stata la tenera intimità, gonfia, arrossata e pronta a compiacerlo. «Ho delle perversioni insolite, ma non ne sono dipendente, se ci tieni a saperlo.»

Presa da un moto di gelosia, mi sbilanciai in avanti, alzandomi dalla scrivania e fermandomi prima di andargli addosso. «Se davvero riuscissi a privartene non tradiresti Liliane.» Gli puntai un dito contro, piena di risentimento. «Menti a te stesso per tenere in piedi un matrimonio che ti sta stretto!»

Efrem rimase impassibile e fissò dapprima il dito teso come la canna di una pistola, poi la mia espressione irritata, reputando quella reazione inopportuna. «Stai attenta a come mi esprimo.» Con nonchalance usò il dorso della mano per spostare l'indice cosicché l'abbassassi, restando autorevole dinanzi a me con la sua bellezza impeccabile e seduttiva. «Ho detto che riesco a privarmene, non che riesco a privarmene *sempre*. A volte ne ho bisogno, perché purtroppo è la mia natura. Posso controllarla ma non sopprimerla.»

«E la tua natura è stata attratta solo dalla mia, finora? In questo contesto, intendo», specificai riferendomi alla clinica. Gli avevo appena posto la stessa domanda con la quale avevo intavolato quel discorso, ma in un'altra forma, per mettere alla prova la sua onestà. Ero cocciuta e anche scaltra; incrociai persino le braccia al petto in segno di sfida, curiosa di sentire come avrebbe ribattuto.

Efrem scosse il capo con un mezzo sorriso consapevole, poi mi scrutò con tenerezza come se avesse voluto tirarmi un buffetto alla guancia o scompigliarmi i capelli. Furbo com'era, aveva di sicuro capito tutto. «Te lo ripeto, Dorothea: sì. Sei stata l'unica perché sapevo che, benché fosse qualcosa di nuovo per te, non ti avrebbe spaventata; non più del dovuto. Ci sono donne che non sopportano il dolore, detestano essere prese per la gola, sculacciate o dominate in qualsiasi modo. In passato qualcuna ha anche esitato ad avere rapporti con me per questa ragione. Tu invece lo ricerchi, soprattutto nella tua sfera intima, motivo per cui la relazione tra te e Andrew non ti soddisfaceva come speravi.» D'improvviso Efrem si mosse per avanzare e io arretrai; non sapevo neanche perché. Dopo averlo aggredito in modo maleducato, temevo che gli stessero passando per la testa strane idee. Spesso era irruente, burbero e imprevedibile e, nonostante mi piacesse molto quel lato di lui sfrontato e perverso, al contempo ne ero intimidita perché riusciva a disarmarmi.

«Ti sei avvicinato a me per la mia natura», lo provocai mentre ogni mio nervo si intrecciava al terrore che in me confluiva inevitabilmente nel piacere. «Eppure, mi respingi per lo stesso motivo. Sei un codardo.»

Efrem rise, ostentando una dentatura bianca e perfetta; era affascinante come un angelo ma mistificatore come uno spietato aguzzino. «Definisci quel 'ti respingo', *kleines Äffchen*.»

Era da tanto che non usava quel nomignolo tedesco; non mi aveva mai detto cosa significava, tuttavia risentirlo mi fece correre un brivido d'eccitazione lungo le gambe.

«Be', mi pare che ancora non abbiamo fatto sesso. E non perché io non voglia.» A ogni suo passo avanti ne seguiva uno mio indietro. Mi sentivo una gazzella braccata da un leone affamato. Non serviva a nulla temporeggiare, prima o poi mi avrebbe presa e sbranata. Quando urtai il sedere contro il bordo della scrivania dovetti fermarmi, e con lo stomaco sottosopra mi ci appoggiai, restando in equilibrio sulle punte dei piedi;

Efrem invece torreggiò su di me, profumato, ampio, mastodontico. Sentii lo spazio restringersi quando mi imprigionò tra le sue braccia e posò le mani sulla superficie di legno ai lati dei miei fianchi, chinandosi su di me. Ciocche nere mi solleticarono la fronte, il suo respiro fresco, di limone, mi colpì la bocca che schiusi per assorbirlo, sublimando ogni senso.

«Non è successo perché non sei fisicamente nella condizione adeguata a sopportare un rapporto con me, bambina», sussurrò, sfiorandomi la guancia accaldata con un tocco leggero di labbra. Allargai le cosce per fargli spazio, la gonna si tese e si accorciò fin quasi a svelare gli slip in tulle, e lui premette il bacino contro il mio addome. Era molto sensibile, soprattutto con me, e quando si indurì contro la mia pancia mi sentii comprimere, desiderando afferrare e leccare quella protuberanza spropositata. «Non sarò dolce e ligio come il tuo amichetto Andrew. Mi trattengo per tutelarti, te l'ho già spiegato.»

Inclinai la testa per consentirgli di baciarmi il collo. Efrem accolse quell'invito solo in parte e ci respirò sopra, sfiorandomi con la punta del naso il lobo dell'orecchio. Deglutendo, non riuscii a restare ferma, i tremiti si acquattarono nel basso ventre in un viluppo bollente; gli afferrai i fianchi con dita febbrili e le feci scivolare dietro, sui glutei tonici che strinsi per attirarlo a me. Il suo corpo era come una calamita mortale, una tagliola che catturava chiunque provasse a sfuggirgli. «Sei convinto di quest'assurdità e sai cosa credo?» Stargli così vicino era pazzesco, una sensazione incredibile, fuori dal comune; faticavo a ragionare lucidamente, a estrapolare le parole senza balbettare e a tenere a bada il formicolio che mi si propagava sotto la pelle, tra le vene, le ossa, nel sangue che scorreva impazzito alla ricerca di un imbocco perverso. «Che sia solo una scusa per zittirmi.»

«Ah, sì? Una scusa per zittirti?» Efrem si spostò per guardarmi in viso e quando lo fece mi sentii depredata, scombussolata, instupidita, talmente destabilizzata da annaspare. La capigliatura scura, sistemata all'indietro in onde morbide, gli attorniava il viso altero, e gli occhi baluginavano di segreti taciti e scandalosi. *L'Oceano Indiano*; ogni volta che mi inondava con quei riflessi cromatici pensavo solo a quella distesa eterea e luminosa, l'unico luogo nel quale avrei incontrato la sua anima. Faceva paura fissarlo troppo perché equivaleva a essere risucchiati in una dimensione lontana, a perdere la cognizione del tempo, a perdere me stessa, a smarrirmi in una profondità remota, oscura, a superare vecchi confini e a scoprire nuovi contorni. Equivaleva a udire una melodia che comunicava direttamente con il mio cuore, a lasciarmi travolgere dalle sue onde impetuose e ad annegare. Perché lui era capace di mettere a tacere il dolore umano e al contempo di riportare a galla tutte le ombre, avvolgerle nel silenzio e ricamarle con monogrammi argentei. «E le tue analisi chi pensi le abbia controllate quando ti sei presentata qui?» Efrem mi si infilò nei pensieri con il suono della sua voce, ormai inconfondibile, e io mi riscossi, alzando il capo per incantarmi sulle sue labbra sensuali. Era ancora chino su di me, nella medesima posizione. Ci misi un po' a realizzare cosa mi avesse chiesto e sbattei le ciglia, intontita. «Io», continuò serioso, perciò mi costrinsi ad afferrare tutte le sue parole, a collegarle tra loro e a rimettermi in careggiata per seguirlo nel discorso. *Okay, stava parlando del sesso che non avevamo ancora fatto con un tono alquanto dispotico.* «E sempre io saprò quando sarà il momento giusto per toccarti come vorrei. Fino ad allora devi accettare la mia decisione senza discutere», sancì troncando ogni obiezione.

Formulai nella mente la risposta giusta da dargli, ma non ebbi neanche modo di aprire bocca che lui mi afferrò per la nuca, mi sospinse in avanti e con irruenza portò la sua fronte a scontrarsi con la mia. La premette con forza, con un possesso folle, respirando dalle narici come una fiera imbestialita, e riprese a sussurrami sulle labbra. «E ti avverto: se quando accadrà inizierai a supplicarmi di risparmiarti, di essere delicato o di non farti male, prima ti strapperò le mutandine e poi le userò per imbavagliarti, così potrai davvero accusarmi di averti zittita.»

Gemetti contro di lui, pervasa dalla violenza delle sue intenzioni, quel tipo di violenza che sapeva che avrei apprezzato, poi con un sorrisetto infiacchito, come se mi fossi scolata un'intera bottiglia di Jägermeister, ripresi ad accarezzargli le natiche, scendendo con una mano lungo il solco centrale. Efrem era marmoreo, massiccio, e i suoi muscoli si contrassero quando con i polpastrelli riuscii a sfiorare da dietro l'attaccatura dei testicoli, sentendoli tirare dentro la stoffa dei pantaloni. Non avevo mai toccato il suo corpo così, non avevo mai venerato col tatto la proporzione delle sue linee, la solidità delle forme, l'incastro accurato di ogni angolo, anche del segmento più depresso.

«Non succederà.» Proseguii la mia lenta esplorazione, immaginando il momento in cui l'avrei visto nudo, completamente. Sarebbe stato mozzafiato. «Al massimo ti pregherò di essere più brusco e cattivo.» Risalii ancora, lambendogli il dorso mascolino, dai lombari fin sotto alle scapole. Un giorno la sua schiena immensa sarebbe stata segnata dalle semilune delle mie unghie, avrebbe pianto sangue, intrappolata nella perdizione dannata e dolorosa della nostra unione.

Efrem si lasciò toccare, chiudendo le palpebre, in uno stato di totale beatitudine. «Me lo auguro», sussurrò diabolico come una bestia ammansita, ma ancora troppo lucida per abbassare la guardia. «È ciò che mi eccita di più.» Allentò la presa sulla mia nuca, nonostante la sentissi formicolare per come l'aveva serrata; Efrem era abituato ad acciuffarmi o stringermi sempre con troppa tenacia, tanto che dopo dovevo sgranchirmi le ossa per accertarmi di essere ancora tutta intera.

«Anche a me.» Gli posai un bacio casto sulla guancia sinistra, laddove spuntava la fossetta che mi faceva impazzire. «Anche a me eccita.» Poi gli mordicchiai la mascella, sentendo sulla lingua il sapore forte del dopobarba. Al contempo, scesi con le mani sul bacino e ne direzionai una sulla patta dei pantaloni. Prima che potessi sfiorargli il membro, Efrem mi afferrò per il braccio con rudezza nella tacita intimazione a non esagerare, ignaro di quella che sarebbe stata la mia reazione...

«Ahia!» esplosi in un guaito dolorante, scacciandolo via malamente, e mi ripiegai su me stessa, massaggiando il punto come se bastasse a lenirne il fastidio; lui arretrò con la fronte aggrottata, la postura rigida, sconvolto dal mio gesto poiché gli sembrò tanto assurdo quanto esagerato.

A dire il vero, il dolore non era dipeso da Efrem, ma da qualcun altro.

«Cos'è successo?»

Stringendo i denti, rimasi ferma con il busto accartocciato, l'addome ritratto, le pupille perse sul pavimento e il respiro che fuoriusciva a fatica. «Dorie.» Efrem adottò un tono comprensivo, ingannevole, come quello di un genitore che ti persuade a confessargli le marachelle di cui sei già pentito. Nel mentre si avvicinò con cautela. «Cos'hai al braccio?»

«Niente.» Rimasi appoggiata alla scrivania, in attesa che la sensazione pungente passasse. Pur non guardandolo, percepivo il suo sguardo addosso, intento ad analizzare ogni parte di me: dalla più esposta alla più coperta.

«Fammi controllare», decise, venendomi incontro.

«No, davvero.» Sollevai l'altra mano per fermarlo e lui si bloccò per riflesso condizionato. «Non è necessario.»

«Non ti sto chiedendo il permesso, Dorothea.»

Arresa alla sua testardaggine – di gran lunga superiore alla mia –, gli permisi di arrotolarmi la manica della camicetta oltre il gomito e di vedere il livido che spiccava largo e violaceo sul bicipite. Efrem sgranò le palpebre, fissandolo attonito. C'erano quattro striature nere che ricalcavano le impronte di quattro dita maschili che, ovviamente, non appartenevano a lui.

«È stato Benjamin?» Da ogni lettera trasudò la collera e la voglia di punirlo con uno dei suoi metodi crudeli che, fino ad allora, mi aveva risparmiato e che probabilmente con un uomo avrebbero raggiunto la loro massima inventiva. «Rispondimi!» tuonò impellente.

Abbassai la testa, timorosa di beccarmi un suo rimprovero; senza fiatare mi limitai ad annuire dimessa, sperando in cuor mio che mantenesse la calma e che soprattutto non se la prendesse con me.

Dopo qualche istante di silenzio, l'aria fu tagliata da un sospiro pregno di livore, un sospiro che presagiva gravi ritorsioni su chi mi aveva fatto del male. «Va' a sederti sul lettino, per favore.»

Obbedendo, mi diressi verso il poggiapiedi di legno di cui mi servii per salire sulla branda in pelle marrone, la stessa sulla quale, il mio primo giorno, Efrem mi aveva visitata scorgendo le abrasioni sulle nocche causate dal vomito autoindotto e i lividi che mi costellavano la spina dorsale per via degli eccessivi addominali che effettuavo sul pavimento.

Silenziosa ma guardinga, lo seguii con lo sguardo. Da un erogatore di gel appoggiato sulla scrivania si disinfettò le mani, sfregandole tra loro, poi si piegò alla sua sinistra, verso il mobile a quattro ante che utilizzava come piano d'appoggio per documenti e cartelline; aprì l'anta e si mise a cercare qualcosa.

«Quel bastardo non dovrà più toccarti altrimenti gli infilerò dei chiodi nelle palle per ricordargli come ci si comporta con una donna», borbottò più a se stesso che a me, sfogando un malanimo spaventoso. Mi sarebbe piaciuto pensare si trattasse di gelosia, sarei stata onorata di avere una tale influenza su uno come lui, ma sapevo che di me non era geloso o che, nel caso lo fosse, riusciva a celarlo con grande astuzia.

«Temo che ne saresti davvero capace.» Alzai un po' la voce per farmi udire. D'altronde sarebbe stato sufficiente chiamare come complice quel Jordan, il tizio sadico dell'*Antéros*, e i chiodi di sicuro avrebbero decorato l'intero organo genitale di Ben come un gioiello grottesco.

«Certo che ne sarei capace», ribatté scontroso, ancora piegato sulle ginocchia, intento a rovistare sul fondo dello scomparto. Quando richiuse l'anta con un tonfo secco, tornando dritto nella sua risoluta avvenenza, si incamminò verso di me con un tubettino bianco stretto nel palmo.

Appena lo vidi, sbiancai. «Ehi, ehi, frena. Cos'è quella roba?»

Stavo per saltare giù e scapparmene via.

I farmaci o i medicinali in generale mi avevano sempre terrorizzata; non amavo bere sciroppi, prendere paracetamolo, tantomeno compresse varie o aspirine. I lassativi erano l'unica eccezione soltanto perché la paura di ingrassare superava qualsiasi altra fobia.

Giunto dinanzi a me, Efrem scostò con la caviglia lo sgabellino per evitare di esserne intralciato e svitò il tappo di quella che sembrava una pomata, poi si infilò tra le mie gambe distanziate. Lo fece con una tale naturalezza che subito mi placai, godendomi la nostra complicità. «È una crema curativa a base di naprossene. Serve a lenire il dolore e a far riassorbire rapidamente il livido. Ti farà stare meglio.» Ne raccolse una noce bianca con l'indice e mi fissò intensamente, in attesa. Ogni volta mi imbambolavo come una sciocca; Efrem inarcò un sopracciglio con la solita seriosità intimidente. «Potresti togliere la camicia, Dorothea?»

Trasecolai come se il Diavolo mi avesse appena sussurrato all'orecchio; un Diavolo dall'effigie empirea, il fascino di un'oscura divinità e la voce stentorea sfumata di note profonde simili a quelle di un tenore.

«Non mi aspettavo una proposta così indecente, ma se proprio insisti.» Scrollai le spalle beffarda, sbottonandola con lentezza. Attraverso le ciglia nere, Efrem osservò il modo in cui liberavo ogni bottone dall'asola, scrutando i lembi di pelle che pian piano si svelavano ai suoi occhi voraci. Spesso ridevo e sdrammatizzavo anche nelle situazioni peggiori, solo per non crollare, per non lasciarmi sormontare dai problemi o dai cattivi pensieri. Efrem lo sapeva; perciò mi comprendeva o mi assecondava, dandomi la forza di lottare. Sfilai dalla manica il braccio interessato, restando con il reggiseno in vista. Malgrado lui mi avesse già baciata e toccata in zone anche più intime, mi sentii schiacciare dal suo sguardo insistente. Un implacabile senso di disagio mi serrò lo stomaco perché non mi reputavo abbastanza bella o seducente, soprattutto per un uomo come Efrem, quindi mi girai dall'altro lato smarrendomi sugli attestati incorniciati che decoravano una parte della parete.

«Ti imbarazza che io ti guardi seminuda?»

Ovviamente non gli sfuggiva mai nulla.

Con le gambe penzoloni, mi morsi l'interno della guancia. «Non amo il mio aspetto. E non amo mostrarlo, lo sai.» Indossavo le minigonne, le giarrettiere di pelle, i top succinti solo per illudere me stessa di poter essere attraente. Sfidavo il mio corpo, ma ne ignoravo il riflesso, evitavo di soffermarmici troppo altrimenti avrei potuto ferirmi e sfregiare tutto ciò che non apprezzavo di me.

«L'unica cosa che so è che io ti vedo bellissima.» Efrem mi afferrò delicatamente il mento inducendomi a voltarmi; la seduzione che sprigionava era così magnetica che mi fece rabbrividire di sorpresa. «E non mi riferisco alle tue caratteristiche estetiche, Dorothea. Mi riferisco al bagliore che emani quando sorridi, quando canti o quando ti rialzi dopo aver affrontato una brutta giornata. Mi riferisco alle fragilità che nascondi, alla dignità che custodisci, alla bontà della tua anima e all'ecletticità del tuo spirito. Mi riferisco al modo in cui ti aggrappi alla speranza anche nella tristezza. Mi riferisco alla meravigliosa musica che suoni senza la tua chitarra, alla sinfonia dolce e melodiosa che vibra attorno a te e che pervade chiunque ti circondi. Spero che un giorno tu possa vederti come ti vedo io e allora penserai: 'Cavolo, quel rompiscatole del dottor Krugher aveva proprio ragione'.»

Nessuno mi aveva mai rivolto parole così semplici ma cariche di significato; un tremito mi scosse ed esalai un sospiro timido. Non sapevo cosa rispondere, niente avrebbe avuto lo stesso valore di ciò che lui mi aveva appena detto. Il suo discorso mi intagliò il cuore con uno scalpello d'oro, lo aprì e ci infilò dentro la stima che nutriva nei miei confronti. Una stima che avrei portato con me per sempre. Efrem era così intuitivo, astuto e intelligente che gli bastava poco per capirmi, per violarmi, per interpretare tutto ciò che celavo o negavo.

Tuttavia non ero capace quanto lui di dire o fare la cosa giusta; ero sempre stata un totale disastro con i sentimenti, soprattutto se la persona verso i quali li nutrivo riusciva a spiazzarmi. Mi strofinai le mani sulle ginocchia scoperte e accennai un sorriso impacciato. «Sul 'rompiscatole' sappi che lo penso già.»

Efrem recise il nostro contatto visivo, mi lasciò andare il mento e si avvicinò al braccio per applicare la pomata, con un angolo della bocca sollevato. «Be', tu non sei di certo uno zuccherino», mi sfotté con un tono ilare. Sussultai appena quando avvertii il gel freddo a contatto con la pelle; lui si fermò un attimo per accertarsi di non essere stato brusco. Allora scossi il capo in segno di rassicurazione e cominciò a massaggiare, lentamente, dando il tempo al medicinale di assorbirsi. Le sue dita sapevano essere delicate e gentili, ma quando dovevano espugnare l'intimità di una donna come se fosse un castello da devastare, la penetravano con forza, diventando barbare, sgarbate, esperte ed esigenti.

La invadevano fino al limite, fino a quando non ci sbatteva contro con le nocche, stuzzicando punti interni che altri uomini ignoravano, quei punti belli e dannati che facevano tendere i nervi, elettrizzare i muscoli e serrare le palpebre. Ruotavano, curiosavano, titillavano, si piegavano come ganci mortali finché le pelvi andavano a fuoco, il bacino si agitava alla rincorsa dell'estasi più spietata e l'urlo della tensione si schiantava contro l'aria.

Efrem era autoritario, dominante e a modo suo egocentrico; otteneva sempre ciò che voleva, senza troppi sforzi, con la potenza della sua personalità ermetica ammantata da una foggia di virilità che nessun altro possedeva. Ne avevo avuto una dimostrazione concreta nella suite dell'*Himeros*, quando mi aveva chiesto di aprire le gambe, di fargli sentire come godevo e di risucchiarlo dentro di me.

Ogni volta che mi toccava, mi era impossibile non ricordarlo.

Mi era impossibile nascondere la pelle che si arricciava o i tremiti che la percorrevano.

«Okay, ho finito.» Efrem interruppe il mio viaggio mentale tra le pareti del resort e io mi costrinsi a scacciare via le immagini estatiche del nostro primo appuntamento. «Nei prossimi giorni te l'applicherò ancora. Voglio che quei brutti segni spariscano.»

Rinfilai il braccio nella manica e mi apprestai a chiudere i bottoni della camicetta mentre Efrem riavvitava il tappo del tubicino. Si accorse del mio silenzio prolungato e si avvicinò, catturandomi ancora il mento con la mano che odorava di medicinale; di riflesso mi bloccai, lasciando in sospeso la fretta di rivestirmi come se lui avesse il totale dominio e io fossi destinata a servirlo. «Qualsiasi tipo di livido, d'ora in poi, apparterrà solo a me e te lo farò, consensualmente, *se* e *quando* servirà a darti piacere.» I suoi occhi penetrarono nei miei come schegge pericolose, imponendosi sulla mia volontà e su quella di chiunque altro avesse osato toccarmi. Volteggiava dentro di lui un'emozione strana, tumultuosa, diversa dalla gelosia che provavo io. Efrem non temeva nessuno, non era insicuro né soffriva di alcuna inferiorità rispetto a un ipotetico rivale; piuttosto avvertivo un senso di possesso intrinseco alla sua persona. Un sentimento tormentoso che non gridava a un diritto di proprietà come se fossi un oggetto, bensì alla padronanza di un amante che protegge la persona a cui rivolge desideri, cura e attenzione.

Inspirai la sua colonia, sperando di esserne inghiottita, magari con attorno delle lenzuola di seta, e rilassai le braccia abbandonando i polsi sul lettino, totalmente assoggettata e impotente. *Appagata e serena.* «D'accordo.»

Efrem si chinò per posarmi un bacio sulla fronte, di nuovo, come un papà che premia la figlioletta per essere stata docile e rispettosa, poi si allontanò per andare a riporre la pomata al proprio posto. Frattanto, scesi con un saltello e mi sistemai i capelli che, ormai troppo lunghi, mi sfioravano quasi le natiche. Abbassai la gonna, togliendone le pieghette, e tentennai nell'avvicinarmi a lui quando lo vidi fermo, di schiena, a fissare il mobile intarsiato sul quale svettavano varie colonne di documenti, impilati l'uno sopra l'altro in un ordine compulsivo.

Stava pensando a qualcosa di aberrante e, dalla rigidità del suo corpo, doveva trattarsi di riflessioni abbastanza sgradite.

«Benjamin soffre di una forma aggravata di *disturbo paranoide* della personalità.» Si voltò per osservarmi; ero immobile al centro dello studio, con il respiro incastrato nei polmoni e un'espressione incredula, impreparata alla valanga di rivelazioni che mi avrebbe sommersa. «I pazienti affetti da questa patologia vivono nella costante convinzione che gli altri vogliano danneggiarli. Esaminano attentamente tutto ciò che dicono o fanno e cercano delle prove che possano sostenere le loro teorie. Dubitano della lealtà di amici e parenti, spesso sono molto morbosi e gelosi di ciò che considerano loro.» Mi indicò con un cenno della mano una delle poltrone sulle quali sedermi; il discorso che aveva iniziato era più che serio e meritava la massima considerazione. Senza farmelo ribadire, accettai, accomodandomi. Efrem si aggiustò con due dita il colletto della camicia, non perché fosse necessario, ma per temporeggiare prima di prendere posto sulla poltrona accanto alla mia, com'era successo in passato, il giorno in cui avevamo parlato delle stanze dell'Es. «Quando è nato Joël, Benjamin abusava di alcol e droghe, abitudini malsane che peggioravano la sua condizione. Durante una discussione con l'ex compagna Dione, ovvero la madre del bambino, aggredì suo figlio lussandogli una spalla e facendogli sbattere violentemente la testa contro lo spigolo di un tavolino.» Accavallò una gamba e incrociò le dita, concentrando in quel pugno il coraggio di andare avanti; io invece mi appoggiai allo schienale, fissando il vuoto. Quelle informazioni agghiaccianti cominciarono a tuonarmi nei timpani come un temporale in agguato. «Joël rimase in coma farmacologico per circa una settimana, al suo risveglio, come conseguenza post-traumatica, smise di parlare limitandosi a comunicare a gesti, e Benjamin fu processato, perdendo la potestà genitoriale per maltrattamento ai danni di un minore. Pochi mesi dopo sfogò la sua violenza anche su Dione, accusandola di essere la vera colpevole di tutto, poiché nella sua testa, a causa della malattia, interpretava la realtà in maniera differente e ne sovvertiva i fatti: credeva che lui fosse la vittima e lei il mostro che l'aveva indotto a perdere la pazienza.» Efrem stava ricordando il passato, gettandomelo in faccia con la praticità che utilizzava quando esponeva questioni mediche. In quel momento invidiai la sua imperturbabilità, poiché io ero talmente sconvolta da ciò che aveva subìto il piccolo *Jo* che non sapevo cosa dire. «Dione avrebbe potuto denunciarlo, scappare e ricostruirsi una vita lontano da lui, ma, stremata dalla situazione e dai problemi di salute di Joël, imboccò la strada più vile, la meno risolutiva: decise di togliersi la vita. Inutile dirti che la morte della compagna ha condotto Benjamin al limite della pazzia, motivo per il quale è rinchiuso qui ormai da anni.» Efrem studiò a lungo la mia reazione. Analizzò i segnali del mio corpo, valutò se fosse il caso di proseguire o no; mi concesse qualche secondo per assimilare tutto ciò che mi stava esponendo finché fui io a dargli l'input che aspettava.

«E Joël?»

Efrem si sporse in avanti, restando seduto. Prese dalla scrivania un telecomando nero e lo puntò in alto verso il primo condizionatore, poi lateralmente sul secondo per aumentare la circolazione dell'aria fresca; in entrambi i suoi studi non c'erano finestre, pertanto l'unico modo per aerarli era quello. Rimise il telecomando dov'era, accanto al computer, e tornò a sedersi composto. «Onde evitare che i servizi sociali lo affidassero a un'altra famiglia, chiesi a Mitchell di intervenire cercando di farmene ottenere la custodia. Mi sono sposato per dargli la famiglia che meritava e per farlo crescere in un ambiente sano e sereno. Per questo Benjamin ci odia così tanto. Siamo stati disonesti, forse, ma per una buona causa», ammise con tono fermo. Quindi aveva sposato Liliane per concedere al piccolo due genitori che potessero occuparsi di lui; ogni tassello cominciò a trovare il suo incastro formando un puzzle la cui immagine era ancora poco nitida.

Desiderosa di andare a fondo alla questione, approfittai della sua predisposizione ad aprirsi con me. Puntai i gomiti sui braccioli e mi allungai per incrociare il suo sguardo. «Perché ci tenevi così tanto a questo bambino?»

Attorno a lui gravitava un'aura minacciosa, intensificata dai tormenti occulti che gli invadevano i ricordi e dalla cupezza delle sue confessioni. «Perché è mio nipote.»

Mi misi una mano alla bocca, sconcertata.

Mi ci volle un po' per realizzare.

Quell'ultima parola mi bombardò le orecchie finché esplose nel cervello, inducendomi a ragionare.

Ero stata una stupida; avevo avuto già tutti gli elementi per arrivarci da sola. Il dottor Markus, al nostro primo incontro, aveva definito Joël suo nipote, ma a quel tempo avevo pensato fosse il figlio di Efrem. Quando Ben mi aveva rivelato di esserne il padre, avrei dovuto intuire che…

«Quindi Ben è…»

Efrem continuò per me. «Mio fratello minore, sì. Pensavo l'avessi capito.»

Suo fratello minore.

Mi alzai in piedi, allontanandomi da lui, e cominciai a camminare per lo studio, tesa e agitata, tormentata da uno sgomento pietrificante.

«Tuo fratello?» annaspai, ancora sorpresa. «Ma che diavolo…» Feci avanti e indietro da un punto all'altro, girando in circolo. Efrem si issò mantenendo inalterata la sua glacialità e seguì il mio andirivieni, in silenzio. «Siete così diversi.» Anche se, con la dovuta attenzione, avrei dovuto notare alcune somiglianze: la statura vigorosa, l'altezza vertiginosa, i tratti somatici molto decisi e spigolosi, sebbene quelli di Efrem fossero sofisticati e signorili, quelli di Ben più netti e grezzi.

«La cicatrice che ha sul sopracciglio?» Mi fermai di colpo, vorticando in uno stato di totale smarrimento. «Mi ha fatto intendere che gliel'hai procurata tu. Ha detto che, in passato, hai sofferto di uno stato depressivo che ti induceva a comportamenti squilibrati, che l'hai ferito e che non dovresti esercitare la professione.»

Efrem si appoggiò con le natiche alla scrivania, con una caviglia accavallata sull'altra. Non parve stupito da ciò che mi aveva confessato Ben, nonostante una tormenta gli stesse rannuvolando lo sguardo. «Ho sofferto di una forma di esaurimento nervoso, chiamata nevrastenia, causata dallo stress e dagli eccessivi impegni che purtroppo avevano compromesso la mia salute. Per un po' di tempo mi sono concesso una pausa e sono tornato in Germania, esattamente tre anni fa, prima di recarmi a Parigi e incontrare casualmente Lili a una mostra d'arte. Tuttavia, non è assolutamente vero che l'ho aggredito», negò incrociando le braccia al petto. «Quella cicatrice se l'è provocata in una rissa di strada nel periodo in cui faceva uso di sostanze stupefacenti. Nel quartiere degradato nel quale si recava per incontrarsi col suo spacciatore si è imbattuto in un malvivente che ha tentato di derubarlo dei pochi spiccioli che aveva con sé. Benjamin si è difeso, ignaro che il tizio avrebbe sfoderato un coltellino tascabile con il quale, nella colluttazione, l'ha colpito.»

In quel momento tutto ciò che avevo udito, assimilato e tenuto per me, riaffiorò e traboccò senza alcun controllo.

«E per quanto riguarda i tuoi occhi, invece? È vero che te li sei feriti da solo, causandoti dei traumi irreversibili alla retina?»

«Ti ha detto sul serio questo?» Efrem increspò le sopracciglia in una smorfia a metà tra il divertito e il sorpreso. «Porca miseria, quell'uomo ha una fantasia incredibile. Comunque no, soffro di fotofobia da quando ero bambino. Hai notato il colore… purtroppo sono così chiari da essere particolarmente sensibili a qualsiasi fonte di luce, naturale e artificiale. È un problema comune a molta gente, ma nel mio caso è leggermente aggravato da una malformazione congenita della cornea. Spesso ho forti emicranie, dolore acuto alle tempie, fosfeni che mi appannano momentaneamente la vista e ultimamente mi capita anche di svegliarmi con le palpebre arrossate o repentini giramenti di testa.» Aggiunse quei dettagli come se stesse riflettendo sul dirmi qualcos'altro; sbatté le palpebre pensieroso e scacciò via qualsiasi cruccio, per non distrarsi e restare concentrato su di me. «Quindi no, non mi sono mai fatto del male.»

«Santo cielo, mi ha sempre mentito.» Mi misi le mani tra i capelli; mi sentivo un'idiota, una sciocca che si era lasciata abbindolare da un folle mettendo in discussione tutto, persino la professionalità di Efrem.

«Non ti ha mentito. Ti ha raccontato la realtà nel modo in cui lui la vede, Dorothea.» Cercò di giustificare il fratello, dando un senso logico al suo comportamento. «Nel modo in cui il suo disturbo gliela proietta davanti. Un po' come succede a te quando osservi il tuo riflesso allo specchio. Sei convinta di essere imperfetta, giusto? Benjamin è convinto di averti detto la verità e che qualcuno lo stia ingannando.»

Erano due situazioni diverse: io non andavo dalla gente a raccontare frottole e a instillare dubbi gravi, al limite dell'illegale.

Maledizione.

«Ha anche confessato che vorrebbe ammazzarti per riprendersi Joël. Vuoi giustificare anche questo?» A quel punto sputai il rospo e informai Efrem di ogni cosa; era importante che ne fosse al corrente, ma, quando mi fermai per guardarlo, lui non sembrò preoccupato.

«Ha quest'obiettivo da una vita intera, da quando eravamo ragazzini.» Una risata sprezzante gli vibrò nel petto. «Per giunta qui dentro non può fare nulla, dovrà limitarsi a sfogare la sua rabbia passeggiando nel parco. D'ora in poi sarà sorvegliato in qualsiasi momento; ordinerò agli operatori a cui è stato affidato di non lasciarlo mai solo e di non farlo avvicinare più a te», decise, restando a braccia conserte senza perdermi di vista.

«Non ci posso credere. È tutto così assurdo.» Ripresi a camminare per attenuare il nervosismo, l'ansia, l'agitazione. Mi sentivo sovraccarica, non sapevo come placarmi, anche se una vocina dentro di me mi suggeriva di fare la valigia e andarmene perché la situazione, presto, sarebbe precipitata. «Ben sostiene anche che...» Ormai le rivelazioni più compromettenti mi stavano scivolando fuori come un veleno rancido del quale volevo liberarmi, «...lo costringi a prendere dei farmaci per provocargli disfunzioni della memoria, fottergli il cervello e quindi impedirgli di rivelare ciò che di inconfessabile sa sul tuo conto.» Di nuovo mi arrestai, cercando Efrem, la sua protezione, la sua sicurezza, e dalla bocca chiusa in un'espressione assorta sperai di ricevere una risposta chiarificatrice.

Lui ribatté placidamente. «Ho sempre dichiarato di essere uno psichiatra olistico che ricorre alla terapia farmacologica solo nei casi indispensabili. Per la condizione di Benjamin gli psicofarmaci sono strettamente necessari poiché il suo disturbo non può essere trattato diversamente. Per giunta è mio padre che si occupa di lui. Non io.»

«In sostanza Ben ha inventato ogni cosa perché è matto?» strepitai con troppa irruenza; non ero arrabbiata con Efrem, ma con me stessa e con quell'uomo disonesto, soprattutto per la facilità con cui mi aveva raggirata.

Lui ancora una volta mantenne la calma di cui io ero sprovvista. «In sostanza quello che dice o fa non è attendibile perché è un uomo mentalmente instabile e pericoloso.»

Era tutto assurdo.

«Santo cielo. Sono troppo confusa.» Dovevo metabolizzare; non ero preparata a quella conversazione né al fatto che la realtà mi sarebbe stata sbattuta in faccia così: nuda e cruda.

«Non mi piace vederti turbata.» Efrem mi sovrastava anche a distanza tanto quanto la sua voce riusciva ad avvolgermi, lambendomi la pelle come una cascata di diamanti lucenti. «Vieni qui da me.»

Mi fermai richiamata dal suo ordine e lo guardai; scorsi le ombre che gli danzavano sul viso, che gli corrompevano le iridi seducenti e gli si incastravano nel sorriso ammaliante, per deviarmi, disarmarmi e indurmi a cedergli.

Calamitato dal suo corpo prestante, il mio sguardo scese dall'alto al basso in una lenta ispezione come se avessi davanti un satiro tentatore la cui indole selvaggia era un refolo delicato che mi sfiorava tra le cosce, risvegliando esigenze feroci.

«No!» Mi opposi a pugni stretti, anche se avrei voluto corrergli tra le braccia, rifugiarmi sul suo torace, consumarlo di morsi e baci, ma il suo contatto avrebbe aumentato il caos che avevo dentro e il bisogno viscerale di toccarlo oltre i vestiti. Mi avrebbe rovesciato lo stomaco, scosso la pancia con quelle emozioni deleterie che sapeva farmi provare solo lui e che in quel momento non sarei stata capace di sopportare senza scoppiare a piangere o senza chiedergli di punirmi per tirarle fuori. «Lasciami pensare un attimo.»

Efrem inclinò la testa di lato e una ciocca nera gli tagliò la palpebra, rendendolo sensualmente disordinato. «Non c'è nulla a cui pensare, devi fidarti di me e basta. Avanti, vieni qui», ingiunse ancora. Ricambiò le mie attenzioni quando le sue pupille demoniache mi divorarono le forme, le palpeggiarono e leccarono, e io mi sentii esposta, come se mi stesse davvero toccando. Il cuore iniziò a pulsarmi ovunque, inquieto; gli arti si irrigidirono travolti dalla bramosia, desiderosi di infrangere ogni limite, lì, subito, per rilasciare le sensazioni che mi incatenavano, nel modo in cui appagava entrambi, e annegare insieme in un oceano perverso che sarebbe stato l'origine di un nuovo dolore e la cura di ogni male.

Restando con i piedi piantati al pavimento, mi imposi di non raggiungerlo, malgrado stessi morendo dalla voglia di ubbidirgli e bruciare con lui. «C'è altro che devi dirmi?»

Efrem sollevò un angolo della bocca, trattenendo un sorriso smaliziato poiché sapeva cosa stava accadendo dentro di me, contento di esserne l'artefice. «È difficile riassumerti trentasette anni di vita. Ho fatto tante cose giuste e altrettante sbagliate.»

«Non tergiversare», lo avvertii; ormai avevo compreso che l'ambage, oscuro e manipolativo, era una sua specialità. «C'è altro che devo sapere?» Mi riferivo a Ben e al loro passato.

«No, non credo.» Fu evasivo; l'insolita titubanza che gli incrinò le corde vocali mi insospettì.

Con un sospiro angosciato, ragionai sulla leggerezza con la quale stava sottovalutando il fratello e le sue intenzioni e non potei fare a meno di manifestargli la mia preoccupazione. «Sei… sei certo che lui non ti farà del male?»

Temevo la risposta, ma ormai in quella trappola mentale ci ero cascata con tutte le scarpe e non potevo far finta di nulla.

Efrem cambiò espressione; la malizia scomparve e un'intensa serietà squarciò la sua apparente quiete, macchiò le pareti di un brago esecrabile e gli torturò nervi e muscoli. «Non posso esserne certo, Dorothea.» Decise di non prendermi in giro con finte parole di conforto. «Ma ti assicuro che starò attento.»

L'ultimo zefiro primaverile sfiorì in un saluto infelice.

Un drammatico presagio mi perforò le ossa.

Cominciai a sentire il vento soffiare.

Le nuvole scorrere troppo veloci.

Il mare scurirsi e le onde ruggire nell'aria.

Una tempesta, violenta, inalienabile si sarebbe abbattuta su di noi.

La vedevo in lontananza… ridurre in briciole l'orizzonte, masticare il sole e ingurgitare il cielo.

Come un gigante pronto a eseguire una carneficina.

Nessuno sarebbe fuggito.

Nessuno si sarebbe salvato.

I danni che avrebbe provocato sarebbero stati esorbitanti.

E le anime che avrebbe distrutto…

Il capitombolo della vendetta.

E. K.
Dioniso e il trio

Berlino, 3 novembre

Ogni peccato per me è un sorso di vino.
La brocca il recipiente dei miei vizi.
Guarda come il calice scintilla
di una rubra lussuria.
Come il fallo s'avvezza a fare il duro.
Cin cin, miei Lesern!
Sono ubriaco.
EFREM KRUGHER

NON ricordo se vi ho già accennato a Markus e alla sua ossessione per la mitologia greca; un'infingarda pigrizia mi impedisce di tornare indietro a risfogliare le pagine già scritte – fatelo voi per me.

In ogni caso intendo approfondire la questione: mio padre considerava gli dèi degli esseri superiori, con sembianze e sentimenti umani, indulgenti e punitivi. La loro esistenza sottolineava la debolezza dei mortali che nulla poteva contro le forze naturali, altresì gli dèi erano gli unici a riservare severe punizioni agli uomini soprattutto quando adottavano comportamenti inaccettabili che in qualche modo minavano la loro autorità o il loro potere divino.

Spesso mi ripeteva, soprattutto durante le torture che mi infliggeva, che quando un essere umano si avvicinava alla gloria, quando aveva troppa ambizione e stava quasi per ottenere il potere, doveva espiare il suo peccato con l'umiliazione, con la penitenza, perché la felicità, l'eccellenza di un'intelligenza, di una genialità e di una cultura smisurate non erano un dono, ma una condanna.

Proprio lui che mi aveva costretto per una vita intera a dedicarmi all'istruzione, al rigore, all'educazione, ai valori morali, sembrava avere paura di me e nutrire un malevolo sentimento di invidia e gelosia nei confronti del ragazzino che stava crescendo e che, presto, sarebbe diventato un uomo.

Traeva dalla mitologia una giustificazione alle sue ingiustificabili concezioni.

Dagli dèi un modello comportamentale del tutto degenerante e deviato.

Non so delinearvi con precisione quali fossero le aspirazioni di una mente così balzana come la sua, ciò che oggi riesco a sceverare nella sua condotta violenta è sicuramente il desiderio di innalzarmi, potenziare le mie capacità e insegnarmi tutte le massime psichiatriche che avrei dovuto attuare nella mia futura professione; al contempo, temeva che, se avessi travalicato troppo la sua volontà tirannica, raggiungendo un'indipendenza svincolata dalla sua disciplina e una sovranità personale impenetrabile, non sarebbe stato più in grado di afferrarmi, assoggettarmi e soprattutto controllarmi.

Per Markus ero un cadeau maledetto, un figlio dissidente: da un lato il primogenito che aveva sempre desiderato, dall'altro un pericoloso mostro che rischiava di tramutarsi in un'entità più potente di lui e dei suoi smargiassi dèi.

Tuttavia, la Provvidenza cercò di essere magnanima concedendogli una seconda opportunità.

Negli stralci precedenti sembra che io abbia dimenticato di citarvi Benjamin, ma in realtà è semplicemente un argomento spinoso che ho cercato di procrastinare il più possibile e che avrà il suo spazio narrativo adesso.

Benjamin nacque cinque anni dopo di me da una relazione extraconiugale che mio padre ebbe con la nostra governante – non scandalizzatevi: era la sorella del caro Hunberct – nel periodo in cui lavorava per noi, nella nostra vecchia abitazione. Ovviamente mia madre sospettava delle tresche clandestine di Markus, ma la morte le risparmiò il dispiacere di scoprire che una delle sue concubine – nonché colei che, oltre alle incombenze casalinghe, si preoccupava anche delle incombenze sessuali del padrone di casa – era rimasta incinta.

«*Involontariamente*» – come aggiunse il fertile dottor Markus nella sua inattesa confessione.

In tutta onestà, io venni a sapere di questa storia all'età di tredici anni, quando mio padre decise di occuparsi del suo secondogenito perché l'amante era deceduta per un cancro ai polmoni, affidandogli il bambino di appena otto anni.

È curioso notare come un destino simile sia spettato anche a mio nipote Joël...

Come ci insegnano i miti vetusti – memoria collettiva di un popolo –, ma anche le famiglie antiche e moderne, i legami fraterni possono essere caratterizzati da un'ammirevole solidarietà o da un'estrema competizione.

Nel caso mio e di Benjamin – che per *savoir-vivre* non chiamerò mai fratellastro – la miccia che generò l'esplosione della rivalità fu quasi immediata.

Nonostante fossi un ragazzino intelligente e di ampie vedute, ero pur sempre un adolescente immaturo, pertanto condividere i miei spazi, le mie abitudini, la mia stanza con un intruso di cui non conoscevo nulla – sorvolo sul trauma e sullo shock di rivelare al proprio figlio in fase adolescenziale di avere un fratello – non fu affatto piacevole. Non mi mostrai chissà quanto affettuoso o accogliente. D'altro canto, Ben non era un pargoletto tranquillo e innocente: oltre a mostrare una marcata iperattività, era piuttosto maleducato, scontroso e irascibile.

Odiava andare a scuola, non amava studiare, a dodici anni cominciò a fumare, a tredici ad avere i suoi primi rapporti sessuali, a quindici a trasgredire le regole, a diciassette a frequentare amici poco raccomandabili e ad assumere droghe pesanti che, varie volte, lo indussero a entrare e uscire da un centro di disintossicazione.

Insomma, era il figlio che Markus non avrebbe mai voluto e che era stato costretto a riconoscere, forse per attenuare i suoi sensi di colpa e redimersi la coscienza nei confronti della moglie e dell'amante ormai defunte.

I primi anni di convivenza con mio fratello furono terribili.

Non c'era modo di interagire senza discutere o prenderci a pugni; non rispettava niente e nessuno, tantomeno se stesso, e nutriva nei miei riguardi una rabbia viscerale, un'antipatia e una repulsione inspiegabili che inevitabilmente, a causa della sua condotta, cominciarono a insorgere anche in me.

Ricordo che in uno dei nostri scontri, nato come al solito da motivi del tutto irrilevanti, tentò di ferirmi entrambi gli occhi, in un altro di conficcarmi una matita nell'orecchio e in un altro ancora di avvelenarmi con un insetticida recuperato dal giardino.

Credo che una delle ragioni che spingeva Ben a un rapporto tanto astioso fosse l'attenzione eccessiva che mi rivolgeva mio padre, inducendo lui a considerarmi come il fratello prediletto, colui che deteneva la supremazia sull'altro soltanto perché Markus, nonostante mi picchiasse quando non eseguivo i suoi ordini, tendeva a elogiarmi dinanzi agli amici, ai parenti, persino ai colleghi – un caro saluto al dottor John Keller se mai avrà la possibilità di leggere questi frammenti –, oppure a paragonare la mia dedizione per lo studio al totale menefreghismo di Ben, la cui incuria peggiorava di anno in anno, tanto che abbandonò la scuola prima ancora di diplomarsi.

Capitava che assistesse alle punizioni di mio padre e, restando a spiarci dallo stipite della porta, rideva di gusto quando gli schiaffi o le sferzate erano così forti da farmi perdere i sensi.

Era più simile lui a nostro padre di quanto lo fossi io, dacché, verso i diciotto anni, cominciò a trattare le sue fidanzate con la stessa violenza e la stessa barbarità: le picchiava e le tradiva, le tradiva e le picchiava, godendo di quel sadismo malato.

Purtroppo, mi reca molto dispiacere rivangare certe reminiscenze; non riesco a distinguere le lettere, confondo le vocali, le consonanti, scrivo le parole in modo scorretto, avverto un bruciore insopportabile lungo la schiena che mi attraversa il braccio e mi infuoca il polso; vedo nella stanza un *me diverso* e tutte quelle donne subire le stesse disgrazie, l'abbrivio delle stesse manate, l'oscura caligo dello stesso dolore, l'asfittica umiliazione che gronda col sangue…

Prima che la mia ostilità a quei ricordi converga in un attacco d'ira, prima che strappi tutti questi fogli e mi conficchi la stilografica nel palmo col quale scrivo o nella giugulare che pulsa di collera, è preferibile che io faccia una pausa.

Vado a prepararmi un tè…

Ich bitte um Verzeihung.

Sapete che, un tempo, ho ricoperto anch'io il ruolo di amante esattamente come Dorie?

Mi piacerebbe dirvi che non ero al corrente della relazione che la mia donna aveva con un altro, invece lo ero eccome, ma poco mi importava.

L'adultera in questione si chiamava Audrey e la conobbi molto prima di sposarmi, e quindi di incontrare Lili.

Aspettate, Lesern.

Non pensate che ciò che sto per raccontarvi sia inane o infruttuoso: è l'errore più sciocco che possiate commettere. Siate invece viatori curiosi, testimoni votivi, continuate questo pellegrinaggio – che spero non consideriate penitenziale – perché alla fine tutto acquisirà un senso e assaporerete con me il retrogusto della vendetta.

Dunque, ricordo che un giorno avevo detto ad Audrey che avrei voluto trascorrere un po' di tempo con lei, da soli, lontani dal suo compagno, lontani da tutti gli impiccioni che avrebbero potuto attribuire alla nostra relazione le apposizioni più offensive.

Per darvi prova di quanto fossi galante – sul *poetico* credo invece non abbiate più dubbi –, le feci recapitare a casa un mazzo di rose rosse con un bigliettino infilato tra le corolle per invitarla a raggiungermi in un motel di Los Angeles.

Com'era prevedibile, quattro ore dopo, la giovane Audrey si presentò nel luogo prestabilito e, senza far caso al ributtante aspetto del posto, avvinta alla gioia di vedermi, appena aprii la porta scricchiolante della camera che avevo pagato per l'intera notte mi saltò addosso, mormorandomi sulle labbra parole entusiaste tra un bacio e l'altro.

«Non saremo soli», mi premurai di avvisarla, seppur con lauto ritardo.

Audrey corrugò la fronte, posò la borsetta sul pavimento e si sedette sul bordo del letto, lanciando una fugace occhiata all'arredamento. Le mura sudicie, uno specchio affisso su un mobile a quattro ante, due pallide lampade con dei paralumi logori, una finestrella poco luminosa e una porta divelta che probabilmente conduceva al bagno.

Non c'era nient'altro.

«Chi... chi ci sarà con noi?» La voce cominciò a tremarle. Audrey si sfregò le mani sulle braccia come se avesse freddo. Mi avvicinai per tranquillizzarla; avevo bisogno che mantenesse la calma e che facesse esattamente ciò che le avrei ordinato.

«Hai detto che mi ami...» Mi piegai sulle ginocchia come un perfetto Romeo, pronto a soverchiare con il fascino dell'oratoria la dolce e innamorata Giulietta dagli occhi cerulei. Lei annuì. «Spesso il peccato non risiede nelle azioni, tesoro, ma nel rimpianto di non averle commesse.» Le accarezzai le labbra con il pollice, lei parve acquietarsi come una bimba che riconosce nel tocco del suo amante tutta la protezione di cui necessita. «Io voglio che tu non rimpianga nulla della nostra relazione.» La mano scorse lungo il collo, sfiorandole con i polpastrelli la clavicola fino a raggiungere la scollatura della camicetta. Audrey aveva un seno grande, florido e sodo. Più uomini ci indugiavano con lo sguardo, desiderando di spremerlo e succhiarlo, ma di quell'onore godevo solo io – oltre al suo compagno. Lei esalò un respiro esitante, poi un altro e un altro, ma a ogni mia carezza seguivano anche teneri gemiti che iniziavano a illanguidirla.

«Cosa vuoi che faccia per te?» Si schiarì la voce, stringendo tra le mani il mio polso. Voleva che mi fermassi altrimenti non sarebbe stata più padrona di se stessa.

«Voglio che tu ti faccia possedere da me e da un altro uomo.»

Audrey sussultò; il rossore delle sue guance fu sostituito da un pallore allarmante.

Era troppo giovane per comprendere appieno quel tipo di perversione, eppure un piacere insidioso le provocò una baraonda di emozioni.

Oh, le donne…

Sono creature troppo intelligenti, più di quanto si possa immaginare.

Loro vivono in una dimensione emozionale ampia e ciò che spesso per me risulta di poco conto, per loro può essere indice di un sentimento immenso.

Audrey mi guardava come se non credesse alle proprie orecchie.

Il suo amante che le permetteva di essere toccata da un altro uomo?

No, era inconcepibile; una richiesta simile soppiantava la moralità dell'amore.

Anche se l'amore era stato, a sua volta, già soppiantato dal tradimento.

«Cosa… cosa…» Non riuscì a parlare; dovette incamerare aria prima di riprendere. «Efrem, vorresti davvero che…»

«Sì», ingiunsi, carezzandole dolcemente la pelle nuda sotto il bordo della longuette elegante. «Lo faresti per me?» Mi chinai in avanti per posarle un lieve bacio sul ginocchio pallido, poi risalii lento sull'interno della coscia. Audrey fremette e, con giovanile possesso, mi infilò la mano tra i capelli, divaricando le gambe per me.

«Perché?» A occhi socchiusi, tentò di proseguire la nostra conversazione mentre con la lingua le tracciavo con voluttà una dolce scia sulla carne calda.

Le concessi una breve tregua e sollevai il capo per guardarla. «Perché mi dimostrerai la tua immensa fiducia. Ti abbandonerai a un altro uomo, sapendo che ci sono io con voi. Ti proteggerò, resterò con te per tutto il tempo, sarai mia anche mentre lui tenterà di reclamarti. Ma dovrai essere capace di rivolgere il tuo desiderio solo a me», le spiegai con impeccabile irremovibilità. «Dopo questo, forse potrei iniziare a fidarmi di te.»

Giocavo.

Giocavo sempre.

Giocavo con tutte.

Ah, dottor Krugher... che seducente imbroglione.

Audrey meditò sulla mia proposta; il suo sguardo colmo di sentimento mi anticipò che avrebbe accettato e che per me sarebbe andata contro ogni ideale, contro la sua moralità, contro le barriere mentali erte da un'educazione familiare che considerava il sesso un tabù, che considerava la donna sessualmente libera una poco di buono.

Audrey era stata con pochi uomini prima di me.

Aveva un compagno da circa un anno, ma, per volere del fato, si era innamorata di me, consapevole che, presto, la verità sarebbe emersa e che noi avremmo dovuto subirne le conseguenze; non era una mia paziente, sia chiaro, ma l'ascoltavo come se lo fosse e lei mi confessava ogni cosa come se fossi il suo medico.

«Se è questo ciò che vuoi, va bene.»

La porta della camera si spalancò, annunciando l'arrivo dell'uomo che le avrebbe fatto vivere un'esperienza del tutto nuova e memoranda.

Audrey rimase sorpresa quando riconobbe la sua figura. «Mitchell...»

«Spero di non aver interrotto nulla.» Con la sua innata eleganza, l'avvocato Ryke avanzò verso di noi elargendole un sorriso sensuale. Audrey lo ammirò da capo a piedi. Le fu difficile restare indifferente al suo fascino: capelli lucenti come l'oro, lineamenti virili, fisico alto e statuario.

Un degno principe azzurro, dal quale la principessa sarebbe stata soddisfatta.

Mitchell si fermò a qualche passo da lei. «Le hai spiegato la tua folle idea?» ironizzò con quella fastidiosa iattanza che si portava addosso da quando era un ragazzino.

«Non è la prima volta che lo facciamo.» Mi alzai, lisciando i pantaloni di alta sartoria raggrinziti sulle ginocchia.

«Ma è la prima volta che condividiamo una donna che appartiene a uno di noi, in questo caso a te», sentenziò diffidente. Ci eravamo sempre imposti un limite invalicabile: nessuno dei due avrebbe mai toccato la donna dell'altro – Giselle era l'eccezione.

Mitchell era preoccupato non tanto per Audrey o per la sua incolumità, quanto per me e per il nostro rapporto d'amicizia. Temeva che, svanita l'eccitazione indotta dalla lussuria, mi sarei riappropriato della ragione e avrei potuto imputargli la colpa di quanto successo, compromettendo l'affetto che ci univa.

Ciò che l'avvocato ignorava era che, grazie al mio lavoro e allo studio delle parafilie e dei disturbi parafiliaci – dei quali molti miei pazienti erano affetti – conoscevo così bene la sessualità umana, e ogni tematica a essa correlata, da rimembrare quanto potesse essere lesivo vivere il sesso con ansia, considerarlo un dovere da adempiere nei confronti di una sola persona oppure, nel matrimonio, un dovere da imporre al coniuge che dovrebbe attenersi alla monogamia.

Il sesso è un beneficio transeunte.

È un dono naturale che lega tra loro due o più anime.

Non mi sono mai vergognato di confessare cosa ne penso a riguardo: mi piace quando è spinto, vizioso, spudorato, quando sfocia nella violenza della carne, nell'unione travolgente dei corpi che si sgomentano, divorano, mordono e annientano con l'amore genitale.

Oh, soffermiamoci un attimo su quest'ultima espressione.

Non vi sembra poetico parlare di amore genitale?

D'altronde, non è proprio attraverso le parti più intime dell'essere che due individui riescono a congiungere i loro mondi, a creare un accorpamento di sensazioni ed emozioni, a prendersi cura del benessere dell'altro?

So cosa vi starete chiedendo: cos'è successo con Audrey, dottore?

La smetta di perdersi in queste intricate e logorroiche involuzioni.

Avete assolutamente ragione!

Dunque… Mitchell mi guardò in attesa di una risposta.

Voleva capire se fossi davvero intenzionato a condividere la mia amante con lui, o se il mio fosse solo un capriccio momentaneo.

«La nostra amicizia resterà invariata, Mitch.» Mi sfilai la giacca elegante, posandola su una poltrona poco distante. «Escludo a priori la possibilità che uno dei due possa sentirsi ferito o leso dall'altro.» Tornai di fronte ad Audrey che era rimasta in silenzio, seduta sul bordo del letto a seguire il discorso in corso.

«Tu sei d'accordo?» Mitchell si rivolse direttamente a lei per accertarsi che non avesse cambiato idea o che non si sentisse costretta. Nessuno dei due l'avrebbe mai forzata a partecipare a un *threesome* senza il suo consenso.

La ragazza annuì con qualche incertezza. «Sì, è solo che…» Iniziò a torturarsi le dita delle mani – perfettamente curate, come piacevano a me – inducendo Mitchell a trarre una conclusione affrettata.

«Non accadrà niente in questa camera che tu non voglia, Audrey. Se vuoi andare via, Efrem ti riaccompagnerà subito a casa.»

«No, Mitch... non intendevo questo.» Lei sollevò i suoi occhioni incerti, interrompendo sul nascere l'eccessiva premura del mio amico. «È solo che... non l'ho mai fatto», rivelò in imbarazzo.

Prima che l'avvocato fraintendesse ancora, decisi di intervenire.

«Non ha mai avuto rapporti con due uomini insieme.» Il mio tono inconcusso – velato da un glaciale cesarismo – fece sobbalzare Audrey che, a causa del troppo pudore, non avrebbe mai avuto il coraggio di essere così chiara.

«Oh, questo non è un problema, vedrai.» Mitch ridusse la distanza tra loro. Con delicatezza, le accarezzò la guancia con il dorso della mano e lei si ammansì, sedotta dalle promesse di piacere che ramingavano sul volto mordace del nostro *voyeur*, che quella sera non si sarebbe limitato a guardare. «Dovrai solo fidarti di noi, nessuno dei due ti farà del male. D'accordo?»

Audrey annuì, con un'improvvisa scintilla di lussuria negli occhi: non vedeva l'ora di avere Mitchell a sua disposizione e me dentro di lei, ovunque avessi voluto introdurmi.

Il mio amico mi lanciò un'occhiata complice: era pronto, e lo ero anch'io.

Si liberò della giacca, adagiandola sopra la mia, dopodiché raggiunse Audrey facendola distendere di schiena sul letto.

«Partiremo dalle basi...» sussurrò lui, puntellandosi su un gomito, accanto al suo corpo. Scaltramente, decise di non starle troppo addosso perché la ragazza era tesa e non smetteva di fissarmi in cerca della mia protezione. Rimasi fermo a guardarli dacché, in quel momento, l'idea di dover accendere la sua voglia con dei preliminari non mi entusiasmava; in quelli era di gran lunga più paziente Mitchell. «Stai tranquilla», la rassicurò sensualmente. Con la mano iniziò a sbottonarle la camicetta, rivelando a poco a poco le mammelle burrose avvolte da un grazioso reggiseno bianco. Proseguì lento fino alla gonna, trovò la cerniera laterale e la fece scorrere liberandola dello scomodo indumento. Audrey rimase con le mutandine in bella vista, le gambe serrate, la stoffa della gonna aggrovigliata attorno alle caviglie e i seni ancora coperti.

«Spogliala. Completamente», ordinai restando piantato ai piedi del letto. Non stavo ancora partecipando, ma non distoglievo mai la vista dalla mia donna. Mitchell eseguì, restando fedele a una delicatezza persuasiva, qualsiasi cosa facesse. Quando Audrey rimase nuda, entrambi ci prendemmo del tempo per ammirarla: era una meraviglia.

Femminile, florida... *offerta*.

Un girasole che avremmo voluto spezzare.

Sentendo addosso i nostri sguardi affamati, arrossì e si coprì d'istinto i seni con innocente verecondia.

«No, non farlo.» Mitchell le prese il braccio, scostandoglielo gentilmente. «Sei bellissima.» Si sporse per baciarla. Mi aspettavo che Audrey lo rifiutasse, invece ricambiò in un innesto di labbra e lingue che durò più di quanto mi aspettassi.

Oh, Audrey, che tipetta focosa eri...

«Cerca di coccolarla. Deve essere pronta per entrambi.» Infilai le mani nelle tasche dei pantaloni. Presto sarebbe arrivata anche per me l'occasione di mangiarla, ma io aspiravo a molto di più: le sarei entrato nel profondo, fin dentro l'anima, nel modo più naturale che conoscessi.

Mitchell le insinuò morbidamente due dita nel sesso glabro; lei gli si immolò aprendo spontaneamente le gambe e concedendomi una visione integrale della sua intimità rosacea, mentre gemeva piano a occhi chiusi, come aveva fatto sin dall'inizio.

Audrey aveva interrotto quasi subito il contatto visivo tra noi e mi fu inevitabile pensare che l'esigenza di sentirsi protetta da me fosse stata tutta una messa in scena per rendersi più desiderabile.

«Sei già bagnata.» Mitchell le sorrise, fiero della velocità con la quale l'aveva indotta a cedergli. «Dimmi che mi desideri, che mi desideri dentro di te e che desideri che Efrem ci raggiunga.»

Audrey sollevò in alto il bacino per incitarlo a proseguire con le sue carezze. Le dita maschili entravano e uscivano dalla fica calda con un'agilità che l'avrebbe condotta presto al suo primo orgasmo. Accaldato dall'intensità di quelle effusioni, Mitchell si sbottonò la camicia fino allo stomaco e proseguì a liberare ogni asola finché si denudò.

«Sì, lo desidero», biascicò lei, in preda all'eccitazione; gli occhi le si socchiusero, annebbiati dalla lussuria.

«Chi desideri, Audrey? Dillo.» Mitchell le baciò l'angolo delle labbra; la ragazza spostò appena la testa per ottenere un contatto maggiore che, tuttavia, non le fu concesso.

«Tutti e due», decise, senza alcuna titubanza. Non avrei mai pensato che sarebbe stato così facile convincerla a godere di entrambi, ma evidentemente mi sbagliavo.

Con un ghigno da bastardo, mi avvicinai.

Audrey parve percepire i miei passi perché smise di muoversi contro la mano di Mitchell e spostò lo sguardo su di me. I capelli le si erano ammucchiati sulla fronte sudata, il respiro corrotto dalla carica erotica divenne sempre più ansante. Mi sfilai la camicia, restando con addosso i pantaloni eleganti, svelandole la muscolatura del torace che le fece fiorire un sorriso malizioso.

«Dove mi vuoi?» Salii sul letto per inginocchiarmi alle sue spalle, sfiorando con le caviglie i morbidi cuscini. Mi abbassai la cerniera, i boxer e liberai l'erezione. Audrey reclinò il capo in una posizione scomoda per guardarmi.

«Prenditi ciò che vuoi.»

Per fortuna, ebbe l'astuzia di non porsi alcun limite.

«Apri la bocca per me.» Non attesi molto prima di rivolgerle una richiesta schietta alla quale lei obbedì. Con il glande le sfiorai le labbra e, quando le schiuse, scivolai dentro sentendo la lingua concedermi una prima carezza. Contrassi l'addome, il piacere mi percosse dal profondo appena quell'ingresso umido – la riproduzione quasi fedele della sua *Fotze*, soprattutto quando la cima sbatteva contro l'interno della guancia – mi investì la carne e spinsi le anche in avanti con un affondo più violento. Le palpeggiai rudemente un seno e ammirai il modo in cui la mia punta prese forma sottopelle, emergendo in superficie. Fu un'immagine oscena ma talmente intrigante da indurmi a esplorare profondità irraggiungibili; Audrey provò a leccarlo dalla radice, picchiettando la lingua contro i testicoli rigonfi come una meretrice ingorda, e io fremetti dalla voglia di soffocarla mentre lo adorava centimetro dopo centimetro. Iniziai a muovermi con più impeto, colpendole la gola e scorrendo veloce. Volevo assaporare la delizia del nostro contatto lascivo, anche se non mi bastava. «Di più…» Mi spinsi ancora contro la sua bocca, con maggiore irruenza. Il membro raggiunse un diametro così vigoroso che lei mugolò in estrema estasi, compiendo allo stesso tempo uno sforzo maggiore per accoglierlo. «Sì, brava. Ancora un po'…» La sua saliva lo inumidì di una patina luminosa che ne accentuava la pelle tesa mentre le nervature massicce si dipanavano eccentriche lungo il tronco. Ogni volta che riaffondavo tossiva e annaspava, e io arretravo per consentirle di riprendere fiato. Era l'unico modo in cui potevo agevolarla. Con una dolce carezza sulla mascella, la ringraziai per lo sforzo. «Ancora?» le domandai fissandola dall'alto, ma lei scosse la testa, permettendo a due lacrime di solcarle gli zigomi, e compresi che non avrei potuto spingermi oltre.

Audrey non ce l'avrebbe fatta.

«Efrem...» Mitchell cercò di ammonirmi. «Sarebbe più semplice per lei se tu avessi un cazzo di dimensioni normali.»

«Scusa, amico, ma nessuna si è mai lamentata», risposi con un sorriso superbo. Arretrai dalle labbra di Audrey, distesa tra di noi, sudata e frustrata dalla tensione. Lei sporse la bocca, desiderosa di riprovare a succhiarlo, ma con un cenno del capo comunicai a Mitchell che era giunto il momento di accontentarla diversamente. Lui si inginocchiò tra le sue cosce aperte, poi la prese in braccio posizionandosela a cavalcioni. La ragazza si mosse fiacca, ma languida, per niente intenzionata a tirarsi indietro, e si resse alla sua nuca per non ricadere supina.

«Vedrai che ti piacerà, fidati di noi.» Lui le regalò un bacio carico di passione, poi l'abbrancò per i fianchi, se la posizionò sul pube e la penetrò nel tenero sesso, strappandole un sonoro gemito. Audrey si inclinò all'indietro, abbandonando il capo sulla mia spalla, e ne approfittai per torturarle il collo con baci e morsi. Non sapeva su quale parte del suo corpo concentrarsi, a chi dei due concedere tutta se stessa. Entrambi pretendevamo le sue attenzioni, le zone più erogene del corpo: la bocca, i seni, la vagina, il culo...

Come serpenti velenosi volevamo insinuarci in ogni bieco anfratto e marchiarlo.

Volevamo tramutarci in un unico essere, un intreccio mostruoso di trasgressione e biasimevole avidità.

«Efrem.» Il suo sguardo lucente di viva concupiscenza si perse nel mio quando l'accarezzai tra le natiche, poi più giù, sui lembi schiusi, sfiorando l'esatto punto bagnato in cui accoglieva gli affondi di Mitchell.

«Apriti per bene, Audrey, non irrigidirti», l'avvertii prima di risalire a ritroso e spargere con i polpastrelli i suoi umori vischiosi sullo sfintere che preparai con l'indice, violandolo con prudenza. La mia amante si umettò il labbro inferiore, poi si voltò a baciarmi, ma non ricambiai con un'effusione casta: la morsi con violenza, senza alcuna longanimità, facendole sanguinare la carne, e lei gemette dolorante.

Inconsapevolmente dondolò con più frenesia sull'uccello di Mitchell; lui colse l'attimo per darle stoccate più energiche e farla urlare. Avvicinandomi alle sue terga femminili, sporte ai miei occhi famelici in un invito rovente, strusciai l'asta nell'incavo centrale anticipandole dove mi sarei introdotto; Mitchell continuò a scoparla finché comprese che era pronta, poi si fermò e la ghermì dal retro delle cosce sostenendola per renderla più accessibile e permettermi di unirmi a loro.

«Sta' buona, non avere paura», la rassicurò con la finta premura di un lupo che ruota attorno all'agnellino prima di azzannarlo.

Impalata sull'erezione del mio amico, sulla quale si dondolava piano, Audrey guaì maliziosa quando le schiaffeggiai il sedere spremendolo tra le dita fino ad arrossarlo, poi le aprii le natiche per ammirare quanto fosse stretto il vizzo pertugio nel quale mi avrebbe accolto. Senza attendere molto, con rudezza, lasciai cadere un fiotto voluttuoso sulla zona interessata, lo cosparsi per bene col polpastrello sui muscoli stretti che massaggiai, stuzzicai, allentai con una falange e, col glande inumidito e rigonfio, mi appoggiai contro il piccolo ingresso. Le afferrai la gola per tenerla ferma e spinsi con lentezza affinché si dilatasse. Quando riuscii a invaderla, la trafissi con tanta forza che la ragazza inarcò la schiena con un urlo morituro, sentendomi a fondo, a occuparle l'anima, a farle a pezzi il pudore, a spezzare le sue difese.

Piangi, tesoro... piangi per me... dammi le tue lacrime.

Le stesse che farò versare al tuo compagno.

«Fidati, Audrey. Sono io», le sussurrai probante. «È ciò che volevi, ciò che mi hai confidato...» Esalai un respiro caldo al suo orecchio; la pelle le profumava di iris poudre e bacche rosa, una fragranza dal fondo caldo e corposo come lo erano le sue viscere mentre avanzavo fino all'elsa, fino a premere i testicoli contro il suo umidore bollente.

Audrey tremò, scossa da brividi convulsi. Si adagiò sul mio torace nudo e riuscì a voltare la testa per mordermi il collo. Con una stretta tenace le schiacciai le guance con due dita e la baciai con dedizione, rincorrendo la sua lingua indomita.

«Adesso si fa sul serio, dolcezza.» Mitchell riprese a muoversi, con meno premura e più irruenza. Lo sfregare incessante del suo pube contro il clitoride della ragazza riusciva a regalarle un piacere sublime che si mescolava al dolore della mia grossa intrusione, tormentando tutti i suoi sensi. Gemette nella mia bocca, strusciando le anche su di lui, il culo sul mio basso ventre e la schiena sul mio petto.

Per minuti incessanti si ritrovò a ospitare entrambi, bloccata da quattro mani che la sfioravano ovunque, trafitta da una parte e dall'altra senza alcuna volontà di sottrarsi.

La fottemmo come se fossimo a digiuno da una vita e lei fosse il nostro primo pasto prelibato.

Mitchell a volte si coordinava ai miei affondi, altre volte indugiava, attendeva che io arretrassi di poco per riprendere a spingere e lasciar ripercuotere il corpo di Audrey contro di me.

Io, invece, non le concessi alcuna requie.

Tenevo le sue natiche separate, i palmi aperti sotto i glutei – ben pasciuti e attraenti – a stritolarle la carne, e la possedevo con colpi di bacino decisi, sempre più rudi.

Incanalavo tutte le sue emozioni, assoggettavo la sua ragione ai desideri più profondi mentre sia io che Mitch continuavamo con vigore a dar sfogo al nostro impeto, perdendo la cognizione del tempo.

La distendemmo sul letto e la rigirammo più volte per alternarci in entrambi i passaggi, marchiandola ovunque.

La ragazza guaiva e, incapace di trattenere le urla di piacere, si dimenava fra di noi, ci graffiava, ci mordeva, ci incitava a non abbandonarla, a restare con lei, cinti alle corde di quel congiungimento sfrenato.

Spesso Mitchell si fermava per concederle delle tenere carezze sui seni che potessero attenuare la naturale sofferenza del suo corpo e lei lo ringraziava, trovando tuttavia nel mio sguardo l'intimo legame che ci aveva indotti a diventare amanti molti mesi prima.

Per l'intera durata di quel rapporto cercammo di non lederle.

Eravamo possenti, dissoluti, forti, ma attenti.

Tentammo di equilibrare estasi e dolore in un'intensa fusione che la inducesse a godere con noi, a ricordare quel momento come uno dei più straordinari della sua vita.

La nostra fu un'unione lenta e veloce, dolce e aggressiva che si ripeté ancora e ancora, nella stessa sequenza, in ogni buco possibile – scusate il frasario volgare di tutto questo aneddoto – finché entrambi, bloccandola in una gabbia di muscoli bollenti e ansiti esasperati, ci riversammo dentro di lei; al contempo Audrey, stordita e impaziente, avvolta da noi in una morsa rassicurante, si abbandonò a un orgasmo così trascinante che la fece tremare, piangere e ridere, oltre che bagnare le lenzuola.

Disfatti e sudati, ricademmo sul letto con l'immediato bisogno di riappropriarci delle energie delle quali quel sesso feroce ci aveva completamente prosciugati.

Audrey strofinò il naso sul mio collo e ci posò un lieve bacio, accoccolandosi su di me, ma posando le natiche arrossate contro il fianco dell'avvocato.

Qualche goccia di mascara le aveva rigato il volto, attenuando il candore della sua pelle ancora segnata dalla nostra voracità.

Mitchell si adagiò sulla schiena, piegando un braccio dietro la nuca e volgendo lo sguardo al soffitto, estraniandosi da tutto, come faceva spesso dopo un rapporto.

«Dovremmo rifarlo», annunciò la ragazza. «Anche se dovrete concedermi una settimana per riprendermi», aggiunse con uno sfarfallio di ciglia mellifluo e civettuolo.

«Come prima volta, sei stata brava.» Le diedi un pizzicotto sulla guancia, ma, temendo che potesse pretendere attenzioni patetiche e smancerose – cosa che non concedevo a nessuna –, mi allontanai, sedendomi sul bordo del letto.

Inaspettatamente la suoneria di un cellulare echeggiò tra le pareti dei muri scrostati.

«Efrem, dovrebbe essere il mio. Me lo prenderesti tu, per favore?» Audrey non era nelle condizioni di alzarsi. Persino io, abituato agli amplessi di quella portata e anche peggiori, percepivo le membra spossate e un senso di pesantezza che mi incitava a starmene fermo a combattere contro un'improvvisa lassezza.

Passandomi la mano tra i capelli scarmigliati, ancora seminudo col pene brullo, individuai la borsetta che giaceva afflosciata su se stessa in un angolo del pavimento, la raggiunsi, estrassi il telefono e tornai da Audrey per porgerglielo mentre mi riponevo l'aitante *birbone* – ancora reattivo – dentro i boxer.

Lei sgranò gli occhi quando lesse il nome del mittente sullo schermo; sbiancò e si issò su un gomito improvvisamente priva di quell'allegra vitalità che di solito le sfavillava tra i lineamenti piacenti.

«Chi è?» Mitchell si girò pigramente su un fianco, cercando di sbirciare.

La nostra amante trattenne il fiato e parve sul punto di morire quando barbugliò stentatamente: «Benjamin».

Il suo uomo…

Mio fratello.

E lei era mia cognata: Audrey Dione Jernigan.

Oh, a chiunque stia leggendo… non ho alcuna giustificazione da propinare.

Ve lo avevo anticipato, ricordate?
Sono un bastardo che sguazza nel vizio e che di esso non si pente.
E la vendetta, per quanto sia avvilente, a volte è il tipo di corruzione più efficace.
Vi prego… non odiatemi.

E. K.
Vuoi una caramella?

Berlino, 6 novembre

Il tuo corpo è un abbaglio infernale.
Un dolce inganno. Un piacevole refrigerio.
Una beltà di amabili imperfezioni.
Una bellissima prigione.
EFREM KRUGHER

SE qualcuno mi avesse detto che avrei vissuto il travolgimento adolescenziale di un ragazzino ammalato di Dorothenite molto probabilmente non ci avrei mai creduto!

Uno dei periodi che rammento con maggiore nostalgia fu quando Dorie cominciò a mostrare i primi segni di miglioramento. Ogni giorno chiedevo di lei ai miei colleghi per essere informato sui progressi o regressi del suo percorso e, con mio sommo stupore, mi fu riferito che la bambina stava collaborando, seguiva il piano alimentare, mangiava regolarmente e aveva messo su qualche chilo, nonostante non fosse mai stata in sottopeso.

Ero più che certo che alla sedicesima settimana di trattamento sarebbe stata pronta ad affrontare la vita con le nozioni e gli insegnamenti che aveva appreso dalla sua psicologa; anche Adrian stava svolgendo un ottimo lavoro monitorandola costantemente, pesandola ogni lunedì e invitandola, insieme alle altre ragazze, agli incontri collettivi in cui discorreva delle anomalie del comportamento e dei conseguenti danni alla salute fisica.

Tuttavia, ciò non garantiva che saremmo stati in grado di abbattere completamente i meccanismi psicologici di mantenimento coi quali il disturbo alimentare avrebbe potuto continuare a influenzare pensieri ed emozioni, ma la paziente avrebbe potuto imparare varie strategie per interrompere i fattori che le impedivano di intraprendere la fase della guarigione. Benché non mi occupassi direttamente del suo caso, mi accertavo che l'intervento dei miei colleghi incoraggiasse Dorie a partecipare in maniera attiva al processo di cura e a decentrarsi dalla malattia per evitare future ricadute.

Dopo averle confessato di Benjamin, la relazione tra me e lei divenne più complice e intima.

Ci sentivamo molto spesso e ci vedevamo in ogni ritaglio di tempo possibile. Non era facile far combaciare i miei turni lavorativi con i giorni in cui lei non doveva sostenere colloqui con Nina, altresì incombeva su di noi il tedioso problema dell'evitare che qualcuno potesse sorprenderci insieme, in atteggiamenti osceni o inappropriati, a partire da mio padre fino ad arrivare agli operatori brulicanti per la clinica. Il maggiordomo, invece, qualsiasi cosa vedesse, intuisse o comprendesse, era abbastanza discreto da non divulgare informazioni scomode o intromettersi in questioni che non lo riguardavano. Mi sono sempre chiesto se fosse così misurato per una preveggente saggezza che aveva tempestivamente supposto che la mia relazione sarebbe stata un giorno smascherata e punita – senza che lui facesse da ambasciatore a Markus – oppure se nascondesse dentro di sé un sentimentalismo che lo induceva a sperare che quella ragazzina fosse giusta per me, a prescindere dall'età, dalle dinamiche in cui l'avevo incontrata o dalle regole a cui avrei dovuto attenermi.

Mi rendo conto che può sembrare illogico o bizzarro che un uomo tanto rigoroso come me possa aver perso la testa per la sua paziente fino a compromettere la propria carriera, ma sapete… le pulsioni emotive non ammettono nessuna logica, non ci sono equazioni matematiche, formule o massime da seguire in amore.

Soltanto il cuore.

Ci sono degli avvenimenti nella nostra vita che non possiamo mettere in discussione, che non possiamo scegliere di mutare o sradicare e che ci appaiono così invasivi, così potenti, da assumere per noi un valore incondizionato.

Il mio sentimento nei confronti di Dorie era di sicuro *incondizionato*, considerando che non era nato per un gusto estetico, una valutazione caratteriale o una ragione che si era consolidata nel tempo; lei era diversa dalle donne con cui ero stato in passato, era diversa da Liliane, eppure l'unica per la quale avrei commesso follie, l'unica per la quale avevo abbandonato il controllo, l'unica che mi conduceva fuori dalla razionalità e che lasciava fiorire dentro di me la purezza di emozioni incontaminate.

Cosa c'era di male in questo?

C'era che per la società io ero troppo adulto per lei, lei troppo giovane per me, e che ci attendevamo sul ciglio di due marciapiedi opposti mentre tra di noi vagolava una folla di diritti morali e giuridici rientranti nella deontologia professionale di cui *io* ero il diretto responsabile.

A quanti di voi – ormai a conoscenza della mia triste storia – potrei apparire un narcisista onnipotente che ha approfittato della debolezza di una fanciulla?

Quanti non crederebbero che è stata proprio lei a sedurmi sin dal suo arrivo?

E quanti dubiterebbero che l'ho tutelata finché mi è stato possibile?

Cari integralisti incorrotti – di sicuro liliali e di grande dirittura –, a me interessava che cominciasse ad amare se stessa prima ancora di amare chiunque altro, tutto ciò che avevo fatto per lei celava quest'unico intento; il sesso – se mai ci fosse stata occasione di viverlo – sarebbe stato una faccenda secondaria che certamente non avrei disapprovato, ma che *non* corrispondeva a un obiettivo primario, bensì all'incoronamento del nostro rapporto.

Un rapporto che consideravo *sacro* tanto quanto il suo corpo.

Mi ero prefissato che avrei aspettato finché la sua salute mi avesse permesso di onorarla con carezze che andassero oltre le effusioni infantili o i baci sostenuti. Tuttavia, vi garantisco che non era affatto semplice gestirla, frenare il suo ardire incosciente o dissuaderla dalla rischiosissima idea di spogliarmi ovunque ci appartassimo per scambiarci fugaci coccole, alquanto indecenti.

Qualche volta capitava che passeggiavamo insieme nel parco, alle tre del pomeriggio, e la mia birbantella mi trascinava con sé lontano dal torpore estivo, sotto le foglie ombrifere, dietro la corteccia di un albero per avventarsi sulle mie labbra, infiammarmi la carne con i suoi sconci strusciamenti e sussurrarmi che mi voleva da matti – in realtà era più un: *«Cazzo, quanto ti voglio»* –, che era stanca di essere respinta e che non riusciva più ad aspettare. Spesso si avventurava con le mani sotto la camicia o dentro i pantaloni e, sebbene in quegli attimi in cui ero avvolto dalle sue dita agili sentissi spandere sottopelle un violento calore più ustionante del meriggio, a fatica, annaspante, ero costretto a intimarle – con la minaccia di punirla – di fermarsi prima che potessi perdere il senno e prenderla come una belva contro il fusto. Lei con quel sorriso accecante, sempre dolcemente malizioso, tanto largo da farle arricciare di più il nasino pestifero, si placava, borbottava qualche frasetta adolescenziale su quanto fossi severo poi, incapace di starmi lontana, mi abbracciava forte, posandomi la testa sul petto. Amava concentrarsi sui battiti del mio cuore... mi ripeteva che era il più bel suono che avesse mai udito e che il nostro incontro era stato un regalo di sua mamma.

Che io ero stato un regalo del cielo.

«Ah sì?» le domandai la prima volta un po' scettico, con meno romanticismo di quanto ne mettesse lei nelle dichiarazioni che si lasciava sfuggire in rari momenti. «Pensi che tua madre volesse questo per te?»

«Penso che mia madre sarebbe contenta nel sapermi felice», mi mormorò sulla bocca tumida dei suoi morsi, umida di languore, gonfia di desiderio. «Solo con te sono me stessa, Efrem.»

E scoprii, attimo dopo attimo, amandola in segreto, quanto per lei fosse importante sentirsi accettata per quella che era, con i suoi collarini colorati, con le giarrettiere di pelle sulla coscia, le camicette a quadretti prevalentemente rosse, nere o lilla, le minigonne o gli shorts attillati, gli anfibi vecchi, troppo grandi per i suoi piedi minuti e affusolati, ma a cui lei era così affezionata da non separarsene mai, i codini alti e disordinati, che ancora non era in grado di rendere, a suo dire, ben tondeggianti, e quegli occhi repleti di albori di vita, torridi come l'aurora, in cui io vedevo il suo futuro, vedevo che presto sarebbe cresciuta, maturata e, dopo aver superato il pergolato delle sue insicurezze, sotto tutte quelle ombre dalle quali scappava, sarebbe fiorita in un berceau pieno di sogni rosati e corolle di successo.

Era cambiata tanto rispetto al nostro primo incontro; aveva smesso di essermi ostile, di offendermi o sfuggirmi, aveva smesso di difendersi da me, di reputarmi una minaccia da combattere o un imbecille col quale giocare a fare la *femme fatale*. Aveva imparato a parlarmi, a raccontarsi, a mostrarmi le sue lacrime e le sue emozioni; spesso quando ci sedevamo su una panchina – la nostra panchina, l'unica immersa tra i cespugli dei giacinti – mi infilava una delle sue cuffiette per farmi ascoltare la musica dei Bright Demons – ahimè, con la voce del *capretto* a ronzarmi nel timpano – o le canzoni degli artisti che preferiva. I suoi gusti giovanili erano sorprendentemente variegati: spaziavano dai gruppi che conoscevo meglio, come i Beatles o i Queen, a quelli emergenti, di una generazione troppo distante dalla mia, che invece mi facevano storcere il naso. Era quasi scontato che, puntualmente, mi sorbissi alcune delle sue affermazioni irridenti del tipo: *Efrem, sei vecchio. Ma dai... non li hai mai ascoltati? Devi modernizzarti. Okay, ti creerò una playlist personale così quando non sono con te mi penserai.*

Chi le avrebbe spiegato che non avrei avuto bisogno di un elenco di canzoni per sentirla sfarfallare nella mia mente a ogni ora della giornata?

In quelle settimane mi scriveva spesso messaggini seducenti al cellulare oppure mi chiamava a notte fonda a causa di un incubo e, appena sentiva la mia voce, smetteva di singhiozzare e si calmava confessandomi che le mancavo. Una frase semplice, banale che detta da lei mi riempiva il petto di sensazioni vorticanti e conflittuali. Sentivo la testa ruotarmi come un mulinello, divisa tra il senso di colpa verso Liliane e la felicità che mi regalava quella ragazzina. Alcune volte restavo al telefono con lei finché si addormentava e riattaccavo solo quando mi accertavo che il suo respiro fosse abbastanza tranquillo da garantirle un sonno placido. Quelli erano i momenti in cui la nostra lontananza, la realtà di viverci nell'oscurità più tetra del mondo, come esiliati che erano stati spediti su due confini diversi, mi pesava maggiormente. Non ero abituato a consolarla senza poterla abbracciare, tantomeno a ignorarla quando mi cercava con più insistenza mentre Lili era accanto a me.

E che dire dei tentativi di mia moglie di accarezzarmi a letto e degli sforzi di appagarla senza destarle alcun sospetto?

Dovete sapere che in una relazione extraconiugale l'uomo affronta due terribili fasi: una primaria in cui è consapevole di tradire la moglie con l'amante e una secondaria in cui comincia a tradire l'amante con la moglie. Insomma, la situazione si inverte e l'uccello migratore – troppo generoso – precipita in un circolo vizioso dal quale non sa più come uscire.

La difficoltà principale era che, appena tornato a casa, dovevo mostrarmi desideroso di fare l'amore con lei anche quando, qualche ora prima, Dorothea si era divertita a rimediare a un'erezione – che mi aveva provocato con uno dei suoi ammiccamenti insolenti – stringendola nel palmo o inginocchiandosi a suggerla. Avevo scoperto che amava da morire il mio sapore e che si arrabbiava se ironicamente glielo negavo.

A tal proposito, avevo notato che spesso la mia bambina adorava compiacermi, ma non mi consentiva di ricambiare. Quando, nei nostri momenti intimi, desideravo scendere tra le sue cosce per assaggiarla, Dorie arretrava, inventava scuse poco credibili con le quali distrarmi o si stringeva nelle spalle come se si vergognasse di qualcosa. Non capivo il motivo di quella ritrosia, avevamo superato i limiti da tempo, perciò associai il suo strano comportamento a un'insicurezza, probabilmente riguardante il corpo.

A riprova di questo, vi racconto cosa accadde una sera...

Al termine del turno lavorativo, io e Dorothea eravamo distesi sul divano del mio studio – quello dell'ala ovest – intenti a chiacchierare di come avesse trascorso la giornata e di come fosse andato il colloquio con Nina. La scimmietta era rannicchiata di fronte a me, su un fianco, con il mio braccio attorno al girovita e un'espressione deliziosamente amena e rilassata; amavo accarezzarle i capelli e lei amava lasciarmelo fare.

«A che ora tornerai a casa?»

Conosceva, più o meno, il mio orario di rientro, ma voleva capire quanto potessi rimanere con lei.

«Tra mezz'ora.»

«E mi chiamerai?»

«Dopo che Lili si addormenterà. Ti chiamo ogni sera», le rammentai senza aggiungerle che ormai era il mio primo pensiero al mattino e l'ultimo pensiero la notte.

«Devi», mi provocò la birbantella sapendo bene quanto odiassi le ingiunzioni impostemi con quel tono inderogabile.

«Mmh... 'devo'?» Le feci credere di stare al suo giochetto, mettendole una mano dietro la nuca per avvicinarla a me. «E tu sai cosa 'devi' darmi?» Le fissai la bocca assorto come se fosse una particella magica, un sentiero campestre in cui passeggiare con ozio fino a smarrirmi in un incanto naturale che blocca il tempo e rende il mondo eternamente immutabile.

Lei ridacchiò, sollevando una gamba per posarmela sull'anca e strusciarsi contro il mio inguine. «Un bacio?»

«Una caramella», le risposi faceto e, intanto, la furbetta iniziò a muovere pianissimo il bacino contro di me.

«Come faccio a darti una caramella?» Trattenne un ansito anche se percepivo le sue pulsazioni aumentare al lento sfregamento sulla mia protuberanza che – dura e impaziente – premeva contro la fessura, dividendone i lembi carnosi. «Non ce l'ho.»

«E se te la dessi io?» Faticavo a mantenere la lucidità col suo profumo così invadente addosso, la coscia che mi imprigionava e i nostri sessi uniti a fornicare come due ragazzini eccitati.

Dorothea ebbe uno strano sussulto convulso col quale tentò di chiudere le gambe come se qualcosa nel mezzo la stesse solleticando fino a farla contrarre. «Invertiresti la tua richiesta», mi rispose dubbiosa.

La sua voce era più bassa e seduttiva; la pulce si stava adoperando per indebolirmi, annientarmi, fottermi, ma cercai di mantenere il controllo.

«O ti sarebbe d'aiuto.»

«Che diamine stai dicendo, Efrem?»

A quel punto estrassi una caramella dalla tasca dei pantaloni, ovviamente incartata, e gliela misi davanti al naso; lei incrociò gli occhi buffamente e corrucciò le sopracciglia bionde.

«E quindi?» Quando si applicava col giusto impegno era abbastanza scaltra, quando invece era sopraffatta dal fuoco dell'eros – soprattutto in mia compagnia – le sue capacità intuitive perdevano prontezza.

«E quindi adesso ti mostrerò come puoi offrirmela.» Con qualche difficoltà, giacché l'altro braccio era insinuato sotto la sua testa, riuscii a scartarla. Dorie sgranò le palpebre, curiosa come una bambina che non aveva mai visto una pallina vetrosa così colorata; con un sorriso malizioso, cominciai a strofinargliela lentamente sulle labbra ancora arrossate dai nostri lunghi, profondi e impudenti preliminari. D'istinto provò a leccarla, ma tempestivo spostai il dolciume sulla mandibola, seguendone l'incurvatura. La feci rotolare più giù, lungo il collo. Il suo respiro si intensificò, i seni sporgevano come germogli dal top aderente, i capezzoli erano due pietrine appuntite; con le ciglia abbassate, seguì la traiettoria della biglia che scivolava ancora – retta dalle mani del burattinaio – sul ventre morbido della mia bambola, fino all'orlo delle mutandine. Le avevo già slacciato la gonna con la quale si era presentata un'ora prima, ordinandole di restare mezza nuda per compiacermi altrimenti conosceva già le conseguenze della sua indisciplina.

«Qui c'è un ostacolo. O li togli o te li strappo», l'avvertii riferendomi agli slip neri. La mia bambina – impaziente come sempre – con entrambi i pollici agganciò l'elastico sui fianchi e, piegando le ginocchia, fece scivolare il pezzetto di stoffa fino alle caviglie, sfilandolo dai piedini sensualmente aculeati.

«E adesso?» mi chiese speranzosa con le sue ciliegie giovanili a aderirmi al petto, indocili quanto lei. Così arresa sembrava la visione di una dea agreste. «Farai sesso con me?»

«No.» La invitai a stendersi sulla schiena, salendole sopra – ancora vestito – senza schiacciarla.

Dorie si morse il labbro inferiore e sbirciò dentro la camicia sbottonata, sporgendosi a posarmi un bacio sullo sterno con le manine che scendevano a palpeggiarmi i glutei. A volte pensavo che fosse troppo affettuosa per me, mentre io prediligevo carezze aggressive, punizioni, sangue e merore. Mi ressi su un gomito per non farle male mentre col palmo destro dirigevo la caramella verso il pube.

Dorie mi respirava addosso, curiosa di capire le mie intenzioni. «C-cosa hai in mente?»

«Un gioco.»

«Un gioco sadico?»

La mia scimmietta non immaginava neanche quanti gingilli avessi inserito negli orifizi delle mie amanti, ma con lei non sarei mai stato tanto sconsiderato. La trattavo come se fosse vergine soltanto per rammentare a me stesso che non apparteneva all'*Himeros* e che, sebbene la sua indole fosse improntata a una forma di masochismo, non era una masochista estrema come le altre.

«Un gioco divertente… per te.» Mai avrei sperato di poter lambire quel corpo meraviglioso, giungere al punto di sottometterlo ed esaudire le fantasie che mi avevano torchiato per mesi. Trattenevo il tremore quando le ero così vicino per evitare che il fervore lussurioso mi serrasse i muscoli col suo filo spinato. Toccarla era come vivere un miliardo di morti simultanee, annegare e languire con la mente sull'impermanenza di un amore impossibile. Eppure, in quegli attimi infiniti, Liliane diventava uno scheletro in fiamme, Joël un fantasma persecutore e io un furfante che non poteva fare a meno di avere il pene congestionato e scottante ogni volta che la ragazzina era in mio possesso.

«L'hai già fatto con qualcuna? Anzi, sai… non voglio saperlo», mi sbuffò in faccia ingelosita.

«Infatti non te lo dirò, bambina impicciona.» *Porca miseria, ti mangerei tutta.* «Ora rilassati.»

Lei sbatté le ciglia lunghissime, tentando di spiare in basso. «Non vorrai mica…»

Non era preparata al tipo di perversione di un uomo come me, ma lo comprese quando, massaggiandole il clitoride con la caramella, cominciò ad affannarsi, con le guance luccicanti di una brama graziosa e le iridi annacquate di desiderio. Con un movimento veloce, conficcò le unghiette nella mia nuca e si passò lentamente la lingua sul labbro inferiore, già infiammato di cocenti voglie.

«Sai cosa ti farò?» Mi chinai accanto al suo orecchio, strofinandole la barba contro la mascella. «Ti farò 'cantare' nel modo in cui piace a me.» Tenendola ben salda tra le dita, dirottai la sfera fruttata più giù, tra le linee morbide del suo sesso. Le sentii schiudersi e aprirsi quando, con una leggera pressione, ne profilai i bordi delicatamente con la superficie dura e vetrosa. Dorie non aveva ancora del tutto chiaro cosa stessi per farle, mi concesse di proseguire incoraggiata dall'intesa e dalla fiducia che ormai avevamo raggiunto, e piegandomi a scoccarle un bacio soffice sulla bocca zuccherosa spinsi *le bonbon* nella sua carne, facendole contrarre le gambe contro i miei fianchi. «Shh... è abbastanza grande da non perdersi dentro di te», la rassicurai con un'ironia terribilmente sadica.

Dorothea cominciò ad agitarsi, proprio come avevo sospettato, persuasa dalle mie parole calcolate. Mi divertiva spaventarla. «Come... come...»

«Come la recupererò?» l'anticipai beffardo. «Con una pinza chirurgica. Mi sembra ovvio.»

«Oh, merda.» La mia bambina era sul punto di svenire. «Stai scherzando?»

«In alternativa...» Le succhiai la bocca carnosa, protesa in un broncio adorabile, mordicchiandola con cura come se fosse una fragola fresca. «Il miglior modo per estrarla è offrirmela, te l'ho già detto.»

«Io non...» Per un attimo, Dorie volse lo sguardo al soffitto, angosciata da chissà quali lambicchi. «Non l'ho mai permesso a nessuno.»

«Neanche ad Andrew?» Non avrei dovuto esserne sorpreso.

Figuriamoci se quel *capretto* sapeva come soddisfare una donna, si limitava a pascolare nell'alcol e a ruminare erba – a riguardo non c'è un brocardo specifico, miei *Lesern*, siate liberi di interpretare...

«A nessuno, Efrem.» Tornò a guardarmi e l'alba si irradiò in tutta la stanza, mi sbrecciò il cuore ornandomi l'anima di fregi d'oro. «È una cosa troppo intima. Mi crea disagio che qualcuno possa... be', possa...»

«Io voglio leccarti, Dorie. Tutta quanta.» Le baciai il collo scendendo sulla clavicola. «Partire dal ventre, passare per l'alveo bagnato e arrivare fino al culo.» Sostenendomi sulle braccia, mi spostai sulla pancia nuda e strofinai le labbra attorno all'ombelico incavato.

La monella aveva già la pelle d'oca, sgambettava e ridacchiava un po' inebetita. «Oddio.»

«'Oddio'», la rimbrottai divertito. «Guarda un po' che sto per farti...»

«Efrem!» Provò a imitare il mio tono autoritario, risultando più comica che minacciosa.

«Non mi chiederai altro nei prossimi giorni, scommettiamo?» Ero già disceso col viso sull'intimità scoperta. L'avevo vista, toccata, profanata, ma mai assaggiata. Profondamente attratto, osservai la lanuginetta bionda che stava ricrescendo sul monticello, il pistillo di carne già eretto all'apice dei rosei rigonfiamenti, la vulva luccicante di umori e, sotto, il dorso caramellato del dolciume che si affacciava spudorato dall'ingresso dischiuso.

«No, perché so già che perderei.»

«Appunto.» Non riuscivo a guardare altrove. Mi misi comodo per non gravarle sull'interno delle cosce – per fortuna il divano era abbastanza spazioso per entrambi – e cominciai ad accarezzarla dal bacino fino alle costole per tranquillizzarla. Era così minuta che riuscivo a raggiungere qualsiasi angolo del suo corpo semplicemente allungando le braccia. «Quindi adesso sta' buona.»

Dorothea si mise i palmi sulla faccia per celarmi il suo imbarazzo. «Mi vergogno.»

«Con me non devi vergognarti di nulla. Mai.» Le baciai il basso ventre, inspirando l'odore della sua pelle vellutata, e trascinai il naso sul pube, sostando sull'affascinante femminilità, già pronta. «Ora fa' la brava.»

Come immerso in un sogno, catturai tra i denti il clitoride e lo avvolsi tra le labbra per succhiarlo. Dorie reclinò il capo e scattò in alto, contro di me, spaventata dalla calda e inaspettata sensazione della mia bocca sui teneri nervi e subito dopo si rilassò, allargando le ginocchia come se fossero le ali dispiegate di una farfalla. Alternai lappate, delicate e insistenti, a piccoli morsetti che cominciarono a farla gemere rumorosamente. I muscoli erano tesi per via dell'eccitazione, non più per la paura che l'aveva pervasa in principio, tuttavia per evitare che urlasse e ci esponesse al rischio di essere sorpresi a fare sconcezze nel mio studio – nonostante avessi chiuso la porta a chiave –, smisi di dedicarmi al mio alacre stuzzicamento per raccogliere con una mano le mutandine, appallottolarle e sporgermi per infilargliele tra i denti. Non le diedi neanche il tempo di ribattere; impotente e piacevolmente arrendevole, Dorie accolse il bavaglio improvvisato, col suo solito piglio ribelle. Se non l'avessi privata dell'uso della parola, mi avrebbe rivolto le imprecazioni più disdicevoli, ma le feci segno di restare in silenzio affinché intuisse l'esigenza di mimetizzarci come camaleonti chiotti, che non erano affatto impegnati nell'atto dell'accoppiamento *orale* – fraseologia inventata adesso.

Tornando alla mia postazione, con la bambina zittita ma ancora accesa e accaldata, ripresi a leccarle l'intimo fiore il cui colore era già virato da un candido rosa malva a un rosso sanguigno e i cui petali si erano aperti sempre di più, rischiando di far scivolare fuori l'intrusiva pallina. Con la punta della lingua le lambii la vulva e scesi sull'apertura ostruita cominciando a titillare la caramella che, sospinta dai miei colpetti, roteava su se stessa concedendole un dolce piacere interno. Alzai gli occhi per ammirare Dorothea mentre lei, con la bocca colma di pizzo aggrovigliato, mi fissava smarrita nell'estasi, sconvolta e totalmente rapita. Mugolava suoni sconnessi, sillabe imbevute di saliva mentre la mia, di saliva, continuava a scaldarle e inumidirle le grandi labbra palpitanti – prima un lato, poi l'altro, senza escludere nessun lembo infuocato –, a girare attorno alla vagina come se fosse il centro del mio universo e a suggere e seviziare il bottoncino superiore, duro e morbido al contempo. Rimanendo concentrato sul piccolo nodo innervato, feci scivolare un palmo tra le sue natiche per accarezzarle il perineo con l'indice e il medio e picchiettare col pollice la sferetta.

Dorie dondolò i fianchi premendosi con più arditezza contro la mia faccia e io mi fermai un attimo per provocarla. «Fai un cenno con la testa se vuoi che continui.»

La mia bambina artigliò il bracciolo e inclinò la tempia sull'incavo del gomito, affannata ed esaltata. I capelli aurei le ricaddero su un lato del volto come una pioggia di stelle. Annuì, inumidendo il tessuto degli slip che la costringeva a non chiudere i denti. Era adorabile. «Fanne un altro se ti piace essere la mia sporca Sirenetta.» Dorothea serrò le palpebre, gonfiò i seni come se avesse bisogno di tutta l'aria del pianeta, e annuì ancora, abbozzando quello che sembrava un sorrisetto spocchioso. «Vuoi sentirmi più a fondo? Vuoi che ti fotta con la lingua?» Le soffiai sul clitoride, inspirando il suo odore e scendendo con un dito fino all'anellino posteriore che carezzai in senso circolare. Lei agitò il bacino, divaricò le gambe e si inarcò invitandomi a non fermarmi oltre. A discapito della sua implicita richiesta, mi allontanai trascinando la bocca sulla congiunzione tra inguine e coscia, ammirando i tremolii, i sussulti d'aspettativa e le gocce opaline che stillavano dalle pieghe occupate dal dolciume. Dorie percepiva il mio fiato caldo vicino, vicinissimo, ma non dove voleva e il suo corpo si tendeva e scuoteva per la frustrazione. Allora, per condurla sul pendio della voluttà più estrema, tornai sulla caramella, leccai tutt'attorno all'apertura, poi le infilai dentro un indice, lo piegai e spinsi la pallina all'esterno, verso di me, per farmela scivolare tra le labbra.

Dorothea guardava ogni mio gesto elettrizzata, come se non credesse ai propri occhi. Frattanto, con un mugolio virile, le dimostrai quanto fosse buono adesso *le bonbon*, impregnato del suo aroma; lo spaccai sotto i denti e lo mangiai, dopodiché mi dedicai al passaggio – finalmente libero – nel quale con prepotenza infilai la lingua.

La mia pestifera sobbalzò, affondando le unghie nel bracciolo esattamente come io affondai in lei, nella dolcissima carne dilatata che sapeva di frutti di bosco, mentre col pollice torturavo il clitoride e le premevo il naso poco sotto, sospingendolo in alto, per provocarle una stimolazione migliore. Dorie mi chiuse la testa tra le ginocchia, ma io preferii posizionarle le cosce sulle mie spalle per distendermi e leccargliela più comodamente. Placai i sussulti continui del suo bacino tenendola ferma per le anche. Per consentirle di continuare a volteggiare in quella lussuria appena esplorata, le accarezzavo la pancia o i seni portandola sempre più vicina al limite mentre baciavo il suo centro, ci amoreggiavo e ci scopavo. Facevo guizzare la punta velocemente, in senso circolare e verticale, alternando i colpi soffici a una veemenza insistente. La piccina ansimava, scuoteva il capo, sollevava il bacino e si strofinava contro la mia bocca, stringendo le mutandine tra i denti mentre la vagina mi risucchiava e pulsava ritmicamente attorno alla mia lingua. Tuttavia, prima che sopraggiungesse l'acme del piacere, mi fermai e senza perdere tempo l'afferrai per i fianchi girandola prona.

Era il suo primo cunnilingus e volevo renderlo speciale...

Dondolando le caviglie in aria, Dorie voltò il viso per sbirciare – la solita scimmietta curiosa – e io, con manovre esperte, le alzai il sedere per posizionarla carponi affinché fosse a mia totale disposizione.

«Efrem...» mi chiamò incerta, dopo essersi strappata via le mutande dalla bocca, per indurmi a rivalutare le mie intenzioni.

Le avevo anticipato che l'avrei assaggiata tutta perché era ciò che avevo sognato di fare in quei mesi. «Testa giù. Culo alto. E soprattutto... goditelo.» Come avrei fatto anch'io dacché non era un preliminare di cui beneficiavano tutte. Vi ho detto che ero un uomo schizzinoso a letto, quindi avevo concesso certe perversioni a poche amanti e la mia pulce sarebbe rientrata tra quelle fortunate.

«Sai che...» Dorothea strinse le natiche quando mi chinai a scoccarle un bacio sull'ecchimosi di una precedente sculacciata. «Ho spesso creduto che non saremmo mai arrivati a questo? Che non ti saresti mai lasciato andare?»

«Avevi dubbi?» Ero stato io stesso a inculcarglieli col mio atteggiamento schivo, ma finalmente non dovevo più fingere. «Sono attratto da ogni parte di te, anche la meno visibile o percettibile. Testa giù, ho detto.» E mentre lei mi ubbidiva, schiacciando la guancia contro il divano e mordicchiandosi l'unghia dell'indice come una scolaretta nervosa, io le divaricai i glutei con i pollici e ripresi a leccarla dal basso fino al perineo, tornando giù a invaderla ancora spudoratamente.

Lei si sospinse in avanti nell'impulso involontario di impedirmelo, ma subito dopo si adagiò sulla mia faccia, incurvando la schiena per spingersi lentamente contro di me.

Brava, bambina.

È così che ti voglio... cosciente e spericolata, pudica e sporca, gemente e luminosa.

Per permetterle di abbandonarsi all'estasi, le infilai un dito nel piccolo foro solitario, il nostro caro passerotto, continuando a seviziarle la passerina – vedete com'è stato utile dar loro due nomi? – e Dorothea iniziò ad ansimare con più trasporto, portandosi una mano a pugno contro la bocca per soffocare la voglia di urlare, altrimenti saremmo stati scoperti. Mi dissetai di un'ambrosia dolceamara – la sua – e vagai e girovagai in quella calda morbidezza che nessun altro aveva delibato prima di me; come un maledetto lussurioso la feci risplendere di una deliziosa passione mentre la dominavo nel silenzio claustrale.

La mia birbantella era tutta vibrante e bagnata.

La penetravo con l'indice nell'orifizio stretto, ruotandolo nella penombra delle due lunette gemelle, poi gliele palpavo, strizzavo e distanziavo coi palmi mentre – nella limpidezza di un sentimento e di una devozione sinceri – continuavo ad affondare nella sua fica, non solo con la lingua, bensì col cuore e l'anima.

E la bambina mi chiamava, sussurrava il mio nome, dondolava irrequieta pregandomi di non fermarmi.

Allargava le cosce con le ginocchia tremanti, serrava le palpebre, spalancava la bocca, poi se la mordeva, ed estasiata accoglieva la lingua nel rifugio anteriore e le falangi in quello posteriore.

Girai un attimo gli occhi verso la porta quando udii i passi di qualcuno farsi vicini, seguiti dalla voce di Adrian che bussò due o forse tre volte in modo deciso domandandomi se fossi dentro.

Certo che sono dentro, ma non dove credi tu... collega.

Sogghignai, trattenendo quel sarcasmo inappropriato.

Con la dovuta attenzione, mi accorsi che si era rivolto a qualcuno per chiedergli se fossi già tornato a casa data l'ora – dovevano essere le ventuno o giù di lì –; probabilmente ricevette una risposta affermativa e andò via blaterando chissà che.

Grazie al cielo ero stato previdente a bloccare la serratura, così potei proseguire la mia accurata ispezione vaginale e sfinterica – oh, come sono professionale – mentre Dorothea continuava a starsene poggiata sulle mani, con la guancia affondata nell'imbottitura e la mente vagolante in un onirismo erotico. Non potevo vedere la sua espressione dalla mia posizione, soltanto immaginarla: credo che fosse molto, molto soddisfatta dei baci umidi e giocosi che stava ricevendo, e la contrazione con la quale mi strinse la lingua me ne diede conferma.

Era vicina.

Stava quasi per volare... il mio dolce colibrì.

Tutti gli spasmi con i quali le sue pareti mi avvolgevano e rilasciavano mi anticiparono che a breve si sarebbe sgretolata sotto la mia tortura. Era un tempio sacro nel quale mi muovevo come un essere alato e celestiale, alla ricerca dell'ingorda voracità, del fervido languore, dell'umana dissolutezza.

«Efrem...» ansimò smarrita, con i capelli arruffati e la schiena sudata, ma non le diedi pace.

Continuai a lambirla, a penetrarla, a baciarla, a inseguirla fino al varco dell'orgasmo: laddove il vento del piacere infuriava, i punti più intimi si coloravano di un rosa rovente, i sensi si accendevano come luci abbacinanti, i brividi le percuotevano le membra. Quando acqua, miele, nettare – assecondando le mie perverse carezze – si riversarono dalle pieghe calde nel mio palato, lei si contrasse tutta come una dea del peccato, fagocitata da una follia ardente. Si morse il dorso della mano, mugolò suoni passionali, agitò le anche schiacciandomi il sederino con più furore contro la faccia, poi si fermò, palpitando con una sensualità divina, un'innocente eleganza, mentre il vizio l'abbracciava, la pudicizia scappava via e il godimento generava un'apocalisse tutt'attorno.

A quel punto crollò, distendendosi a gambe aperte, stanca e soddisfatta, e io mi adagiai su di lei, sorridendole contro l'orecchio. «Il tuo sapore è più buono di quanto pensassi, piccola mia.»

Dorie respirava affannata, aveva la guancia accaldata e un ghigno furbetto a decorarle le labbra mentre mi guardava con la coda dell'occhio, deliziosamente imbarazzata, così decisi di baciarle la spalla, la scapola e di risalire sulla nuca per mordicchiargliela. Lei ridacchiò, agitandosi troppo, e inconsciamente strofinò i glutei nudi contro il cavallo dei miei pantaloni facendomi emettere un lieve verso di frustrazione. Si accorse di quanto fossi teso – lo ero sempre quando la toccavo – e, infilando una mano tra i nostri corpi, la lasciò scorrere fino alla base della sua schiena, dove poggiavo il bacino, per stringere tra le dita insolenti la mia durezza nel chiaro intento di ricambiare la medesima tortura.

Bambina capricciosa!

«Stai ferma», la rimproverai reggendomi sui gomiti. Avrei voluto assecondarla, ma sapevo che quello non era il luogo giusto per lasciar esplodere il desio che mi tormentava.

Dorie continuò a sfregare il palmo aperto contro il nerbo tribolante la cui sofferenza aumentava a ogni mio misero sospiro. «Il tuo corpo non è della stessa opinione, *dottore*...»

«Non ci riuscirò.» Controvoglia, mi scostai dal suo tocco impudente, scivolandole accanto, tra lo schienale e il suo corpicino sensibile, avvolto dalla dorata caligine dell'appagamento. «Non sono a mio agio qui.»

Restando distesa a pancia in giù, con le natiche ancora scoperte, Dorothea si voltò verso di me e mi guardò esausta, trasognante, remota come se tutto ciò che apparteneva agli inganni della nostra realtà non le riguardasse più. «Che intendi?»

«Per abbandonarmi totalmente a ciò che vorresti...» Le accarezzai i capelli sulla nuca sudata mentre il suo profumo femminile mi invadeva lo stomaco, stuzzicando la fame di possederla. «Ho bisogno di stare con te fuori da queste mura.»

Lei abbassò lo sguardo sulla mia bocca, con un'espressione velata da una brezza malinconica che avrei dissipato con un bacio. «Ma non possiamo.»

«Sì che possiamo.» Mi chinai verso il suo collo e glielo sfiorai con le labbra in un vezzo malizioso, facendole arricciare il naso, poi rabbrividì e sorrise. *Quant'era bella, la mia bambina, così rilucente di felicità?* «Lili ha programmato un volo per Parigi, non ricordo di preciso il giorno. Appena andrà via, potrai trascorrere del tempo insieme a me. Lontano da tutti.»

Un barbaglio curioso le scintillò sul visetto arrossato. «Solo io e te?»

«Solo io e te», confermai pervaso dall'alchimia della sua carne ancora eccitata che riusciva a ricoprire ogni mio delirio di una tragica beatitudine; quel passo dissennato mi avrebbe condotto dritto alla morte. «Ti va?»

«E me lo chiedi?» La sua gioia fu come una spuma d'amore che mi crebbe nel petto fino a devastare ogni blanda e razionale resistenza. «Ti aspetto da mesi, Efrem...»

Io, invece, ti avrei aspettata fino alla fine dei miei giorni, scimmietta.

Forse la mia psicosi – di cui soffrii in quel burrascoso periodo – sarà compresa solo da chi ha la stessa ferita sul cuore, da chi ha vissuto lo stesso dolore, da chi ha provato la stessa disperazione; gli altri ridurranno tutto alla mera e insignificante attrazione fisica, al vacuo rapporto tra un uomo sadico e una ragazza masochista, perché non tutti ammetteranno la concreta esistenza di un amore diverso da quello morale, sano, logico e spiegabile.

E a dirvi la verità: non me ne pongo il problema.

Pochi potranno capire il veleno che mi corrodeva le ossa a ogni bacio di quella fanciulla e l'impossibilità di sottrarmi alla pazzia di desiderarne sempre di nuovi, mettendo a repentaglio tutto: la mia vita, il mio matrimonio, la mia professione, con una consapevolezza così lucida e ferrata da far paura persino a me.

Pochi potranno accettare che io mi ero davvero *ammalato* e che lei era l'unica che forgiava la mia anima deforme rendendola migliore e libera dal ginepraio in cui era cresciuta.

Pochi potranno sceverare il sacro dal profano poiché credono che esista solo il primo e non il secondo.

Anzi, deplorano il secondo come se fosse un crimine della peggior specie.

E noi eravamo l'amore profano.

Eravamo giusti per gli dèi.

Ma sbagliati per la legge, per la società, per il fato stesso.

Eravamo coraggiosi e temperanti, libidinosi e innamorati, ma la nostra condanna era stata già scritta.

Già scelta.

E né tu né io, piccola mia, avremmo potuto far molto se non prometterci l'eternità nell'impermanenza di ogni attimo che ci donavamo.

Almeno lì, saremmo rimasti insieme.

Almeno lì... tu saresti rimasta con me.

11
Thea

Quando non sarai più parte di me,
ritaglierò dal tuo ricordo tante piccole stelle,
allora il cielo sarà così bello
che tutto il mondo si innamorerà della notte.
WILLIAM SHAKESPEARE

UN mese.

Era trascorso un mese da quando avevo scoperto che Ben era il fratello minore di Efrem e da allora erano cambiate molte cose.

Finalmente stavo imparando a passeggiare nell'oscurità della mia psiche, danzando con le mie tenebre, e a dirla tutta...

Non era così male come pensavo.

I colloqui con la dottoressa Ruiz stavano dando i loro buoni risultati.

Con il metodo PI, chiamato anche *breakthrough*, era riuscita a sfondare il muro che circondava il mio inconscio, a farmi connettere in maniera cosciente alle emozioni più profonde e a lasciar emergere la verità.

Non sapevo precisamente a quale giorno associare il momento in cui ero *ritornata da me*, tuttavia era stata una delle esperienze più belle che avessi mai vissuto: avvicinarmi alla vecchia Thea, parlarle, chiederle di darmi la mano perché era l'occasione giusta per aiutarla.

Per aiutarci.

Quel *sentire* che avevo sempre rifiutato e allontanato da me in realtà mi rendeva più forte e consapevole. Il dolore della perdita della mamma c'era ancora, eppure gli avevo concesso uno spazietto dentro di me, un rifugio nel quale restare, nel quale accettare la sua presenza e convivere insieme.

La lotta tra noi si era placata, e nonostante, a volte, tentasse ancora di rivaleggiare, stavo imparando a domarlo, ad abbassare le mie difese e a godermi la magia della liberazione; una sensazione nuova e inaspettata che mi scaldava il cuore quando parlavo con la psicologa delle mie insicurezze, delle varie paranoie, del rifiuto del corpo e del rapporto complesso con il cibo. Era una beatitudine momentanea, tuttavia preferivo avvertirla, accoglierla, anziché ignorarla come avevo sempre fatto.

Incontro dopo incontro, la dottoressa si era guadagnata la mia fiducia e tramite essa era riuscita a concedermi il suo sostegno per esperire quella gioia che avevo dimenticato, il cui sapore era ancora destabilizzante come se non l'avessi mai provata in tutta la vita. Mi concentravo sui ricordi belli che avevo della mamma e non solo sul giorno in cui era morta; rammentavo le sue carezze, la sua voce, i suoi insegnamenti, i suoi i quadri e la sentivo…

La sentivo accanto a me, dentro di me, attorno a me.

Lei c'era.

C'era in quelle dolci memorie che neanche la morte era riuscita a strapparmi via, c'era in ogni canzone che stavo scrivendo, in ogni mio respiro, in ogni palpito di vita. Era come un'ombra celestiale che si adagiava ai piedi della speranza, uno spirito errante che volteggiava tra i serafini alati, lì in alto, nel cielo, e poi tornava da me perché la nostra connessione era un ponte di cristallo che univa il mondo terreno al mondo delle anime e nulla poteva interromperla o spezzarla.

Mi piaceva immaginarla tra le stelle, a dipingere i suoi colibrì sulle nuvole, intingendo il pennello nella luce liquida della luna. Mi piaceva immaginarla felice mentre con i suoi occhi d'ambra, tempestati di piccoli diamanti dorati, colmava il simulacro vuoto della sofferenza e lo decorava con sfumature vivaci.

Lei c'era in quei giorni in cui la sua forza mi tirava fuori dal mio gorgo desolato, c'era quando mi guardavo allo specchio e mi costringevo a sorridere, per mantenere la promessa fatta a Efrem, e, fra tutte le crepe del passato, notavo sul mio volto meno scarno un lieve, lontano folgorio vitale che cercava di mantenermi ancorata al presente e al *futuro*.

Per giunta, anche le cose con Efrem procedevano nel verso giusto; era merito suo se stavo aprendo le stanze del mio Es, se stavo esplorando il subconscio e accettando qualsiasi ombra mi costellasse la personalità.

Lui riusciva a tirar fuori tutto ciò che, in precedenza, mi aveva sempre spaventata: quell'istinto animalesco e brutale dal quale scappavo, quei desideri folli ed efferati che creavano discordia tra moralità e perversione, gli stessi che un tempo Andy aveva giudicato come deviati.

Efrem mi scandagliava la mente per mostrarmi le sue mille sfaccettature e mi faceva impazzire al pensiero di ciò che mi avrebbe insegnato. Ci comprendevamo nella nostra totale contraddittorietà, eravamo come due bestie che si cibavano della stessa carne, che si abbeveravano della stessa depravazione e si gettavano nel rogo delle disgrazie per soddisfare la malsana voglia di peccare.

Lui fugava le mie paure, legava i miei bisogni e fustigava le mie fantasie, rendendole vive, ma soprattutto reali. Ero felice in quella dimensione oscena fatta di eros, lividi, lingue infuocate, parole indecenti e colpi violenti.

Efrem era come un re impietoso, padrone e responsabile di ogni mio fradicio dolore, con quei muscoli cesellati da linee immense, le iridi un mare che mi frustava con le sue onde aggressive, le labbra patinate e scellerate sotto alle quali gemevo come una vittima incatenata, sfinita dal piacere che dilagava senza fine.

Il mio corpo si espandeva attorno a lui, rinasceva col suo tocco, tremava sotto gli affondi lancinanti della sua lingua, sotto le ali del suo animo severo e, con gli astri attorno al cuore, il petto dolorante, i capelli scompigliati, gli donavo lacrime, lamenti e urla infinite.

Efrem era il più bel castigo che il destino mi avesse inflitto.

Qualsiasi altra ragazza avrebbe scelto di essere la principessa di una favola tormentata, con il bel tenebroso da redimere. Io mi ero immedesimata nella ninfetta di un mito oblioso destinata al suo satiro: prediligevo andare a cena con il dio Pan, infiammare di lussuria la selva nella quale cacciava, tuffarmi nelle cascate della dissolutezza, ballare al chiaro di luna con il suo flauto desioso tra le cosce, bearmi del magico suono dei suoi versi provocanti e sorseggiare la follia direttamente dalla sua bocca come se fosse un vino pregiato che rinfresca la mente e arroventa la pelle.

Avevamo sbagliato tante volte e continuavamo a farlo; nonostante udissimo il fragore dei tuoni, l'ira mortale di Zeus, la minaccia imminente nella chioma serpentina di Medusa, noi proseguivamo la nostra pazza corsa verso la perdizione, consci che saremmo stati gettati nel Tartaro e condannati per sempre.

Eppure ci saremmo entrati con il sorriso bastardo in viso, felici di essere cosparsi di morsi sanguigni e baci appassionati, felici di sfoggiare i graffi indelebili e le membra arse dal sesso.

Dall'alto gli dèi viziosi quanto noi ci avrebbero ammirati così: avvolti in un vello peccaminoso, indossato con fiera indecenza.

Privi di redenzione.

Eternamente impenitenti.

Per quanto riguardava Ben, invece, non l'avevo più visto dal nostro ultimo incontro nella sala ricreativa; Efrem si era raccomandato con gli operatori di sorvegliarlo con più attenzione, di tallonarlo ovunque andasse e soprattutto di non consentirgli di avvicinarsi a me o alle altre ragazze. Mi aveva riferito di aver avvertito anche Mitchell circa le temibili intenzioni del fratello, e sebbene l'avvocato, di primo acchito, avesse risposto con una risatina beffarda, in seguito aveva valutato la reale pericolosità di un uomo dissennato come Ben e si era assunto il compito di guardare le spalle a Efrem, tenendo la guardia alta per impedire qualsiasi possibile aggressione.

«Allora, come ti senti?» Juliette si lasciò cadere sul letto, facendone scricchiolare le molle. Le avevo detto che Efrem mi aveva proposto di trascorrere qualche giorno insieme fuori dalla clinica, lontani da tutti, e lei ne era stata subito eccitata. A dire il vero sembrava quasi più euforica di me, che invece non avevo dormito per tutta la notte a causa dell'ansia.

«Un po' tesa.» Era inutile negare; la mia agitazione si evinceva dal modo in cui mi tremavano le mani mentre riponevo alcuni vestiti nello zainetto che avrei portato con me. Non ci avevo messo dentro molta roba: avevo optato solo per qualche cambio e scelto la biancheria intima più audace che avessi. Insomma, nel tempo che avremmo trascorso insieme non avremmo di certo giocato a carte e se mi avesse vista in lingerie avrei voluto essere impeccabile, all'altezza delle sue aspettative, anche se mi ripeteva sempre che ero la sua sporca Sirenetta, che mi considerava bellissima, che non faceva altro che pensarmi, ricordare il mio sapore sulle labbra e desiderarmi a cosce aperte seduta sulla sua faccia.

Mi schiarii la voce per quelle riflessioni inopportune; Efrem era perverso, *molto*, e ormai non aveva più inibizioni a dirmi esplicitamente cosa voleva fare con me.

«Immagino, cavolo.» Juliette soffocò un risolino mettendosi una mano davanti alla bocca. «E la moglie?» domandò incuriosita.

Efrem non era un uomo libero, benché si comportasse come tale, e io continuavo a lasciarmi torturare dalla gelosia senza metterlo alle strette o imporgli di scegliere tra me e lei. Era stato chiaro già da tempo: non avrebbe mollato Liliane per me, soprattutto per il bene del nipote. Perciò, spinta dal mio smodato orgoglio, non gli avevo più chiesto se fosse sicuro della sua decisione.

«Mi ha detto che rimarrà in Francia per qualche giorno.» Infilai il pacchetto di Lucky Strike nel taschino esterno e richiusi la cerniera.

Juliette temporeggiò riflessiva, prima di incalzarmi con un'altra domanda. «E Joël?»

«Joël starà con il nonno», risposi atona, cercando un paio di Converse da indossare.

«Uhm», farfugliò maliziosa. «Quindi avrai il dottor Krugher tutto per te», soggiunse con più boria, riferendosi alle volte in cui le avevo parlato di lui e di quanto mi piacesse starci insieme, anche in quel modo rischioso e amorale. Insospettita dal mio silenzio, Juliette incrociò le gambe sul letto afferrandosi le caviglie come una bambina. «Non è ciò che hai sempre sognato?»

Smisi di darle le spalle e mi voltai, incrociando il suo sguardo terso. Ormai la piagnucolona era diventata un'amica per me. Anche se non glielo avevo mai detto, la rispettavo e non le mentivo mai. Con un sospiro angosciato mi sedetti sulla poltroncina e fissai la borsa pronta. «Sì, ma...» C'era qualcosa che mi allarmava, qualcosa a cui non sapevo dare un nome, ma che pesava quanto un macigno. «Ho paura.»

Juliette sbatté le ciglia, facendosi più pensierosa. «Paura di quello che farete?»

Scossi il capo perché ciò che avremmo fatto sarebbe stato soltanto la bieca cornice di un quadro ben più contorto. «Paura di quello che provo.» Sperai che dirlo a qualcuno avrebbe attenuato quel tormento. Mi rifiutavo categoricamente di attribuire al mio enorme affetto per Efrem un sentimento più annichilente.

Nei mesi di permanenza all'Asklepios ero migliorata sotto tanti punti di vista: dopo la visita della nonna avevo smesso di indurmi il vomito e di assumere i lassativi, ma non avevo smesso di sminuzzare il cibo né di misurarmi ogni lunedì con la speranza di non aver preso troppi chili. Il mio corpo era cambiato, le forme erano più rotonde e femminili, le guance piene e luminose; lo sguardo invece sembrava un giardino di fiori colorati ammantato dai raggi iridescenti ed era questo che mi spaventava. Mi ci perdevo in quel giardino, svolazzavo tra le corolle impudicamente aperte e bagnate di rugiada. Mi ci perdevo con la mente leggera e una gioia fiammeggiante sulle labbra; correvo tra gli alberi con la voglia di vivere che mi pulsava nel cuore e allo specchio scorgevo una ventenne diversa rispetto a quella di tre mesi prima. Il mio cambiamento non era causato solo dall'ottimo lavoro che l'équipe medica stava facendo con me, bensì dalla presenza di Efrem.

Lui era come una primavera rara e infinita.

Era riuscito a far fiorire un campo di violette nere nell'anima.

E a farmele amare, anche se i loro petali erano diversi dalle altre.

«Te l'avevo detto, Thea.» Juliette si pizzicò la base del naso, preoccupata da ciò che aveva dedotto. «Se ti fossi innamorata...»

«Non dire stronzate!» Balzai in piedi, girando a vuoto alla ricerca delle scarpe. Non volevo sentire quella parola né associarla alla mia situazione con Efrem. Non potevo soffrire per il suo amore negato, tantomeno potevo costringerlo a ricambiarlo. «Non sono innamorata di nessuno. È una situazione nuova per me e quindi non so gestirla. È la prima volta che staremo soli, fuori da queste mura.»

«Lo so.» Juliette sospirò, meditando in silenzio senza esporsi oltre. Sapeva che ero testarda e che farmi cambiare idea non era semplice, soprattutto quando mi imponevo di restare ferma sulle mie convinzioni o su ciò che, in quel caso, consideravo meglio per me e per Efrem. «Pensa solo a vivertelo, Thea. Finché te lo permetterà e finché potrai. Non pensare al 'dopo'. Se non sei innamorata non dovrebbe spaventarti l'idea che tra un mese tu te ne andrai e lui resterà con la moglie.»

La sua osservazione fu come una lama aguzza dritta nella schiena; l'avvertii infilzarmi da una parte all'altra, tanto che traballai sulle gambe.

Quando pensavo che non avrei più rivisto Efrem una tormenta interiore deragliava tutto, distruggeva la mia ruota panoramica, sradicava ogni bocciolo fiorito in quel giardino leggiadro, spegneva i colori del mio luna park, scuriva le acque dell'oceano in cui nuotavo, assorbiva il cielo nel quale avrei dovuto librarmi in volo.

Il mondo si riduceva a un piccolo lapillo insignificante.

L'universo si scioglieva come la cera di una candela.

E, tra le mani, non mi restava null'altro che cenere, vuoto e desolazione.

Tornavo al passato, alla ragazzina arrabbiata e sfiduciata che non aveva più nulla da dare e nulla da ricevere, che viveva in un angolo buio, dimenticato, in cui esistevano solo lei e la sofferenza, lei e la solitudine, lei e il suo disturbo, lei e la morte della mamma.

Lei e nessun altro.

Realizzare di essere davvero sola, senza una famiglia su cui poter contare a eccezione della nonna, era la cosa peggiore per me. Un tempo mia madre era l'unica che riusciva a riempire quel vuoto anche nella povertà, anche nelle sventure, anche sotto le intemperie; mi bastava lei per camminare in una galassia di certezze, sulle orbite dell'amore, con i vestiti rattoppati, le scarpette consunte e una scimmietta di peluche con una chitarra di stoffa. Da bambina, tra le pareti spoglie di una casa decrepita, col soffitto ammuffito e senza un dollaro per potermi iscrivere a una scuola di musica, io volgevo lo sguardo verso l'alto e profilavo i contorni delle nuvole con i miei sogni, sentendomi ricca, ricca di tutto ciò che si potesse desiderare.

Quella stessa sensazione di completezza, di totalità, di invincibilità, di felicità, che a diciott'anni – una sera di agosto – mi era stata strappata via da un destino maledetto, l'avevo appena ritrovata soltanto con una persona che per me rappresentava un mentore, un papà, un fratello, un amico e un amante, e non ero pronta a privarmene di nuovo.

Non ero pronta a privarmi della *speranza.*

Non l'avevo mai trovata né sapevo che si palesasse con un aspetto così meraviglioso, ma avevo capito che non era soltanto la fiduciosa attesa di qualcosa che si vuole realizzare…

Era di più.

Erano due occhi verdeazzurri che mi si erano posati sull'anima.

Erano due braccia, dolci e piumate, che mi avevano aiutata a non annegare.

Era una voce evanescente che scaldava la Terra, anche negli anfratti più freddi e nascosti.

Era un profumo nobile che estraniava i ricordi ed effondeva sollievo.

Era un'energia potente che si dimenava per proteggermi e non farmi morire.

Era un sentiero di lucciole che mi allontanava dall'oblio.

Era una fiamma lucente che mi induceva a non disperare e a lottare.

Era un uomo che credeva in me e nel trionfo dell'aurora.

«Thea.» Juliette si alzò dal letto per raggiungermi poiché ero stata colta da un improvviso capogiro e respiravo a singhiozzi. «Thea, cos'hai?» La ragazzina mi posò delicatamente la mano sul fianco; senza pensarci troppo mi voltai e l'attirai a me, stringendola in un abbraccio che aveva il sapore della disperazione e al contempo della consolazione più confortevole. Per qualche istante restò immobile, perplessa, impreparata a un gesto così spontaneo e sincero, poi si rilassò ricambiandolo con la stessa forza, come se fossimo due sorelle che finalmente si erano ritrovate abbattendo qualsiasi confine. Juliette per me c'era sempre stata, ma non le avevo mai permesso di avvicinarsi. Come un animale selvatico l'avevo respinta, le avevo imposto dei limiti da non superare con una banale striscia di rossetto sul pavimento e chiesto ripetute volte di non affezionarsi a me; alla fine quella ad affezionarsi ero stata io e l'avevo capito tempo prima, quando le avevo concesso di dormire accanto a me, abbracciata a Nancy. «Non avere paura dei sentimenti», mi sussurrò contro la spalla, con le labbra increspate in un sorriso premuroso. «Sono tutto ciò che ti rendono viva. Sia con le persone a cui vuoi bene sia con chi ami. E ti ho già detto che non tutti entrano nel tuo cuore per andarsene. Alcuni ci entrano per restare, anche contro la tua volontà.»

Chiudendo gli occhi, mi abbandonai a un sospiro rassegnato.

Mi ero arresa.

Ero stanca di combattere, di respingere, di ignorare, di nascondere ciò che *sentivo*.

Con Efrem avrei continuato a negarmi qualsiasi amore per proteggere entrambi, con Juliette invece potevo infrangere le mie regole, essere me stessa e svelarle ogni fragilità, come in quel momento, che avevo bisogno di lei e di un semplice abbraccio in cui rifugiarmi. Un abbraccio che non avrei preteso da chiunque, ma solo da chi si era guadagnato un posto speciale dentro di me.

«Sei una piagnucolona eccessivamente smielata e romantica, ma sei anche la migliore compagna di stanza che potesse capitarmi.» Le accarezzai la schiena con una dolcezza inconsueta, lasciando fluire i pensieri a briglia sciolta. Mi feci cullare dal suo respiro calmo, mi abbandonai sul corpo piccolo e combattivo che nonostante l'anoressia riuscì a reggere il mio, più grande e pesante. Quando mi resi conto che quel contatto tra noi si era prolungato più del dovuto e che le avevo persino fatto un complimento, spalancai le palpebre e mi schiarii la voce allontanandola con discrezione. Alquanto imbarazzata, feci un passo indietro non sapendo come comportarmi.

Juliette arricciò il nasino, contenta e soddisfatta per aver udito una confessione che attendeva da mesi; io invece mi ricomposi, tornando subito al mio solito piglio corrucciato. «Be', ora non approfittarne. Non mi piacciono le dimostrazioni d'affetto plateali», brontolai, volgendo lo sguardo alla scrivania disordinata.

«Credevo ti fossi arrabbiata.» Si rasserenò, incrociando le mani sotto al mento come se mi stesse pregando. «Non intendevo offenderti prima. Voglio solo che accetti cosa provi per il dottor Krugher. A volte capiamo il valore di una persona solo dopo averla persa, ma non devi aspettare che accada questo per dichiararti. Ci tiene tanto anche lui», aggiunse convinta, piena di un'ottimistica fiducia. «E chissà... forse sarebbe il tuo Acamante e tu la sua Fillide. Ti ho raccontato quel mito per un motivo preciso.»

E lo rammentavo ancora, così come ne avevo memorizzato e custodito il messaggio morale: l'amore impossibile può essere eterno.

Ma sarebbe stato così anche per me ed Efrem?

Cancellando ogni inutile fantasticheria, finii di prepararmi. Indossai il *choker* di velluto con la pietra ambrata, lo stesso che avevo scelto per il nostro primo appuntamento, la sera in cui mi aveva portata a cena fuori. A completare il look *grunge* al quale non intendevo rinunciare, ci furono un paio di shorts sfilacciati e una maglietta a maniche corte oversize con la stampa di un demone scintillante. Sapevo di essere meno elegante e più trasandata delle donne a cui lui era abituato, eppure mi aveva apprezzata così, senza farmi sentire sbagliata o fuori luogo, perciò non mi ero mai preoccupata di cambiare o modificare il mio stile.

Con lui ero me stessa.

Raccolsi i capelli in due *space buns* ordinati e il respiro mi si incastrò nel petto al pensiero di come li aveva afferrati nelle mani quando, per la prima volta, mi ero inginocchiata ai suoi piedi, per accoglierlo tra le labbra. Li aveva stretti e usati come appiglio per spingermi con forza contro il suo membro e affondarmi la punta fino in gola, soffocando ogni moralità. Con un languore sfibrante tra le cosce e gli zigomi arrossati, mi accinsi a truccarmi senza esagerare. Avevo scoperto che preferivo il mio viso nei suoi toni naturali, per cui mi limitai a pennellare le palpebre con un po' di ombretto nero e le ciglia con del mascara che potesse infoltirle, nulla di più.

«Ti ha detto quando ti riporterà in clinica?» Juliette mi osservò per tutto il tempo, restando seduta sul letto, con un'espressione accigliata.

«No, ma credo dopo il weekend.» Diedi un'ultima occhiata alla stanza facendo mentalmente il sunto di tutto ciò che avevo portato con me per accertarmi di non aver dimenticato niente.

«Quindi lunedì», affermò pensosa. «Okay, posso farcela a stare senza di te qualche giorno. Ti aspetterò.»

Caricai lo zainetto in spalla, le diedi un bacio sulla guancia e uscii dalla camera, con la promessa che le avrei scritto qualche messaggio per aggiornarla.

Raggiunsi la hall reprimendo il sorrisetto d'aspettativa e le strane emozioni che mi stavano sfarfallando nello stomaco; Efrem poche ore prima mi aveva scritto un messaggio stabilendo l'orario del nostro incontro, ossia le venti e quindici, e io ero stata puntuale.

Mi fermai in prossimità del bancone di Melanie, accennandole un saluto educato, e mi guardai attorno per capire dove fosse il mio amante e come mai non fosse già lì. Con un pizzico di vanità immaginai quante ragazze o donne avrebbero voluto essere al mio posto e sghignazzai al pensiero che la dottoressa Ruiz sarebbe impallidita se avesse saputo cosa accadeva tra me e il suo ex.

L'assistente smise di appuntare qualcosa sull'agenda e mi scrutò da sottinsù, con una strana curiosità a velarle il volto fresco e giovanile. «Cerchi il dottor Krugher, Thea?»

Sobbalzai, preparandomi a fingere e a rientrare nel ruolo della paziente disinteressata che non aveva alcuna relazione clandestina con il suo medico.

«Sì. Per caso l'hai visto?»

Melanie frugò velocemente tra i documenti, spostando penne e matite che non erano riposte come al solito nell'*organizer*, finché estrasse un foglio per mostrarmelo. «Ha già firmato il tuo permesso d'uscita. Sono contenta che tu possa trascorrere qualche giorno con la signora Curtis.»

Mi sporsi per verificare la firma di Efrem e annuii distrattamente, riflettendo soltanto dopo su ciò che aveva detto. «La signora Curtis?» ripetei confusa. L'assistente aggrottò la fronte chiedendosi come mai non ne fossi al corrente e io compresi che, probabilmente, quella era la giustificazione con la quale Efrem aveva motivato la mia assenza. «Oh, sì, nonna Lizzie!» esordii con così tanta enfasi che la donna trasecolò. «Ho proprio bisogno di tornare a casa e di staccare un po' la spina.»

Melanie si posò una mano sul petto come ad arrestare la tachicardia causata dallo spavento. «Sì, è stato ciò che il dottor Krugher ha specificato. Comunque credo ti stia aspettando fuori, l'ho visto andar via cinque minuti fa ordinando al posteggiatore di portargli l'auto.» Mi indicò con l'indice le porte d'ingresso. Non possedevo una scheda per aprirle, a differenza dell'équipe medica, dei vari sottoposti e degli addetti alla sorveglianza, perciò, quando mi incamminai verso l'uscita, fu l'assistente ad attivarle per me mediante un pulsante automatico posizionato sotto al bancone.

Una volta fuori, respirai l'aria calda di fine luglio imprimendola nella memoria; non uscivo da settimane e l'idea di spostarmi mi rendeva tesa e nervosa, come se non fossi più in grado di riconoscere il mondo che mi circondava. Ormai era estate e la lieve frescura che mi aveva accolto la prima volta che avevo messo piede nella struttura era un lontano ricordo. Quella era la stagione dell'anno che preferivo meno perché mi rifugiavo sotto gli alberi, sfuggendo al sole rovente, con la pelle sudata e appiccicosa; tra le fronde frinivano le cicale persino dopo il tramonto, emanando lamenti incessanti e vibranti che con la finestra aperta disturbavano il mio sonno; la luce fulgida abbagliava la grande muraglia che circondava la clinica e ricopriva il parco e il giardino di una triste meraviglia, mentre io e gli altri ospiti arrancavamo nelle nostre battaglie, impossibilitati a deporre le armi del passato e speranzosi di guarire dai nostri traumi.

Sotto un cielo limpido ancora invaso da qualche leggera sfumatura del crepuscolo, adocchiai un'auto lussuosa, i cui dettagli cromatici ed eleganti baluginavano sotto ai lampioni esterni. Era ferma dinanzi all'enorme scalinata che avrei dovuto percorrere. L'avevo vista una sola volta, eppure riconobbi subito il modello: una Mercedes AMG di un affascinante nero opaco, un colore particolare che non avevo mai notato su vetture simili.

Attenta a non cadere, corsi lungo i gradini con la fretta di una bambina.

Non mi ero mai sentita così energica e in forma; non mi affannavo più, non mi sentivo debole e l'astenia non sopraggiungeva per rallentarmi o piegarmi in due come accadeva in passato.

Quando raggiunsi la portiera, la aprii e mi infilai dentro, sul sedile del passeggero.

Un profumo di pelle, fuso a una colonia maschile, mi accolse con languidezza e, come richiamata da quell'effluvio erotizzante, mi voltai verso l'uomo che sedeva al mio fianco.

Tutto l'oceano si era ridotto lì: in quei due scrigni brillanti nelle cui tenebre machiavelliche si annidava una mostruosa creatura, custode degli Inferi e della perversione più feroce.

Efrem mi sorrise nel suo modo incantevole e ambiguo, strizzandomi la guancia tra le nocche dell'indice e del medio in un tenero pizzicotto. «Sei in ritardo di quattro minuti e cinquantasei secondi.»

Lo squadrai, avvolto in un completo raffinato blu notte di alta sartoria, e mi sentii stordita come se mi avesse sferzato la pelle con una violenza lussuriosa. «Ho parlato con Melanie, scusami.»

Lui mise in moto l'auto; il quadro e la plancia si illuminarono di un rosso fiammante dando all'abitacolo un'aura così infernale che ne fui vagamente esaltata. «Spero per te, anzi per noi, che tu non abbia detto nulla di sospetto.»

«No, per fortuna.» Sistemai lo zainetto tra la coscia e la portiera, mettendomi comoda. «Ho saputo fingere, *dottore*.»

Efrem partì, girando con una mano il volante e cambiando marcia con l'altra. Mi piaceva osservarlo alla guida; emanava una forza virile ancor più perturbante. «Brava la mia bambina», rispose compiacente dopo essersi immesso nel viale alberato che ci avrebbe condotti all'uscita.

«Dove mi porterai?» Abbandonai il capo contro il poggiatesta, voltandomi a guardargli il profilo, lambito dai riflessi esterni. «In un vecchio motel dove gli omoni cattivi scopano con le prostitute?»

Efrem storse la bocca, lanciando un'occhiata fugace allo specchietto retrovisore. «Ti sembro il tipo da 'vecchio motel'?»

«Non lo so, magari mi riservi brutte sorprese», lo stuzzicai, protendendo il braccio per accarezzargli la gamba dura come una roccia.

«Ci sono stato una sola volta, e con una delle mie ex. Non sono come quegli uomini infoiati che vanno a caccia di escort o di ragazzine per soddisfare i loro biechi istinti nel modo più squallido. Per quanto possa essere 'cattivo', non lo sono fino a quel punto. Soprattutto con te.»

Si irrigidì quando spostai il palmo verso l'interno della coscia, avvicinandomi pericolosamente all'inguine. Percepivo un calore bestiale scorrere sotto la stoffa dei pantaloni e ustionarmi le falangi. «Se un po' mi conosci, dovresti sapere che cosa mi piacerebbe e cosa no.»

Lui rimuginò sulla mia provocazione, leccandosi appena l'angolo della bocca con inconsapevole seduzione. «Ti piacerebbe essere scopata, ma non in un vecchio motel.»

«Mmh...» Gli conficcai le unghie nella carne e di riflesso contrasse il muscolo mentre premeva il pedale della frizione. «Mi sorprendi sempre.»

Efrem si godette quel contatto licenzioso, mantenendo l'autocontrollo poiché stava guidando e non poteva permettersi distrazioni. «Se andassimo all'*Himeros*, saresti contenta?»

Fu sufficiente udire il nome di quel posto per smettere di toccarlo e tornarmene buona, rannicchiata contro il sedile. «No», ribattei senza neanche pensarci troppo. «Potremmo incontrare Giselle o, che ne so, quel Jordan. Se tu vuoi andarci va bene, però non lo so, è un luogo che oggi potrebbe...»

«Metterti a disagio», dedusse scaltramente, lisciandosi all'indietro una ciocca nera che gli scivolava sempre sulla fronte. «Ti è piaciuto finché hai curiosato, osservato e analizzato una dimensione erotica simile alla tua, ma per te il sesso non è un gioco da condividere con uno sconosciuto, in una stanza asettica. Per l'importanza che attribuisci al nostro tipo di intimità considereresti anche un resort di alta classe alla stregua di un 'vecchio motel' e ti sentiresti usata da me.»

«Sì.» Non potei che ammettere l'amara verità; tra noi non c'era solo un istinto animale a influire sui nostri desideri, c'era anche una bolla di emozioni che se fosse esplosa avrebbe rivelato sentimenti ben più grandi e disastrosi. Io lo sapevo, e forse anche lui.

«Hai ragione, Dorie. Le cose tra noi sono cambiate adesso.»

A ogni svolta ci avvicinavamo sempre di più alla barriera inferriata sorvegliata dalle guardie, tuttavia entrambi eravamo concentrati sul nostro discorso.

«Direi di sì.» Gettai un'occhiata al display centrale per aprire col *touch* la cartella musicale e avviare la sua playlist. «E poi lì, lo facevate tu e Giselle, giusto?» Avevo bisogno di distrarmi e di tenere a freno la gelosia che mi martoriava ogni volta che pensavo alle donne che lo circondavano, perciò mi soffermai sull'elenco delle canzoni scegliendone una non casuale: *Wicked Game* di Chris Isaak.

La sua preferita.

«Qualche volta.» Abbassò un po' il finestrino nonostante fosse accesa l'aria condizionata e appoggiò un gomito sul bracciolo, spostando il cambio con leggeri colpi di polso.

Inconsciamente ammirai il modo in cui la giacca gli aderiva alle spalle ampie, definendone le forme maestose; una fitta di desiderio mi pugnalò il ventre. «A maggior ragione non voglio essere toccata da te sulle stesse lenzuola.»

«Ti ricordo che è già successo, Dorothea.» Efrem tornò al suo tono perentorio, pregno di autorità, per indicarmi che non gli era piaciuta la mia risposta indisponente.

«Era diverso.» Agitai le natiche da una parte all'altra come pervasa da un fastidio repellente. «Non sapevo neanche che sarebbe nata questa relazione tra noi. Eri solo un passatempo per me.»

Lui ghignò tristemente, rallentando prima di raggiungere il cancello. «A volte penso di esserlo ancora.»

«Ti sbagli», confutai senza avere il minimo dubbio. Gli accarezzai con i polpastrelli il dorso della mano posata sul cambio; ne seguii le venature sporgenti del polso, assorbii la pelle calda, un po' ruvida sulle nocche, e sorrisi sfiorandogli le dita lunghe ed eleganti, come quelle di un pianista. «Sei la ruota panoramica dalla quale, a ogni alba, posso ammirare il punto d'incontro tra l'oceano e il cielo, uno spazio magnifico e divino che mi permette di nuotare nell'angoscia del passato e di volare nel mistero del futuro.» Sentii gli occhi stranamente inumidirsi, un pizzicore improvviso dietro le palpebre, le pulsazioni del cuore sbattere come ali d'angelo, ovunque. «Se questo è davvero un passatempo, allora spero che sia infinito.»

Efrem mantenne lo sguardo fisso sul parabrezza, tuttavia aveva ascoltato le mie parole, ne aveva colto il significato e compreso il valore. Qualsiasi uomo sarebbe stato lusingato, intenerito o compiaciuto nell'udire una dichiarazione poetica dalla ragazza che frequentava, ma non lui. Lui non si scompose, non perse la connessione fin troppo salda con la sua razionalità, bensì si impegnò a distruggere ogni certezza a cui mi ero appena aggrappata. «Ti ho già detto che il tempo è una delle tante cose che l'essere umano non può eliminare dalla sua esistenza, Dorie.»

Il tempo...

Non abbiamo tempo.

Non ne abbiamo a sufficienza.

Lo ripeteva spesso, ma capire cosa intendeva non era mai facile, piuttosto preferii tacere.

Non parlai più per il resto del tragitto, se non per rispondere a domande banali o fuggevoli.

Una volta che fummo fuori dalla clinica, rimasi con la tempia appoggiata al finestrino a fissare un punto fermo mentre fuori tutto scorreva troppo velocemente per potermici soffermare o preoccupare.

Di tanto in tanto sbuffavo e cambiavo canzone; benché l'auto non fosse mia, Efrem non mi rimproverava né badava molto ai miei gesti, si era limitato a intimarmi di indossare la cintura di sicurezza e nient'altro. Sembrava assorto nei suoi pensieri, con il gomito sulla portiera, l'indice ad accarezzargli il labbro inferiore e gli occhi smarriti in una quiete abissale, piena di demoni. Non li vedevo, ma li percepivo, con il loro fetore di sangue e morte, l'aspetto ributtante e la voce tormentosa. Affliggevano lui e anche me, poiché ormai eravamo un'unica cosa, un'unica persona, un tutto ancorato a un niente e le emozioni che fluivano tra noi erano così potenti da comprimermi l'anima e indurmi a proteggere la sua, in qualsiasi luogo lontano si smarrisse.

«Ascolta questa canzone.» Avviai *Birds* degli Imagine Dragons per riportargli un po' di buon umore ed Efrem rinsavì da qualsiasi incubo lo avesse inghiottito. «È una delle mie preferite.»

«La conosco.» Si sgranchì una spalla, tenendo una mano sul volante, poi inspirò così profondamente che la camicia gli si tese sul torace e io ebbi voglia di strappargliela, per ridonargli la serenità in un modo più invitante. «Piace molto anche a me.»

La mia espressione sbrilluccicò come se mi avesse confessato chissà quale segreto. «Sul serio?»

«Sul serio.» Finalmente gli vidi risplendere un sorriso sincero sul viso. *Doveva sorridere più spesso perché ero certa che anche gli dèi ne invidiavano l'ineffabile fascino.* «Parla di ritrovare la forza per andare avanti anche quando una relazione finisce o la vita ti si pone davanti con tutte le sue maledette asprezze, perché l'amore non muore mai.»

«Sì», assentii entusiasta. «Si può superare tutto con il coraggio.»

Lui rifletté in silenzio prima di aggiungere: «Il cuore non può piangere per sempre».

«Già, dovresti ripeterlo a te stesso quando sei triste», sussurrai, timorosa di ricevere una reazione brusca; c'era qualcosa che non andava, ma non sapevo cosa esattamente. Era come una spira trasparente che si levava su di noi, che ci seguiva come un'ombra spettrale mentre camminavamo alla cieca, nel buio, con solo una candela a illuminare uno scorcio di sentiero lasciando nell'ignoto tutto il resto.

Cosa diavolo era quella sensazione surreale che ispirava predizioni negative?

Efrem allungò il braccio per cercare la mia mano; quando la trovò, piccola e un po' gelida, la prese nella sua e la chiuse come in un bozzolo caldo, restandomi appoggiato alla coscia.

«Non devi preoccuparti per me», mormorò con tono soave, guardando la strada, sagace e non più perso in un oblio luttuoso. «Sono io che devo prendermi cura di te e impegnarmi a farti star bene.» Si portò la mano alla bocca e ne baciò il dorso in un gesto galante che mi fece sciogliere come un vaso di creta. A volte mi chiedevo cosa avessi fatto di buono per meritarmi uno come lui e cercavo di vivermi e di memorizzare tutti i momenti che passavamo insieme per raccoglierli come fotografie in un album dei ricordi e portarli con me, qualsiasi cosa fosse successa.

Il tragitto proseguì con una placidità rilassante.

Io commentavo le canzoni, sottoponendo Efrem a lunghe digressioni sulla biografia o la carriera di alcuni artisti rock che apprezzavo; lui mi ascoltava interessato e, quando mi sfuggivano parolacce indecorose, faceva smorfie di disappunto che lo rendevano ancora più sexy e attraente.

Mi sporsi a dargli un bacio sulla guancia, poi un altro e un altro, scendendo debolmente a leccargli il collo profumato come assuefatta al suo corpo; lui di rimando mi incitò a stare buona, stringendomi con brutalità la coscia fino a farmi annaspare per il dolore e gemere per lo stesso motivo.

Quando l'auto imboccò un viale selciato con possenti pini a decorarlo ai margini, compresi che eravamo arrivati a destinazione. Ci immergemmo in una distesa verdeggiante disseminata di viottoli, siepi, statue da giardino in cemento bianco che raffiguravano soggetti sacri e mitologici, risaltati da un accurato impianto di illuminazione, mentre in lontananza un'enorme struttura cominciava a prendere forma, come una sorprendente fortezza d'avorio.

Non era né l'*Himeros* né un motel qualunque, vecchio e periferico.

Era una villa prestigiosa, la più bella che avessi mai visto.

Efrem parcheggiò l'auto di fronte all'ingresso e finalmente potei osservarla meglio.

Sembrava una residenza da sogno, in stile neoclassico, alta due piani, sfarzosa e mastodontica, un connubio di linee flessuose, vetrate e pietre lavorate.

«Che cos'è questo posto?» Sbalordita, appiccicai il naso al finestrino sgranando le palpebre per lo stupore.

Efrem spense il motore e si sganciò la cintura di sicurezza. «Casa mia.»

«Casa tua?» Mi voltai a guardarlo, ancora incredula. Non mi aspettavo che mi avrebbe permesso di entrare nella sua sfera privata fino a quel punto.

Lui allungò un braccio verso di me e mi accarezzò la guancia con le nocche seguendo la linea sottile della mascella. «Credevi che ti avrei portata in un albergo, Dorie?»

Mi morsi il labbro nervosa, realizzando che saremmo stati davvero da soli, e per giunta a *casa sua*. «Sono scioccata.»

«Immagino.» Scivolò sul profilo del collo, con un tocco di polpastrelli delicato ma lascivo, facendomi rabbrividire. «Non ti va di entrare?» La sua voce mi infuse la giusta tranquillità e decisi di non tirarmi indietro; non potevo rovinare tutto proprio quando non ci sarebbe stato nessuno a intralciarci.

Con un cenno d'assenso misi da parte la strana paura che mi convogliava nello stomaco.

Dopo essere scesi dall'auto, lo seguii con lo zainetto in spalla, standogli dietro mentre ammiravo tutt'attorno il silenzio della natura. L'abitazione era ubicata lontana dalla zona urbana, come se rappresentasse una via di fuga dallo stress, pertanto, a parte i nostri passi e respiri, non c'era nulla a invaderne la pacatezza.

Sotto al portico coperto salimmo tre gradini illuminati dai faretti incastonati a led, mentre Efrem frugava nella tasca dei pantaloni per cercare le chiavi. Quando estrasse il mazzo, ne inserì una nella toppa e aprì l'enorme porta in legno lastronato, facendomi gentilmente segno di precederlo.

Una volta dentro, la prima cosa che notai fu il marmo statuario di uno stravagante nero anziché bianco che, oltre alla pavimentazione, rivestiva anche le pareti con venature diverse e discontinue color argento; la luce calda, non troppo accecante, di un lampadario in cristallo rifletteva debolmente i dettagli dei complementi d'arredo, ricercati ma non ampollosi; la scalinata centrale in pietra lavica che collegava al piano superiore, decorata da ambo i lati da un corrimano in vetro, era un tocco di grande stile, tanto quanto le due colonne scure con i capitelli classicheggianti che si ergevano fino al soffitto come a fungergli da sostegno. Ogni minuzia era uno sfolgorio lieve ma sfacciato di lusso e classe, e denotava con prepotenza l'imponenza e la forza di un'ambiente deciso ed elegante, proprio come il suo padrone.

La scelta dei colori viranti dal nero al grigio perla e delle lampadine soffuse probabilmente non era dettata da un narcisismo vanaglorioso, bensì dalla fotofobia di cui Efrem soffriva e che gli impediva di esporre i suoi occhi a un'illuminazione eccessiva.

«Wow», fu tutto ciò che riuscii a dire, poiché descrivere a parole la magnificenza di quel posto era impossibile: sembrava un castello oscuro, nel quale le ombre seducevano la luce, la perversione ancheggiava tra le lamine d'acciaio, l'istinto cavalcava con audacia l'arredamento maschile specchiandosi nella lucidità delle materie prime e il pudore restava fuori, relegato in un angolino del giardino.

Efrem si sfilò la giacca, sistemandola su un attaccapanni a piantana, poi lasciò le chiavi su una consolle intarsiata con sopra uno specchio rifinito in argento; io invece rimasi ferma a pensare che in quel luogo ci abitava con la moglie e con Joël, che stavo per invadere il loro spazio, che mi sarei concessa totalmente a un uomo impegnato e che ero ancora in tempo per fermarmi, per eclissare l'immoralità con il lume della ragione e per dirgli di riportarmi indietro, in clinica, subito.

Prima che la notte giungesse ad annunciare la nostra totale distruzione.

Eppure…

Mi bastò guardarlo lì, nel suo salotto, dietro un mobile bar, a versarsi del vino rosso in un calice su un piano di vetro temperato, con una ciocca di capelli a sferzargli il viso chino sulla bottiglia, la camicia arrotolata sino ai gomiti che gli aderiva alle forme e ne risaltava la muscolatura, per capire che tutto ciò che volevo era dentro le mura di quella casa, a pochi metri da me, e che scappare dall'unica persona che desideravo sarebbe stato l'errore di cui mi sarei pentita per tutta la vita.

«Avvicinati, Dorie. Non rimanere lì, non mordo mica.» Efrem tentò di sdrammatizzare, cercando di rassicurarmi. Non avevo ancora proferito parola, tuttavia percepiva la mia ansia, una sensazione affannosa che mescolava incertezza e bramosia, aumentava la frequenza cardiaca e mi irrigidiva le membra, impedendomi di essere disinvolta. Con un sospiro tremulo avanzai a piccoli passi, stringendo tra le dita la spallina dello zainetto. Come una scolaretta insicura, mi fermai vicino a uno dei due divani di velluto grigio, indecisa se sedermi; nel dubbio, rimasi in piedi.

«Di solito quando torno dal lavoro bevo un goccio di *Eiswein* a stomaco vuoto.» Intanto lui aveva ripreso a parlarmi per dissipare la tensione che permeava tra noi e per mettermi a mio agio come solo un uomo scaltro avrebbe fatto. «Non dovrei, ma mi serve per scaricare la stanchezza della giornata.» Aggirò il bancone retroilluminato per incamminarsi pacatamente verso di me. «Poi ceno, faccio una doccia e vado a letto.»

Lo guardai annusare il vino mentre reggeva tra le dita lo stelo sottile e lasciava scorrere le iridi fameliche lungo il mio corpo. Deglutii un groppo d'inquietudine e cominciai a sudare. «A dormire o a fare l'amore con Liliane?»

Efrem sorrise malizioso dietro il bordo del bicchiere e attutì con gloria il colpo inferto dalla mia gelosia. «Dipende da cosa ho voglia di concederle.» Fu vago, ma l'intonazione roca mi suggeriva varie alternative e tutte molto sconce. «Se la mia indifferenza o le mie attenzioni.»

«Stasera *a me* cosa hai voglia di concedere?» Stavo rischiando grosso, ma stuzzicare apparteneva a quel lato spericolato e audace che non temeva conseguenze; se mi avesse punita mi avrebbe indotta a gridare il suo nome e non sarebbe stato affatto spiacevole.

Efrem incedette ancora risucchiando l'aria, lo spazio, il tempo, come se tutto si fosse fermato e la mia sorte dipendesse soltanto da lui. «Se pretenderò tutto, ti darò tutto in cambio. Sta a te decidere quanto vuoi alzare la posta in palio, anche se è un gioco che con me ti sconsiglio di fare.» La sua passione riuscì a consumarmi anche senza toccarmi; era sufficiente averlo così vicino e sovrastante per avvertire i suoi occhi infuocarmi la pelle umida e fare a brandelli i vestiti che gli impedivano di ammirare cosa c'era al di sotto.

«Perché?» esalai sottovoce, con le pupille sullo scampolo della camicia aperta fino allo sterno, laddove i pettorali si univano, invitando la lingua a struggersi nel mezzo.

«Perché vincerei comunque.» Con l'indice mi sollevò il mento e affondò lo sguardo nel mio, fino a invadermi nel profondo, dilaniandomi la carne. «E perché dopo averti aspettata per tanto tempo meriterei di averti completamente.»

Schiusi le labbra, desiderosa di tuffarmi sulla sua bocca sensuale e assaggiare che gusto avesse la perdizione. «Vuoi di più di quello che ti ho già dato?»

«Molto di più.» Efrem mi lasciò il mento e vagò con le dita sul collo, scendendo piano fino al bordo rotondo della maglietta larga che, purtroppo, gli celava quasi del tutto le mie curve. «Sculacciarti, baciarti, sentire la tua bocca attorno a me, esplorare il tuo corpo, leccarti tra le cosce è stato l'anteprima di ciò che sogno di farti da quando ti ho vista.» Risalì lentamente sulla linea della clavicola e la tracciò con l'indice, raggiungendo la spalla che ebbe un lieve fremito sotto la pressione delicata dei suoi polpastrelli. «Ma eri troppo debole per sopportarmi dentro di te.»

Aggrottai le sopracciglia stando attenta a come si esprimeva giacché Efrem dosava sempre le parole: aveva detto *sopportarmi*, non *accogliermi*, il che significava che il sesso con lui non sarebbe stato solo indimenticabile bensì doloroso ed era esattamente ciò di cui avevamo bisogno entrambi.

«Sarò folle a dirtelo, però...» Con un sorrisetto sfacciato, mi sporsi appena per intingere un dito nel calice, raccoglierne sul polpastrello il liquido cremisi e portarmelo lentamente in bocca. «Non vedo l'ora di 'sopportarti' dentro di me.» Me lo succhiai, infossando le guance, e tenni gli occhi agganciati ai suoi che si socchiusero con pigrizia, scintillando di cupidigia, inebriati dalla mia provocazione. «So che non ho l'età per bere, ma volevo assaggiarlo.»

Che bugiarda.

Volevo soltanto portarlo al limite, proprio come mi aveva suggerito Mitchell all'*Antéros*, e spingerlo a perdere quel maledetto autocontrollo che lo rendeva sempre troppo freddo e inflessibile.

Efrem trangugiò i rimasugli del vino, facendo scivolare via con esso anche le esigenze sfrenate che avevo sollecitato, poi arretrò con una violenta libidine a imbrunirgli le iridi. Una libidine che sarebbe esplosa solo *quando* e *se* lui lo avesse ritenuto appropriato. «Prima ti cucinerò qualcosa. Hai fame?»

«No, grazie», declinai subito, persa nell'intensità delle emozioni che mi stavano squassando la pancia.

Avevo l'impellente urgenza di fiondarmi su di lui e spogliarlo, ma la trattenni per paura di essere rifiutata.

«Dorothea, conosco a memoria il tuo piano alimentare. So cosa puoi mangiare, ci metto pochi minuti a preparare la cena.»

«No», ripetei più concitata; avevo la gola secca, la testa annebbiata da fantasie indecenti e lo stomaco chiuso, perciò colmarlo con qualcosa che non fossero i suoi baci era l'ultimo dei miei pensieri. «La mia fame non può essere appagata con il cibo.» Mi posai la mano sul basso ventre, senza volerlo, e lui spostò l'attenzione proprio lì. «Ti facevo più astuto.»

Efrem riportò i suoi pensieri sul mio viso, lievemente arrossato di eccitazione, e sospirò paziente. «Sono soltanto ospitale.»

«Se vuoi davvero essere ospitale smettila con i falsi convenevoli.» *Spezza quei dannati argini che ancora ci separano, vieni qui e sbranami.* «Preferisco che tu sia te stesso.»

Era arrivato il momento di conoscere il vero Efrem Krugher, l'uomo che si nascondeva dietro la maschera del dottore inappuntabile, l'uomo che mi aveva già toccata nel modo più sporco e che mi aveva fatta impazzire con il suo atteggiamento dominante, l'uomo che aveva capovolto il mio universo, fermato il pendolo sul quale oscillavo e riempito l'orizzonte di nuovi sogni.

Avevo voglia di lui, ero maledettamente affamata di lui.

Efrem controllò ancora il calice, apparentemente distratto, e quando scorse un'ultima goccia rossastra la bevve, svuotandolo del tutto. «Va' di sopra. La prima porta a destra è la stanza degli ospiti. Lascia lì la tua roba, spogliati e torna da me soltanto con il tuo collarino e ciò che troverai dentro una scatola.»

Trattenni il fiato quando ragionai sulla sua richiesta inaspettata.

Credevo che si sarebbe avventato su di me seduta stante e che mi avrebbe spinta sul divano, ficcandosi tra le mie gambe, in modo rapido e indolore, invece voleva procedere per gradi, fare le cose con calma come un gentiluomo. «Una scatola?»

«Sì, è posata sul letto.» Reggendo ancora il bicchiere per il gambo, usò l'indice per indicarmi la scalinata dietro di me, poi aggiunse un ordine stringato: «Vai, ti concedo quindici minuti. E non tardare».

Cominciai a indietreggiare, fissandolo con incanto, incapace di distogliere lo sguardo dalla sua bellezza travolgente, ma prima di andarmene non mi privai di giocare ancora un altro po'. «Altrimenti? Mi punisci?»

In effetti mi mancava sentire gli schiocchi degli schiaffi sulle natiche, sulle cosce o sui seni, il dolore che affluiva tramutandosi in lacrime e la fiacchezza che ne conseguiva facendomi abbandonare a lui, tra le sue braccia, con il cuore più leggero, privo di tribolazioni.

Efrem non colse alcuna ironia nella mia battuta. In piedi, circondato dall'oscurità come una belva fiera e aitante, con i capelli corvini a ottenebrargli i tratti sotto i riflessi caldi delle luci, aguzzò il sorriso così tanto da far paura. Qualcosa di pericoloso mi vibrò lungo la schiena insinuandosi sotto gli shorts fino alle mutandine, al punto che incespicai su me stessa.

«Ti punirò quando sarò dentro di te, piccola Dorie. E ti garantisco che… ti piacerà.»

La stanza degli ospiti sembrava una suite imperiale, ordinata e priva di caratteri che raccontassero una qualche storia personale; non c'erano molti oggetti d'arredo, soltanto il minimo necessario a renderla agevole e accogliente: a destra due poltrone di velluto grigio attorno a un tavolino da caffè in vetro, sul fondo a sinistra un letto a baldacchino rivestito di lenzuola nere e cuscini morbidi, affiancato da un ampio armadio ad ante. Al centro, sul giardino, si affacciava una finestra scorrevole, in parte coperta da un drappeggio pregiato sollevato a lato da una cordicina elegante.

L'argento e il nero si intrecciavano tra loro in un gioco di colori armonioso che non lasciava spazio ad altre tonalità; sotto il tenue bagliore delle luci, lo scintillio del marmo e delle pareti scure effondeva l'atmosfera proibita di un bordello di lusso e l'agiatezza di un posto distinto, pulito, dall'odore avvolgente di bergamotto, cedro e lavanda.

Il profumo di Efrem...

C'era lui in ogni angolo di quell'abitazione a imporre la sua presenza, anche quando era altrove, come se mi perseguitasse e non potessi togliermelo dalla testa.

Lasciai cadere lo zainetto sul pavimento con un tonfo secco e mi avvicinai al letto, adocchiando una scatola bianca con un nastro attorcigliato a una *violetta nera*, la stessa che tempo prima aveva colto per me dal giardino dell'Asklepios narrandomi il mito della ninfa Io. Prima di aprirla ragionai sulla situazione: Efrem aveva premeditato tutto nel modo più diabolico possibile.

Aveva deciso sin dall'inizio di portarmi a casa sua e aveva comprato qualcosa per me, il che significava che aveva stabilito che la nostra unione sarebbe avvenuta lì, nei giorni in cui Liliane non c'era.

Non sapevo se esserne contenta o spaventata.

Con le mani tremolanti aprii il contenitore scorgendo al suo interno un babydoll bianco.

Lo estrassi insieme a uno slip striminzito e li analizzai: la sottoveste era trasparente, a maniche lunghe, con un grazioso decoro di raso sui bordi smerlati, corta fino all'inguine. Sembrava un kimono elegante che tuttavia non lasciava nulla all'immaginazione poiché ogni mia femminilità sarebbe stata esposta, malgrado il velo a coprirla. La mutandina abbinata era un triangolino, anch'esso trasparente, che terminava sul retro con un filo sottile; indossarla o meno non avrebbe fatto alcuna differenza.

Era una lingerie che di casto aveva ben poco.

Raccolsi tutto contro il petto e mi guardai attorno per cercare il bagno; una stanza come quella avrebbe dovuto averne uno comunicante, infatti individuai una porta aperta oltre la quale luccicava la rubinetteria e una parete di cristallo che circondava il piatto doccia.

Una volta entrata, notai che anche lì non mancava alcun comfort: dalla vasca idromassaggio alla raffinatezza degli elementi moderni. Ciò che mi sorprese fu la dormeuse posizionata in un angolo, un oggetto d'arredo insolito, poiché sembrava suggerire un tipo di intrattenimento diverso...

Non indagai oltre e sfilai le scarpe, spogliandomi anche di tutto il resto. Rimasta nuda, evitai di guardarmi allo specchio; sciolsi i capelli che mi cascarono ribelli lungo la schiena e mi vestii, sentendomi un po' ridicola. Non avevo mai indossato nulla del genere, di certo Andy non era mai stato pretenzioso né particolarmente fantasioso; rammentavo di noi due solo lo scontro fremente di corpi giovani e privi di esperienza. Non ci preoccupavamo della tensione, dell'aspettativa, non eravamo trepidanti o agitati, soltanto giocosi e curiosi come due bambini.

Con Efrem era tutt'altra storia: non gli sarebbero bastati sfregamenti infantili, bacetti impacciati o contatti banali; avrebbe preteso la passione, la brama, il totale asservimento e coinvolgimento fisico e mentale, mi avrebbe domata, sottomessa, spezzata finché non avessi avuto più ossigeno nei polmoni né le forze per assecondarlo.

Qualsiasi ragazza sarebbe scappata a gambe levate, invece sul mio viso affiorò un sorrisetto perverso, poiché ciò che gli avrei concesso e ciò che a sua volta mi avrebbe donato era tutto quello che avevo atteso per tre lunghi mesi. Quel desiderio straziante che mi aveva invaso i sogni, scaldato le notti, fuorviato le fantasie, finalmente sarebbe stato appagato; Efrem sarebbe stato mio, lo avrei avuto addosso, dentro di me fino alle ossa con il suo ardore violento, unico e corroborante.

Tremai al solo pensiero di lasciarmi sgretolare dal suo corpo grande e prestante.

Prendendo un respiro, lasciai le mie cose nella camera degli ospiti e scesi in salotto, scalza, con solo il babydoll, le mutandine e il *choker*, proprio come lui aveva chiesto.

Quando giunsi in salotto, Efrem non c'era, perciò camminai alla cieca, cercando di capire dove fosse finito. Mi muovevo con estrema cautela, non conoscevo gli spazi della casa e, distratta com'ero, temevo di poter inciampare o addirittura rompere qualche suppellettile costoso. Piano piano, seguendo la lieve illuminazione che si rifletteva sul marmo tutt'attorno, arrivai a superare un'arcata che dava accesso direttamente alla cucina.

E fu lì che vidi il *segreto* più sconvenevole che avessi mai nascosto al mondo intero.

Chino sui gomiti, appoggiato a una penisola di pietra nera, Efrem stava mangiando una pesca in totale tranquillità.

Subito si accorse di me: direzionò lo sguardo sulla chioma bionda, facendolo scorrere dall'alto al basso con una lentezza sfibrante, e io ghiacciai, avvolta dal suo carisma sfrontato e ammaliata dal modo in cui splendeva nella sala come un fulmine in una notte burrascosa, sorprendente e terrorizzante. Per quanto possibile, apparve ancor più fascinoso quando, reggendola tra le dita, se la portò alle labbra per addentarla.

L'avvolse per morderla fino al nocciolo, facendone esplodere il denso nettare nel palato; il succo gli colò sul labbro inferiore e con la lingua lo raccolse lentamente prima che gli scivolasse sul mento o gli sporcasse la camicia; al contempo un calore anomalo si espanse nell'aria, mi scaldò le guance e mi artigliò il ventre turbinando tra le cosce. Spostò un attimo l'attenzione sull'orologio a muro per controllare che avessi rispettato i tassativi quindici minuti, poi tornò a fissarmi, terminò ciò che rimaneva della tenera drupa e gettò il seme nella pattumiera lì accanto.

Il silenzio che aleggiava tra noi si riempì di un'intimità bollente.

Efrem si leccò il pollice e l'indice con un'eleganza avida e magnetica come se stesse pregustando il momento in cui avrebbe saggiato qualcosa di molto più invogliante, poi si raddrizzò per squadrare ogni mio roseo segmento di pelle: dai piedi nudi ai seni a malapena coperti dalla trasparenza della veste, tanto che poté vedere i capezzoli ergersi con impudenza.

Non amavo mostrarmi così vulnerabile, ma con gli occhi colmi di lucciconi che rivelavano tutte le mie insicurezze gli trasmisi un'unica, silente richiesta: *ti prego, non giudicarmi. So di essere imperfetta.*

Efrem aggirò la penisola per venirmi incontro come se avesse compreso il mio bisogno di essere afferrata, trattenuta lì, nella realtà, prima che la mente mi trasportasse a fondo, nel limbo delle mie paranoie. Fermandosi di fronte a me, mi accarezzò la guancia, dolcemente, e mi indusse a reclinare il capo di molto poiché, senza scarpe, risultavo troppo minuta.

Temporeggiò qualche istante prima di parlarmi, godendosi la visuale delle mie linee visibili, di quei centimetri in più che si affollavano sul girovita e sulle gambe e che mi rendevano meno magra rispetto a quando avevo cominciato il percorso terapeutico; per un attimo parve adorarmi come una creatura magnifica, la più bella che avesse mai visto. Il brillio venereo delle sue pupille, gli zigomi severi lievemente arrossati – forse a causa del vino – e le labbra carnose, così sensuali da indurre a commettere qualsiasi peccato, ebbero il potere di annullare tutto ciò che aveva riempito di spine il mio passato e di riscrivere nuove pagine di vita.

«Sembri una ninfa.» Efrem si piegò dandomi un bacio tenero sulla fronte, lo trascinò sulla punta del naso, poi più giù sulla bocca schiusa, protesa ad attenderlo. «Una piccola e meravigliosa ninfa», mi sussurrò col fiato che emanava un sentore fruttato, irresistibile, talmente inebriante da provocarmi un inaspettato stordimento. «Sai perché sei qui, vero?» Con il pollice corse ad accarezzarmi il labbro inferiore. Lo pressò per schiacciarlo contro i denti, deformandolo, mentre io annuivo concentrata sul timbro rauco e avvolgente. «Vuoi essere *mia*?» Fu un'altra domanda alla quale seguì un ulteriore cenno di assenso. Non avevo alcun dubbio. «Mi permetterai di guardarti, toccarti, penetrarti, farti male, punirti e donarti il piacere che desideri?» Insinuò la prima falange tra le mie labbra per incitarmi ad aprirle e il pollice scivolò dentro, fino alla nocca. Aggrottai la fronte perché quelle parole, in quello stesso ordine, e con la medesima intonazione perentoria, le avevo già udite. Rivolte a Giselle. Con qualche titubanza annuii ancora, circuendolo con la lingua, timidamente. «Dimmi che sei cosciente dei rischi annessi a un rapporto sessuale libero da regole e parola di sicurezza. Non ti considero un'*unterwürfige* e io non sono il tuo dominatore. Non ti costringerò a nulla che tu non voglia, qualsiasi forma di umiliazione – nell'ipotesi che ci sia – deriverà solo dalla tua volontà.» Quando sostituì il pollice con l'indice e il medio, socchiusi le palpebre e iniziai a suggerglieli con arditezza. Efrem sorrise, appoggiandomi il bacino sull'addome per farmi avvertire la sua eccitazione, già turgida e pronta a possedermi. Non ero intimorita, soltanto nervosa perché sentivo la tensione scorrermi nelle gambe ed elettrizzarmi ogni nervo. Non avrei resistito ancora a lungo. «Nella vita mi piace trattare la donna come una regina, Dorothea, ma nel sesso preferisco sia la mia *Hure*. Dimmi che malgrado queste premesse ho il tuo consenso. Nel caso contrario sei assolutamente legittimata a rifiutarti.»

Mi liberò la bocca, sfregando tra loro le dita inumidite, e io ripresi aria per ribattere. Non sapevo cosa avesse detto in tedesco, ma sospettavo che fosse un termine scurrile. E forse, con un po' di fantasia, compresi anche quale. «Hai il mio consenso», accettai con l'impellente bisogno di gettarmi nelle sue fiamme e bruciare. «Avrai tutto ciò che vuoi. E lo concedo solo a te. Adesso, ti prego, baciami», lo supplicai con le ginocchia malferme, tanta era la voglia di arrendermi a lui.

Non fu necessario ripeterglielo; mi misi in punta di piedi per raggiungerlo, Efrem fece scivolare la mano dietro la mia nuca, la strinse con violenza e si avventò su di me.

Fu un bacio così impetuoso che gemetti nella sua bocca; gli stritolai la camicia nei pugni per trattenerlo e non lasciarlo più andare.

Mi ruppi, mi frantumai, mi abbandonai alla sua esperienza, permettendogli di guidarmi. Precipitammo in un abisso vizioso quando infilò la lingua per avvolgere la mia, la picchiò con colpi selvaggi e seducenti, come uno scudiscio infuocato, e un calore formicolante si propagò dal petto fino al pube. Dal profondo della gola, pretese la mia anima, la rapì con una gentilezza impalpabile e una rudezza selvaggia. Come se fosse Ade, il dio delle ombre, dischiuse i lembi della perversione, fece calare un buio tetro sulla Terra, slegò i miei dolori e li riempì di una spaventosa follia. Compose un epigramma osceno sulle mie labbra, mi trainò con lui alla deriva dei sogni, e con la forza valorosa dei muscoli continuò a sottomettermi. Emerse il demone crudele che albergava dentro di lui; con prepotenza leccò, morse, distrusse tutte le mie paure. Le trasformò in passioni roventi e tra le loro vampe mortali raccontò un mito agreste dal fascino eterno, placando i miei mostri.

Indietreggiai sospinta dalla sua foga possessiva, una bramosia martoriante, finché con le mani mi appigliai al bordo solido di un tavolo e ci appoggiai le natiche.

Senza interrompere il suo assalto, Efrem spostò due sedie d'intralcio, facendone rovesciare una con un tonfo fragoroso, e mi afferrò le gambe per spalancarle.

Emisi un gemito rumoroso che soffocò in quel bacio, sempre più intenso e selvatico. Privo di delicatezza o riguardo, mi imbrigliò la chioma in un pugno ferreo e la tirò dabbasso, scoprendo il collo, bersaglio della sua ferina aggressione. Lo leccò lascivamente come un serpente minaccioso, poi ci affondò i denti marchiandolo con irruenza. Non fu il morso di un amante eccitato, bensì di una belva che imponeva la sua padronanza su ciò che sarebbe stato definitivamente *suo*.

«Efrem», ansimai per accertarmi che non si fosse perso in chissà quale oscura dimensione. Lui rispose con un verso gutturale, aprì la veste e fece scorrere la lingua tra i seni, risucchiando a fondo il capezzolo destro. Mi inarcai, dimenando le cosce per attenuare il piacere che esigeva di esplodere, ma Efrem le pressò sotto le tenaglie delle sue dita per impedirmi di agitarmi.

Non ancora, parve dirmi, *devo prima torturarti, piccola Dorie...*

E quella maledetta tortura l'avvertivo da tre mesi, l'avvertivo così tanto da non riuscire a respirare, soprattutto quando mi schiaffeggiò un seno, facendolo sobbalzare in alto prima di palpeggiarlo e spremerlo nel palmo. Urlai per la morsa dolorosa in cui lo trattenne, e urlai di più quando agganciò il bottoncino tra pollice e indice e lo tirò come a volerlo staccare dall'areola. Sembrava perso, inferocito, rabbioso. Le mie grida lo rinvigorirono, il pene si arcuò a dismisura sotto le braghe, le spalle gli si tesero, nelle vene in rilievo galoppava la brama più velenosa e lui digrignò i denti per trattenere qualsiasi sorda intenzione gli stesse straziando la ragione.

«Efrem, ti prego», piagnucolai; con il petto totalmente offerto, inclinai in avanti il bacino per strofinarmi contro di lui. Tutto ciò che sentii fu soltanto lo sfregamento dei pantaloni contro il monte di Venere perché, tra i due, l'unica impudicamente svestita ero io.

«Pazienta, bambina. Ti voglio bagnata per me.» Con meno ferocia e più malizia mi diede un altro morso sul ventre che d'istinto ritrassi, strattonando la carne dalla sua presa.

«Lo sono già», strascicai quelle parole a fatica, con i polmoni brucianti, la bocca tumida e la gola dolente.

Efrem sogghignò con beffa, pregno di una malefica arroganza. «Non abbastanza per accogliermi. Voglio farti male senza lacerarti.» Lo vidi scendere giù, come un angelo infernale, e piegarsi sulle ginocchia. A quell'altezza, il suo volto era allineato alla mia femminilità esposta dalla trasparenza degli slip e la fissò con sfacciataggine, godendo nel vederla schiusa e luccicante di umori.

Quella volta non c'era alcuna caramella con cui giocare...

Arrossii al pensiero di ciò che avevamo fatto nel suo studio mentre lo ammiravo così: chino ai miei piedi, a venerarmi come se fossi la sua dea. Repressi a stento la vergogna, poiché nessuno si era mai permesso di imporsi con tanta superbia, tantomeno avevo mai concesso a un ragazzo di esplorarmi così intimamente. Efrem lo sapeva, glielo avevo confessato; l'idea di essere stato il primo lo aveva entusiasmato e condotto oltre i limiti della sua depravazione. La stessa che gli baluginava nelle iridi splendenti, sotto le ciglia nere che con destrezza le orlavano, facendolo apparire come un sovrano indemoniato. Spostando lo sguardo sul mio volto, lasciò scorrere le dita dalla caviglia al ginocchio, infilandole nell'incavo, poi lo sollevò per portarselo sulla spalla. Sobbalzai per l'ombra brutale che gli affilò il sorriso e sussultai ancora quando soffiò sul clitoride, squassandomi dall'interno perché la sofferenza dell'attesa guerreggiava contro la soddisfazione inappagata.

E io lo volevo dentro di me, subito, con tutta la sua pericolosa carnalità.

Con una risata dileggiata, si allontanò ancora dal mio centro ardente. Mi graffiò l'interno coscia con la barba, strofinandoci la bocca; scese fino al ginocchio, poi percorse a ritroso lo stesso tragitto per arrivare all'inguine ormai ipersensibile. Appesantita da una fervida cupidigia, tremai mentre tenevo una gamba piegata sulla sua spalla e l'altra distesa, con la punta di un piede piantata sul pavimento. «Impaziente, Dorie?» mi schernì, con la finta innocenza di un sadico predatore.

Un bellissimo e sadico... predatore.

«Che bastardo», lo insultai, colma di frustrazione. Lo avrei preso a schiaffi se non si fosse sbrigato. «Così mi uccidi.»

«Non sai quante volte sono morto e rinato per opera tua.» Finalmente smise di temporeggiare; agganciò con i pollici l'elastico del perizoma, contrasse le braccia e lo strappò al primo colpo gettandolo a terra. Trasalii per la potenza inaudita e animalesca del suo gesto, tuttavia non ebbi neanche il tempo di realizzare di essere completamente nuda dai fianchi in giù, che lui avvicinò il viso al pube e, con gli occhi allacciati ai miei, appoggiò la lingua sulla vulva sovreccitata. Un fremito mi stracciò la lucidità quando la fece scorrere dal basso all'alto, leccandomi con un desiderio ingordo; un altro fremito mi appannò la vista quando usò la punta per separare le grandi labbra, infilarla dentro e inondarmi con la saliva calda.

«Oddio.» Mi aggrappai con le dita ai suoi capelli, spingendolo contro di me; Efrem addentò il clitoride, lo succhiò, lo picchiettò e io cominciai a premermi e dondolare sulla sua bocca spudorata. Il mento mi sfregava sul perineo, la barba raschiava ruvidamente contro l'interno coscia e la lingua invadeva, penetrava, bagnava la piccola apertura come se volesse abbeverarsene. Titillando con insistenza il nucleo di carne ormai scappucciato con minuscoli semicerchi spiazzanti, unì l'indice e il medio e li insinuò nella vagina con determinazione. Sobbalzai e reclinai la testa, serrando nel palmo le ciocche corvine, poi chiusi gli occhi e gemetti quando mosse le dita velocemente, senza pietà, piegandole per acuire le sensazioni devastanti. Avido e deciso a spaccarmi in mille pezzi, sbatteva i polpastrelli contro una parete morbida, così interna da stuzzicare terminazioni nervose di cui avevo ignorato l'esistenza. Totalmente sopraffatta, iniziai ad assecondarlo, muovendo le anche contro di lui, contro la lingua, contro le falangi invasive, cavalcando le onde di un piacere sfrenato che stava montando nella pancia. Le cosce presero a tremarmi, i gemiti divennero dei lamenti disperati; lui emise una risata soddisfatta che fece vibrare le pareti della tenera fessura e lo guardai affannata: era chinato ancora sulle ginocchia, con le iridi che mi sbirciavano, dominandomi anche dal basso, viziose, disarmanti, brillanti di sagace arguzia, orgogliose di vedermi delirare su quel tavolo.

Lo stesso sul quale, ogni giorno, pranzava con Liliane.

Aveva fatto impazzire anche lei in quella maniera scabrosa?

Chissà con quante altre donne era successo, a quante di loro aveva concesso quel previlegio.

A giudicare dalla sicurezza, la disinibizione, la totale sfrontatezza degli atteggiamenti erano state tante.

Sapeva toccare i punti più nascosti, riusciva a trovarli subito e li stimolava nel momento e nel modo giusto, studiando le mie reazioni. Perciò sì, le sue amanti lo avevano reso navigato ed esperto come un casanova che aveva fatto del sesso una delle sue attività preferite finché ne era diventato un vero maestro, più di quanto lo fosse con la dialettica.

E, santo cielo, io per un uomo del genere avrei venduto l'anima al Diavolo o forse era già lì, il Diavolo, a patteggiare di restituirmi l'alba in cambio di qualche tramonto insanguinato da ammirare insieme, perché quegli occhi adamantini che mi fissavano sferzando la semioscurità della cucina e mi inchiodavano mentre me ne stavo a cosce aperte a supplicare di farmi venire, erano i più perfidi, ingannatori e splendenti che avessi mai visto.

Recisi ogni pensiero quando Efrem tentò di inserire un terzo dito dentro di me. Mi agitai per impedirglielo, ma lui, con una certa fermezza, mi avvolse il braccio attorno alla coscia sollevata e mi guardò severo; le labbra erano lucide dei miei umori che leccò sensualmente come se stesse assaporando un nettare gustoso. «Devo prepararti, Dorothea. Sta' ferma.»

«È troppo», annaspai disconnessa, con la voce arrochita, appena udibile.

«Non è troppo. Dovrai accogliere ben altro e voglio che tu sia pronta.» Mi accarezzò languido, cospargendo il secreto vischioso dall'apertura pulsante fino ai contorni morbidi, poi schiacciò il pollice sul clitoride per sedurmi e indebolirmi. «Fidati di me e basta.»

Gli lambii le ciocche lisce e tentai di rallentarlo, ma Efrem cacciò via la mia mano e riprese a penetrarmi con le dita e a leccarmi in simultanea in un punto così proibito da farmi tendere tutta. Era attento, caparbio e col passare dei secondi divenne implacabile, spietato, rude; all'indice e al medio aggiunse l'anulare e, quando li fece roteare per scavare più a fondo, io mi contrassi, asserragliando con più forza il ginocchio alla sua spalla. Le falangi erano grandi il doppio delle mie, il suo tocco era insistente, crudele, tanto che sentivo le pareti bruciare e dilatarsi oltre il limite. Gli premetti il tallone sulla schiena e distanziai l'altra gamba, spingendomi verso di lui. I palmi sui quali cercavo di reggermi stridettero sul piano di marmo, il battito cardiaco accelerava e decelerava in base al ritmo che adottava; il cuore scalpitava nel petto, tra le costole, nel basso ventre. Il sangue defluì in un'unica parte, la stessa che lui stava straziando con colpi lenti e veloci, profondi e brevi, osceni ed estenuanti come se fosse nato per soddisfare una donna e l'idea di distruggerla fosse il suo maggior diletto. Un senso di impotenza mi rendeva sciolta e vulnerabile; Efrem mi aveva legata con delle corde invisibili e io non potevo far altro che compiacerlo, confusa e sopraffatta dalle emozioni che stava scatenando.

Aveva il totale dominio di me, mi portava al limite, mi lasciava precipitare in una voragine lussuriosa per annientarmi, poi nell'attimo in cui ero vicina all'apice mi riconduceva indietro, per tramutare la goduria in tormento e il tormento in goduria.

Si divertiva a farmi vaneggiare, sempre più disorientata e impaziente.

Quando mi osservò da sotto le ciglia scure con un sorrisetto inorgoglito, mi persi in quello sguardo peccaminoso poiché vederlo al mio cospetto, con i capelli disordinati e i lineamenti quasi malefici, era una visione straordinaria, migliore di qualsiasi sogno. Conscio che ero stremata, non ebbe bisogno di soffermarsi troppo sulle mie espressioni di piacere, inclinò il palmo verso l'alto e incuneò le dita per muoverle con più violenza, dentro e fuori, così rapidamente che i fiotti ardenti come lava cominciarono a bagnarlo. Con la testa leggera, il corpo elettrizzato, la libidine alle stelle, ansimai e strusciai con più urgenza il bacino contro la sua bocca mentre la lingua girava voluttuosa, esperta, assetata, accompagnando i polpastrelli in quella corsa furiosa. Non capivo cosa stesse facendo, ma il suo intento non era quello di provocarmi un orgasmo normale, uno dei tanti che avevo sempre raggiunto da sola e mai con un ragazzo. D'improvviso percepii il bisogno di urinare e non mi era mai successo prima; con le gote arrossate mi dimenai impanicata per trattenerlo ed evitare figuracce. Lui lo intuì, ma non esitò. Dalla sicurezza che emanava con ogni gesto sembrava sapere che le sensazioni legate a quell'estrema stimolazione non riguardavano la minzione, bensì qualcos'altro…

«Non è nulla, Dorie. Fa' come ti dico: non risucchiarmi. Spingimi fuori, più volte che puoi», ordinò assertivo; la sua voce fu un ringhio bestiale, ovattato, che nonostante fossi frastornata mi carpì all'istante. Senza neanche chiedergli il perché, mi fidai ciecamente e rilassai le pelvi anziché restringerle; lui ne approfittò per angolare il medio e premerlo in una zona profonda mentre l'indice e l'anulare sfregavano contro le grinze interne.

Persi fiato, mordendo tra i denti il labbro inferiore fino a ferirmi.

Efrem voleva donarmi qualcosa che non avevo mai provato, spezzare il filo spinato della pudicizia, abbattere i muri dei pregiudizi, sfondare le porte della perversione.

E ci riuscì.

Ci riuscì quando con un urlo viscerale mi irrigidii sentendo i muscoli infuocarsi e stringersi convulsamente attorno alle sue dita, ci riuscì quando l'estasi esondò rompendo la diga di ogni pudore e facendo fluire un corso d'acqua intenso, spregiudicato, incontrollato.

Ci riuscì quando tremai e mi accartocciai su di lui.

Ci riuscì quando mi distrussi in mille pezzi, andai in frantumi e sparsi cocci liquidi ovunque, riversando il mio piacere sui suoi vestiti e sul pavimento.

«Brava, bambina… vieni. Ancora.» Efrem mi vellicò col suo timbro basso e seducente, poi si tolse la gamba dalla spalla e si alzò senza smettere di torturarmi.

Torreggiò in piedi, tra le mie cosce aperte; con un palmo si appoggiò al tavolo mentre con l'altro mi intrappolava come un arpione. Con la parte interna strofinava il clitoride, con le dita continuava a penetrarmi, preciso e meticoloso, cavalcando le onde di quell'esaltazione estrema, nuova, acuta, incontenibile, per portarla più in alto possibile.

Persi il controllo di me stessa.

Sollevai le natiche, sorretta dalla sua mano, l'unico appiglio che mi teneva legata alla realtà, e venni due o tre volte di seguito, con getti abbondanti e sconvolgenti.

Non ero più ancorata al suolo, ma fluttuavo in una beatitudine immateriale nella quale ogni particella di me si era totalmente disintegrata e liquefatta.

Inaspettatamente ricaddi all'indietro e scoppiai in un pianto liberatorio sentendo le lacrime scivolarmi sulle tempie; lui mi afferrò per i capelli, li raccolse in un pugno e si chinò sul mio viso per unire le nostre labbra. Mi baciò con crudezza, facendomi sentire sulla lingua il mio sapore, fuso alla sua saliva, che insieme creavano qualcosa di afrodisiaco e scandaloso.

Qualcosa che non avrei mai dimenticato.

Mi permise di aggrapparmi a lui, di gemere e di piangere, di ansimare, scalciare e dondolare sull'altalena dell'estasi più potente e turbolenta che avessi mai vissuto.

Le mie spalle furono colte da singulti inarrestabili, le cosce vibrarono per gli spasmi involontari mentre lui continuava a seviziarmi l'intimità e la bocca, a invaderle entrambe rudemente come se le stesse scopando senza concedermi un attimo di tregua. Mi morse e mi succhiò come una caramella al limone o una fragola deliziosa, finché tutto cominciò a formicolarmi, dalle piante dei piedi al resto del corpo.

Gli posai le mani sudate sul petto; avevo bisogno di riprendere aria, non riuscivo a stargli dietro, la pancia mi doleva e i polmoni gridavano ossigeno.

Quando i tremiti brutali diminuirono e l'ultimo orgasmo sfumò pian piano, trascinando con sé l'impeto del momento, sentii un ronzio assordante nei timpani, le palpebre assopirsi e la schiena afflosciarsi come un ramoscello piegato dal vento.

Appoggiai la fronte sull'addome di Efrem, affannata e infiacchita; lui mi massaggiò la nuca con una mano lasciando l'altra accucciata dentro di me, come se quella fosse la sua tana.

«Sei tenera quando vieni.» Mi concesse qualche minuto per riprendermi, ridendo dello stato in cui mi aveva ridotta. «Troppo tenera per essere una Sirenetta così impertinente.»

«Tu sei un animale, invece», sussurrai contro la camicia dalla quale avvertivo il calore della sua pelle. «Quando vuoi ottenere qualcosa diventi tremendo.»

Avevo ancora le cosce distanziate, il centro invaso dalle sue dita; ero nuda, bagnata, aperta, pulsante e gli umori gocciolavano sul marmo rendendomi sensibile a ogni suo minimo movimento poiché mi solleticava con i polpastrelli divertito dai miei lievi sussulti.

«Sei già stanca?» Efrem mi sollevò il mento, costringendomi ad alzare la testa per guardarlo, ma fiaccamente la riabbassai sul suo torace. Mi girava tutto, non riuscivo neanche a distinguere i contorni della stanza in cui eravamo. «Tirati su, Dorothea.» Di nuovo mi incitò a issare il capo e con uno sbuffo capriccioso gli ubbidii. Quando mi persi a fissarlo, indugiai sulle labbra lucide che avevano assunto un colore più rosato, volevo mordergliele e ricambiare il dolore tormentoso che aveva procurato a me.

«Puoi aspettare un po'?» Gli avvolsi le braccia attorno ai fianchi e mi avvicinai per strofinargli la guancia umida sull'addome come una gattina vezzosa.

«Ho aspettato abbastanza, non credi?» Con una carezza sul collo, Efrem mi ghermì la nuca con tanta risolutezza che il giorno dopo mi sarebbero apparsi dei lividi. «Voglio averti a mia disposizione per tutta la notte», stabilì definitivo. *Anch'io, l'avrei voluto.* Avrei mentito se avessi obiettato, poiché gli avevo concesso il consenso di farmi qualsiasi cosa e ne ero ancora convinta. Mi ero lasciata catturare e, malgrado ne fossi felice, non potevo nascondere la paura del mio sentimento. Varie volte avevo avuto un assaggio di lui, tuttavia più si svelava, più mi rendevo conto di quanto fosse adulto, perverso e complicato. Tutto ciò che avevo sempre preteso da Andy, a lui non era necessario chiederlo perché sconfinava, calpestava la moralità e divorava la perversione, come se fosse l'unico alimento che potesse sfamarlo. Quando percepii le sue nocche sfiorarmi la guancia, sbattei le ciglia impensierita restando ferma in quell'abbraccio riposante. Efrem non si addolcì né mostrò la minima intenzione di liberarmi dagli artigli del suo feroce desiderio; la protuberanza eloquente preannunciava risvolti davvero dannosi. «La tua punizione è appena cominciata.»

12
Thea

L'amore è vaporosa nebbiolina formata dai sospiri;
se si dissolve, è fuoco che sfavilla
scintillando negli occhi degli amanti;
s'è ostacolato, è un mare alimentato
dalle lacrime degli stessi amanti.
Che altro è esso?
Una follia segreta, fiele che strangola
e dolcezza che sana.
WILLIAM SHAKESPEARE

ESSERE punita era la cosa più bella e spaventosa che potesse capitarmi; l'attesa, l'ansia, l'adrenalina e l'idea di non sapere in quale modo Efrem mi avrebbe presa mi gettavano in un panico deviante nel quale la dissolutezza padroneggiava e io mi eccitavo perché stare con lui significava annegare e riemergere, poi annegare e riemergere ancora.

Sempre.

Continuamente.

In una successione reiterata e inarrestabile.

Dopo avermi illanguidita, assaggiata con la lingua e penetrata con le dita, Efrem mi aveva afferrata per i fianchi per girarmi a pancia in giù e spingermi a piegarmi su quel tavolo.

Con ancora il babydoll addosso a coprirmi le spalle, avevo il sedere arcuato, le cosce lievemente distanziate e la vulva fradicia di umori.

In quel momento mi sentivo un po' come la piccola O, la protagonista del romanzo erotico che ormai avevo terminato di leggere e che, da bambina, avevo sottratto a uno sconosciuto del quale non avevo mai scoperto l'identità.

Nella storia, la giovane O amava a tal punto il fidanzato René da accettare di sottoporsi a qualsiasi tortura, di essere condivisa con altri uomini e di sperimentare pratiche oltraggiose. Era stata educata a comportarsi come una schiava sessuale, a soccombere a rapporti estremi e rinunciare alla propria libertà affinché la detenesse totalmente il suo innamorato.

Tuttavia, la convinzione di amare follemente René era presto stata soppiantata dall'attrazione fatale che O cominciò a provare per sir Stephen, un uomo più grande, con il quale avrebbe intrapreso una relazione scabrosa in cui lui sarebbe diventato il suo assoluto padrone.

Non sapevo perché mi venne spontaneo paragonare a quest'ultimo proprio Efrem.

Forse, inconsciamente, riconoscevo in lui la medesima autorità fisica e morale. Una linea invisibile che legava l'anima a desideri viscerali, a esigenze che rimbalzavano dentro di me e con le quali lui giocava come se ne avesse la massima conoscenza ed esperienza.

Avevo capito cosa intendeva per complementarietà quando associava la mia natura alla sua. Lui era capace di schiudere i sigilli dei piaceri più oscuri della carne, di affondare nella depravazione che solletica le turbe sessuali più recondite, di irridere le regole del senso comune e di piegare il pregiudizio alle volontà interiori in un inchino all'evoluzione.

L'intrepida O aveva scelto consapevolmente di sottomettersi, nulla le era stato imposto.

Come nulla era stato imposto a me quando avevo deciso di rincorrere Efrem e di donargli me stessa.

Tramite lui riuscivo a elevarmi oltre ciò che credevo di essere.

Era il mezzo attraverso il quale comunicavo con la vera Thea e finalmente l'accettavo, senza rinnegarla.

Malgrado avessi deciso di appagare i miei istinti primordiali e di obbedire a un uomo che, di fatto, non era neanche mio, sentivo di avere un potere indissolubile su di lui. Vederlo perdere il controllo ne era stata la prova; Efrem non avrebbe mai ceduto se io non avessi avuto una forte influenza sulla sua mente, se non fossi stata propensa a vivere l'amore nella sua forma più primitiva e contraddittoria, se non avessi scelto la libertà come espressione delle mie pulsioni più intime, perché non dovevo vergognarmene né nasconderle.

Il mio modo di essere mi era sempre parso sbagliato, i sensi di colpa mi avevano sempre fatto credere di infrangere dei tabù anche quando fantasticavo o sognavo atti che la maggior parte avrebbe considerato inaccettabili o immorali.

Ma Efrem era stato in grado di raccogliere tra le mani i miei dubbi e farli sparire come per magia.

Stranamente avevo cominciato a riconoscere anche il mio corpo, a prendere coscienza della sua energia, a sentire il sangue fluire nelle vene e l'aria circolare nei polmoni.

Mettermi a nudo con lui mi aveva permesso di mettermi a nudo con me stessa, di smettere di scappare dalle mie paure, di guardare in faccia le tenebre che mi circondavano e di ballarci insieme sotto un profluvio di stelle.

Perché c'erano e sarebbero rimaste in eterno, a condizione che fossi io a dominarle e che non permettessi più a nessuna di loro di prendere il sopravvento.

I problemi col cibo erano nati da un rifiuto categorico, da un senso di rigetto verso la vecchia Thea, verso il suo aspetto e verso il riflesso che mi proiettava il volto di una ventenne confusa; in quel periodo però, grazie anche ai colloqui con la psicologa, stavo cercando di ritrovarla, di riammetterne l'esistenza e di amarla.

Almeno un po'.

«Come stai, Dorie? Sei scomoda in quella posizione?» Efrem si era allontanato per raggiungere la penisola, aprire una bottiglia di vino e versarsene due dita in un calice, di nuovo. Quella sera forse aveva bisogno di ingerire alcol per affrontare non solo il sesso con me, bensì le rivelazioni che mi avrebbe espresso.

Con i seni schiacciati sul piano freddo e le unghie artigliate sul marmo, ero estremamente consapevole di ogni parte nuda del corpo e, sebbene mi sentissi a disagio, mi piaceva quella sensazione di inettitudine alla quale mi aveva costretta. «Mi hai ordinato di non muovermi, anche se stessi scomoda non penso che cambierebbe qualcosa.»

Efrem sorseggiò lentamente dal bordo del calice, imperando come un animale famelico nella penombra della cucina. Sembrava una belva pronta a saltarmi addosso, da un momento all'altro, mentre le sue iridi scurite di un verde smeraldo mi depredavano, distruggendo ogni difesa. «A me piace farti arrossire in vari modi, a te piace essere umiliata. Direi che ci intendiamo alla perfezione. Ti senti abbastanza umiliata così?»

«Mi sento accaldata…» *E ti voglio da morire, se non muoio prima di averti.*

«Sarò tuo, pazienta un altro po'.» Bevve, facendo oscillare il pomo d'Adamo che rendeva particolarmente mascolina la gola flessuosa, scoperta dal colletto aperto, poi mi osservò a lungo con un sorriso traverso e suadente. «Se avessi chiesto a Lili di aspettarmi così, piegata a novanta sul nostro tavolo da pranzo, mi avrebbe definito pazzo o depravato.»

«Be', non avrebbe avuto tutti i torti», ribattei con uno slancio di ingenua sincerità. «Perché l'hai sposata se non ti accetta?»

«Perché ho pensato che fosse un'opportunità ghiotta. Lei voleva crearsi una famiglia, io volevo regalare una famiglia a Joël. Ho valutato il benessere di mio nipote, ignorando gli svantaggi che avrei dovuto tollerare nell'intimità di coppia. Non si può ottenere tutto dalla vita.» Efrem continuò a centellinare altro vino. A ogni gesto irradiava una signorilità pervasiva che avrebbe intrigato chiunque, ma che a me annichiliva come se mi succhiasse via tutte le energie, lasciandomi vagare in una libidine ostinata. Dietro quella maschera di sapienza e gentilezza, celava ben altro. «Liliane è una donna fantastica, eppure in tre anni di matrimonio non sono mai stato in grado di dirle ti amo. Dimentico sempre il nostro anniversario, non le regalo mai una rosa, non le telefono durante il giorno, non amo appendere le nostre fotografie in casa, non amo neanche scattarle. Insomma, sono un marito disattento sotto vari punti di vista e le romanticherie, che la renderebbero felice, sono completamente fuori dalla mia portata.»

Deglutii a vuoto; avevo la gola arida e percepivo il bisogno di rinfrescarmi con dell'acqua, ma sapevo che se gliel'avessi chiesta non me l'avrebbe data. «Cosa vorrebbe?»

Efrem cominciò a incamminarsi verso di me, a passo lento e dosato per aumentare la mia agitazione, godendo del tremolio dei miei arti. Mi stava strappando via ogni battito di cuore, ogni piccolo anelito, ogni brandello di pudore. «Vorrebbe che l'amassi come un uomo normale. Invece non ne sono capace. Le ho raccontato molte cose di me, le ho ribadito che non può cambiarmi, che non posso essere diverso. Le ho spiegato e mostrato chi sono, cosa mi piace...»

«E?» lo incitai, quando mi accorsi di un suo tentennamento.

«E non mi ha parlato per un mese, trattandomi come un mostro.» Lo sentii fermarsi dietro di me; il suo sguardo mi bruciò tra le scapole, scese lungo la spina dorsale e infine si soffermò sul sedere nudo ed esposto. «Sai, Dorie...» Il timbro gli divenne più perverso, colpito dalla visuale indecente delle rotondità sode. Sussultai quando tra le natiche avvertii qualcosa di freddo pungolarmi la pelle e premere per incastrarsi nel solco. Girai meglio la testa, posando il mento sulla spalla, per capire cosa stesse facendo e sbirciai il calice in posizione verticale, con lo stelo infilato nel mezzo come un wurstel in un sandwich. Dovetti irrigidirmi per non farlo cadere e mantenerlo in equilibrio. «Ci sono uomini che fanno l'amore, uomini che scopano e uomini che fanno l'amore scopando. Quest'ultima abitudine non è apprezzata da tutte.»

«Da me lo sarebbe», sussurrai attonita; avevo persino paura di parlare per evitare che il vino traboccasse e mi bagnasse il fondoschiena. Anche se il giochetto di Efrem presupponeva quell'intento.

«Tu sei speciale e l'ho capito subito.» Restando alle mie spalle, mi accarezzò l'interno coscia con la punta delle dita, salendo piano verso l'alto. Traballai; qualche stilla rossa strabordò e come una leggera pioggerella mi inumidì il sedere. Mi tesi, segandomi le anche contro il bordo di marmo, il clitoride pulsò alla ricerca di un contatto morbido e una lieve contrazione interna mi fece mugolare. Efrem sorrise, chinandosi su di me di sbieco, mentre con la mano destra iniziò a far sgambettare le dita lungo la schiena, sotto al babydoll, divertito dall'intimidazione che mi arrossiva le guance. Si protese, affinché potessi guardarlo in viso con la coda dell'occhio, e si avvicinò per leccarmi tra la nuca e il collo rendendomi difficile l'immobilità. Ero sensibile al suo tocco, non riuscivo a gestire le sensazioni incredibili che mi provocava. Temevo che, se avessi fatto rovesciare il bicchiere, avrebbe architettato qualche stratagemma per farmela pagare, perciò cercai di contenermi. «Ricordo ancora le prime quattro parole che mi hai rivolto: 'Sì, piacere di conoscerla'», mi sussurrò all'orecchio, trasportandomi con sé in un abisso oscuro, un calvario indicibile nel quale mi teneva psicologicamente assoggettata. Non era necessario impormi alcun ordine, il suo gesto coercitivo celava un'imposizione inequivocabile. «E non immagini quante volte quel 'sì' appena accennato, con la tua voce meravigliosa...» Soffiò debolmente, come una bruma invernale, sulla mia pelle sudata, «...mi abbia martellato le tempie. Non ho fatto altro che figurarmelo nella mente. Ho pensato a che suono avrebbe assunto nell'istante in cui fossi stato dentro di te, a che intonazione gli avresti dato quando ti saresti agitata, sotto di me, attorno al mio cazzo, ripetendolo all'infinito. Mi sono chiesto: come lo sussurra quel 'sì' quando un uomo la fotte?»

Contrassi cosce e natiche per arrestare un fremito licenzioso che minacciava di farmi dimenare il bacino in cerca di sollievo. «Dovresti scoprirlo.»

«Lo farò», acconsentì vellutato e graffiante. «D'altronde sei apparsa come una ninfetta spudorata, pronta a sconvolgere il mio ordine per ottenere la tua vittoria. Quando sei entrata nel mio studio ti ho fissata a lungo, indugiando in una riflessione assurda: non ho *mai potuto* ammirare l'alba, eppure, per la prima volta l'ho scorta nei tuoi occhi da ragazzina. Ed è stato allora che il tempo si è fermato. Tu sei stata un'interruzione inaspettata, un criptico arcano che vivo ancora adesso.» Mentre mi respirava sul collo, la sua mano arrivò a infilarsi nella chioma di capelli, si avvolse le ciocche tra le dita e, chiudendole in un pugno, mi tirò indietro il capo. Di colpo mi inarcai, stringendo il più possibile i glutei per sostenere il calice. Lui mi strofinò la mascella contro la guancia, irritandola con la barba, poi proseguì con un timbro caldo e falsamente fiabesco. «Sei la mia pausa dal mondo, un intervallo che riesce a sospendere i ricordi, i dolori, la sofferenza e la malinconia che mi attanaglia. Sei la mia pausa dal mondo quando mi guardi, quando mi accarezzi, quando mi baci, quando mi abbracci, quando mi sorridi, quando ti arrendi a me. Sei la mia pausa dal mondo quando mi arrabbio con la vita e penso che la follia mi stia uccidendo. Sei la mia pausa dal mondo quando mi perdo nella solitudine e credo che non ci sia nulla e nessuno che io possa amare. Sei la mia pausa dal mondo quando voglio fuggire da questa esistenza e acchiappare l'ultimo frammento di felicità da portare con me nella morte. Sei la mia pausa dal mondo, piccola Dorie, effimera, intensa, unica, e anche se so che un giorno dovrò lasciarti andare… sono certo che nessun'altra sarà capace di compiere lo stesso miracolo. Di questo dono, ti sarò grato per sempre.»

Torcendomi il collo, incurante di una risposta, mi diede un bacio rude, appassionato. Lo pretese con forza, come un'aquila indomabile che, con le ali maestose, divora l'aria e si ciba di tempesta. E in quella tempesta trascinò anche me, mi infilò dentro le sue parole con strattoni alle labbra e colpi avidi di lingua; mi aprì con una foga divorante, un possesso massacrante fino a consumarmi, agitarmi, dominarmi perché non potevo muovermi, toccarlo né stringerlo tra le mie gambe. Si espanse e si impose dentro di me con l'intimità di un amante e la bestialità di un demone; mischiò le nostre anime, fuse il nostro sangue, intrecciò le nostre emozioni, siglando un patto esoterico al quale sarei rimasta vincolata per l'eternità.

Mi lasciò andare solo quando fu certo che non avessi più fiato nei polmoni e allora, con gli occhi lucidi di sentimento e desiderio, la guancia premuta contro il marmo, potei esprimergli cosa provavo: «Non devi essermi grato di niente. Sono io a dover ringraziare te, a partire da quando mi hai salvata in quella vasca da bagno. Non sarei qui oggi, sana e salva, se non ci fossi stato tu a proteggermi ogni volta che ero in pericolo e attentavo alla mia salute nei modi più vili.»

Efrem aveva gli zigomi accesi, le iridi sfolgoranti di una remota lussuria e il respiro frenetico. In tutta fretta estrasse il bicchiere dal solco delle natiche, scaraventandolo a terra. Il vetro si spaccò in mille pezzi, il vino si allargò a macchia d'olio sul pavimento, mentre lui mi girava per sollevarmi in braccio. Mi appesi al suo collo come una scimmietta, gli avvolsi le ginocchia al bacino, e mi lasciai trasportare ovunque volesse.

Per un istante pensai che fosse diretto nella camera degli ospiti, ma ricordai subito che Efrem era un uomo infedele nelle relazioni, ma fedele a se stesso e alle promesse che elargiva. Tempo prima, mi aveva anticipato che non mi avrebbe concesso la comodità di un letto e, quando fissai i suoi occhi, mordenti e ingordi, ebbi la certezza che non avrebbe avuto pietà di me né si sarebbe preoccupato di *come* o *dove* mi avrebbe scopata.

I lembi della veste si allargarono quando mi appoggiò di schiena sulla penisola di pietra. Con la mano sull'addome mi spinse giù e, dopo una leggera resistenza, mi distesi esalando un sospiro esagitato. Lo guardai incantata, in piedi, tra le mie gambe aperte: indossava l'oscurità come un manto regale e brillava di luce propria sotto il chiarore lunare che, scintillando dalla vetrata, si rifletteva sul corpo prorompente.

Era bellissimo come può esserlo solo un peccato carnale, una tentazione letale, un errore madornale, un castigo incombente.

Dal canto suo, Efrem mi osservava come un felino, intento ad analizzare la sua piccola adultera, completamente offerta a lui. Sotto il suo sguardo la tensione mi fagocitò, i capezzoli divennero gemme di cristallo, il ventre un'ansa morbida ritratta a causa del piacere, la pelle un tripudio di brividi irrequieti, il cuore un colibrì che tremava tra le costole. Non era la mia prima volta, eppure avevo dimenticato come si compiaceva un uomo, cosa avrei dovuto fare per assecondarlo, cosa si provava a unirsi a qualcuno così intimamente, così visceralmente.

Efrem si accorse del rossore sulle mie gote, delle labbra schiuse a racimolare affannosamente l'aria e senza alcuna indecisione si aprì la fibbia della cintura.

«Prendi la pillola?» Squadrandomi i seni protesi, con i bottoncini eretti, se la sfilò dai passanti. L'arrotolò al palmo, per ammorbidire o forse tastare la durezza del cuoio, poi la srotolò avvicinandosi a me. Annuii in assenso. «Hai vomitato o assunto lassativi in questo periodo?»

Alternai lo sguardo dall'oggetto a lui, cercando di prevedere le sue intenzioni. «Non più da un mese.»

«C'è mai stato un giorno in cui tu l'abbia saltata?» Efrem mi chiuse gentilmente le cosce e le avvolse con la cintura, poco sopra le ginocchia, per serrarle tra loro con forza.

Sobbalzai quando fece scorrere il fermaglio regolabile fino a incastrarlo all'altezza adeguata cosicché il materiale rigido mi aderisse alla pelle in maniera uniforme. Mi sentii prigioniera, nonostante la legatura non fosse troppo stretta da bloccare la circolazione sanguigna, ciò dimostrava la sua ampia esperienza in fatto di giochi di immobilizzazione, poiché conosceva i punti esatti in cui poter stringere senza provocare l'insorgere di abrasioni o contratture.

«No», sussurrai; lui si chinò per darmi un bacio sul pube come a premiarmi della mia accondiscendenza. Non mi stavo opponendo a nulla; mi limitavo solo a seguire attentamente ogni sua mossa intrisa di una sensualità morbosa e ammaliante.

«Da quanto non hai rapporti?» Efrem continuava con le sue domande mentre toccava, modellava e manovrava il mio corpo come più preferiva. Afferrandomi dal punto vita, mi girò a pancia in giù e io mi ritrovai di nuovo con le chiappe al vento, ma le cosce ingabbiate in una posizione d'inerzia. Prima che potessi lamentarmene, lui affondò le dita nei miei fianchi, i pollici premuti sulle fossette di Venere, e mi tirò dalla sua parte affinché fossi piegata a formare un perfetto angolo retto. Le punte dei piedi toccarono il pavimento, tuttavia tesi al massimo le gambe per reggermi. La penisola era più alta del tavolo da pranzo, perciò più comoda per un gigante come lui e meno per una ragazza minuta come me. Per sostenermi dovetti affidarmi ai palmi delle mani le cui dita si aprirono a ventaglio ai lati del busto.

«Più... più di un anno», balbettai intimorita. La sua presenza nereggiante riusciva a gettarmi nel panico; mi sovrastava come una divinità punitiva, despota e dannata. Un'opera d'arte dal fascino brutale e immutabile che mi induceva a sragionare, a farmi confessare l'impensabile e a farmi desiderare l'inimmaginabile.

«Potresti provare dolore. Ne sei cosciente?»

«Sai che non mi dispiace.» E non me ne sarei mai pentita; Efrem disponeva della mia volontà già da tempo, sapeva che non c'era differenza per me tra dolore e piacere. Gli avevo già permesso di infilarsi negli anfratti più tenebrosi della mente, non gli avrei impedito di condividerne con me le ferine inclinazioni. Molti ci avrebbero considerati perversi o deviati, tuttavia ci capivamo proprio perché la consapevolezza di esserlo ci aveva avvicinati, resi complici e infine amanti.

«Sicura?»

«Mi fido di te.» La paura che mi scorreva addosso era una coperta di luce che mi rendeva viva. Viva dopo due anni in cui dentro mi ero trasportata solo la morte.

«Adesso lo vedremo», mi sfidò supponente. «Tieni le natiche scostate.»

Sentii lo stomaco rivoltarsi e la pancia bruciare a quella richiesta avventata. Voleva partire con... *quello*? Essere così precipitoso? «Io non... cioè non credo...»

«Lo so», mi precedette, ricordando che non avevo mai vissuto quel tipo di esperienza. Nessuno lo sapeva meglio di lui; era stato il primo in tante cose e lo sarebbe stato in tante altre. Mi sarebbe piaciuto spingermi così oltre, ma il pensiero di accoglierlo in un luogo inviolato senza avere il tempo di prepararmi mi inquietava. «Devo solo abituarti. Aspettami qui. E allarga le natiche ho detto.»

Il tono burbero mi punse le gambe e si conficcò nel cervello, facendomi incanalare quell'ordine e scattare a rispettarlo. Mi portai le mani dietro, premendo tutto il mio peso sul torace, e con le dita distanziai la carne.

Fissando un punto nel vuoto, sulla parete scura, attesi che tornasse. I pensieri si susseguirono confusi, si accalcarono e affollarono, rendendo lo scorrere dei secondi sempre più insopportabile. Stava per accadere davvero, a casa sua, da soli; tutto ciò che stavo vivendo era reale, eppure sembrava un sogno dai contorni sfumati con delle ombre chimeriche a sbiadirlo. Mi sarei resa conto della realtà solo quando Efrem fosse stato dentro di me e il giorno dopo mi fossi svegliata con i muscoli dolenti, disseminati di lividi e graffi. Fino ad allora avrei temuto che fosse frutto della mia fervida immaginazione e che fossi semplicemente in balia di un'allucinazione tanto persuasiva quanto fallace.

Quando sentii dei passi sicuri rimbombare in cucina, ogni mio senso ne seguì il lento incedere.

«Sta' tranquilla, Dorie.»

Efrem si posizionò dietro di me; la sua voce fu rassicurante e minacciosa al contempo poiché aveva in mente di fare qualcosa e l'impossibilità di vederlo alimentava la confusione, uno scenario ignoto nel quale fantasticavo sulle torture peggiori. Provai a respirare, ad affidarmi a lui. Non mi avrebbe mai ferita, lesa o danneggiata; Efrem sapeva esattamente cosa avrei apprezzato, cosa mi avrebbe eccitata e cosa mi avrebbe condotta all'apice. Conosceva il mio corpo meglio di quanto lo conoscessi io, l'aveva piegato, toccato ed esplorato più volte, quindi potevo concedergli ogni libertà.

«Non respingermi, rilassati.» Tra le natiche, che mantenni aperte per lui, percepii qualcosa di vischioso bagnarmi. Sussultai, premendomi contro il marmo, e corrugai le sopracciglia con una smorfia riflessiva. Era troppo fresco per essere saliva, sembrava un gel o un lubrificante dalla consistenza acquosa il cui profumo, delicato, vellicò l'aria. Avrei voluto porgergli mille domande a riguardo eppure tacqui, come inebetita dalla situazione, pervasa da un'assoluta remissività. Non avevo mai ceduto il comando a nessuno, con Andy non avevo mai provato la stessa tensione fisica, la stessa intimidazione, la stessa sopraffazione o umiliazione. Il senso di rassegnazione che derivava dall'autorità di Efrem mi sgravava dal peso dei miei ricordi, di un passato che volevo recidere, mi permetteva di sentirmi leggera, protetta, incatenata a un uomo che avrebbe avuto la capacità, il vigore e la maturità di tenere tutto insieme anche quando avevo l'impressione che l'universo stesse per sgretolarmisi sotto i piedi.

Posai la fronte sul piano freddo, i capezzoli si intirizzirono e dalla bocca esplose un basso uggiolio quando un dito roteò attorno al piccolo antro stretto, premendolo per forzarlo e intrufolarsi dentro. Era già successo, e soltanto con lui, ma ogni volta avvertirlo così a fondo, quasi nelle viscere, era un'esperienza intensa.

«Non ti farò alcun male, avvertirai solo un po' di fastidio.» Mi appoggiò una mano tra le reni, il suo calore mi comunicò che eravamo connessi non solo fisicamente, ma soprattutto mentalmente. Il piacere che fluiva nel mio corpo conturbava anche il suo, poiché assorbiva ogni mia emozione come se fossimo legati insieme alle spire dell'erotismo più bestiale. Gemetti allietata quando ruotò le falangi in cerchi ampi in modo da aprirmi quanto esigeva. Non era nulla di doloroso, soltanto scomodo e inopportuno, giacché non ero abituata a permettere a qualcuno di soddisfare una delle mie fantasie più occulte. «Sto per inserirti un *butt plug*. Non spaventarti.» Efrem mi accarezzò dolcemente una natica come a scusarsi del poco preavviso. Rimasi con la testa china, rassegnata e contenta di compiacerlo, tuttavia notò il tremito che mi scosse. Stava per condurmi sul confine a cui anelavo, stimolare meccanismi mentali spesso inaccessibili, ma privi di ipocrisia e giudizi inutili. «Non irrigidirti, è più piccolo del mio palmo. Lo indosserai per circa due o tre ore, dopodiché te lo sfilerò io stesso. Serve per preparare il muscolo ad accogliere dimensioni più grandi», mi spiegò con una nota di sadico e cupo divertimento. Entrambi sapevamo a cosa si stava riferendo, entrambi sapevamo anche che io non mi sarei sottratta e che lui non si sarebbe fermato. Se quello era il prezzo da pagare per unirci totalmente, allora non mi sarei opposta.

«Okay… fai piano», lo pregai, sebbene la fiducia che avevo in lui fosse così tanta da non avere alcun tipo di timore; era l'inesperienza a rendermi scettica sui reali desideri che, di fatto, si incontravano con i suoi, una brama che mi apparteneva da sempre e che combaciava violentemente solo con la sua indole funesta.

Efrem mi diede un bacio umido e sensuale sulla spalla. «Rispetto il tuo corpo come se fosse sacro, Dorie. Ora respira e abbandonati a me», mi lusingò accanto all'orecchio in un sussurro invogliante. Al contempo fui liberata dalla pressione del suo dito e, senza aver il tempo di tirare il fiato, la punta stretta di qualcosa di più solido provò a farsi strada nell'anellino, allargandone l'apertura. Dimenticai di avere le cosce legate e tentai di aprirle, mordendomi il labbro quando il cuoio si tese per tenerle congiunte. Respirai dal naso, arricciando le dita dei piedi e facendo stridere le unghie delle mani. «Ancora un po', bambina, non è niente. Ce la puoi fare.» Alle parole dolci e sollecitanti si accompagnava la spinta insolente dell'aculeo d'acciaio con il quale mi stava profanando; usava i modi di un galantuomo, ma si imponeva con gli atteggiamenti di un depravato. *E io impazzivo per l'atroce follia che dominava la sua personalità.* «Sì… sei bravissima, Dorie», continuò flautato, mordendomi il lobo per liquefarmi, placarmi, e io volteggiai come una foglia d'autunno in una tormenta per poi tuffarmi tra le onde di una lussuria imbizzarrita. Il suo torace marmoreo incombeva su di me mentre si reggeva su un palmo e con l'altro, nascosto tra i nostri corpi, si impegnava a farmi sua in maniera naturale e disinvolta. «Ci prenderai confidenza molto presto. È un giocattolo divertente in fin dei conti. Ed è minuto come te.» Mi spostò i capelli di lato per baciarmi la nuca lascivamente; con la barba scese a graffiarmi tra le scapole, tirando tra i denti la trasparenza del babydoll che copriva a stento la pelle increspata da brividi erotici, e io mi contrassi, desiderando quelle labbra, rudi, impudiche e carnali sulle mie.

«Io voglio te», mi lasciai sfuggire, avvolta da sensazioni devastanti, corrosive.

Come faceva a esercitare un tale potere su di me?

«Anch'io, bambina, ti voglio. A modo mio.» Efrem proseguì con una lentezza chirurgica a spingere tra i glutei, cauto, paziente, attento a non esagerare, finché sentii i muscoli distendersi e avvolgersi attorno al diametro dell'oggetto, arresi all'indocilità delle sue esigenze. A ogni centimetro che mi invadeva i tessuti si tendevano, la carne si dilatava – agevolata dal liquido viscoso – e nuovi gemiti mi tracimavano dalla bocca schiantandosi sulla penisola sottostante. Tremai tutta quando d'improvviso si fermò, con il piccolo stimolatore ormai ingurgitato nella sua interezza. Ero colma, ma non all'eccesso. Non era troppo invasivo, soltanto quel minimo che bastava a farmene sentire la presenza, un lieve bruciore molesto ma sopportabile. «Sei magnifica. Una piccola creatura nata per me, soprattutto per essere scopata da uno *come* me.» Efrem mi lodò con un altro bacio e io mugolai imbarazzata, con la schiena acquattata sotto il suo petto immenso. Non riuscivo più a distinguere nulla, né dove finissi io né dove iniziasse lui; ero rapita dall'alone di mistero e dominanza che mi soggiogava, stordita dal profumo della sua colonia che con un volare argenteo mi circondava, rievocando la pericolosità delle tenebre notturne, la dolcezza del vento primaverile e il fascino delle stelle diurne.

«Non pensavo fosse così... così...» Girai appena la testa, dandogli il profilo.

Ancora semidisteso su di me, Efrem mi precedette parlandomi con le labbra contro la guancia: «Piacevole?»

«Uhm.» Annuii, muovendo piano il bacino per adattarmi all'intrusione acuminata che mi pungeva dall'interno. Inconsciamente mi strofinai anche su di lui; lo sentii irrigidirsi ed emettere un verso basso, maschile, che mi fece fremere di eccitante terrore poiché sapevo che, se avesse perso il controllo, sarebbe stata la fine.

«Lo sarà tutto ciò che ti farò.» Efrem si alzò, con le mani sui miei fianchi, e inclinò il capo in direzione del sedere per ammirarlo con un sorrisetto impostore. «Comunque dovresti vederti: il tuo culetto ingioiellato da un brillante dorato sulla flangia è pura arte.»

«Cos'è la flangia?» chiesi con l'innocenza di una ragazzina, di sicuro meno avvezza di lui a trastullarsi con robe simili.

«La base che sporge, impedisce al *plug* di essere risucchiato dentro e serve a sfilarlo. Nel tuo caso ne ho scelto uno molto elegante, adeguato ai miei gusti.» Lo sfiorò con i polpastrelli e sobbalzai quando li batté contro, poiché delle insolite vibrazioni mi corsero da quel punto sensibile fino alla nuca, facendomi esplodere in un ansito violento. Era una sensazione bizzarra: infuocava terminazioni nervose intense che a loro volta stuzzicavano anche una zona profonda della vagina, innescando due tipi di piacere diversi ma ugualmente stimolanti.

«Che gentiluomo.» Annaspai con i seni anchilosati a causa della persistente posizione e del marmo contro cui erano pressati. «Hai intenzione di punirmi con i tuoi giochetti perversi per tutta la notte, oppure vorresti anche premiarmi?» Sbattei le palpebre viziosa perché non mi bastava il suo tocco passionale e malizioso, pretendevo di più. Pretendevo lui, completamente. Nudo e gemente su di me, con il suo timbro reboante a penetrarmi nella mente, il bacino a urtarmi con affondi bruschi e la lingua a ricamare oscene dichiarazioni sulla mia pelle.

Non mi sarei accontenta di nulla di meno.

Efrem si tolse una ciocca nera dalla fronte, poi si chinò per liberarmi dalla cintura e, nel frattempo, mi morse una natica. Sobbalzai quando ci affondò i denti come una bestia cibandosi del mio desiderio e, dopo l'iniziale stupore, mi venne spontaneo spingermi contro la sua faccia per invigorirmi con quel dolore azzannante, tuttavia mi sculacciò per rimettermi in riga e ingiungermi di stare buona. Una volta liberata, mi rialzai per voltarmi nella sua direzione, ma barcollai come se non fossi più capace di reggermi; lui prontamente mi afferrò per un braccio aiutandomi a stare in piedi. Mi girava tutto, inoltre quell'affare infilato tra i glutei mi rendeva reattiva a ogni contatto e costantemente sottoposta a fremiti elettrici. Come se fosse passata un'eternità, incontrai lo sguardo di Efrem e mi smarrii nelle ciglia affascinanti, in quel verdeazzurro crudele, tra le labbra disegnate che serbavano per me ancora spietate attenzioni. Capivo perché la dottoressa Ruiz, Giselle e Lili avevano perso ogni inibizione a causa sua; sembrava che Lucifero si fosse incarnato nell'uomo più bello e oscuro che esistesse sulla Terra e che nessuna potesse sfuggire alle sue ali nere. Lui ingannava le donne con l'aspetto angelico, le trascinava in un castello tetro, le spogliava con le sue gemme liquide, le violava con gelidi strali e le ammantava con i muscoli sublimi. Custode dell'oscurità, Signore della notte, era sceso dal firmamento per condurle agli Inferi, inabissarle nel mare del sesso, invaderle con la fulgida luce dei suoi spasmi, leccare spudoratamente le loro ombre irrequiete e stracciarne il pudore per conficcarsi nell'anima come un dardo, lasciando lì, in fondo alla loro pancia, il suo stampo cereo e sanguigno.

Riconoscibile e perpetuo.

«Corri, ninfetta.» Con un cenno del capo mi indicò l'arcata da varcare, liberandomi il braccio. «Il punto esatto in cui riuscirò a prenderti sarà lo stesso in cui subirai la tua condanna.»

Trasalii, facendo qualche passo indietro.

Non sapevo se fosse un gioco, una sfida, una prova o altro; probabilmente voleva ritardare ancora un po' il momento in cui mi avrebbe sbranata. Lo divertiva l'idea di vedermi fremere, in preda alla paura, come un coniglietto in gabbia. D'altronde ero a casa sua, il luogo del quale conosceva ogni minimo angolo; ovunque mi fossi nascosta mi avrebbe trovata anche a occhi chiusi.

Con il respiro incastrato in gola, mi girai per allontanarmi il più possibile. Per poco non caddi sulla macchia di vino cosparsa per terra insieme ai miei umori, ma, nonostante la brusca scivolata, riuscii a mantenere l'equilibrio e a raggiungere l'uscita. Prima di andarmene, mi voltai a controllarlo: Efrem stava avanzando senza alcuna fretta per concedermi un vantaggio. Con le scarpe verniciate pestò i cocci di vetro del calice, lasciandosi dietro delle impronte cremisi come se fossero orme di sangue. Quella scena macabra ampliò la sua aura animalesca e il mio ruolo di preda, oggetto della caccia. Con un sorrisetto malandrino, sgattaiolai via guardandomi attorno, senza una meta precisa.

Poi rispettai il suo ordine e…

Corsi.

Corsi a perdifiato, con i polmoni vivi, il cuore tamburellante nelle vene, la gioia che sfrecciava come una stella cometa nel petto, i capelli aurei che impregnavano il mio passaggio della selvaggia fragranza di mughetto e fiori bianchi; una scia che lui avrebbe sniffato come un segugio e seguito come il più perfido dei bracconieri.

La veste si aprì alle sferzate d'aria, cedendomi su una spalla, e cercai di sistemarla.

La pelle nuda si scaldò, i piedi scalzi impattavano contro il marmo lucido, il sedere pulsava a causa del morso brutale che lo decorava come un marchio incandescente e per l'invadente intrusione che mi rendeva fin troppo consapevole di avere dentro di me uno dei *suoi* giocattoli.

A tutta velocità, salii le scale, volgendo lo sguardo alle mie spalle.

Efrem mi stava dietro con calma, con quel corpo fascinoso, le braccia possenti, le mani infilate nelle tasche dei pantaloni e l'espressione mordace di chi mi stava lasciando scorrazzare nel proprio territorio per puro diletto, ma che ben presto mi avrebbe afferrata ponendo fine alla mia fuga.

«Quindi hai deciso di salire al piano superiore?» La sua voce derisoria mi solleticò la schiena, avvolgendomi con volute di spudorata lussuria. «Avrei preferito prenderti carponi sui gradini oppure piegata contro il corrimano, ma mi piace troppo vederti impazzire come un cerbiatto terrorizzato. Inoltre, da qui posso godermi un altro po' la visuale del tuo culetto maltrattato.»

Le guance mi si imporporarono d'imbarazzo al suono delle sue eccitanti volgarità, ma non desistetti; poteva essere una tattica per distrarmi, perciò non persi tempo a rispondergli, anche se meritava un bel dito medio o un ceffone in piena faccia. Proseguii giungendo in cima e fissai il corridoio che avrei imboccato. Efrem era sempre più vicino, percepivo i suoi passi come se fossero le zampe irsute di un satiro; mai come allora mi ero sentita così simile alle ninfe dei quadri che imbellettavano le pareti dell'Asklepios: immersa in un bosco incantato, una creatura vestita di fiori e capelli dorati, con una bellezza agreste e un canto melodioso, destinata a essere dominata dal dio Pan, corrotta dal suo erotismo travolgente, deviata dall'irrefrenabile desiderio che mi rendeva avvinta a lui, come se tutte le forze della natura lo avessero già scritto e premeditato e gli dèi fossero complici nel riportarne in vita l'idilliaco mito.

In quel momento, sebbene l'idea di essere catturata fosse intrigante, l'istinto di sopravvivenza mi indusse a non fermarmi. Valutai le numerose porte che mi si prospettavano davanti, tuttavia l'unica che mi attirò fu quella che già avevo aperto al mio arrivo. Mi fiondai sulla maniglia per sbloccarla e quando ci riuscii mi affrettai a entrare nella stanza degli ospiti. Prima che potessi richiudermi dentro, qualcosa di gigantesco parve ostacolarmi ed esercitare una resistenza incontrastabile. Provai un paio di volte a spingere con i palmi piccoli e sudati. I talloni sbiettarono sul marmo come su un terreno oleoso e, a causa del troppo sforzo, persi energia con un rantolo arreso; dall'altra parte un potente colpo di spalla spalancò l'uscio e io balzai indietro, ormai sconfitta.

Vacillai sul ciglio del piacere e del terrore, quando Efrem imperò dinanzi a me come un peccatore scellerato, finalmente vicino ad assaporare il gusto della vittoria e il premio in palio.

Mi spogliò con le sue iridi screziate di una tempra inflessibile, ancor prima di farlo con le mani, e sentii strepitare in me la vera condanna che mi avrebbe inflitto: dopo di lui non sarei stata più in grado di innamorarmi né di desiderare altri uomini allo stesso modo.

Chi altro avrebbe avuto addosso trame di cupidigia, sapienza, arroganza e bellezza regali?

Efrem era un sogno con i contorni di un incubo, il re dell'oscurità più letale e delle tenebre più dissolute.

«Eccola, la *mia* bambina.»

La fosca severità che intrise quel semplice aggettivo possessivo ebbe il potere di farmi tremare le ginocchia: gli bastava schiudere le labbra edaci, pronunciare un paio di sillabe flautate, per piegarmi al suo volere. Avrei voluto corrergli tra le braccia, saltargli addosso e trascinarlo con me sul letto, tuttavia – un po' per orgoglio un po' per dispetto – attesi che facesse lui la prima mossa.

«Cosa senti adesso, Dorie?» Chiuse la porta senza smettere di inchiodarmi al suolo col suo sguardo vorace.

Indietreggiai, posandomi una mano sul seno sinistro. «Non so spiegarlo...»

Era un garbuglio intenso di emozioni che infuriavano, impazzavano, deliravano, spumeggiavano dentro di me. Germogliavano solo violette nere nel giardino della mia anima e, se un tempo le avevo sempre considerate diverse, incoltivabili, meno belle di qualsiasi altro fiore, in quel momento non mi importava che stessero nascendo in un mondo che non avrebbe saputo coglierle.

Mi importava che io le vedessi.

E che Efrem le apprezzasse.

«Provaci.»

«Mi sembra che per un'intera vita io abbia vissuto in una gabbia, nascosta dietro convinzioni e pregiudizi. Oggi sono libera di poter essere chi voglio, di amarmi con tutte le mie contraddizioni, di volare tra i nugoli della follia e di stare con te. Perché l'accettazione è un sentiero troppo fragile e tu sei l'unico che riesce a svelarmi i segreti più belli della mente umana, anche quelli più profondi. Sei l'unico che mi permette di esplorarmi e di trovare la verità dentro me stessa.»

E sei anche l'unico al quale donerei il sentimento più potente, la linfa della mia esistenza.

Sei l'unico al quale scriverei una canzone che fa ballare le statue, inorgoglire Cupido e riempire i miti di righe d'inchiostro perché solo gli impenitenti affamati di vizi e passioni sono degni dell'attenzione degli dèi.

Sei l'unico al quale dedicherei una dolce lode, inginocchiata a adorarti con soave deferenza.

L'unico al quale permetterei di legarmi a sé con una corda di stelle.

L'unico al quale lascerei incidere una storia lucente di peccati sul mio corpo.

L'unico al quale spalancherei i battenti degli impulsi per rimescolare quiete e tempesta e capovolgere le regole morali del cosmo.

Sei l'unico per il quale sacrificherei ogni pezzetto di me e pregherei Zeus per ricevere in dono il tuo animo oscuro.

Sei l'unico di cui io mi sia mai innamorata.

Fervido come il fuoco, potente come un dio, una chimera senza fine.

«Questo è ciò che ho sempre preteso da te: che tu lasciassi fluire tutto ciò che provi...» Mi sorrise, irradiando la sua fierezza in tutta la stanza. «Che la smettessi di respingere la vecchia Thea e che capissi che niente e nessuno deve determinare il tuo essere. Ignora la grande loggia di uomini che crede di sapere e che decide cosa è giusto e cosa è sbagliato. Prima di pensare *sentiamo*. E quando sentiamo significa che *siamo*. La fame, la voglia di soddisfare bisogni primari, finché non eccedono la capacità raziocinante, devono essere ascoltate. Non importa che ciò che ti piace fare a letto, da sola o nell'intimità di coppia, sia diverso da ciò che piace a qualcun altro. Importa che tu possa comprendere chi sei, andare avanti, crescere e star bene col tuo corpo, soprattutto con te.» Efrem si avvicinò, smarrendosi sui lineamenti del mio volto fanciullesco come se non avesse mai visto nulla di tanto incantevole. «E, in futuro, con chi deciderai di avere accanto.»

Col respiro ancora affannoso, mi sciolsi per la dolcezza delle sue parole confessandogli l'impensabile. «Io nel mio futuro, sceglierei te.»

Efrem mi fissò con uno sfavillio caldo e bramoso. Un sorriso malinconico gli illuminò le labbra e con una carezza sulla guancia mi fece dimenticare come si respira. «Anch'io, Dorie. Se avessi a disposizione l'eternità, sceglierei te.»

Accolsi quella coccola, afferrandomi al suo polso per trattenerlo con me, perché riusciva a ricordarmi che la vita aveva un valore e che dovevo combattere per proteggerla.

Forse è questo l'amore?

Incontrare qualcuno che ti insegni ad amare te stessa?

E a farti rifiorire come una violetta splendente?

Era strano attribuire quel merito a un uomo che conoscevo da pochi mesi; i problemi di cui soffrivo non si erano del tutto risolti, eppure Efrem mi era entrato nell'anima, l'aveva vezzeggiata, sedotta e ammaliata con un battito di ali intenso ma impercettibile.

Era riuscito a ridonarmi il sorriso che avevo perso, proprio come mi aveva promesso.

Era riuscito a mostrarmi che anch'io avevo il mio posto sicuro nel mondo.

Lui era il mio posto sicuro nel mondo.

Non solo una semplice ruota panoramica, ma l'intero luna park.

Capace di muovere le giostre del mio cuore e di provocarmi le risa di una bambina spensierata.

Tutti i suoi rimproveri e insegnamenti erano stati soltanto un modo per salvarmi, per farmi capire che stavo permettendo all'anoressia *atipica*, al passato, al dolore della mia perdita di annientarmi e uccidermi.

Se in quel momento qualcuno mi avesse chiesto cos'è l'amore, avrei risposto che è qualcuno che ti insegna a guardare laddove tu ti limiti a vedere perché, anche se sei un totale disastro, non devi smettere di lottare…

C'è sempre qualcosa ad attenderti all'orizzonte.

«Voglio baciarti», sussurrai in una supplica mentre col palmo continuava ad accarezzarmi e la sua vicinanza mi scaldava il corpo, facendomi desiderare di fondermi a lui, non solo per il bisogno carnale di sentirlo addosso o dentro, bensì per diventare un tutt'uno, una sua prosecuzione, una parte di lui infinita e inscindibile.

Avrei sfidato il tempo poiché, anche se avesse fatto il possibile per strapparmelo via, io sarei rimasta con lui, contro il fato, contro il volere degli dèi, contro qualsiasi saetta o tormenta.

«Comincia a spogliarmi. Dopodiché ti darò tutto ciò che vuoi.»

Colsi nel suo sguardo la prepotente malizia di quell'ordine mentre liberava i gemelli dei polsini.

Restandogli di fronte, mi misi in punta di piedi e con le dita tremolanti iniziai a sbottonargli la camicia. Sarebbe stata la prima volta che lo avrei visto completamente nudo e ancora mi sembrava surreale che si stesse davvero concedendo a me. Sfiorare con i polpastrelli la muscolatura gagliarda mi dava una sensazione di ottundimento, il profumo che emanava era così erotico da farmi girare la testa, guardarlo in viso mi era quasi impossibile poiché, così dall'alto, appariva come qualcosa di divino, una follia dilaniante celata dietro un fascino mortale. Una follia nel cui riflesso scorgevo tutti i miei desideri. Pian piano che liberavo i bottoni dalle asole, percepivo il suo respiro lento, pacato, lambirmi la fronte e io mi sentii come una corolla in balìa di un vento impetuoso. Mi sforzai di rimanere concentrata e di proseguire la mia opera certosina, finché la camicia gli scivolò dalle spalle e cadde al suolo, rivelandomi il suo torace. Persi fiato quando la pelle bronzata emerse come un dipinto armonioso nel quale non vi era nessun difetto importante. Niente tatuaggi o imperfezioni evidenti: era splendente, dignitoso, serio. I pettorali erano compatti e definiti, l'addome scolpito quanto bastava a renderlo attraente, le anche spigolose e più strette rispetto all'ampiezza del busto. Due solchi evidenti delimitavano la zona pubica; una leggera peluria rada attorniava i capezzoli, si interrompeva sul ventre e ricominciava dall'ombelico fino al bordo dei pantaloni, accrescendo la mascolinità prorompente di un corpo che non aveva alcunché da invidiare ai più giovani. Non avevo mai visto nulla del genere, superava persino tutti gli adoni che mi ero figurata nei miei sogni. Efrem mi fissava in silenzio, da sotto le ciglia scure, lasciandosi ammirare con un orgoglio che gli gonfiava i bicipiti e una violenza che gli scorreva intrepida nelle vene sporgenti. Trattenni il fiato e mi morsi il labbro per contenere l'ondata di lussuria che mi travolse tra le cosce soprattutto quando incontrai il suo sguardo avido, scurito da chissà quali turpitudini. Non riuscii a resistergli oltre e mi avvicinai, facendo scorrere l'indice lungo la linea centrale dell'addome. Efrem si tese sotto il mio tocco e abbassò il capo per seguire il mio lento avanzare. I suoi capelli sferzarono l'aria con una fragranza piacevole, inebriandomi come se fosse l'odore più peccaminoso che potesse emanare.

«Ecco perché non ti sei mai spogliato con me», commentai in trance, fissando ogni curva simmetrica. Linee decise, muscoli forti e tendini scattanti ricoperti da un drappo dorato. Era bello e impavido come un eroe omerico. *Chi sarebbe rimasto indifferente a una visione simile?* «Mi avresti fatta impazzire subito.»

Efrem sogghignò, godendo del rossore delle mie guance poiché, nonostante lo avessi già toccato altre volte, il privilegio di sfiorargli la pelle senza indumenti era un piacere diverso, più intimo e sublime. «Meglio tardi che mai, Dorie.» Quando con una mano mi avvolse la nuca e mi spinse a inginocchiarmi compresi cosa desiderava. Non era mai esplicito a parole, ma con i gesti era così impositivo e deciso che non aveva bisogno di formularmi le sue richieste. Gli ubbidii, ritrovandomi ancora una volta al suo cospetto, con il cuore che martellava nel petto e la gola bramosa di dissetarsi a un altro assaggio del suo seme.

«Anche se apprezzo i tuoi complimenti, preferisco che mi veneri in modi più allettanti. Sai cosa mi piace.»

Sì, lo sapevo e non esitai un solo istante a far scorrere i palmi lungo le sue cosce per raggiungere il bottone dei pantaloni, liberarlo e abbassare la cerniera. Efrem mi concedeva qualsiasi libertà, controllandomi dall'alto attento e intimidente. Quando notai il glande rosaceo sporgere oltre l'elastico dei boxer, li agganciai con le dita per tirarli verso il basso e l'erezione svettò fuori sfiorandomi il naso. Ridacchiai divertita, prima di sbirciarla spaventata mentre si incurvava verso l'ombelico, come una torre titanica. Mi sentii smaniare dalla voglia di leccarla e suggerla perciò, inchiodando gli occhi ai suoi, ardenti e frenetici, mi avvicinai e lambii la vigorosa lunghezza dalla base al tronco, soffermandomi sul frenulo con colpetti lievi ma maliziosi. Efrem si manteneva saldo sulle gambe, eppure un tremito lo fece vacillare ed emettere un sospiro intenso. Non era mai rumoroso, gemeva o ringhiava appena, eppure mi eccitavano da morire i versi gutturali che gli vibravano nella cassa toracica. Sembravano il monito d'avvertimento di un pericoloso felino in procinto di saltarmi addosso e scarnirmi. Con una sicurezza spietata mi serrò i capelli per spingermi la faccia contro il suo inguine e invitarmi a non temporeggiare troppo, perciò scesi a succhiargli i testicoli trattenendoli nella bocca, conscia che avrebbe apprezzato. Lui continuava a fissarmi, a palpebre socchiuse, dileggiato dalla mia provocazione e ancora troppo lucido per delirare. Volevo che perdesse il controllo, che mi supplicasse di accoglierlo fino in gola, ma Efrem non era un uomo facile da abbindolare o sedurre, tantomeno avrebbe messo da parte la sua autorità per frignare come un ragazzino. Piuttosto avrebbe aspettato, analizzato le mie mosse per comprendere cosa avessi in mente e nell'istante in cui i miei giochetti gli fossero stati chiari avrebbe preso il sopravvento per farmela pagare.

Santo cielo.

Era magnifico quando si imbestialiva e mi puniva con la sua passione così feroce che mi faceva boccheggiare di terrore e gemere di piacere. Inebetita dalle voglie fin troppo indecenti, con un sorrisetto di sfida mi liberai dello scroto, pesante e contratto, e ripresi a leccarlo con un movimento preciso, dal basso all'alto, senza mai arrivare a circuire la punta sensibile che quindi escludevo dalle mie attenzioni. Le ginocchia cominciarono a formicolarmi, tuttavia non mi sarei fermata finché non avessi percepito i suoi ansiti scoppiare nella stanza. Passai i palmi sul suo didietro e sfacciatamente gli palpeggiai i glutei, tonici come quelli di uno sportivo, attirandolo a me. Non c'era una sola parte del suo corpo che avrei lasciato intatta per qualcun'altra: gli avrei baciato, morso, graffiato, ogni minimo lembo di carne per marchiarlo con la scia ardente del mio passaggio. Se avessi potuto gli avrei inciso il mio nome sul torace come segno di riconoscimento o proprietà visibile a qualsiasi donna avesse tentato di portarselo a letto, compresa Liliane. Infastidita dalla morsa di gelosia che mi accartocciò lo stomaco, gli piantai le unghie nel sedere, da sopra i pantaloni, e lui si irrigidì strattonandomi i capelli all'indietro affinché lo guardassi in viso. Inclinò la testa di lato per capire che diavolo mi fosse preso e di rimando strofinai le labbra umide sulla cima arrossata, leccando qualche piccola goccia trasparente. Il mio uomo era eccitato, ma ancora lontano dall'orgasmo dato che mi stavo limitando a stuzzicarlo senza soddisfarlo come desiderava.

«Non è ancora finita.» Per dispetto, mi alzai in piedi e interruppi di soprassalto il momento erotico che stavamo vivendo.

Efrem parve sconcertato; aggrottò la fronte con il respiro lento ma profondo. Malgrado il sangue gli fiammeggiasse in un'unica zona del corpo, conservava ancora la scaltrezza di chi non si lascia fuorviare da nulla, neanche da una ragazza nuda e disponibile. «Cosa?»

Sfregandogli i capezzoli turgidi contro l'addome, sbattei le ciglia maliarda e gli afferrai l'erezione piegandola contro il mio pube. Efrem abbassò lo sguardo quando strofinai il glande sul clitoride, gemendogli all'orecchio; lui espirò di colpo contraendo il ventre per resistere alla mia diabolica provocazione, poi serrò la mascella quando mi bagnai della sua eccitazione mista alla mia saliva.

La sensazione di avvertirlo su di me, così liscio e vellutato, mi fece quasi cedere le gambe; l'intimità sbocciò invitandolo a entrare e lui dovette aggrapparsi con più forza alla mia chioma per resistere all'impulso di spingere in avanti il bacino e penetrarmi. «La tua caccia», ansimai melliflua mentre il pene si irrobustiva e allungava nella mano divenendo solido come un osso, minaccioso come una sciabola letale; potei persino percepirne il flusso libidinoso e bollente scorrergli sottopelle.

«Stai facendo un gioco molto pericoloso, Dorothea.» La sua presa diventò più violenta, per un attimo credetti che stesse per sopraffarmi. Trattenni un risolino nervoso e mi vendicai stringendo ancora le dita attorno al membro che, di riflesso, si inturgidì come a sfidarmi. La mia forza non era minimamente paragonabile alla sua e, sebbene gli stessi facendo male, Efrem non accennò alcuna espressione di dolore. Anzi... il mio affronto parve alimentare qualche malsana perversione che riaffiorò dai recessi del suo essere. Con una risata beffarda si chinò fino a sfiorarmi il naso. Le sue iridi traslucide sembravano due pozzi bui e malefici nei quali mi sentii annegare. «Puoi anche staccarmelo, il cazzo. Sei ancora una bambina, non puoi competere con me.»

La sua glaciale serietà non riuscì a smorzarmi il sorriso battagliero; ci voleva ben altro per intimorirmi. «Mi piace rischiare, *dottore*.» Gli scoccai un bacio sulla mascella, poi lo spintonai cogliendolo di sorpresa e scappai. «Prendimi. Se davvero mi vuoi», gli urlai sardonica, prima di aprire la porta e lasciarlo solo in camera.

Corsi di nuovo giù per le scale, burlona.

Stavo tirando la corda invisibile della sua pazienza, sentendola stringersi attorno a me, nella speranza che si spezzasse.

Non sapevo dove andare, non conoscevo gli spazi nei quali mi stavo muovendo e senza riflettere feci la cosa più insensata possibile: spalancai la porta d'ingresso e uscii.

La brezza notturna mi investì come un uragano, era estiva, salmastra, calda ma anche fresca soprattutto perché la mia nudità mi rendeva sensibile a qualsiasi piccolo spostamento d'aria.

Ferma sul portico, mi guardai attorno, rendendomi conto del nulla circostante.

La villa era isolata, priva di abitazioni confinanti, lontana dalle luci urbane di Los Angeles.

Un luogo disperso, immerso nel verde, quasi paradossale, come un tempio antico fluttuante tra le nuvole.

Mi voltai indietro percependo i passi lenti di Efrem sulla scalinata, la sua ombra emergere sul pavimento e allungarsi fino a raggiungermi, quindi ripresi la fuga. Scalza, percorsi il vialetto lastricato virando subito a sinistra, sul giardino. Superai una piccola fontana in pietra bianca nella quale l'acqua zampillava rumorosa dal corpo di una Musa e seguii l'illuminazione dei lampioni, vagando alla rinfusa. I ciuffetti d'erba mi pungevano le piante dei piedi provocandomi qualche smorfia di fastidio; delle statue imperiose si ergevano tra gli alberi, sorrette da capitelli dorici, come creature astratte discese dall'Olimpo per assistere al violento ardore degli umani.

Mi resi conto che anche lì, esattamente come nell'Asklepios, tutto richiamava la Grecia antica e la mitologia, confermandomi che era un'ossessione non solo del dottor Markus, bensì anche del figlio.

Assorbita dalle mie riflessioni, inciampai goffamente su un sasso, persi l'equilibrio e precipitai al suolo. Caddi di faccia a terra, l'impatto col terreno fu inaspettato e doloroso, un bruciore intenso mi infiammò le ginocchia che distrattamente sfregai su un rovo spinoso squarciandone la pelle fino a sbucciarle. Con un guaito sommesso, strisciai sui gomiti per spostarmi sull'erba più morbida e prima di voltarmi supina sentii una forza agguantarmi e tirarmi indietro.

«Oh, caspita!» risi e strillai piantando le unghie nel terreno per oppormi, ma in men che non si dica fui trascinata di qualche centimetro in basso mentre delle dita tenaci mi serravano le caviglie che agitavo inutilmente. Era lui. Ne ero certa. Nessuno mi aveva mai afferrata con tanta determinazione, nessuno aveva il suo odore intenso e ingannevole, nessuno era così perverso da voler prendere una ragazza all'aperto, nel bel mezzo del nulla. Nessuno aveva bisogno quanto lui di essere portato così al limite per cedere: era il suggerimento che mi aveva dato Mitchell e io l'avevo soltanto messo in pratica, ottenendo ciò che volevo. «Efr...» Non ebbi il tempo di pronunciare il suo nome che un corpo solido mi immobilizzò salendomi sopra a cavalcioni e chiudendomi le cosce con le ginocchia. Sentii una mano enorme premermi tra le scapole, i polmoni schiacciarsi e perdere ossigeno, i seni nudi comprimersi contro l'erba pungente mentre un torace marmoreo si piegava su di me, coprendo la mia esile figura e rubandomi anche il briciolo d'aria che cercavo di incamerare.

«Hai finito di giocare, mmh?» La sua voce mi giunse bassa e piena all'orecchio, così maschile da provocarmi un fiotto liquido tra le cosce. Ero fuggita apposta per farmi catturare; quell'assurda caccia aveva eccitato anche me quanto lui e glielo dimostrai quando, girandomi di profilo, con la guancia premuta sul suolo, gli rivolsi un sorrisetto tronfio.

«Una volta, prima che entrassimo all'*Antéros*, mi dicesti: 'Attenta a non svegliare il can che dorme'. È sveglio adesso?» La corda della sua pazienza, che spesso avevo stuzzicato, strattonato, tirato, minandone l'estrema resistenza, finalmente si era spezzata. Ne avevo avvertito la rottura con un boato assordante. Ormai eravamo arrivati a un punto di non ritorno, un confine superato il quale non saremmo stati più gli stessi, non avremmo potuto rimediare al nostro peccato né giustificarlo.

A nulla sarebbe servito persino pentirsene.

Efrem inspirò intensamente il mio profumo, sfregando il mento contro la mia spalla sulla quale il babydoll era calato a metà braccio, scoprendola del tutto. Arse dalla voglia di domarmi, plasmarmi e distruggermi. «Sì, è sveglio.» Sorrise anche lui sfinito dalla mia insistenza, sconfitto dalla ragazzina impertinente che lo aveva condotto esattamente in quella situazione, come la ninfa più macchiettista, diabolica e caparbia che avesse mai incontrato. «E lo sfamerai.» Con un improvviso ceffone sulla natica destra mi fece sobbalzare in avanti. Il dolore che si diffuse dal sedere alla spina dorsale mi scavò nel petto, dando un calcio sul cuore che cominciò a battere a un ritmo forsennato. «Lo soddisferai.» Un altro schiaffo, più forte del precedente, impattò sul medesimo punto per rinvigorirne l'infiammante pulsare, conducendomi al limite nel modo più efficace. Mi inarcai, spingendomi verso l'alto come a invitarlo a non fermarsi. «Lo prenderai e non ti lamenterai.» Mi strattonò i capelli nel pugno, inclinandomi il collo cosicché la sua bocca mi parlasse direttamente all'orecchio con un sussurro seducente. «Sarai mia finché non ne avremo abbastanza, finché saremo sfiniti e le tue bellissime gambe non potranno condurti lontana da me. Rimarranno avvinghiate ai miei fianchi per tutta la notte.» Mi lasciò andare e io posai la testa sul terreno, appesantita dalle emozioni che mi imperversavano dentro come un'orda di merli disorientati. Avrei voluto rispondergli che mi aveva già, che ero sempre stata sua, forse sin da prima che ci conoscessimo, e che aveva invaso i miei sogni per anni, ma le parole rimasero impigliate in gola quando una presenza dura, lunga oltre l'osso sacro, cominciò a sfregarsi tra le mie natiche, sfiorando la flangia del *plug*, mentre Efrem, con i palmi, le pressava tra loro per aumentare l'attrito della mia carne sul suo membro. «Tu mi fai impazzire, bambina.» Prese a masturbarsi tra i miei glutei, schiacciandoli con rudezza senza curarsi degli scapaccioni roventi che mi aveva inferto e io annaspai contro il suolo, nell'attesa di accoglierlo dentro. Tremavo all'idea che ci saremmo appartenuti così intimamente e ansimavo alla certezza che non sarebbe stato delicato.

«Anche tu.» Sollevai le anche contro l'erezione calda e turgida al massimo, sperando che la dirottasse più giù, laddove ero bagnata e aperta per lui. Non ce l'avrei fatta a pazientare oltre. «Ti prego, Efrem. Sbrigati.» L'avrei supplicato ancora e ancora. Mi sarei strappata l'anima e gliel'avrei offerta se era ciò che voleva come dimostrazione che non mi sarei pentita se mi fossi congiunta a lui. L'avevo scelto prima che lui scegliesse me, non poteva e non doveva dubitare della mia onestà. L'avevo atteso per troppo tempo e finalmente quel sogno sarebbe sbocciato nella realtà, come i petali di un fiore che si dischiudono dinanzi al sole dopo aver vissuto all'ombra della sofferenza.

«Shh, Dorie…» Con le mani grandi coprì le mie, irrigidite sull'erba, e intrecciò le nostre dita quando cambiò posizione, in modo tale che con le ginocchia mi divaricasse le cosce. Trattenni il fiato, fissando la fede sull'anulare sinistro mentre la sommità del pene scendeva a solleticarmi la tenera apertura. Si inumidì dei miei umori, indugiando sull'ingresso senza entrarvi. Il suo ondeggiare era quasi impercettibile; si muoveva lento, lentissimo mentre si sfregava dolcemente sulla vulva per stimolarla il più possibile e farla soccombere a un languore frustrante. Era la prima volta che sentivo un uomo senza preservativo, pelle contro pelle, e in silenzio mi concentrai su quelle sensazioni nuove, avvolgenti, devastanti con una curiosità genuina. Sembrava che il glande fosse ricoperto di seta, era largo, molto più largo della fessura che avrebbe invaso, ma caldo e vischioso. Mi morsi il labbro, avvertendo un calore timido irrorami le guance, e con la coda dell'occhio sbirciai Efrem che col corpo massiccio gravava su di me. I capelli neri mi solleticavano la curva del collo, le sue labbra cominciarono a baciarmi la nuca con un tocco leggero ma intenso per rilassarmi, coccolarmi, farmi intendere che mi avrebbe scopata e che mi sarebbe piaciuto. Socchiusi la bocca e spirai un gemito roco mentre valutava quanto fossi umida strusciandosi ancora sul mio centro.

Bramoso ma lento; affamato ma paziente.

Era più esperto di me, più esperto di Andy e di qualsiasi ragazzo della mia età; non si lasciava accecare dall'istinto poiché riusciva a domarlo e a liberarlo solo nell'istante in cui decideva che era opportuno. Si stava accertando che i miei nervi fossero abbastanza distesi e che sotto di lui, sotto la sua aura autorevole e letale, sotto quel tripudio di stelle, fosse l'unico posto in cui avrei voluto essere. Gli risposi serrandogli le mani nelle mie, avviluppata al tepore delle sue braccia come se fossero le ali di un angelo dispiegate su di me per schermarmi e proteggermi dagli orrori del mondo.

Con un sospiro compiacente, comprese che ero pronta, che poteva scardinare i suoi argini e lasciarsi andare. «Respira, Dorie. Respira», cantilenò suadente, poi mi tenne inchiodata. La pressione sul sedere aumentò quando, incuneandosi meglio tra le mie gambe, spinse il bacino in avanti e mi fece tendere ogni fibra muscolare. Mi aggrappai alle sue dita inframezzate alle mie, la fronte premette sulla terra mentre la cima gonfia mi dilatava, forzando le piccole labbra per entrare.

Era troppo. Troppo...

Temevo di non poterlo contenere nella pancia, di essere minuta ed eccessivamente stretta per lui. Dei tremiti di terrore cominciarono a scuotermi le spalle poiché, all'odio per il mio aspetto fisico, si sarebbe aggiunto l'odio di non riuscire ad appagare un uomo. Sarei morta di insoddisfazione se Efrem si fosse fermato, scoraggiato dal rifiuto involontario del mio corpo.

«Non irrigidirti. Sei chiusa, sì, ma anche molto morbida. Ce la fai, bambina. Piano piano.» Il suo timbro era arrocchito e controllato, padrone della situazione, padrone delle sue emozioni, delle mie e di tutto ciò che sarebbe accaduto di lì a breve. Quando smise di premersi contro quel varco apparentemente inaccessibile, risucchiai l'ossigeno incanalandone quanto più potevo e aggrottai le sopracciglia nell'attesa di capire perché si fosse fermato. Fece leva sui palmi per sollevare il torace e dare una sbirciata in basso, laddove l'erezione era completamente fuori con solo la punta incastrata dentro di me. Non sapevo come facesse ad avere un autocontrollo così inflessibile; qualsiasi altro essere umano, in una condizione di euforia e sovreccitazione, sarebbe impazzito e avrebbe smaniato per possedere l'oggetto dei suoi desideri. Efrem, invece, era diverso: aspettava, circuiva, illanguidiva e poi colpiva. Lo sentii inspirare pesantemente quando arcuai il sedere e tentai di accoglierlo di più, spingendomi contro l'asta tesa che, anziché unirci, ci divideva. Le piccole labbra palpitavano, richiamandolo dentro mentre mugolavo impaziente, sorbendo il peggior castigo che potesse infliggermi. Pretendevo un amplesso furioso e frenetico, tuttavia i muscoli interni si contraevano al suo lento avanzare, inducendolo a tentennare.

«Sai che ti voglio. Lo senti. Continua», piagnucolai con una strana ansia a sfrigolarmi nella mente. L'ultima cosa che avrei voluto sarebbe stata vederlo alzarsi e rientrare in casa soltanto perché lo avevo provocato per mesi e, nel momento in cui avrei dovuto compiacerlo, non ne ero stata capace.

Una risata gutturale, irrisoria, arrogante bruì nell'aria insieme a un lieve venticello che crepitava tra le foglie degli alberi, lambendomi la pelle accaldata. Efrem mi ghermì la nuca con una mano, sostenendosi sull'altra ancorata alla mia. Si chinò per respirarmi addosso e sussurrò un unico, fatale ordine: «Grida».

Schiacciandomi per la collottola, affondò con un'unica spinta e la carne si dilatò subito per accoglierlo. Il cuore esplose, un urlo risalì dallo stomaco, graffiò la gola e sgorgò dalla bocca quando il membro mi profanò per intero, fino alla radice, infilzandomi con il colpo secco di una lama sanguigna. Mi divise in due, mi spaccò, mi spezzò e mi distrusse, empio e rigoroso.

Con un verso virile, Efrem manifestò il godimento di avvertirmi plasmata attorno a lui, poi sospirò appagato come se si fosse liberato di un terribile fardello. I pettorali nudi premettero solidi contro le spalle, impedendomi qualsiasi movimento, come un demone pronto a condannarmi alla minima ribellione.

Mi sentii morire e rinascere.

Sotto la sua mole immane, le ossa dei fianchi parvero rompersi, le costole incrinarsi, i polmoni svuotarsi e il battito cardiaco arrestarsi.

Il bruciore sulle ginocchia si riaccese e tutto confluì in un ardore talmente violento che tremai di desiderio. Non avrei mai immaginato che la sua presenza dentro di me sarebbe stata tanto assurda e totalizzante; non si trattava solo di un'unione carnale, bensì di qualcosa di molto più potente che mi riempiva completamente arricchendo il mio essere di un'essenza straordinaria, come se avessi un dio tra le cosce pronto a fendere, con la sua luce edenica, il buio che per anni avevo scorto dal mio pendolo.

«È così che avrei dovuto metterti buona?» Restò fermo, dandomi modo di abituarmi. Duro e invadente. Anche lui come me aveva coltivato per così tanto tempo quel tormento struggente da volerselo godere con calma. «Se lo avessi capito prima ti avrei scopata subito.»

Con un lamento licenzioso, mi adattai a fatica alle sue dimensioni, il dolore mi fece gemere e destò il flusso infuocato del piacere, deflagrando in una cupidigia liquida e bollente che gli avvolse il pene in un morbido calore. Con una contrazione delle pelvi lo strinsi, circuendolo come un guanto, ed Efrem mugolò compiaciuto contro la mia spalla, leccandola come una bestia indomita.

«Io...» gnaulai affannata, accucciata sotto di lui, con le dita esili incatenate alle sue e la schiena pressata dal torace volitivo. «Te l'avevo proposto.»

«Non potevo cederti, ma ti ho sempre voluta, Dorie.» Efrem mi strinse anche l'altra mano, tornando alla posizione iniziale. La intrecciò alla mia, reggendosi sui gomiti per non pesare troppo su di me. «Sempre», ripeté come se la sua attesa si fosse protratta a lungo e non credesse neanche lui che ero lì, nuda, alla sua mercé, pronta ad appartenergli del tutto.

«Temo che…»

«Non saremo mai sazi, d'ora in poi», mi precedette, riferendosi al mito di Tantalo, alla soddisfazione irrisolta che ci avrebbe distrutti, indotti a peccare sempre e soprattutto insieme. Poiché la brama perpetua non è altro che un supplizio implacabile che condanna a una pena infinita chiunque cada in tentazione. E noi incarnavamo tutte le tentazioni più dannate. «Io non sarò mai sazio di te.» Rabbioso per quella confessione che snocciolò a cuore aperto, biasimando se stesso, arretrò col bacino tenendomi ferma per poi riaffondare con più veemenza. Trasalii e urlai ancora, battendo un piede sul terreno soltanto perché il piacere scoppiettava in ogni angolo del corpo fondendosi a un languore sfibrante. Ero cedevole, eppure il mio sesso sembrava ancora impreparato a ricevere stilettate così aggressive e destabilizzanti. Ciò che mi permetteva di godere di quell'incastro animalesco, più di ogni altra cosa, era la mente. Lì, Efrem riusciva sempre a realizzare tutte le fantasie recondite e indicibili che gli avevo nascosto, ma che scaltramente aveva intuito già nei nostri primi incontri. «Ne vuoi ancora?» Il suo respiro divenne ansante, la voce dominante e severa, tipica di un uomo capace di distruggere chiunque fosse caduto nella spirale delle sue torve perversioni.

«Sì.»

Se avessi potuto avrei fatto di me il suo castello e di lui il mio unico Re.

Un'altra spinta mi fece sobbalzare in avanti, ardendo la carne che sentivo pulsare attorno allo spessore del membro. I testicoli sbatterono contro il clitoride, incitandomi ad allargare le cosce e a espormi di più, malgrado mi tenesse bloccata e quindi non fossi libera di dimenarmi.

Efrem gemette appena nel sentirmi così remissiva e sciolta sotto le sue poderose stoccate e rise contro il mio orecchio chiedendosi fino a che punto sarei arrivata; *forse pensava che non fossi in grado di sopportarle?* «Ancora?»

Mi stava sfidando e io non avrei mollato, l'avrei catturato, baciato e nutrito di sentimenti eterni.

«Sì.»

Di nuovo mi sommerse, affogando dentro di me e conducendomi con lui sempre più a fondo, in un baratro remoto e lugubre, nel quale la perdizione non aveva forme né colori, soltanto il suo nome. Sospirò estasiato quando l'erezione sparì fino al limite, il pube urtò contro le mie natiche e gli umori cominciarono a bagnarlo alla radice agevolando il suo ingresso. Era entrato con irruenza, secco e impetuoso, e in quell'istante arretrò con estrema lentezza, gradualmente, per ammirare il modo in cui abbracciavo ogni suo centimetro; digrignavo i denti quando la mia carne si dilatava sul tronco venato, senza mai lasciarlo andare. Lo agguantavo come se ne avessi bisogno per sopravvivere.

«Ancora?» Restando sospeso sopra di me, col suo fascino terrificante, Efrem parve darmi un ultimatum per anticiparmi le conseguenze di una risposta affermativa. Non sapevo cosa avesse in mente, ciò di cui ero certa era che non esisteva alcun confine tra giusto e sbagliato e che gli avrei permesso qualsiasi cosa. Lo guardai di sghimbescio, con le spalle rilassate, una guancia schiacciata contro l'erba, il bacino dolente e vidi i suoi occhi baluginare di un fulgore acuto, assetato e spaventoso. Una goccia di sudore gli scivolò dalla fronte impigliandosi luminosa tra le ciglia lunghe, le labbra formavano un arco sensuale e maledetto sul quale ogni donna smarriva se stessa, gettando nel vuoto pudore e remore. Aveva il mio consenso, aveva la mia anima, aveva il mio corpo. Non ci ragionai troppo né ebbi alcuna esitazione quando con un sorriso sfrontato mossi il mento su e giù. «Sì», proferii come se fosse un ansito provocante anziché un semplice assenso.

Lui sgranò le palpebre, le tenebre gli infestarono la ragione, una pioggia di ombre gli imbrattò le iridi e perse la testa, la lucidità, il riguardo, le buone maniere.

Con crudezza, mi artigliò le anche per sollevarmi carponi. Le ginocchia sfregarono sul suolo, i lembi delle ferite si aprirono quando dovettero reggere il mio peso. Con una mano mi schiacciò la testa sul terreno, lasciandomi con la schiena inarcata, le cosce divaricate e i glutei sporti nella sua direzione. Senza aggiungere una parola, mi penetrò attirandomi a lui affinché si impalasse a fondo, fino a farmelo sentire nel ventre. Un gemito mi dilaniò il petto e scoppiò tra le labbra mentre Efrem non emetteva fiato, come se il sesso per lui non fosse un'attività così sfiancante e preservasse tutte le energie per prendermi, straziarmi, aggredirmi e scoparmi ancora a lungo. Quando cominciò a muoversi, uscendo e rientrando laddove ero più fragile, ingenuamente mi toccai la pancia per accertarmi che non me l'avesse perforata; lui rise con arroganza, divertito dal mio gesto infantile.

«Stronzo», lo insultai maliziosa, intuendo che si stava prendendo gioco di me. Tuttavia, la risata fresca e maschile che mi aveva rallegrato il cuore sfumò nel nulla quando un altro affondo, più brusco del precedente, decretò la perdita del suo controllo e anche del *mio*.

Efrem mi ghermì per i capelli, strattonandomi il capo all'indietro, e mi inarcai sostenendomi sui palmi e sulle ginocchia tremolanti. Si allungò su di me, senza smettere di martoriare la mia intimità, e mi morse il collo incidendovi i denti con una ferocità barbara. Mi agitai, sentendo l'arteria pulsare, un fuoco lancinante scorrermi nel collo, stilettate di dolore acuirsi tra le costole e mi contorsi attorno a lui, stritolandolo nei recessi delle mie pareti frementi.

«Oddio, sì», farfugliai ormai annebbiata dal lato masochistico che avevo sempre represso. «Non ti fermare.»

Efrem grugnì per la prima volta, illanguidito dal modo in cui mi stavo strusciando contro il suo bacino, scivolando avanti e indietro sull'erezione prestante. Un'oscurità infernale parve avvolgermi la gola quando, con le dita incastrate tra le mie ciocche, mi incitò a dargli la bocca. Il bacio che pretese mi gettò nelle fiamme nere della sua lussuria; la mia anima ormai era incatenata alla sua, con un lucchetto magico del quale solo lui custodiva la chiave. Voleva possedere tutto, invadermi ovunque, colmare ogni parte di me, anche la più invisibile. Soffocò i miei gemiti, li ingoiò e ne suscitò altri, soprattutto nell'attimo in cui con la lingua brutalizzò la mia mentre schiantava con più bestialità i fianchi contro di me, facendomi disperare, vaneggiare, delirare come accecata da una follia devastante e incantevole.

Non riuscii più a seguire il suo ritmo e, quando tremai accasciandomi al suolo, ci pensò lui a riportarci sulla giusta dimensione.

Con colpi di reni acuti e imperterriti, si distese su di me ansimando contro la mia nuca e tenendomi stretta tra i gomiti, mentre serrava le mani a pugno sull'erba.

Il suo impeto si fece sempre più violento.

Non era disposto a darmi una tregua né a consentirmi di riprendere fiato, si muoveva spietato con una forza ferina che non sapevo da dove stesse traendo. Si angolò meglio per colpirmi con stoccate più profonde, urtando contro la cervice, un punto interno che non mi era mai stato sollecitato prima d'allora, e io mi tesi, strillando ancora quando percepii un viluppo liquido, caldo, scivolare tra le cosce; lui se ne accorse e si alzò sui palmi per sbattere il bacino più velocemente provocando il rumore sciabordante delle nostre carni bagnate.

Stava per accadere.

Stavo per frantumarmi di nuovo, in quel modo in cui ci riusciva solo lui.

E con un fervore inesorabile…

Venni.

Venni travolta da un urlo che mi spezzò le ossa, mi annebbiò la vista e disarcionò ogni timore.

Venni con naturale dolcezza mentre lui continuava a muoversi, dentro e fuori, implacabile, instancabile, raccogliendo i brandelli della mia anima ed elargendole la luce che aveva perso.

Ora capivo cosa intendeva Giselle quando gli aveva rivolto quella richiesta chiara il giorno in cui li avevo spiati: Efrem non rompeva tavoli, scrivanie o letti.

Efrem rompeva i corpi che possedeva, li disintegrava in meravigliosi pezzi d'argilla per poi rimetterli tutti insieme, rimescolarne i colori e fonderli alle ombre in un gioco di chiaroscuro che avrebbe creato l'opera d'arte a cui ambiva.

Inerte sotto di lui, soffocata dalle emozioni, tentai di riprendere fiato e accolsi tutto ciò che voleva darmi.

Non si fermò neanche un istante.

Le scosse rudi dei suoi colpi si riverberavano dal ventre al petto, mi scuotevano i capezzoli e mi schiaffeggiavano la ragione, bloccandomi il respiro. Gli scoccai un'occhiata da sopra la spalla per cercare un contatto visivo e accertarmi che fosse ancora *con me*; non avrei mai accettato che mi stesse infliggendo una punizione del genere come una qualsiasi. Il suo volto era scalfito dall'eccitazione più immorale, macchiato di vizi, corrotto dal desiderio, dannato e provocante come quello di un Diavolo che non mi avrebbe lasciata in pace finché non mi fossi consacrata a lui, come la migliore delle vittime sacrificali, invocandone il nome fino al cielo.

«Efrem…» lo chiamai sperando che ci fosse, che fosse con me, che fossi io l'unica che desiderava e non stesse pensando a Liliane o a qualcun'altra.

Lui spostò lo sguardo dal punto proibito in cui eravamo uniti al mio profilo arrossato. «Dimmi, bambina.»

Non ribattei; non avevo nulla da eccepire in realtà, mi erano bastati la sua voce solenne e il tono carezzevole con cui aveva pronunciato quel nomignolo per rasserenarmi, perciò rimasi cheta a donargli ciò che già stava reclamando. Gli sorrisi felice e abbandonai il capo sul terreno, sobbalzando a ogni fitta mentre continuava ad accanirsi sulla mia intimità. Mi sembrava che fossi stata sverginata per la seconda volta e in un modo più crudele della prima. Andy non mi avrebbe mai fatto male neanche se lo avessi supplicato con insistenza; Efrem invece ne aveva bisogno per godere, altrimenti non si sarebbe neanche eccitato. Finalmente, dopo aver cercato per tutta la vita, avevo trovato qualcuno che mi completava senza mai immaginare che sarebbe diventato l'unico dio che avrei adorato.

«Dimmi adesso che ne vuoi ancora, Dorie. Avanti. Dimmi che ne vuoi di più...» sussurrò voluttuoso e perfido; mi stava sadicamente umiliando per carezzare gli angoli più oscuri della mia personalità, spremerli e abbeverarsene incurante di ammazzarmi o forse *guarirmi*. Mi schiaffeggiò prima un gluteo poi l'altro, dandomi in sequenza due frustate potenti per infuocarmi la carne e farmi sobbalzare soggiogata da un piacere divorante. L'ansito che mi arroventò la gola fino a bruire tra i denti come un lamento libidinoso lo fece ridere con prepotenza. «Dimmi che non sei stanca, che puoi sopportare.»

«Posso sopportare», mormorai con la voce alterata a causa degli urli che avevo emesso e del modo in cui avevo il petto schiacciato al suolo. Io non ero Liliane, non l'avrei definito un mostro né l'avrei indotto a cambiare per compiacermi. Per me era perfetto così.

«Sicura?»

«Sì», lo provocai.

Sì, sì, sì.

Lasciami morire nel tuo oblio, distruggimi al galoppo della tua dissolutezza poi fammi risorgere dall'estasi e ridonami la vita.

Anche due folli come noi possono essere un inno all'amore.

Efrem mi liberò dall'ingombro della sua invasione, infilò le dita nelle infossature dei fianchi e senza alcuna delicatezza mi rigirò a pancia in su, facendomi sbattere di schiena contro l'erba soffice. Rantolai come un animaletto indifeso e schiusi le palpebre per ammirarlo, finalmente, inginocchiato di fronte a me, tra le mie cosce divaricate, bello, possente e sovrastante a inghiottire la notte tutt'attorno, intimidire la luna e derubare le stelle del loro bagliore che, con incanto, si nebulizzò in due iridi acquamarina, scaglie allocromatiche che mi colpirono con la loro spietata bellezza.

In un lampo di lucidità dovetti mentalmente riconsiderare la mia risposta: potevo sopportare il sesso violento di cui si nutriva, ma non il sentimento soverchiatore che temevo mi avrebbe messo alla gogna, il modo in cui voleva conficcarsi nel mio cuore, allacciarsi alla mia anima e restare dentro di me come una segreta sinfonia della quale avrei udito il suono soltanto io.

Affascinata, analizzai la sua selvaggia nudità, ammirandolo: Efrem aveva i capelli scombinati, era privo di camicia, scalzo con addosso solo i pantaloni eleganti calati a scoprire il membro lucido e proteso verso di me.

Era stupendo e spaventevole come uno spettacolo infernale dal quale è impossibile non essere ammaliati.

Non l'avevo mai visto così sfatto e disordinato, eppure era più attraente di quando calcava il pavimento dell'Asklepios avvolto dai suoi completi scuri o relegato nel camice bianco.

Quando piegai le ginocchia, restando con le gambe distanziate, ormai priva di imbarazzo, si accorse dei graffi vivi che mi tempestavano la pelle, ferite che mi ero procurata cadendo e di cui non era responsabile. Un lampo di preoccupazione ammansì per un istante i suoi istinti e lui si sentì in colpa per non averli scorti prima. Tuttavia, non avrebbe dovuto preoccuparsi, stavo bene; non desideravo nient'altro che... *noi*.

«Non è nulla. Ti prego, continua.»

Efrem non rispose; preferì dimostrarmi la sua apprensione chinandosi sul mio ginocchio. Ci posò le labbra con il tocco soffice di una piuma, leccò le escoriazioni con devozione, poi tornò a guardarmi in viso coprendo quei tagli con una mano come se bastasse a curarli. Il suo sguardo brillava di una scintilla commiserevole, sembrava volesse dirmi: *Mi dispiace, non volevo che accadesse questo*.

Ma ero semplicemente inciampata ancor prima che lui mi afferrasse, non gli avrei mai rivolto nessun'accusa.

«Vieni qui da me», pronunciai un ordine che usava sempre lui, sebbene in circostanze diverse. Alzai il bacino per incitarlo e il suo sguardo – acceso ancora di una cruda irruenza – scivolò sul sesso dischiuso, risalì sul ventre asciutto e sui seni rotondi, scoperti dal babydoll sporco di terra; i capezzoli svettavano come perle preziose per il bisogno di essere succhiati. Accarezzandomi le cosce, Efrem mi tenne le gambe scostate per distendersi ancora sul mio corpo.

Quella volta allacciò i nostri occhi cupidi, mi depose un altro bacio sullo sterno e spostò la bocca sulla base del collo, imbrigliandomi in un dedalo di magnetica seduzione.

«Sei la mia bambina. Ovunque andrai, continuerai a essere una piccola anima che indora i miei sogni.» Quella dolce confessione mi scaldò le guance più di quanto avrebbe potuto fare qualsiasi dichiarazione prevedibile. Mi aggrappai alle sue spalle nude, poi con le dita esili gli presi il viso e lo allineai al mio. Lui dovette sostenersi sui palmi aperti, affondati nel terreno per non schiacciarmi, mentre l'erezione se ne stava tesa e pressante all'imbocco del sesso.

«Perché ho l'impressione che non esiste nessun'altra che desideri?»

Una ciocca nera gli sferzò un sopracciglio e ciondolò a solleticarmi la fronte mentre nelle iridi gli baluginava un sentimento silente, qualcosa che si illuminò al suono delle mie parole e che iniziò a tessermi addosso sensazioni intense, capaci di riempirmi il cuore di speranza.

Trattenni il fiato nel vederlo sorridere e il mondo parve sbrilluccicare di vita, violette e nuovi albori, poi si chinò a cercarmi la bocca per catturarla con una delicatezza sensuale. «Perché non c'è nessun'altra che desidero, Dorie.»

Sprofondai in un delirio infantile, le gote avvamparono e, nell'istante in cui mi sporsi per riprendermi quel pezzo di cielo nel quale volare, Efrem mi schiuse con la lingua cercando la mia come se ne fosse dipendente. Arresosi a me, piegò i gomiti, i pettorali si adagiarono con durezza alle mie forme morbide, il membro spinse con vigore, facendomi emettere un lamento che lui accolse nella bocca. Sprofondò oltre il limite, unendosi a me fin dove era possibile, fin dove potevo contenerlo e un suo gemito virile mi fece arricciare le dita dei piedi.

Efrem profumava di primavera, stillava gocce di lussuria tra le mie labbra baciandomi in modo così provocante, intrepido, selvatico ed esperto da strapparmi il respiro al punto che non mi era facile assecondarlo senza affannarmi. Quando gli accarezzai la schiena ampia, scendendo lungo i fianchi nei quali conficcai le unghie, lui mugolò scorrendo dentro di me ardito, perso e smanioso. I suoi muscoli guizzavano famelici mentre io tremavo sotto i colpi del suo bacino che divennero più bramosi, rapidi, incessanti. Laddove prima si era accanito con irruenza, in quel momento infieriva con una furia passionale. Con una mano mi tenne per la chioma, stringendosi a me più che poteva. Chiusa in quella gabbia di prorompente virilità, affogando nel nostro odore, lo serrai tra le ginocchia, infilai i palmi sotto i pantaloni e li piantai nei glutei sentendoli contrarsi a ogni botta.

«Sei il più bel regalo che potessi farmi», mi rivelò all'orecchio senza smettere di spingere con un'intensità sfiancante. Aveva una resistenza incredibile, una forza meticolosa mentre io faticavo a stargli dietro, svigorita dalla sua potenza.

«Regalo?» ribattei con il respiro rotto mentre il ventre che picchiava contro il mio sembrava dinamite pura, il pene un arnese d'acciaio che martellava ininterrotto.

Efrem mi affondò i denti su un seno e lo divorò, rompendone i capillari fino a illividirlo, senza dare seguito a quella conversazione che associai a un vaneggiamento insensato; urlai in preda al piacere dal quale fui pervasa sentendolo convogliare nella pancia.

Mi tesi tutta.

Con uno spasmo incontrollato, lo risucchiai fino in fondo e mi rilassai. Ancora lo assorbii e lo liberai, in una danza imperterrita, poi sollevai le anche per sfregarmi con più ardore e venni di nuovo con palpiti brevi, spregiudicati, sublimi e vibranti, pregandolo di rallentare.

Ricaddi indietro, con la testa che girava, i polmoni svuotati, i timpani ronzanti e gli misi le mani sui fianchi, ferendolo con le unghie; Efrem si esaltò al tocco debole delle mie dita e intensificò i suoi affondi veementi, come un leone che squarta la preda, ottenebrato da una cocente lussuria e una spaventosa depravazione.

«Oddio...» Mi sarei vergognata di me stessa se fossi esplosa per la terza volta, eppure sentivo il bisogno di dargli di più, di dimostrargli che poteva essere se stesso. Dovevo superare la prova alla quale mi stava sottoponendo. Allora gli artigliai la schiena e lo graffiai fino al limitare delle natiche sode, sentendolo sputare un verso rauco e sibilante. Ero stanca morta, infiacchita, dolorante, ma non volevo più privarmi della sua straordinaria presenza, lo avrei voluto tra le mie gambe per sempre e se così non fosse stato, avrei strinto i denti finché non avesse raggiunto l'apice. «Vieni. Vieni dentro di me. Saresti il primo anche in questo.» Gli accarezzai le labbra tumide e carnose che lui schiuse per sfiorarmi il pollice con la lingua. «Non lo concederei a nessun altro che a te.»

Efrem mi guardò cupamente per un frangente così intenso che temetti stesse per rifiutarsi, l'universo si sbriciolò sotto la forza della sua oscurità, poi con un ringhio efferato si piegò, sostituì il mio dito con la sua bocca e mi aprì avidamente.

Mi torturò strappandomi mugolii e lamenti proibiti.

Mi mise a tacere con inclemenza, brusco e indelicato mentre continuava a penetrarmi, a farmi ansimare, inarcare, agitare, strillare, ondeggiare per resistergli nonostante fossi stremata.

Più si cibava di sesso, più ne agognava senza mai saziarsi.

Quando mi afferrò per la gola, stringendomi da un lato all'altro, lo vidi imperare su di me, in ginocchio tra le mie gambe, e socchiusi le palpebre brillando di una perversione corrotta, pronta a concedergli anche quella fiducia. D'altronde mi stava mostrando il tipo di eros estremo che prediligeva. Mi stava comunicando un messaggio chiaro: *Io sono questo, a te la scelta. Vuoi restare o fuggire?*

Le falangi mi serrarono il collo con fredda risolutezza, l'avambraccio innervato mi tenne immobilizzata e un terremoto parve scatenarsi dentro di me, scuotendo un piacere primitivo; mi aggrappai al suo polso solido osservandolo in viso, impotente, mentre lui mi fissava con una sregolatezza fredda e impersonale. Con le cosce divaricate, il pene turgido e fermo dentro di me, andai in iperventilazione, subii un improvviso calo di tensione, le membra si indebolirono, l'ossigeno smise di circolare, la temperatura corporea scese lentamente, il cuore pompò allarmato tra le tempie e la vista si appannò sfocando il suo volto.

Privata del respiro, affogai in un mare di indecente lussuria.

Per un istante sperimentai una deprivazione sensoriale strabiliante, seguita da uno svuotamento imminente e una perturbante leggerezza. La sofferenza del passato svanì e con essa anche qualsiasi altro tipo di emozione, lasciandomi gravitare in una tragica passione infilzata da una creatura bellissima e terribile.

La mente vorticò nel nulla per pochi secondi mentre le pelvi lo tenevano prigioniero; ebbi l'impressione si stesse indurendo ancora di più e involontariamente lo inumidii di fiotti vezzosi, preludio di un altro orgasmo dal quale stavo per essere annientata.

«Dorie.» Efrem mi richiamò senza alcun cenno di paura, ma con ferrea determinazione, sicuro del limite che l'esperienza gli aveva insegnato a non superare; la sua voce fu un'eco lontana che mi raggiunse l'anima per riportarla a galla. Quando mi liberò la gola, si accasciò su di me e io rinsavii gonfiando il petto. Sgambettai, divorai l'aria e mi sfregai con un'urgenza forsennata contro il suo pube, riprendendo la penetrazione che lui aveva interrotto. Il basso ventre cominciò a farmi male, chiedendomi pietà, i capezzoli strusciavano contro i suoi pettorali come pietre focaie, le cosce tremolavano, l'intimità mi bruciava per lo sforzo.

«Guarda, bambina. Guarda come sei perfetta», sussurrò con la voce arrochita; era talmente matura, reboante e maschile da sradicare ogni timidezza. Mi esaltai fissando l'incastro dei nostri corpi, il membro che, come una grossa stalattite di cristallo, si conficcava bagnato nella mia tenera morbidezza, aprendola e squassandola a suo piacimento.

La sensazione di pienezza era sconvolgente, mi sentii inglobata dentro, fuori, ovunque.

Quando alzai lo sguardo colsi anche il suo puntato sulla medesima visuale, serio e concentrato tanto da risultare più eccitante.

«Tu sei la mia salvezza e la mia rovina.» Sopraffatto da un languore bruto e dall'audacia disinvolta di quell'unione, Efrem sbatté il pugno al suolo e non poté sottrarsi all'ondata liquida che lo sommerse fino a distruggere ogni sua barriera.

Fu in quel momento che smise di reggersi sugli avambracci e mi crollò addosso, chiudendomi in una rude trappola nella quale soffocai; spasmi potenti lo indussero a sprigionare una scarica d'adrenalina che gli attraversò la spina dorsale e si riversò nel mio ventre mentre continuava a spingermi con forza contro l'erba lambendomi l'orecchio con frasi oscene e sospiri silenziosi.

L'erezione scivolò più facilmente, grondante di umori densi, facendomi increspare la pelle, tanto che gli serrai i fianchi tra le ginocchia, tremando insieme a lui.

Amavo sentirlo perdere il controllo; lo faceva con la tenebrosa eleganza che lo distingueva, senza grugniti teatrali o smorfie ostentate, bensì con ansiti sommessi e versi mascolini.

Bloccandosi di colpo, completamente disteso su di me, contrasse la schiena; ogni suo muscolo emerse in superficie mettendo in rilievo le vene e le linee scolpite, perfette e dure, come duro era il membro che cominciò a pulsare dentro di me, indugiando a fondo per riempirmi di un calore nuovo, inaspettato, meraviglioso.

«Oh, sì, sì… così», lo sedussi sottovoce, mordendogli la spalla sudata e bollente. «Voglio tutto di te.» Lo abbracciai, tenendolo forte malgrado fossi molto più piccola rispetto alla sua statura massiccia ed Efrem rispose con un ringhio basso, quasi impercettibile ma estremamente estasiato. Con la fronte abbandonata sulla mia, la mascella serrata, le ciglia chiuse, eiaculò a lungo con contrazioni sensuali, irrigidendosi in modo irrefrenabile. Lo accompagnai in quel picco erotico, intensamente energico, finché la belva predatrice che soggiornava in lui si acquietò dopo essere stata sfamata a sufficienza. Le tenebre lasciarono riemergere il suo brillio sapiente, misterioso, lo stesso che mi investì quando riaprì gli occhi scrutandomi con le pupille dilatate.

Restammo così, incastrati l'uno dentro l'altra, come se nessuno dei due volesse allontanarsi. Beandomi del calore del suo torace, sorrisi contro il soffio tiepido del suo respiro irregolare che riuscì a destarmi come una scintilla divina. L'impazienza del desiderio aveva ceduto il posto a una spossatezza rilassante, la lucidità stava tornando a delineare i margini di ciò che avevamo condiviso e a carpirci al dio Eros per riportarci alla realtà.

«Sei molto attraente quando perdi la pazienza e diventi un animale, *dottore*.»

Era affannato, sudato, ancora teso dentro di me, a dimostrarmi con fierezza quanto fosse potente la sua essenza, sfrontata la sua lussuria e spavaldo il suo corpo che con sfacciataggine mi sottometteva, mi piegava, mi dilaniava e mi riportava in vita.

Efrem si abbandonò a una risata ipnotica, con quell'alone di malizia che lo rendeva pericoloso come un Titano. «E tu sei una bambina incosciente che si getta nella fauci di questo 'animale'.»

«Non posso dire di esserne delusa.» Mi sentivo intorpidita e dolente dal bacino in giù, come se fossi sopravvissuta a uno schianto mortale. Avevo già il terrore all'idea di alzarmi, sforzarmi nel reggermi in piedi o camminare. La pancia continuava a mandarmi fitte acute ogni volta che respiravo, sentivo gli organi capovolti e l'intimità ipersensibile, bruciante e irritata all'interno. «Complimenti, nonostante i tuoi trentasette anni, sei...»

«Trentotto.» Efrem restò ancora disteso tra le mie gambe, appoggiato su un gomito, mentre con l'altra mano prese ad accarezzarmi il capo con una tenerezza che mi infuse gratitudine e protezione.

«Come?» Il cuore cominciò a battermi agitato, seguendo il ritmo incalzante che vibrava nel suo petto. Dal modo in cui mi osservò le labbra, tumide, arrossate, segnate dai morsi, temetti che stesse ascoltando la tempesta di fiori che aveva appena scatenato dentro di me.

«Ne ho appena compiuti trentotto.» Tornò a guardarmi negli occhi; sotto le ciglia scure vidi un agglomerato di lucenti emozioni, le vidi scoppiare con sprazzi variopinti nel giardino e avvolgermi di un'incantevole magia facendomi sentire bella e desiderata nonostante tutti i miei difetti. «E tu sei stata il regalo che mi sono concesso.»

Io, proprio io.

Una ventenne disastrata, piena di problemi irrisolti, di sogni irrealizzati, di ricordi mesti, senza una famiglia, in lotta contro se stessa da quando aveva perso la mamma, era stata considerata un dono da un uomo che non meritava.

E che forse non avrebbe mai meritato.

«Ma che...» bofonchiai interdetta, occhieggiando il buio tutt'attorno sferzato appena dalle luci dei lampioni e dalla luna che, superba, aveva assistito al nostro amplesso. «Che giorno è?»

Assorta, sollevai un indice per sfiorargli il labbro inferiore solcato da un lieve taglio ancora vivo, il segno di un bacio appassionato con il quale gli avevo manifestato il mio desiderio smisurato. Non lo rammentavo neanche, eppure Efrem aveva il potere di farmi commettere follie, di calpestare il pudore con la libidine più scatenata e di tirar fuori parti di me che non conoscevo. Malgrado avesse quella piccola sbavatura imperfetta a impiastricciargli la bocca, custodiva sempre una bellezza lacerante, tormentosa, cupa, un'allure primordiale, atavica, paurosa ma magnetica.

Qualcosa di splendido, dal quale mi ero illusa di poter scappare e che, irrimediabilmente, richiamava la mia anima curandone le crepature con una premura intensa.

«Il 23 luglio. È scoccata la mezzanotte prima che ti raggiungessi in giardino.» Mi baciò il polpastrello con un tocco delizioso e sensuale. «Per questo ho temporeggiato e ti ho lasciata giocare per tutta la sera.»

Tremai quando si chinò per baciarmi anche la fronte, la punta del naso e infine una guancia; involontariamente mi solleticò con la barba e io ridacchiai gioiosa.

Non c'è niente di più bello di una donna che sorride dopo aver fatto l'amore.

La sua eccitazione, reattiva e ancora nascosta con insolenza nel punto più fragile, ebbe uno spasmo che mi riarse dal profondo, tramutando quella giovanile risata in un debole gemito.

«Perché...» annaspai inebriata, «...non me l'hai detto?» Gli presi il volto tra le mani per smarrirmi di nuovo nell'oceano del suo sguardo. Volevo intingermi in tutti i suoi colori, decorarmi la pelle con la sua presenza, non solo con i lividi o le tenebre, bensì con l'energia galvanizzante che riusciva a trasmettermi per vivere. «Avrei potuto...»

Efrem scosse il capo, ritenendo inutile qualsiasi cosa stessi per dirgli poiché lui aveva deciso così e non c'era nulla che poteva smuoverlo dalle sue convinzioni.

«Te l'ho spiegato: sei *tu* il mio regalo, Dorie. Non voglio nient'altro.»

Mi specchiai nella trasparenza delle sue iridi, celestiali come quelle di un angelo ma corrotte come quelle di un demone, e vi scorsi dentro un'assoluta sincerità. Non stava mentendo, voleva trascorrere il suo compleanno con me. Non gli importava di ricevere alcunché di materiale. Gli bastava banchettare sul mio corpo, come se fossi il dessert più buono, spegnere le candele della mia razionalità e divorarmi, pezzo dopo pezzo, ornando i miei patimenti con carezze dissolute e brividi strazianti finché non fosse stato soddisfatto, sazio e ridotto allo stremo delle forze.

Quando si sollevò, svuotandomi del suo calore, persi fiato e avvertii un freddo pungente colpirmi come un marasma di chiodi. Avrei voluto tendere una mano per riafferrarlo dalle braghe e riportarmelo addosso, ma desistetti spaventata dall'assurda assuefazione e dipendenza che avevo sviluppato nei suoi confronti. Ero sempre stata una ragazza ribelle, ostile e menefreghista, tuttavia, dal momento in cui Efrem aveva sfondato le porte della mia apatia, ero cambiata e stranamente mi sentivo...

Felice.

Con un sorriso pestifero, rimasi distesa al suolo, adagiando un palmo sull'addome, sotto i seni nudi, e lo fissai sistemarsi i boxer e richiudersi i pantaloni. In piedi, come un monumento maestoso, Efrem era rivestito di una patina argentea che gli faceva brillare la pelle sudata come se le conche decise dei muscoli fossero costellate di gocce di diamanti, i suoi occhi tagliavano la notte come due zirconi colmi di impurezze, le ciocche corvine gli attorniavano il volto avvenente che, subito, tornò alla sua espressione schiva e arcigna.

Avrei voluto alzarmi, ma temevo che sarei caduta facendo una figura ridicola. Ero già abbastanza in imbarazzo per lo stato in cui versavo, anche se lui mi osservava dall'alto esaminando il mio corpo senza alcun giudizio, soltanto con una tacita ammirazione. Si era esposto troppo con complimenti e confessioni personali, pertanto non mi avrebbe più concesso nulla di gentile, eppure avevo imparato a leggergli dentro e, in quel momento, anche lui come me stava pensando che la connessione tra noi era diventata ancora più immensa e ingestibile, che il tempo non sarebbe stato sufficiente a imbastire la nostra sofferenza dell'amore di cui avevamo bisogno, che restare insieme era impossibile e che il giorno in cui io sarei andata via dall'Asklepios non avremmo avuto più la possibilità di vederci.

Una drammatica malinconia mi fece socchiudere le palpebre; la paura iniziò a picchiarmi nello stomaco e a stritolarmi il cuore. Efrem se ne accorse, associando forse quel cambio d'umore alla realizzazione di ciò che avevamo fatto, e si chinò su di me per raccogliermi tra le braccia. Mi aggrappai al suo collo con una mano, permettendogli di prendermi, e quando mi strinse al suo torace, tenendomi salda contro il petto, fluttuai nell'aria come una farfalla stanca. D'istinto contrassi le natiche per trattenere qualcosa che mi parve stesse scivolando fuori e arrossii quando lui con un'occhiata scaltra capì il motivo del mio disagio.

«Tranquilla, il 'gingillo' è ancora lì dov'era e ti rende anche molto graziosa.»

In realtà, il suo *gingillo* si era talmente adattato a me, a quello spazietto ristretto, che avevo persino dimenticato che ci fosse. Non mi recava nessun fastidio, soltanto la preoccupazione di doverlo sfilare prima o poi.

«Sai che sei davvero perverso?» Gli appoggiai il capo sulla spalla, lasciandomi trasportare, con le membra infiacchite, il babydoll che ondeggiava nell'aria coi bordi di raso imbrattati di terra e i capelli lunghi e scarmigliati a sfiorargli l'avambraccio.

«Ah sì? Credevo mi considerassi un gentiluomo.»

Chiusi gli occhi, cullata dalla voce placida e scherzosa. Lo divertiva ironizzare sulle sue inclinazioni e ancor di più mostrarmele per insegnarmi a non averne timore, anche se ero certa che con me si frenava parecchio per non superare quel limite oltre il quale avrei potuto percepire una mancanza di rispetto che avrebbe definitivamente messo fine alla nostra *situazione*. Per preservarmi da ogni pericolo, non mi avrebbe mai sottoposta a tutto quello che, davvero, gli piaceva nell'intimità. D'altronde all'*Himeros* le attività svolte nella riservatezza delle stanze non interessavano solo un po' di sesso spinto o qualche giochino con cui soddisfare il partner; quel resort celava perversioni peggiori di quelle che Efrem mi aveva mostrato e lui lo aveva frequentato per chissà quanto, sperimentandole quasi tutte, con Giselle e con altre donne.

Malgrado la voglia di scoprire ogni sfaccettatura delle sue fantasie più estreme, avevo inteso la ritrosia nei miei riguardi come una forma di tutela e non avrei mai cercato di spingerlo a sfidare la sua violenza, a valicare confini oltre i quali avrebbe perso se stesso e messo a rischio me. Non gli avrei mai attribuito una tale responsabilità e non perché non mi fidassi, bensì perché, se fosse successo qualcosa di dannoso, non sarei sopravvissuta ai sensi di colpa.

Non volevo danneggiare l'equilibrio interiore che aveva raggiunto con anni di pratica ed esperienza; volevo soltanto vivermelo nella sua ermetica *diversità* che combaciava alla perfezione con la *mia*, la stessa che riusciva ad armonizzare tutti quei lati contrastanti, inspiegabili, confusionari, che avevo sempre respinto e ripudiato.

«Sì.» Gli strofinai il naso sulla clavicola, ebbra di una fragranza selvosa, di mughetto e fiori bianchi, mista a quella più nobile del cedro. Profumava tantissimo anche dopo il sesso. *Di me, di peccato e di vita.* «Un gentiluomo perverso.»

«Mmh...» Efrem si chiuse in un silenzio meditativo mentre saliva i gradini del portico per rientrare in casa; spinta dalla curiosità lo sbirciai dal basso con un sopracciglio inarcato e lo beccai a sogghignare divertito. «Non posso che essere d'accordo con te, bambina.»

A volte pensavo che, come due ragazzini, correvamo felici in un bosco magico.

Vivo, inondato di luce e brulicante di musica.

Sfrecciavamo fra le ghirlande di stelle.

Ridevamo, cosparsi di corolle profumate, legati alla natura e a un mito che nessuno aveva ancora narrato.

Non sapevo che tipo di storia fosse la nostra.

Non sapevo se definirla una leggenda, una tragedia, un epos o una lirica greca.

Efrem mi vestiva di fiori di mandorlo, mi restituiva i sogni e il coraggio di dispiegare le ali.

Sebbene avessi ancora paura di volare, lui mi faceva risplendere nell'oscurità, mi indicava il Sole, lì, stagliato sul ciglio del mondo come il principe del cielo.

La porta dell'alba.

La culla dell'oceano.

La pace che falciava le angosce della terra.

La speranza che abbracciava la disperazione.

E io per la prima volta, grazie a lui, avevo cominciato a *guardarlo davvero.*

13
Thea

Sei tu la parte migliore di me stesso,
il limpido specchio dei miei occhi,
il profondo del cuore,
il nutrimento, la fortuna, l'oggetto di ogni mia speranza,
il solo cielo della mia terra, il paradiso cui aspiro.
William Shakespeare

L'anoressia nervosa atipica non era mai stata la causa dei miei problemi, bensì una terribile conseguenza.

Per una vita intera avevo creduto di essere sbagliata, ignorando la possibilità che forse lo erano le persone che mi circondavano. Il disturbo alimentare era strettamente collegato a delle insicurezze che mi si erano radicate dentro col tempo, sofferenze che mi erano state inflitte anche inconsapevolmente e che mi avevano costretta a respingere me stessa. Per anni mi ero colpevolizzata perché mio padre non aveva mai voluto conoscermi, perché a scuola ero diversa dalle altre ragazzine, perché Andy non aveva mai compreso a fondo la mia personalità, perché i fan pretendevano più di quanto dessi loro, perché Victor non era mai soddisfatto di me e di ciò che facevo per la band. Per anni mi ero sentita in difetto, in una pelle che non mi apparteneva, in un corpo del quale rifiutavo le fattezze soltanto perché non riuscivo ad accettare ciò che vi era all'interno: delle torve incrinature, spesso inintelligibili a chiunque.

Col tempo quelle insicurezze si erano trasformate in convinzioni e le convinzioni in ossessioni, inducendomi ad ammalarmi. Era capitato senza rendermene conto, senza che potessi far nulla per impedirlo poiché ero troppo accecata dall'orgoglio per chiedere aiuto, per comprendere che rivolgersi a qualcuno di competente avrebbe potuto estirpare sin dalla nascita i miei problemi e troncarne la crescita. Probabilmente se avessi agito con la giusta tempestività mi sarei risparmiata la permanenza in una clinica, avrei evitato di provocare preoccupazione e dolore alla nonna, di deludere le aspettative di chi credeva in me e nella mia musica; al contempo, se non fosse successo tutto ciò non avrei mai incontrato il dottor Krugher.

Ridacchiai come una sciocca.

Era strano pensare a lui con la formalità di tre mesi prima, era strano realizzare che l'uomo che mi aveva teso la mano, rimproverata, respinta, abbracciata, respinta ancora fosse lo stesso che mi aveva solcato il cuore con una passione viscerale. Rammentavo ancora il timore che mi suscitava avvicinarmi a lui, guardarlo troppo negli occhi o gattonare canticchiandogli strofe indecenti, tuttavia – sebbene quella piacevole soggezione fosse ancora crepitante tra le ossa – non esistevano più muri invalicabili di rigidità e fredda ostinazione. Efrem mi aveva mostrato anche altri lati di sé, quelli più intimi e viziosi, nei quali erano cesellate una saggezza e una sensibilità uniche. Dopo aver assaggiato la sua selvaggia bramosia, avevo compreso perché mi aveva chiesto di attendere, di aspettare che fossi in salute e, soprattutto, pronta ad affrontare un rapporto con lui; probabilmente settimane prima non sarei stata in grado di compiacerlo né di godermi la nostra unione come invece era successo.

Con un sorriso incredulo, mi sfiorai il basso ventre sentendolo ancora pulsare sotto gli affondi brutali; i segni delle sue dita mi puntellavano i fianchi come zampate di animale, i suoi baci famelici mi marchiavano la bocca, tumida e arrossata, sul collo e sulla spalla spiccavano le incisioni di due morsi come ferite lasciate da un serpente, con le quali mi aveva iniettato nelle vene il suo siero corrosivo. Efrem mi era entrato nell'anima senza chiedere il permesso, con arroganza e impetuosità, facendomi credere in un sentimento che avevo sempre respinto o considerato insignificante, qualcosa che stracciava tutte le paure che mi circondavano, irrompeva fra le crepe interiori e ne ridisegnava i contorni con carezze dolci e aggressive, sapienti e indomabili. Avrebbe potuto redimere, avvelenare o lacerare il cuore di qualsiasi altra ragazza; avrebbe potuto affondarci gli artigli da satiro, le iridi da demone, la lingua da Diavolo, avrebbe potuto condurre nella selva lussuriosa, sotto il suo corpo bestiale, chiunque avesse desiderato perché nessuna avrebbe avuto il coraggio di respingerlo o di rinunciare a una notte con lui, eppure aveva scelto *me. La piccola Dorie.* Aveva scelto di inondarmi con la sua luce rifulgente che sentivo scaldarmi di un amore sincero, genuino, non carnale bensì spirituale. Un amore che non c'entrava nulla con il sesso o l'attrazione fisica, con le provocazioni o i giochi, ma che disintegrava con ferocia tutto il male che mi aveva straziata per anni, piantando nel mio mondo dimenticato un giubilo di violette nere, come se le avesse fatte nascere dalle mie lacrime esattamente come narrava il mito della ninfa Io.

Non deperire per il dolore: non puoi disfartene, ma solo combatterlo. Ed è quando lo combattiamo che dai nostri pianti possono germogliare vivaci sorrisi.

Questo era ciò che lui tentava di fare con me mentre mi baciava, mi sfiorava, mi divorava, mi provocava stille luminose lungo le guance per udire il suono delle mie emozioni, scuoterle, capovolgerle, rianimarle e farle scoppiare come un tripudio di coriandoli.

Dopo la morte della mamma – la sola persona con la quale avessi mai scoperto il sapore dell'amore – avevo seppellito tutte le mie afflizioni sotto la rabbia, la trasgressione, la ribellione, la disillusione, convinta che mi era impossibile tornare a vivere e che l'unico modo per non morire, per non permettere più a nessuno di farmi soffrire, era smettere di amare. Mi laceravo la pelle per punirmi, lottavo contro il cibo per raggiungere esteriormente un tipo di perfezione che non possedevo interiormente, avevo respinto Andy e qualsiasi altro ragazzo fosse stato interessato a me perché pensavo di non meritare nessuno accanto. Ero sopravvissuta oscillando sul mio pendolo, spenta, pallida, priva di speranza, nell'attesa che il destino cambiasse le cose o che mi portasse con sé, ovunque avesse voluto condurmi. Finché, un giorno, era arrivato Efrem a diradare con prepotenza il mio buio, a farmi delirare per un tocco di polpastrelli, un bacio o un abbraccio, tenendomi in bilico tra curiosità ed eccitazione. Ogni volta che gli ero stata vicina senza poterlo toccare e il suo profumo mi aveva sedotta con un incanto sconcertante, avevo avuto paura che potesse percepire la disperazione che mi scalpitava nel petto, la follia che mi scricchiolava nella testa al pensiero di poter essere sua, anche solo per un attimo.

Oppure ogni domani.

Era doloroso amare, ma lo era ancor di più privarsene.

Sapevo che, prima o poi, quel giro sulla ruota panoramica sarebbe terminato, che presto sarei dovuta scendere per tornarmene a West Hollywood, eppure avrei custodito i nostri ricordi e li avrei rivissuti nei sogni; lì Efrem sarebbe rimasto con me per sempre e nessuno avrebbe giudicato la nostra relazione.

Avrei riascoltato la canzone che, segretamente, gli avevo dedicato in auto per rammentare a me stessa che il cuore non può piangere per sempre e che non c'è nulla nella vita che non si possa superare con un po' di coraggio.

Avrei portato con me il suono delicato della sua risata, avrei continuato a udire la melodia soave delle sue parole e avrei fatto tesoro dei suoi insegnamenti, cercando di seguirli nei momenti di difficoltà.

Non sarebbe stato facile andare avanti senza di lui, avrei dovuto fare attenzione a non ricadere nella spirale del mio malessere, ma non volevo pensarci.

Non volevo pensare alla possibilità di perderlo, anche se mi cigolava nel cervello come uno stridio acuto e fastidioso che non potevo ignorare.

«Perché sei ancora ferma lì?»

Sobbalzai quando Efrem comparve sulla soglia del bagno. Mi aveva portata nella stanza degli ospiti, lasciandomi davanti al lavabo prima che scendesse di sotto a recuperare del disinfettante e un batuffolo di cotone che, in quell'istante, stringeva tra le mani. Una volta posati i piedi sul pavimento ero stata colta da un capogiro febbricitante, le ginocchia avevano cominciato a tremarmi, pertanto mi ero afferrata al top di marmo per non cadere, restandoci avvinghiata finché lui fosse tornato da me. Percorsi con lo sguardo la sua figura ombrosa, carismatica, intrigante che imperava sulla porta aperta. Aveva proprio l'aspetto di un uomo soddisfatto e stremato dal piacere: i lineamenti distesi e un po'assopiti dalla stanchezza non avevano perso il loro fascino, ma ne avevano acquisito uno più torbido e volitivo, gli zigomi eleganti erano ancora arrossati dallo sforzo dell'amplesso, il labbro inferiore macchiato da una goccia di sangue rappreso colata dal piccolo taglio che lo solcava, i capelli scomposti e lo sguardo fiero, pago, di chi mi stava concedendo un attimo di pace prima di sottomettermi ancora.

Come inebetita dalla visione incantatrice del suo aspetto, risposi con un certo impaccio, ciondolando appena. «Se te lo dico, mi prometti che non ridi?»

Efrem avanzò nella stanza per appoggiare l'occorrente sul ripiano accanto a me. Il suo odore mi provocò un brivido violento lungo la schiena e inconsciamente mi soffermai a fissargli il petto scolpito, lievemente sudato, poi due graffi gemelli sul fianco sinistro. Erano così piccoli che potevano essere ricondotti solo a delle unghie femminili... *le mie*.

Lui si trattenne dal sorridere e si voltò a guardarmi, analizzando il mio corpo dall'alto al basso. Dalla cupa attenzione che rivolse al bacino, allo spiraglio nascosto tra le gambe e ai seni nudi ancora sensibili, parve accertarsi che non avessi nulla di rotto. «Ci proverò.»

«Non riesco a camminare», mi lagnai, malgrado avessi sempre saputo che non sarebbe stato delicato o romantico. Mi aveva avvertita più volte, ma l'avevo sottovalutato, ignorando le conseguenze di un rapporto così sfrenato al quale non ero affatto abituata. «Ho paura che se mollo il lavandino casco a terra.»

Efrem mi si avvicinò per sollevarmi il mento con l'indice e scrutarmi il viso alla ricerca di una qualche traccia di pentimento; reclinai il capo così tanto da sentirmi disorientata. Lui socchiuse le palpebre con aria autorevole, la bocca si irrigidì con lungimiranza mentre mi studiava in silenzio per gli attimi necessari a farmi sentire fragile e impotente, finché si rasserenò quando accennai un sorrisetto malandrino. Se avessi avuto le forze mi sarei concessa di nuovo, proprio in quel bagno, ma le cosce e le caviglie erano molli come se nessun muscolo rispondesse ai comandi, oltretutto le orecchie erano ancora ovattate dall'irruente variazione della pressione sanguigna. «Secondo te perché sono qui?»

Mi rilassai sotto quel flebile tocco, sentendomi leggera, travolta da sensazioni devastanti che non riuscivo ancora a gestire. «Per stare con me?»

«Per *occuparmi* di te.» Diede un'altra lunga occhiata al mio corpo, facendosi più scuro e riflessivo. La sua presenza ardeva su di me, si inerpicava a fondo per imprimersi in luoghi che nessun altro aveva mai visitato. E laddove mi lambiva con placide blandizie, lasciava lividi frenetici, sferzate indelebili che non sarebbero scomparse neanche quando fossero svaniti dalla pelle. Il dolce peccato di quella relazione era diventato il mio eterno rifugio, Efrem il punto di riferimento che mi permetteva di non smarrirmi. «Vorrei dirti che mi dispiace, ma...»

«Ne godi», lo precedetti con ironia. Ormai avevo capito il suo modo d'essere, cosa lo eccitava e cosa lo rendeva vulnerabile.

«Sì, soprattutto perché non ti darò tregua fino all'alba. È il pegno da pagare per avermi provocato per tre mesi. Ti è piaciuto giocare, giusto? Nella tua ingenuità non avevi considerato quanta poca resistenza avresti avuto se avessi cominciato anch'io.» Si piegò a darmi un bacio sulla fronte; un gesto apparentemente lezioso che celava tutte le perfide intenzioni che avrebbe concretizzato nelle ore successive. Rimase chino, a poca distanza dal mio volto, e mi passò il pollice sulle labbra gonfie che pulsarono di dolore a causa dei morsi con cui me le aveva quasi strappate via. «Che ti serva di lezione.»

Il cuore iniziò a dimenarsi, ribelle e incosciente, bramoso di rivivere la medesima esperienza. «Praticamente vuoi ammazzarmi con il sesso.»

Efrem mi fissò la bocca imbambolato; nelle sue iridi infuocate si addensarono delle spire affascinanti, sfolgoranti e intimidatorie. *Dannate* come lo erano i suoi istinti, le perversioni e le fantasie delle quali io ero la cagione principale. «Stanotte moriremo entrambi e rinasceremo domattina.»

«Mmh…» L'intimità si chiuse su se stessa come un tulipano covando un fervore interno, solitario, che mi irrorò le guance. Non ero nelle condizioni di assecondarlo, ma l'aspettativa di accoglierlo ancora dentro di me mi teneva costantemente in uno stato di fastidiosa e inopportuna eccitazione. «Poetico.»

«Decisamente», ironizzò svogliato, abbassando lo sguardo sulle cosce che stringevo tra loro nel vano tentativo di nascondergli ciò che vi ribolliva nel mezzo. «Adesso voltati.»

Non mi diede il tempo di girarmi che con una stretta possessiva sulla spalla fu lui a mettermi di faccia contro lo specchio. Evitai il mio riflesso, puntando il rubinetto gocciolante, mentre Efrem incombeva dietro di me, limpido e immenso. Tenendomi ferma, mi accarezzò la schiena con l'altra mano direzionandola verso le natiche. Per non turbarmi usò una delicatezza insolita. Mi tesi come un arco sotto il passaggio gentile dei polpastrelli lungo la spina dorsale; il respiro accelerò come se mi stesse toccando per la prima volta e avesse ancora il potere di destabilizzarmi. Quando il palmo sparì tra i glutei e con le dita afferrò la flangia mi irrigidii alla lieve pressione sui muscoli stretti, poi la sfilò con premura e io mi rilassai, riprendendo fiato. Finalmente ero libera da quell'invasione inusuale per me e non avrei mai immaginato di sentirmi così vuota.

Efrem depositò il suo *giocattolo* nel lavabo, forse per sterilizzarlo prima di riporlo ovunque nascondesse l'armamentario osceno, e io potei ammirarlo per la prima volta: era d'acciaio, piccolo, di un diametro che si allargava in maniera progressiva fino a essere decorato sulla base da un brillante dorato.

Mi schiarii la voce alquanto imbarazzata; non ero una ragazzina pudica o facilmente impressionabile, tuttavia non vantavo neanche l'esperienza di Efrem e delle sue donne. Persino in confronto alle mie coetanee essere stata con un solo ragazzo – tradizionalista a letto – non mi rendeva per niente ferrata in… *certe cose*.

Rimasi immobile, senza dire nulla, neanche una delle mie battute indisponenti con le quali, solitamente, sferzavo i momenti di silenzio o tensione. Lui percepì quel prolungato mutismo e si avvolse i miei capelli alle dita per stringerli nel pugno e tirarli. Mi reclinò la testa verso di lui, voltandomi leggermente di lato, e i nostri sguardi si cercarono subito, disperati. Piegandosi per ridurre la differenza d'altezza, Efrem mi lambì le labbra con le sue con uno sfregamento soffice e malizioso. L'inizio di una tortura che lo avrebbe divertito. Cominciai ad ansimare, le gote e la pelle si scaldarono subito come se lui emanasse un raggio di sole capace di ustionarmi. Il suo fiato vibrò nel mio con una smania incontrollabile, gli occhi mi trascinarono in una voragine rovinosa, le ciglia scure mi intrappolarono tra le ombre machiavelliche, il torace contro la mia schiena divenne un ammasso di carne incandescente, la coscia premuta al sedere un sostegno sul quale posarmi se non fossi stata capace di reggere il peso di quel contatto struggente, disarmante e proibito.

Efrem era sconvolgente anche nei piccoli gesti; il modo in cui mi afferrava per imporsi e dominarmi mi intontiva e sbalordiva. Riusciva a rendermi docile, disciplinata, disposta a dargli tutto ciò che desiderava.

Perché lo desideravo anch'io.

Perso a fissarmi, rimase fermo con le mie ciocche bionde incastrate in quel bozzolo violento, le labbra a sedurre le mie a una distanza minima. Era una lotta sensuale in cui io languivo nella voglia di assaporarle e lui non si concedeva al solo fine di tormentarmi e illudermi di ottenere di più, lasciandomi sospesa sull'orlo di un bacio che anelavo con tutta me stessa, ma che non mi avrebbe dato. «È l'ora di farti il bagno, piccola Dorie.» Ruppe quell'atmosfera magica per informarmi di qualcosa che non avevo affatto previsto.

«Farmi il bagno?» Speravo di aver sentito male perché sarebbe stato peggio di quando, all'*Himeros*, mi aveva imboccata, trattandomi davvero come una bambina. Per quanto fossero piacevoli le sue attenzioni, a volte mi privavano dell'autonomia con la quale svolgevo azioni quotidiane, semplici e banali, poiché la sua reale indole lo spingeva al punto estremo di determinarle per me. «Ci manca solo che mi chiedi di fare i bisogni davanti a te come il tuo cagnolino.»

Qualcosa di torvo scattò in lui e io raggelai quando Efrem strinse più forte la presa sui miei capelli, tirandomi dalla sua parte fino a farmi scontrare la testa con il pettorale sinistro. Il battito del suo cuore riecheggiò con un ritmo funesto, catastrofico, e dovetti arrendermi alle sensazioni allarmanti che mi rimbombarono attorno. «Ti consiglio di non stuzzicare le mie fantasie. Sei troppo giovane per immaginare fin dove possano arrivare.»

Mentre lo veneravo dal basso, con ogni minima particella tremante, sbattei le ciglia dolcemente, cercando di stemperare la sua risolutezza, dato che, a volte, era così istintivo da non cogliere la mia ironia. «Non credo di volerlo scoprire, *dottore*.»

Efrem capì che stavo scherzando e lentamente si tranquillizzò. Le sopracciglia contratte spazzarono via i pensieri scabrosi, la lieve rughetta nel mezzo svanì, ridonandogli un'espressione severa ma pacata. «Mi hai appena dato una risposta molto intelligente. Brava.»

Mi accasciai su di lui, tenendomi ancora al bordo di marmo poiché temevo che, se avessi abbandonato il mio appiglio, non mi sarei sorretta da sola ed Efrem mi avrebbe lasciata cadere in ginocchio. *Non mi sarei sorpresa se l'avesse fatto.* «Non voglio portarti oltre il limite e rischiare di farti perdere in te stesso.» Cercai nel suo sguardo le conferme che volevo. Non avevo bisogno di spiegargli cosa intendevo; ero certa che in qualche modo ci saremmo compresi.

Lui ragionò sulle mie parole; prima di immagazzinarle, le analizzò, passandole sotto un radar invisibile col quale sviscerarne ogni dettaglio, poi si leccò il labbro inferiore immaginando scenari che non mi avrebbe esposto e sui quali anch'io avevo paura di fantasticare. «Infatti non devi», chiarì con tono definitivo. «Sono sicuro che non ti piacerei.»

Ricordavo cosa aveva detto Giselle il giorno in cui – in compagnia di Ben – avevo origliato la loro conversazione. Efrem come amante era una belva che, quando gli veniva concessa troppa libertà, perdeva ogni moralità trasformandosi in un animale della peggior specie. Non solo aveva sottoposto la sua donna a pratiche sadiche, l'aveva addirittura condivisa con altri uomini, assistendo ai loro rapporti. Con me, invece, era diverso. Mi era parso geloso di Mitchell e, sebbene all'*Antéros* avesse apprezzato lo spettacolino offertogli con due uomini, subito dopo aveva reagito baciandomi davanti a loro per difendermi da Jordan, ma soprattutto per rimarcare il suo possesso su di me; un gesto che non avrebbe compiuto se fosse stato disinteressato.

Efrem era protettivo, attento, coinvolto tanto quanto lo ero io e mi trattava in maniera differente da come, in passato, aveva trattato Giselle; io non ero un bene da prestare né un diritto da ostentare.

Ero di più.

Su questo Juliette e l'avvocato ci avevano visto lungo prima di chiunque altro.

«Perché dici così?» Riuscii a girarmi, aggrappandomi con le dita ai suoi fianchi, ancora molleggiante sulle gambe.

Efrem mi osservò compiaciuto all'idea che quella dolce debolezza fosse stata causata dall'impeto smodato con il quale mi aveva piegata alle sue voglie e attenuò la presa sui miei capelli, accarezzandomi la nuca senza arretrare. «Perché ti ho promesso che ti avrei ridonato il sorriso che hai perso», mi rassicurò togliendomi il babydoll ormai ridotto a uno straccio; per aiutarlo sfilai una manica alla volta e in fretta mi afferrai con le dita al suo bacino, sentendone la pelle liscia sotto le falangi. «Voglio lenire i tuoi patimenti, non procurarteli, Dorie.» Conscio del tremolio dei miei arti, si chinò. Mi avvolse un braccio dietro la schiena, insinuò l'altro nell'incavo delle ginocchia e con leggerezza mi sollevò per trasportarmi fino alla vasca da bagno. Gli premetti il viso sulla spalla dura, inspirando il suo odore come se non ne avessi mai abbastanza. Quando chiuse il rubinetto e tentò di depormi nell'acqua cristallina – che lui stesso aveva cominciato a far scorrere prima di lasciarmi sola – mi agitai al tepore caldo che mi sfiorò il sedere, stringendomi al suo collo. Efrem ebbe la pazienza di sostenermi finché fossi stata pronta a lasciarmi andare e a immergermi. Pian piano, scivolai in basso, sospirando tramortita al calore che mi accolse. La carne dolente mi ringraziò e sguazzò estasiata tra le nuvolette di schiuma profumata che mi si acquattarono addosso, coprendomi ogni nudità. Mi incupii, taciturna, quando qualche filamento rossastro riaffiorò dalle ginocchia sbucciate e si dissolse timidamente. Frattanto Efrem, seduto sul bordo, con i pantaloni ancora slacciati, prese una spugnetta, ci versò sopra qualche goccia di sapone e cominciò a passarmela sulla spalla, facendomi trasalire. «Le medicheremo dopo. Per fortuna sono taglietti superficiali. Avresti dovuto stare attenta. Ti stavo dietro a passo lento per non spaventarti, ma sei inciampata lo stesso come una bambina.» Quando una bollicina mi scoppiò su un capezzolo, guardai Efrem, concentrato a esaminarmi il corpo, con occhi voraci e circospetti, mentre risaliva con la spugnetta sulla curva del collo per massaggiarne il segno ancora pulsante.

«È stato…» Fissandogli il contorno raffinato della bocca, pensai a un termine adatto che potesse riassumergli ciò che avevo provato in quella meravigliosa caccia, e dopo *sotto i suoi artigli*, «...elettrizzante.»

«Sei delicata, non voglio che tu ti faccia male.» Con leggerezza scese tra i seni, passando la spugna sul livido violaceo attorno al bottoncino che si intirizzì a causa del fastidio. Lui attenuò la pressione e si spostò sul ventre, diretto al pube. A quel punto il suo volto fu talmente vicino al mio che mi sarebbe bastato sporgermi un po' per baciarlo. Una ciocca nera gli si adagiò sull'arco sopraccigliare sotto al quale le sue iridi riflettevano il luccichio dell'acqua cristallina come due astri splendenti.

«Sai che per me il dolore è relativo.» La voce mi divenne rauca a causa dello sfregamento licenzioso che, furbamente, stava esercitando sulla zona che più di tutte aveva subito.

Efrem assorbì il mio affanno, si accorse di come avevo distanziato le ginocchia e sorrise suadente mentre, con movimenti esperti e circolari, vezzeggiava l'intimità. «Per me no. Se ti scopo deve essere *sano*.»

«Be', se non è sano che una ragazza abbia perso il conto di quanti orgasmi ha provato in un'unica sera, non so cos'altro possa esserlo.»

Cavolo... non mi era mai successo prima; Efrem era riuscito a farmi dimenticare tutte le volte in cui mi ero concessa ad Andy, tornando a casa insoddisfatta. Mi aveva mostrato come diventava rude quando era accecato dal desiderio e che tipo di passione concedeva alla privilegiata alla quale donava se stesso. Era stato capace di trasportarmi in un mondo idilliaco, tra gli istinti più animaleschi. Mi aveva riempito l'anima di primavera, mi aveva penetrata con la sua luce, al chiaro di luna, su delle lenzuola di prato, con un pubblico di stelle e dèi a osservarci.

«E considera che ci sono andato piano.» Lasciò la spugnetta a galleggiare come una barchetta dispersa e con entrambi i pollici mi pulì le palpebre, poi le guance. Non capii cosa stesse facendo, forse stava rimuovendo le striature del mascara che mi era colato sul viso. E non di certo con delicatezza; ormai avevo capito che aveva una forza incredibile, a volte difficile da controllare. La percepivo scorrere negli avambracci valorosi e risalire lungo le spalle aitanti, in quei muscoli di pietra, vulcanici, con rilievi virili e meandri decisi. Un'invitante cascata di piacere che abbeverava la dissolutezza più primitiva.

Non ribattei poiché non potevo contraddirlo né avevo voglia di mettere in dubbio la sua risposta. Dopo ciò che era successo non avrei più sottovalutato la potenza del suo corpo e la capacità che aveva di annientare il mio.

Ci godemmo quel momento in totale serenità.

Gli permisi di lavarmi i capelli, di sfiorarmi, di toccarmi e di detergermi da ogni sofferenza, di spazzar via le macchie del passato, di ridonarmi la freschezza, la leggiadria, la purezza che negli ultimi due anni avevo perso.

Mi sentii come immersa in un pozzo sacro con Poseidone a scuotere il mio abisso profondo, a domarne la fauna marina e colmare col sale le bruciature che mi aveva inferto la vita.

Era come un dio vittorioso che, dopo avermi sbattuta come un fuscello, affogata nel suo oceano, mi aveva riportata su, tenendomi per la gola, e con estrema devozione aveva placato ogni paura, leccato via le lacrime della disperazione e infine mi aveva scaldata col *sole*.

Una volta terminato il bagno, Efrem mi sollevò da sotto le ascelle per poi posarmi sul pavimento, mi avvolse in un panno soffice, frizionò i capelli lunghi fino a farmi ridere tra le pieghe dell'asciugamano e mi disinfettò le ginocchia, coprendone le ferite con dei cerotti. Per tutto il tempo mi ressi a lui, ancora troppo fiacca e debole per muovermi da sola, ed Efrem fu comprensivo, oltre che tacitamente inorgoglito. Nessuno oltre alla mamma si era mai preoccupato per me in quel modo, con una sollecitudine intensa e amorevole, soprattutto sincera e non obbligata.

Mi sembrava che fossi regredita all'età di nove anni e che quelle coccole volessero farmi riassaporare la tenerezza dell'infanzia.

«Grazie.» Ci tenni a mostrargli la mia gratitudine, ma lui si limitò a scoccarmi un bacio sulla fronte prima di infilarmi una t-shirt pulita che, con il mio permesso, aveva estratto dallo zainetto. Dopodiché mi chiese di seguirlo in camera. Dandomi le spalle si diresse alla porta, ma, quando si accorse che ero rimasta piantata laddove mi aveva lasciata, si accigliò e tornò indietro.

«Che c'è, Dorothea?»

Mi morsi il labbro inferiore, traendo un respiro impacciato. Il bagno era stato riposante e ristoratore per le membra stremate, tuttavia non era riuscito ad attenuare l'irritazione interna. Sfregai un piede sull'altro, a disagio, ed Efrem abbassò lo sguardo tra le cosce, intuendo dove si trovava la fonte del mio tentennamento. Allora, privo di contegno, si piegò, mi afferrò per i fianchi e con i pollici stirò la carne della vagina, aprendola a lui. Rabbrividii di vergogna. Non c'era nulla che non avesse visto di me, ma in quel momento mi sentii svelata più che mai. Inclinò la testa di lato, accorto, controllandomi con l'attenzione di un medico anziché con l'ardore di un amante e valutò l'entità del suo passaggio.

«Sei solo arrossata.» Mi osservò dal basso con un'espressione brillante di malizia. «Ed eccitata.» Si avvicinò per sfiorarmi l'addome con la punta del naso. D'istinto lo ritrassi, gonfiando i seni mentre lui inspirava l'odore del bagnoschiuma fuso a quello della mia femminilità alla quale, con la lingua, concesse una carezza umida, lenta e spietata. Mi mandò in estasi facendomi boccheggiare, annaspare, desiderare che non si fermasse più. Volevo bruciarmi, incenerirmi e risorgere dalla sua bocca. Con le dita stropicciai il bordo della maglietta, mi costrinsi a non supplicarlo di proseguire e avvampai violentemente quando mi privò di quel vezzo crudele per rialzarsi. Incombendo su di me, Efrem si passò un polpastrello sul labbro inferiore per raccogliere una goccia del mio piacere, risultando sfacciatamente perverso e spavaldo, soprattutto con il ghigno beffardo che mi rivolse. «È fisiologico. Non sei abituata a uno come me, eppure mi vuoi ancora.» Con nonchalance mi sollevò il mento per costringermi a guardarlo in faccia e io sostenni a testa alta le due lame inquisitorie con le quali mi trafisse, vibranti di una brama avvampante. La mascella gli si strinse più volte; pareva stesse morendo dalla voglia di saltarmi addosso, piegarmi sul lavandino e spingermi dentro tutta la tensione che gli stava infuocando il sangue. Era affamato quanto lo ero io, di nuovo. Ancora e ancora. «Chi dei due adesso non riesce più a resistere? Eh, piccola Dorie?»

Io.

Ero io ad aver perso completamente il contegno, a percepire il cielo attorno a me ogni volta che lui mi abbracciava. Efrem plasmava la bellezza del creato, riusciva a ripulirla da ogni mostruosità, a farmi correre in un bosco ammantato di arcobaleni e di fiori che mi sbocciavano sulle guance, colorandole di emozioni.

Non c'era scampo da uno come lui.

Tutto ciò che avrei potuto fare sarebbe stato lasciarmi cogliere come una violetta sperduta, consentirgli di stringere tra le dita il peduncolo dei miei traumi e seguirlo in quel labirinto oscuro poiché sapevo che mi avrebbe condotta verso la vita.

La *vecchia* Thea aveva già accettato il suo aiuto, gli aveva stretto la mano e gli aveva permesso di trainarla con sé, lontano dal male che la tormentava.

La dottoressa Ruiz mi aveva spiegato che spesso il passaggio dal rifiuto del sentire all'integrazione – con annessa scoperta del nucleo emotivo – può avvenire senza preavviso da una seduta all'altra e che questo non deve spaventare o destabilizzare chi affronta la fase della trasformazione.

La voglia di libertà, la voglia di essere me stessa, di accettarmi così com'ero era emersa piano piano, non solo con lei nei nostri assidui colloqui, bensì anche con Efrem. Per lui non era stato necessario sottopormi a domande o fissarmi appuntamenti nei quali parlargli di me e del mio passato, gli era bastato guardarmi dentro, nell'anima, per leggere le righe che non avevo mai scritto, per ascoltare le confessioni che non avevo mai rivelato, per scorgere le paure che non avevo mai superato, ed era riuscito a farmi fibrillare il cuore, a farmi respirare, ad allontanare il logorio della morte.

Mi stava insegnando a brillare come una perla che, per troppo tempo, era rimasta nascosta sotto cumuli di ansia, timore e pregiudizi.

In quel viaggio che avevamo cominciato insieme tra attrazione ed erotismo, sogni e fantasie, complicità e condivisone, Efrem mi aveva mostrato che non c'era nulla che non andava in me, che non ero sbagliata e che la trasgressione che ricercavo nell'intimità non era sinonimo di alcuna patologia o parafilia, soltanto un mio modo d'essere. Un'energia sequestrata tra le ossa che avevo sempre considerato conflittuale e che invece smuoveva una passione interiore strettamente connessa al mio subconscio. Accogliere le emozioni, anziché respingerle, mi permetteva di adattarmi alla realtà e di porre fine alla guerra distruttiva che avevo innescato contro me stessa.

Con il giusto ottimismo stavo imparando a *guardare*, stavo imparando a *guardarmi* e, nell'istante in cui avrei raggiunto una totale armonia tra mente e anima, allora anche il corpo sarebbe entrato a farne parte.

Avrei cominciato a considerare l'aspetto estetico come il simbolo che incarnava la mia personalità, la pelle dentro la quale vivevo una bambina da proteggere e di cui prendermi cura.

Rammentai le parole della psicologa che mi colarono addosso come una pioggia di consapevolezze...

Il corpo non è rancoroso: anche quando lo insulti, lo giudichi e lo maltratti, lui resta con te.

Ti sostiene, ti preserva, resiste e combatte per opporsi ai graffi del presente o ai pugni del passato perché lui è il luogo in cui vivi.

Il luogo in cui resterai fino al tuo ultimo battito di ciglia.

Non ti è avverso.

Sei tu a credere che lo sia.

La bolla delle mie riflessioni esplose quando fui afferrata da dietro le cosce e ribaltata su una spalla gigantesca. Con le gambe all'aria, il sedere esposto, mi ritrovai a testa in giù con gli occhi direzionati su due pronunciate fossette di Apollo che segnavano il principio di un paio di glutei marmorei, mozzafiato, come il resto di lui. «Efrem!» urlai agitandomi, ma il braccio che mi teneva saldamente non accennò a diminuire la presa attorno a me.

Con un mugugno sbeffeggiante, si girò per trasportarmi fuori dal bagno direttamente nella camera degli ospiti. «Ti stavo parlando e non hai sentito nulla di ciò che ti ho detto.» Uno scapaccione mi arrivò forte e deciso sulla natica destra facendomi trasecolare e reggere con le dita incerte ai suoi fianchi. Probabilmente mi ero incantata a fissarlo, estraniandomi, e lui ne era stato infastidito.

«Scusa», farfugliai, sperando di rimediare prima che gli venissero strane idee. «Io...»

«Ovviamente dovrò punirti.»

Certo, ogni scusa era buona.

Giunti al limitare del letto, Efrem mi mollò sul materasso e cascai tra i cuscini soffici, rimbalzando sulle molle. Scoppiai in una risata spontanea e genuina, una delle poche che mi ero mai concessa. La maglietta risalì a scoprirmi i fianchi e, ahimè, non indossavo le mutandine. Tornai immediatamente seria quando lo vidi torreggiare in piedi, di fronte a me, e divorarmi le forme nude con uno sguardo truce e pericoloso. Peggio di un uomo eccitato c'era solo una belva insaziabile che non poteva sfogare la sua selvaggia carnalità per almeno un paio d'ore. Non mi sarei sottratta se avesse voluto rintrufolarsi dentro di me, al contempo temevo che non sarei stata molto partecipe e che non avrei potuto assecondarlo come volevo. A conferma di quel dubbio, una fitta di dolore al basso ventre mi fece stringere i denti; i suoi occhi smeraldini risalirono subito sul mio viso sofferente e ne studiarono il candido rossore in un silenzio denso di un'implicita premura.

«Se vuoi, poss...» Stavo per dire che potevamo replicare ciò che era successo in giardino, ma mi zittii quando Efrem, semplicemente, si distese accanto a me con una naturalezza felina, con movimenti fluidi e disinvolti. Il suo fisico slanciato occupò quasi tutto lo spazio come un'elegante sfinge che catalizzava su di sé la mia totale attenzione. Il cuore cominciò a palpitarmi un po' più forte, intimidito dal modo in cui, sostenendosi su un gomito, iniziò a osservarmi intensamente. Non mi era mai piaciuto essere guardata troppo, eppure, se era lui a farlo, provavo un senso di estasi simile a quello di una ragazzina che sta per urlare di gioia, scoppiare d'amore e saltellare d'euforia per essere stata notata dall'unico ragazzo che desidera. L'unico che riesca a farla sentire bella: dentro e fuori. Goffamente arricciai le dita dei piedi, agitando la gamba sinistra come accadeva spesso quando ero nervosa, e mi voltai su un fianco, nella sua direzione, lasciandomi cullare dalla quiete vibrante che gli arpeggiava tra le labbra, carica di parole inespresse. Efrem amava conversare con le persone, soprattutto con i pazienti, ma io lo comprendevo anche quando se ne stava fermo, concentrato a fissarmi, con una cupa venerazione che gli inargentava i lineamenti sofisticati; i capelli gli ricaddero sulla fronte, morbidi e lucenti, rendendolo tragicamente bello come una meraviglia fatale, un'opera grandiosa ma drammatica.

«Che c'è?» Gli sorrisi, curiosa di sapere a cosa stesse pensando.

Lui sbatté le palpebre, scendendo a guardarmi il ventre scoperto dalla t-shirt. «Non ti ho mai chiesto il significato dei tuoi tatuaggi.»

Non mi aspettavo quella curiosità; eludevo sempre la domanda nelle interviste con i giornalisti o con i fan, tuttavia rivelare a Efrem cosa simboleggiassero mi entusiasmava poiché, dopo ciò che avevamo condiviso, non volevo nascondergli più nulla.

«Allora...» cominciai, alzando il polso destro per mostrargliene il profilo esterno. «Questa è una rosa trafitta da un pugnale. L'ho tatuata a diciotto anni: il pugnale rappresenta il lato oscuro della vita mentre la rosa l'amore e la bellezza. Sono due forze che si scontrano continuamente, ma delle quali non possiamo fare a meno. I petali trafitti indicano la morte di una persona amata.» Quel tatuaggio l'avevo dedicato alla mamma, volevo trovare un modo per consolidare il nostro legame eterno poiché non mi bastavano gli anfibi vecchi, il braccialetto con la chiave o una scimmietta di peluche per sentirla vicina a me, volevo incidermela sulla pelle, perciò avevo optato per un disegno che potesse esprimere il mio stato d'animo, il lutto che avevo affrontato da sola, considerando il dolore il mio unico migliore amico.

Efrem sfiorò con l'indice le linee d'inchiostro perfettamente intersecate tra loro; io rabbrividii sotto il suo tocco delicato, travolgente, e per un istante dimenticai l'avvilimento dei miei ricordi.

«Poi?» mi incalzò, curioso come un ragazzino.

Schiarendomi la voce proseguii, felice di accontentarlo. «La Sirenetta seduta sulla semiluna...» Evitai di mostrargli il rene sinistro giacché l'aveva visto molte volte, soprattutto nelle situazioni più impudiche. «Rappresenta l'equilibrio dello spirito, qualcosa che io rincorro da una vita intera e che non ho ancora trovato. Al tempo stesso indica la grinta, la voglia di conoscere il mondo, il bisogno di non farmi schiacciare dalla sofferenza. L'ho tatuata a sedici anni e mi è costata la seconda punizione più brutta della mia vita: la mamma aveva tolto dalla dispensa tutti i pacchetti di Skittles, le mie caramelle preferite. A quei tempi ne andavo matta e se, tornata da scuola, non ne mangiavo un paio, smettevo di parlarle per giorni.» La dolcezza della mamma parve solleticarmi il cuore, un effluvio di more deliziarmi le narici e la sua presenza volteggiare nell'aria come se mi stesse vedendo e ascoltando. Un soffio nostalgico mi lambì il petto; Efrem se ne accorse e infilò le dita nei miei capelli, pettinandoli per riportarmi da lui, in quella stanza, nel nostro rifugio segreto. D'istinto mi rannicchiai contro il suo torace nudo, godendomi le coccole che mi stava concedendo perché riusciva a risollevarmi e ad allontanarmi dal dolore.

«Qual è stata la prima punizione, invece?» Il suo fiato placido fu come un'onda cullante dalla quale mi lasciai dondolare come una gondola fino a rilassarmi.

«Be'...» Gli fissai pensierosa la pelle levigata e gli appoggiai la mano sul ventre, passando l'indice tra le cunette degli addominali. «La prima punizione l'ho subita a quattordici anni quando ho tatuato questo.» Mi girai appena per mostrargli la scritta stilizzata che mi decorava l'inguine destro. Si trattava di quattro semplici parole: *Warrior of the Sun*. «E la storia che lo riguarda è un po' bizzarra...»

Quando sollevai lo sguardo, incontrai il suo puntato sul mio viso. Era come una sorgente fresca nella quale amavo tuffarmi, l'unico specchio del quale accettavo il mio riflesso, un uragano di brividi, violento e perturbante, che mi invadeva dall'interno e scombussolava ogni logica.

«Ho tutto il tempo.» Efrem continuò a pettinarmi i capelli con le dita; erano umidi, profumati e morbidi. Mi sembrava che gli piacesse tanto toccarli. «Racconta.»

«A dieci anni, io e la mamma eravamo andate al parco come facevamo sempre di domenica. Spinta dai miei soliti capricci decisi di allontanarmi, passeggiando da sola tra i viottoli. Scalciai un sasso ed erroneamente colpii la caviglia di un ragazzo che era seduto su una panchina intento a leggere un libro. Credo avesse meno di trent'anni, forse venticinque o ventisei...» La mia voce subì una strana incrinatura, lievemente lussuriosa, e sperai che Efrem non la notasse. Non era un tipo molto geloso, ma non sarebbe stato contento all'idea di sentirmi fantasticare su uno sconosciuto proprio dopo aver fatto sesso con lui. «Era oggettivamente bello. Quel tipo di bellezza che vorresti riprodurre su un dipinto da appendere in camera per ammirarlo tutte le volte che vuoi. Non mi fu possibile vedere i suoi occhi perché indossava degli occhiali scuri, ma ricordo benissimo che aveva dei tratti unici, maschili, sofisticati e una voce che...» *Mi provocò un temporale nello stomaco,* «...rievocava quella di un uomo adulto, nonostante la giovane età. Lo importunai e mi sedetti per terra, davanti a lui, malgrado mi avesse chiesto di andare via perché temeva che, chiunque fosse passato di lì, avrebbe potuto fraintendere la situazione. Insomma, lui era adulto e io solo una bambina.»

«Certo, è stato corretto.» Il suo respiro divenne profondo, erotico, come se starmi così vicino, tenermi raccolta al suo petto, lo stesse sottoponendo un grande sforzo fisico e mentale. Non era semplice avere accanto una ragazza con solo una maglietta lunga che le celava a malapena il sedere mentre, sotto, era priva di slip. Temevo che avrebbe potuto sentire la mia eccitazione, il calore che tribolava nel mezzo a ogni suo flebile sospiro. Tremavo di frustrazione ad averlo addossato a me, seminudo e meraviglioso soprattutto per il modo in cui, nel semplice atto di inspirare, gli si gonfiavano i pettorali contro i miei seni. «E cosa accadde dopo?»

Sobbalzai quando il bruciore di un ceffone sulla coscia si diffuse fino allo stomaco. Per indurmi a proseguire il discorso, anziché chiedermi di dargli attenzione, mi aveva schiaffeggiata per pretenderla con il suo atteggiamento brusco e irruente. Repressi un lamento e, per vendicarmi, gli conficcai le unghie nell'addome ottenendo un semplice sussulto muscolare correlato a un sorrisetto sensuale che lo rese ancora più diabolico. «Continuai a dargli fastidio per il semplice piacere di farlo arrabbiare.» Mi imbronciai perché quel capriccio emergeva, spesso, anche con lui, nonostante fossi ormai grande. «Era ancora più affascinante quando induriva il volto per cacciarmi via. Era un gigante, scolpito come una statua, tuttavia io non avevo paura di lui. Ne ero imbarazzata, sì, ma non spaventata. Ciò che mi colpì di quell'unico incontro fu la leggenda sul colibrì.» Mi sovvenne il tenero volatile che avevo ammirato esibirsi in graziose acrobazie tra i sempreverdi, proprio durante il discorso avvenuto con quel giovane uomo che aveva persino interrotto la sua lettura per soddisfare la mia birbante curiosità. «Mi spiegò che è considerato un frammento d'arcobaleno e che, nonostante la sua statura piccola, possiede la forza di affrontare qualsiasi intemperia, tanto da essere paragonato a un valoroso guerriero. *Il guerriero del Sole*, per l'appunto. Allora decisi che avrei voluto essere come un colibrì, glielo confidai anche, e qualche anno dopo mi incisi le sue parole sulla pelle.» Arrossii per il timore di essere giudicata immatura. A molti sarebbe apparso folle dare così tanto valore a una leggenda narrata da un estraneo, che per me invece era importante. Quel ragazzo mi aveva dato la speranza, a soli dieci anni, di credere in qualcosa, di credere che tutti custodiamo una forza di cui non sappiamo l'esistenza ma che ci permette di non demordere, di lottare e sopravvivere anche quando sembra che il mondo ci stia crollando addosso. Efrem non rise di me né fece alcuna battuta in merito; rimase serio ad ascoltarmi mentre con la mano mi avvolgeva il capo e mi accarezzava la tempia con il pollice, fissando assorto un punto indefinito del mio volto. «Quando ricevette una chiamata e si alzò, ne approfittai per sottrargli il romanzo che stava leggendo. Non ero interessata a quell'oggetto, volevo solo portare con me qualcosa che mi ricordasse lui, perché sapevo che non l'avrei più rivisto. Mi fece promettere di...»

«Di leggerlo quando avresti avuto l'età per bere, finché, sfinito dalla tua insistenza, ti intimò di tornare da tua madre e di crescere.»

I suoi occhi baluginarono nei miei, grandi ed espressivi, ammalianti come un tramonto dal quale mi sentii assorbire, perdendo la connessione con la realtà.

«Sì, esatto», confermai stupefatta. «Come fai a...»

All'inizio avevo associato la sua affermazione a una risposta intuitiva, poi, ragionandoci lucidamente, realizzai che corrispondeva alle parole dello sconosciuto. Il mio sorriso si affievolì quando Efrem mi fissò in attonito silenzio.

Sentii fiorire nell'anima una consapevolezza inaspettata, una certezza che rischiarò il bosco pieno di dubbi nel quale per un istante ero stata catapultata.

«Tu...» Non riuscii a seguitare. Una strana commozione mi risalì dal cuore, mi attraversò il petto e sbocciò in una lacrima; compresi perché mi aveva sempre chiamata Dorothea o Dorie e mai semplicemente Thea.

Per lui non ero mai stata Thea Jensen, la rockstar ribelle e traviata dalla vita, ma la piccolina che ancora credeva nei sogni, nelle leggende, nella bontà degli uomini e nella possibilità di essere felice... un giorno.

«Ti ho riconosciuta appena sei entrata nel mio studio.» Efrem mi ghermì una gota, correndo a raccogliere quella goccia d'emozione. Un'espressione fulgida gli illuminò le iridi che scintillavano sotto le ciglia fitte come due fari nella notte. «Il tuo nome, i tre nei sulla guancia destra... erano delle coincidenze che non potevo ignorare, tuttavia avevo bisogno di altri elementi per accertarmi che fossi tu quella bambina. Quando sono entrato nella tua stanza, in cerca dei lassativi, ho notato il libro *Histoire d'O* appoggiato sul comodino, lo stesso libro che mi era stato sottratto dieci anni prima, ma ancora una volta ho pensato che fosse una banale casualità. Il sospetto, però, ha cominciato a ossessionarmi quando all'*Himeros*, mentre eravamo nella suite, hai sollevato l'abito mostrandomi l'inguine e il tatuaggio che lo decorava. Quella sera ho ottenuto un'assurda conferma. Non volevo crederci. Quante possibilità c'erano di rivederti? Il destino non mi ha mai riservato nulla di bello, ma...» Efrem represse un luccichio malinconico, celandosi dietro un muro di imperscrutabile enigmaticità. Non amava parlare di se stesso o del suo passato e io, per rispetto, non lo avevo mai costretto a rivelarmi nulla. Avrei atteso che fosse pronto e che si fidasse di me abbastanza da donarmi anche quel pezzetto di vita. «Ritrovarti, piccola Dorie, è stata la cosa più sorprendente che potesse capitarmi.»

Col pollice mi lambì il labbro inferiore, premendolo con forza fino a riaprire le ferite dei suoi morsi come se la mia bocca fosse un terribile maleficio e lui non vedesse l'ora di farne traboccare le urla e i gemiti. Mi aveva appena concesso una dichiarazione romantica, eppure a ogni affermazione gentile contrapponeva un gesto egemonico, pregno di un'autorità disarmante.

Efrem era fatto così: era un crepuscolo infernale e un'alba abbagliante.

Era l'ebbrezza di due canti diversi.

Una tempesta di lussuria e un oceano di pacatezza.

Era un pianto di sofferenza e un pianto d'amore.

Era un angelo che curava i tormenti.

E un demone che si trastullava con essi.

Errava mansueto nella sua torbida e rosea *dualità*.

E io ammiravo sia la creatura nobilmente redenta sia quella folle e onnipotente.

«Credo che tu sia stato la mia prima cotta», gli confessai di slancio, a cuore aperto. Non c'era stato nessun altro capace di provocarmi la medesima marea di emozioni nello stomaco.

Lui aggrottò la fronte, lievemente sorpreso e lusingato. «Ah sì?»

«Sì.» Annuii con le guance imporporate. «E ti ho sognato spesso da adolescente.»

In realtà l'avevo sognato sempre.

E nonostante le ali spezzate...

Mi ero tenuta stretta, aggrappata a quei sogni, per non morire.

Mi ero tenuta stretta a lui, ancor prima di sapere chi fosse.

Perché la vita senza sogni sarebbe stata come un colibrì senza Sole.

Ed Efrem, sin da quando ero piccola, era stato il mio vivido orizzonte.

«E cosa sognavi?» Con la forza del suo corpo mi sospinse, facendomi distendere sulla schiena per salirmi sopra con un movimento agile. Reggendosi sui gomiti, mi concesse un sorriso che risultò intimidatorio e attraente, prima di chinarsi a baciarmi il collo come se mi avesse attesa per una vita intera e adesso che mi aveva con sé non mi avrebbe più lasciata andare. Mi contorsi sotto di lui e gli infilai le dita tra i capelli soffici; volevo corrompere l'ordine maniacale del quale si circondava poiché ero certa che dietro la facciata da uomo intransigente si nascondeva un animo vulnerabile, puro, immane e incredibilmente raro. Quando con una mano scese a sfiorarmi l'interno coscia, mugolai persa, ansante, avvinta ai polpastrelli che mi carezzavano piano, risalendo con spietata lascivia verso il mio punto più fremente.

«Non...» Deglutii, cercando di trattenere un ansito. L'erezione massiccia mi premeva prepotente sull'inguine e ogni mio senso fu pervaso dall'istinto di sfregarmici contro; lui concentrava il desiderio in qualsiasi cosa facesse, me lo cuciva sulla pelle poiché la seduzione era una delle sue armi più pericolose e io mi perdevo e riscoprivo in quel vortice di godimento. «Non te lo posso dire.»

«Mmh...» Efrem mugolò accanto al mio orecchio; catturò tra i denti il lobo per mordicchiarlo e affogò nell'odore del bagnoschiuma leccandomi fino alla mascella. Era così indecente, dominante, magnificamente eccitato e smanioso di sottomettermi ancora che cominciai a sciogliermi sul letto, priva di resistenze, pronta a concedermi ancora con la massima adorazione. «Alla fine, presumo che i tuoi sogni siano stati realizzati.»

Chi gli aveva donato una voce tanto voluttuosa?

Avrebbero dovuto bandirla dall'Olimpo, poiché aveva la forza di stracciare il buon senso di una ragazza, di confonderle i pensieri e di infliggerle un castigo proibito.

«Presumi bene», lo provocai, stringendolo tra le ginocchia deboli quando strofinò il membro sulla sommità delle cosce. Essendo nuda riuscivo ad avvertirne lo spessore dalla stoffa dei boxer, il fuoco distruttivo che irradiava per liquefarmi, demolirmi, risvegliare il dolore interno dei suoi affondi, e impudicamente mi inarcai per sentirlo meglio.

Efrem risalì sulla mia bocca, laddove indugiò con la sua, a poca distanza, senza baciarmi, eppure il fiato gli tremolava come se fosse scisso tra la voglia di penetrarmi e la difficoltà di trattenerla. «Che sporcacciona che sei.»

«Parli proprio tu?» Gli diedi un pizzicotto sul fianco, che anziché fargli male sortì l'effetto di una giocosa carezza.

Efrem pose fine a quel momento di ilarità per studiarmi attentamente, gestendo con un'esperienza invidiabile la tensione che gli scorreva dai polsi alla schiena, fino a catalizzarsi tra le gambe, nella zona più virile del suo corpo. Smise di muovere il bacino e rimase immobile, pronto a sgridarmi o a mettere in chiaro qualcosa che non gli garbava. «Comunque ti avevo detto di leggerlo a ventun anni. E mi pare che il 24 ottobre sia ancora lontano.»

Avrei dovuto aspettarmelo; malgrado fosse passato troppo tempo da allora, lui aveva dato valore alla promessa di una bambina, una promessa che non era stata mantenuta e che, in quell'istante, stava stuzzicando il lato più temibile della sua personalità.

«Quindi?» protestai con insolenza, fingendo di non esserne affatto preoccupata; invece iniziai a tremare per le conseguenze che stava architettando. «Li compirò tra pochi mesi, non puoi punirmi.»

«No?» mi apostrofò maligno, pregno di un'autorevole arroganza. Il modo in cui socchiuse le palpebre, adombrandosi, mi fece increspare la nuca per l'inquietudine che, come una nube vespertina, gli infittì i tratti. «Ne sei sicura?»

Senza permettermi di ribattere, mi diede prova di quanto fosse inutile sfidarlo.

Non c'era battaglia che si potesse vincere contro di lui.

Sembrava voler recuperare in una notte sola i tre mesi in cui si era costretto a non violarmi.

Si posizionò tra le mie gambe, tenendole oscenamente spalancate, si chinò e con voracità mi svuotò di tutto l'ossigeno possibile.

Avendo riguardo della mia debolezza, non pretese un rapporto completo, ma mi mostrò in quanti modi sapeva giocare con l'intimità di una donna, in quanti modi con la lingua era capace di seviziarla, con le dita di profanarla e con la bocca di farla impazzire.

Risi, lottai, piansi e mi smarrii in una beautitudine folgorante, rompendomi tra le sue braccia, che mi bloccavano come due corde indistruttibili.

Mi disfece, mi disgregò, mi scompose e ricompose.

Agitai le ginocchia incerottate.

Scossi la testa da un lato all'altro in cerca di un attimo di tregua.

Con la pelle infiammata, mi inarcai sfacciata.

Emisi solo sillabe scordate, lamenti continui, gemiti slegati da qualsiasi razionalità.

E urlai il suo nome mordendomi l'incavo del gomito nel quale attutii quell'invocazione disperata.

Una, due, forse tre volte...

Una rugiada vitale gli scivolò nel palato e lui si lasciò bagnare da una perdizione luccicante.

Con un ghigno bastardo bevve il nettare femminile, morse la carne pulsante e mugugnò in uno stato di estrema esaltazione per poi ricominciare.

Di nuovo.

E più mi dava se stesso, più lo accoglievo, lo incitavo, lo pregavo di continuare spingendomi contro la sua bocca.

Contro la sua depravazione.

Oh, sì, di più, di più... sempre di più...

Per tutto il tempo che avesse voluto.

Finché si fosse stancato.

Finché fossi morta sotto di lui.

Finché la mia armoniosa melodia avesse raggiunto l'apice, fosse scoppiata nella bruma del cielo e di me non sarebbe rimasto nient'altro che un fiore notturno, torturato, con i petali perlacei ormai fradici, gocciolanti di linfa e distrutti.

Distrutti dal *mio* bellissimo e perverso amante.

Con un mugolio assonnato, mi girai in un groviglio di lenzuola profumate, seminuda e indolenzita.

Non sapevo che ora fosse; il bagliore lunare filtrava dalla finestra delineando i contorni del letto sul quale giacevo.

Schiusi meglio le palpebre, cercando subito Efrem. Agitata, tastai il posto accanto a me, nell'infantile tentativo di afferrargli un braccio, ma non c'era nessuno.

Tutto era freddo e vuoto.

Come fredda e vuota mi sentivo io senza di lui.

Dov'era?

Considerando le mie abitudini, avrebbe dovuto farmi ribrezzo l'idea di voler un uomo accanto a me, sotto le stesse lenzuola, invece era ciò che avrei desiderato vedere appena sveglia.

Ma di Efrem non c'era traccia; forse se n'era andato quando, a causa della sua punizione a suon di orgasmi, ero crollata infiacchita sul materasso, chiedendogli un po' di pace e probabilmente, vinta dalla stanchezza, mi ero addormentata. Ricordavo vagamente che lui mi aveva sistemata sotto le coperte e rimboccata, dandomi un bacio gentile sulla fronte come ormai d'abitudine. Tuttavia mi mancava. Mi mancava averlo addosso o dentro, mi mancavano quelle labbra brucianti, gli occhi cristallini, l'odore maschile e virile. Mi mancavano la sconcezza, la passionalità del suo tocco e la rudezza dei suoi colpi. Ci eravamo separati da appena qualche ora, fuori era ancora notte fonda, e io faticavo a respirare in sua assenza come se fosse diventato il sole attorno al quale ruotava il mio mondo.

«Efrem?» lo chiamai preoccupata, muovendomi fiaccamente. Scostai le lenzuola e quando mi sedetti sul bordo sussultai, stringendo i denti. L'intimità protestò con stilettate acute che mi trafissero dal basso ventre fino ai seni facendomi annaspare. Non era stato delicato, neanche una volta, eppure mi bastava ripensare al suo viso tra le cosce, a quello sguardo spavaldo e incantatore, per percepire una languidezza dilaniante scorrermi dall'inguine al petto; il cuore vibrò come un'arpa impazzita.

Chiusi i pugni ai lati dei fianchi facendo leva sulle nocche per alzarmi, ma puntualmente ricaddi seduta con un forte capogiro. «Maledizione.» Inspirai a fondo e ritentai ancora. Dopo qualche secondo di sofferenza, riuscii ad appoggiare i piedi sul pavimento e a issarmi. Non mi fidavo del mio equilibrio precario, perciò camminai cauta; mi aiutai dapprima col comodino, sul quale mi sostenni con le dita, poi procedetti a tentoni rasente alla parete finché raggiunsi la porta. La aprii, fugando il dubbio di essere stata rinchiusa a chiave. Non ero prigioniera, pertanto potei uscire dalla stanza senza alcun ostacolo. Arrancai come se i muscoli mi fossero stati rattoppati in più punti e delle ferite sanguinanti si ravvivassero come braci ardenti a ogni flebile passo. Con la giusta cautela riuscii a scendere le scale tenendomi stretta al corrimano.

Lo chiamai ancora, sperando in una sua risposta, tuttavia mi fermai al centro del grande salone quando mi accorsi di lui e una tempesta di fuoco mi fece vacillare sulle gambe.

Accanto a un'enorme vetrata, Efrem se ne stava seduto su una poltrona, a torso nudo, circondato da volute grigiastre che si levavano verso l'alto, offuscando il suo volto. Una sigaretta accesa gli penzolava all'angolo della bocca mentre fra le dita reggeva una penna con la quale stava annotando qualcosa su un taccuino in cuoio, di quelli vintage e raffinati che solitamente era difficile rinvenire sul mercato. Quando avanzai, attratta dal suo corpo statuario coperto solo da un paio di pantaloni di raso blu, lui percepì la mia presenza e sollevò lo sguardo.

Mi fermai in preda a un fervore crescente.

Le iridi verdeazzurre fendettero l'oscurità come due quarzi preziosi e ingannevoli, i capelli si confondevano con le tenebre fregiando il viso spigoloso, indorato dal chiarore di un debole lume appoggiato sul tavolino lì vicino. Con un lieve movimento strinse il filtro tra indice e medio, prese una lunga boccata incavando le guance, poi lo allontanò per arrotondare le labbra e liberare il fumo nell'aria. Lo fece con un'eleganza innata, una strafottenza ipnotica e un'indecenza soverchiante, tanto che mi incantai sulle spalle ampie e sul modo in cui il bicipite si fletteva con sensualità. Continuando a fumare mi squadrò lentamente da sottinsù e socchiuse un occhio quando altre spire nocive gli danzarono davanti alle ciglia bruciando, un altro po', il punto di combustione.

«Da quanto fumi?» Mi costrinsi ad avanzare goffamente verso di lui.

Efrem si accarezzò la mascella col pollice, sostenendo la sigaretta all'altezza dello zigomo, e osservò compiaciuto la mia camminata instabile, conscio di esserne il responsabile.

«Non ne sono dipendente. Mi concedo una Dunhill soltanto quando sono in compagnia oppure una volta all'anno.» La sua voce era piena, arrochita, stanca ma sempre piacevole. Le Dunhill le fumava anche Mitchell, segno che quei due condividevano molto di più delle donne.

«Cioè il giorno del tuo compleanno.» Mi sedetti a terra, tra le sue gambe aperte, e con ossequiosa deferenza gli appoggiai la guancia sull'interno coscia, fissandolo dal basso come un cucciolo in cerca di attenzioni dal proprio padrone. Il marmo freddo contro le natiche mi concesse una sensazione di freschezza soprattutto sulle zone che avevano subito più schiaffi e morsi appassionati.

Con un sorriso indolente, le palpebre ancora intontite dai postumi del sonno, indugiai su di lui. Era esageratamente bello anche mentre fumava, con quel cipiglio concentrato, le rughette d'espressione che gli conferivano un'aura severa e minacciosa e lo sguardo serio che mi incatenava e annullava. Il mio desiderio per lui non conosceva limiti e temevo che anche il sentimento che stava crescendo infettandomi l'anima non conoscesse confini.

«Come va la pancia, Dorie?» Efrem depose sul bracciolo della poltrona il taccuino con la penna, dopodiché, con la stessa mano con cui reggeva la sigaretta, mi carezzò una gota, sistemandomi una ciocca di capelli dietro l'orecchio. Avrei voluto chiedergli di passarmi il filtro e di permettermi di fare un tiro, ma sospettavo che non me l'avrebbe concesso soltanto perché per lui ero come una bambina a cui era vietato bere alcolici e fumare.

Sospirai e tenni a freno la voglia di correre di sopra a recuperare il mio pacchetto di Lucky Strike perciò, da brava ragazza, mi accontentai di assorbire passivamente la nicotina che pullulava nell'aria. «Sembra che qualcuno ci abbia infilato il braccio dentro e abbia messo tutto sottosopra.»

Efrem si riportò la sigaretta alle labbra; un'altra boccata ne bruciò l'estremità mentre delle riflessioni scabrose gli si annidavano nel ghigno irrisore. «Mmh... hai appena rievocato uno dei miei preliminari preferiti.»

Ci misi qualche istante a capire la sua battuta sarcastica o confessione scandalosa, dopodiché lo stomaco mi si strinse in una morsa di paura, l'ansia scoppiò tra le costole e le ginocchia tremarono di sgomento. Scattai indietro col capo, guardandolo allibita. «No!» quasi urlai per lo sconcerto; volevo sbaragliare qualsiasi assurda iniziativa stesse per valutare. «Non ti azzardare neanche a immaginarlo.» Con uno come Efrem erano necessarie le maniere forti; non ero possente e impositiva come lui, ma potevo colpirlo ai piani bassi e fargli molto male.

«Sicura?» Rise divertito dalla mia reazione. «Eppure a molte donne piace.»

Figurarsi a quante aveva dimostrato fin dove arrivava la sua perversione; io non sarei mai rientrata tra quelle perché ero una semplice ragazzina che a volte amava trasgredire col suo debole istinto masochistico, nulla di più.

«Non mi importa», mi intestardii. «Io non voglio.»

Quando mi vide arretrare sui palmi e mettere distanza tra noi, Efrem comprese che ero davvero spaventata, allora schiacciò il mozzicone nel posacenere sul tavolino e si piegò per afferrarmi dalle caviglie e impormi la direzione giusta verso la quale avrei dovuto *strisciare*. Mi dimenai, provando a spingerlo via, ma lui senza la minima esitazione riuscì a trascinarmi verso di sé per arpionarmi i fianchi e portarmi sulle sue cosce, rannicchiata contro il grembo. Con la chioma scarmigliata, restai con la spalla posata al suo torace sodo e lo sguardo puntato sulla vetrata trasparente che concedeva la visuale del giardino ottenebrato dalla notte.

Per capriccio mi imposi di ignorarlo.

«Ehi, piccola Dorie», sussurrò per stuzzicarmi, tentando così di farmi cedere, ma resistetti e non gli risposi. «*Kleines Äffchen.*» Ci riprovò con un timbro più basso e seducente. Con la punta del naso arrivò a sfiorarmi la curva del collo mentre con un braccio attorno a me mi attirava a lui, stringendomi con una passione divorante. Io sentii ogni barriera crollare, le ossa scricchiolare, il mio stupido orgoglio andare in frantumi. Mi morsi il labbro inferiore per non dargliela vinta finché un sapore ferroso, di sangue, mi invase il palato. «Sirenetta.» Con la lingua titillò il tenero lobo, fino a risucchiarlo nella saliva calda e io gemetti a labbra strette, fingendomi impassibile. «Sei davvero offesa? Uhm?» Con la mano si intrufolò sotto la maglietta raggrinzita per accarezzarmi un fianco e un mugolio maschile gli gorgogliò nella gola. Aveva notato che non avevo indossato le mutandine e che quindi se si fosse spinto tra le mie cosce mi avrebbe trovata di nuovo accaldata e umida, abbastanza dolente da godere e venire ancora. D'altronde ogni nuovo dolore garantiva un rilascio inebriante di endorfine, seguito da una meravigliosa sensazione di euforia ed estasi. Con una certa vanità, mi sentivo invincibile all'idea di averlo *sopportato* dentro di me e di averne tollerato la violenza senza troppi strascichi, o meglio, gli strascichi della nostra unione c'erano, ma erano stati capaci di accrescere la voglia di appartenergli e di dargli tutto ciò che potevo. «Mi sembra che io ti abbia fatto cose ben peggiori e che tu le abbia anche apprezzate molto, o sbaglio?» Proseguì nella sua spietata opera di seduzione determinato a uscirne vittorioso e a piegarmi alla sua perfida tracotanza. «Ti ho già detto che il tuo corpo per me è sacro, Dorothea. Ti rispetto e mi impongo di non esagerare. Sei l'unica a cui concedo questo privilegio.»

Aveva concesso a me *quel privilegio*, ma non lo meritavo.

Non ero in grado di soddisfarlo come voleva, non ero degna di lui e il battibecco di poco prima dimostrava che, pur volendo essere alla sua altezza, correre dietro alla sua esperienza, non riuscivo a dargli tutto ciò che voleva. Forse per questo scappava da Giselle, per questo aveva ceduto a lei dopo tre anni di matrimonio e dopo aver baciato me all'*Antéros*.

Sia Liliane che io non eravamo abbastanza per lui.

Mi incupii, chinando le spalle mentre mi torturavo le dita tra le gambe.

«Non dirmi sciocchezze, Efrem. Sai che non sono adatta ad accontentare tutte le tue richieste.»

«Non è fondamentale.» Mi accarezzò il basso ventre come per lenirlo dall'eccessiva irruenza con la quale l'aveva invaso. «Ho esplorato per anni i lati più estremi del sesso e oggi posso farne a meno. Mi basta ciò che mi hai dato.»

Finalmente ebbe la mia totale attenzione e mi smarrii a fissargli la bocca tumida, salace, dalla quale nessuno sospettava potessero fuoriuscire oscenità e termini scabrosi. «E cosa ti ho dato?»

Con l'indice, Efrem mi sollevò il mento per incontrare i miei occhi e io mi persi nei suoi, tersi e splendenti. «La tua vita.» Mi lambì col pollice il contorno delle labbra e si trattenne a fatica dalla voglia di assaggiarle e torturarle ancora, lasciandomi senza parole. «Me l'hai offerta con naturalezza, con una fiducia cieca e con un sentimento umile, puro, che forse nessun'altra ha mai nutrito nei miei confronti. So quanto ti è costato farlo. So quanto ti costa amare ancora qualcuno dopo aver sofferto tanto. Questo mi soddisfa più di qualsiasi altra cosa tu possa donarmi.»

Mi concesse un lieve bacio al quale andai incontro sporgendomi verso di lui con una dolcezza spontanea. Efrem mi sorrise intenerito. Apprezzò il mio gesto, ma quando il suo sguardo si scurì, bramoso e impudico, e con la mano mi impugnò i capelli, sussultai per la sorpresa, impreparata a quel repentino cambio d'umore. Il cuore prese a battermi tra le costole, la ragione si spense, il respiro fu risucchiato dalla voragine d'aspettativa che mi si aprì nel petto e mi sentii vittima di quelle labbra irresistibili. Il desiderio mi soffocava, il bisogno irrefrenabile mi tormentava, l'agitazione mi fustigava sottoponendomi a una punizione insopportabile nell'attesa che lui mi portasse con sé nell'eterna dannazione e mi martoriasse con la sua lussuria devastante. «*Tu* mi soddisfi più di qualsiasi altra donna io possa desiderare.» Efrem mi parlò sulla bocca e spinse la fronte contro la mia mentre io aspettavo di essere sbriciolata, fatta a pezzi dal suo impeto. Con una mano gli sfiorai la barba, accarezzandogli la mascella contratta fino a poggiargli le dita sulla nuca e stringerlo a me per mettere fine a quell'inutile resistenza. Il suo profumo mi diede alla testa; era lo stesso che avevo sulla pelle e sui vestiti. Ormai non riuscivo più a riconoscere me stessa eccetto che attraverso il riflesso dei suoi occhi, come se fossimo una sola persona.

«Baciami ancora. Fallo sempre», lo supplicai chiedendogli molto di più.

Baciami ogni domani e non te ne andare.

Almeno tu, dimostrami che sai restare.

«Dorothea.» Il suo respiro divenne sempre più profondo e affannato, la presa sui capelli più impetuosa e le pupille dilatate come quelle di un animale. «Togliti questo broncio o giuro che te lo scopo.» E con quella minaccia disperata e scurrile si prese quel bacio.

Lo pretese con dominanza, con violenza, con aggressività.

Lo pretese, sussurrandomi tacitamente: *Non star male per me, bambina, non ne vale la pena.*

E invece sì che ne valeva la pena.

Ne valeva tutte le pene del mondo poiché io non volevo perderlo, e non per bisogno, ma perché lui riusciva a sradicarmi dalla sofferenza e a restituirmi a me stessa.

Non è anche questo l'amore?

Ridonare una persona alla vita?

Volevo condividere con lui tutte le mie sconfitte e vittorie, volevo che fosse un fiore di mandorlo che sboccia con la pioggia e non si spezza sotto le intemperie.

Volevo custodirlo come un narciso germogliato tra le ombre dell'anima.

Volevo lui che era poesia.

Una magia che divorava la pesantezza della vita e alleggeriva le sventure del destino.

Volevo lui che era una stella il cui bagliore danzava nell'oscurità e induceva chi l'ammirava a innamorarsi della notte.

La sua luce diteggiava sulla pelle, suonava tra le pareti dello spirito e provocava un concerto nella testa.

Forse lo amavo sin da bambina.

Come si ama un amore oscuro.

Un segreto inconfessabile.

Un sogno irrealizzabile.

Lo amavo come si ama la stagione più delicata dell'anno.

C'era un motivo per cui Efrem profumava di primavera: era un prato fiorito nel quale correvo, tra gli olmi immemori e i boccioli candidi, sotto un cielo infinito dal quale mi sentivo avvolta e protetta.

E io ero la sua piccola Dorie, la sua ninfa, la sua ragazzina impertinente, destinata ad appartenergli perché la natura aveva deciso così e neanche gli dèi avrebbero potuto opporsi.

«La prossima volta che mi sveglio, voglio trovarti nudo accanto a me», gli mormorai implorante. Cambiai posizione, mi misi a cavalcioni e infilai con forza le ginocchia tra i suoi fianchi e i braccioli della poltrona. Il taccuino cadde al suolo, la penna rotolò con un clangore metallico, ma a nessuno dei due importò nulla. Mi abbandonai alla durezza del suo corpo, delle anche muscolose che mi tenevano le cosce scostate, senza smettere di baciarlo. Gli stritolai le spalle tra le dita, incurante di graffiargliele, e lui mugolò nella mia bocca serrandomi i glutei sotto la maglietta per spingermi contro il suo inguine. Gli scombinai i capelli, mi tenni a lui, affondando la lingua contro la sua, vorace e selvaggia. La rincorrevo, la circuivo, la succhiavo standogli dietro a fatica, con infantile inesperienza, eppure riuscivo a strappargli versi rochi e gutturali mentre con le mani, aggrappate ai miei fianchi, mi dettava un ritmo lento e sensuale col quale sfregarmi contro la sua erezione. Le emozioni esplosero vanificando ogni minima incertezza, il mondo parve risplendere di nuovi colori anche nel buio e io ero così bollente che mi vergognai quando gli inumidii il tessuto del pigiama sul quale ero impudicamente appoggiata. «Efrem.» Volevo che si fermasse perché temevo di non poter controllare il mio corpo né l'eccitazione che mi stava squassando, tuttavia lui non mi diede ascolto. Con un palmo avvinghiato alla mia testa continuò a divorarmi mentre con l'altro, stretto all'anca, mi incitava a ondeggiare più velocemente. Gli piaceva percepire la mia nudità proprio lì, sulla protuberanza peccaminosa, tesa, colma di sangue e ricettacolo di ogni spudorato fremito. «Aspetta...» Guaivo a causa delle fitte roventi che mi aggredivano le pareti interne ogni volta che urtavo con più forza contro l'enorme tumescenza. Nonostante il tessuto di raso lenisse l'urgente attrito con la mia carne nuda, il membro non mi era mai sembrato tanto duro prima di allora, come se impattassi continuamente contro una roccia appuntita fino ad ammazzarmi. O forse ero io troppo sensibile da non tollerarne l'eccessivo turgore, malgrado avessi voglia di accoglierlo dentro di me. Ignorando la mia supplica, Efrem mi inclinò il collo per leccarmi la gola. Mi assaporò con frenesia, accanendosi su un fragile lembo di pelle, e quando mi artigliò un seno spremendolo come una bacca morbida e carnosa di cui avrebbe voluto cibarsi, compresi che se non fossi stata più decisa avrebbe perso il controllo. «Mi fa male», ansimai con l'ossigeno che vorticava impazzito nei polmoni. Il cuore pulsava tra le cosce, nell'intimità ne riverberava il battito folle e incontrollato e sciocamente mi chiesi se lui potesse sentirlo. Efrem si placò subito, sgualcendo in un pugno il tessuto della t-shirt fino a coprirmi i glutei per trattenere un'imprecazione o semplicemente l'istinto bestiale di possedermi, poi – con la fronte posata alla mia – schiuse le palpebre per guardarmi, trafelato e perso quanto me. Era così annebbiato dal piacere che tacque, ragionando su ciò che gli avevo detto. Timorosa che potesse fraintendermi, cercai di spiegarmi meglio. «Scusami. Lo vorrei tantissimo, lo sai, ma...»

«Non scusarti.» Efrem inspirò a fondo per assopire la libidine in circolo che, turbolenta, scalciava per abbattere la ragione. Il bagliore del lume sbrilluccicava su una parte del suo volto e gli si incastrava fra le ciglia tremule, sotto alle quali le iridi erano velate da una leggera mortificazione. «Hai bisogno di riposare e io...»

«E tu sei troppo ingordo.» Strofinai il naso contro il suo in un gesto affettuoso. «Tranquillo, mi piaci da matti quando sei perverso, *dottore*. Ho solo paura di non arrivare viva a domattina se lo rifacessimo. Invece voglio godere con te quando riaccadrà.»

«Hai ragione», acconsentì prima di scendere con una mano tra i nostri corpi per infilarla, sotto la maglietta, tra le cosce aperte. «*Devi* godere con me quando riaccadrà.» Con due dita mi sfiorò il sesso. Sobbalzando, gli strinsi i fianchi tra le ginocchia appena sentii i polpastrelli accarezzarmi intimamente; schiuse la fessura senza spingersi a penetrarmi, poi con un sorriso carismatico se li portò alla bocca per succhiarli e leccare via i miei umori. Arrossii violentemente, non tanto per la sfrontataggine con cui lo fece quanto perché da lui non me lo sarei mai aspettata. Efrem non smetteva di sorprendermi, per giunta sembrava impazzire per il mio sapore e coglieva ogni occasione per riassaggiarlo come un fuggiasco assetato.

Prima di dirgli quanto apprezzassi quel lato vivace e licenzioso, si alzò prendendomi in braccio. Con un urletto mi aggrappai al suo collo mentre con le mani mi reggeva da sotto i glutei, approfittandone per palparli con violenza. Senza alcuna fatica mi trasportò sul divano accanto, laddove si piegò per adagiarmici con delicatezza. Non sapevo perché avesse deciso di spostarsi, tuttavia il Chester era di gran lunga più comodo della poltrona, soprattutto adatto ad accogliere entrambi. Quando si voltò alla ricerca di qualcosa sul pavimento, temetti che stesse per lasciarmi lì da sola e andarsene, invece, dopo aver individuato ciò che gli serviva, si chinò a raccogliere il taccuino. Infilò la penna tra le pagine e posò tutto sul tavolino, vicino alla lampada accesa e lontano da me.

«Cosa stavi facendo prima che ti interrompessi? Scrivevi?» Mi girai sul fianco in posizione fetale. Efrem si passò una mano tra le ciocche corvine per sistemare i ciuffi ribelli dietro la fronte, poi allentò l'elastico dei pantaloni come se li sentisse troppo stretti. Inconsciamente gli fissai il rigonfiamento notevole sotto al raso raffinato e seppellii la malsana idea di inginocchiarmi ad alleviargli quel fastidio in un modo che avrebbe approvato.

Per quale cavolo di motivo mi era così impossibile resistergli?

Efrem calamitava i desideri più folli, risvegliava il lato più sconcio di una donna, la induceva a cedergli e a tornare da lui perché nessun altro avrebbe avuto il potere di plasmarle sul corpo tutte le fantasie represse, i sogni inespressi o le voglie lussuriose. Era come un incubo opprimente che seduceva la mente, deragliava la ragione e illanguidiva l'anima. Era attraente, intelligente, scaltro, spesso anche troppo austero e calcolatore, eppure inesorabilmente travolgente.

Mai mi ero concessa con tanta foga e prostrazione a qualcuno, ma con lui perdevo ogni facoltà mentale.

Stavo imparando ad amare sia gli aspetti inesplorati della sessualità sia quelli che avevo condiviso in passato con Andy, ma che con Efrem assumevano sfaccettature nuove.

«Stavo appuntando delle sciocchezze.»

Seguii con lo sguardo la sua andatura fiera e decisa finché venne a sedersi accanto a me. Mi spostai appena per fargli spazio, dopodiché mi girai dando le spalle al salone e gli appoggiai il capo sulle cosce, ammirandolo dal basso.

«Sono curiosa.» Tentai di non farmi distrarre dal torace nudo, ma alla fine cedetti. Gli posai un bacio sull'addome, così asciutto da sembrare quello di un lottatore, e me ne tornai buona al mio posto. La sua gamba soda non si poteva considerare un cuscino morbido, tuttavia avere un contatto così intimo con lui non mi fece neanche valutare la possibilità di mettermi comoda.

«Da piccolo soffrivo di *glossofobia.*» Efrem distese un braccio sullo schienale e riprese ad accarezzarmi i capelli, come spesso faceva la mamma prima di addormentarmi. Il suo tocco era così leggero che mi

rilassai, strofinandogli la guancia sul pigiama in segno di apprezzamento.
«Avevo paura di parlare in pubblico, anche davanti a un gruppetto di persone o ad altri bambini come me. Ero un ragazzino estremamente acculturato e intuitivo, ma molto introverso e riservato. All'inizio non capivo come mai avessi questo limite, crescendo ho potuto analizzare me stesso e associare la patologia alla rigida educazione che mi era stata impartita da mio padre. L'ansia di dover essere sempre impeccabile, all'altezza delle aspettative, e l'impossibilità di sbagliare – poiché a ogni errore seguiva una punizione – mi condussero a uno stato di stress e pressione psicologica tali da provocarmi una reale fobia. Spesso ero colto da attacchi di panico al solo pensiero di dovermi interfacciare a numerose persone. Prima che il problema potesse peggiorare e diventare irreversibile, ho seguito una terapia per superarlo.»

Era la prima volta che mi raccontava di lui e del suo passato; che il dottor Markus fosse un uomo eccessivamente rigoroso e patriarcale l'avevo già intuito, mentre non avrei mai immaginato che sottoponesse il figlio a delle punizioni. Questo spiegava perché anche Efrem fosse avvezzo a infliggerle, malgrado riguardassero prettamente l'ambito sessuale. Avrei voluto chiedergli cosa gli facesse il padre, ma non volevo toccare un nervo scoperto, un tasto dolente che, anziché far proseguire la nostra conversazione, l'avrebbe interrotta immediatamente. Efrem era un uomo restio ad aprirsi con la gente, non abbassava quasi mai le sue difese, preferiva farsi carico dei problemi altrui senza permettere agli altri di poter alleggerire i suoi. Viveva le emozioni in maniera anche più totalizzante dei pazienti, ma non era propenso a mostrarle; preferiva tenerle nascoste in uno scrigno d'oro che rare volte mi aveva concesso di aprire. Era orgoglioso, pertinace, non ammetteva alcun tipo di compassione poiché era abituato ad aiutare piuttosto che a essere aiutato. Forse non ne aveva neanche bisogno, perché la vita lo aveva piegato così tante volte da renderlo forte e indistruttibile come pochi. Ed era la sua forza d'animo l'emblema del coraggio, lo stesso coraggio che cercavo di raccogliere per sconfiggere i miei mostri.

«Mi dispiace moltissimo, non credevo che il dottor Markus si spingesse a tanto», mi limitai a proferire per evitare di sconfinare e risultare invadente o indelicata.

«Ora sto bene, ma affinché il disturbo non si ripresenti ho cominciato a scrivere un diario nel quale annoto qualsiasi cosa: i miei pensieri, gli eventi del passato, delle semplici riflessioni o gli episodi più importanti della mia vita. La cosa buffa è che...» Efrem scese a lambirmi la guancia con le nocche, accennando un sorriso confortevole, e la fossetta fece la sua comparsa, ammaliandomi. Avrei voluto che non smettesse più di toccarmi perché adoravo percepire il suo calore sulla pelle, «...scrivo fingendo di rivolgermi a una platea di persone, forse lettori. O meglio, io li chiamo così, ma potrebbero anche non esserlo. D'altronde quel diario è solo carta straccia, non è finalizzato a una pubblicazione. Non sono uno scrittore e non intendo diventarlo. Per me è un esercizio che mi aiuta a tenere sotto controllo la mia fobia. Tutto qui.»

Gli afferrai la mano portandomela contro le labbra e, mentre lo guardavo negli occhi, ne baciai il palmo aperto. Probabilmente non avremmo vissuto alcun futuro insieme, prima o poi le nostre strade si sarebbero divise e non sarebbe esistito più nessun *noi*, ma volevo occupare appieno il tempo che ci restava, volevo lasciargli un segno, un ricordo, qualsiasi cosa potesse riportarlo da me. Ovunque lui fosse andato, ovunque io mi trovassi. «È una cosa meravigliosa. Posso vederlo?»

Efrem mi sfiorò con i polpastrelli la punta della lingua, in un gesto malizioso e sensuale. «Puoi sbirciare, ma senza leggerlo.»

Sgranai le palpebre come una bimba felice; in fretta balzai in piedi per raccogliere il taccuino e subito dopo tornai distesa in posizione supina. Gli appoggiai la testa sulle cosce e, tenendo alto il quadernetto, lo aprii per analizzare la prima pagina. «Guarda qui che titolo iconico: *Vi presento Efrem Krugher*», ironizzai incantata dalla grafia elegante, decisa e perfettamente ordinata, tipica di un uomo di polso, dal carattere rigido e indomabile.

«Certo.» Sollevò un angolo della bocca con strafottenza. «Dovresti conoscermi ormai: quando mi applico in qualcosa so essere molto accurato.»

E lo era davvero.

Con uno slancio euforico mi misi seduta, piegando una gamba sotto di me, e sfogliai con interesse scrutando il contenuto. In alto al centro c'erano le sue iniziali, E.K., appena in basso a destra la data seguita da un aforisma ideato da lui. «Da quanto lo scrivi?»

Efrem mi scostò i capelli dietro la nuca, facendomi rabbrividire, poi mi avvolse un braccio attorno alle spalle per avvicinarmi al suo petto. «Da quando avevo la tua età. Mi è capitato di interromperlo e di riprenderlo varie volte. Non sono molto costante, ma continua a essere un'abitudine allettante.» Un sospiro abbattuto mi indusse a voltare il capo per accertarmi che stesse bene, tuttavia lo colsi a fissare tristemente quel diario. «Sai, ogni tanto penso di essere più problematico dei miei pazienti.»

Non doveva neanche dubitare del suo valore, poiché nessuno l'avrebbe mai sminuito.

Nonostante avesse una personalità particolare e complessa, tutti sapevano che era anche profonda, umile e virtuosa. Forse era diverso dagli altri uomini, ma ciò non significava che fosse peggiore. Settimane prima era stato proprio lui a insegnarmi che la diversità è associata alla stranezza solo perché suscita timore in chi vive in contesti differenti o concilia la normalità a idee personali senza considerare che possono mutare per ognuno.

Con la mano piccola e sudaticcia gli raggiunsi la mascella per incitarlo a guardarmi. Quando mi concesse i suoi occhi, io ci vidi dentro universi inesplorati, il barbaglio di qualcosa di straordinario sul quale ci si incanta e che regala un amore genuino, incondizionato. «Io invece penso che tu sia speciale.» *E che hai l'orizzonte nelle iridi, sai? Quella linea che congiunge il cielo all'oceano, quella linea che mi effonde la speranza di smettere di nuotare nella sofferenza e mi incoraggia a librarmi in volo verso il futuro, ma tu non te ne rendi conto. Non ti rendi conto di ciò che mi fai... vedere.* «Un giorno me lo regalerai?»

«Il mio diario?» Lui parve spiazzato dalla mia richiesta e un tantino imbarazzato. Era strano che l'uomo che mi aveva posseduta così brutalmente, imponendosi con ardore e sussurrandomi oscenità, in quel momento fosse così a disagio per una semplice proposta.

«Sì.» Annuii certa di volerlo portare con me esattamente com'era successo con il romanzo di Pauline Réage dieci anni prima.

Efrem ci rifletté qualche istante, spostando l'attenzione sull'oggetto a cui teneva tanto, poi sbuffò impensierito. «Ne sono molto geloso, non credo di poterti accontentare, piccola Dorie.»

A quel punto inarcai un sopracciglio, determinata a sequestrarglielo con la forza se fosse stato necessario. «Posso sempre agire a modo mio.» Era inutile rammentargli quanto ero testarda quando mi impuntavo su una questione.

Lui socchiuse le palpebre con sadico piacere, poi si chinò sul mio orecchio; col braccio mi schiacciò al suo torace per ingabbiarmi, inspirò il profumo che emanavo e sfregò le labbra calde contro l'arco del collo con una lascivia lenta e tormentosa. Subissata da una languida impotenza, inclinai il capo per esporgli il lembo che stava stuzzicando. «So che ne saresti capace, bambina, ma oggi non hai più dieci anni e io potrei impormi facendoti quelle cosette sporche che ti fanno tanto piangere e ansimare sotto di me.»

Mi pietrificai, respirando con affanno.

Mi fu difficile controllare l'impaccio causato dalle sue allusioni; la tachicardia aumentò e con essa il fracasso nella cassa toracica provocato da una trepidante eccitazione. Non riuscii a frenare il gemito che mi scivolò tra i denti a causa della muscolatura virile che mi inglobava e stordiva con un erotismo lacerante. «Uff, sei davvero ingiusto.» Mi arresi alla magnetica sensualità che sapeva utilizzare per disarmarmi. Con riverenza richiusi il diario e, di nuovo, mi acciambellai come un gattino, rivolta verso di lui col capo appoggiato sulla sua gamba. Efrem intuì che non avrei insistito e riprese le sue carezze per premiarmi di quella gradita accondiscendenza. «Sembra che tu abbia sofferto molto durante l'infanzia.» La mia doveva essere una riflessione tacita che ingenuamente espressi a voce alta. Lo fissai allarmata, sperando di non averlo offeso, tuttavia mi acquietai quando Efrem rimase tranquillo, beandosi del nostro momento di complicità.

«Soffriamo tutti, per un motivo o per l'altro. Il dolore serve a ricordarci ciò che abbiamo passato o sopportato e a renderci consapevoli della nostra forza.»

Una risata sardonica smorzò la serietà della sua risposta giacché avevamo opinioni discordanti a riguardo.

«Io credo semplicemente che la vita ce l'abbia con me dato che mi riserva solo sofferenza.»

«Perché sei così pessimista?» Efrem mi sollevò il mento e io reclinai la testa per ubbidire all'ordine implicito di guardarlo. «E se tutto quello che hai affrontato finora fosse solo l'anteprima che ti sta preparando a ciò che davvero meriti? Le pagine della vita sono infinite e tu sei ancora all'inizio della lettura.»

Sbattei le ciglia incuriosita. «E cosa pensi che mi attenderà nell'epilogo?»

«Devi vivere per scoprirlo.» Si piegò a scoccarmi un bacio sulla punta del naso che arricciai leziosa. «Sono certo che, qualsiasi sarà il finale, ciò che conta davvero è il valore che avrai dato a ogni singolo giorno.»

Mi trattenni dal piangere quando la mente regredì al passato, scaraventandomi in una notte estiva e disastrosa. «Anche il giorno in cui è morta la mamma ha un valore?» tentai di non balbettare, ma le corde vocali mi vibrarono sull'orlo di uno strazio che cercavo di contenere.

«Sì, perché, anche se non la vedi, non significa che se ne sia andata.»

Mi rannicchiai e piegai le ginocchia, pervasa da un'improvvisa sensazione di freddo; Efrem mi accarezzò la nuca cercando di confortarmi e placarmi con la sua vicinanza.

«Tu non sai cosa è successo. È stata colpa mia. Io...»

«Dorie.» Mi interruppe con indulgenza. «Se vuoi parlarmene, se vuoi condividere con me il tuo dolore, sai che sono l'unico con cui puoi farlo. Sono qui per te. Sono sempre stato qui per te.»

Trassi un respiro profondo, sentendo per la prima volta l'esigenza di appoggiarmi alle spalle di qualcuno, di sorreggere insieme a lui il fardello che mi trasportavo dentro da due anni. Potevo fidarmi di Efrem, potevo permettergli anch'io di sfogliarmi l'anima come se fosse il mio diario segreto. «Era il 18 agosto quando...»

In quel salotto regale, con l'emozione che mi chiudeva la gola e la volontà che apriva la stanza del mio cuore, gli raccontai della piccola Thea che aveva smarrito se stessa.

Gli raccontai cosa successe in quella sera senza angeli.

Di quanto l'essere umano fosse feroce e abietto.

Di come il tempo era fuggito via lasciandosi dietro l'aroma amaro della perdita.

Gli raccontai di come, dopo la morte della mamma, le notti si erano susseguite insonni e di come sullo specchio scorgevo i miei rimorsi, dilaniata dall'urlo dei sensi di colpa.

Gli raccontai di come non avevo più visto l'alba sorgere.

Di come non avevo più ammirato il sole scaldare le margherite.

Di come vivevo nel gorgo della tristezza.

E lui mi ascoltò.

Magnanimo, attento, silenzioso.

Mi ascoltò come se fossi una bambina che gli stava narrando una favola.

Una favola che spense le stelle, fece calare un sipario oscuro sulla terra e infuriò contro il riemergere di quei ricordi...

14
Thea

E così io muoio con un bacio.
William Shakespeare

18 agosto, due anni prima...

A volte ci arrabbiamo.

Ci arrabbiamo soltanto per proteggerci, per urlare contro chi non riesce a capirci o, forse, per rimarcare un'ingiustizia ricevuta.

Ci arrabbiamo senza cattiveria, perché in quella rabbia c'è solo afflizione, sofferenza, fragilità, solitudine, confusione e spesso i genitori non ci comprendono.

E noi non comprendiamo loro.

È colpa tua se la mamma è morta, continuava a ripetermi la vecchia Thea, e c'era un motivo preciso per il quale mi sentivo responsabile di ciò che le era successo.

E quel motivo risaliva a una notte di agosto.

In quel periodo discutevo spesso con la mamma a causa dei miei voti bassi, della cattiva condotta a scuola e delle continue sospensioni del preside dovute alle mie sregolatezze. L'ultima volta, proprio lui, aveva sorpreso me e Andy a rollarci una canna seduti sul muretto del cortile e aveva convocato d'urgenza i nostri genitori per informarli della situazione, preoccupato che il nostro vizio potesse sfociare in dipendenze più gravi.

Da quel colloquio mia madre era uscita devastata.

Aveva cominciato a vietarmi di usare il telefono e il computer se non per studiare. Mi aveva proibito di frequentare i miei amici o di vederli nel fine settimana. Non era una donna severa, mi metteva di rado in punizione, ma in quei mesi aveva adottato una soluzione drastica per aiutarmi a capire in cosa stessi sbagliando e per aiutare se stessa a comprendere perché stesse fallendo con me, perché avesse una figlia così ribelle e scapestrata.

Non c'era una particolare ragione.

La prima psicologa alla quale mia madre mi costrinse a rivolgermi le spiegò che stavo affrontando una delicatissima fase di passaggio dalla bambina che ero all'adulta che sarei diventata e che questo provocava nei giovani instabilità, disorientamento o esplosioni di rabbia immotivate. Io tendevo a imbottigliare le sensazioni ed emozioni nuove poiché non riuscivo a riconoscerle, pertanto, quando mi si presentavano davanti, reagivo con impeto e aggressività. La dottoressa aggiunse anche che non c'era nulla che non andasse in me, ma che l'assenza di una figura paterna aveva in qualche modo influito negativamente sul mio percorso di crescita.

Spesso sentivo la mamma piangere con nonna Lizzie, pregarla di darle una mano nell'educarmi perché da sola non riusciva a gestirmi. Tra un singhiozzo e l'altro le diceva che alcuni lati del mio carattere le ricordavano molto quel delinquente di Royce, *mio padre*, e che anche lui come me era sempre stato un uomo difficile da sopportare, difficile da amare.

Conclusosi il penultimo anno di scuola, mia madre decise che sarei stata in punizione per tutta l'estate e che avrei dovuto trascorrere il tempo a studiare per migliorare nelle materie in cui avevo riportato le valutazioni più basse e prepararmi al meglio per l'inizio del nuovo anno.

Inutile contare quante volte le avevo ripetuto che consideravo esagerata e insensata la sua presa di posizione.

Per indurla ad allentare il collare con il quale tentava di tenermi a bada, scappai di casa varie volte, ma Andy o nonna Lizzie riuscirono sempre a riportarmi indietro.

Finché un sabato sera, consapevole di non poter uscire e che mia madre non aveva alcuna intenzione di restituirmi la libertà che mi aveva tolto, accettai di andare con le mie migliori amiche a una festa estiva organizzata da un gruppo di studenti universitari.

Hazel e Marylou erano peggiori di me: si mettevano nei guai, inseguivano il pericolo e frequentavano ragazzi più grandi. Sostenevano che erano più interessanti dei nostri coetanei e che con loro vivevano esperienze mozzafiato. Erroneamente le consideravo le mie sorelle maggiori dato che non ne avevo mai avuta una; pendevo dalle loro labbra qualsiasi cosa mi proponessero. Erano state le prime a degnarmi di considerazione a scuola, perciò con loro mi sentivo forte, accettata, apprezzata. Una ragazza normale che non era sottoposta a giudizi inutili né per i suoi problemi famigliari ed economici né per la misera vita che conduceva. Allora, per paura di essere emarginata, di essere respinta e di perdere la loro amicizia, le assecondavo sempre, anche quando in cuor mio sapevo che era un errore.

Quella sera feci qualcosa di completamente stupido e incosciente: mi vestii in fretta, scavalcai la finestra, imboccai le scale antincendio e mi infilai nella loro macchina lasciando la mamma da sola, a casa, nella totale convinzione che io fossi di sopra in camera a studiare.

Non sapevo che quel gesto banale, il semplice atto di ribellione di un'adolescente in cerca di se stessa, sarebbe stato l'inizio di tutti i miei incubi…

«Ti sembra normale ciò che hai fatto?» mi sbraitò contro la mamma, infervorata per la mia ennesima bravata. Erano circa le due del mattino. Non sapevo come, ma il padre di Marylou aveva scoperto che ci eravamo intrufolate al party di una confraternita ed era andato su tutte le furie. Aveva avvertito sia i genitori di Hazel sia mia madre, la quale, qualche ora dopo, si era infilata in macchina per recarsi all'indirizzo che il signor Berry le aveva comunicato.

«Guardati. Sei ubriaca fradicia. E hai solo diciott'anni, Thea. Diciotto!» urlò al limite dell'esasperazione. «Se non ti fosse chiaro: non puoi bere.»

La guardai circospetta, oltre che stralunata: indossava un pigiama di seta bianco con delle pantofole oscene che non si era degnata di cambiare prima di uscire di casa, segno che si era precipitata fuori con lena senza neanche preoccuparsi di rendersi presentabile.

Non che io lo fossi più di lei.

Con una smorfia annoiata abbassai l'aletta parasole per specchiarmi. Il mio viso era tremendamente sfatto, col trucco colato sulle guance, il rossetto che fuoriusciva dal contorno delle labbra e i capelli in disordine come se qualcuno ci avesse versato sopra qualcosa di appiccicoso e fruttato.

Presa dall'ira, la mamma la richiuse con violenza per attirare la mia attenzione.

Trasecolai e controvoglia le diedi la risposta che aspettava. «Ho bevuto solo poco così.» Strinsi l'indice e il pollice tra loro indicando una quantità minima e falsata. La mamma mi lanciò un'occhiataccia in tralice e compresi che non avrei potuto mentirle, quindi mi adagiai contro il sedile, con il capo ciondolante e sbuffai. «Cioè tanto così.» Aumentai la distanza tra le dita, confessando la verità.

La mamma continuava a guidare, con lo sguardo puntato sul parabrezza e il volante serrato tra le dita come se fosse sul punto di spaccarlo. «Spero per te che tu non sia incinta.»

«Incinta?» ridacchiai, ripensando a Blake Harris e a ciò che aveva ottenuto da me. No, ottenuto non era il verbo giusto. Preteso era di sicuro più indicato, giacché mi aveva sbattuta contro il muro per rubarmi un bacio e un rapporto orale di cui rammentavo qualche frammento sparso, piccoli flash che mi abbagliavano la vista e che erano troppo confusionari per permettermi di ricostruire l'accaduto. Chissà come ci ero finita dall'assaporare le sue labbra a sentire nelle mie qualcosa di più spesso e invadente, eppure non ricordavo di avergli dato il consenso né di essermi mostrata propensa a compiacerlo. A ogni modo non avrei voluto concedergli alcunché, quel viscido mi aveva costretta, mi aveva bloccata e indotta a inginocchiarmi spingendomi in bocca la sua eccitazione, dando per scontato che io fossi d'accordo, ma non lo ero perché lo stato di ebbrezza inibisce la capacità di intendere e di volere e io non ero nella condizione di poter ragionare. Lui lo sapeva, si era accorto che avevo bevuto troppo e, anziché lasciarmi andare, aveva preferito farmi male, calpestarmi e approfittarsi di me soltanto perché ero più debole, incapace di difendermi.

Come potevo confessare alla mamma che non ero incinta, ma che avevo subito un altro tipo di violenza?

Non ce l'avrei fatta.

Certe cose non si ha mai il coraggio di dirle ai propri genitori, a volte per tutelare noi stessi.

Altre volte per tutelare loro.

«Hai presente quelle feste in cui i ragazzi più grandi approfittano delle giovani ubriache? Ecco.» La mamma sbatté un palmo sul volante per sfogare la rabbia che esondava e si propagava nell'abitacolo fino a spezzarle il respiro. «A volte le fanno ubriacare di proposito. E nello stato in cui sei, non ricorderesti se...»

«Non è il mio caso.» Per fortuna Blake non si era spinto così oltre, sebbene sospettassi che, se fossi rimasta con lui, non avrebbe avuto scrupoli a strapparmi via anche quell'ultimo brandello di dignità. Era di bell'aspetto, prepotente e spavaldo quanto bastava a far precipitare ai suoi piedi chiunque volesse; non era abituato a essere respinto da una ragazza, perciò ero diventata il suo chiodo fisso a causa dei numerosi rifiuti che gli avevo propinato nei nostri incontri precedenti, avvenuti sempre in compagnia degli amici che avevamo in comune. Non avrei mai immaginato che, una volta rimasti soli, avrebbe commesso un'azione tanto subdola e ignobile soltanto per vincere la stupida sfida che aveva lanciato a se stesso, ovvero quella di schiudere con la forza l'unica noce che non era riuscito ad aprire. «Sono l'ultima vergine della mia classe.» Per sicurezza abbassai la testa e alzai un po' la gonna di jeans per controllare. «E ho ancora le mutandine addosso.» Semplici slip di cotone azzurro con la stampa di piccole chitarre elettriche che non avrebbero sortito alcun effetto erotico su un ragazzo. «Quindi no, mamma: nessuno mi ha toccata.»

«C'è poco da scherzare, Thea.» Lei non trovava affatto divertente il mio modo di sdrammatizzare; l'avevo combinata grossa e non c'era granché da fare per rimediare. Forse tacere sarebbe stata la mossa più astuta, ma io ero troppo caparbia per starmene in silenzio a sorbirmi le sue ramanzine. «Santo cielo, non ti rendi conto del tuo comportamento. Di quanto tu faccia male a te stessa e anche a me!»

«Per una banale festa? Sul serio?» Quasi scoppiai a ridere per l'eccessivo peso che stava dando alla situazione. Ero ancora integra, sana e salva, seppure con la gola che bruciava e le mascelle che dolevano. Quella era l'unica traccia che avvertivo di Blake e che mi confermava che ciò che era successo non era stato, purtroppo, frutto della mia immaginazione. «È estate, mamma. E tu non mi fai uscire da tre mesi.»

«Avremmo potuto parlarne. Ti avrei concesso di vedere le tue amiche, invece no. Come al solito hai agito d'impulso e ti sei imbucata a una festa in cui circolavano alcol e droga a volontà!»

«Non ho preso niente. Non sono stupida.» O almeno non lo ero fino a quel punto; mi ero sempre tenuta alla larga dalle sostanze stupefacenti. Non ero neanche favorevole al fatto che Andy avesse cominciato a farne uso e lottavo ogni giorno per convincerlo a smettere.

«Sì, che lo sei», mi offese lei, con i nervi a fior di pelle. «Quanti anni avevano quei ragazzi?» Si riferiva agli amici di Marylou e Hazel. «Ventidue? Ventiquattro?» Su per giù avevano quell'età; Blake invece era un amico di Halima e ne aveva venticinque. «Siete delle bambine a confronto. Avrebbero potuto abusare di voi, costringervi a prendere pasticche o chissà cos'altro.» Si passò convulsamente una mano tra i capelli raccolti in una coda semialta, tremando per le scene terribili che le affollarono la testa.

«Te lo ripeto: non sono stupida.» Tentai di tranquillizzarla soprattutto perché, inconsapevolmente, stava accelerando troppo e la strada non era del tutto isolata o priva di pericoli. Avremmo potuto schiantarci contro un palo o un'altra auto se non fosse stata attenta. «Conosco i miei limiti.» Per una volta nella vita, cercai di essere prudente e tirai la cintura di sicurezza per allacciarla; mi fidavo della mamma e della sua guida, tuttavia nello stato alterato in cui era sbandava spesso e non decelerava in prossimità dei segnali di avvertimento.

«Se li conoscessi non avresti fatto una cosa del genere, Thea. Sono tua madre. Devi ascoltarmi quando ti impongo dei divieti o quando ti dico cosa è sbagliato fare alla tua età.»

«Ho la nausea.» Arricciai le labbra, massaggiandomi la pancia. Non sapevo se quell'ondata stomachevole provenisse dall'alcol ingerito o dal mal d'auto, in ogni caso temevo di rimettere da un momento all'altro.

«Come la nausea?» Mia madre mi lanciò un'occhiata di sbieco, provando a non distrarsi troppo. «Devi vomitare?»

«Ho già vomitato due volte.»

«Figurati.» Scosse il capo sempre più delusa, tremando d'agitazione. «Hai bevuto a stomaco vuoto?»

«Sì», ammisi sofferente, prima di posare il capo sul poggiatesta e voltarmi su un fianco per guardare lei anziché la strada. «Credo che ho bisogno di mangiare qualcosa.»

«Non riesci ad aspettare che arriviamo a casa?»

«No.» Con i palmi sul ventre, mi appiattii contro il sedile, tentando di placare il martello pneumatico che mi batteva tra le tempie. «Ho i crampi.»

Il cibo, in quel momento, era l'unica cosa che desideravo: affogare il mio malessere in un pacchetto di Skittles, di patatine o snack ipercalorici mi avrebbe aiutata a stare meglio. D'altronde era il rimedio a cui ricorrevo ogni volta che avevo bisogno di disattivare le emozioni scomode; la psicologa sosteneva che mangiare anche solo una barretta di cioccolato poteva servire a scacciar via le sensazioni negative – dettate spesso da un evento spiacevole –, a provare un'improvvisa calma e di conseguenza un benessere fisico e mentale, e che era assolutamente normale che in alcune persone si innescassero degli attacchi di fame, del tutto esauribili in brevi minuti e presenti solo in situazioni circoscritte, soprattutto negli adolescenti.

E io in quel frangente ne avevo molta.

Dopo qualche minuto, ci fermammo a una stazione di servizio.

La mamma accostò l'auto vicino a uno dei distributori e ne approfittò per fare benzina mentre io osservavo dal finestrino, con l'acquolina in bocca, l'insegna luminosa del minimarket poco distante. Tutt'attorno non c'era anima viva, a parte un camionista che stava sonnecchiando con la visiera del berretto calata sugli occhi e una vecchia motocicletta parcheggiata vicino a una siepe. Tuttavia, l'area di sosta non era nulla di deprimente o fatiscente. Nulla di paragonabile agli spazi transitori e desolati proposti dai film. Era, invece, una struttura nuova, con un design moderno e luminoso. Dalle pareti trasparenti potei già adocchiare gli scaffali pieni di spuntini e alimenti vari. Quella visione mi fece brontolare la pancia e mugolare agognante. Intanto la mamma aveva pagato e riposto la pompa, per poi battere le nocche contro il finestrino e farmi cenno di scendere.

Entrammo insieme nel piccolo negozio.

Una signora mora abbigliata di cappellino e tuta grigia ci salutò cordialmente mentre io mi guardavo attorno alla ricerca di qualche pacchetto di Pringles.

«Torno subito», avvertii la mamma prima di allontanarmi. Girovagai a passo incerto, reggendomi di tanto in tanto a qualsiasi punto d'appoggio utile a non farmi stramazzare al suolo; la tediosa musichetta pop che echeggiava nel posto, per renderlo più accogliente ai clienti o ai turisti, mi ronzava nelle orecchie a un volume moderato facendomi sbuffare continuamente poiché avevo un mal di testa tale da non sopportare neanche il suono della mia voce.

Una volta individuato il ripiano sul quale erano disposte le patatine, ne feci una scorta di quattro bustine e per sicurezza presi anche due pacchi di biscotti. La canzoncina fastidiosa in sottofondo accompagnò ogni mio piccolo passo mentre i corridoi vuoti rendevano il luogo a dir poco spettrale. Mi girai per cercare mia madre, ma le scaffalature ingombranti non mi permisero di vederla; probabilmente era rimasta all'ingresso.

Quando mi incamminai indietro, con gli acquisti stretti al petto, una strana sensazione d'allarme mi serpeggiò lungo la schiena, come un presagio vago e confuso che mi provocò solo una forte inquietudine.

D'un tratto, scoppiarono un grido disperato, seguito da un altro urlo, e due assordanti colpi d'arma da fuoco.

Sobbalzai spaventata e lasciai cadere tutto ciò che avevo tra le mani per correre da lei.

Con il cuore in subbuglio, il fiato rotto, la paura a scorrermi nelle vene aggirai l'ultimo scaffale.

E ciò che vidi mi raggelò.

Il turbamento iniziale confluì in puro terrore.

Della commessa non c'era più traccia, a eccezione di un'enorme macchia purpurea che imbrattava l'orologio e la parete dietro il bancone.

Non ebbi neanche il tempo di rendermi conto di cosa stesse accadendo che mi nascosi per non essere scoperta.

Due uomini robusti, vestiti di nero, con dei passamontagna a coprire i loro volti, solcati in direzione degli occhi e della bocca, stavano svaligiando la cassa e gettando i contanti alla rinfusa in un borsone aperto.

«Sbrigati, cazzo!» intimò uno dei due malviventi scavalcando con una sola falcata il corpo che giaceva a terra, apparentemente privo di vita. Con un gesto sicuro, si infilò la Beretta dietro la schiena sotto la cintura dei pantaloni e alternò lo sguardo dal collega all'ingresso. «Andiamo, andiamo, forza!» continuò a incitarlo con impazienza. Quando l'amico sgraffignò tutte le banconote fino all'ultimo mazzetto di dollari, si diresse spedito verso di lui e insieme fuggirono oltre la porta a vetro, lasciandosi alle spalle solo palpiti di vita interrotti e dolore.

Tanto dolore.

Impietrita dalla paura, in totale stato di shock, fissai l'altra donna distesa sul pavimento.

I capelli biondi si erano aperti a raggiera sotto il capo, le braccia erano immobili lungo i fianchi, un proiettile le aveva perforato il petto e un'enorme macchia cremisi aveva cominciato a impregnarle la camicetta bianca.

Mi si gelarono le ossa, il respiro si incastrò nei polmoni quando mi avvicinai lentamente e con una debole stilla di coscienza riuscii a riconoscerla: era *lei*.

«Mamma», sussurrai nella speranza che potesse sentirmi, che fosse solo tutto un brutto incubo dal quale presto ci saremmo svegliate. Ma quando nessuna parola sferzò l'aria, nessun battito di ciglia le smosse lo sguardo narcotizzato, compresi. Compresi che la mamma stava andando via. Tremante, mi inginocchiai al suo fianco e le sollevai la testa posandomela sulle gambe; le sue iridi aggrappate disperatamente alla vita avevano il colore del cielo che albeggia, le labbra erano ancora rosate e calde. «Mamma...» la chiamai sottovoce sperando che quel suono delicato potesse raggiungerla e trattenerla lì, con me.

Lei parve udirmi e a fatica riuscì a girare lo sguardo nella mia direzione, sbattendo debolmente le palpebre. «Dorie.» Il mio nome le sfuggì con un piccolo rantolo di sofferenza.

«Mamma, resta con me. Okay? Chiamerò subito qualcuno.» Le premetti l'altra mano contro il petto schiacciando la ferita per bloccarne l'emorragia. Sentii le dita inumidirsi; piccole e impotenti lottavano per arrestare quei rivoli rossi e incessanti. «Non è niente. Non è niente, è solo un taglietto.» Volevo rassicurarla, farle capire che avremmo risolto tutto, che saremmo tornate insieme a casa, da nonna Lizzie. Che avremmo ripreso a guardare le nostre serie tv preferite, a mangiare un sacco di Skittles in compagnia di Andy e che non l'avrei più delusa.

Che sarei stata la figlia che lei meritava.

E se non avessi avuto il tempo di dimostrarglielo o se quel tempo avesse cominciato a remarci contro, allora sarei andata via con lei.

Avrei trovato un piccolo spiraglio nel quale infilarmi per seguirla.

«Dorie...» Si fermò per raccogliere un po' d'ossigeno che la morte stava cercando di sottrarle. Nonostante avessi la vista appannata dal pianto, riuscii a vederla: era ancora con me, col battito palpitante e tutti i colori del mondo a brillarle negli occhi. Gli stessi occhi che da bambina credevo avessero inghiottito il sole, tanto erano luminosi. «Ascoltami. Ascoltami bene, piccola mia. Prenditi cura della nonna e soprattutto di te stessa. Io ti sarò sempre accanto, d'accordo?» Parlare le costava fatica, così cercai di sollevarle meglio la testa, togliendole qualche ciocca dalla fronte in una carezza tremolante. «Ovunque sarai, qualsiasi cosa farai, sarò con te. Anche se non mi vedrai, anche se non ascolterai la mia voce, io vivrò *in te*, lì, nascosta in quel cuoricino tenero ma ribelle. Non importa se sbaglierai, se inciamperai o cadrai ancora. Non importa, Dorie. Riuscirai a rialzarti e sarai più forte di prima. Diventerai una donna consapevole, una mamma responsabile, ma solo dopo che avrai realizzato tutti i tuoi sogni. D'altronde sei la mia piccola rockstar.» Un colpo di tosse la interruppe un istante, poi, traendo un sospiro profondo, cercò di proseguire. «Sentirò la tua musica, inviterò gli angeli ad ascoltarla con me e con fierezza ti indicherò dall'alto, dicendo loro: 'Ehi, quella è mia figlia. Ha vissuto una vita difficile, senza un papà che le stesse accanto e senza una mamma che potesse iscriverla a una scuola di musica o comprarle una chitarra nuova, ma guardate che talento. Ha imparato a suonare e alla fine ce l'ha fatta'.» Posò la mano anchilosata, tiepida, sulla mia e la strinse, prima di concedermi un ultimo saluto. Un addio silenzioso che sarebbe rimasto scolpito nell'anima per tutto il tempo che avrei vissuto senza di lei. «Sei ancora tanto giovane, imparerai un giorno a distinguere il bene dal male. E troverai le risposte dentro di te. La vita è un enorme punto di domanda per tutti noi. Nessuno ci ha insegnato come affrontarla, perciò vivila appieno, anche sbagliando perché è dagli errori che molto spesso capiamo chi siamo. E sii felice. Ti prego. Sii felice perché è tutto ciò che desidero per te, Dorie. Promettilo.»

«Non posso, mamma.» Le lacrime continuavano a scorrermi lungo le guance. Salate, amare, afflitte. Respiravo a singhiozzi, il petto si comprimeva in una morsa di dolore insopportabile, tanto che mi piegai su di lei per posarle la fronte sulla guancia. Non potevamo separarci, non sarei sopravvissuta senza di lei. «Non posso.»

«Promettilo.» Mi baciò la mano, strofinandosi le nocche contro le labbra, determinata a strapparmi una promessa che non ero sicura di poter mantenere. «Voglio vederti felice. Ti prego, non privarmene. Non privarmi della possibilità di vederti rincorrere la felicità. Era ciò che facevi sempre da piccola quando nel parco credevi di poter catturare i colibrì e brillavi di gioia perché amavi ammirarli mentre volavano. Continua, Dorie, continua a credere nella vita.»

Quelle furono le sue ultime parole che raccolsi tra le braccia e strinsi a me, con tutta la debole forza che mi era rimasta. Chiuse le palpebre lentamente, con una grazia dolce ed elegante, cadendo come una principessa nell'oblio di un sonno dal quale non sarebbe più tornata, un oblio inevitabile che mi sbriciolò il cuore svuotandolo di ogni arcobaleno.

E ogni tuo sorriso rimarrà il ricordo di una vita trascorsa insieme.

Continua a dipingere i colibrì sulla tela del cielo.

Insegna l'arte anche agli dèi.

Io volgerò il viso alle tue opere e ne vedrò i colori, avrei voluto sussurrarle, ma non ne ebbi il tempo.

Il destino non mi concesse un secondo di più con lei.

Fu frettoloso, meschino, incurante di portarmela via.

Da allora cominciai a sognare quell'amore perduto, ad abbracciarne il vuoto, a guardare il cielo per ammirare ogni piccolo volatile che, ammantato di ali variopinte, lo attraversava e sorridevo quando si esibiva in piroette magiche come se fosse la mamma a danzare tra le nuvole.

Inspiravo i profumi nell'aria, cercavo quello dolce delle more, immaginando che potesse essere una sua carezza. Camminavo verso l'infinito pestando un sentiero pieno di detriti nella speranza di giungere al confine e trovarci il sole.

Volevo rivedere le sue nuance calde, intense, luminose.

Le dicevo sempre: «*Mamma, tu hai il sole negli occhi*».

E io continuai a cercarlo ovunque.

Da quando lei non c'era più, sembrava che la Terra fosse precipitata nell'oscurità, che il mondo non conoscesse più la luce e che piangesse troppo spesso.

Da quando l'avevo persa, non c'era più nulla in cui credere, nulla da sognare, nessun fiore da cogliere, nessun'alba da vedere, nessun orizzonte da raggiungere, solo spine e petali sgretolati.

Un inverno gelido che ripudiava la *primavera.*

E accoglieva il freddo.

Soltanto il freddo.

Alla fine non potei trattenere le lacrime; le liberai, le lasciai scorrere.

Ancora distesa su un fianco, gettai le braccia attorno all'unico uomo al quale mi sentivo inesorabilmente legata e gli bagnai l'addome, aggrappandomi a lui con tutta la disperazione che traboccava dai miei singulti. Efrem mi tenne forte, mi consolò accarezzandomi i capelli e la schiena, pronto a rimettere insieme tutti i pezzi che gli erano crollati davanti agli occhi come cocci di vetro. Non avevo mai parlato a nessuno di quella notte; lui mi aveva ascoltata e mi aveva permesso di sfogarmi restando in silenzio, per rispettare il mio lutto e concedermi di metabolizzarlo una seconda volta; mi aveva permesso di mostrargli quel lato sensibile e fragile che avevo sempre nascosto dietro un atteggiamento di superficiale indifferenza e che lui aveva scorto subito, poiché mi aveva capita prima ancora che io capissi me stessa e non aveva mai avuto bisogno di scuse, giustificazioni o spiegazioni. Aveva solo atteso che fossi pronta a quell'ultimo passo, che fossi pronta a fidarmi abbastanza da raccontargli senza alcuna costrizione il dolore che avevo vissuto quel giorno.

E lui lo assorbì, provò a incanalarlo dentro di sé, ad alleggerirne il peso, a trattenerlo nel corpo perché era più grande di me e sarebbe riuscito a sopportarlo. Avrebbe preferito che spezzasse lui, che mangiasse il suo cuore, che incrinasse le sue ossa, purché smettesse di tormentare la vita di una ragazza, troppo debole e giovane per poterlo abbattere.

Se fosse servito uccidersi per privarmi del dolore e salvarmi, l'avrebbe fatto; era questo ciò che mi comunicava il suo abbraccio.

Morirei per restituirti una vita piena di sogni.

Te la concederei attraverso il mio sacrificio.

Farei qualsiasi cosa per vederti volare e risplendere sotto il sole.

Il suo battito cardiaco era così forte che per un istante sollevai il capo per guardarlo e accertarmi che stesse bene; a quel punto lui mi ghermì il viso con i palmi e si chinò a cercare le mie labbra che sfregò contro le sue in semicerchi lenti e languidi incitandomi a ricambiare. Vinta e arrendevole, mi ritrovai a cedere alla sua lingua che mi esplorò in un modo così dolce e premuroso che cominciai a tremare mentre i singhiozzi tracimavano nella sua bocca. Non pretese un bacio irruente, ma fu ugualmente intenso e passionale, finché appoggiò la fronte alla mia e attese che mi calmassi, mentre con i pollici mi accarezzava le guance per asciugarle. Come una bambina, mi arrampicai su di lui, sedendogli sulle gambe, di fianco, ed Efrem mi strinse facendomi posare la testa tra la spalla e il collo.

Qualcosa si chetò dentro di me, come se lui stesse mettendo radici in luoghi che non riuscivo a riconoscere; lasciò sbocciare la primavera sulle macerie del passato. Un'edera incantevole corse a germinare tra le mie crepe, un vento leggiadro mi fluì nel sangue e lo squittio di tenere risate aleggiò in un campo abbandonato.

Quando fece scorrere i polpastrelli lungo la schiena, sotto la maglietta, le membra tornarono piano piano a rilassarsi come se fosse l'unico capace di riordinare le emozioni, di depistarle, allontanarle dalle tenebre e ornarle di floride ghirlande. Efrem voleva prendersi la mia anima; non gli importava che fosse rotta, sgualcita, ammaccata o imperfetta, voleva raggiungerla e curarla, risollevarla e donarle due ali piumate con le quali permetterle di fuggire dal limbo nel quale era caduta.

Non avrebbe accettato di fallire né di vederla marcire sotto uno sterpo spinoso.

«Grazie per la fiducia che mi hai elargito, Dorie. Questa è l'*empatia*: mi hai concesso di entrare nella tua sofferenza.» Con un respiro profondo, possente, in grado di scuotere il cosmo intero, Efrem mi circuì il girovita con un braccio; ero così piccola che sembravo un giglio nelle mani di un gigante. Tirai su col naso e lo fissai dal basso rapita mentre, tra le ciglia bagnate, le sue fattezze assumevano contorni più nitidi. «E credimi, ti capisco più di chiunque altro perché anch'io ho perso mia madre quando avevo appena dieci anni», confessò facendomi subito sentire in colpa. Un badile mi piombò sul petto poiché avevo sempre pensato che non avesse mai perso nessuno, invece, per volere di un fato beffardo, avevamo vissuto il medesimo tipo di lutto. «Credo di non aver mai superato la sua morte», proseguì pacato, smarrito in se stesso mentre si avvolgeva all'indice le punte dei miei capelli. D'istinto mi rannicchiai contro il suo torace nudo, avvertendone il calore scorrermi addosso, scaldarmi e confortarmi. «Tuttavia sono andato avanti affidandomi alla speranza perché lei mi ripeteva sempre: 'Spesso dietro l'amore si cela la speranza e dietro la speranza si nasconde un grande coraggio'. Amiamo tutto ciò in cui speriamo. E quando perdiamo ciò che abbiamo amato, il modo per dimostrare la veridicità di quel sentimento è avere il coraggio di non smettere di sperare.»

Con un movimento sgraziato strofinai il dorso della mano sulle palpebre per ripulirle dalla foschia dei cattivi ricordi e ribattei con voce rotta: «Sperare in cosa?»

Efrem mi sistemò una ciocca dietro l'orecchio e mi tenne la testa contro il suo petto, percependo il mio bisogno di lui, di sentirne il tocco consolante e l'aura vivificante attorno a me. «Sperare nei cambiamenti, sperare nei miglioramenti, sperare che per noi stessi ci sia sempre qualcosa ad attenderci, anche quando siamo sfiniti, anche quando pensiamo che tutto ciò che stiamo facendo sia inutile. Sperare vuol dire credere. E credere vuol dire vivere. Sono le due forze motrici della vita.» Inclinai il capo per incontrare i suoi occhi e li vidi bellissimi, luminosi, un'eclissi che ombreggiava qualsiasi cosa ci circondasse. Gli attimi in cui ci guardavamo erano i migliori delle mie giornate; quando lui era dentro di me e io dentro di lui sembrava che non esistesse niente all'infuori di noi. «Ricordi cosa ti dissi tempo fa? Non si può evitare il dolore di un lutto, ma si può evitare la sofferenza che proviene dall'impossibilità di impedire certi eventi della vita. Non è colpa tua se lei è morta, sarebbe successo in un modo o nell'altro perché non possiamo prevedere né fermare il destino. Il dolore è come un compagno d'avventura col quale bisogna convivere. È fastidioso, crescente, insopportabile, ma ha un suo ruolo: vive nei ricordi, è radicato in qualcosa che non abbiamo più o in qualcuno che abbiamo perso. Lo senti principalmente qui.» Con dolcezza mi toccò il diaframma posandomi la mano sotto lo sterno, sullo stomaco, e io trattenni il respiro quando col pollice mi sfiorò distrattamente un seno. «E si dipana in tutti gli angoli del corpo fino a debilitarti. Mi hai raccontato di tua madre e hai pianto. Le lacrime sono il segno di qualcosa che stai lasciando andare, un modo per svelenirti. Il dolore è un'energia: riconoscerla, gestirla e accettarla serve a tramutarla in forza. Se lo vivi, lo sopporti e smetti di sfuggirgli diventi inattaccabile e lui non può fare nulla per vincerti. È un meccanismo semplice: dal dolore curi il dolore stesso.» La sua voce mi camminò dentro, cosparse scintille di luce, effuse una pace e una serenità che mi indussero a socchiudere le palpebre come pervasa da una spossatezza benaccetta. Parlargli della mamma mi aveva affaticata, perciò mi accasciai su di lui, tirando le ginocchia contro il petto. Memorizzavo tutto ciò che mi stava esponendo, lo ascoltavo con attenzione senza ribattere poiché l'unica cosa che contava davvero era comprendere i suoi consigli e farne tesoro. «Il cuore ha una sua memoria, sai?» Mi avvolse attorno anche l'altro braccio e mi cullò come se fossi piccolissima. «Non è un'affermazione sentimentale, ma è frutto di una scoperta scientifica. Custodisce i ricordi e soffre se perdiamo qualcuno, al contempo il corpo, quando avverte un eccessivo stress, interviene per aiutarti a stare meglio. In sostanza è una reazione chimica dell'organismo che cerca di superare un imminente ostacolo. Non cancella dalla memoria il ricordo traumatico, tuttavia ti aiuta a fronteggiarne le difficoltà. Ora ragiona con me», mi incitò frizionando la mano sul mio braccio giacché tremavo a causa di un sovraccarico sensoriale che mi confondeva e impauriva. «Se il corpo e addirittura il cuore, il suo *sentire*, si mobilitano per sostenerti in questa battaglia contro la sofferenza, cosa manca affinché tu possa vincerla?»

Ci riflettei qualche istante, fissando il taccuino chiuso abbandonato sul divano accanto a noi. «La volontà?»

«Esatto.» Efrem mi scoccò un bacio tra i capelli, posandovi il mento sopra. «Anche il lutto peggiore ha un potere curativo se pensiamo che possa indirizzarci, condurci su un sentiero diverso. Prendi il tuo dolore per mano e lasciati guidare, cerca di capire dove vuole portarti. Spesso, anche se fa male, è la strada che ti conduce a vedere dentro te stessa. D'altronde la vita ci mette alla prova e noi dobbiamo essere dei guerrieri. Mi pare che tu lo sia, o sbaglio?»

Cercai di non trasalire quando fece scivolare un palmo sul mio ventre, con disinvoltura, vellicando con i polpastrelli il tatuaggio che mi scalfiva l'inguine.

«Sì.» Annuii intuendo il suggerimento che si celava dietro al suo gesto.

«Allora, Dorie, lascia andare la mamma. Fallo per recuperare te stessa. Ovviamente non intendo dire che dovrai dimenticarti di lei, bensì che dovrai accettarne il distacco. Sono certo che questo è ciò che lei vorrebbe. Te l'ha espresso quella notte, giusto? Ti ha chiesto di farle una promessa.»

Mi era impossibile dimenticarla perché mi era stata incisa sull'anima con uno dei suoi pennelli. Mi torturai le dita prima di pronunciarla, trattenendo la voglia di pizzicarmi o graffiarmi una gamba. Tuttavia quell'ossessione parve dissiparsi quando Efrem appoggiò una mano sulle mie e le chiuse nel proprio calore per impedirmi di farmi male o anche solo di contemplarne la possibilità. Deglutii avvilita; avevo intuito che stava cercando di incoraggiarmi, perciò tentai di ripetere quelle cinque misere parole senza scoppiare a piangere. «'Continua a credere nella vita.'»

«Brava, bambina. Anch'io, come lei, ho fiducia in te e nella tua perseveranza.» Efrem delicatamente sciolse il pugno nel quale avevo incastrato le falangi e, prendendomi i polsi, me le posò sulle cosce. Il mio corpo assecondò il suo volere senza opporsi, come se sapesse che fidarsi di lui sarebbe stato meglio che fidarsi di me. «Adesso voglio mostrarti una cosa.» Tenendomi in braccio, si sporse di lato per afferrare un oggetto dalla tasca dei pantaloni; per facilitargli il compito spostai appena i glutei e lui riuscì a estrarlo. Quando di fronte al mio viso fece penzolare un piccolo globo rivestito da una superficie di vetro, legato a una catenina ad anelli di un bronzo antico, sgranai gli occhi sorpresa seguendone il lento oscillare. Era elegante, démodé, diverso dai soliti. I riflessi rifulgevano alla luce della lampada e quasi mi abbagliavano. «Questo me lo regalò mia madre prima di morire. È un portachiavi a forma di mappamondo.» Mi invitò a prenderlo e dischiusi il palmo per accoglierlo. Era grande circa due centimetri, con la sfera piena e tondeggiante. La riproduzione in miniatura era talmente realistica che riuscivo a distinguere la superficie della Terra, l'oceano e ogni accurata minuzia. Osservai Efrem per cercare di capire cosa stesse cercando di dirmi; lui sorrise rivangando il ricordo della donna che glielo aveva donato. Un velo di malinconia, più freddo della luce lunare, gli adombrò le iridi e io mi rattristai come se fossimo strettamente connessi e ogni sua emozione la provassi anch'io. «Ricordi quando, al nostro primo incontro in studio, ti ho detto che il mondo può essere ammirato da varie prospettive e che l'altezza è solo una di esse?»

«Sì, certo.»

«Guarda quant'è minuscolo adesso. Ti fa ancora paura?»

Fissai il ciondolo intensamente, così impotente, fragile, persino rassicurante, e scossi il capo. «No.»

«Mia madre faceva un gioco con me», seguitò con un timbro basso; il respiro tranquillo che avvertivo sulla guancia era come una brezza marina che mi invogliava a distendermi su un oceano di placide certezze. «Mi chiedeva di chiudere gli occhi, di stringere questa sfera tra le dita e di immaginare di avere il mondo in mano. Voleva che volgessi le mie attenzioni al futuro, che non avessi timore di ciò che con gli anni avrei dovuto affrontare e che superassi la paura di sentirmi troppo piccolo rispetto a ciò che mi circondava. Lei mi diede un consiglio che, ancora oggi, cerco di seguire: 'Non aspettarti che il mondo cambi e migliori, ma cambia te stesso per rendere il mondo migliore'.» Quelle parole mi si insinuarono dentro, nella testa, trasmettendomi un altro importante insegnamento. «D'ora in poi vorrei che lo tenessi tu.»

«Cosa?» Mi voltai nella sua direzione, incredula. Non volevo sottrargli un oggetto tanto significativo; io stessa ero gelosa di tutto ciò che associavo alla mamma, di quei pochi effetti che mi rimanevano di lei. «Non posso, Efrem, è di tua madre. Non...»

«L'ho deciso io. Vorrei che lo tenessi tu», ripeté con più sicurezza, imponendosi in modo severo e deciso per incitarmi a non insistere. «Inoltre, vorrei anche che facessi questo esercizio per me: stringilo tra le dita, avvolgilo nel palmo e ripeti a te stessa: 'Canta, Dorie, canta forte e suona sempre. Insegna a tutti a guardare e ad ascoltare. Comunica le tue emozioni, i tuoi desideri, i tuoi sogni. Invitali a vivere con te. Ritrova la Thea di cui hai bisogno'.»

Più parlava, più sembrava che il cielo si espandesse nella stanza, che l'abisso dei miei tormenti fosse soltanto un lapillo lontano, che il dolore, seppur onnipresente, fosse meno invadente e che, in quel sentiero di incanto e disperazione, Efrem mi stesse indicando la via giusta.

Mi bastava il suo sguardo per fluttuare sull'orbita dell'esistenza, dove capivo ciò che ero perché *sentivo*.

Dove smettevo di scappare dalla vecchia Thea perché mi *accettavo*.

Dove mi accettavo e finalmente *vivevo*.

Sorrisi, con il cimelio nella mano, e lo portai al cuore promettendo a me stessa che lo avrei protetto come il bene più prezioso. «Lo farò», acconsentii, grata del suo dono. Prima di sporgermi per accompagnare quelle parole con un bacio, mi incupii quando Efrem serrò le palpebre e si massaggiò la fronte come se una fitta lancinante gli stesse dilaniando il cranio. Mugolò un lamento tra i denti, poi espirò di colpo l'aria inducendomi a scattare in piedi, preoccupata. Non riuscii a pensare a nulla; la mente naufragò nel vuoto e la paura ebbe il sopravvento. Efrem era sempre stato il punto cardine attorno al quale ruotavano le vite dei suoi pazienti e anche la mia, una figura autoritaria che ostentava un potere insormontabile; non ero abituata a vederlo così indebolito.

«Efrem.» Gli avvolsi tra le dita un polso, con un sussurro allarmato. «Che ti prende? Cos'hai?»

Lui inspirò profondamente come se quella fitta fosse diventata talmente insopportabile da indurlo a immobilizzarsi. Mi inginocchiai di fronte a lui, quando si appoggiò con i gomiti sulle cosce per reggersi la testa tra le mani; con i polpastrelli si strinse i capelli come se volesse affondarli nella carne e comprimersi il cervello per lenire la sofferenza. «Efrem.» Tremai di terrore, incapace di capire cosa fare per aiutarlo. Andai in panico, il cuore scoppiò nello stomaco e patii con lui lo stesso dolore, incapace di poterlo attenuare. «Ti prego, dimmi cos'hai.»

«Nulla, bambina.» La sua voce fu così flebile che mi parve di averla sognata, tuttavia sentirla riuscì a chetare per un attimo il terrore che imperversava dentro di me. «È una delle mie emicranie.»

«Vuoi che ti porti qualcosa? Un analgesico, magari?» Gli afferrai le spalle per placare il tremore nervoso che le stava scuotendo.

«L'ho già preso, ma è tornata.» Con le palpebre chiuse, si adagiò sul divano, posandosi sullo schienale. Reclinò il capo e continuò a massaggiarsi una tempia con le dita. «Dovrei riposare ed evitare la luce.»

«O-okay.» Corsi a spegnere la lampada; nella stanza calò subito il buio a eccezione dei lampioni del giardino e del bagliore delle stelle che rifulgevano sul marmo concedendomi una luminosità sufficiente a non inciampare sui miei passi. «Riposiamo insieme.» Di solito non dormivo con nessuno, neanche con Andy, ma con Efrem non avevo mai considerato l'idea di rispettare quella regola.

Con lui avrei imparato a restare.

Lentamente mi distesi sul divano e lui mi seguì, appoggiando la testa sul bracciolo; distinsi le linee del suo torace e mi ci adagiai contro, rannicchiandomi vicina al suo corpo. Efrem non si ritrasse né mi respinse, mi circondò con un braccio per stringermi a sé e annullare qualsiasi distanza mentre con l'altro si infilava sotto la mia nuca per consentirmi di posarla nell'incavo come se fosse un cuscino morbido. Incastrai una gamba tra le sue, desiderando che fossimo congiunti in ogni più piccolo lembo di pelle, e con la mano affusolata lo accarezzai dal petto alla clavicola, risalendo alla mascella che contrasse con un guizzo fuggevole.

«Dorie...» mi chiamò con urgenza; la voce parve contratta dallo sforzo.

«Dimmi.»

«Mi capita spesso, adesso passa. Non spaventarti. Anzi, parlami.» Malgrado stesse male, cercava ancora di rassicurarmi, di prendersi cura di me anziché della sua salute. Una lacrima solitaria mi rotolò lungo la guancia e l'asciugai strofinandola contro la spalla perché, così avvinta a lui, non avevo molta libertà di movimento. Quando rimase immobile e in silenzio per troppo tempo, mentre io ero abbarbicata a quella prigione di muscoli brucianti, mi concentrai sul suo respiro, ne udii l'intensità, contai finanche quante volte sospirava per capire se il dolore stesse diminuendo o peggiorando. Gli premetti la fronte sulla base del collo, percependo il battito cardiaco leggermente accelerato, ma ancora dinamico, pulsante, pieno di vita e mi resi conto di quanto era indispensabile per me *sentirlo*. Con i polpastrelli gli sfiorai le ciglia chiuse, ne immaginai le ombre sugli zigomi prominenti, poi scesi sul setto nasale, dritto e simmetrico, il tratto più gentile del suo volto, fino a giungere alle labbra sensuali, perfette e impetuosamente peccatrici. Mi accorsi che stava sorridendo quando con l'indice tracciai la linea del labbro inferiore e in fretta lo infilai nella fossetta, sulla guancia sinistra, prima che scomparisse. Come se lo stessi dipingendo, tornai a toccargli la bocca, tuttavia Efrem la dischiuse e provò a mordermi il dito, ma con un riflesso anticipatore riuscii a impedirglielo; voleva giocare ed essere seducente anche in una situazione del genere, di sicuro poco congeniale a flirtare con la propria amante.

Ridacchiando gli appoggiai il palmo sul pettorale e gli stuzzicai un capezzolo con le unghie. «Sai che forse sono l'unica ventenne a non aver mai detto ti amo?»

Chissà che reazione avrebbe avuto a quella confessione; non c'entrava nulla con i discorsi che avevamo affrontato poco prima, ma ebbi l'esigenza di rivelarglielo senza alcun imbarazzo.

«Consolati», ironizzò serenamente. «Anch'io non l'ho mai detto e ho il doppio dei tuoi anni.»

Aggrottai la fronte pensosa: il che significava che non era mai stato innamorato né di Giselle né di Liliane, nonostante fossero entrambe importanti per lui.

«E...» Deglutii a disagio, preparandomi a un'enorme gaffe, un due di picche che avrei incassato con dignità perché sapevo che esprimere i miei sentimenti avrebbe potuto rovinare tutto. Nella semioscurità gli fissai la gola, che emanava un fresco sentore di dopobarba, affascinante come ogni parte di lui. «Se lo dicessi a te?»

Seguì qualche istante di silenzio in cui fra le pareti sentii riecheggiare solo il frastuono della mia agitazione e un suo verso rude, spazientito, talmente graffiante che mi spaventò.

«Non farlo, non serve a nulla», replicò assertivo, senza un briciolo di delicatezza o incertezza, per sbarbicare qualsiasi fantasticheria infantile. Erse di nuovo una barriera di imperturbabile severità e quell'abbraccio tanto caldo e amorevole divenne improvvisamente impersonale e gelido come se avessi sbagliato qualcosa e lo avessi deluso. «Il mondo è pronto a te, piccola Dorie. Non ha tempo per noi due.»

Soppesai la sua risposta finché l'iniziale incredulità divenne rassegnazione e un'amara consapevolezza mi scavò dentro, portandomi ad accettarla.

Rattristata, chiusi una mano a pugno tra il mio viso e il suo petto e, di nascosto, mi morsi forte il pollice soltanto per punire me stessa e la stupidità di quella confessione.

La stupidità dell'amore.

Amerei solo se riuscissi a liberarmi del tempo.

E, ahimè, è impossibile.

Perché un uomo non può eliminarlo dalla sua esistenza.

Ripensai al messaggio che mi aveva inviato dopo la nostra ultima discussione senza venirne a capo e, con uno sbadiglio affranto, mi abbandonai al sonno, tra le braccia di un pianto interiore che non fece distillare alcuna goccia, ma che mi gettò in una valle di angoscia e disillusione.

Efrem era un mistero enorme, il più grande dell'universo.

Un enigma mutabile al quale, ogni giorno, associavo una soluzione diversa.

Non amava me, non aveva amato le donne con cui era stato e forse non avrebbe amato mai.

Perché la sua vera natura non glielo consentiva.

La sua vera natura era qualcosa di remoto, ignoto e caotico.

Qualcosa di divino, dolente, talmente sfuggente da risultare...

Inafferrabile.

E. K.
L'Io-Fauno

Berlino, 20 novembre

Viaggio nell'immortalità della brama.
Del desiderio di te.
Della psicosi dell'amore.
Tu resterai il punto impermanente
nell'esistenza di un uomo già morto.
EFREM KRUGHER

COME potrei, miei *Lesern*, descrivervi ciò che ho provato a congiungermi alla mia scimmietta?

Sentivo ancora vibrare nel petto il suo ultimo gemito, sulla punta del membro il suo ultimo spasmo, nelle orecchie il suo respiro crescente e nella testa le grida di piacere – per fortuna non avevo vicini di casa.

Sulla lingua avevo ancora il sapore della sua dolcezza, sulla schiena le lacerazioni sanguigne provocate dalle sue unghiette appuntite, sulla pelle il suo profumo di bosco selvaggio e davanti agli occhi i bagliori infernali che emanava il suo corpo durante l'orgasmo.

Come vibrava...

Che calore singolare sprigionava dalle membra assolate.

Com'erano tenere le manine che si chiudevano sui miei glutei violenti.

Quanti *pompoir* mi aveva regalato.

Che penetrante malizia le faceva lucere gli occhietti curiosi.

E com'era stretta, arrendevole, servile, quando, annebbiato dal desiderio, le spingevo dentro la disperazione dell'attesa godendomi le sue lacrime rugiadose...

Non starò qui a elencarvi quanto benessere le procurai né a millantare le mie prestazioni sessuali oppure – se volessi veleggiare tra i dettagli più volgari – il dolore che le causò la mia vigoria maschile, grossa, eccessiva rispetto al suo fisico sdutto e aggraziato.

Credo voi ricorderete cosa vi ho premesso: non sono un troglodita, un narcisista il cui centro preminente ed esclusivo, nonché l'unica qualità alla quale è rivolta la sua compiaciuta ammirazione, è quella sporgenza – fibrosa o flaccida dipende dall'umore – che a ogni uomo pende tra le gambe. Pertanto, lascio che siano i vanesi a decantare le proprie virtù erotiche, per quanto mi riguarda ho cose più importanti da sottoporre alle vostre riflessioni che esuleranno, quindi, dalla passerina torturata o dal passerotto scaltramente domato con un *butt plug* – vi anticipo che presto l'avrei totalmente privata della sua illibatezza posteriore...

In quei giorni, scoprire che lei era la bambina che avevo conosciuto dieci anni prima mi aveva riempito il cuore di un sollievo liberatorio, come se il destino avesse voluto concedermi un ultimo dono; al tempo stesso, la cupa angoscia di non potermela vivere appieno mi aveva indotto ad allontanarmi, a lasciarla in un letto desolato e a scendere in salotto a fumare per sfogare sul diario i tormenti di un tradimento ormai traboccato e realizzato. La birbantella, che non riusciva a trascorrere qualche ora lontana da me, mi aveva raggiunto trenta minuti dopo, inginocchiandosi tra le mie gambe, come se io fossi il suo padrone, il suo re, il suo dio e non solo il suo uomo. La parte di me *ammalata* avrebbe voluto afferrarla e rifare l'amore con lei, piegandola di faccia sul pavimento col culetto rivolto alla mia bocca predatrice, ma non potevo essere così stupido e sconsiderato da indurla ad avere un altro rapporto. In alternativa avrei potuto domandarle se potessi aprirle le gambette tornite e invaderla fino al polso, mostrandole uno dei preliminari che preferivo, ma anche in questo Dorie era impreparata e ostile, come poi mi fece capire con molta schiettezza dopo una mia battuta irridente.

Comprendetemi, indossava una misera magliettina senza mutandine... E io ero ancora voglioso di farla urlare e piangere.

Oltre a notare le forme marcate e insolenti dei seni – che avrei volentieri sostituito al filtro che serravo tra le labbra –, sentivo l'odore della sua femminilità e impazzivo, come ogni volta che mi era troppo vicina o seduta sul grembo; in quelle occasioni, quando le accarezzavo il fianco o le passavo le labbra sulla pelle soffice dell'orecchio, la sua intimità pulsava sulla mia coscia, come se le arterie coronarie le si fossero spostate sul pube, e dentro di me, nei pantaloni, il serpente del desiderio sibilava in cerca di una tana in cui entrare, fregandosene che quella tana fosse stata già occupata con irruenza.

Probabilmente avrei perso il controllo se Dorothea non mi avesse detto che aveva un fastidio interno che le impediva di concedersi ancora; perciò restammo insieme sul divano per tutta la notte, concentrati a chiacchierare, a conoscerci meglio, a rivelarci il passato.

Quando la pestifera mi chiese di farle leggere la mia personale effemeride – piena di propalazioni poetiche, cervellotiche e sconce – mi rifiutai categoricamente di acconsentire.

Non ero ancora pronto a confessarle ciò che provavo per lei, forse era un segreto che avrei portato con me fino alla tomba. Una ragazzina di vent'anni non sarebbe stata in grado di distinguere il sentimento di un uomo dall'impossibilità di concretizzarlo in una relazione, poiché, ahimè, l'amore idealizzato non corrisponde sempre al flusso realistico della vita; se a me l'esperienza ha insegnato ad accettarlo, per Dorie sarebbe stato più difficile prenderne coscienza.

Come avrei potuto spiegarle perché non avevamo tempo?

Come avrei potuto spiegarle a cosa erano dovute le mie emicranie?

A causa di una cefalea aggressiva, mi addormentai accanto a lei, in salotto, e mi risvegliai nello stesso punto con la sua testolina bionda premuta fra i pettorali. Il braccio sul quale le avevo fatto posare la nuca formicolava a causa della prolungata posizione inerte, mentre l'altro l'avvolgeva interamente per stringerla a me. Di solito evitavo di dormire con le donne per non originare in loro le irresolute aspettative di un ipotetico impegno sentimentale e agivo allo stesso modo anche con Dorie – soprattutto con lei –, ma in quell'occasione non avevo potuto fare calcoli o programmi, il dolore mordente non me l'aveva permesso, perciò ero rimasto lì, stanziato al suo fianco, in preda all'esaltazione di averla seminuda contro il mio corpo ancora teso ed elettrizzato dalla nostra unione in giardino, dai baci bollenti e dal suo sapore estasiante sul palato.

La mia bambina sonnecchiava beatamente, sfinita dal pianto a cui si era abbandonata dopo avermi rivelato di sua madre. La solita macchiolina rossa le era spuntata al centro della fronte, gli zigomi erano ancora scottanti, le ciglia bagnate e le labbra lievemente schiuse, dalle quali passava uno spiffero d'aria che a me mancava quando la fissavo troppo.

Sentivo nel cuore il clamore di un sentimento che non dovevo provare, il desiderio implacabile culminare nella disperazione di doverla liberare da me, dalle mie grinfie mortali, il mostro del destino urlarmi di non includerla nelle mie sciagure, perché ero un uomo deformato.

Mentalmente ed emotivamente deformato, e non potevo deformare anche lei.

Ero ancora in tempo a non sporcare la sua purezza, a lasciarle vivere la sua vita con tutti i *capretti* che avrebbe incontrato dopo Andrew, a ingoiare la mia gelosia e aspettare il ritorno a casa di mia moglie.

Prima di partire per Parigi, Liliane mi aveva persino scritto una lettera romantica che avevo trovato nella nostra camera da letto, sul mio comodino. Il mattino seguente le avevo dato una rapida lettura, senza attribuirle nessuna importanza, giacché ero così distratto, così deconcentrato, così fottuto dalla Dorothenite che non sapevo neanche dove fosse finito quel dispaccio malinconico. Forse mi era scivolato dalla tasca dei pantaloni o forse l'avevo gettato via; ciò che speravo era che Dorothea non lo trovasse, per il semplice fatto che le questioni tra me e Lili erano private e tali avrebbero dovuto restare. Avevo già altri problemi da stigmatizzare, non avrei avuto la pazienza di sopportare i capricci di una ragazzina gelosa.

Le passai il pollice sulla bocca ferita e lei mugolò nel sonno, stringendosi a me.

Oltre che gelosa, la mia pulce era anche possessiva.

Non potevo giudicarla, lo ero anch'io col suo presente, col suo passato e col suo futuro.

L'idea che il suo ex fidanzatino l'avesse avuta prima di me o che altri sbarbatelli con l'apogeo facile e il preservativo a portata di mano potessero avvicinarla, toccarla e penetrarla, risvegliava la cieca pazzia di condurli in una dungeon dell'*Himeros*, appenderli di spalle a una croce di Sant'Andrea e prenderli a frustate sulla schiena, così avrei fatto rifluire nel culo la smania di violare la fanciulla che mi apparteneva, chiedendo a Jordan – per gli smemorati: il gambero dalle grosse chele – di concludere l'opera d'arte.

Ma per quanto certe oscure fantasie fossero scabrosamente allettanti, non avrei mai vietato a Dorothea di godersi la sua gioventù, non mi sarei mai permesso di ostacolarla o demotivarla. Sarei stato il centro del suo entusiasmante viaggio verso l'età adulta, il primo a sostenerla, a incoraggiarla a proseguire il suo cammino, da sola o in compagnia, non mi importava, purché trovasse la sua felicità.

Quando la mia scimmietta si mosse, bofonchiando che qualcosa le bruciava, tutto in me si contrasse al suono della sua voce stupenda, sensuale, melodica, anche mentre biascicava. Le accarezzai i capelli spettinati e lei difese nel palmo il ciondolo che le avevo regalato, temendo che qualcuno potesse rubarglielo – non sono mica un ladruncolo come te, bambina prepotente!

Sei tu quella che mi ha rubato un libro dieci anni fa.

E mi ha rubato la ragione, il cuore e l'anima dieci anni dopo.

«Cosa ti brucia, piccola?» le sussurrai sulle labbra, sebbene sapessi che stava dormendo, eppure Dorie mi sorprese: mi si avvicinò per darmi un bacio leggero, a occhi chiusi, dondolante nei suoi sogni siderei, gli stessi sogni in cui spesso riusciva a condurre anche me.

«Continua.» Strofinò il nasetto sul mio collo, mosse le gambe come a indicarmi che il motivo del suo delirare era situato proprio laggiù e infilò una caviglia fra le mie con un borbottio spontaneo e vagamente languido. «Ti prego, continua...»

Era infreddolita, tuttavia un rossore ambiguo sulle gote mi fece supporre che stesse immaginando qualche sconcezza e che la stesse immaginando proprio con me.

«Cosa devo continuare?» Le mordicchiai la mascella e lei si crucciò in maniera indisponente, schiacciandomi i seni contro l'addome mentre seguitava la sua avventura nelle sporche fantasticherie dell'incoscienza.

«Più giù e... non lasciarmi mai...» gemette quando inspirai il suo odore sul collo e scesi a sfiorarle una natica nuda con la quale mi riempii il palmo, mentre la luna pendeva sul giardino dormiente, irrompeva dalla vetrata, il cui tendaggio era scostato di lato, e intimava all'amara bestia che era in me di starsene buona, allungando le sue propaggini di un mite chiarore sulla schiena di Dorothea per decorarle la pelle e i capelli d'argento. E prima che mi smarrissi, ancora una volta, nella foresta rilucente tra i sospiri d'avorio, la voglia d'ambrosia che colava tra le cosce della piccina, la dolcezza estrema della sua bocca – quella bocca inesperta di cui conoscevo bene la diabolica morbidezza – e la tortura di una lussuria che dovevo trattenere, mi limitai a baciarla tutta.

Come un ammalato.

La psicosi stava peggiorando...

Le baciai la fronte, la guancia, la punta del naso, le labbra.

Con l'indice le allargai lo scollo della maglietta e le baciai anche la clavicola meno evidente, l'arco del seno più paffuto, poi risalii a impregnarle, con una mortificata delicatezza, i segni che le avevo inciso nel nostro amplesso e lei, in uno stato di inconsapevole letizia, sorrise... con le ciglia basse, i muscoli assiepati dalle mie coccole, sorrise.

E a me parve che un raggio di sole squarciasse la notte, che quel sorriso fosse troppo bello per non essere mostrato a tutti, per tenerlo egoisticamente solo per me; la Dorothenite riprese a farmi male, a comprimermi il cranio e il petto, inviando segnali dissoluti al mio corpo, pulsazioni spietate che non riuscivo a controllare.

Una tachicardia blasfema, sintomo di una malattia incurabile provocata dall'innocente peccato disteso accanto a me.

Tutto ciò che mi circondava era ormai incerto e, in quel disordine mentale, richiedevo alla mia volontà lo sforzo di cercare il suo punto *impermanente*: lei, l'unica persona attorno alla quale orbitavano le mie caotiche tribolazioni.

La sognatrice che, prima di addormentarsi, avrebbe voluto dichiararmi i suoi sentimenti se io non li avessi soffocati dicendole che il mondo non aveva tempo per noi due.

Non avevo avuto il coraggio di spiegarle cosa intendevo, perciò lo farò qui, adesso, con voi… miei *Lesern*.

Non avrei mai chiesto alla bambina di amarmi per quello che ero davvero; durante la nostra frequentazione le avevo fatto conoscere solo ciò che io le avevo permesso di vedere.

Ovvero l'Io-*ammalato* gentile ed educato, che si nutriva di tutte le esperienze senso-motorie, di saviezza, cultura, responsabilità, che amava gremirsi di musica classica, poesie ricche di innocue provocazioni, carezze carnali e sesso orfico; non conosceva invece l'Io-Fauno che ero stato per quattordici anni, l'Io-Fauno che aveva intrapreso una relazione sadomasochistica con Giselle, che si era cibato di violenza, impurezza, pericoli, sregolatezze, rapporti duplici o multipli, che aveva lottato per anni per raggiungere l'equilibrio fra ragione e pulsioni – tra la bontà di un essere umano e la ferocia di un animale – e che aveva imparato ad amare senza dipendere dall'amore.

Non conosceva l'Io-Fauno che ramingava nel bosco dei suoi tormenti, che anelava di tornare all'*Himeros* e deviava l'Io-*ammalato*, per riappropriarsi della sua vera esistenza, del suo vero corpo dacché non era un'illusione, una dissociazione della personalità o l'embrione di una dualità incompresa.

Entrambi quegli Io erano me.

E io ero loro.

Nella sua vera esistenza – testé citata – non ammetteva etichette; l'Io-Fauno non si preoccupava di essere un marito, un padre o uno psichiatra e non si sarebbe preoccupato neanche di diventare un compagno o un fidanzato, ma godeva della sua natura, sadica, maledetta e immorale, fregandosene di identificarsi in qualcuno di diverso o migliore.

Lui non era figlio di Markus Krugher, non era un uomo, era una creatura autonoma, pensante e senziente, che ormai si era adattata al divenire della vita, alla sua mutevolezza, alla sua assenza di permanenza – e questo ci ricollega all'*Anitya* di cui vi ho già parlato – dalla quale neanche l'amore è estromesso, anzi, in essa è inevitabilmente incluso, inducendo l'Io-Fauno a sottrarsi ai legami, a quel *per sempre* falsato che, come ogni cosa, ha la sua fine.

Questo non significa che *io* non creda nell'eternità, e qui devo necessariamente distinguervi due differenti nuclei di pensiero: l'Io-*ammalato* crede nell'eternità dell'amore, pur considerandolo una psicosi; l'Io-Fauno non crede nella permanenza del legame amoroso.

Entrambi, come due correnti ataviche, confluivano in me che ero – e sono – la loro genesi.

E allora vi spiego cosa sarebbe successo se avessi permesso alla mia Dorie di amarmi.

L'Io-*ammalato* avrebbe ricambiato – come poi accadde – il sentimento, nel modo più puro e sincero possibile, conscio di non aver mai amato nessun'altra prima, ma l'Io-Fauno avrebbe imposto la sua vera natura, fino a innescare una lotta interiore, uno squilibrio pericoloso che si sarebbe riversato sulla bambina, inducendola a soffrire nel vederlo con altre donne o nel costringerla a patire ciò che lei non doveva patire.

Le avevo detto che mi bastava quello che mi dava e che potevo fare a meno dei lati estremi del sesso, ma per quanto?

Per tre anni?

Com'era accaduto con Liliane?

Io vivo il mio tempo d'amore restando aggrappato all'ardente autonomia, personale ed emotiva, che un legame amoroso mi sottrarrebbe.

La psicosi priva il malato delle sue facoltà mentali, lo deruba della libertà d'espressione e d'essere, è una contro-volontà che opprime la volontà.

Scappo dalle occasioni, fintamente durature, che mi offre Cupido, e ricerco nel piacere, nella dacrifilia, nelle numerose amanti la mia stessa sopravvivenza.

Probabilmente, quando giungerà la mia fine mi pentirò di essermi condannato alla solitudine e alla lieta sofferenza dell'assenza di un legame amoroso.

Ho cercato di analizzare questa mia introspezione deformante e sapete qual è stato l'esito?

Per una vita intera ho stretto al petto donne a cui ho tenuto tanto per poi vedermele strappare via dal destino.

Due in particolare, Salomè ed Engel, oggi credo che siano state l'origine della mia volontaria resistenza alla stabilità dei legami.

Sono morto tre volte.

La prima quando è deceduta mia madre.

La seconda quando mio padre ha cominciato a picchiarmi e punirmi.

La terza quando ho perso Engel.

In tutti e tre i segmenti temporali sono morti tre Efrem: l'Efrem-figlio, l'Efrem-bambino, l'Efrem-ragazzo, ancor prima che dentro di lui si affacciasse la convinzione di poter vivere un legame eterno.

La morte ha anticipato l'amore, ma non mi ha proibito di provarlo.

Almeno *una volta*.

Verso una sola fanciulla il cui nome resterà inciso nell'anima, e invecchierà con me, con la mia pelle, con i miei organi, con il mio cuore.

Appassirà insieme a me.

Deperirà e si spegnerà con i miei occhi.

D'altronde l'Io-Fauno insegna all'Io-*ammalato* che la vera bellezza della propria natura è godersi ogni attimo e prepararsi alla débâcle di se stessi, di ciò che siamo stati e di ciò che abbiamo vissuto.

Ricordate la punizione che mi sono inflitto?

Più assorbivo il dolore dei miei pazienti, più esigevo di liberarlo, trovando nel sadismo sessuale lo sfogo adeguato, diventando il libero prigioniero di un meccanismo reiterato che assottigliava e indeboliva sempre di più la barriera divisoria tra l'Io-*ammalato* e l'Io-Fauno, impedendomi di prevedere chi dei due avrebbe vinto sull'altro.

In ogni caso, non avevo tempo per scoprirlo.

Poiché mi avete seguito fin qui, vi chiedo ancora – miei gentili *Reisenden* – di avere un po' di pazienza.

Vi svelerò i dettagli del mio ultimo segreto…

Al termine del racconto.

15
Thea

L'amore è una tenera cosa?
È troppo rude, [...] troppo aspro e punge come una spina.
WILLIAM SHAKESPEARE

ALLA fine, l'amore mi aveva piegata e messa in ginocchio fino a vincermi.

Malgrado mi ripetessi sempre che era un fiore carnivoro, bello in apparenza e capace di divorare l'anima, mi ero lasciata catturare e sbranare come la più ingenua delle creature. Ero andata contro i miei ideali, contro le mie regole, contro tutto ciò dal quale ero sempre scappata stringendo nel pugno soltanto un cumulo di cenere, poiché Efrem neanche mi credeva.

Non credeva ai miei sentimenti; era convinto che fossi semplicemente infatuata e attratta sessualmente, che lui fosse solo un passatempo, un piacere momentaneo, un capriccio infantile e che, varcata la porta della sua abitazione, mi sarei dimenticata di ciò che avevamo vissuto.

Non aveva neanche voluto ascoltare una dichiarazione, troncandola subito con un atteggiamento ruvido e ostile, ma non era vero che il mondo non aveva tempo per noi, era *lui* a non volersi ritagliare altro tempo con me. Forse me ne aveva già concesso troppo, aveva banchettato sul corpo della ragazza che desiderava ed era abbastanza appagato da liberarsene per far spazio alla prossima preda.

Liliane sarebbe tornata da Parigi molto presto ed Efrem doveva sbarazzarsi di me prima che la moglie potesse insospettirsi e scoprire come il marito si era trastullato con l'amante durante la sua assenza.

Con un sorrisetto arrendevole mi resi conto che tutto aveva un senso: la sua reazione della sera precedente era stata quella di un uomo che non voleva alcun impegno e che voleva rendermelo chiaro senza sembrare uno stronzo egoista. D'altronde avevo sempre saputo della sua infedeltà, sarebbe stato ipocrita da parte mia prendermela con lui anziché con me stessa.

Credevo che tra noi le cose sarebbbero andate diversamente?

Che io fossi speciale rispetto a Giselle o a qualsiasi altra?

Che avrebbe provato compassione per la mia vita disastrata e che improvvisamente si sarebbe innamorato di me?

Per la seconda volta mi ero risvegliata da sola, senza ritrovarmelo accanto, distesa sullo stesso divano sul quale mi ero addormentata, poche ore prima, con il ciondolo che mi aveva regalato stretto nel palmo.

Perché mi aveva donato un oggetto così importante se non valevo nulla per lui?

Avrei dovuto fregarmene, assumere l'atteggiamento cinico che avevo adottato svariate volte con Andy, tuttavia c'era un unico grandissimo problema, un inconveniente, un intoppo che non avevo previsto: del mio migliore amico non ero mai stata innamorata, pertanto mi era stato facile ignorarlo quando mi feriva o deludeva; con Efrem era tutto più difficile perché riusciva a manovrare gli ingranaggi del mio cuore e a mandarli in tilt senza che potessi far nulla per proteggermi.

Come si fa a proteggersi da chi si ama?

Il dolce aroma del caffè mi accarezzò le narici, inducendomi a uscire dallo stato di assopimento in cui ero; distesi le braccia per sgranchirmi, poi mi misi seduta guardandomi attorno frastornata. Sentivo la testa appesantita, il corpo spossato. I crampi all'addome non tardarono ad arrivare appena posai i piedi nudi sul pavimento. Provai ad alzarmi e, quando ci riuscii, sgattaiolai via prima ancora che lui, dalla cucina, potesse vedermi. Stavo meglio rispetto alla sera precedente, ma non del tutto in forze, poiché non c'era parte del mio corpo che fosse uscita illesa dal passaggio di Efrem.

Lui era stato dentro di me, totalmente, con corpo e anima, e non avrei mai potuto cancellare o dimenticare quanto era stato fantastico sentirlo passeggiare tra le mie macerie, come se fosse capace di renderle meno terribili. Sapevo che senza di lui non sarei stata più la stessa, che nessun altro uomo avrebbe avuto il potere di rendermi migliore e tutto ciò mi terrorizzava, soprattutto dopo le ultime parole che mi aveva rivolto.

Quando giunsi nella stanza degli ospiti mi ci chiusi dentro. Notai che non c'era la chiave per far scattare la serratura, tuttavia non mi allarmai. Efrem era testardo, spesso dispotico ma non irrispettoso. Se si fosse accorto che mi ero svegliata senza raggiungerlo, avrebbe capito che desideravo starmene da sola per riflettere sull'enorme caos che aveva scatenato in me.

Un caos al quale attribuivo un sentimento che generava più danni che benefici.

Scuotendo il capo costernata, posai il ciondolo sul comodino accanto al mio cellulare che mi premurai di raccogliere per controllare chi mi avesse cercato. Notai ben dodici messaggi di Juliette nei quali mi chiedeva se stessi bene, cosa fosse successo con Efrem e di tenerla aggiornata; molti di loro riportavano emoji maliziose e cuoricini colorati poiché la piagnucolona non immaginava neanche le paure che mi stavano balenando nel petto, quanto fosse difficile e complicata una relazione con un uomo impegnato.

Perché non hai scelto un tuo coetaneo, Thea?

Continuavo a chiedermelo senza arrivare a nessuna risposta; il problema non era l'età, non ero mai stata attratta da uomini più grandi, ero stata folgorata soltanto da lui ed era stato l'imprevisto più incredibile che potesse capitarmi nella vita.

Abbandonai il telefono e mi diressi in bagno, sfilandomi la maglietta; la gettai per terra e ignorai il mio riflesso, come al solito, per entrare in doccia.

Regolai il getto dell'acqua prima di fiondarmici sotto e lasciarmi inondare come se bastasse a ripulirmi dai sensi di colpa. Cercai dentro di me un briciolo di pentimento, mi sforzai persino di essere dispiaciuta per Liliane, ma scorsi solo l'oscura voglia di rifare esattamente tutto da capo. Versandomi il bagnoschiuma sulla mano, tastai le zone che avvertivo gonfie e tumefatte; il dolore rinnovò nella mente le sensazioni del suo tocco esigente, dei baci selvaggi, del pene enorme e prepotente, e l'intimità si contrasse cercandolo affamata, languida, vogliosa di avvolgerlo e lasciarsi punire ancora. Con un sospiro sofferente, posai la fronte contro le piastrelle fredde mentre l'acqua tiepida mi scorreva lungo la schiena, accarezzando ogni angolo morbido. Con i palmi mi massaggiai lentamente le spalle, poi i seni troppo sensibili; un gemito mi uscì soffocato dalle labbra quando i capezzoli si inturgidirono acuendo il piacere insoddisfatto che cominciò a formicolarmi nel basso ventre, inducendomi a stringere le gambe.

«Maledizione.» Qualsiasi stregoneria Efrem mi avesse fatto, non era possibile che mi fossi ridotta a desiderarlo in ogni istante della giornata, anche nei momenti meno opportuni.

Era un tormento sfiancante, ossessivo, implacabile.

Le sue iridi smeraldine mi lampeggiavano sotto le palpebre che tenevo serrate per resistere all'impulso di alleviare con le dita quel pizzicore insistente tra le cosce. Sarebbe bastato sfiorarmi per attenuarlo, ma temevo che sarebbe stato peggio poiché, dopo aver saggiato quella linfa virile che avevo bramato per tutta la mia esistenza, ne ero diventata talmente assuefatta che nient'altro avrebbe potuto appagarmi, eccetto Efrem e la sua dannata perversione.

Avevo il disperato bisogno di una tregua, tuttavia pensavo solo ad andare da lui e a rifugiarmi tra le sue braccia.

Come stava?

Gli era passata l'emicrania?

Aveva già fatto colazione?

Perché non era rimasto a dormire accanto a me?

Mi rigirai e, con le ciglia chiuse, sollevai il viso lasciando che l'acqua mi zampillasse addosso; pettinai indietro i capelli, sentendoli aderirmi alla schiena e continuai a passarmi i palmi sul corpo strofinandolo delicatamente mentre le volute di vapore si addensavano lungo le pareti. Nonostante fosse estate, non rinunciavo mai a una doccia calda, così provai a godermela trattenendo gli ansiti quando passavo le mani nelle zone in cui mi dolevano le impronte di Efrem; come se stessi vivendo un sogno, vivido e reale, percepii il suo profumo di bergamotto e lavanda, un'energia invisibile che mi attirava verso il polo opposto al mio, una gabbia trasparente nella quale sentivo sorgere pensieri intimi e intenti libidinosi. Colta da una strana sensazione di invasione, chiusi l'acqua, raccolsi l'asciugamano da un gancio alle mie spalle, lo avvolsi attorno al corpo e uscii dal box.

La terra mi mancò da sotto i piedi, un viluppo torbido si affusolò nello stomaco e una vampa incontrollabile implose tra le ossa quando vidi Efrem seduto sulla dormeuse posizionata all'angolo, proprio di fronte a me.

Ecco a cosa serviva disporre un oggetto simile nel bagno…

Trasalii e strinsi tra le dita il bordo del panno umido, così corto che mi copriva a stento l'inguine; frattanto lui se ne stava lì spavaldo, con una caviglia appoggiata sul ginocchio, un gomito adagiato sul bracciolo opulento e l'altra mano pigramente abbandonata lungo lo schienale laterale.

Mi squadrò sfacciatamente, soffermandosi sul percorso delle goccioline che mi scivolavano lascive sulla pelle candida, tuffandosi nelle linee più soffici del corpo, e si leccò l'angolo della bocca quando indugiò sulle cosce scoperte che, soltanto poche ore prima, si erano serrate attorno ai suoi fianchi mentre urtavano rudemente contro i miei.

«Stamattina sei scappata via senza neanche darmi il buongiorno, bambina.» La sua voce era così impostata e signorile che ne fui spaventata ed eccitata. «Non credi sia stato poco educato ignorarmi?» Inspirò a fondo tanto da far tendere il tessuto della camicia nera che indossava, sbottonata fino allo sterno e con le maniche sufficientemente arrotolate da mettere in risalto gli avambracci poderosi, gli stessi che aveva usato per intrappolarmi sull'erba e tenermi ferma mentre si spingeva dentro di me con una famelicità animalesca.

Non fui capace di ribattere; esalai solo un piccolo gemito che attirò il suo sguardo sulle mie labbra e gli provocò un sorrisetto compiaciuto. Sprigionava una dominanza così corroborante, un fascino così provocante che il malore che lo aveva colto sembrava solo un lontano ricordo; era tornato a essere l'uomo che avevo conosciuto: tetro, letale, autorevole e invincibile.

Cercando di riassumere una vaga sicurezza, mi schiarii la gola e camminai verso il lavandino a passo incerto come se i miei arti fossero improvvisamente diventati di piombo. Giunta al lavabo, sfilai uno spazzolino nuovo, ci versai sopra del dentifricio e mi chinai per rinfrescarmi la bocca. L'asciugamano risalì al limitare dei glutei, concedendogli una visione quasi integrale delle mie natiche e anche uno scorcio del sesso; arrossii all'idea che mi stesse osservando proprio lì. Benché non potessi vederlo ed esserne certa, percepivo dei brividi infuocati brulicare da una vertebra all'altra, dandomi conferma che mi stesse lambendo a distanza senza alcun pudore esattamente com'era successo quando ero in doccia.

Per quanto tempo mi aveva spiata?

Come mai non me n'ero accorta?

Una volta terminato di lavare i denti, passai in maniera poco femminile il dorso del polso sulle labbra e rimisi lo spazzolino al proprio posto, poi, prendendo coraggio, mi voltai nella sua direzione. Efrem non smetteva di fissarmi; i capelli erano ordinati all'indietro con un pizzico di gel che li faceva splendere come frammenti di vetro vulcanico, i lineamenti erano taglienti ma perfetti, induriti dalle riflessioni nelle quali era immerso; l'odore di dopobarba aleggiava attorno a lui come un aroma irresistibile che mi attirava e invogliava a inginocchiarmi tra le sue gambe per spogliarlo, annusarlo e assaporare ogni minimo spigolo di quel fisico tonico e inflessibile.

«E tu non credi sia poco educato spiare una ragazza mentre è in doccia?» A dire il vero, ero lusingata all'idea che si fosse goduto lo spettacolo come un uomo adorante e pazzamente attratto da me, tuttavia ero arrabbiata per ciò che mi aveva detto qualche ora prima ed era arrivato il momento di farglielo presente.

«Ti stavo ammirando, Dorie. Oltretutto credo che la 'ragazza' in questione stesse pensando a me o a qualcosa che mi appartiene.» Con un gesto provocatorio si toccò il cavallo dei pantaloni, fingendo di sistemarsi ciò che celava al di sotto e il mio sguardo cadde proprio dove voleva.

Mi aggrappai con più forza all'orlo superiore dell'asciugamano, nel pudico tentativo di coprirmi i seni come se non li avesse mai visti, e tentai di non perdere la mia grinta. Era bravo a sedurre perciò dovevo stare attenta a non farmi soggiogare. «Hai ottenuto ciò che desideravi. Non ha senso tirarla per le lunghe. Ti ho ignorato per fare un favore a entrambi.»

Che bugiarda, Thea!

L'avevo ignorato perché avevo paura dell'indifferenza che mi avrebbe riservato, temevo di sentirmi sporca o usata perché sapevo di essere una ragazzina irrilevante che non aveva null'altro da donargli se non la propria vita, inutile e miserabile.

Cosa importava a un uomo come lui di caricarsi sulle spalle il peso di una sventurata come me?

«Ah sì?» Efrem abbassò la gamba, restando con le ginocchia distanziate a osservarmi attentamente. «E cosa avrei ottenuto?»

Era facilmente intuibile, tuttavia voleva che glielo esprimessi a parole forse per avere una conferma o semplicemente per umiliarmi; dopotutto era un suo vizio quello di esercitare il dominio anche con atteggiamenti o espressioni che potessero suscitarmi disagio o senso di inferiorità. Era ciò che eccitava di più un sadico e, a dire il vero, anche *me*.

«Una scopata.» Lasciai fluire liberamente le mie paranoie, affogando nelle convinzioni malsane, nei pensieri degradanti, nelle abitudini nelle quali mi rifugiavo quando ero terrorizzata e avevo bisogno di scappare da me stessa e da chiunque minasse il pendolo sul quale oscillavo.

Efrem storse la bocca per il turpiloquio con cui avevo indicato la nostra unione; lui amava ricorrere a termini scurrili solo nei momenti di intimità, ma avevo capito che li apprezzava meno quando discorreva di argomenti che reputava importanti.

«Quindi ti ho portata a casa mia, ti ho chiesto di trascorrere qualche giorno insieme, mi sono preso cura di te per una… 'scopata'?» lo ripeté con riluttanza, manifestandomi tutta la sua contrarietà.

Non lo consideravo così ignobile e superficiale; avevo imparato a conoscerlo e avevo compreso che in un modo tutto suo mi rispettava, ma non riuscivo a rimuovere dalla testa l'idea che presto si sarebbe stancato di me, si sarebbe reso conto che non valevo nulla e mi avrebbe gettata via, com'era successo con mio padre prima ancora che nascessi. Quel senso di abbandono che mi perseguitava mi aveva resa diffidente verso le persone che mi circondavano ed era ciò che mi induceva a fuggire, a porre una distanza emotiva con la quale proteggermi dalla sofferenza che avrei provato nell'istante in cui avrei perso chi amavo.

Abbassai la testa, fissando le gocce d'acqua raggruppate attorno ai miei piedi bagnati e mi sforzai di non piangere. «Sì.»

«Siamo ancora a questo punto, Dorie?» Il suo timbro si addolcì, mi parve quasi compassionevole. Mi sentii così piccola e sbagliata che non ebbi il coraggio di fronteggiarlo. «A te che non ti fidi di me e fai di tutto per respingermi? Dovresti saper distinguere i maschi dagli uomini; soltanto i primi si accontentano di una 'scopata'.»

«Non lo so.» Ero una ragazza complessa e molto problematica nelle relazioni; benché stessi imparando ad accettare le emozioni, non ero brava a manifestare i miei sentimenti. Non li avevo mai provati in maniera così intensa per qualcuno e l'inesperienza mi ostacolava, portandomi a conclusioni affrettate e a ricercare rassicurazioni scappando perché, ingenuamente, credevo che imporre la mia assenza servisse a ottenere delle certezze. Un ragionamento contorto del quale non comprendevo l'origine. «Mi sono svegliata e tu non eri al mio fianco, io… io… ho pensato che…»

«Che mi fossi pentito», intuì, deluso dalla direzione che aveva preso la nostra conversazione.

Dopo ciò che avevamo condiviso non si sarebbe aspettato di ritrovarmi il mattino dopo confusa e sfuggente, per giunta piena di timori e dubbi che mi costringevano a guardarlo con sospetto, come se mi avesse sedotto e sfruttato. Ma sapevamo entrambi com'era andata: non c'erano né vittima né carnefice nella nostra relazione, soltanto due amanti viziosi che avevano peccato con il reciproco consenso. «Sei abituata ai ragazzini che scappano, che ti riversano addosso le loro insicurezze, che vanno via senza più richiamarti, che nei giorni seguenti escono con le altre e si limitano a trattarti con superbia e noncuranza apposta per ferirti perché erroneamente credono che l'atteggiamento da stronzo sia sinonimo di virilità, invece sono soltanto ridicoli e immaturi. Ci passiamo tutti, anch'io commettevo quest'errore da adolescente», concluse il suo monologo con un sospiro seccato, poi rifletté su qualcosa e rimarcò il concetto con più fermezza. «Da adolescente, Dorothea», ribadì severo come per schiaffeggiarmelo in testa e indurmi a non rimettere in discussione la sua serietà.

Trasecolai per la burberità del tono che adottò e mi limitai a un timido: «Ho capito».

«Bene», confermò con una freddezza disagevole, manifestando nel respiro irregolare il furore della collera. «Quindi, tutto ciò che ti ho appena esposto non succede dopo che una donna ha trascorso la notte con me.»

Ma questo non significava che era incline a innamorarsi; se in passato non aveva mai detto ti amo a nessuno, il suo comportamento non era indice rivelatore di un sentimento amoroso, bensì di un modo d'essere galante, anche involontario, che inevitabilmente si associava al carattere deciso e all'animo gentile. Era l'arma che adottava nel gioco della seduzione per sottomettere la preda, irretirla fino a farla delirare, agognare per ricevere anche un misero bacio e sbranarla brutalmente appena abbassava le proprie difese.

Mi appoggiai col fianco contro il bordo di marmo, indebolita dal vortice dei miei stessi pensieri. «Sei sposato.» *E dovresti ammettere che non c'è posto per me nella tua vita.*

«Credi che me ne sia dimenticato?» Efrem si abbandonò a una risata amara che sentii ustionarmi la pelle e il cuore. Si alzò in piedi, facendo apparire l'ambiente ristretto per il modo in cui lo colmava con la sua essenza; come un satanasso crudele mi venne incontro e passò attraverso le spire di vapore che in quell'istante parevano fumo infernale. Seguii la sua ombra imponente riemergere dalle nubi cenerine fino a coprirmi del tutto e tremai quando si fermò dinanzi a me, alto, potente, incredibilmente ottenebrante. Creatore e distruttore di tutti i miei tormenti. «Ci ho pensato ogni istante in cui per tutti questi mesi sono stato con te.» Mi prese il viso tra le mani per sollevarmi il capo e incrociare i nostri sguardi che, tacitamente, si rivelavano più segreti di quanto non facessimo a parole. «Non ho tradito Lili qualche ora fa. L'ho tradita dal primo secondo in cui sei entrata nel mio studio e ti ho guardata come non avrei dovuto guardarti. Ho indugiato in fantasie sbagliate, ti ho immaginata in modi così osceni che molte volte ho avuto difficoltà a toccare lei perché il tuo corpo mi ossessionava, mi inquietava e angosciava, poiché sapevo che avrei dovuto smettere di vagheggiare sulla mia paziente nuda a gambe aperte sotto di me.» Si chinò accanto al mio orecchio senza concedermi il tempo di metabolizzare le sue confessioni; mi leccò il lobo con la lingua infuocata e bramosa prima che la voce bassa e sensuale facesse deragliare dalle rotaie della logica ogni pensiero sensato per dirottarlo sui binari della depravazione. «Ho sognato di infilarmi nella tua bocca carnosa, fra le tue cosce tornite, fra le tue natiche sode, piccola Dorie, ed è successo per tre mesi.» Quando tornò a guardarmi, scorsi nelle sue iridi un luccichio venereo e pericoloso, una passione repressa e mortale, un desiderio tumultuoso, più forte del buon senso contro il quale aveva lottato e alla fine perso. «Ho avuto a mia disposizione settimane intere per elaborare un tradimento che è stato prima mentale che fisico. Se avessi potuto fermarmi, se tu fossi stata una qualunque, non sarei arrivato a superare il limite.» Con un braccio mi avvolse il girovita, stringendomi a lui. Mi ritrovai a urtargli contro il torace e aprii i palmi sul suo addome, sentendolo mugolare come se il mio tocco avesse un potere talmente pervasivo da prevalere sul suo controllo. «Sono un uomo razionale, te l'ho già detto, qualsiasi cosa io faccia non me ne pento mai. È il mio peggior difetto.» Si piegò per baciarmi il collo e trascinare le labbra schiuse fino alla spalla nuda. Raccolse le goccioline d'acqua come un leone che si disseta da una sorgente fresca, mi morse la tenera pelle sulla clavicola e io mi inarcai, a palpebre chiuse, stropicciandogli la camicia tra le dita.

Quando con la mano percorse la schiena e scese oltre l'orlo dell'asciugamano per infilarla al di sotto, il battito cardiaco accelerò e mi misi in punta di piedi appena strizzò con irruenza il gluteo già dolente. Mi tesi tutta, restando aggrappata a lui; Efrem sorrise contro la mia spalla, ne leccò il profilo umido mentre con il palmo mi tirava verso l'alto facendomi allungare sulle punte come in un balletto *en pointe*.

«E cosa ne sarà di me dopo stanotte o quando lei tornerà?»

Efrem risalì sulla curva del collo; mi stava ascoltando svogliato come se altre esigenze avessero preso il sopravvento sulla concentrazione. Mi morse sotto l'orecchio e gli artigliai i fianchi quando quel gesto divenne più spietato. Mugugnai per il dolore, sentendo i denti affondare nella carne, sui capillari fragili; di rimando mi premette l'erezione contro la pancia per mostrarmi che effetto lussurioso gli facevano i miei guaiti. Godeva come quando assaporava una caramella, con la differenza che il mio patimento erotico gli sembrava più dolce e gustoso. «Sarà tutto come è stato finora, bambina. Non devi spaventarti. È normale che tu sia preoccupata, ma finché ci sarò io nessuno ti farà del male e nessuno ti darà la colpa di nulla. Mi sono assunto la responsabilità sin dall'inizio e non mi piace sentirti distante, non mi piace che tu non abbia fiducia in me.» Mi sospinse contro il lavandino, inglobandomi con il suo profumo virile. Con l'indice mi sollevò il mento e si incantò sulla mia bocca ancora tumida, solcata da leggeri tagli rossastri, i marchi del suo possesso. Li fissò soddisfatto e sogghignò come se avesse voluto farmene altri e di gran lunga peggiori.

«Scusa», mormorai affranta, di nuovo incapace di comportarmi in maniera matura e di vivermi la nostra relazione con serenità. «Davvero… scusa…»

«È già tanto che tu non mi abbia chiesto di lasciarla, anche se so che vorresti.»

Non aveva bisogno di conferme; aveva capito che ero gelosa, ma che cercavo di mascherarlo per non risultare oppressiva o tediante. Sapevo che gli uomini sfuggivano facilmente dalle donne che chiedevano troppo e io, malgrado fossi piena di insicurezze, non potevo pretendere che mettesse fine al suo matrimonio per me. Certo, dati gli sviluppi della nostra situazione, avrei potuto esigere di più, tuttavia razionalmente non potevo costringerlo a nulla.

«Lo faccio per Joël, soprattutto dopo ciò che ha vissuto…» Abbassai la testa, pensando a quel ragazzino di soli undici anni che aveva perso la mamma ed era stato affidato allo zio, perché il padre non era una figura idonea a stargli accanto o a crescerlo.

Non me lo sarei mai perdonata se avesse sofferto a causa mia.

«Lo so, Dorie. Lo so.» Efrem mi diede un bacio sulla fronte; bastò sentire la sua bocca calda adagiarsi piano sulla pelle per gettarmi in uno sconforto insopportabile.

«E poi non sono stupida.» Tentai di scostarmi, ma lui mi osteggiò incastrandomi con le braccia, che appoggiò sul marmo, ai lati dei miei fianchi. Fui costretta ad alzare il mento per guardarlo mentre le sue iridi luccicavano intensamente, attente a captare ogni mia espressione facciale. «Anche se la lasciassi non inizieresti una storia con me.»

«Non perché non vorrei.» Fu un'asserzione convinta, più dolorosa di un pugno nello stomaco. «Bensì perché non ti priverei mai della tua giovinezza, tantomeno ti tarperei le ali. Io voglio vederti volare, non impedirti di realizzare i tuoi sogni per me.»

Quando tentò di accarezzarmi il viso, mi girai a fissare la parete alle sue spalle per nascondergli la delusione che cominciò a impazzarmi nel cuore. «Volare senza di te significa privarmi di un sogno.»

Efrem sospirò come messo sotto pressione o in difficoltà dalla mia insistenza; eppure mi conosceva, avrebbe dovuto considerare che non ero una ragazza da zittire con qualche frasetta a effetto. «Quando amiamo o vogliamo bene a una persona, a volte dobbiamo fare dei sacrifici. Se ti tenessi con me, ti danneggerei.»

«Sono adulta.» Di nuovo tornai a fissarlo schiantandogli addosso un livore che parve colpirlo fino a indurlo a raddrizzarsi e ad arretrare di un passo. «Perché non mi lasci decidere da sola?»

«Perché saresti impulsiva e non riusciresti a capire cosa è davvero meglio per te», replicò conciso, scacciando via quelle scintille di vulnerabilità che avevo adocchiato. «Ma un giorno mi ringrazierai. Succederà quando smetterai di odiarmi.»

«Io non ti odierò.» *Odierò me stessa per essermi innamorata.*

Efrem si riappropriò della sua sicurezza e avanzò per afferrarmi per le spalle; credevo che stesse per imporsi a modo suo, baciarmi, sollevarmi sul lavandino e prendersi ciò che voleva, invece mi girò, aderendomi alla schiena. Sobbalzai quando incontrai il mio riflesso allo specchio e, prima che potessi volgere l'attenzione altrove, lui mi abbrancò il mento, premendomi l'avambraccio contro lo sterno, e mi tenne ferma ad affrontare me stessa, la vecchia Thea. «Guardati.» Si chinò, strofinando la mascella contro la mia tempia, e mi osservò attraverso ciò che io reputavo un nemico indistruttibile. «Cosa vedi?»

Smisi di respirare; i polmoni si compressero, schiacciati da un senso di rifiuto che non riuscivo a combattere, e gli strinsi il braccio per allontanarlo dal mio corpo, ma Efrem diede forza al muscolo tanto da farmene percepire la durezza inscalfibile e non desistette. Scossi il capo, rifiutandomi di rispondere, ma nell'istante in cui incrociai i suoi occhi fulminei, così energici e intimidenti da impaurirmi, qualcosa mi spinse a collaborare. «Una ragazzina incasinata, piena di problemi e con un corpo imperfetto.» Tentai ancora di liberarmi di lui, tuttavia premette il torace contro di me, stritolandomi le guance tra l'indice e il pollice come spazientito dalla mia ostinazione e desideroso di cavarmi a suon di baci un'affermazione più soddisfacente.

«Sai cosa vedo io?» Mi parlò all'orecchio; il fiato bollente mi strisciò sotto l'asciugamano fino ad arrotolarsi come un serpente in un punto troppo intimo. «Vedo una bellissima fanciulla che ha ancora un mondo intero da scoprire. Sono certo che, quando sarai grande, riuscirai a camminare da sola, ricorderai i tuoi dolori e ne trarrai insegnamento, comprenderai che ti sono serviti per diventare una combattente e per raggiungere il tuo orizzonte. Volerai oltre le scogliere, verso il sole, e ti perderai tra le nuvole, in un brulichio di stelle, ridendo delle pene e amando il tuo spirito ribelle. Quando sarai grande, saprai il perché di ogni amore passato, di ogni sventura, di ogni sconfitta e di ogni peccato. Smetterai di considerare la vita ingiusta e capirai quanto è preziosa. Imparerai a conoscerti e ad accettarti. Viaggerai. Viaggerai tanto, Dorie… suonerai, canterai e trasformerai le emozioni in sussulti di note. Brillerai anche nel buio, scalderai la brina più gelida, troverai il coraggio di salvare te stessa nell'infinitezza di ogni attimo, aprirai tutte le tue stanze, lascerai entrare la luce e passeggerai tra i sentieri silenziosi dell'anima senza più alcuna paura.» Reggendomi da sotto, mi voltò nella sua direzione e si piegò per sorridermi sulle labbra. Una strana malinconia gli vibrò nello sguardo ormai spento; voleva nascondermi ciò che stava provando mentre io avevo il cuore che scavava in ogni parte di me per fuoriuscire e crollargli in ginocchio, come un suddito devoto al proprio re.

«E tu?» Le palpebre si assopirono, trattenendo le lacrime.

«E io avrò già vissuto», rispose con una fredda rassegnazione che parve fermare il tempo, sospeso tra noi due come una nube d'argento che offuscava tutto. «Non ci sarà più niente per me.»

«Non è vero», lo contraddissi piena di speranza, la stessa che lui mi trasmetteva da quando ci eravamo incontrati. Gliela donai come una bambina che, anche se più scheggiata di lui, voleva porgergli quel poco che aveva per regalargli qualcosa di bello in cui credere. «Ci sarò io.»

E glielo dimostrai quando, con un impeto disperato, mi sporsi per baciarlo. Efrem intrecciò subito la mano ai miei capelli bagnati e li tirò dabbasso per reclinarmi il capo e approfondire quel contatto rude, appassionato, violento. Le sue labbra erano così calde e soffici che trattenni l'istinto di mordergliele, limitandomi a divorarlo con la lingua. Sentii il mondo tremare, nella mente verticò soltanto il suo nome e con un bisogno estremo gli comunicai che non avrei voluto perderlo, che non volevo che scappasse da me. Avvolta da un mistero incompreso, mi smarrii nell'aroma fruttato del suo sapore, nei movimenti esperti con i quali mi reclamava, nel respiro deciso con cui cercava di domarmi. Con un braccio attorno a me mi strinse forte come se temesse di non rivedermi mai più, come se fosse il nostro ultimo giorno insieme prima che l'universo esplodesse distruggendoci per sempre.

Eppure, anche in quello sfacelo noi non avremmo smesso di appartenerci.

C'erano tanti miti sul satiro e la ninfa.

E noi ne avevamo riscritto uno nel quale inneggiavamo alla lussuria, elogiavamo un'unione impossibile e ne decantavamo le pene.

Come festanti ubriachi, salivamo all'Olimpo e, tra canestri di frutta e brocche di vino, sfidavamo gli dèi a trasformare i coralli oscuri dei nostri sentimenti in gemme d'oro con le quali decorare i graffi della nostra passione.

Provate a dividerci.

Provate a separarci.

Criticateci e condannateci.

Continuate a far sì che la morte sia invidiosa…

Anche l'amore impossibile può essere eterno.

Tremai per la carnale impetuosità con la quale affondò nella mia bocca, aprendola con prepotenza; mugolai incespicando sui miei passi fino a pestargli le scarpe eleganti e il mio impaccio lo eccitò così tanto che, con rabbia, mi strappò via l'asciugamano gettandolo per terra. In men che non si dica fui completamente nuda, addossata al suo corpo d'Adone, infuocato d'eccitazione. La camicia parve essere troppo stretta per i muscoli palpitanti perciò, con dita irrequiete, iniziai a sbottonargliela. Efrem era così affamato e avido che neanche si accorse del mio tentativo di spogliarlo. In quella commistione di follia, tortura e caos, senza smettere di baciarlo, riuscii a farlo arretrare fino alla dormeuse sulla quale si sedette portandomi con sé. Mi ritrovai a cavalcioni sul suo grembo, affannata e accaldata, con le dita infilate tra i suoi capelli neri che scarmigliai perché fuori dal suo ordine maniacale era incredibilmente bello e magnetico; l'intimità gli premette contro il rigonfiamento che, pian piano, acquisiva consistenza fino a stordirmi i sensi.

Più ci baciavamo, sfioravamo, toccavamo e più entrambi impazzivamo di desiderio.

Quel bacio era come un addio soffocante, il fragoroso appuntamento di due peccatori, così potente e divino da sembrarmi innaturale, disumano.

Un terremoto tremendo che scuoteva il nucleo della terra, risvegliando l'Inferno.

«Pensi ancora di condividermi con Mitchell?» Con l'urgenza nella voce gli rivolsi una domanda che non era esattamente adeguata al contesto, ma della quale dovevo conoscere la risposta. In fretta scesi a slacciargli le braghe mentre lui realizzava ciò che gli avevo chiesto con un'espressione perplessa. Corrugò le sopracciglia; con la chioma scombinata, le labbra umide era ancor più affascinante e attraente. Un angelo oscuro col quale affogare in un oceano vizioso. «Lo faresti?» lo provocai, giurando a me stessa che non l'avrei perdonato se mi avesse gettata tra le braccia dell'amico com'era successo con Giselle.

Efrem mi aiutò a liberare il bottone e ad abbassare la cerniera. Sollevò le anche, facendomi provare per un istante le vertigini come se fossi seduta su un'enorme montagna in procinto di franare, e si strattonò i pantaloni insieme ai boxer per mettermi in mano l'erezione. Sorpresa dalle dimensioni che aveva raggiunto, provai a stringerla nel palmo che risultava troppo piccolo per circondarla tutta e lui lo direzionò più in alto, sotto il glande lucido, laddove gli piaceva essere sollecitato. Ne avvertii la pelle vellutata, le vene nodose ed esplosive mentre mi incitava a muovere il polso su e giù, dettandomi un ritmo cadenzato e deciso. «All'*Himeros* ho riflettuto varie volte su come sarebbe stato condividerti con lui. Resteresti mia anche se ci fosse qualcun altro tra noi. Tuttavia, no… non lo farei. Purtroppo, *con te*, sono possessivo.» Mi afferrò per i fianchi e mi sollevò di poco. Lo aiutai spostando il mio peso sulle ginocchia, affondate nel morbido tessuto della dormeuse, e compresi cosa pretendeva. Efrem impartiva ordini molto spesso, ma nel sesso ne faceva a meno, affidandosi all'atteggiamento risoluto e ai gesti arroganti. Erano delle caratteristiche che avrebbero eccitato qualsiasi amante, poiché era raro trovare uomini come lui: capaci di soddisfare il benessere femminile, concedere orgasmi magnifici, assumere il ruolo dominante senza mai eccedere in una mancanza di rispetto. Quando inclinai l'asta verso di me, sfregando la cima umida contro il centro schiuso, Efrem esercitò la giusta pressione sul mio bacino affinché scendessi lentamente e lo accogliessi un centimetro alla volta. Le gambe mi tremarono nell'istante in cui i muscoli, ancora provati dalla notte precedente, furono forzati dapprima dalla punta gonfia per poi dilatarsi teneramente attorno al diametro spesso del tronco. Un tenue bruciore mi fece socchiudere le palpebre. Appoggiai la fronte alla sua, chiedendomi quanta carne ci fosse ancora da prendere;

sembrava che un falcione lungo e ricurvo mi stesse tagliando dall'interno. Trattenni il respiro, il ventre si tese per fargli spazio. Sadico o no, Efrem non avrebbe avuto bisogno di attrezzi per ferire, bastava la possanza del suo corpo per riempire completamente una donna e farla piangere. Lui, calmo e paziente, continuò a scorrere piano, avendo riguardo del mio fisico esile che opponeva una resistenza naturale al suo ingresso. Con le falangi affondate nei miei fianchi, mi spinse giù, sempre più giù, finché fummo congiunti e il pene fu ingurgitato fino alla radice. «Oh, sì...» Chiuse per un attimo gli occhi, trattenendo un gemito nel sentirmi così calda, bagnata e modellata a lui, e ringhiò sottovoce quando spirai un rantolo di dolore che accresceva il suo piacere. Sensualmente, roteò in circolo il bacino come se stesse avvitando meglio qualcosa dentro di me e io percepii la sua presenza fino allo stomaco, reagendo con un fiotto liquido seguito da una contrazione che lo spremette come un frutto. «Sì, bambina», sussurrò estasiato. «Fallo ancora.» Non sapevo esattamente a cosa si stesse riferendo; gli appoggiai le mani sulle spalle gigantesche e strinsi le pelvi replicando la sensazione avvolgente che aveva apprezzato. Si adagiò allo schienale, restando con le gambe divaricate, e osservò sfrontato il nostro incastro passando il pollice sul clitoride per scappucciarlo. Vibrai a quella carezza lasciva e di riflesso mi spinsi contro di lui, ansimando per il modo in cui l'erezione, ancora immobile, batté in una zona così profonda che il piacere si diffuse anche alle natiche. «Sei piccolina, eppure lo vuoi tutto...» Efrem sollevò lo sguardo sul mio viso arrossato; le iridi gli divennero diamanti liquidi, scintillanti di una sensualità erotica, nei quali immaginai di tuffarmi e nuotare. «Lo vuoi così tanto che i tuoi umori mi stanno colando sui testicoli», continuò a tormentarmi con un tono baritonale, così pieno e malizioso che attentò ai miei neuroni.

Perché se ne stava fermo?

Affondai la fronte contro la sua gola, leccandogliela avidamente, poi provai a muovermi, ma la posizione, nonostante mi esaltasse, non era così comoda per me. Non avevo le forze di salire e scendere, perciò mi dondolai pigramente, oscenamente infilzata, scoprendo nuovi punti del mio corpo che non erano mai stati stuzzicati prima d'allora.

«Ti prego.» Non sapevo neanch'io per cosa lo stessi supplicando; desideravo che mi penetrasse con foga fino a farmi male; avevo bisogno di morire in quel dolore sano, agognato, rinvigorente, e di avvertirlo dentro di me anche in sua assenza, mentre camminavo o mi sedevo. «Ti considero il mio padrone, ma non essere così crudele.» Mi aggrappai alla sua nuca, conficcandoci le unghie con frustrazione; Efrem rise divertito senza scomporsi. Maledizione. *Come faceva a resistere? Chi avrebbe avuto un autocontrollo così assurdo?* La sua risolutezza era indice di una serie di esperienze singolari, diverse dal solito; era abituato a punire senza scopare, a mantenere l'erezione oltre le tempistiche comuni, a decidere quando e come lasciarsi andare. Era come una fortezza inattaccabile e, malgrado cercassi di sfidarlo e vincerlo, non disponevo delle sue stesse armi. Nessuna sarebbe stata in grado di abbatterlo. «Efrem, per favore, è una tortura.» Non volevo darmi per sconfitta, eppure valutai l'idea di alzarmi e prenderlo a schiaffi per il modo in cui mi stava umiliando. Malgrado stesse fermo, la mia intimità continuava a inumidirlo, sofferente per essere stata invasa senza ricevere alcuna considerazione.

Santo cielo... era esasperante!

«C'è qualche dettaglio che ti è sfuggito, bambina.» Lui sfregò ancora il pollice contro il clitoride, palpandomi il sedere con l'altra mano. E io mi sciolsi, concentrando ogni pensiero in quel piccolo nodo innervato e ipersensibile. «Non ti ho legata, non ti ho frustata, non ti ho costretta a succhiarlo a qualcun altro in mia presenza né ti ho rivolto richieste estreme. Ti ho appena confermato che non intendo condividerti neanche con il mio più caro amico, ma hai commesso l'errore di pensare che montarmi sopra con l'intento di cavalcarmi il cazzo possa eccitarmi.» Un ceffone violento sulla natica andò a sommarsi a tutti quelli che avevo già ricevuto. Sussultai incredula, stringendo le ginocchia attorno a lui, e un calore martoriante avvampò sotto le ditate che mi aveva lasciato sulla pelle. «Ho dominato le mie amanti per anni. Non ho permesso mai a nessuna di sottomettermi. Poi arrivi tu e, senza permesso, pretendi di farlo? Mmh?» Un'altra sberla, più potente della prima, si abbatté sul medesimo punto. Gli ansimai contro la gola, le unghie gli affondarono disperate nella nuca, i capezzoli si ersero schiacciandosi sul torace e lui massaggiò il gluteo infiammato, scendendo con i polpastrelli nel solco centrale. «Tuttavia adoro troppo ficcarmi tra le tue cosce, quindi se davvero vuoi provare a starmi sopra, dovrai farlo come piace a me.» Dopo una leggera pressione, infilò un indice nell'orifizio, impreparato al suo assalto, e mi inarcai mugugnando una frase senza senso contro il suo collo. Ebbe meno difficoltà a invadermi poiché il plug aveva adempiuto al dovere di rendermi più accogliente, ma la sensazione rimase ugualmente fastidiosa, come se per il mio corpo fosse una parte che odiava essere disturbata.

«Efrem...»

«Zitta», mi ammonì, spingendo il dito fino alla nocca, poi lo piegò e io mi incurvai offrendo il sedere ai suoi intenti lascivi. «E goditela perché sarà l'unica penetrazione doppia che ti concederò. Ti basta?»

«Mi basti *tu*», ammisi con un gemito sommesso. Non avrei voluto né Mitchell né nessun altro e sospettavo che la mia domanda lo avesse parecchio innervosito, risvegliando una gelosia morbosa che tentava fermamente di nascondere. Tuttavia, sarebbe stato impossibile desiderare altri uomini; Efrem era immenso, la sua oscurità avrebbe offuscato la luce di chiunque, il suo corpo imponente e prestante non sarebbe stato equiparabile a quello di nessuno e io non avrei avuto la possibilità di dividermi tra più amanti se nei paraggi ci fosse stato lui. L'unico che, con una bellezza immortale, splendeva di una passione ardente, tempestosa, dissennata e turbava ogni incanto con l'estasi più proibita. Contento della mia risposta, mi bloccò la testa con un palmo, lasciando l'altro tra le natiche, e cominciò a muoversi, accogliendo la mia supplica. Arretrò senza uscire del tutto e riaffondò con forza, tenendomi stretta per non farmi sobbalzare. D'istinto gli morsi il collo per infliggergli lo stesso dolore, per esercitare anch'io un minimo di potere ed Efrem replicò con un ansito rumoroso, quasi dileggiato dal mio tentativo di rivalsa.

«Mordimi, graffiami, agitati quanto vuoi, piccola Dorie... mi eccita la lotta. Soprattutto con te.»

Era incredibile il modo in cui riusciva a dominarmi anche da sotto, in una posizione in cui avrebbe dovuto concedermi, per una volta, la libertà di avere il comando. Un'altra spinta vigorosa mi fece smettere di pensare; boccheggiai e persi lucidità mentre l'indice mi profanava in simultanea, rendendomi difficile capire da quale delle due zone trarre maggior piacere. Mi limitai ad accasciarmi su di lui, a circondargli la nuca con un braccio e a permettergli di entrare e uscire con veemenza. Non era delicato né indulgente, non gli importava che le sue dimensioni mi sottoponessero a sforzi e stilettate ardenti, e io pretendevo la sua vigoria, folle e carnale.

«Più forte», lo incitai. Se pensava che sarei scappata, si sbagliava di grosso; ero certa che anche qualora avesse lasciato emergere il suo lato peggiore non mi avrebbe mai danneggiata. Fatto male sì, ma su questo eravamo entrambi d'accordo e io lo volevo interamente, volevo tutte le sue tenebre, volevo che si intersecassero alle mie e che imparassero a fare l'amore insieme.

«Più forte? Ne sei sicura?» mi sbeffeggiò. Prima che annuissi, tentò di insinuare un secondo dito dietro di me e con l'altra mano mi tirò i capelli per inclinarmi il collo affinché la smettessi di starmene addossata a lui in modo passivo. Scese a leccarmi un seno, lambì con la lingua l'areola chiara, poi risucchiò a fondo il capezzolo colpendolo con irruenza fino a renderlo turgido e vermiglio. Gemetti quando il medio provò a farsi strada insieme all'indice e ondeggiai più rapidamente per godere con lui: Efrem rise, cibandosi con voracità della mia frenesia; senza troppa difficoltà riuscì a occupare lo spazietto posteriore con due dita e aumentò la velocità delle stoccate, tenendo in ostaggio il bottoncino che, per punirmi, stringeva tra i denti a ogni mia ribellione.

«Oddio... è...» La parola *stupendo* si disperse tra gli ansiti. Iniziai a sudare, a rompermi, a disintegrarmi tra le sue braccia. Sarebbe finita ancora una volta come voleva lui, avrebbe resistito così tanto che al termine di quell'amplesso l'unica a uscirne distrutta sarei stata io. Non ero pronta ad affrontare un'altra sessione così intensa, eppure ero stata io stessa a gettarmi su di lui perché non ero disposta a rinunciare a ciò che mi donava, a come mi faceva sentire, a ciò che eravamo. «Non fermarti mai.» *Resta con me*, avrei voluto sussurrargli, ma preferii che associasse quell'espressione a una supplica sessuale e non a una richiesta di vita che forse avrebbe considerato addirittura infantile.

«Neanche tu, Dorie.» Risalì a cercare le mie labbra, finalmente propenso a baciarmi. «*Du bist wunderschön*», pronunciò seducente, prima di catturarle con ingordigia e invaderle con lo stesso trasporto col quale mi stava penetrando. In quel momento non c'era parte di me che stesse ignorando, poiché pretendeva da tutte la medesima attenzione, e io non riuscivo a concentrarmi su nulla in particolare. Mi muovevo con impaccio, lo baciavo con altrettanta goffaggine, ma a lui non sembrava dispiacere, anzi cercava di tenere il ritmo per entrambi e di insegnarmi a essere meno frettolosa. Quando le sue mani mi abbandonarono, smettendo persino di torturarmi il sedere, mi fermai un istante per capire cosa fosse successo. Efrem mi sorrise con arroganza, si mise comodo e liberò le ultime asole della camicia cedendomi il controllo. «Vuoi sottomettermi, giusto?» Una ciocca nera gli ricadde sul sopracciglio e qualche gocciolina di sudore gli colò sulla tempia. «Vediamo che sai fare: scopami.» Nei suoi occhi meravigliosi sfavillò il chiaro intento di ammirarmi mentre lo compiacevo; allora, con un ghigno spudorato, accolsi quella sfida e cominciai a dimenare i fianchi con più audacia, aggrappandomi alle sue spalle. Il mio pube sfregava contro la leggera peluria maschile che sovreccitava il clitoride; l'interno coscia strofinava contro le anche spigolose irritandomi la pelle, l'erezione invece sfiorava punti assurdi con la sua lunghezza fino a farmi perdere ogni connessione con la realtà.

Gli gemetti all'orecchio, gli morsi il lobo e glielo leccai, spingendo i seni contro le sporgenze dure dei pettorali denudati mentre i lembi della camicia gli cadevano morbidi sui lati. «Ti piace così, *dottore*?»

«Di più.» Piantò i palmi aperti sotto i glutei e li sollevò con fervore fino a svuotarmi del tutto; allargò il sesso come se lo stesse esponendo alla vista di qualcuno poi, tenendomi aperta, mi rilasciò per farmi scendere di peso sul suo pene mentre al contempo si spingeva verso di me per trafiggermi a fondo. Il membro ferreo mi invase duramente. Una lama sarebbe stata meno mortale. Il verso acuto che mi scoppiò tra le labbra mi rese più ardita e la mia smania lo incoraggiò a ripetere la stessa azione così tante volte che mi sentii sballottolata, strapazzata, completamente sopraffatta e impotente. Cominciò a entrare e uscire con una sicurezza animalesca; i colpi che mi infliggeva erano secchi, decisi e profondi, a tratti più energici. Il sonoro schiocco dei suoi affondi si diffuse tra le pareti in una sinfonia oscena. Era indubbio che sapeva esattamente cosa fare, e io lo seguivo, lo assecondavo, cercando di rendere quell'unione passionale e indimenticabile. «Contraiti e tienimi dentro più che puoi. Dammi tutta te stessa, bambina.» *La sua voce*... la sua voce durante il sesso era spettacolare; matura, arrochita, bassa, riusciva a confondersi con i tremiti del batticuore, mi graffiava la carne, mi conduceva in un sogno e mi faceva riemergere tra i pianti. Uccideva l'anima, poi le mormorava di guarire. «Sapevo che ti sarebbe piaciuto violento.»

Avvampai quando abbassò lo sguardo per scorgere il modo in cui lo accoglievo, lo trattenevo e imbrattavo l'asta della mia lucida vischiosità. Lui si umettò le labbra come se avesse voluto chinarsi per assaggiarmi, tuttavia si contenne e tornò a guardarmi negli occhi, aggrottando la fronte pensieroso. Si era accorto che mi ero afflosciata sul suo torace, perdendo per un attimo le forze, come un ramoscello in balia di una tempesta; il ventre mi bruciava eppure continuavo a bagnarmi, a desiderarlo, a sussultare a ogni stoccata e a fremere nell'attesa di riceverne un'altra. Senza dire una parola, Efrem aprì le mani sotto le mie natiche e si alzò in piedi; riuscì a sistemarsi alla bell'e meglio i pantaloni, affinché non lo intralciassero nel camminare, e restò conficcato dentro di me come se non volesse mollarmi neanche per un secondo. Sgambettai agitata per quella decisione inaspettata e lui mi tenne in braccio per trasportarmi fuori dal bagno. Mi arpionai al suo corpo per impedirgli di sfilarsi e sorrisi perché aveva capito che ero stanca e che, oltretutto, avevo scarsa dimestichezza con la posizione della *cowgirl*. Insomma, non ero esperta quanto lui, tuttavia gemetti quando, con la sua andatura ponderosa, mi fece sobbalzare sul membro che si tese nell'addome, toccando punti troppo intimi che mi facevano contorcere tutta.

«Dove stiamo andando?» annaspai, fingendo di non sentirlo così a fondo soprattutto con le cosce aperte in modo poco signorile e ciondolanti ai lati del suo bacino.

Efrem ignorò la mia domanda e me ne rivolse un'altra, esprimendo quei pensieri morbosi che spesso metteva a tacere forse per preservare se stesso. «Era così che ti scopavi il tuo amichetto Andrew?»

Aggrappata con le mani ai suoi bicipiti, gli sfiorai col naso il colletto della camicia sbottonata, inebriandomi del profumo di pulito che emanava, e decisi di stuzzicarlo. «Lo nomini spesso, sicuro di non essere geloso?»

Efrem mi depose sul letto; le lenzuola tiepide mi avvolsero la schiena mentre tentavo di assumere una posa femminile e di camuffare quanto fossi indolenzita. Lui si disfece in fretta degli indumenti per restare magnificamente nudo. Lo divorai con lo sguardo, come se non fossi ancora abituata a vederlo senza gli abiti eleganti. Il suo corpo era come una statua armoniosa: sporgenze naturali e anse di madreperla regnavano per diritto divino sulle impietose e splendenti grandezze delle linee.

Il fisico aitante e robusto emanava una potenza spaventosa.

Era l'apoteosi di una bellezza sfrenata, innegabile, ammirevole.

Una bellezza che consumava, esasperava e ispirava un crepuscolo soffocato dal buio, un mare nero e languente, una spiaggia ombrosa e una bolgia di dannati intenti nella quale morire tra segni di rubino, baci strangolanti e orgasmi letali.

Il solo contemplarlo faceva sorgere in me un languore fitto e dolce che partiva dal centro della pancia e mi inondava il petto come l'alta marea, scagliandosi contro la ragione.

Mi si avvicinò come una bestia silenziosa, una tigre bianca dal manto lucido e regale, salì sul materasso gattonando tra i broccati ebani, pronto a spaccare le sbarre della mia prigione, a sbarazzarsi del pudore e a diffondere il rossore che mi imbellettava le gote su ogni punto che avrebbe martoriato. E io tremai perché, per la prima volta, aveva deciso di unirsi a me nel più tradizionale dei luoghi.

«Come potrei essere geloso se...» Mi si distese sopra quando distanziai le gambe per invitarlo a tornare nel suo rifugio, nella sua casa. Efrem mi spalancò meglio e non si preoccupò di schiacciarmi i seni con il torace e con la sua mole immensa. Gli misi le mani sui fianchi quando premette il membro laddove pretendeva di entrare e glieli graffiai incitandolo a non perdere tempo. «Sono l'unico a farti questo...» Si spinse in avanti, accontentando la mia tacita richiesta. Urlai quando affondò con irruenza e chiuse i pugni ai lati della mia testa, arrendendosi a se stesso prima che a me. Lo percepii nella carne fragile come metallo, duro e arroventato, e serrai le palpebre, godendo della comunione estatica di quelle sensazioni sublimi che provavo soltanto con lui. «E questo.» Mi aggrovigliò nel pugno i capelli, arretrò e rientrò dando la prima stoccata, incurante di spezzarmi.

Mi inarcai mentre Efrem rideva per il modo in cui lo serravo tra le ginocchia; mi avvinghiai a lui così forte che i talloni gli finirono sui glutei pressandolo contro di me.

«L'ha fatto anche lui», gli sussurrai all'orecchio soltanto per portarlo al limite, farlo imbestialire e lasciar emergere il suo lato più crudele. Compresi di averlo pungolato nell'orgoglio quando contrasse la schiena rilasciando un ringhio basso che parve provenire dal suo stomaco in subbuglio.

«Non fare la stronza, Dorothea.» Mi serrò la chioma con più violenza, tirandola dalla radice, e mi costrinse a guardarlo negli occhi che colsi luminosi e infuocati di rabbia. «Sono stato il primo in tante cose...»

Il cuore fece delle piroette assurde nell'addome; avrei voluto baciarlo, mi sentivo al sicuro sotto di lui, stanca, martoriata, ma felice. Era come se non esistesse niente attorno a me, nessun altro a parte Efrem. Aveva annullato tutto e tutti, persino i pochi ragazzi che avevo frequentato durante l'adolescenza. La mia prima cotta era stata lui e le esperienze che avevo vissuto erano state cancellate violentemente come se fossero inutili tratti di matita che Efrem aveva ricalcato, a modo suo, con un inchiostro indelebile. «Mi pento di avertelo confessato.»

«Io invece ne sono onorato.» Sostenendosi sul gomito sinistro, fece scivolare il palmo destro, da dietro, al centro dei miei glutei. Lo infilò nel mezzo, fin sotto al perineo, a poca distanza dal punto in cui i testicoli urtavano contro di me, e mi sollevò per inclinarmi il bacino come preferiva.

Si incuneò nella mia intimità e aumentò spietatamente l'intensità degli affondi.

Per quanto possibile lo avvertii ingrossarsi, indurirsi e dilatarmi all'eccesso come se fosse una belva e non un uomo.

Una brama incontrollabile gli si addensò nello sguardo; la bestialità delle spinte divenne sconvolgente quando cominciai ad ansimare, tra gemiti rumorosi e piccoli sussulti.

Delle lacrime cristalline scesero lungo le tempie mentre lo incitavo a non fermarsi, a darmi di più; le molle cigolavano imperterrite, i seni balzavano in alto. Efrem ne catturò uno con i denti e, guardandomi sensuale, lo succhiò a fondo, trattenendolo tra le mascelle voraci per riempirsene la bocca. Non riuscii a stargli dietro né ad assecondarlo, mi abbandonai sfinita, sciogliendomi su quel materasso e permettendogli di andare avanti quanto voleva. Non mi importava di ciò che avrebbe fatto del mio corpo purché restasse con me per sempre. Gli occhi grondavano di un pianto di piacere, i muscoli pulsavano mentre io sorridevo nell'avvertire una libidine implacabile crescere fino a fluire in una cascata liquida che agevolava il suo andirivieni feroce.

Resistetti a lungo, per tutti i minuti di cui Efrem necessitava, finché iniziai a domandarmi quanto ancora ne avrebbe voluto, quanto ancora avrebbe preteso di rompermi. D'improvviso sentii convogliare nella pancia l'esigenza di assecondarlo con più enfasi. Gli conficcai le unghie nella schiena e gli morsi la spalla, restandoci incollata per comunicargli che ero al limite; qualche gocciolina di sangue mi intrise il palato e lui mugolò contro il mio collo, apprezzando quel gesto ferino. Lo faceva impazzire vedermi così persa, in balia di una passione indemoniata, ma non si fece sedurre né intimorire e si impegnò a punirmi con maggiore asprezza per la provocazione che non aveva affatto tollerato.

«Usa la voce solo per pregarmi di smettere, così imparerai a non parlare a sproposito, ragazzina incosciente», imprecò furioso.

Si pressò contro di me per indurmi a perdere fiato, il pube premette contro il monticello creando una frizione che mi avrebbe mandata in estasi; staccai i denti dalla carne ferita e gliela leccai per scusarmi, benché servì solo a eccitarlo di più.

Non smise di penetrarmi neanche per un attimo mentre io gli stringevo i fianchi sudati per resistere a quell'assalto intenso; i suoi muscoli vigorosi sembravano d'acciaio, la violenza erotica l'unico mezzo con cui dimostrarmi il proprio desiderio che sfamava anche il mio.

Eravamo due folli.

Qualsiasi altra ragazza gli avrebbe chiesto di togliersi di dosso, di fermarsi e di concederle una tregua, io invece farfugliai di continuare e risi provocatoria quando mi diede una botta così spietata da farmi temere di avermi divisa in due.

Non avrei permesso a nessun altro di possedermi in quel modo perché a nessuno avrei affidato la mia vita. Efrem mi aveva accettata così com'ero, senza fare domande, senza esprimere giudizi; mi guardava come se fossi la creatura più bella e mi toccava con un ardore elettrizzante come se stesse per morire, ignaro che a ogni suo tocco morivo io.

In quel momento, nudo sopra di me, sembrava Dioniso, un dio scellerato, istintivo, con l'impulso primordiale di invadermi col suo spirito perverso, irrompere nella mia esistenza e imbrattare con la sua essenza il mio corso vitale. Usava il tirso come forza naturale con la quale bastonarmi tra le cosce e io, come una ninfa ebbra e pazza di lui, ricercavo la liberazione dei sensi attraverso la caccia, la sottomissione e la totale venerazione.

Era il mio Signore.

Lo era stato dal primo istante in cui, anni prima, mi ero inginocchiata al suo cospetto.

Come avrei potuto non innamorarmi?

«Ti infastidisce pensare ad Andy con me tanto quanto io odio pensare a te con altre donne.» Parlai a fatica e gemetti quando si ritrasse per poi rientrare con più brutalità. Mi sospinse indietro e dovetti aggrapparmi alla sua schiena per frenarmi mentre lui si reggeva sui gomiti per non gravare troppo su di me, nonostante lo sentissi ugualmente esplorarmi dall'interno.

«Di che stai parlando?» Non smise di muoversi neanche in quel frangente in cui avrebbe potuto concedermi una piccola pausa. Non sapevo quante volte mi fossi avvicinata all'apice senza raggiungerlo poiché, proprio quando esigevo che accelerasse, lui rallentava per tenermi sospesa sul ciglio dell'insoddisfazione e impedirmi di venire. Era una tecnica astuta che adottava per controllare quell'aspirazione impotente, prolungare l'amplesso, mantenere viva la fiamma della perversione, rendermi bramosa, partecipe e sempre più bagnata.

«Hai rifiutato Giselle...» Serrai le palpebre, con le cosce tremanti, quando mi chiuse la gola con un palmo e mi leccò la mandibola esercitando una pressione decisa sul collo capace di accrescere il mio desiderio. «Ma non potrai rifiutare Lili», gracchiai con occhi vacui e brillanti di un'innocenza corrotta. «Lei è tua moglie.»

«Dorie.» Cercò di interrompere le mie farneticazioni.

«Vedrà i morsi e i graffi che ti ho lasciato mentre tenterà di fare l'amore con te e tu...» continuai ormai sopraffatta dai rovelli negativi, tuttavia Efrem sorrise con gli zigomi arrossati dallo sforzo e lo sguardo impervio, voluttuoso, per niente preoccupato, sicuro di poter gestire la situazione.

«E io avrò in mente solo te e il tuo corpicino caldo. Anche quando starò con lei.» Mi concesse un bacio umido e passionale, talmente aggressivo da farmi contrarre le pelvi e stringerlo con più ardore. Lui avvertì quello spasmo massacrante, prima di issarsi sui palmi per sbattermi con maggior vigore. «Ora non pensarci, bambina. Godi con me.»

Era finito il tempo di chiacchierare, sostituito dall'urgenza di gridare.

La spalliera del letto urtò contro la parete a causa del suo impeto furioso mentre Efrem, non ancora sazio, incombeva su di me come un demone spietato; con una mano mi strinse il seno mentre con l'altra si sosteneva per guardare in basso, per ammirare vizioso quanto fosse duro e lucido delle nostre secrezioni e quanto io fossi stremata ma ancora combattiva, smaniosa di compiacerlo. Le lenzuola nere attorno a noi divennero un groviglio informe, un rovo ardente come un girone infernale. Qualche cuscino scivolò sul pavimento e urlai nell'istante in cui lui ci mise il doppio della forza per penetrarmi. La barba mi graffiava la guancia, i capelli morbidi mi solleticavano la pelle, la bocca schiusa accanto al mio orecchio mi seduceva, mi confortava, mi invitava a resistere. Una risata spontanea mi fiorì tra le lacrime quando ciò che stavo ricevendo divenne l'estasi più potente che avessi mai provato. Avrei voluto assecondarlo per tutto il tempo che avesse voluto, ma cominciai a stargli dietro a fatica. «Efrem...» Gli bastò il mio debole soffio per capire che necessitavo di venire.

Subito, senza tenermi ancora sospesa in quell'attesa anelante.

Lui strinse i pugni, senza fermarsi, e compresi la strada che aveva imboccato, dove voleva condurmi. Ne ebbi la certezza quando, posandogli le mani sui glutei, sentii il suo bacino angolarsi per sfregare il pube contro il clitoride e gettarmi nel rogo di un peccato contorto e viscerale. Puntai i talloni per sorreggermi; vibrai come una corda quando mi tesi attorno al membro con contrazioni ritmiche, avvolgendolo tutto sino alla radice. Tra ansiti e guaiti disperati, mi sfregai con impazienza contro di lui, gli affondai le unghie nelle natiche e serrai le palpebre prima di urlare e spaccarmi in mille pezzi. Esplosi con una velleità disciolta, abbondante, così copiosa da bagnare entrambi come un torrente fluente e spregiudicato. Tremai in preda alla vergogna per tutto il tempo in cui mi liquefeci in un modo così violento da esserne stordita. Sudata e senza fiato, rimasi in silenzio sotto al suo torace come se bastasse a nascondermi dagli occhi opalescenti che mi stavano fissando consapevoli, poiché mi aveva provocato, per la seconda volta, quel tipo di orgasmo a cui tante donne ambivano senza mai incontrare l'uomo in grado di soddisfarle. Un ghiribizzo che viveva nelle fantasie più immorali, spesso privo di concretezza nella realtà. Tuttavia, a differenza loro, io mi ero imbattuta nel peggior trasgressore che potesse capitarmi e quella meta, tanto misteriosa, l'avevo raggiunta, assaporata e vissuta.

Di nuovo.

Efrem percepì quel piacere smodato, cavalcò i miei spasmi bollenti con più rudezza, godendo della fluidità con la quale iniziò a scivolare dentro e fuori il tenero fulcro.

Gli osservai incantata il pene teso, turgido al massimo, che, sprigionando una perfida mascolinità, spariva nel fiore femminile come un coltello in una calla, poi, gli addominali contratti come rilievi scolpiti nella pietra e i pettorali rigonfi che emanavano una virilità inaudita finché Efrem si fermò irrigidendo i muscoli, con un ringhio gutturale.

Lo tenni a me, lo strinsi e abbracciai quando, sfinito da quella corsa sfrenata, liberò il suo seme nel profondo; ondeggiò piano, con una sensualità divina, per farmi assaporare ogni centimetro della sua umida durezza, riempiendomi fino all'ultima goccia.

Sorrisi quando si accasciò e mi coprì interamente, facendomi scomparire sotto una coltre di eccitante virilità. Lo respirai inebriandomi dell'odore selvatico della sua pelle mentre Efrem, incurante di essere pesante, mi rimase addosso come se sapesse che avevo bisogno di quel tipo di intimità, più consona a due innamorati che a due amanti. Non era scappato dopo la prima volta che avevamo fatto sesso e non sarebbe successo neanche in quel momento.

Rilassai le ginocchia che parvero cedere a una stanchezza improvvisa e gli posai le labbra sulla spalla, leccando con la punta della lingua il segno evidente del mio morso. Chissà come si sarebbe giustificato se Liliane lo avesse notato. Avrei dovuto preoccuparmene, invece pensavo solo a quanto fosse attraente così sconvolto e marchiato dalla mia passione tanto quanto lo ero io dalla sua.

«Hai paura di me?» mi domandò all'orecchio; il suo respiro mi concesse una carezza così cupa che rabbrividii.

Gli infilai le unghie nell'ampia schiena e le lasciai scorrere fino ai fianchi, lacerandolo con altre abrasioni; lui sospirò estasiato. Un graffio in più o uno in meno non avrebbe fatto alcuna differenza; eravamo entrambi conciati piuttosto male. «No.»

Efrem rise con una lussuria crudele, promessa silente di turpe oscenità. «Dovrai averne invece. Tra dieci minuti.»

Mi bastò ragionarci qualche istante per intuire a cosa si stava riferendo. «È quel periodo in cui...»

«Si chiama periodo refrattario», mi precedette sfilandosi piano per poi scivolare accanto a me. «Nel mio caso è abbastanza breve. Presto tornerò agibile e... affamato.» Mi fece girare su un fianco cosicché la schiena gli aderisse al torace. Mi avvolse il girovita con un braccio, mentre posizionava l'altro sotto alla mia nuca, e mi si avvicinò così tanto che potei sentire il bacino sfiorarmi il sedere; il membro ancora duro mi premette pigramente tra le natiche come un gigante dormiente. Non riuscii a impedirmi di muovermi contro di lui, lentamente, finché l'erezione vi strusciò nel mezzo. Mi doleva tutto, ma avvertirlo alle mie spalle mi dava un senso di protezione mista a un'eccitazione incomparabili. Da brava ragazza avrei dovuto starmene buona, tuttavia non ero in me quando eravamo insieme, non ero abbastanza razionale; il mio corpo era totalmente assoggettato al suo, come se fossi nata per amarlo e servirlo. Con la mano mi coprì il seno, i polpastrelli suonarono una sinfonia d'amore sulla mia pelle, ruotarono attorno all'areola e solleticarono il capezzolo, facendolo intirizzire. Lo sfregamento placido tra i nostri punti più focosi era così rilassante che fui pervasa da un'improvvisa fiacchezza post-coitale. Cullata da quelle spirali di dolci sensazioni, socchiusi le palpebre; nell'aria aleggiava un profumo vizioso di sesso e bergamotto che, come un potente oppiaceo, avrebbe drogato i miei sogni.

«Dorie.»

Efrem mi chiamò prima che potessi assopirmi e di rimando mugolai svogliata. Benché lo desiderassi, necessitavo di riposare anche solo per mezz'ora, tuttavia quando col braccio scese di nuovo a stringermi forte, fino a farmi infossare la pancia e gonfiare i seni, compresi che lui non era dello stesso avviso. «Resta sveglia», mormorò con una risata provocatoria mentre il pene riacquistava vigore, tornando alle dimensioni che tanto temevo. Divenne una curva pericolosa capace di rendermi schiava dei pensieri più indecenti. «Non abbiamo ancora finito.» Con le labbra cominciò a baciarmi il collo, proseguendo le sue languide carezze fino alla spalla. Un calore ardente si propagò dal lembo che stava stuzzicando fino al centro delle cosce, inducendomi a serrarle. Quando spostò la mano dal ventre al pube, premette l'interno del palmo sul monte di Venere e sfiorò con l'indice il clitoride per dar vita a una tortura lenta e sensuale. In pieno tumulto, mi inarcai e spinsi il sedere contro di lui. L'erezione si incastrò tra le natiche, allungandosi oltre l'osso sacro, ed Efrem la spostò più giù sull'apertura del sesso. La sfregò piano cosicché la punta si intingesse nel mio umido tepore e io ansimai debolmente, a occhi chiusi, godendo dei tremiti bollenti che presero a corrermi lungo le gambe. «Ricordi quando ti ho detto che voglio tutto da te?» Direzionò due dita in basso trovandomi calda, morbida, ancora grondante del suo seme. Mi lambì le grandi labbra per aprirle e, tenendole dilatate, vi insinuò nel mezzo il medio con delicatezza, conscio di quanto fossi provata dalla penetrazione precedente. Lo piegò e roteò come se stesse cercando qualcosa di prezioso e d'istinto inspirai piano, tremando appena per la sensazione invadente.

«Sì», gemetti quando lo fece scorrere dentro e fuori.

E ancora… dentro e fuori; lungo, seducente, terribilmente esigente.

«Sei pronta a darmelo?» Mi baciò sotto il lobo dell'orecchio prima di titillare col pollice il piccolo nucleo, teso e arrossato. Realizzando cosa avesse in mente, spalancai le palpebre e gli strinsi l'anca. Ero pronta a concedergli qualsiasi cosa volesse, ma non mi aspettavo l'avrebbe pretesa così presto. Sarebbe stato un gesto particolarmente intenso. L'avevo immaginato tante volte, soprattutto con lui, ma affrontarlo nella realtà era di tutt'altro impatto. «Mi controllerò, Dorie.» Provò a rassicurarmi senza smettere di muovere il medio in quel modo abietto, sicuro, insistente per spegnermi la ragione e farmi anelare di ricevere di più. La lascivia soppiantò qualsiasi pudore quando oscillai contro il suo palmo per accogliere il dito fino alla nocca e sentirlo solleticarmi dall'interno con calcolata malizia, sempre più a fondo. «Ti fidi di me?» Efrem sfregò la bocca sulla curva del collo, mordicchiandola appena, e sfilò la mano per avvolgermi la coscia e sollevarla leggermente.

«Sì. Mi fido solo di te.» *Più di quanto mi fidi di me stessa.*

E fu allora che, sistemandosi dietro di me, riuscì a direzionare il pene sull'antro stretto che avrebbe voluto violare. Non sapevo se fosse giusto definirmi vergine, dato che l'aveva perlustrato dapprima nel suo studio poi col plug la sera precedente, eppure, anche se mi aveva preparata, nulla sarebbe stato equiparabile ad accogliere una virilità così grande e dolorosa. Nulla avrebbe fatto più male o sarebbe stato più intimo, soprattutto perché non era intenzionato a indorarmi la pillola con un lubrificante che, invece, aveva usato in altre occasioni.

«Ora respira, non irrigidirti.» Efrem esercitò una lieve pressione sui muscoli. Il glande era come una spina che pungeva su una zona troppo sensibile, eppure, con la giusta dose di pazienza, riuscì ad allentare l'apertura del diametro necessario e a entrare. Serrai i denti, contraendo i glutei, ed Efrem mi artigliò l'anca per punirmi. Mi aveva appena intimato di non irrigidirmi e inconsciamente gli stavo rendendo tutto più difficoltoso. Provai a rilassarmi, inspirando intensamente; il cuore pulsava così forte da sentirlo nell'addome. Non era facile ignorare un'invasione così corporea. Data la mia agitazione, lui decise di farmi distendere sulla pancia, restando incastrato con solo la cima dentro di me. Gli diedi il profilo, con la guancia sul cuscino, e serrai le lenzuola tra i polpastrelli mentre Efrem mi sovrastava, sorretto sui palmi, intento a fissare in basso, con una perversione ammaliante, quel punto avverso che gli impediva di avanzare. «Dorie, allarga le gambe.»

Gli obbedii distanziandole fino a sfiorare le sue cosce che mi costrinsero a bloccarmi; curiosa e reattiva a ogni gesto, mi concentrai sulle sensazioni che stavo provando: malgrado il timore dell'inesperienza, bramavo di sentirlo sprofondare dentro e di unirmi a lui proprio come avevo sognato. Ancora una volta, Efrem dimostrò di avere la massima esperienza, di sapere come toccarmi e come ammansirmi. Adagio, riprese a spingere contro di me per occupare, con ogni segmento del membro, quel passaggio angusto. Trattenni il fiato e mi aggrappai alle lenzuola quando avvertii il suo spessore incedere come se fosse un dardo enorme. Scorse con prudenza e, ogni volta che credevo fosse giunto alla radice, avanzava ancora smentendomi.

«Un altro po', bambina... ci sei quasi», sussurrò bollente, trattenendo l'istinto di essere brutale e mandare al diavolo le buone maniere.

«È... è... troppo...» Stentavo a credere di riuscire a sopportarlo; mi sembrava impossibile.

«Ce la fai. Consideralo un momento intimo, profondo, personale perché lo stai facendo con me, non con qualcun altro... nessuno ti ha mai avuta fino a questo punto.»

Lui sarebbe stato il primo e l'unico.

Percepivo la sua tensione; con la coda dell'occhio sbirciai la mandibola affilata, le iridi adombrate dal desiderio, una ciocca nera che gli sferzava un sopracciglio e le labbra schiuse, sensuali da morire. Emisi un mugolio sommesso quando continuò a profanarmi finché si fermò, con solo mezz'asta dentro di me. Avrei voluto sollevare il bacino per andargli incontro, ma non ne avevo le forze; perciò Efrem attese qualche secondo per darmi il tempo di assorbire la sensazione di avvertirlo nelle viscere. Si piegò su di me, posandomi la bocca sulla nuca, mentre io tremavo d'aspettativa. Lui rise soddisfatto e mi leccò l'orecchio, respirandomi addosso. «Ora farà male. Resisti.» E con quell'avvertimento previdente, si spinse fino alla base aderendo completamente al mio sedere. Un ringhio maschile gli sfuggì dalla gola; io gemetti, trattenendo il pianto spontaneo causato da un dolore travolgente e un piacere venereo. La carne si dilatò in modo cocente e battei la gamba sinistra contro la sua in segno di allarme, come se non ci fosse abbastanza spazio. «No... amore, tranquilla, adesso passa.» Mi accarezzò i capelli, baciandomi la guancia per raccogliere, e leccare, una lacrima silenziosa. «Adesso passa.» Ebbe subito il potere di placarmi, di consolarmi e io gli sorrisi al suono di quel vezzeggiativo inaspettato: amore.

Perché l'aveva usato?

Mi sentii avvolta da un calore appassionato che avrei portato con me per tutta la vita.

Quando si ritrasse appena per poi riaffondare, guaii con un sobbalzo in avanti.

Era talmente incredibile avvertirlo nel piccolo orifizio che, spontaneamente, sollevai le anche e mi arcuai per accoglierlo meglio e congiungermi a lui il più possibile.

«Bravissima, Dorie. Hai visto che non è nulla? Devi solo abituarti.»

Be', non avrei usato il termine *nulla* per definire l'atto con cui mi aveva sottomessa mentre ero stesa a letto a soddisfare le nostre fantasie. Avrei voluto definire quell'esperienza come terribile, invece il piacere cominciò ad affluire nella pancia, scivolando sinuosamente nella zona ristretta in cui il pene se ne stava immobile a inchiodarmi. Non si trattava di un piacere soltanto fisico, ma sembrava essere alimentato da un angolo segreto della psiche, un livello inabissato che combatteva il senso di imbarazzo. Il fatto che Efrem fosse così disinibito, confortevole, padrone della situazione accresceva la mia eccitazione poiché io riuscivo a identificarmi in lui, a provare gli stessi stati d'animo, lo stesso desiderio, lo stesso senso di benessere.

Quando mi coprì il pugno chiuso con la sua mano, la guardai, allargando le dita per permettergli di incrociarle alle mie. «Non essere delicato», lo supplicai incosciente, dando voce a quelle esigenze sfrenate che smaniavano per ricevere più dolore e di conseguenza più piacere.

«È la tua prima volta.» Efrem strofinò la punta del naso contro il mio zigomo, leccandomi l'angolo della bocca. «Devo necessariamente fare piano.»

Rispettando le sue parole, cominciò a ondeggiare lentamente; arretrò e avanzò in modo paziente, dolce ma bestiale, godendosi a fondo quell'unione intensa che mi strappava gemiti e ansiti leziosi. Gli posai un palmo sulla natica per sentirla contrarsi a ogni affondo, deciso ma dosato, e lui mi baciò tra le scapole muovendo le anche con una passione seducente, tanto lenta quanto feroce. Si stava trattenendo per non farmi patire troppo, ma bastava la grandezza che aveva tra le gambe per fustigarmi negli anfratti più remoti della mente. Nonostante la sua premura, era impossibile rendere quell'atto indolore. Il mio corpo sopportava mentre io mugolavo, annaspavo, mordevo il cuscino e lo bagnavo di saliva, accettando la sua lunghezza fin dove potevo.

Quando sentii le dita scostarmi un gluteo per aprirne la carne e spingersi più a fondo, premetti la fronte contro le lenzuola e accolsi i colpi che divennero vigorosi, brevi ma decisi.

Con l'altra mano, incastrata tra il mio ventre e il materasso, corse a stuzzicarmi la vulva, sfiorò la fessura e la penetrò con l'indice e il medio per acuire quelle sensazioni fatali e portarmi sul pendio di un'estasi ardente. «Ovunque, Dorie… mi sentirai ovunque per giorni.» Con la stessa dolce irruenza prese a sollecitare la vagina senza smettere di entrare e uscire dall'antro posteriore; il pene mi tendeva al massimo, i testicoli sbattevano ripetutamente contro di me e lui mi stimolava così perversamente che io non seppi più distinguere nulla: né dove avvertissi più sofferenza né dove montasse una foga pressante. Sapevo solo che avrei voluto prolungare quell'attimo, vivermelo in eterno, restare avvinta a lui finché mi avesse gettata in una voragine scandalosa. «E rimarrai mia, anche quando ti lascerò andare», sussurrò crudo, col dileggio malinconico di un bastardo.

Non era la dichiarazione più bella da esprimere a una ragazza, soprattutto durante il sesso.

Le emozioni vorticarono nel petto, impazienti di palesarsi, e le lacrime mi offuscarono la vista, restando sospese sulla rima ciliare mentre gli arti furono scossi da brividi potenti.

Annegai, soffocai, morii galleggiando in un meraviglioso stato di stordimento.

Così immobilizzata dalla possanza del suo fisico, continuai a ospitare il membro dietro e le dita davanti per tutto il tempo che Efrem ritenne necessario. Quando mi inforcò con le gambe, chiudendomi le cosce e sollevandomi dai fianchi cosicché il sedere fosse ancora più esposto, riuscì a coordinarsi, a farmi gridare, a strapparmi la lucidità, a schiantare il bacino con un impeto viscerale finché una cupidigia violenta mi annientò e lui mi parve come un cielo che si espandeva nella stanza.

Come un'anima che si espandeva dentro di me.

D'improvviso ricaddi di faccia giù restando con la schiena arcuata e lui, mentre pompava implacabile, mi seguì mordendomi la spalla per ricambiare il marchio che io stessa gli avevo lasciato. Fu in quel momento che mi sbriciolai divenendo leggera e libera; l'estasi che ne derivò mi scagliò lontana, in una dimensione ultraterrena. Efrem accompagnò quel vezzo aggressivo con un'altra poderosa stoccata che mi scavò a fondo, scombussolandomi l'intestino.

«Cazzo... *ich halt's nicht mehr aus. Du machst mich verrückt*», farfugliò annebbiato, assestandomi colpi sempre più irruenti e qualche sculacciata infiammante.

Urlai, bruciai, mi sfaldai e fummo un'unica cosa nel modo più proibito e splendido possibile.

Acquietai la fame del mio satiro permettendo alla sua perversione di abbattersi sulla mia come un uragano, finché entrambi sopravvivemmo a quel tifone libidinoso: io mi riversai sul suo palmo in un orgasmo improvviso, pervasivo, divampante, e lui si fermò per palpitare dentro di me con una potenza dissoluta, un vigore ancestrale, una rudezza spaventosa.

La pace che ne conseguì lasciò tutt'attorno la devastazione dell'ultima innocenza custodita e ormai persa.

Amore e lussuria si erano mescolati sconfinando e confondendosi tra loro.

Mi abbandonai sul materasso sfinita; i polmoni tentarono di riprendere aria a fatica, le gambe non smettevano di tremare e il fondoschiena, stritolato dalla sua mano, doleva come se fosse stato sottoposto a uno sforzo eccessivo.

Con il naso insinuato nel cuscino e le lenzuola ancora strette nei pugni, incurvai le labbra in un sorriso gioioso quando sentii il mio folle amante gravarmi addosso, ansimante, sudato e scosso dai tremiti mentre il suo seme caldo scorreva in un luogo recondito, occupato ancora dal membro in un incastro sfacciato, e defluiva fuori sporcando il letto. Imbrigliandomi i capelli, Efrem mi tirò indietro il capo e mi inondò, catturò, ammaliò con i suoi bellissimi occhi, fiacchi ma sbrilluccicanti di un'affascinante soddisfazione.

Si accertò che stessi bene, soprattutto che fossi contenta, poi, intrigato dalla mia smorfia appagata, un po' svenevole come quella di una ninfetta dispettosa, mi baciò con fervore comunicandomi gratitudine, conforto, desiderio e un sentimento profondo che pulsava nei meandri più oscuri del suo cuore, un sentimento che sarebbe rimasto per sempre taciuto o inascoltato…

Ma che io avevo imparato a *sentire*.

16
Thea

Ciò che viene fatto per amore accade sempre
al di là del bene e del male.
Friedrich Nietzsche

Dopo che avevamo trascorso l'intera notte e mattinata a rotolarci sul letto, Efrem mi aveva permesso di dormire qualche ora, di fare un'altra doccia, di vestirmi e di realizzare ciò che era successo. Stentavo a credere di avergli concesso il mio corpo con tanta devozione e convinzione, proprio come tempo prima aveva chiesto.

Mi aveva posseduta totalmente donandomi a sua volta tutto se stesso; nessuno avrebbe potuto privarmi di quei momenti insieme, che mi sarebbero rimasti per sempre impressi nella mente a prescindere da quanto la nostra relazione fosse considerata sbagliata.

Forse capivo perché le donne perdevano la testa quando si scontravano con la sua virile enigmaticità. D'altronde l'avevo persa anch'io al punto da intraprendere da un lato un percorso di guarigione, dall'altro un percorso nel quale mi ero ammalata di emozioni che fino a tre mesi prima non ritenevo possibile provare.

Emisi un lungo lamento quando giunsi quasi dinanzi alla cucina.

Avevo la pelle e i muscoli in fiamme come se fossi strisciata via da un combattimento e il mio avversario me le avesse suonate per bene.

Un profumino invitante, che mi colpì dritto allo stomaco, mi incoraggiò a proseguire con altri piccoli passetti finché giunsi alla penisola e mi ci appoggiai con una mano, lievemente barcollante.

Tutt'attorno una luce fioca filtrava dal pesante tendaggio che copriva interamente la vetrata per riparare l'ambiente dai raggi fulgidi del sole; qualche faretto a incasso illuminava il piano cottura, sciorinando l'elegante marmo nero e le cromature sfavillanti del mobilio. Non sapevo di preciso che ora fosse, ma quando mi ero risvegliata nella stanza da letto e, frastornata, avevo controllato il cellulare, il display aveva segnato circa mezzogiorno. Tuttavia, in quell'istante, un'esigenza inopportuna, scalpitante e focosa, cominciò ad annebbiarmi le sinapsi: mi concentrai su Efrem, in piedi, ignaro della mia presenza, intento a spalmare della marmellata su una grossa fetta di pane a forma di anello. Mi soffermai sulla camicia chiara che gli aderiva alla schiena possente, poi sui glutei tonici fasciati da un paio di pantaloni scuri che, benché fossero semplici, gli calzavano a meraviglia. In realtà, non necessitava di ostentare chissà quale abbigliamento estroso, i suoi completi riuscivano a far risaltare le linee e gli spigoli giusti sui quali adoravo indugiare e fantasticare indisturbata. Un tovagliolo rovesciato sulla spalla gli dava un tocco così sexy da farlo risultare sessualmente eccitante e follemente attraente come pochi uomini.

«Ben svegliata, Dorie.»

Sussultai quando, senza neanche voltarsi, si accorse di me che, imbambolata ad ammirarlo, non avevo emesso fiato. Efrem girò appena il viso, concedendomi la visuale del profilo e della mascella, poi inconsapevolmente si leccò via una goccia rossastra dal pollice facendomi desiderare quelle labbra voraci addosso, sui seni o tra le cosce.

«Che fai?» Cercai di darmi un contegno soltanto per costringermi a non saltargli in braccio per baciarlo e spogliarlo di nuovo. *Perché si era già rivestito?* Era domenica, non sarebbe andato in clinica, quindi dedussi che non amava girare per casa in boxer e, *santo cielo*, era un vero peccato. Un corpo come il suo non era stato creato per essere coperto o nascosto, ma svelato e venerato in ogni suo rude avvallamento.

«Preparo la colazione anche se, data l'ora, sarebbe stato più adeguato pranzare.» Col coltello indicò l'orario sulla parete, ma, anziché seguirne la direzione, restai a fissarlo pensierosa. Valutai il fascino che un uomo assumeva in cucina; non avrei mai considerato che in un luogo tanto banale, a svolgere un'attività usuale, Efrem sfoderasse quel carisma sopraffattore che mi faceva tremare le ginocchia e implodere di una lussuria tortuosa, struggente che mi soverchiava costantemente come una serva. Guardai lo sgabello semialto sul quale avrei dovuto accomodarmi ed ebbi qualche istante di esitazione. Lui ne comprese il motivo e mi lanciò un'occhiata maliziosa, alquanto divertito, prima di domandarmi: «Come sta il culetto?»

Arrossii, volgendo lo sguardo ai piatti che aveva riempito con due grossi *brezel* farciti di burro e marmellata, circondati da tartine di frutta. Aggrottai la fronte perché non era ciò che di solito gradivo per colazione e supposi si trattasse di un'abitudine tipica del suo Paese d'origine. Armandomi di coraggio, sollevai appena una natica per appoggiarla sul bordo dello sgabello senza dare a vedere il sottile fastidio che avvertivo nelle zone intime. «Sta bene, nonostante sia ancora un po' dolorante.» Rimasi sostenuta su una gamba, piegando l'altra per tentare di assumere una posizione disinvolta.

Efrem si soffermò sulla magliettina bianca, corta fino all'ombelico, dalla quale si intravedeva il pizzo del reggiseno nero. Un torvo desiderio cominciò a luccicargli nelle iridi e io fremetti come se mi stesse divorando lentamente. «È normale. Era molto stretto.» Socchiuse le palpebre, rivivendo nella mente la nostra unione e le sensazioni che aveva provato. «A ricordare il modo in cui mi tenevi dentro, credo che potrei ordinarti di chinarti sulla penisola per concedermene un altro assaggio. E so che lo faresti.» Si tolse il tovagliolo dalla spalla, posandolo accanto al lavandino. Si appoggiò sul ripiano senza smettere di fissarmi, conscio che quando mi osservava così riusciva a suscitare in me una forte soggezione. Ero completamente impietrita ed esaltata poiché, se davvero avesse voluto avermi, non avrei esitato a ubbidirgli, chiedendo al mio fisico svilito più di quanto avrebbe potuto tollerare. «Ma non sarò così inclemente.» Mi sorrise subdolamente come se mi avesse concesso una grazia. Tornai a respirare, smisi di stringere tra le dita il bordo della penisola di pietra a cui inconsciamente mi ero aggrappata, e placai l'ansia che mi imperversava tra le costole. «Ora voglio solo che mangi.» Efrem prese entrambi i piatti che aveva preparato per noi e mi venne incontro, aggirando l'enorme barriera che ci divideva. Ne depose uno sotto di me, l'altro al mio fianco, e si sedette a sua volta su uno sgabello. La fragranza del suo profumo si confuse e infine prevalse sull'odore delle leccornie, costringendomi a ripensare a quanto fosse seducente averlo sulla pelle. Era talmente afrodisiaco che dovetti scacciare via qualsiasi pulsione venerea mi stesse scalciando dentro.

Guardai il preparato – il panino o quel che era – con una smorfia scettica mentre lui lo avvolgeva in un tovagliolino di carta per portarselo alla bocca. «Fidati, è buono.»

Inarcai un sopracciglio, trattenendo un risolino beffardo. «Solo perché è tedesco?»

Efrem diede un primo morso e io studiai il movimento lento delle labbra, carnose, disegnate, peccaminose che troppo spesso mi facevano impazzire e contorcere di smania e frenesia. Mi agitai sulle natiche, spostando il mio peso per attenuare il dolore, mentre lui, galantemente, versò con l'altra mano del succo d'arancia in due bicchieri di vetro che non avevo notato prima.

«No, perché Lili sostiene che sono bravo in cucina. Mi piacerebbe sapere se anche tu sei della stessa opinione.»

Tentai di nascondere il mio turbamento al suono di quel nome; per me era più facile illudermi che la moglie non esistesse anziché affrontare la realtà e ammettere a me stessa che, quando fosse tornata, lui le avrebbe riservato le stesse attenzioni spudorate che aveva rivolto a me. Abbassai il capo e afferrai una tartina con sopra una fragola.

«Senza dubbio, hai tante qualità.» Doveva essere una lusinga, eppure mi fuoriuscì con un tono d'ammonimento, come se una gelosia perforante mi stesse lacerando nel profondo poiché di quelle qualità avrebbe goduto qualcun'altra, e non io. Con un sospiro angustiato, assaggiai il piccolo guscio friabile sentendo subito la pasta frolla sciogliersi sulla lingua insieme a una crema densa e molto dolce. Non mi preoccupai delle calorie né di ingurgitarlo con l'intenzione di vomitarlo subito dopo. Avevo imparato a trattenere quegli impulsi malsani e a ignorare la voce demoniaca che, dai recessi della mente, riaffiorava per incitarmi a sputare via tutto e a correre a controllare che le mie forme non fossero mutate.

C'era ancora, non ero riuscita a debellarla, tuttavia in me era in corso un cambiamento importante.

Ero diventata più forte, più consapevole di me stessa e del mio aspetto, a tal punto da non temerla.

La consideravo insopportabile, ingiusta, anormale, massacrante; quella voce non era mai stata portatrice di consigli sani, perciò stavo smettendo di esserne vittima. Stavo imparando a domarla, a non permetterle più di veicolare la mia vita verso la morte. E con Efrem accanto mi sentivo invincibile, come se lui fosse la fonte di energia dalla quale traevo la voglia di non abbandonarmi alla disperazione e di lottare per vincere la guerra in atto ormai da due anni.

Masticai piano, dando morsi minuti al dessert più per abitudine che non per un senso di rifiuto. Efrem mi lanciava qualche occhiata indagatrice mentre finiva di mangiare il suo *brezel* con la raffinatezza innata che lo contraddistingueva. In un silenzio innaturale, farcito di confidenza e benessere, afferrai il bicchiere e trangugiai il succo in pochi sorsi, finché espressi un pensiero che mi stava tormentando: «Perché mi stai fissando?»

Appoggiai il bicchiere sul ripiano e mi avviai una ciocca di capelli dietro l'orecchio. Ero stranamente in imbarazzo, forse perché dopo ciò che avevamo condiviso quella mattina mi sentivo più vulnerabile del dovuto.

«Perché ti considero bella.»

Efrem non si faceva alcun problema a riempirmi di complimenti, anche quando li reputavo non veritieri.

Abbozzai un sorrisetto sfiduciato. «Mi consideri bella con tutti i miei difetti?» Mi imposi di non guardarlo, malgrado avvertissi le sue iridi, irriverenti e devastanti, tenermi prigioniera senza neanche che mi toccasse; aveva il potere di sfiorarmi con una feroce delicatezza e non mi era ancora chiaro come fosse possibile.

«Sono proprio i tuoi difetti a renderti bella, Dorie. La bellezza esteriore può camminare sul corpo, ma solo quella interiore cammina sul cuore. Pochi riescono a vederla, per questo è tanto speciale.»

Mi voltai colpita e l'oceano parve ridursi al pistillo di un fiore quando mi persi nel carisma incantevole del suo sguardo che brillava di un rigoglio violento, apriva i petali della mia anima e vi spargeva sopra una rugiada splendente.

In un mondo in cui niente mi sembrava puro, Efrem era un abbraccio concesso senza la pretesa di chiedere nulla in cambio; era il conforto di cui si ha bisogno quando l'oscurità fa apparire il cielo triste e le stelle troppo sole; era il delirio che induceva a pensare che qualcosa di bello prima o poi sarebbe accaduto perché tutti meritiamo di essere felici; era il barlume di speranza che si cerca disperatamente nei momenti in cui siamo convinti che sia andato tutto perduto; era un gesto incontaminato, pieno di un calore nel quale abbiamo bisogno di rifugiarci per tornare a credere che, sebbene l'amore non possa curarci, può lenire le nostre ferite.

E lui le mie ferite le leniva per farmi comprendere che in me non c'era niente da gettare via e che anche la minima zona d'ombra custodiva la sua infinita ricchezza.

Mentre terminavo di masticare la tartina, agii d'impulso e scesi dallo sgabello. Intuendo le mie intenzioni, Efrem si pulì elegantemente le labbra con un fazzoletto e si voltò, restando seduto ad attendermi. Divaricò le gambe per farmi spazio; io gli avvolsi le braccia attorno al collo e mi sporsi per dargli un bacio. Non fu un contatto lussurioso, ma un tocco soffice tra le nostre bocche che scatenò in entrambi una corrente di brividi. Con le mani mi strinse i fianchi, sul bordo degli shorts di jeans, e io gli accarezzai gli zigomi velati da un principio di barba, distaccandomi appena.

Il suo respiro pacato parve sedurre il mio, sempre troppo irrequieto e incontrollato, mentre gli occhi chiari, fiammeggianti di brama, scivolarono nei miei minacciandoli di non osare di più, benché non desiderasse altro che avere un buon motivo per rimpinzarmi ancora di sesso e sconcezze.

Quando mi attirò contro il bacino, percepii il suo corpo caldo e vibrante, pronto a dominarmi e disintegrarmi se solo glielo avessi permesso. Un'attrazione letale divampò tra noi, circondandoci nelle proprie fiamme, ma, prima che potessi soddisfarla, Efrem si alzò in piedi torreggiando su di me come un colosso. Mi incupii pensando subito al peggio; indietreggiai di un passo, un riflesso di insicurezza mi fece sentire inadeguata e una tacita disperazione mi esplose nel petto. Lui analizzò la mia reazione, intuì che qualcosa non andava e si avvicinò per prendermi il mento tra le dita e sollevarlo affinché incrociassi il suo sguardo.

«Dorie...» Mi concesse un altro bacio, questa volta sulla fronte, con una soavità che alletta i sensi e stordisce il cervello, poi tornò a osservarmi, intenso, ardente, tormentato da una cupidigia annichilente. «Se cedessi ancora, non riuscirei a fermarmi. Tra poco mio padre riaccompagnerà qui Joël, non posso rischiare che ci scopra.»

Trassi un sospiro sollevato poiché Efrem non mi aveva respinta, ma semplicemente protetta per impedirmi di finire nuda sulla penisola o sul pavimento a replicare ciò che era successo a letto.

Mi limitai ad annuire, contenta di poter attribuire una motivazione valida al suo comportamento e anche al perché si fosse vestito di tutto punto prima del mio risveglio. Tuttavia, corrucciai le sopracciglia e un'improvvisa preoccupazione spazzò via qualsiasi altro pensiero: «Come giustificherai la mia presenza al bambino?»

Oh, cavolo!

Non potevo, di certo, trascorrere l'intera giornata nascosta in una stanza o in un armadio.

Per quanto la situazione potesse apparire comica, viverla non sarebbe stato affatto divertente.

Efrem sorrise e mi accarezzò col pollice il labbro inferiore, tracciando uno dei taglietti causato dalla sua veemenza. «Joël è molto intelligente ma anche riservato. Non farà domande davanti a te. Quando rimarremo soli io e lui gli spiegherò che avevi un urgente bisogno di vedermi.»

Lo guardai dal basso con malcelato disappunto. «Ah, ecco, ovviamente io apparirò come la pseudo-ossessionata da te e tu come l'eroico dottore che mi ha accolta con la sua virtuosa misericordia.»

Efrem si trattenne dal ridere e si piegò al mio orecchio, sfiorandomi il lobo con le labbra morbide mentre con il palmo mi avvolgeva interamente la guancia. «Non puoi dire che non sia stato di tuo gradimento, Dorie.»

Avvertii di nuovo le caviglie molli, le gote colorirsi, la tensione raggomitolarsi nel basso ventre e un inopportuno batticuore impazzare a una velocità inarrestabile.

Non potei celargli il modo in cui mi si inturgidirono i capezzoli dato che lui li percepì contro l'addome, mugolando compiaciuto. «No, infatti.»

Efrem puntò l'attenzione proprio dove non avrei voluto attirarla; odiavo essere così suscettibile a ogni suo tocco.

«Per giunta, cosa vuoi che racconti a mio nipote?» Con quella voce stentorea sembrava un demone avvenente che continuava ad abbattermi con le sensazioni più travolgenti. Gli bastava poco per vellicarmi con la sua ingordigia, come se non conoscesse l'inappetenza e sfruttasse qualsiasi momento per ricordarmi che gli appartenevo e che non dovevo mai abbassare la guardia. «Ha solo undici anni, devo necessariamente attenermi alla parte più decorosa di questa faccenda.»

In realtà, la parte decorosa di quella *faccenda* era pressoché inesistente, ma forse, per qualche assurda ragione, lui tentava di convincersi del contrario.

«Pensi possa dirlo a Liliane?»

Quando smise di accarezzarmi, compresi che quella domanda era stata tanto scomoda da esprimere quanto da ascoltare.

Efrem si passò le dita tra i capelli neri in un gesto apparentemente tranquillo che nascondeva un nervosismo latente, poi mi fissò riflettendo con una tacita torbidità. «Nel caso in cui lo facesse, saprei come...»

«Raggirarla?» lo provocai.

Lui mi fulminò attraverso le ciglia adombranti e io mi morsi la lingua pentita. «Spiegarle la verità, Dorothea.»

Sgranai le palpebre, permeata dalla paura che, qualora Lili avesse saputo tutto, avrebbe fatto qualsiasi cosa per sbattermi fuori dalla vita del marito e riprenderselo. «Quindi le confesseresti di noi?» Per poco non ebbi un malore all'idea di perderlo davvero. Era terribile considerare la possibilità che qualcun'altra me l'avrebbe strappato via. Sarebbe stato come strappare le stelle al cielo, la luce agli astri e riportare in vita un dolore che lui aveva forgiato di poesia. Nonostante lei avesse il diritto di farlo, io ero certa che non sarei sopravvissuta, che sarei morta come era morta Fillide quando le avevano comunicato che Acamante non sarebbe più tornato.

Avrei smarrito la mia anima e sarei diventata un fiore di mandorlo che, per sbocciare, avrebbe avuto bisogno di abbeverarsi alle lacrime del suo amato, altrimenti avrebbe perso ogni floridezza.

Efrem mi scostò con l'indice una ciocca dalla tempia e io mi chiesi se anche lui, a volte, avesse il mio stesso timore, se anche lui pensasse che il mondo non avrebbe avuto più alcun colore se ci fossimo separati.

«Se il mio matrimonio finirà, non sarà per colpa tua. Te lo assicuro.»

Avrei voluto approfondire quel discorso giacché, finalmente, mi sembrava propenso ad affrontarlo, tuttavia il suono del campanello ci ridestò avvertendoci dell'arrivo di qualcuno.

Efrem si impettì come se stesse per affrontare il suo peggior nemico, io invece mi accostai alla penisola per lasciarlo passare. «Torno subito, è mio padre. Tu resta qui.»

«E se volesse entrare?» Insomma, avrebbe potuto fermarsi per pranzo o trattenersi qualche minuto in più, ignaro che ci fossi io, ma Efrem scosse il capo sicuro dell'impossibilità di un tale inconveniente.

«Non resta mai. Meno ci vediamo e meglio è per entrambi.» Si avviò con la sua andatura poderosa verso l'uscita della cucina, lasciandomi sola ad arrovellarmi. Avrei voluto sporgermi dall'arcata che aveva appena superato per sbirciare e sopire la mia curiosità, ma, maldestra com'ero, avrei rischiato di farmi beccare dal dottor Markus, perciò mi presi i gomiti, mi chiusi in me stessa e attesi con le orecchie tese come antenne.

Sentii la porta d'ingresso aprirsi e la voce austera del padre salutare il figlio con un secco «*buongiorno*». C'era freddezza tra di loro, un'ostilità irrisolta probabilmente legata al passato e che non sarebbe mai sfumata del tutto. Mi mordicchiai l'unghia del mignolo, cercando di captare il tono più infantile di Joël. Efrem mi aveva spiegato che, essendo affetto da mutismo selettivo, parlava solo in presenza di persone di cui si fidava e negli ambienti in cui si sentiva al sicuro, perciò sperai di udire anche solo una sillaba provenire da lui, ma tutto ciò che percepii fu uno scambio di battute fredde e pragmatiche con le quali il dottor Markus avvertì Efrem che il nipote aveva studiato e concluso i compiti per la settimana successiva. Efrem rispose che lo avrebbe portato al parco e che Liliane sarebbe rientrata in anticipo.

In anticipo?

Quindi sarei dovuta tornare in clinica prima del previsto?

Il tonfo della porta che venne richiusa mi fece trasalire e i passi echeggianti nel salotto mi misero in all'erta. Non ebbi tempo di preoccuparmi del mio aspetto provato o di che cosa avrebbe pensato il bambino nel rivedermi dopo che erano passate settimane dal nostro primo incontro.

Zio e nipote entrarono in cucina, entrambi sorridenti.

Appena si accorse di me, Joël si fermò di colpo vagliando la mia figura con stupore, poi inclinò la testa verso Efrem come se esigesse una spiegazione. Fu inevitabile sentirmi a disagio, un'estranea, un'intrusa che non avrebbe dovuto essere lì. Lo zio gli posò una mano sulla spalla per attirarlo a sé in segno di rassicurazione.

«Ti ricordi di Dorothea?»

Il bambino tornò a guardarmi con una scaltrezza più acuta di quella dei suoi coetanei; la chioma castana era un batuffolo di folta morbidezza con qualche ciuffo arruffato che gli ricadeva sulla fronte, le iridi eterocromatiche un miscuglio di nuance tra il verde e il maggese, le lentiggini sul naso una caratteristica che accresceva la sua tenerezza fanciullesca. Era delicato e grazioso. A impatto, i suoi tratti richiamavano tanto quelli di Efrem, ma la consapevolezza che fosse Ben il padre biologico fece emergere con più limpidezza una marcata somiglianza anche con quest'ultimo.

Joël annuì e si allontanò da Efrem per venirmi incontro.

Mi irrigidii poiché la serietà con la quale mi stava studiando riuscì a suscitare in me un lapillo di intimidazione; era un difetto di famiglia quello di saper incrinare le sicurezze di qualcuno con un solo sguardo, potente come una saetta. Al suo incedere, io andai a sbattere con le natiche contro lo sgabello provocandogli una risatina furbesca.

Ah, guarda un po'... gli piaceva intimidire.

Socchiusi le palpebre e lui mantenne il suo ghigno indisponente finché mi raggiunse.

Malgrado non fosse alto quanto me, lo era abbastanza per la sua età, segno che da grande sarebbe diventato un gigante. Senza troppi preamboli, allungò un braccio e lisciò tra pollice e indice le punte di una ciocca bionda, soffermandosi a fissarla. Non seppi cosa dire o fare, rimasi immobile a permettergli qualsiasi cosa; lui si girò verso Efrem e comunicò con dei gesti che lo zio interpretò nell'immediato.

«Sì.» Efrem si appoggiò con una spalla alla parete godendosi la scena da lontano. «Credo conservi ancora la tua poesia. È lei la ninfa che avresti voluto come amica. Ti sembra ancora triste?» gli domandò incuriosito, scoccandomi una di quelle occhiate significative delle quali avrei dovuto cogliere il messaggio segreto.

Il bambino si volse di scatto verso di me e io sobbalzai; di nuovo rise beffardo prima di corrucciarsi in un'espressione molto concentrata. Protese ancora una volta il braccio, direzionando i polpastrelli verso le mie labbra. Con l'indice ne tracciò la linea fino a giungere all'angolo destro, che sollevai in un sorriso luminoso. Un dolce bagliore si accese nelle sue iridi maliose, regalandomi uno spettacolo screziato, poi ritrasse la mano e, guardando Efrem, si espresse con altri gesti che nel suo linguaggio silente erano un chiaro: no.

Non gli apparivo più triste.

Non era più necessario che mi tirasse verso l'alto gli angoli della bocca come aveva fatto tempo prima.

Efrem si schiodò dalla parete e si avvicinò al nipote, arrestandosi alle sue spalle. Gli carezzò i capelli, scompigliandoli, e il bambino borbottò infastidito, quasi imbarazzato di essere trattato così proprio davanti a me. «Adesso è felice, vero? Guardala.» Efrem si piegò sulle ginocchia, avvolgendogli un braccio attorno ai fianchi. Joël gli si adagiò contro, con una fiducia cieca. «Secondo te, prima o poi, riuscirà a correre nei boschi, a cantare tra i fiori e a suonare tra gli alberi?»

Cercai i suoi occhi che, intensamente aggrappati ai miei, mi mostrarono quel mondo ricco di sentimenti dal quale tentava di proteggere me o forse se stesso; mi consentiva di vederlo, ma senza farmelo sfiorare, era come una rifulgenza intensa e discontinua che, a volte, illuminava il mio sentiero, altre volte mi lasciava precipitare in un'oscurità pericolosa.

In quel momento, Efrem resse il mio sguardo in un modo così ipnotico che mi fece traballare sulle gambe, una bruma tenebrosa mi inebriò il cuore accelerandone le pulsazioni.

Non c'era nessuna possibilità di resistere alla seduzione prorompente che esercitava, era talmente ricca di caos e mistero da chiedersi come potesse un uomo sprigionarla con tanta impetuosità, apparendo, al contempo, un abisso insondabile.

Il bambino annuì, riportandomi al discorso in corso; Efrem si rimise in piedi e io fui sopraffatta da lui, dalla voglia che urlava il bisogno di stringerlo a me e di pregarlo di concedermi un piccolo spazio nella sua anima, mi sarebbe bastato anche un angolino. Non aveva mai detto ti amo e, inconsciamente, speravo che la prima a cui avrebbe potuto rivolgerlo potessi essere io.

Malgrado cercassi di non illudermi, ogni tanto concedermi di sognare mi dava la forza di credere che fossi importante e che contassi qualcosa nella sua vita. Con Efrem era sempre così: vivevo attimi in cui le conferme che mi elargiva si alternavano alle incertezze riaffioranti dalla voragine delle mie paranoie.

Da sola non ero mai sicura di niente, ma quando eravamo insieme il mondo mi faceva meno paura.

D'istinto lambii con le dita, da sopra la tasca dei pantaloncini, il ciondolo che mi aveva regalato la notte precedente, per accertarmi che ciò che era accaduto tra noi non fosse stato qualcosa di immaginario. Avevo sempre la necessità di ancorarmi alla realtà, soprattutto quando mi sembrava troppo bella per essere vera.

«Ti va di mangiare, Joël? Ci sono i *brezel* che ti piacciono tanto.» Efrem indicò al nipote il suo piatto per metà ancora pieno e il piccoletto si sporse per spiare, ma fece una smorfia di diniego. «Hai già pranzato col nonno?» dedusse lo zio e il bambino gli rispose a gesti, in una comunicazione dalla quale avrei dovuto sentirmi esclusa, ma Joël si voltò verso di me come se non gli importasse di nient'altro, e tentò di dirmi qualcosa agitando le mani. Purtroppo, non riuscii a comprenderlo, le guance avvamparono per l'imbarazzo ed Efrem ebbe la prontezza di intervenire. «Ti sta dicendo che ha ascoltato la tua musica su YouTube. Adora i video dei Bright Demons. Ti considera molto brava e, secondo lui, il cantante è…» Efrem inarcò un sopracciglio quando Joël si fermò nell'attesa che lo zio si mettesse al passo con il discorso. Non capii perché stesse titubando finché, con un sospiro seccato, proseguì. «Una bomba. Davvero fantastico. Un animale da palcoscenico», interpretò con poco entusiasmo e con una riluttanza che mi fece sorridere. Sapevo che non sopportava Andy, perciò non era stato facile ribadire la valanga di complimenti che, in un'altra circostanza, non avrebbe esposto neanche sotto tortura. «Crede che un giorno diventerete molto famosi. Lui vi sosterrà e farà il possibile per non perdersi i vostri concerti.»

Mi permisi di avvicinarmi per dargli un pizzicotto su una guancia e il piccolo sbatté le ciglia incredulo. «E io ti regalerò i biglietti. Vorrò che tu sia in prima fila ad assistere.»

Joël spostò lo sguardo altrove e si schiarì la gola; come lo zio, anche lui non amava mostrarsi particolarmente emotivo o impressionabile.

«Che ne pensi adesso di salire di sopra a cambiarti?» Efrem lo strinse a sé, attirando la sua attenzione. «Andremo al parco a fare qualche palleggio. Il nonno mi ha riferito che hai studiato per tutto il giorno ieri. Oggi non aprirai neanche un libro e trasgrediremo le regole senza dire nulla a nessuno. Ti va?»

Il bambino sgranò le palpebre mentre le iridi gli si inumidivano come se stesse per piangere di gratitudine; ricordavo come il dottor Markus lo aveva trattato in mia presenza e sospettavo che anche Efrem fosse al corrente dell'eccessiva severità del padre, perciò concedere un po' di svago a Joël era un modo per premiarlo e per consentirgli di vivere una quotidianità normale nella quale non esistevano solo il dovere, la cultura e i buoni voti, ma anche la spensieratezza tipica della sua età.

Prima che Joel salisse di sopra, si distaccò da Efrem per tuffarsi su di me e concedermi un abbraccio spontaneo. Fu uno slancio di euforia che mi lasciò interdetta poiché riuscì a cogliermi impreparata. Soltanto quando realizzai che la sua testolina era posata sulla mia pancia mi accinsi a ricambiare; il bambino arrossì e, senza fare altro, scappò via colpendo per sbaglio anche suo zio.

Una volta rimasti soli, Efrem mi afferrò per la nuca e mi portò a sbattere contro il suo torace; avrei dovuto abituarmi a quell'impeto ostinato, eppure ancora mi destabilizzava. Reclinai il capo per guardarlo e lui premette le labbra sulle mie, subito, con impazienza, come se avesse atteso troppo tempo dall'ultima volta in cui le aveva assaporate.

Non mi aveva scelta, non mi avrebbe mai scelta o preferita a Liliane, tuttavia il modo in cui mi sgretolava e consumava anima e corpo sembrava quello di un uomo che, nella sua profondità contorta, aveva già preso una decisione. Dentro di me continuavano a turbinare lacrime e tormenti che lui era in grado di curare e comprendere, ma io non avevo la stessa capacità di capire quali fossero i suoi; sapevo solo che tutto ciò che faceva e diceva era talmente pregno di emozioni che sarebbe stato irreale mettere fine a quello che eravamo. Tentai per la seconda volta di approfondire il nostro contatto, ma Efrem mi tirò dai capelli per impedirmelo. Bloccata dalla sua presa impositiva, gemetti insoddisfatta e lui si leccò la bocca ardendo nella lava infuocata di quei desideri assillanti ai quali non sempre poteva dare ascolto.

«Ho chiamato Mitchell mentre riposavi», sussurrò con un lieve affanno, trattenendomi ancora con quella risolutezza. «Gli ho chiesto di passare di qui per riportarti in clinica. Mi sarebbe piaciuto trascorrere con te un giorno in più, ma Lili rientrerà stasera e non posso rischiare che ci trovi insieme.»

Mi stava elegantemente invitando ad andarmene, soprattutto perché in presenza di Joël eravamo troppo esposti, oltretutto non avrebbe potuto spostarsi per riaccompagnarmi, perciò si era rivolto all'amico anziché chiamare un banale taxi. Anche in quel piccolo gesto lessi una premura inespressa che sottintendeva la sua preoccupazione per me.

Quando mi lasciò libera, non gli risposi nulla, non aveva alcun senso ribattere, mi limitai solo a mascherare quanto fossi dispiaciuta all'idea di interrompere il nostro fine settimana. Alquanto dimessa e pensierosa, salii al piano superiore per raccogliere la mia roba. Gettai nello zaino il cellulare e il completino intimo – o meglio ciò che ne era rimasto –, poi mi accertai che non ci fosse nient'altro in giro, facendo una rapida ispezione nel bagno e nell'intera camera degli ospiti. Spalancai la finestra per far arieggiare l'ambiente, giacché l'odore del sesso bastava a incriminare sia me che Efrem per ciò che avevamo fatto, dopodiché i miei occhi si posarono sul letto a baldacchino e sulle lenzuola nere sgualcite. Era ancora evidente l'impronta della mia sagoma, potei anche notare gli esatti punti in cui le avevo stropicciate tra le dita mentre accoglievo le sue spinte irruenti; l'intimità mi mandò delle fitte bollenti e vibrò in uno spasmo languido contraendosi attorno a un vuoto che avrebbe colmato soltanto lui. Prima che le voglie insubordinate riemergessero, uscii dalla stanza e mi richiusi la porta alle spalle. Percorsi il corridoio ma, quando pestai qualcosa sotto alla suola di una sneaker, mi bloccai, abbassando lo sguardo. Un foglio bianco giaceva per terra, ai miei piedi. Mi chinai per raccoglierlo e lo analizzai: era ripiegato su se stesso più volte, perciò dovetti aprirlo per scoprire che era...

«Una lettera», affermai attonita. Il testo era stato scritto con un tratto di penna molto raffinato, accurato e femminile; lo intuii dalla morbidezza e dalla rotondità delle linee. Mi guardai velocemente attorno prima di sbirciare il contenuto, fregandomene che fosse scorretto:

Nel caso in cui tu te lo fossi dimenticato... sono ancora io, Lili.

La tua Lili.

Sai, non ti scrivo questa lettera per ammorbarti, Efrem, non mi piace essere come quelle mogli che, anziché risolvere i problemi, preferiscono scaricarli sul proprio marito, senza riflettere sulle loro colpe.

Non faccio altro che pensare a cosa ho sbagliato.

Credo di averti sempre dato tutto ciò che desideravi.

So di non essere perfetta, eppure tu mi dicevi che per te lo ero e a me bastava.

Vorrei insultarti, offenderti o accusarti che il dolore che provo adesso sia stato causato da te, ma quando ti ho sposato mi hai chiarito che uomo eri.

Che uomo sei.

Mi hai avvertita.

Ricordo ancora le tue parole: «Sposami e vieni a vivere con me a Los Angeles. Ma se accetterai, sappi che non potrò fare a meno di Giselle, che lei dovrà far parte della nostra quotidianità».

Qualche mese dopo me l'hai anche presentata, la tua amica e amante, e io l'ho accettata.

Mi hai parlato della tua dacrifilia, una parola che all'inizio mi aveva terrorizzata, ma che tu, con il tuo garbo sempre impeccabile e beneducato, hai avuto la pazienza di spiegarmi.

«Io amo vedere le donne piangere, soprattutto a letto con me.»

Capirai che non è stato facile assimilare quest'informazione, sei stato l'unico a espormi una particolarità simile e io non sapevo assolutamente come affrontare la situazione.

Mi sono sottratta, sono quasi scappata, poi l'amore mi ha indotta a restare con te, ma per preservarmi ho accettato anche Giselle perché per me era più comodo che fosse lei a soddisfare quel lato di te del quale ho sempre avuto timore.

Non fraintendermi, so che sei meraviglioso, ma nessun'altra avrebbe acconsentito a condividerti, soprattutto quando sono coinvolti sentimenti così forti.

Per amore ti ho lasciato libero, non ti ho messo in catene poiché ho sempre saputo che se lo avessi fatto saresti scappato.

Non si possono mettere in catene uomini come te, perciò ti ho soltanto amato pensando che bastasse.

Invece non è stato così.

Ultimamente ti sento più distante del solito, mi parli a malapena, ti dedichi solo a Joël e al lavoro, torni tardi, usi troppo il telefono...

Sai che ho notato che lo capovolgi a schermo in giù, lo silenzi o lo nascondi nelle tasche quando sei con me? Non mi racconti com'è andata la tua giornata, ti dimentichi del nostro anniversario o del mio compleanno come hai fatto quando sei tornato all'Himeros trascorrendo la serata con un'altra...

Non mi fai più complimenti, mi baci in maniera furtiva come se fossimo due amici e a letto... lo percepisco che mi tocchi solo perché devi e non perché vuoi; ti irritano le mie mani addosso, ti irritano i miei gemiti, mi tappi la bocca per non sentirli e mi sento morire quando mi guardi come se fossi un'estranea e come se ciò che stai facendo sia solo un atto fisico, una costrizione senza alcun appagamento per te.

Hai persino ripreso a usare le protezioni con me, con tua moglie, perché?

Temi che io non prenda la pillola e ti freghi in qualche modo?

Temi che potrei indurti a mettermi incinta per legarti a me?

È questo che sei arrivato a pensare?

Sono una donna sensibile, ma non stupida.

E so bene che neanche tu lo sei. Sei l'uomo più scaltro che io abbia mai incontrato, non prenderei mai una decisione così importante senza prima consultarti, perché so che te ne accorgeresti.

Quindi dimmi, cosa ti ha deluso di me? Di noi?

Cos'altro avrei dovuto fare per far funzionare questa relazione?

Mi hai chiesto sempre troppo e te l'ho dato, nonostante i miei ideali fossero diversi dai tuoi.

Credevo avessimo raggiunto il nostro equilibrio, ho rispettato tutte le tue condizioni e ho cercato di non intaccare le tue esigenze o il tuo rapporto con Giselle.

Cosa c'è che non va?

Non ti ho mai trascurato, non ti ho mai privato delle mie attenzioni, anzi... sei tu che mi privi delle tue come se avessi la testa altrove e il cuore spento.

Non ti accorgi neanche di quante volte io indossi indumenti del tuo colore preferito: il borgogna.

Di quante volte mi acconci i capelli per essere bellissima ai tuoi occhi.

Di quante volte io attenda che tu mi faccia qualche carezza bruciante come quelle che mi concedevi un tempo.

Ma tu non ci sei; anche quando dormi accanto a me, fai l'amore con me, cammini nella nostra casa, ti siedi al nostro tavolo...

Tu non ci sei, Efrem.

E la tua assenza fa così male che io non so cosa fare per rimediare.

Mi hai detto che mi amavi, lo ricordi?

Cosa è cambiato da allora?

Ti prego di dirmelo o potrei impazzire; ho bisogno di capire.

Ho bisogno di... capirti.

Spero che questa lettera possa indurti a riflettere; non ho il coraggio al momento di parlarti, sai l'effetto che hai su di me, sai rendermi troppo irrazionale.

Mi rendo conto che una comunicazione epistolare non sia il massimo oggigiorno, ma era l'unico modo efficace per esporti i miei pensieri.

Aspetterò che tu sia pronto a confidarti con me.

Comunque vada... resterai per sempre la mia unica metà.

Je t'aime.

L.

Avrei voluto sprofondare, avrei voluto sparire da quella casa, resettare tutto e tornare a West Hollywood, da Andy che, anche se mi feriva, non riusciva a farmi male quanto me ne faceva Efrem.

Raccolsi con l'indice una lacrima e traballai sulle gambe come se stessi per svenire.

Liliane aveva messo nero su bianco, in maniera molto chiara, il tipo di difficoltà che stavano affrontando, ma la riga sulla quale il mio sguardo indugiò – con la voglia di ridurre a brandelli quel pezzo di carta e prendere a schiaffi l'uomo al quale avevo donato l'anima – fu soltanto una: *Mi hai detto che mi amavi, lo ricordi?*

Sentii la nausea pungermi la bocca dello stomaco, una sensazione di acidità risalire lungo l'esofago; dovetti costringermi a non correre in bagno per vomitare il malessere che mi stava stracciando dall'interno.

Con lo zainetto in spalla, provai a ricompormi e scesi le scale in fretta.

La rabbia, la delusione, la gelosia mi infuocarono gli organi scatenando un incendio distruttivo.

Quando giunsi in cucina, trovai Efrem esattamente dove l'avevo lasciato e, senza dargli il tempo di prevedere le mie mosse, gli marciai contro e gli gettai sul torace la lettera.

Il misero pezzo di carta gli impattò addosso con violenza per poi scivolare, come un uccellino stordito, al suolo.

Lui non emise fiato; fissò sul pavimento la prova delle sue menzogne, poi risollevò lo sguardo su di me, sconcertato. Serrò la mascella, strinse così forte le labbra che la sua autorevolezza riuscì quasi a compromettere il mio coraggio. I lampi di collera che gli squarciarono le iridi mi fecero arretrare, la fronte gli si aggrottò fino a incattivirgli le linee delle sopracciglia e io non fui più sicura di poterlo fronteggiare. Il suo fascino crudele riuscì a soggiogarmi e reputai assolutamente anormale l'idea di considerarlo attraente in una situazione a dir poco inappropriata; lo odiavo eppure il mio corpo smaniava per fondersi al suo. Schiusi la bocca per riversargli addosso ciò che mi stava frantumando dentro, ma, quando la sua espressione si irrigidì e gli zigomi si contrassero per l'inevitabile irritazione dovuta al mio gesto, ci misi qualche istante a ritrovare la lucidità.

«Non hai mai detto ti amo a nessuna, certo», lo sbeffeggiai con un sorriso aspro. «Eccetto a Liliane, vero? Quante altre volte mi hai mentito? Ripetimi ancora che tra noi non è stata solo un'avventura, ripetimi ancora che ci tieni a me mentre a Parigi c'è una donna che soffre per te, che ti ama e alla quale tu hai fatto credere che il suo sentimento fosse corrisposto!»

«Non ti ho mai mentito.» La fermezza di Efrem mi fece quasi dubitare di me stessa e dei miei sospetti. Era sempre così sicuro e invulnerabile da manipolare la realtà e plasmarla come meglio preferiva. «Hai letto questa lettera, violando la mia privacy, e per giunta la stai interpretando senza confrontarti con me perché sei una ragazzina.»

Lo spintonai dall'addome riuscendo solo a spostarlo di pochi centimetri perché sembrava essere di ghisa. «Fino a stamattina con la 'ragazzina' hai fatto i tuoi sporchi comodi. Stronzo!»

Efrem mi afferrò con tenacia dal polso e mi strattonò per ammonirmi. Guaii sottovoce e mi zittii quando inciampai finendogli addosso. La cintura dei pantaloni mi premeva sul ventre e la camicia elegante sul lembo di pelle nuda all'altezza dell'ombelico.

«Perché, anziché urlare e far degenerare in una discussione ciò che potrebbe essere un semplice dialogo, non mi chiedi se davvero le ho detto ti amo? E magari quando?»

«Pensi sul serio che me ne starò qui ad ascoltare le tue stronzate?» Tentai di divincolarmi, ma seppe tenermi imprigionata mentre il suo sguardo saettava furente nel mio. Tuttavia, non mi feci impaurire. «Hai chiuso con me. Sei un bugiardo, un traditore senza scrupoli. Risolvi con tua moglie perché hai finito di prendermi in giro.»

«Non ti ho preso in giro. È successo due anni fa. Lei mi ha detto ti amo e, poiché non potevo ignorarla o esimermi dal ricambiare, le ho ribattuto semplicemente: *idem*», mi spiegò sbrigativo, non perché stesse dando poco valore al discorso, ma perché temeva che, se non si fosse affrettato a placarmi, sarebbe stato impossibile recuperare la mia fiducia. «'Idem'. Porca miseria! Ti sembra una dichiarazione spontanea? Eh? Non sapevo cosa dirle. Le ho solo dato una risposta da marito coscienzioso, non da uomo innamorato.»

Smisi di agitarmi come se le sue parole fossero state un toccasana inaspettato, ma ormai le mie logoranti convinzioni mi avevano annebbiato la ragione. «Quindi le avresti mentito? Non ti credo.»

«Non ti devo altra giustificazione.» Efrem si spazientì e mi avvolse un braccio attorno al girovita anziché lasciarmi andare. «Questa è la verità, che ti piaccia o no.»

I miei palmi gli si aprirono sul torace, scivolando sulla compattezza dei muscoli. Per un istante tenni a freno la rabbia che riprese a subissarmi appena ripensai a ciò che Liliane gli aveva scritto. «Io ti odio.»

«È la tua gelosia che ti porta a odiarmi, soprattutto dopo ciò che hai letto.» Efrem cercò il mio sguardo e io sentii il pianto montarmi nel petto, pronto a pizzicarmi le palpebre. «E poiché ti considero molto intelligente, dovresti aver notato che lì dentro ci sono più risposte di quante pensi... le cose tra me e lei sono cambiate da mesi.»

Gli fissai una spalla per impedirmi di naufragare nell'oceano brillante delle sue iridi. «Intanto la scopavi.»

«Come?» mi esortò a riflettere, chinando verso destra il volto per catturare i miei occhi in fuga. «Avrai letto 'come'... la scopavo. Da quando ho baciato te all'*Antéros* sono stato con lei poche volte.»

Scossi la testa facendo oscillare la chioma bionda, prima di voltarmi a sfidarlo. «Rifilami la cazzata che ti si alzava pensando a me. Dai...»

«Non fare l'immatura», mi redarguì contrariato. «Gli stimoli sessuali non c'entrano necessariamente con la sfera emotiva. In alcune circostanze sono soltanto delle reazioni fisiologiche. Non puoi mettere in discussione un reale sentimento basandoti sul sesso.»

Parve pentirsi all'istante di ciò che aveva detto; si ammutolì troppo tardi, dato che avevo già udito e decifrato ogni singola sillaba, che per me fu la condanna a rincorrere un sogno che non avrei mai potuto vivere.

Sospirai avvilita come se mi stesse infliggendo una sofferenza; se davvero mi avesse confessato di essere innamorato di me, non sapevo come avrei reagito. Avrei potuto scappare per tornare alla mia vita oppure saltare di gioia e mollare tutto pur di restare con lui, perché io senza Efrem non avrei avuto un cielo in cui volare né un sole da raggiungere. «Quindi provi un sentimento per me?»

Lui appoggiò la fronte sulla mia, come intrappolato in qualcosa che non aveva previsto, e io gli presi il volto tra le mani, quasi supplicandolo che mi dicesse la verità. «Di certo non ti considero un'amica o un'amante con cui divertirmi.»

Come al solito fu vago, tergiversò senza aggiungere nulla di nuovo, ma la sua corazza stava cominciando a infrangersi; avrei dovuto solo pazientare e insistere.

«Una paziente, allora.»

«Se ti avessi considerata una paziente, avrei continuato a percepire i soldi del signor Donovan, invece li ho devoluti in beneficienza.»

«Cosa?» Feci scattare indietro la testa, restando ancora ingabbiata tra le sbarre del suo corpo, e lo fissai sbalordita.

Non era possibile... non era...

Efrem si morse il labbro inferiore, riaprendo la ferita che gli avevo provocato ore prima. «Dopo due settimane dal tuo arrivo, ho capito che non volevo che qualcuno mi pagasse per prendermi cura di te. Non potevo interrompere i versamenti economici, altrimenti avrei insospettito il tuo manager, così ho deciso di sbarazzarmene diversamente.» Si leccò qualche stilla di sangue e si avvicinò per sfiorarmi il naso col suo in un gesto vezzoso che riuscì a scombussolarmi pancia e cuore. «Continui ancora a credere che io ti abbia usata?»

«Tanto quanto tu credi che io sia solo infatuata. Siamo pari, *dottore*.»

Efrem mi osservò un istante, qualcosa di incontrollabile lo carpì alla calma e subito prevalse un istinto dirompente: accorciò la distanza tra noi e pretese un bacio passionale. Sospinta dalla foga del suo corpo, arretrai sbattendo la base della schiena contro la penisola mentre lui incombeva su di me, dionisiaco e impetuoso. Mi catturò le labbra per lambirle con furia e padronanza. Con le dita tracciò i contorni dei miei fianchi, risalì sotto la maglietta e chiuse le mani a coppa sui seni strizzandoli con violenza. Ansimai nella sua bocca e reclinai la testa per accogliere gli affondi della lingua che brusca, famelica, bollente mi divorava con un ardore selvaggio. Una tensione sfibrante mi si accumulò nella pancia fino a farmi molleggiare sulle ginocchia mentre Efrem mi fissava da sotto le ciglia schiuse poiché percepiva la mia voglia di spogliarlo, l'eccitazione crescente, l'estremo bisogno di respirare tramite lui per vivere. Sopraffatta dalla sua feroce irruenza, gli strinsi i capelli per attirarlo a me; lui dirottò le mani dai seni dietro le scapole sfiorando il gancetto del reggiseno. Le guance arsero per tutto il tempo in cui, con estenuante lentezza, percorse la spina dorsale fermandosi sulle fossette di Venere, ci pigiò sopra i pollici e proseguì quella seducente discesa, giungendo ai glutei. Con i palmi completamente aperti palpeggiò la carne dolente, quasi sollevandomi, e io trasalii spaventata temendo che stesse per sculacciarmi; le palpebre mi tremarono quando i polpastrelli affondarono nel tessuto degli shorts per artigliarmi con più audacia e indurmi ad allungarmi sulle punte dei piedi per assecondare quella rude e inattesa manifestazione di dominanza. Gli gemetti sulle labbra, vibrai e mi spezzai mentre la sua lingua continuava a possedermi, sempre più intensamente, aumentando la follia martellante di distendermi sulla penisola e lasciarmi sconvolgere ancora dalla sua lussuria.

Aveva un sapore buono, insopportabilmente buono.

Di quelli che ti fanno infiammare, delirare e vivere.

Caldi fremiti mi danzarono tra le cosce, nelle mutandine, inducendomi a inarcarmi contro di lui; mi sembrava di impazzire ogni volta che i miei capezzoli gli sfregavano contro il torace e il rigonfiamento dei suoi pantaloni spingeva nella dolce curva del ventre.

Avrei voluto sentirlo più in basso, laddove si schiudeva il desiderio più efferato, in quel punto fragile e martoriato in cui lo avevo accolto con naturalezza, eppure a Efrem non serviva entrarmi dentro per assorbirmi e sconfiggermi.

La mia anima era già fusa alla sua, così nobile e grande da non poter essere eguagliata da quella di nessun altro.

Sollevai una gamba per circondargli un fianco e i muscoli gli tremarono quando mi afferrò la coscia, scivolando sul retro, in modo rovente, sotto il bordo dei pantaloncini larghi. Sembrava avere difficoltà a trattenersi, era coinvolto, sfacciato, divino ma brutale. Mi pizzicò un gluteo e di rimando gli morsi il labbro, facendolo ringhiare di fastidio mentre gli ghermivo tra i denti il lembo morbido.

Con l'altra mano mi arpionò le guance e mi allontanò con la forza, tenendomi il volto tra pollice e indice.

Rimasi immobile nella sua presa ferrigna, placidamente domata e annichilita.

Con un sorrisetto impudente, mi leccai la bocca tumida, pulsante, e lui seguì il lento movimento col fiato irregolare e gli occhi incantati.

«Ho una maledetta voglia di prenderti a scapaccioni sul culo, ringrazia che c'è Joël a impedirmi di punirti.»

Mi imbambolai a fissarlo; i tratti lucenti di una bramosia atavica lo rendevano bello come qualcosa di surreale ed empireo. Le iridi sembravano due smerli variegati, tinteggiati di tutti i colori della primavera come se mi stessero invitando a passeggiare in un giardino estatico. «Non sarebbe una punizione per me.»

«Non credere di farla franca.» Efrem si costrinse a resistermi; per non cedere alla tentazione dovette abbassarmi la gamba e divincolarsi dalla stretta erotica nella quale l'avevo braccato. «La prossima volta che sarai nuda sotto di me mi chiederai scusa in mille modi diversi. E tutti terribili.»

Mi diedi una sistemata, sperando che i battiti furiosi del cuore si placassero, anche se era impossibile con lui così vicino, così *dentro*. «Saprò come vendicarmi.»

Il suono del campanello interruppe le nostre impudiche provocazioni.

Non era necessario chiedergli chi fosse, perché compresi subito che era Mitchell; mi affrettai a raccogliere lo zainetto che, probabilmente durante la nostra discussione, mi era scivolato dalla spalla e guardai Efrem tirarsi su la cintura dei pantaloni come se gli pressasse troppo contro una zona sensibile. Provai una sottile soddisfazione al pensiero che anche lui era nella mia stessa condizione: turbato da un languore molesto e inappagato.

Si lisciò la camicia, riponendo meglio i lembi inferiori sotto il bordo delle braghe, e mi fece segno di seguirlo.

Gli stetti dietro finché uscimmo dalla cucina e raggiungemmo il salotto; quando Efrem spalancò la porta d'ingresso, si palesò colui che ci aveva interrotti. L'avvocato se ne stava fermo, con un gomito appoggiato sullo stipite esterno e il polso premuto contro la fronte, sotto la cortina di capelli biondi, in una posizione stanca e alquanto sciatta.

«Buongiorno, *mein Freund*», esordì in tono sardonico, con un tedesco un po' strascicato che su di lui non perse fascino. «Thea», salutò anche me, percorrendo la mia figura per intero. Scrutò il *choker* nero poco sopra il segno inequivocabile che mi imbrattava il collo, passò in rassegna il petto, l'addome e infine si soffermò sulle ginocchia incerottate. Si incupì subito e si raddrizzò nell'attimo in cui dirottò l'attenzione sull'amico come ad ammonirlo con una severità che non gli avevo mai notato prima. «La dovrei riportare in clinica in questo stato? Avresti potuto almeno contenerti.» Superò lo zerbino per entrare mentre Efrem teneva una mano serrata al battente.

«Mi sono contenuto.»

«Ah sì?» Mitchell si fermò proprio di fronte a me, voltandosi però verso di lui. «E perché a me sembra che sia stata a una specie di party a base di musica, sesso e risse anziché a lavorare all'uncinetto con la nonna?»

«Mia nonna predilige il bricolage», mi intromisi con un'inadeguata comicità che fu ignorata da entrambi.

Efrem rimase impassibile, per niente intimidito dalla reazione dell'avvocato. «Mitch, stai esagerando.»

«Esagerando? In primis, avresti dovuto coinvolgermi, così forse avrei potuto mitigare le tue pretese eccessive, in secundis dovevi riflettere sulla possibilità di non lasciare tracce sul suo corpo. Cosa che, a quanto pare, non ti è letteralmente passata per la mente.»

«Sei bravo con le giustificazioni. Giusto?» Efrem lasciò la porta scostata e gli si avvicinò, affrontandolo con elegante alterigia. «Dorothea ha trascorso il weekend con la signora Curtis, ha rivisto il suo ex e si sono divertiti un po'. È così difficile deviare le inutili speculazioni su una versione dei fatti più semplice e credibile?»

Mitchell si posò i palmi sui fianchi, tendendo la muscolatura tonica sotto il tessuto della t-shirt chiara. «Non è difficile, semplicemente mi sorprende che tu non sia stato abbastanza attento.»

«Lo sono stato, invece. Non l'ho lesa in alcun modo...» Efrem ignorò l'amico per guardarmi. Un'energia negativa, fredda e terebrante, mi vorticò dentro come se stesse indugiando in riflessioni subdole, terrificanti, confinate in quella parte di sé che non mi avrebbe mai mostrato. «Non quanto avrei voluto.»

«Resti comunque un bastardo egoista.» Mitchell si girò nella mia direzione dando un'occhiata complessiva alla mia figura, ancora immobile in un punto imprecisato del salotto. «Dovevi chiamarmi.»

Arretrai, restando ugualmente intrappolata nei loro sguardi avidi come se fossi l'oggetto del piacere conteso tra due animali in procinto di scontrarsi.

«Le frasi che iniziano con 'devi' neanche le considero, strano che te ne sia dimenticato.» Efrem richiamò l'attenzione dell'amico come irritato dall'insistenza con la quale mi stava fissando. «Per giunta, alcune volte preferisco banchettare da solo.»

«Sì, anch'io», soggiunsi piena di sgomento, soltanto per chiarire che condividevo appieno la sua decisione. Speravo che, per ciò che mi riguardava, Efrem mantenesse la stessa linea di pensiero e non vagliasse l'idea di includermi in qualche *ménage à trois* con altri uomini.

Dopo quello che ci eravamo donati, mi sarei sentita sporca, sminuita e avrei rimesso in discussione tutto.

«D'accordo, avete fatto i ragazzacci senza di me.» Mitchell sdrammatizzò, ricorrendo al suo senso dell'umorismo per far calare la tensione. «Siete perdonati solo perché oggi è la vostra giornata fortunata.»

Efrem lo aggirò per prendermi gentilmente la mano e portarsela alla bocca; fu un gesto che mi sconvolse poiché non mi sarei aspettata tanto affetto davanti a qualcun altro. Con un calore timido a tingermi le guance, aprii il palmo sul quale mi appoggiò le labbra; gli carezzai la mascella, cercando di comprendere cosa stesse succedendo dentro di lui, poiché mi appariva troppo serioso e turbato. Mi lasciò una scia rovente di baci sino all'interno del polso e io rabbrividii di commozione, stupore, incanto... poi si rivolse a Mitchell, tenendomi la mano nella sua.

«Accertati che nessuno la importuni con domande scomode.»

L'amico alternò lo sguardo dall'uno all'altra senza osare commentare. «Okay, qualche altra richiesta?»

«Sì.» Efrem mi circondò con un solo braccio e inspirò l'odore dei miei capelli, stringendomi forte. Cercai di guardarlo dal basso, preoccupata per la stranezza del suo comportamento, ma non scorsi nulla oltre alle palpebre socchiuse, appesantite da una nostalgia travolgente. «Trattala come se fosse tua sorella. Il che significa che non puoi toccarla né sottoporla a quei giochetti che ti ho permesso di fare all'*Himeros* e che, d'ora in poi, potrei non tollerare.»

«Mmh...» Mitchell accennò un sorriso consapevole, come se avesse capito – sicuramente più di me – cosa stava agitando così tanto Efrem. «Quindi non posso neanche baciarla, sollevarle il vestito o...»

«Mi stai davvero provocando?»

Sobbalzai quando la sua voce assunse un'intonazione talmente greve e severa da farmi rannicchiare e temere il peggio.

«Lungi da me causarti guai, *mein Freund*», ritrattò subito Mitch, prima che l'altro perdesse la pazienza e quello stuzzicamento ludico degenerasse in una vera e propria scazzottata. «Io sono qui per proteggervi.»

«Riaccompagnala all'Asklepios, per favore, e bada a ciò che fai.» Efrem mi sospinse debolmente verso di lui, costringendosi a non riafferrarmi per riportarmi dove avrei dovuto essere: tra le sue braccia.

«Tranquillo.» Mitchell mosse due dita per indicarmi di sbrigarmi. «La tua bambina è al sicuro.»

«Hai usato l'espressione corretta: la 'mia' bambina», rimarcò con una rigidissima apprensione, per accertarsi che Mitchell lo tenesse a mente per tutto il tempo in cui saremmo rimasti soli.

Quando uscii fuori, seguendolo a volto chino come se stessi andando al patibolo, accadde qualcosa che non avevo previsto: mi voltai verso Efrem, fermo sul portico, e incrociai i suoi occhi tempestosi e colmi di una potenza primordiale.

Avvertii una malinconia struggente angustiarli, seguita dall'esplosione violenta dei suoi sentimenti.

C'erano, esistevano, erano reali e non frutto di un sogno.

Tremai quando mi perforarono la pelle, mi penetrarono il cuore e si sparsero dentro di me come i petali neri di una violetta, rari e inconfondibili.

Mi giunse chiaro il suo urlo muto: *non voglio lasciarti andare, Dorie, ma devo.*

Restai impalata sul vialetto lastricato, dando le spalle all'avvocato per restare incatenata solo a lui.

Se me l'avesse chiesto... sarei rimasta.

La corda che da piccola avevo sentito avvinghiarmisi attorno con il ragazzo del parco tornò prepotente a stritolarmi il petto, a ricordarmi che era unica e che nessuno avrebbe mai potuto tagliarla.

Nessuno ci era riuscito in quei dieci anni e nessuno ce l'avrebbe fatta negli anni successivi.

D'improvviso fui soffocata dal bisogno di corrergli incontro e pregarlo di farmi restare, mentre una straziante rassegnazione mi intimava di allontanarmi perché era la cosa giusta da fare e perché Lili e Joël avevano la priorità su di me.

Su di noi.

Sperando in un suo cedimento, aspettai.

Come una povera illusa, attesi che mi sorridesse, che ci ripensasse, che manifestasse anche il più piccolo segno di debolezza e che seguisse le proprie emozioni, almeno per una volta.

Attesi che scegliesse me, subito, perché forse la disperazione di perdermi lo avrebbe indotto a capire che non poteva privarsi di quell'attimo di felicità.

L'aveva confessato lui stesso: «*Tu sei la mia pausa dal mondo*».

Allora prenditela, continua a viverla, perché tu per me non sei solo una pausa.

Sei il mondo intero... gli gridò la vecchia Thea, conscia di non poter essere udita, ma fiduciosa di assistere a un colpo di scena.

Ma Efrem non fece nulla di sentimentale o eclatante; arretrò mantenendo il contatto visivo come se fosse faticoso interromperlo finché, con un ultimo passo all'indietro, rientrò in casa, afferrò la porta e, con un sospiro profondo, pregno di forza e determinazione, la richiuse lentamente lasciandomi fuori.

Fuori dalla sua vita.

Di nuovo, come tanto tempo prima, patii il supplizio di ondeggiare sul vivo dolore della perdita, di percepire la sofferenza fluire nel sangue e di vacillare sul declivio di un'oscurità sperduta.

Dimenticata dai raggi del sole.

Priva di arcobaleni.

Priva di primavere.

E avvolta solo da un silenzio che faceva a pezzi l'anima.

17
Thea

Più dolce sarebbe la morte se il mio sguardo
avesse come ultimo orizzonte il tuo volto,
e se così fosse...
mille volte vorrei nascere
per mille volte ancor morire.
William Shakespeare

Mi capitava troppo spesso di smarrirmi nel vuoto e trascorrere minuti incessanti a fissare il nulla, con la testa piena di pensieri e il cuore scoppiettante di emozioni.

Avevo inviato numerosi messaggi a Efrem nei quali gli avevo scritto che ero stata bene con lui, che ciò che avevamo condiviso per me era stato importante e che già mi mancava. Dopo un prolungato silenzio in cui, probabilmente, si era dedicato a Liliane – rientrata a casa qualche ora dopo che ero andata via – era riuscito a rispondermi verso la mezzanotte con qualcosa che non mi sarei mai aspettata:

Efrem: *Anche per me è stato importante.*
Non smettere mai di essere la mia alba.
Gute Nacht, kleines Äffchen.

La sua alba.

Io ero la sua alba...

L'avevo letto e riletto varie volte, con un sorriso incantato che non riuscivo a togliermi dal viso; non riuscivo a nascondere, almeno un po', la gioia di aver trascorso quel fine settimana, non con nonna Lizzie, ma con l'uomo di cui mi ero innamorata. Non era facile comprimere la mia felicità che esigeva di esplodere come una serie di fuochi d'artificio né la voglia di confessargli apertamente i miei sentimenti oppure di dirgli che non c'era nessun altro posto in cui avrei voluto essere se non nel suo letto o tra le sue braccia. Canticchiando la canzone che avevo abbozzato settimane prima, della quale avevo smarrito il foglio su cui avevo appuntato le strofe, girovagai per la stanza con indosso un paio di jeans lunghi, utili a coprire le ginocchia sbucciate e i lividi disseminati sulla pelle a causa delle carezze troppo rudi di Efrem, e una t-shirt bianca. Il turbante col quale avevo raccolto i capelli bagnati dopo la doccia mi rendeva alquanto buffa mentre lo reggevo con una mano per piegarmi a cercare dove fossero finite le scarpe. Ero rientrata da circa quaranta minuti in camera dopo aver misurato il peso con il dottor Nørgård che mi aveva dato la splendida notizia che avevo messo su altri tre chili e che i valori delle mie analisi si erano ristabiliti. Il piano alimentare stava funzionando e, per l'ultimo mese di permanenza all'Asklepios, il dietologo aveva deciso di apportare delle piccole modifiche alle porzioni di alcuni pasti. Evitavo di soffermarmi troppo sull'idea che mancassero poche settimane al mio rientro a West Hollywood perché sentivo di non essere pronta ad allontanarmi dall'équipe medica, da Efrem e persino da Juliette che ormai consideravo una vera amica; sebbene non glielo avessi mai detto, ero certa che lei aveva compreso le cause del mio atteggiamento scorbutico e i motivi che mi avevano indotta a respingerla, soprattutto all'inizio della nostra conoscenza. Quella piagnucolona aveva un'anima unica, speciale, che era riuscita a far breccia anche nell'amara apatia con la quale avevo affrontato gli ultimi due anni.

Era strano per me sprigionare tanta positività e ottimismo, il mio pendolo oscillava ancora, ma sotto di me non vedevo più solo macerie, polvere e fiamme, bensì un campo di violette.

Tutte nere, fiorenti e bellissime.

Era merito di Efrem se mi sentivo rinata, ricongiunta a me stessa, come se la vecchia Thea stesse finalmente *guardando* verso l'uscita, verso la luce, e si stesse incamminando per affrontare la vita insieme a me, fianco a fianco senza più combattermi.

Per fortuna la mia compagna di stanza era impegnata in uno dei suoi colloqui con il nostro psichiatra, nonché mio amante, altrimenti avrebbe cominciato a bombardarmi di domande che la sera prima avevo aggirato con la scusa di dover recuperare molte ore di sonno. Mi imbarazzava raccontarle nel dettaglio cos'era successo, sentivo di essere sospesa in un sogno memorabile in cui, in ogni istante, fluttuavo in un limbo di déjà-vu sessuali nel quale volevo che nessuno mi disturbasse. Oltretutto, avvertire i muscoli e le ossa dolenti, la bocca ancora rotta dai tagli, il basso ventre scombussolato, le parti intime infiammate non mi aiutava a distrarmi e a pensare a qualcosa di meno impudico.

Sobbalzai, lanciando quasi una sneaker contro la finestra, nell'attimo in cui il cellulare trillò. Mi fiondai sulla scrivania per recuperarlo leggendo sul display il nomignolo che lampeggiava: Moon Rocket come la stampa di una delle sue magliette preferite.

«Nonna!» esordii entusiasta, tenendo con un palmo il telefono e con l'altro il copricapo che stava cascando da un lato per via della chioma troppo folta; prima o poi mi sarei dovuta decidere a tagliarla.

«Milla...» Nonna Lizzie sospirò angosciata, preoccupata, terribilmente mortificata, tanto che smisi di sorridere e mi fermai al centro della camera, accanto al letto. Qualcosa dentro di me si spense come l'ultima fiammella di gioia in un falò di attimi indimenticabili che presto si sarebbero tramutati in faville infernali.

«Che c'è, nonna? Cos'hai? Perché sei così tesa?» Mi fu impossibile mantenere la calma; pensai subito che stesse per rivelarmi di avere un grave problema di salute o che fosse accaduto qualcosa ad Andy o a un membro della band.

«Io, sì, Milla. Ti chiamo perché... ecco, mi chiedevo se avessi visto i giornali stamattina.»

Fu una domanda del tutto imprevista. Mi ero distaccata molto dai tabloid, da Instagram o da qualsiasi mezzo di comunicazione digitale che potesse influenzare negativamente il mio percorso di ripresa.

«I giornali?» Mi massaggiai una guancia per trattenere il vecchio impulso di graffiarmi o farmi del male; malgrado fossi migliorata, le abitudini nocive erano ancora demoni che tornavano a sussurrarmi di punirmi, di ferirmi e di provare il malessere che credevo di meritare.

«Non sai nulla, quindi?» Parve esserne sollevata, ma anche inspiegabilmente spaventata.

«Nonna, vuoi essere chiara?» mi spazientii; l'ansia cominciò a liquefarmi le gambe. «Ti prego.»

«Tuo... tuo padre...» farfugliò a fatica, incespicando tra le sillabe priva della sua ironica spavalderia. «È stato arrestato.»

Una pioggia di pugnali mi penetrò nella carne, spezzandomi le ossa e la ragione; per un istante non capii più nulla, né dove mi trovassi né cosa stessi ascoltando.

«Mio padre?» ripetei quella parola come se fosse una bestemmia, la peggiore, vacillando e aggrappandomi al bordo della scrivania, scioccata. «Non mi importa di quel mostro!»

«Qualcuno ha divulgato la notizia, Milla», ammise in fretta sputando la verità senza girarci troppo attorno. «Tutte le testate giornalistiche riportano che Royce Dickson Lehiman, il padre di Thea Jensen, è stato arrestato per spaccio di droga e tentato omicidio in uno dei resort più famosi di Los Angeles. Mi pare si chiamasse… aspetta, sai che non ho una buona memoria… ha un nome greco.»

Un'intuizione avvilente, appesa al filo dell'incertezza, mi fece mormorare il primo suggerimento che mi venne in mente: «L'*Himeros*?»

«Sì, esatto!» confermò, grata che avessi indovinato. «Non so come sia stato possibile, ma hanno diffuso l'informazione che tu sei sua figlia. Victor mi ha già chiamato dicendomi che sta provvedendo a gestire la situazione. Non entrare nel panico e non aprire i social, Milla. Lascia perdere i pettegolezzi. Tra qualche giorno se ne dimenticheranno…»

Nella confusione di tutte quelle rivelazioni, mi resi conto soltanto un momento dopo che, per la prima volta, avevo scoperto il cognome di mio padre, o meglio dell'uomo che aveva messo incinta la mamma, e che addirittura frequentava lo stesso posto nel quale mi ero recata due volte e in cui Efrem era venerato e temuto come un dio.

E se…

Se lo avessi incontrato?

Se fosse stato un cliente seduto a uno di quei tavoli?

Se fosse stato uno dei due tizi davanti ai quali Efrem mi aveva toccata?

Se fosse stato uno degli amanti di Giselle?

Non l'avevo mai visto, non conoscevo il suo aspetto, non conservavo nessuna sua foto, eravamo due perfetti estranei e la mamma, nelle poche occasioni in cui mi aveva chiesto se avessi voluto sapere qualcosa in più di lui, si era sempre beccata una strillata o un rimprovero con i quali le avevo intimato di non nominarlo più in mia presenza.

«Milla? Sei ancora in linea?»

Mi strappai violentemente l'asciugamano dalla testa gettandolo via; i capelli mi cascarono umidi lungo la schiena e, con un nodo di spine a pungermi la gola, una sofferenza muta a divorarmi dall'interno, risposi alla nonna: «Devo andare, ho bisogno di parlare con la dottoressa Ruiz. Ti richiamerò. Ti voglio bene».

Prima che aggiungesse altro, riattaccai con l'impazienza di scoprire il volto di quell'essere ignobile. Attivai internet e digitai sul motore di ricerca il mio nome. Gli articoli della notizia del giorno apparvero uno dietro l'altro come terrificanti mummie riesumate dal passato, disseppellendo con esse anche il dolore dell'abbandono e il senso di rigetto col quale ero cresciuta, convinta di non meritare l'amore paterno, che il destino avesse voluto farmela pagare per la figlia imperfetta che ero sempre stata.

Mi accucciai in un angolo, tra il letto e la scrivania, rannicchiando le ginocchia contro il petto, e lasciai scorrere le orbite velocemente su tutti i titoli acchiappa-like, lesivi e diffamanti: *È in carcere il padre della nota chitarrista Thea Jensen: spaccio di droga e numerose rapine a suo carico.*

Scandalo per la band emergente del momento.

Bright Demons: dopo le bravate del frontman Andy Taylor saltano fuori nuove e scottanti vicende su un altro membro della rock band più amata dai giovani…

Col pugno chiuso raccolsi le lacrime pregne di rabbia che bruciavano sulla pelle, digrignai i denti e frenai l'istinto di rompere ogni cosa, distruggere tutto ciò che mi circondava e sparire dal mondo. Perché il mondo non mi aveva mai accettata, perché il mondo voleva infangarmi, schiacciarmi e uccidermi, perché non sarei sopravvissuta, perché ero un totale fallimento, perché in fondo, quando Efrem non era con me, la paura riemergeva e non ero capace di gestirla.

Con le dita tremolanti scorsi per trovare la foto di mio padre e vedere il suo aspetto dopo ben vent'anni in cui per me non era stato altro che un'ombra tormentosa, indefinibile, sfuggente, senza né forma né sostanza. E quando puntai il pollice su un quadretto che ritraeva il volto di uno sconosciuto associato a me, misi a fuoco i tratti maschili, stranamente familiari: il cranio interamente rasato, il naso schiacciato con il setto deviato verso destra, le labbra sottili, dalle linee malvagie, la mascella squadrata… e quel grugno da criminale, da pericoloso felino cresciuto in cattività. La sua voce cadenzata, nasale e meno profonda di quella dell'amico, mi strisciò viscidamente tra le tempie…

«Abbiamo visto con chi sei entrata, biondina.»

«Ronnie, ragazzone… un po' di contegno, dai.»

Il bar dell'*Antéros*.

Io che sorseggiavo un analcolico.

Ronnie che ci provava con me accarezzandomi contro la mia volontà e il tipo accanto a lui, Dick, più basso e tarchiato, che cercava di arginare le sue molestie mostrandosi più ragionevole.

Era lui.

Era lui mio padre e inconsapevolmente, in circostanze inaspettate, dopo tutti quegli anni, era stato a un soffio da me, le strade del nostro destino impostore si erano già incrociate, ma avrei preferito marcire nell'ignoto anziché affrontare una realtà a cui non sarei mai stata preparata...

Ero seduta nella sala pranzo, da sola, di fronte a un piatto caldo ancora intatto, con una Lucky Strike accesa tra le labbra; la signora Monique mi aveva già redarguita sulla violazione della regola numero tre secondo cui, appunto, era vietato fumare negli spazi chiusi della clinica, ma non le avevo dato ascolto e avevo continuato ad aspirare ampie boccate, fissando la minestra che non avrei mangiato, con le palpebre inerti come se fossero state immobilizzate con due chiodi.

La cuoca, esasperata dal mio apparente menefreghismo, aveva chiamato urgentemente il dottor Krugher, ignara che lui non mi avrebbe intimorita né maltrattata, soltanto compresa e amata.

Efrem riusciva a *ridonarmi alla vita*, mi bastava percepire il suo respiro sulla pelle, il suo timbro ritemprante, le vibrazioni della sua saggezza, per non lasciarmi morire; così, quando la donna mi aveva minacciata di convocare il medico per informarlo della mia disubbidienza, le avevo sorriso con una triste sfacciataggine, chiedendole di sbrigarsi a farlo arrivare perché senza di lui avrei potuto commettere sciocchezze.

Dopo circa dieci minuti d'attesa, l'uomo che mi aveva strappato il cuore dal petto, per curarlo e aiutarlo a palpitare d'amore, apparve nella sala con le sue iridi incantevolmente severe puntate su di me. Non era cambiato nulla tra noi in quelle sfarzose mura, eppure eravamo talmente diversi che solo un cieco non avrebbe notato l'intensa lussuria che ci orbitava attorno mentre entrambi eravamo incatenati l'uno all'altra, pervasi da sentimenti sinceri che la società avrebbe ugualmente disprezzato, da un legame che assorbiva le nostre anime, sradicandole dal corpo per intrecciarle in un'unica e pura essenza, lasciarle affondare nella più bella delle fantasie, sull'arco di un solo tramonto, accolte dalle onde dello stesso oceano, gementi sul ciglio della medesima luna a illuminarsi di baci e a irridere le parodie di un fato mascalzone.

Efrem si accigliò quando si accorse che stavo fumando e disapprovò la mia indisciplina con un lieve guizzo del sopracciglio. Dapprima pensò di rimproverarmi, poi, spostando l'attenzione sui miei occhi gonfi, sulle gote umide e le spalle tremanti di desolazione, comprese il mio patimento.

Non avevo più segreti con lui e, anche se avessi voluto nascondergli qualcosa, avrebbe trovato il modo di sbirciare dentro di me e passeggiare tra i miei rovi come un padrone.

Anche a quella distanza, il suo sospiro irrequieto riuscì a risucchiarmi, a schiodarmi dalla sedia per trascinarmi verso di lui, nonostante non mi fossi né alzata né mossa per raggiungerlo.

Avrei voluto, avrei voluto tanto... ma non potevo, non davanti a qualcun altro, dato che, purtroppo, nella sala c'era ancora la cuoca.

Con uno sguardo mortificato comunicai a Efrem, fermo sulla soglia, il bisogno di averlo vicino, e quando, con un'urgenza camuffata dal tono controllato, chiese alla signora Monique di lasciarci soli, mi venne incontro a passo svelto e io gettai la sigaretta nel bicchiere colmo d'acqua per scattare in piedi e correre ad abbracciarlo.

Con un'insofferenza opprimente mi gettai letteralmente addosso a lui che, con la tenacia del suo corpo gigante, si stabilizzò sulle gambe per impedirci di cadere. Lo strinsi fortissimo, avvolgendogli i fianchi, e gli premetti la guancia sull'addome coperto dalla camicia inamidata, inspirando il suo profumo così fresco, così confortante che la mia sofferenza parve dissiparsi fino a divenire quasi sopportabile.

E mi sentii, ancora una volta, come mi ero sentita nel suo letto... colma di lui ovunque, scaldata dalla sua pelle bollente, impregnata del suo odore prepotente, martoriata dai suoi muscoli avvenenti, piena di vita, di speranza, di sorrisi e di coraggio.

Semplicemente completa.

«Cos'è successo, Dorie?» Efrem mi circuì il volto con i palmi per sollevarmi il mento mentre con i pollici mi asciugava le guance. «C'entra il cibo? Hai di nuovo...»

«No», lo interruppi affannata. «No», ripetei per rassicurarlo, poi senza pensarci mi sporsi per dargli un bacio e lui si chinò per accettarlo come se fosse, ormai, un'abitudine irrinunciabile sfamarsi di me.

Sfamarci di noi.

Non c'era nessuno nei paraggi, ma era un rischio osare così tanto in una sala alla quale aveva accesso chiunque. Efrem evitò di lasciarsi sopraffare da un'eccessiva passione e per tutelarci si limitò a uno sfioramento affettuoso, col fine di rasserenarmi e coccolarmi. Strofinò la punta del naso contro il mio e io ridacchiai mestamente, stritolandogli la camicia nei pugni poiché, annichilita da un bisogno incontrollabile, desideravo ritrovare *il cielo* che ancora una volta mi era stato sottratto. D'altronde anche lui, come me, respirava pesantemente, contraeva la schiena, chiudeva e riapriva le palpebre e tremava quando con le mani gli accarezzavo l'addome. «Dorothea», mi ammonì indisposto, dato che non potevamo assolutamente farci scoprire e io dovevo contenermi. «Dimmi cos'hai, per favore», ingiunse con una gentilezza minatoria. «Mal di pancia? Sono stato troppo brusco, ieri? Hai dolori? Non tenermi sulle spine.»

«Non fisici», chiarii fissandogli quel volto perfetto, come un'opera compiuta, eccezionale, dipinta da Venere e scolpita dagli dèi; una maledizione per ogni donna. «Emotivi», confessai perdendomi nei suoi occhi nudi e immensi, un firmamento disseminato di briciole di stelle tra le quali, con disperazione, si librava la parte più vera e sofferente dell'amore. «La nonna mi ha dato una bruttissima notizia.»

«Quale notizia?» Distaccandosi, mi invitò a sederci ed entrambi prendemmo posto l'uno accanto all'altra; non più di fronte, non più distanti, non più come un medico e una paziente, ma come una ragazza e il suo uomo. Sfilai il cellulare dalla tasca dei jeans e lo posai sul tavolo, sotto al suo sguardo aguzzo, aprendo lo schermo sulla pagina di internet che avevo visitato. Efrem resse il telefono per leggere tutto ciò che recitava l'articolo; si concesse qualche istante per esaminarne ogni riga finché aggrottò la fronte e si voltò subito verso di me, avvolgendomi la mano nella sua e posandosela sulla gamba. «Dick è tuo padre. Il *racker* che ti ha importunata al bar.» Con un tono freddo, compunto, cercò di reprimere il suo sconvolgimento per darmi il sostegno di cui necessitavo.

«Non è questo che mi fa star male, per me è un estraneo. Non posso dirti che sono dispiaciuta per lui. Ma non volevo scoprirlo così.» Non riuscivo a non farfugliare; la confusione di quel momento mi costrinse a patire un castigo silente che mi comprimeva l'aria nei polmoni inducendomi a respirare a singhiozzi, ad agitare la gamba sinistra, a guardarmi attorno come se non riconoscessi più niente e nessuno. Il cuore incalzava nello stomaco fino al punto di terrorizzarmi. «Adesso tutti, e intendo davvero tutti, hanno un motivo in più per sparlare di me, per etichettarmi come la figlia di un criminale, penseranno che io sia come lui. Victor si arrabbierà, Andy e i ragazzi mi cacceranno dalla band e...»

«Bambina.» Efrem si girò per prendermi ancora il viso tra le mani e direzionarlo verso di sé. La sensazione di panico impazzava serrandomi la gola, la tachicardia non si arrestava e la testa cominciò a pulsare come se all'interno ci fosse un martello che la stava fracassando. «Stai di nuovo commettendo lo stesso errore?»

«Q-quale errore?» balbettai impanicata.

«Ricordi il nostro discorso sulla coscienza e la reputazione?» Mi accarezzò con i pollici, come suo solito quando voleva rincuorarmi, perciò provai ad ascoltarlo senza piangere. «Tu non *sei* ciò che la gente dice o pensa di te. E chi non ti comprende, chi non ti ama, chi neanche prova a capirti non merita di far parte della tua vita. Non sei responsabile delle scelte di tuo padre, non sei responsabile della sua condotta e il fatto che purtroppo ha commesso dei reati non significa che tu sia come lui. Mio padre mi...» Si frenò per non turbarmi, nonostante avessimo già parlato di cosa gli aveva fatto quell'uomo; si schiarì la voce e riprese poco dopo. «Assumeva con me atteggiamenti sbagliati, che abomino e deploro, eppure io non ho mai educato Joël allo stesso modo, non mi sono mai permesso di alzare la voce con lui o di intimidirlo con la violenza semplicemente perché non sono come Markus. All'*Himeros* credono che io abbia strangolato e ucciso una delle mie ex amanti durante un amplesso, motivo per il quale sono odiato e temuto al contempo, ma quella ragazza non era nel mio letto quando è morta, Dorie. La gente esprimerà sempre le sue considerazioni pleonastiche, inutili, frutto di ignominie alle quali non devi dare alcuna importanza. Ciò che conta adesso è che tu metabolizzi la verità su tuo padre.»

Avevo sempre sospettato che in quel resort fosse accaduto qualcosa in passato che aveva condizionato la reputazione di Efrem; mi aveva già spiegato che gli incidenti nel loro ambiente erano abbastanza frequenti, tuttavia accusarlo di un reato a causa di un semplice malinteso o equivoco era la prova di quanto anche i pettegolezzi più banali potessero danneggiare non solo la dignità e la nomea di una persona, ma anche il suo stato psichico ed emotivo. Nel mio caso, la soluzione sarebbe stata darmi del tempo per accettare anche quell'ennesima delusione, realizzare l'accaduto e superarlo.

Il dolore cura il dolore stesso, questo era stato uno dei suoi insegnamenti impressi nell'anima.

Mi arrampicai con i palmi lungo i polsi, sfiorandogli con i polpastrelli la pelle liscia, e glieli strinsi, aggrappandomici per non sprofondare in un baratro angoscioso. «Secondo te mi ha riconosciuta quella sera?»

«No.» Efrem fu schietto, malgrado il rammarico della situazione.

«Non ti ha mai vista, non sa neanche come ti chiami... se ti avesse riconosciuta, lo avremmo sicuramente capito.»

Abbassai lo sguardo, fissando le mie cosce giunte, mentre stampati sulle iridi avevo ancora gli articoli che avevo letto, come se fossero macchie informi che si proiettavano su qualsiasi cosa mi circondasse. «Tanto non gli è mai importato nulla di me.»

«Non è da lui che dipendono il tuo presente o il tuo futuro, Dorie. Ma da te stessa.» Efrem provò a scuotermi, dandomi un buffetto sul naso che catturò tra le nocche dell'indice e del medio. Bofonchiai un'imprecazione ironica, scacciandolo via, e lui sorrise teneramente. «Ti va di mangiare, adesso?»

Fui distratta dalla fossetta che gli spuntò sulla guancia sinistra e allungai un dito per invaderla giocosamente. «No.» Ero ancora molto turbata, ma lui riusciva sempre a farmi rilucere di una limpida armonia anche nelle condizioni peggiori. Afferrava la sofferenza *insana* e la torceva, stracciava, finché dai suoi lambelli non ne ricavava stelle filanti.

«E se mangiassi con te?» propose per convincermi a cedere; era astuto... *cavolo.*

«Uhm», replicai con un suono gutturale incerto.

Lui non si fece scoraggiare e si sporse a darmi un bacio all'angolo della bocca, un punto dal quale esplosero scintille infuocate appena ci posò le labbra. Fui sommersa dalla sua ombra imperante, travolta dai capelli scuri che mi solleticarono la fronte e dal fiato che mi carezzò come uno zefiro caldo e lascivo. «Cos'è? Un sì?»

Il cuore accelerò la sua corsa e non più per il terrore, ma per l'eccitazione, la frenesia, il desiderio di abbandonarmi tra le sue braccia. Davanti a me c'era solo lui, il mio corpo risplendeva di vita quando mi sfiorava e le regole morali, sociali o legali perdevano il loro senso dinanzi alla purezza di uno sguardo così nobile. Efrem mi fissava come se io fossi parte di lui, come se vivessi nella sua anima, come se tra le pareti del suo spirito mi avesse concesso un'intera galassia, invisibile a chiunque altra. E mai come allora fui assolutamente certa che ciò che c'era stato tra noi i giorni precedenti era stato vero e agognato da entrambi. Non mi aveva usata, non avrebbe voluto liberarsi di me, non ero un'amante. *Ero la sua alba.* «Uff... sei bravo a corrompermi.»

«Se fossimo stati a casa mia, ci avrei impiegato anche meno», ribatté con un'ironia maliziosa che non era sua abitudine ostentare nella clinica.

In quell'istante rientrò la signora Monique ed Efrem si adombrò, sedendosi composto con le spalle contro lo schienale; io lo imitai afferrando le posate e tagliando la porzione di carne che la cuoca mi aveva servito. Le mani erano sudate, lo stomaco totalmente chiuso. Non avevo fame, ma, per accontentarlo, decisi di assaggiarla.

«Signora Monique.» La sua voce volitiva rombò nella stanza facendo sussultare la donna che, tesa e impensierita, si arrestò prima di raggiungere la penisola della cucina. «Credo che mi tratterrò con Dorothea. Niente è più ubertoso di un buon pranzo oggi.»

«Come, prego?»

Lanciai un'occhiata sbieca alla cuoca e notai il modo in cui si stava sistemando nervosamente i capelli ricci sotto la cuffietta bianca. L'ansia mi scoppiò nella testa dato che a tutte le mie preoccupazioni andò a sommarsi il timore che avesse visto me ed Efrem troppo vicini o che addirittura avesse origliato la nostra conversazione compromettente. Il suo comportamento palesava una sorta di subdola colpevolezza e scomoda omertà; avrebbe voluto porci delle domande personali e forse, scioccata dall'incredulità, titubava nell'accusarci di adulterio.

«È una metafora. Pranzare rende più produttiva la mia giornata», spiegò Efrem indulgente; non tutti erano in grado di comprendere la sua dialettica troppo aulica, nonostante fosse una particolarità caratteriale che adoravo e che accentuava la sua solenne raffinatezza, oltre alla cultura.

«Oh...» La donna era sempre più agitata; i gesti convulsi denotavano un'irrequietezza che accresceva la mia sensazione di inquietudine. «Gradisce qualcosa in particolare?»

Efrem si accorse quanto me della stranezza della donna, ma non ci diede molto peso; anche lui aveva troppi crucci a cui pensare e non di certo piacevoli. «Andrebbe bene anche della frutta fresca.»

«Se vuole c'è la sua ciambella preferita alla Fugger, con mandorle e limone.» La cuoca aggirò la penisola, dandoci la schiena, si strofinò le mani sul grembiule della divisa, dopodiché si avvicinò al bancone per sollevare l'elegante coperchio di vetro dalla guantiera del dolce.

«La frolla è senza zucchero?»

Scoprii che Efrem era pretenzioso sui gusti culinari e repressi un sorrisino impudente di cui si accorse. Inaspettatamente mi toccò una coscia sotto al tavolo e con una carezza passionale tracciò una scia lenta dal ginocchio fin sopra all'inguine, giungendo quasi a sfiorarmi la cucitura centrale. Mi irrigidii; il languore mi accese gli zigomi, la forchetta tinnì contro il piatto e mi spaventai perché la cuoca si era già insospettita e, se lo avesse sorpreso a lambirmi in maniera poco professionale, avrebbe avuto la conferma del nostro rapporto, avrebbe gridato ai quattro venti la scandalosa scoperta e lui avrebbe subito conseguenze più gravi delle mie.

«Assolutamente senza, dottore.» La donna era ancora distratta, ma Efrem ritrasse il palmo per evitarmi un malore improvviso. Avevo accumulato fin troppe emozioni, e tutte devastanti, ci mancava solo che fossimo beccati in flagrante ad amoreggiare. «Ne vuole un pezzo?»

Efrem poggiò i gomiti sul tavolo e si massaggiò le mascelle con una mano, meditabondo. «Di solito la richiedo nel tardo pomeriggio, ma non riesco a dirle di no, soprattutto perché la sua ricetta mi ricorda quella della mia nonna paterna.»

«Un uomo non può mai rinunciare ai peccatucci di gola...» La signora Monique estrasse un trancio già tagliato e lo depositò in un piattino sopra una graziosa velina ricamata. «Poi lei con quel fisico, in tutta onestà, non ne ha bisogno», lo elogiò come avrebbe fatto chiunque altra; superava i cinquant'anni e poteva essere sua madre eppure, con un'impercettibile fiammella di gelosia a sfolgorarmi nel petto, addentai con troppa irruenza un pezzetto di carne; il rumore argentino dei denti contro i rebbi attirò lo sguardo crucciato di Efrem che subito virò a un'espressione divertita e compiaciuta.

«Gli anni passano anche per me.» Fu modesto mentre la donna si apprestava a servirgli il dolce; lui la ringraziò, lo prese tra le dita e diede il primo morso, sporcandosi la bocca di crema al limone che avrei volentieri leccato via.

Tuttavia, tenni sotto controllo qualsiasi voglia indecorosa o inadeguata e pranzammo insieme.

A ogni boccone pensavo a Dick, al tentato omicidio e al suo volto del quale non avevo ereditato nulla, neanche la minima curva o infossatura. Pensavo alle notizie che riportavano la descrizione alquanto fumosa di una rissa avvenuta all'esterno del resort – per cause ignote – e di un coltello col quale *mio padre* avrebbe colpito ripetutamente un altro uomo, nel parcheggio privato. Efrem aveva evitato di riaprire l'argomento, sebbene avesse inteso il mio silenzio come un momento di raccoglimento personale in cui stavo rivivendo lo shock provato come se fossi incastrata in un loop che dovevo necessariamente affrontare per assimilare il tutto. Riuscii a consumare il pasto solo grazie a lui; la sua presenza accanto a me, la mano con cui spesso mi sfiorava la coscia o il braccio in un gesto all'apparenza accidentale, proprio quando esitavo ad aprire la bocca, mi effondevano il coraggio di non arrendermi, di non gettare la spugna e di non correre in bagno a vomitare, nonostante avessi avvertito qualche ondata di nausea.

Una volta terminato di mangiare, ci alzammo in simultanea salutando educatamente la signora Monique. Per tutto il tempo era stata in silenzio a occhieggiarci a distanza da sotto le sopracciglia folte, angustiata da chissà quali dubbi, motivo per il quale avevamo evitato di chiacchierare oltre e ci eravamo affrettati a sgattaiolare via come due furfanti prima che qualsiasi disattenzione, spontanea e significativa, potesse tradirci e condannarci.

«Tu sei pazzo», gli sussurrai quando fummo fuori, abbastanza lontani dalla sala, lui a scarpinarmi davanti e io ad allungare il passo per raggiungerlo e rimbrottarlo. «Avrebbe potuto vederci e...» Le parole rimasero sospese nell'atmosfera pacata del corridoio: Efrem mi afferrò per un polso con veemenza e mi trascinò in un angolino isolato, dietro l'imponente statua di un Minotauro che mi rievocò subito l'anello che avevo visto indossare a Mitchell all'*Antéros*.

Mi ritrovai intrappolata tra la colonna manierata, il muro freddo e il suo corpo accaldato e, prima che potessi oppormi, dirgli che era una follia, che non doveva rischiare così tanto per me, mi catturò i capelli nel pugno, tra le dita perseveranti, mi inclinò la testa con dominanza e si piegò a baciarmi, zittendomi con un'autorità bollente e un'intransigenza da capogiro.

Malgrado fosse un'ingiustizia essermi innamorata di lui e non poterlo amare alla luce del sole, io *il sole* lo percepivo addosso, dentro, sulle labbra, sulla lingua, nei polmoni, nelle vene quando lui era con me, quando mi stringeva con possesso, mi schiacciava contro il suo torace e mi inglobava in quella chimera elegiaca, in cui noi due eravamo creature campestri, governate dalle passioni più selvagge, destinate a unirsi e perire insieme in un bosco bruciante.

Prima o poi qualcuno avrebbe scritto della nostra *non* storia, avrebbe narrato di un amore vissuto in apnea, pencolante sull'astro di un'utopia magica, nascosto fra le talee di rose, senza un tetto sotto cui vivere, vestito di stracci, affogato nella fiumana dell'inconsapevolezza, perché spesso si ama prima ancora di saperlo.

Qualcuno...

Qualcuno avrebbe avuto la forza di raccontare come certi amori siano impossibili, sbagliati, giudicabili, ma i soli a donare nugoli di spensieratezza e tempeste di felicità.

Come certi amori hanno il sapore di una buonanotte che non ti aspetti, di un risveglio che promette tanti per sempre e di abbracci che ti urlano: *Sei qui, sei a casa, resta con me.*

Come certi amori ballano il tip-tap a ogni intervallo di tempo, si affrettano sotto il tic-tac delle lancette, sotto il peso di uno sguardo memorabile e nella leggerezza di un bacio fatale, incompreso, che nella gente scatena la burrasca dell'infamia.

Come certi amori ti insegnano che ovunque il tuo corpo si sfaldi può nascere un fiore o un giardino intero di fiori, come certi amori non cancellano le ferite, non ti cambiano, ma ti aiutano a cambiare il tuo modo di vederle e a dar loro anche un nome.

Come certi amori costantemente ostacolati dal fato e dalla morte si piegano, combattono e resistono fine alla fine.

Finché non si adagiano sotto un mandorlo rigoglioso e cercano la loro eternità nell'impossibilità terrena, si chiedono cosa c'è al di là del corpo, al di là del cosmo e sopravvivono.

Sopravvivono anche dopo il tramonto della vita.

«Non riesco a respirare», sussurrai in un soffio d'ossigeno, perché in ultimo *certi amori* ti tolgono anche il fiato. Le dita mi si erano schiuse delicatamente sull'addome contratto di Efrem mentre lui, tenendomi la testa ferma, sottomettendomi con la sua imponenza, continuava ad affondare nella mia bocca. Non si limitava a baciarla o assaggiarla, la seviziava, la infiammava e si imponeva con una sicurezza distruttiva, una barbarità elegante, una rudezza sofisticata, una scortesia erotica, tanto che mi sentivo una ragazzina che non aveva mai baciato nessun altro prima. Toccarlo era una sensazione così dolorosa da sprimacciarmi il cuore scalpitante fino a serrarmi la gola; i miei gemiti soffocati impattavano contro la sua lingua roteante, instancabile, alimentando il piacere sadico di farmi annaspare, tremare, rincorrere la sua esperienza, inciampando nei ricordi dei baci frettolosi, goffi, troppo bagnati, che mi erano stati rubati nell'adolescenza. Il mio corpo andò in fiamme e si sciolse dolcemente sotto il suo mentre le mani, piccole e delicate, scivolavano fino ai fianchi per serrarlo a me. Le natiche, la pancia, i seni ripresero a pulsare di un fastidio formicolante, come ogni muscolo sul quale aveva sfogato la sua impetuosità poche ora prima, eppure brillavo di un'arrendevolezza femminile, adulatoria, spericolata con la quale gli avrei permesso, ancora, di spezzarmi, di raccogliermi e rimettermi insieme con la divina premura che erompeva dai suoi gesti come se fosse un semidio immortale.

«Sai che ho voglia di te?» Efrem premette la fronte contro la mia, carezzandomi con più accortezza la nuca poco prima ghermita con irriverenza; il suo petto inspirava aria gonfiandosi con attraente autorevolezza e le mie dita percorsero a ritroso le linee ammaliatrici del torace profilandone la muscolatura eccitata. Nonostante l'efferatezza del suo tocco, mi fissava come se fossi ancora quella bambina di dieci anni, la stessa che rincorreva i colibrì nel parco, importunava sconosciuti, considerava il mondo un teatro da ammirare, sperava di crescere in fretta e di diventare una guerriera invincibile.

«Di nuovo?» Ero intontita dalla tortura delle sue labbra viziose che continuavano a corrompere la mia innocenza, a vellicarmi con un desiderio che rispettava le mie debolezze e al contempo le rapiva come povere ancelle, spogliandole del loro pudore per vestirle della più lussuriosa sfrenatezza; non era facile spiegare come facessi a percepirlo: per Efrem ero qualcosa di piccolo e delicato che aveva paura di distruggere, ma che non poteva fare a meno di possedere.

Un'inconciliabilità che lo rendeva imprevedibile come un animale e pericoloso come un Mefistofele reincarnato.

«*Sempre*, Dorie.» Scese con un palmo a darmi una pacca rapida sulla natica, non troppo forte da farmi urlare com'era successo durante il weekend, ma abbastanza decisa da indurmi a trasalire con un lamento trattenuto.

Ci era andato giù pensante nel giardino... se ne era dimenticato?

«*Dottore*», ironizzai dispettosa, tirandolo a me per la camicia, rinvigorita dalla percossa ricevuta e vogliosa di morderlo. «Da lei non mi aspetto questa cattiva condotta in clinica.»

Prima che desse seguito alla nostra ilarità, lo vidi barcollare. Allungò un braccio sopra la mia testa, lateralmente, e si sostenne al muro con una mano mentre l'altra corse a massaggiargli la fronte, come colpito da una fitta improvvisa. «Efrem?» Il mio sorriso si spense, deragliato dalla paura che stesse per avere un attacco d'emicrania, perciò mi aggrappai al suo viso per guardarlo. Serrò le palpebre e cominciò a respirare in maniera irregolare. «Cos'hai? Non ti senti bene?» Mi sembrò di rivivere il terribile déjà-vu dell'attimo in cui era stato colto da una feroce cefalea a casa sua, addormentandosi sul divano con me. «Vuoi che chiami qualcuno?»

insistei, perché entravo nel panico totale quando lo vedevo così stordito e sofferente. Lui cercò di raddrizzare le spalle, poco prima chinate a causa delle stilettate di dolore, ma un altro mugolio lo indusse a piegarsi su di me. «Oddio...» Lo sorressi abbracciandolo e premendogli un palmo sull'addome, ma ero troppo minuscola per uno della sua stazza. Le mie gambe cominciarono a flettersi per il sovrappeso; se fosse svenuto, saremmo rovinati al suolo insieme e non gli sarei stata affatto d'aiuto.

«Non è nulla, Dorie.» Per non gravarmi addosso, puntò le dita della mano sinistra sulla modanatura della colonna, le nocche sbiancarono per la forza con la quale la strinse, mentre l'altra mano mi stava sgretolando una spalla, comprimendomi le ossa. «Non è niente. Adesso passa.» Lo ripeteva ogni volta, eppure avevo l'impressione che quelle maledette emicranie non passassero mai, ma si manifestassero spesso e in una forma sempre più preoccupante. «Andiamo nel mio studio.» Quando riaprì gli occhi notai, sotto alle ciglia appesantite, le pupille talmente dilatate da sembrare due gorghi neri e spaventosi che avevano del tutto inghiottito le iridi chiare; le sclere erano arrossate, i vasi sanguigni che le attraversavano parevano sul punto di scoppiare e il suo sguardo era vacuo, spento, svuotato della sua bellissima lucentezza e vinto da una torpidezza anomala, come se fosse ubriaco. In quel momento alcune voci nel corridoio attirarono la mia attenzione; inclinai il capo per sbirciare oltre il braccio di Efrem e notai affiorare tra le statue i contorni di due figure distanti. Cercai di mettere a fuoco chi fossero gli uomini che stavano avanzando proprio nella nostra direzione finché la loro sagoma assunse margini sempre più nitidi: si trattava del dottor Markus in compagnia di Ben.

Oh, santo cielo!

«Efrem, tirati su. Sta arrivando tuo padre, non può vederci così vicini.» Continuavo a sorreggerlo faticosamente e lui tentava di ristabilirsi, ma quel mal di testa era un cannibale che gli mordeva il cranio strappandogli le forze e la lucidità a ogni secondo che passava.

«Mio padre?» biascicò confuso, volgendosi proprio verso l'uomo che ormai ci aveva adocchiati. Il dottor Markus aveva uno sguardo talmente artico e avverso che in un'altra circostanza sarei corsa via per evitare di incrociarlo o anche solo di parlargli. Si arrestò dinanzi a noi, alternando gli occhi dall'uno all'altra, con accanto Ben, il cui ghigno maligno mi fece rabbrividire e ricordare il modo in cui mi aveva strattonata nella sala ricreativa.

«Efrem, che stai...» Si ammutolì quando si soffermò sull'andatura instabile del figlio che si era appena raddrizzato per fronteggiarlo, poi notò le iridi sguazzanti in una leggerezza vaporosa, intuendo che non era in sé. Abbassò gli occhi verdi sulla mia mano che premeva con troppa confidenza sull'addome di Efrem; mi squadrò ripugnato dall'alto al basso come se si fosse accorto di me solo in quell'istante e avrebbe preferito farmi sparire perché era un sacrilegio che stessi toccando il figlio, l'entità più sacra di quella struttura. «Lei cosa fa qui? Perché non è in camera?»

Ebbi appena il tempo di schiudere la bocca che Efrem mi precedette, scattando in mia difesa. «Lasciala in pace.»

«Chi, Efrem?» Il dottor Markus era così adirato che i suoi tratti si impregnarono di un'oscura abiezione, imbruttendone l'espressione; le rughe gli solcarono la fronte tanto era compresso dall'ira. «Chi dovrei lasciare in pace? La paziente che ti porti a letto?»

La vergogna e lo sgomento mi precipitarono addosso come una cascata fredda e mi trafissero il corpo come lame ghiacciate.

Come faceva a sapere la verità?

Chi era stato a riferirglielo?

Cosa dovevo fare?

Confessare o negare?

Io non ero brava a mentire, dannazione!

Lo ero solo sui miei problemi di salute, ma quando c'erano in ballo sentimenti così grandi, importanti, o persone a cui tenevo, non riuscivo ad armarmi di menzogne. Tuttavia, per proteggere Efrem avrei dovuto fare almeno un miserabile tentativo.

Uno solo... per provare a scacciar via tutti i sensi di colpa che mi erano affiorati sul viso impallidito.

«Cosa sta dicendo?» sbottai con una determinazione improvvisata, serrando tra i polpastrelli la camicia di Efrem. «Io non...»

Ma il dottor Markus non era un uomo così tonto o ingenuo da sottostare alle mie giustificazioni, perciò non volle neanche ascoltarmi e sollevò un palmo per interrompermi.

«Non si azzardi a negare, signorina Jensen, o giuro che la faccio sbattere fuori subito.»

Efrem, con un braccio avvolto attorno alle mie spalle, mi strinse contro il suo petto in segno di rassicurazione; stavo tremando. Lui decise di ribattere, affrontando senza alcuna paura la situazione. Ormai eravamo stati smascherati. «Da quanto lo sai?»

«Da quando ti ho detto che ogni errore è un passo avanti nella distruzione di se stessi. Credevo fossi abbastanza scaltro da intuire che ti stavo assecondando nella tua pazzia, ma che non ti avrei tutelato qualora avessi perso la testa. E a quanto vedo, non ti sei minimamente preoccupato della mia reazione. Ti sei dimenticato di tua moglie, della tua famiglia, persino degli oneri della professione… e tutto per cosa?» Mi lanciò un'occhiata sdegnosa come se gli facessi letteralmente ribrezzo. «Per una ragazzina?»

Efrem non aveva mai tollerato quel modo di rivolgersi a me, perciò iniziò a innervosirsi. «Non puoi esprimerti sulla mia vita privata. Non ti riguarda.»

Il cuore gli pulsava nelle vene, nel petto, tra le costole così forte da percepirlo sotto il mio palmo; cercai di accarezzarlo per tranquillizzarlo, ma Efrem stava sempre peggio e non potevo neanche portarlo via da lì.

«La tua vita privata, in questo maledetto caso, è connessa al lavoro che svolgi, quindi sì, mi riguarda. Lei è il tuo lavoro, non il tuo sollazzo. È la tua paziente, la mia paziente, la paziente di un'intera équipe medica a cui hai mancato di rispetto sporcando il buon nome della struttura!» berciò talmente incollerito che arretrai, appiccicandomi a Efrem, il quale invece non ne fu minimamente spaventato, strizzò solo le palpebre come se il suono altisonante della voce gli avesse provocato un'ulteriore fitta alla testa.

«Non c'è nulla da sporcare qui dentro… e lo sai bene. Se confessassi tutto ciò che so farei crollare ogni fottutissimo muro di questo complesso», lo sfidò con un mezzo sorriso sofferente, ma fin troppo combattivo e minaccevole.

Il dottor Markus lo fissò con le orbite sanguigne, una vena azzurrina emerse su una tempia, all'attaccatura dei capelli ingrigiti, come se stesse per sfogare la sua peggiore furia. «Come osi rivolgerti a me con questo tono?» Avanzò, allontanandosi da Ben, e afferrò Efrem per il mento. Puntò lo sguardo nei suoi occhi inespressivi, privi di cielo, naufragati in un caos tortuoso, soppesandoli con una temibile contrarietà. «Che diavolo hai preso?»

Efrem si divincolò dalle dita con le quali lo aveva immobilizzato. «Non ho preso nulla, ho solo un'emicrania.»

«Non lo vedi, papà?» Ben, alle spalle del medico, sogghignava divertito, godendosi lo spettacolo. Con la tuta nera a fasciargli i muscoli, sembrava un demone rancoroso pronto ad attaccare appena ne avesse avuto l'occasione. «È strafatto. Che stronzo... potevi offrirmene un po', *fratello*», pronunciò l'ultima parola caricandola di un sarcasmo dispregiativo. Non avevo mai capito perché lo odiasse tanto, ma in quel momento la sua ironia era davvero fuori luogo.

«Non c'è mai una volta che tu dica qualcosa di sensato.» Efrem tentò di muovere qualche passo e io lo accompagnai, ma non riuscimmo neanche a superare la statua prima che lui si fermasse ancora posando un fianco contro il capitello.

«Ha ragione invece.» Il dottor Markus si avvicinò ancora senza mollare l'osso. «Hai assunto sostanze? È colpa di questa ragazzina? Ti ha fuorviato così tanto da incoraggiarti a 'sballarti' come fa lei con i teppisti che frequenta?»

«Come si permette?» Quasi gli urlai in faccia, incavolata per il modo in cui ogni volta mi sminuiva e mi denigrava come se mi conoscesse, quando invece non sapeva un bel niente di me.

«Mi sono documentato abbastanza sul suo passato e i suoi amichetti. E ora si levi di torno.» Mi prese per un braccio e, con un movimento saldo, facendomi zampettare su me stessa, mi sradicò dal figlio come un'erbaccia da gettare nella spazzatura. Per poco non caddi addosso a Ben, ma per fortuna riuscii a sorreggermi, decisamente sconvolta dalla sgarbatezza di quell'uomo.

«Dorothea non c'entra nulla.» Efrem avrebbe voluto reagire, se fosse stato in forze l'avrebbe rimesso al suo posto, ma non riusciva neanche a mantenersi in equilibrio. Respirava male e ingoiava rantoli lamentosi a ogni fiato che emetteva. «Non ho assunto niente. Fammi le analisi se hai dubbi.»

«Te lo sconsiglio perché risulterebbero positive.» Ben rise, mettendosi a braccia conserte come uno spettatore che attendeva da anni di assistere al disfacimento del fratello. Ne stava godendo con una cattiveria disarmante. «Me ne intendo, lo sai... non capisco perché neghi l'evidenza. Credi che siamo due coglioni da raggirare come fai con tutti?»

«Benjamin, ti prego. Non complicare le cose.» Markus trovò inopportune quanto me le sciocchezze che sparava a vuoto come un cecchino con una pessima mira.

«Raggirare?» Efrem spostò l'attenzione sul fratello, ricambiando il medesimo disprezzo con un'accecante torbidità che intimoriva nonostante il suo malessere. «Dovresti ringraziarmi per essermi preso cura del tuo bambino.»

«Ah sì? Te ne sei preso cura?» Quelle parole resero Ben improvvisamente rabbioso come se avessero attivato un sensore pericoloso. «Lo hai cresciuto a tua immagine e somiglianza, si veste persino come te... un damerino di merda che al liceo non sarà capace neanche di difendersi contro i bulletti che proveranno a menarlo o che in uno spogliatoio maschile sentirà la parola fica e non saprà cos'è.»

Provai disgusto per il modo in cui si era espresso sul piccolo Joël senza il minimo riguardo, con l'animalità di una bestia e non con l'amore di un genitore. Non era neanche pentito per averlo spedito in ospedale durante un litigio con la sua ex; capivo perché Efrem aveva fatto il possibile per ottenerne l'affidamento.

«Benjamin!» Il padre si girò ad ammonirlo, ma non fu sufficiente a frenare il torvo divertimento di Ben.

Le iridi di Efrem esprimevano una tacita pena per lui; non si poteva provare nient'altro per un individuo del genere. «L'ho educato come dovrebbe essere educato un bambino sano, senza alcuna forma di violenza né fisica né verbale. Joël ha un disturbo d'ansia e ha bisogno di vivere in un ambiente sereno. Di certo tu non eri e non sei nello stato mentale di avvicinarti a lui.»

«Hai usato la stessa scusa quando ti sei scopato la mia compagna. Anche lì... non ero nello 'stato mentale' di soddisfarla? Eh, bastardo?»

Raggelai ed Efrem mi guardò mortificato, conscio che stessi ricordando una delle nostre conversazioni in cui gli avevo espressamente chiesto se ci fosse altro che dovevo sapere sul passato tra lui e Ben. Non era costretto a dirmelo, ma mi sarei aspettata più sincerità anziché una risposta evasiva: *«È difficile riassumerti trentasette anni di vita. Ho fatto tante cose giuste e altrettante sbagliate»*. La vera difficoltà per uno loquace come lui non sarebbe stata riassumerli, ma confessarmi i reali motivi che avevano generato i conflitti col fratello.

«Benjamin, per l'amor del cielo. Non fare sceneggiate proprio adesso.» Il dottor Markus si accertò che non ci fosse nessun altro attorno ad assistere a quel diverbio acceso dal quale stavano emergendo segreti sconvenienti che sentivo saettarmi nel petto; per un attimo mi mancò il fiato.

«Dopo che è stata a letto con me, mi ha confessato che la picchiavi.» Efrem riprese a controbattere, spostando ancora una volta lo sguardo ardito su Ben come un dio disfatto che non avrebbe mai perso la sua magnificenza. «Dione ha trovato in me il conforto che tu non le davi, perché preferivi prenderla a calci e pugni. Quelli come te non possono neanche essere definiti 'uomini'.»

«Se li meritava.» Ben non aveva nessun rimpianto, non era pentito di nulla e forse mai lo sarebbe stato. Ciò che pensava e affermava era raccapricciante. «E tu cosa hai fatto? Le hai somministrato il tuo cazzo come farmaco miracoloso?» Continuò a inveire contro Efrem, avanzando pericolosamente. «Mi chiedo ancora perché hai coinvolto anche Mitchell. Forse perché avevi già programmato tutto alle mie spalle?»

«Benjamin, non costringermi ad allertare la sicurezza.» Il dottor Markus provò ad arginarlo afferrandolo per una spalla. «Andiamo.»

«Non toccarmi!» Ben se ne liberò, arrivando a una spanna dal naso di Efrem che sollevò il capo, restando accasciato contro la colonna. «Che cosa avresti fatto tu se mi fossi scopato la tua puttanella?»

Non doveva azzardarsi a chiamarmi così, ma ero talmente impietrita dalla situazione che non riuscii a emettere parola.

«Non puoi paragonare due situazioni completamente diverse.» Efrem si carezzò lo stomaco come se, oltre alla testa, avvertisse dolore anche lì.

«Quanto 'diverse'?» Ben si chinò abbastanza da guardarlo col ceffo di un lupo aggressivo. «Perché anche lei mi ha strusciato il suo culo addosso, sai? È stata una cagnetta disponibile… mi voleva, eppure l'ho respinta.»

Cosa? Era impazzito?

«Non è vero.» Stava mentendo e rigirando ciò che era realmente successo nei nostri incontri. Furibonda, gli piombai alle spalle, dandogli un pugno sulla schiena. «Non è assolutamente vero!» Ritrassi il braccio per la scossa che mi riverberò fino al gomito e imprecai, ripiegandolo contro il petto, senza smettere di offenderlo. «Sei stato tu a molestarmi. A me fai schifo, ti ho sempre rifiutato, maledetto!»

Ben si voltò, incombendo su di me come una nuvola temporalesca. Il sopracciglio sfregiato fu l'ultima cosa che vidi prima che, con una collera cieca, mi desse un manrovescio talmente fulmineo e violento che mi rigirò il viso. Impreparata a quel colpo, alla potenza elettrica con la quale me lo scagliò, arretrai e inciampai storcendomi una caviglia. Caddi a terra e urtai un'anca, vibrando sulle corde di un dolore che esplose in un gemito rantolante. «Sta' zitta o ti ammazzo!»

Lo fissai dal basso, scioccata, con la guancia infuocata, l'angolo della bocca che mi pulsava, l'orecchio che ronzava e la lingua sanguinante perché l'avevo erroneamente schiacciata tra i denti.

Fu in quel momento che la situazione precipitò.

Stordita com'ero, seguii gli eventi come se stessi assistendo a un film riprodotto troppo velocemente.

Con un urlo bestiale, Efrem riuscì a trarre le forze dall'adrenalina della rabbia perché non avrebbe mai accettato che qualcuno mi toccasse, tantomeno che suo fratello mi picchiasse, così gli volò addosso afferrandolo per la maglietta in due pugni che tremavano d'ira. Lo spinse in avanti e Ben andò a sbattere contro la parete opposta, ormai intrappolato.

«Non devi toccarla o ad ammazzarti sarò io!» lo minacciò a un centimetro dalla faccia, strattonandolo per farlo urtare ancora contro il muro. Non l'avevo mai visto così fuori controllo, *mai.* «Hai capito?» La sua voce tuonò facendomi vibrare di terrore, il cuore prese a martellare in ogni angolo del corpo.

Ben scoppiò a ridere, mettendo davvero a dura prova la resistenza e la pazienza di Efrem che non ci pensò due volte a dargli un gancio cruento sullo zigomo. «Mi hai sentito?» urlò ancora, completamente furibondo.

Il lembo sul quale aveva schiantato con irruenza le nocche si gonfiò subito, si tese e si arrossò fino a spaccarsi; dal taglio squarciato sgorgò qualche rivolo di sangue.

Il dottor Markus si affrettò a estrarre il cercapersone dalla tasca del camice e ad allertare con urgenza la sicurezza, ma i miei occhi rimasero piantati sui due uomini che si stavano malmenando.

Ben contrattaccò, liberandosi dalla presa di Efrem, che, indebolito e vacillante, non poté opporgli troppa resistenza quando il fratello lo afferrò per il collo con entrambi i palmi. Impigliati in quella lotta furibonda, finirono contro la balaustra delle scale. Efrem inarcò la schiena perché il corrimano gli premeva contro la spina dorsale mentre Ben continuava a fargli pressione per strangolarlo.

Dalla mia posizione, non riuscivo a guardare il volto di Efrem, ma solo l'ampia figura di Ben che lo copriva interamente mentre, tra le sue gambe, quelle di Efrem iniziavano a perdere le forze.

«Basta! Basta! Lo ucciderai!» Il dottor Markus gli si avventò addosso per fermarlo, riponendo una coraggiosa fiducia in una vigoria che non era minimamente paragonabile a quella del figlio, pertanto, quando cercò di afferrare Ben per allontanarlo da Efrem, quello gli diede una gomitata contro lo stomaco così assestata che lo fece arretrare e piegare in due.

Urlai per lo sgomento, strisciando a terra e faticando a rialzarmi.

Era la fine.

Efrem non era in grado di difendersi, stordito dall'emicrania o... dalle droghe.

Allora, considerai che gli fosse stata davvero somministrata qualche sostanza stupefacente a sua insaputa, magari in una tazza di caffè, in un bicchiere d'acqua, in una caramella al limone, e che Ben potesse aver escogitato quel complotto per indebolirlo, colpirlo e ferirlo avvantaggiato dalla potenza fisica che invece aveva compromesso nel fratello.

Scossi la testa: stavo viaggiando troppo con l'immaginazione e forse tutto ciò che stava accadendo era soltanto un piano malefico del destino.

Quando credetti che ormai la situazione stesse per degenerare ulteriormente, sentii il rimbombo di alcuni passi vibrare sul pavimento. Due operatori corsero in fretta verso di noi e, appena notarono i due uomini, tra cui uno più in pericolo dell'altro, afferrarono Ben per le spalle e lo allontanarono da Efrem.

Dovettero impiegarci un sacco di forza per trattenerlo, poiché Ben cominciò a gridare e ad agitare gli arti per divincolarsi come un animale ormai privo di lucidità.

Tremante, in preda a un panico avvilente, vidi Efrem appoggiato sulla balaustra con un gomito, lievemente chino a tossire e a massaggiarsi la gola. Tentò di fare ampi respiri, ma il volto era contratto in una smorfia sofferente. Avrei voluto raggiungerlo subito, avevo bisogno di andare da lui, ma il fianco mi doleva così tanto che mi rimisi in piedi con molta lentezza.

«Lasciatemi!» Ben aveva completamente perso il senno; gli operatori venivano sballottati come burattini a ogni suo strattone. «Lasciatemi, figli di puttana! E tu vieni qui! Vieni qui, bastardo!» Ben seguiva Efrem con lo sguardo mentre quest'ultimo, frastornato, infiacchito, si teneva al corrimano e strisciava lateralmente per allontanarsi. Se fosse stato lucido, l'avrebbe affrontato senza timore, ma nello stato in cui versava sapeva che non avrebbe avuto alcuna chance di vincerlo. Aveva bisogno di un appiglio per non perdere l'equilibrio mentre i segni violacei delle dita del fratello cominciavano ad apparirgli sul collo, macchiandone la pelle levigata.

«Portatelo via!» ordinò il dottor Markus, massaggiandosi l'addome per la gomitata ricevuta, ma nessuno di noi avrebbe potuto prevedere quello che accadde un attimo dopo...

Ben diede una testata a uno degli uomini e una ginocchiata all'inguine dell'altro e riuscì a liberarsi.

Nell'aria scoppiò il tramestio delle urla, il boato della sua violenza, il fracasso del terrore.

Altri due lo agguantarono per le braccia, ma Ben individuò il suo bersaglio, Efrem, che in quell'istante era barcollante, al limitare della balaustra. Aveva mollato il corrimano ed era in piedi sul ciglio dell'enorme scalinata di marmo alle sue spalle. Scossa da brividi agghiaccianti, intuii subito le intenzioni del fratello che agì tempestivo.

«No!» gridai disperata, trascinandomi claudicante a causa del fianco e della caviglia doloranti. «No! Fermati!»

«Questo è per tutto ciò che mi hai fatto.» Ben fu più veloce e spietato.

In una frazione lampante, mortale, mentre i due uomini lo tiravano dalle braccia, allungò una gamba e scalciò contro Efrem colpendolo col piede rigido sul petto.

Colto alla sprovvista, Efrem non poté far nulla per schivarlo o attutirlo.

Non poté far nulla per difendersi e, come un angelo nero, ormai dannato e condannato, cadde all'indietro.

Con le palpebre sgranate vidi i capelli neri smossi dall'ultimo soffio di vita, gli occhi verdeazzurri cercare i miei come se volessero concedermi un saluto tacito.

L'ultimo.

Finché il suo corpo sparì come risucchiato da un vortice d'aria e, a quell'immagine traumatizzante, seguì il trambusto di ossa e muscoli che impattavano pesantemente contro il marmo.

Ossa che si spezzavano e muscoli che si piegavano sotto il gesto abominevole di un uomo spregevole e di un fato avverso.

«Efrem!» Mi mossi zoppicante come se volessi afferrarlo, come se potessi fare qualcosa per salvarlo, come se non credessi a ciò che era successo. La distanza tra me e il corrimano mi sembrò infinita, fino a quando protesi il braccio per aggrapparmici e, direzionando lo sguardo in basso, mi accorsi della sua figura riversa al suolo. «Efrem!» gridai sconvolta, respingendo l'idea che potessi perdere anche lui com'era successo con la mamma.

Che ne sarà di me, se tu te ne vai?

Chi sarà il mio cielo?

«Non piangere. Sarebbe schiattato lo stesso.» Furono le uniche parole che, ovattate, ciniche, confuse, mi giunsero da Ben prima che gli operatori se lo portassero via. Parole a cui non diedi ascolto, che non immagazzinai, che non lasciai neanche entrare nella testa.

Con un gemito dolorante, cominciai a scendere i gradini, uno alla volta; la caviglia mi mandava fitte brucianti a ogni passo, ma non mi importava nulla. Non schiodai lo sguardo da Efrem neanche quando il dottor Markus urlò a Melanie di chiamare i soccorsi, neanche quando intimò agli operatori che lo avevano quasi accerchiato di non toccare il corpo del figlio perché poteva essere gravemente ferito. Non schiodai lo sguardo da Efrem, neanche quando suo padre mi chiese di tornare indietro e di non avvicinarmi. Nessuno avrebbe potuto fermarmi, nessuno avrebbe potuto impedirmi di stringerlo a me.

Quando superai l'ultimo gradino provai ad accelerare e, sgomitando tra alcuni uomini che per me erano solo contorni indefiniti, sagome prive di significato, mi abbandonai in ginocchio accanto al corpo di Efrem con un tormento incessante a stritolarmi il cuore. Il battito frenetico mi serrò la gola, non riuscivo a parlare né a realizzare niente, e per un attimo esitai a sfiorarlo. Efrem giaceva immobile, con le palpebre chiuse, un filamento di sangue a colargli dall'angolo della bocca, le ciglia a ombreggiargli gli zigomi tumefatti a causa degli urti della caduta.

«Signorina, per favore...» Uno degli operatori tentò di afferrarmi per un gomito per allontanarmi, ma lo cacciai via malamente.

«Non mi tocchi!» urlai con le lacrime che emersero dal petto e tracimarono sul volto stremato dall'incredulità. «Lasciatemi stare qui, con lui.» Non mi importava che avrebbero scoperto il nostro segreto, non mi importava che ci avrebbero giudicati o processati, non mi importava di niente se non di accertarmi che stesse bene, ma Efrem non apriva gli occhi, forse neanche respirava. E nel suo silenzio tombale io sentivo i pensieri assordanti, irreali, di chi stava assistendo alla scena, terrorizzato: *«Non si risveglierà. La ragazza è sotto shock. È morto...»*

No. Non era morto.

Ne ero certa.

Non se ne sarebbe andato così.

«Efrem, ti prego. Ti supplico...» Trovai il coraggio di infilargli un palmo sotto la nuca; la testa molleggiò all'indietro priva di stimoli, le labbra gli si schiusero e un violento senso di vuoto mi fece scoppiare a piangere. «Non puoi andartene come ha fatto la mamma. Non puoi farlo, Efrem. Te lo proibisco.» Provai un dolore così forte, così devastante che non riuscii a sopportarlo e, schiacciata da una disperazione sconvolgente, mi chinai, posando la fronte sulla sua. Il suo profumo mi avvolse in un abbraccio amorevole e lo sconforto peggiorò. «Ti chiedo scusa per tutto.

Per non essermi resa conto che volevi soltanto aiutarmi sin dall'inizio, per non aver capito che volevi salvarmi e ridonarmi alla vita, ridare una possibilità alla vecchia Thea, darle qualcosa in cui credere. Ti chiedo scusa per essere stata spesso incosciente, maleducata o scontrosa. Non riuscivo a comprendere cosa tentassi di mostrarmi. E sono stata una stupida.» Singhiozzai, strofinando la punta del naso contro la sua in un gesto affettuoso che lui faceva sempre con me quando voleva giocare o sedurmi, poi lo strinsi, sistemandogli la nuca sull'incavo del mio gomito per sorreggerlo meglio e non fargli male; il suo viso era gonfio e sanguinante. «Ti chiedo scusa per non essere stata ubbidiente, per averti fatto arrabbiare tante volte e per averti mancato di rispetto nei momenti in cui credevo che impedirmi di legarmi a te fosse la soluzione ai miei problemi...» Gli carezzai una guancia con la mano infreddolita e tremolante mentre la sua pelle lacerata mi scaldava come aveva fatto per tutti quei mesi. «Ti chiedo scusa se ho respinto la tua gentilezza, se mi sono rifiutata di ascoltarti quando cercavi di raggiungere la vecchia Thea e di insegnarle a guardare. Ho visto il sole, sai? Ce l'hai fatta. Ora lo vedo ogni volta che sei con me. Il mondo è meno buio quando camminiamo insieme, quindi non puoi andartene. Ho già perso la mamma, non posso perdere anche te. Tu devi *restare*, Efrem.» Glielo imposi col cuore e con l'anima, altrimenti non sarei sopravvissuta anche a questo. Non ero pronta a una perdita così grande. «Non ho mai incontrato qualcuno come te. Qualcuno che si impegnasse a combattere non con me, ma *per me*. Ricordi quando mi hai detto che se 'sentiamo' è perché 'siamo'? Allora io sento e sono finché tu senti e sei. È anche questo l'amore.» Quel sentimento da cui ero sempre scappata l'avevo conosciuto grazie a lui. Aveva il gusto dolce di una caramella, l'odore della primavera e il colore dell'Oceano Indiano. Ne avevo percepito addosso, dentro, la vitalità, avevo passeggiato nel suo luna park sferzante di luci e avevo sentito la sua voce: una sinfonia melodiosa che ti sussurra di *amarti così come sei*. «Mi hai insegnato a rialzarmi perché sono più forte di ciò che credo di non poter superare, sono più forte delle battaglie che mi aspettano. Mi hai insegnato ad amare ciò che è oscuro perché ogni luogo illuminato dal sole ha anche le sue ombre. Ed è giusto così. Dobbiamo accettarlo per accettare noi stessi.»

«Signorina Jensen...» Il dottor Markus si avvicinò cauto e io fui costretta a sollevare il capo con gli occhi gonfi, il naso arrossato e le gote umide. L'uomo aveva uno sguardo addolorato, malgrado si mostrasse estraniato e inflessibile anche in una tragedia del genere. Aveva udito ogni cosa e d'istinto mi guardai attorno notando che c'erano altre persone a osservarmi: il signor Hunberct, gli operatori e l'équipe medica. La dottoressa Ruiz e il dottor Nørgård mi stavano fissando compassionevoli e io non riuscivo a capire il motivo. Stavo parlando con Efrem, ero certa che lui mi stava ascoltando e avrei continuato a donargli le mie emozioni finché fossero arrivati i soccorsi. Non avrei permesso a nessuno di strapparmelo via o di allontanarlo da me; ormai tutti erano a conoscenza del nostro rapporto, avevano compreso e scoperto di noi, ma non avevo paura dei loro giudizi, non avevo paura di esprimere i miei sentimenti dinanzi a una platea impicciona che non aveva mai vissuto il sogno che avevo vissuto io.

Efrem non poteva muoversi, non sapevo l'entità dei danni provocati da quella caduta, perciò continuai a proteggerlo, posandogli la testa sulle mie gambe.

Io ci credevo.

Credevo che sarebbe tornato da me.

Che prima o poi lui...

«Dorie...» Un piccolo sospiro e un flebile suono, così melodioso da vellicarmi sottopelle, mi indussero ad abbassare lo sguardo sul suo volto. Efrem schiuse le palpebre e, attraverso le ciglia nere, due coralli fitti e lucenti sprigionarono la loro viva bellezza, allacciandosi a me come stringhe di perle.

Una gioia implacabile mi sommerse come un'onda colorata, piena di speranza, e farfugliai scioccamente: «Oddio... sei... sei...»

«Ho qualcosa...» Si leccò il labbro tumido, respirando piano, pianissimo; le pulsazioni erano deboli e il dolore che lo pervadeva anche solo parlando mi fece capire che le sue condizioni erano gravi. «Ho qualcosa per te, nella tasca destra.» Riuscì faticosamente a sfiorarsela con l'indice, ma il movimento del braccio, seppur lieve, lo fece mugolare. Con gli occhi appannati dal pianto e gli spasmi dei miei singhiozzi, cercai di infilare due dita nella tasca indicatami e coi polpastrelli lambii il bordo di quello che sembrava essere un biglietto. Lo estrassi lentamente e, stropicciandomi una palpebra con fare infantile, lo dispiegai per leggere. Riconobbi subito cos'era: la canzone che avevo appuntato il giorno in cui Ben mi aveva aggredita nella sala ricreativa. Guardai Efrem confusa e lui accennò un sorriso di una dolcezza infinita.

«L'ho trovata sul pianoforte e ho capito che era della mia Sirenetta.» Piegò il braccio, posandoselo sull'addome, e per un attimo strinse i denti per combattere un dolore interno che gli permise di proseguire solo quando si lenì. «La canteresti per me?»

«A-adesso?» balbettai per lo sconcerto di quella strana richiesta, alla quale non avrei avuto il coraggio di oppormi.

Lui annuì e io gli accarezzai una guancia con una mano, reggendo con l'altra il foglio, che alzai per leggere le righe delle strofe; non l'avevo ancora imparata a memoria, perciò dovetti concentrarmi su una musica immaginaria, fingere che attorno a noi non ci fosse nessuno e frenare anche il tremolio del palmo.

Ti cercherò tra i petali di una violetta nera.
Traccerò con una stilografica le spire del mio passato.
E te le narrerò, tenendo al caldo la tua anima.
Nuoterò nell'oceano dei dolori e li supererò.
Come un colibrì, giocherò con i nastri dell'arcobaleno.
E volgerò le ali al Sole.

Manterrò la promessa.
Farò risplendere il mio sorriso.
Manterrò la promessa.
Farò risplendere il mio corpo.
Troverò la forza.

Un tempo stavo sbiadendo.
Piangevo a dirotto.
Dall'alto pioveva sangue.
E io camminavo tra le macerie.
In un luna park desolato tu sei il mio eroe e io il tuo fiore di mandorlo.
L'amore è come una ruota panoramica.
E tu regali al mio cuore un paesaggio mozzafiato.

Manterrò la promessa.
Farò risplendere il mio sorriso.
Manterrò la promessa.
Farò risplendere il mio corpo.
Troverò la forza.

Sentirò la tua voce nel vento.
La sentirò indicarmi l'orizzonte.
E sussurrarmi: sono qui.
Mentre il tempo scorre...
E il tuo profumo mi bacia.
È nell'attesa che ti ritroverò.
Non lasciarmi.
Ovunque andrai...
Abbracciami sempre.
Sii il mio cielo.
E io volerò.

Quando abbassai il foglio, mi persi nella fierezza dei suoi lineamenti, permeata da una pace solenne, come se il mio testo lo avesse cullato e trasportato in un universo parallelo. «Efrem?» lo chiamai ammirando l'incantevole armonia che gli inargentava le ciglia, gli occhi e le labbra come una creatura ancestrale.

Lui volse delicatamente lo sguardo verso di me catturandomi e imprigionandomi nel suo virile splendore perché anche così, tutto ammaccato, rotto e illividito, sfolgorava di un bagliore eterno.

«Hai scelto il titolo?»

Ripiegai il foglio, serrandolo nel palmo, poi gli confidai con un certo imbarazzo quale sarebbe stato. «L'amore attende ogni domani.»

Ero certa di essere arrossita ed Efrem l'aveva notato poiché sul suo viso lampeggiò la consapevolezza che la mia poteva considerarsi una dichiarazione in piena regola.

Rivolta solo a lui.

«Pensi che piacerà o è un totale disastro?» Gli esternai ancora una volta le mie insicurezze, soltanto per mantenerlo sveglio, distrarlo e tenerlo con me. Efrem mi sfiorò la mano con le nocche, comunicandomi che non poteva muoversi più di così e allora incastrai le mie dita alle sue e me le portai alla bocca per baciarle.

Lui mi concesse un sorriso nostalgico, scintillante di emozioni, e racimolò un po' d'aria prima di ripetermi un concetto in cui credeva fermamente: «Certo. Piacerà al mondo intero».

Poi con un ultimo sospiro, un ultimo battito, un ultimo palpito di vita chiuse lentamente le palpebre e io mi allarmai, chiamandolo. «Efrem.» Gli scossi la mano, aggrappata alla mia come se non avesse voluto andarsene, come se avesse voluto restare o portarmi con sé. «Efrem... no... per favore, no.» Crollai devastata, mi ruppi in un pianto silenzioso il cui patimento era così profondo, così violento, così insopportabile che smisi di parlare, di pensare, di ragionare. Mi distesi su un fianco, accanto al suo corpo, rannicchiandomi, piccola e gracile, ma fiduciosa di udire ancora il suo *kleines Äffchen.*

Sono qui, non me ne vado.

Sai che sono testarda.

La tua ribelle Dorie.

Rimproverami, puniscimi, baciami... ma torna qui.

Gli posai il capo sulla curva morbida del collo, appoggiando le nostre mani ancora congiunte sul suo petto, per scaldarlo, per fargli percepire la mia vicinanza, riportarlo da me e rivivere di nuovo quel sogno, quel mito, quel poema epico cambiandone però il triste finale.

Il cielo e la terra tacquero rammaricati.

Tra i boschi e i ruscelli riecheggiò il vuoto luttuoso di una perdita che nessuno avrebbe superato.

La schiera degli dèi si prostrò riverente.

L'Asklepios divenne un tempio sacro le cui pareti candide, a ogni mia lacrima, si ornavano di luminosi fiori di mandorlo.

La natura perse la sua floridezza.

Gli olmi si piegarono desolati.

Le nuvole assunsero i contorni di una divinità.

I segreti oscuri, rannicchiati tra i ceppi o negli anfratti più maestosi, divennero leggiadre verità ormai svelate.

E mentre la morte festeggiava chiassosa la sua vittoria sulla salma della vita, una serenità divina discese a noi e l'amore legò in un nodo stretto due cuori immortali che avrebbero continuato a cercarsi come Acamante e Fillide, come il fauno e la ninfa...

Come l'uomo e la sua bambina.

Non smettere mai di essere la mia alba, mi aveva scritto la notte precedente. Se avessi potuto tornare indietro, manovrare il tempo, rileggere quel messaggio, gli avrei risposto: *«Lo sarò, Efrem. Lo sarò ogni domani».*

18
Thea

L'amore è poi assediato dalla guerra,
o dalla morte, o dalla malattia,
che lo rendono breve come un suono,
celere come un'ombra, fugace come i sogni;
rapido come il lampo in una notte colore del carbone,
che in un impeto di rabbia svela insieme cielo e terra,
e prima che si possa dire «Guarda!»
Il buio lo divora tra le fauci:
tanto è pronta a svanire ogni cosa che splende.
WILLIAM SHAKESPEARE

Dieci giorni dopo...

ERA tutto diverso.

Era diverso il cielo, una distesa grigia che avevo imparato a considerare un'opportunità per il futuro e che, in quel momento, mi sembrava di nuovo ostile, una finestra spalancata oltre la quale non vedevo più nulla.

Continuavo ad alzare la testa, a puntare gli occhi sulle nuvole sbiadite e lui mi avvolgeva, ma non riusciva a risollevarmi, non riusciva a incoraggiarmi a volare.

Era un cielo spento, privo di sole, eppure non potevo smettere di fissarlo come se attendessi una rivelazione, una scoperta, un cambiamento, un regalo.

Mi sentivo prigioniera, in bilico tra la disperazione e la sopravvivenza. Affogata in un mare di angoscia nel quale non ricordavo più come si nuotava.

La ruota panoramica aveva smesso di girare, il luna park era stato distrutto e giaceva immobile fra i resti della sua rovina; era rimasto intatto solo il baraccone del tiro a segno dove il destino era stato così bravo col fucile da sparare dritto su una vita umana e portarsela via mentre io ero ancora aggrappata alla speranza di un ritorno.

Alla speranza di un miracolo perché volevo credere che il fato potesse ritrattare la sua decisione. Mi aveva già privato della mamma due anni prima, aveva avuto davvero intenzione di privarmi anche di Efrem?

Senza più energie e stimoli, col corpo e il sangue gelati, provai a guardarmi attorno mentre il dolore mi pulsava nelle ossa a ogni minimo movimento.

Anche la clinica era diversa.

Non splendeva più, non era una fortezza immersa nella natura rigogliosa, perché la natura aveva perso i suoi colori e tutto era diventato di creta, tutto era in procinto di crollare mentre la morte si espandeva, incontenibile, lasciando ovunque la sua orma mostruosa, graffiandomi dentro, lacerandomi con un coltello invisibile, pugnalandomi nello stomaco e pestandomi il cuore.

Un cuore di cui non percepivo alcun battito.

Chissà se ero viva o se ero intrappolata in un incubo così realistico da confondermi; non distinguevo più la realtà dall'immaginazione e l'unica persona che avrebbe potuto aiutarmi… non c'era più.

Ma per me sei ancora qui, pensai inghiottita da una massacrante incredulità.

Il suo ricordo riaffiorava dalle mie lacrime, riaffiorava dai petali dei giacinti, riaffiorava dai raggi flebili che mi accarezzavano la pelle, riaffiorava dal canto di un colibrì, riaffiorava da un tramonto ormai lontano e perduto, riaffiorava dalla muraglia d'ombra che calava ogni notte, con le stelle che scintillavano di un pianto scandito da una devastazione infinita.

Il suo ricordo… riaffiorava dalle grida delle mie crisi.

Dai miei tentativi di fuga.

Dai pasti che respingevo per non mangiare.

Riaffiorava dalla volontà di lasciarmi andare perché attendevo, ogni giorno, che il destino venisse a prendere anche me; non aveva alcun senso vivere se doveva divertirsi a sottrarmi le persone che amavo.

E allora, porta via anche me…

Portami da lui.

Permettimi di amarlo almeno in un sogno.

Non ci sono regole da infrangere, lì.

Non essere così crudele da punirci ancora.

Abbiamo sbagliato, ma non volevamo ferire nessuno.

Uccidi anche me, non lasciarmi qui a contorcermi nella tortura di non poterlo più abbracciare.

Non resisterei molto, sono debole, lo sai.

Soffocherei e morirei.

Juliette mi posò la testa su una spalla e mi abbracciò mentre io fissavo il vuoto dinanzi a me, seduta su una panchina del giardino. Cominciò a parlarmi, come sempre, come ogni mattina, nonostante mi fossi chiusa in un silenzio preoccupante che la dottoressa Ruiz aveva definito da shock post-traumatico. «Come stai, Thea?» Sapeva che non avrebbe ricevuto alcuna risposta; ero inerme, svuotata di emozioni, non reagivo a niente, in me non c'era più traccia della ragazza sorridente di prima. «L'avvocato Ryke mi ha detto che vorrebbe incontrarti», aggiunse con un filo di voce, come se temesse una mia reazione.

L'ultima volta che l'avevo visto era stato il giorno dopo l'omicidio, quando interrogando Ben aveva scoperto che la signora Monique era stata coinvolta in quel complotto e costretta a inserire della droga nella fetta di torta che aveva volutamente offerto a Efrem. Ronnie e Dick, vecchi amici di Ben, su ordine di quest'ultimo si erano recati a casa della donna, prendendo in ostaggio i due figli minorenni e minacciandola di fare esattamente ciò che le fu intimato altrimenti non avrebbe più rivisto i suoi bambini.

La cuoca, spaventata dalle loro intenzioni, aveva ceduto e collaborato, diventando complice quanto loro dell'abominio commesso.

Quegli uomini erano stati gli stessi che, per tutta la durata della mia relazione con Efrem, avevano informato Ben di ogni nostro passo; ecco perché era sempre al corrente di tutto ciò che accadeva fuori dalla clinica.

Non mi ero interessata alle ripercussioni legali causate dalla loro follia; in quei dieci giorni ero sprofondata in un malessere talmente avvelenante che Mitchell aveva evitato di turbarmi ulteriormente: mi aveva solo riferito che sia la signora Monique sia Ben erano stati allontanati dalla struttura e che presto avrebbero pagato le gravi conseguenze delle loro azioni.

Mi auguravo solo che la giustizia potesse vendicare la morte di un uomo che, nonostante avesse commesso degli errori, non meritava tutto quel male; per nessuna ragione al mondo ci si può arrogare il diritto di troncare con tanta cattiveria la vita di qualcun altro.

Come Ben aveva fatto con Efrem.

Come quei due rapinatori avevano fatto con la mamma.

Come spesso scrivevo nelle mie canzoni, il lerciume della società si radicava nella barbarità dell'essere umano, nei suoi istinti malvagi, nella sua totale mancanza di civiltà, nei sentimenti d'ostilità e odio che sfociavano in una malattia o in un'ossessione deviante; si radicava nelle infrazioni di entità enormi, nell'alto tasso di criminalità.

Si radicava in problemi che con l'amore non c'entravano niente, ma che venivano ignorati, riducendo la mancanza dell'etica a ciò che era più facile giudicare.

Amare qualcuno non è mai stato un reato, eppure il destino aveva punito un uomo che aveva rinunciato a tutto per il bene degli altri anziché il suo aguzzino.

Aveva punito una giovane madre anziché i due malviventi che le avevano sparato.

Non riuscivo a considerare tutto ciò più giusto della storia tra me ed Efrem e questo accresceva la mia rabbia, la voglia di sparire perché non avrei mai accettato di vivere nella menzogna.

La vita stessa e tutto quello che mi circondava erano una menzogna.

«Ho notato le tue valigie pronte nella hall. Non voglio che tu vada via.» Juliette continuava a stringermi forte, a strofinare una guancia sulla mia spalla, a trasmettermi il suo affetto perché era sempre stata un'amica sincera e io avrei fatto il possibile per non perderla. Tuttavia, dovevo tornare a West Hollywood; Melanie aveva già contattato nonna Lizzie che sarebbe venuta a prendermi tra meno di un'ora. Mi era stato concesso di restare per dieci giorni, durante i quali avevo aggredito tutti e tentato di scappare più volte, ma dato che ero anch'io responsabile quanto Efrem di ciò che era successo tra noi, non potevo rimanere né concludere il mio percorso con l'équipe medica. Francamente neanche mi importava più, volevo soltanto andarmene via e affrontare il mio dolore in pace.

Avevo pregato, supplicato e pianto per poter vedere Efrem un'ultima volta, ma non mi era stato concesso; mi era stato riferito soltanto che l'intervento dei soccorsi era stato vano e che, dopo avermi rivolto le sue ultime parole, non si era più ripreso.

Quei giorni senza di lui si erano susseguiti lenti, non riuscivo né a dormire né ad avere appetito, e spesso era stato necessario somministrarmi dei tranquillanti per riposare.

Camminare per i corridoi o per il parco significava alimentare la sofferenza che sgorgava violenta da ogni angolo di quel posto, pregno di lui, del suo profumo, della sua presenza.

E io ogni giorno, ogni minuto, mi infliggevo la pena di cercarlo, di chiamarlo, andavo da Melanie a chiederle se l'avesse visto e al suo sguardo compatito le urlavo contro che dovevano farmi uscire da lì, dovevano permettermi di andare a casa sua. La notte mi svegliavo di soprassalto in preda agli incubi e, con una tachicardia inarrestabile, afferravo il cellulare dal comodino, digitavo a memoria il suo numero e gli telefonavo perché era l'unico in grado di placarmi, ma ogni squillo inascoltato mi stracciava un pezzo d'anima facendomi contemplare l'idea malsana di farmi del male.

Spesso entràvo nel suo studio e mi sedevo sulla poltrona dinanzi alla scrivania nell'attesa che lui apparisse alle mie spalle e si chinasse a sfiorarmi le labbra, a sussurrarmi che ero la sua bambina e che non mi avrebbe mai abbandonata. Aspettavo che arrivasse, gli raccontavo la mia giornata come se fosse davanti a me, gli confessavo che avevo di nuovo perso peso, che il dolore mi stava consumando e che non lo avrei sopportato ancora a lungo.

Scartavo spesso una caramella al limone, la sua preferita, e la mangiavo ricordando il sapore dei suoi baci; il mercoledì successivo all'incidente gli avevo scritto un bigliettino che avevo infilato nei cestini del Tèichos nella speranza che potesse leggerlo.

Efrem, torna da me.
Sappi che ti aspetterò ogni domani.

Tuttavia, non avevo ricevuto alcuna risposta.

Qualcuno mi aveva consigliato di rassegnarmi, ma come si fa ad accettare o superare la morte di chi si ama?

Ripensavo sempre alle sue parole, ai suoi insegnamenti, alle sue carezze e ai suoi sorrisi e non mi ero mai sentita così sola e vuota come allora; se avessi potuto sostituirmi a lui e cadere da quelle scale, avrei sacrificato me stessa per salvarlo.

Efrem era riuscito a colmare l'assenza della mamma, ma andandosene ne aveva provocata una ancora più grande.

Non avevo più un'anima ormai, perché l'aveva portata via con sé nel modo più crudele.

Pensi ancora che tu sia stato un passatempo per me?
Guardami... respiro a malapena se non ci sei.

«Thea...» Sollevai il capo e anche Juliette si drizzò quando la voce di Mitchell sferzò il nostro silenzio. L'avvocato era in piedi di fronte a noi, come un'enorme nuvola sospesa che offuscava la debole luce di quella mattina; le iridi azzurre erano velate da un malessere avvilente e delle profonde occhiaie gli ingrigivano lo sguardo. La barba trasandata, i capelli spettinati, il volto scavato indicavano che anche lui, come me, stava passando un periodo terribile, pieno di tormenti e notti insonni.

A causa dell'amarezza, non dissi nulla; rimasi a fissarlo per qualche secondo prima di riabbassare la testa. Tutto di lui, ogni volta che lo incontravo, mi riportava alla mente Efrem: l'abbigliamento elegante, il portamento fiero, la comprensione paterna, la nobiltà e la dolcezza dei gesti.

Non riuscivo a guardarlo senza sgretolarmi o spaccarmi sotto il peso della mancanza che avvertivo in ogni istante, come se non esistessi più e la mia vita gravitasse attorno a uno strazio incessante.

«Non parla neanche con me.» Juliette chinò le spalle, fissandosi le mani giunte, sconfortata dalla mia chiusura impenetrabile, ma Mitchell era un uomo che non demordeva facilmente, così si piegò sulle ginocchia, poggiando una mano sulla gamba di Julie che sussultò imbarazzata; probabilmente era anche arrossita e in un'altra circostanza, settimane prima, l'avrei giocosamente presa in giro. Tuttavia, in quel momento non avevo le forze di alzarmi dalla panchina, men che meno di sorridere.

«Thea, sono contento che tu sia uscita finalmente dalla stanza. Non ti vedo da tanto. Ho chiesto di te ai medici e mi hanno riferito che non mangi e che nessuno di loro riesce a farti ragionare. So che non vuoi sentire niente, so che stai male. Ma sai... c'è una cosa che devo dirti e penso che possa interessarti.»

Mitch tentò di incrociare i miei occhi che fissavano un punto a caso della sua spalla; l'unica cosa che potesse interessarmi davvero era sentirgli dire che Efrem stava bene e che stava tornando in clinica sano e salvo. Sarebbe stato il miracolo che attendevo da giorni.

«Anche se non risponde, ti ascolta», intervenne Juliette con il suo candore delicato che riusciva sempre a donare un pizzico di serenità a chiunque. Mitchell le accarezzò la gamba per ringraziarla o forse confortarla e lei, anziché sottrarsi o agitarsi, posò la manina su quella di lui, molto più grande, stringendola nella propria. Per poco non scoppiai a piangere per quella meravigliosa differenza che non trasmetteva nulla di indegno o scabroso, soltanto qualcosa di straordinariamente *diverso*.

«Una volta Efrem mi ha telefonato. Era in macchina, fermo davanti alla sua abitazione, stranamente turbato, e mi ha parlato di te.» Mitchell riuscì a farmi piantare le iridi nelle sue, sebbene bruciassero per via delle lacrime che stavo trattenendo. «Mi ha detto che tu sei come un frammento di arcobaleno visto attraverso un caleidoscopio. Che sei talmente colorata che non poteva fare a meno di ammirarti. Mi ha detto che gli ricordi un fiore a sei petali e che sei l'alba che lui non ha mai potuto osservare a causa della fotofobia.» Avrei voluto fermarlo perché ogni parola mi stava facendo sanguinare il cuore, ma sentire ciò che gli aveva confessato Efrem mi permetteva di avvertirlo lì, con noi. *Vicino a me.* «Per un attimo ho creduto fosse ubriaco. Gli ho pure chiesto se avesse bevuto.» Un sorriso tirato, malinconico, gli avvilì le labbra, prima che proseguisse: «Invece lui mi ha confermato che non eri una sbandata momentanea, ma che eri molto di più. Eri la ragazza che lo aveva conquistato». Mi coprii il viso con entrambi i palmi per nascondere la mia sofferenza; il dolore riaffiorò in piccole gocce di cristallo e i singhiozzi mi impedirono di esprimere la mia commozione. Avevo sempre pensato che lui non avrebbe mai corrisposto i miei sentimenti, invece era successo e stentavo a crederci. Juliette mi abbracciò e Mitchell mi afferrò i polsi con cautela per abbassarmeli e riprendere il suo discorso, dato che doveva rivelarmi ancora molto. «Il fine settimana che siete stati insieme, a casa sua, quando mi ha chiamato per chiedermi il favore di riportarti in clinica, mi ha anche confidato che avrebbe scritto una lettera per te. Il mattino seguente l'ha inserita in uno dei cestini del Teìchos. Lì dentro c'è tutto ciò che non ha avuto il coraggio di dirti, tutto ciò che devi sapere.»

«Cosa?» Mi stropicciai una palpebra in maniera infantile, asciugandomi le lacrime.

«Considerala una caccia al tesoro.» Mitchell si alzò, voltandosi verso il Muro dei pensieri che Efrem usava per comunicare con i pazienti e di cui avevo sottovalutato il valore, pentendomene. «Ha nascosto quella missiva per evitare che qualcuno potesse trovarla, ma devi leggerla. Lui è l'unico che adesso ascolteresti... quindi corri a cercarla.»

Mi alzai con tanto impeto che barcollai; Mitch mi afferrò repentino per il gomito dandomi il tempo di stabilizzarmi, finché con un cenno gli feci capire che poteva lasciarmi e mi diressi a passo svelto verso il Teìchos.

La testa si affollò di pensieri, il cuore riprese a battermi fortissimo, la speranza a brillare tutt'attorno; Efrem mi aveva scritto una lettera durante quel weekend e io avevo bisogno di risentire il suo calore, di rivedere il suo volto lucente, di percepire un suo abbraccio confortevole.

Camminai affannandomi perché purtroppo erano tornati l'astenia, la debolezza fisica, le vertigini, i crampi allo stomaco, ma nulla mi avrebbe ostacolata a raggiungere quel muro.

A raggiungere *lui*.

Mi bloccai solo quando fui di fronte ai cestini che oscillavano a ogni minimo soffio caldo.

I suoni della natura si tramutarono in sottili risa d'amore, il sole si affacciò timidamente con un debole raggio iridescente indorando le corolle luminose, le siepi assunsero l'aroma dei sogni, le ghiandaie ripresero a cinguettare tra le fronde, il muro bianco s'inverò di una limpidezza divina mentre gli accordi di un'arpa struggente mi riverberavano nell'anima.

Mettendomi in punta di piedi, cominciai a frugare tra i fiori per recuperare quel pezzo di carta, tuttavia ero troppo minuta per arrivare a sbirciare nei cestini posizionati in alto ed Efrem lo sapeva, perciò mi fermai, ragionando sulla possibilità che l'avesse infilato in uno dei cestini più bassi.

Mi piegai, continuando a controllarli a uno a uno, finché mi accorsi di una busta bianca il cui bordo sporgeva tra i petali di un mucchietto di fresie; con un sorriso colmo di tristezza, la raccolsi.

Incurante di dove mi trovassi o di chi potesse vedermi, mi sedetti per terra, sull'erbetta pungente; incrociai le gambe sotto di me e, con dita incerte, la aprii tirando fuori il foglio che conteneva.

Le lacrime cominciarono a rigarmi il volto prima ancora di perdermi in quell'inchiostro ornato di incanto ed eleganza…

Mia piccola Dorie,

sai… è la prima volta che scrivo una lettera a una donna e, credimi, non pensavo che sarebbe accaduto, ma tu sei la mia bambina quindi sei anche l'eccezione.

Dopo i giorni passati insieme, ti ho appena vista andar via con Mitchell e non ho neanche avuto il coraggio di trattenerti, di abbracciarti o di dirti la verità, perciò lascerò fluire i pensieri senza arzigogoli verbali che rischierebbero di farti venire un gran mal di testa.

Spero tu possa custodire un bel ricordo di quest'esperienza.

So che non è stata facile per te, so che tante volte hai dovuto affrontare delle sfide difficili e che hai pensato che la vita spesso fosse ingiusta.

So che a volte ti ho chiesto troppo, che sono stato molto severo, che ho adottato metodi discutibili per insegnarti a non avere paura di te stessa e delle sfaccettature che rendono unica la tua anima.

Sono qui, per dirti che sono fiero di te… della ragazza che sei e della donna che sarai.

Credo molto nel destino, non è stato un caso che io ti abbia incontrata quando avevi solo dieci anni e che dieci anni dopo tu ti sia presentata nel mio studio con quegli occhi d'alba che ho amato sin dal primo momento.

Quando mi hai affidato il tuo cuore e il dolore che ti portavi dentro, per me è stata una grande responsabilità e, anche adesso, mi sto chiedendo se io sia stato all'altezza del mio ruolo.

Forse non comprenderai la mia scelta, non l'accetterai né la condividerai...

Ma ho deciso di lasciarti andare.

Ho deciso di confessare i miei errori, di ammettere di essermi innamorato di una paziente e di assumermene la totale responsabilità.

Purtroppo, questo significherà separarci, significherà che non potrò più esercitare la professione o starti vicino.

Ti prego di comprendermi, Dorie.

Quando si ama qualcuno, non puoi chiuderlo in gabbia, non puoi privarlo della sua libertà né dei suoi sogni.

Non puoi trascinarlo a fondo con te.

E io non sarò mai così egoista da segregarti in una realtà che non ti appartiene, così disonesto da costringerti a rinunciare a tutto per me.

Un giorno confessai a Mitchell che un uomo per amore deve essere disposto alla più grande delle rinunce, al più doloroso dei sacrifici. Solo così sarà in grado di dimostrare che ama la sua donna più di se stesso...

Che io amo te più di quanto ami me stesso.

Un colibrì merita di librarsi in volo, di salire in alto, di sfiorare il cielo, di sentire sulle ali il calore del sole.

Ricordi quando ti ho raccontato quella leggenda e tu mi hai risposto che, da grande, avresti voluto diventare forte come un colibrì?

Ebbene... lo sei.

Lo sei e spero tu possa cominciare a guardarti come per mesi ti ho guardata io.

Affronta la vita come una guerriera, cattura ogni attimo di felicità, portalo con te e riempilo di tutti i tuoi desideri.

Sperare vuol dire credere, e credere vuol dire vivere.

Perciò vivi, bambina mia.

Fallo sbagliando e imparando.

Fallo camminando in un giardino di violette nere...

Hai visto come sono belle anche se diverse dalle altre?

Fallo ammirando il cielo, lasciati ispirare dalle stelle, usa una stilografica per effigiare nuovi orizzonti.

Non sarò mai così distante da non udire il richiamo della tua voce – sai che è il mio punto debole – e tu non sarai mai così lontana da non avvertire la mia presenza accanto a te.

Hai promesso a tua madre che continuerai a credere nella vita.

E hai promesso a me che ti regalerai un sorriso ogni volta che ti soffermerai sul tuo riflesso.

Sarà proprio lì che ritroverai il mio amore per te.

In ogni tuo gesto, in ogni tuo respiro, in ogni opportunità che coglierai.

Ritroverai il mio amore nel tuo futuro, nei palchi che calcherai, nel pubblico che ti apprezzerà, nell'uomo che sceglierai di amare, nei figli che deciderai di avere.

Mi ritroverai... nell'amore che nutrirai verso te stessa.

Ogni volta che amerai te stessa, io sarò lì, incastrato in quel germoglio di cui ti prenderai cura.

Questo è il più grande atto di coraggio che ti chiedo di fare per me.

Per noi.

Per la nostra eternità.

Continua a combattere.

Amando te, amerai anche me, e io lo percepirò, lo sentirò e ne sarò onorato oltre che orgoglioso.

Nel nostro percorso, bambina mia, ho provato a farti capire che bisogna amare se stessi anche quando la nostra personalità è talmente complessa da farci paura, anche quando i pregiudizi o l'opinione altrui provano a demolirci, a spezzarci, a farci sentire fuori posto o sbagliati.

Ho provato a farti capire che possiamo affrontare le peggiori avversità, che dentro di noi esiste un'energia potente in grado di aiutare il corpo e l'anima a fronteggiare qualsiasi battaglia perché dal dolore si cura il dolore stesso e non c'è niente che non si possa superare con un pizzico di buona volontà.

Spero di esserci riuscito.

Spero che tu possa ancora una volta ascoltarmi, fidarti di me e profligare ogni timore, assorbendo il valore di questo messaggio.

Ricordi quando nella mia auto, mentre ascoltavamo quella canzone che ci piace tanto, ti ho detto che il cuore non può piangere per sempre?

Quindi non voglio che il tuo pianga per me.

Se potessi rinuncerei a tutti i miei sorrisi per donarli a te.

Mantieni la tua promessa, piccola mia.

E sappi che comunque andrà, qualsiasi cosa accadrà... io resterò con te.

Anche l'amore impossibile può essere eterno

Ich liebe dich, kleines Äffchen.
Efrem

«*Ich liebe dich…*» ripetei con un tedesco imperfetto. «E non prendermi in giro per la mia pronuncia.» Sorrisi tra le lacrime, poi strinsi la lettera al petto come se stessi abbracciando Efrem.

Il sole mi scaldò la pelle, la natura parve rifiorire, la vita riprese a scorrermi nelle vene e un alito di vento mi accarezzò la guancia come se qualcuno mi avesse appena accarezzata.

Avevo bisogno di quelle parole, le avrei portate con me e le avrei rilette ogni volta che mi sarei sentita sola.

Avrei mantenuto la promessa fatta sia alla mamma che a Efrem, avrei coltivato il loro amore prendendomi cura di me stessa.

Non ero sicura che ce l'avrei fatta, ma mi sarei impegnata a non deluderli.

Restando in ginocchio, ripiegai il foglio e ci posai sopra le labbra, chiudendo gli occhi, stremata dalle intense emozioni che stavo provando; tuttavia, prima di inserirlo nella busta, mi accorsi che c'era qualcos'altro al suo interno. Ci infilai la mano per estrarlo e uno strano luccichio mi abbagliò subito quando tirai fuori un bellissimo collarino nero di velluto dal quale pendeva un colibrì dorato con le ali dispiegate, decorate con dei brillanti luminosi.

Era un regalo per me: un *choker* simile a quelli che creava Halima, ma molto più signorile.

Ripensai ai miei dieci anni, alla leggenda che mi aveva incantata fino a tatuarmene il significato sull'inguine destro… e tristemente, indossai subito quel gioiello, agganciandolo dietro la nuca.

Quante possibilità c'erano di rivederti? Il destino non mi ha mai riservato nulla di bello, ma ritrovarti, piccola Dorie, è stata la cosa più sorprendente che potesse capitarmi…

Serrai fra le dita il ciondolo dal quale non mi sarei più separata perché avrebbe simboleggiato la presenza di Efrem, la sua volontà di restare con me in eterno.

Sii il mio cielo e io volerò, avevo scritto nella mia canzone e mai come allora quella riga mi era parsa così giusta, così vera, così adeguata a lui.

A ciò che rappresentava per me.

Qualcuno mi sfiorò il capo e d'istinto sollevai le ciglia bagnate su Mitchell, guardandolo dal basso, con ancora il pendaglio stretto nel pugno.

«Tua nonna è arrivata, Thea.» Mi porse una mano senza rivolgermi domande inopportune su cosa stessi facendo o avessi letto; preferì rispettare la riservatezza dell'amico, e io annuii accettando il suo aiuto a rimettermi in piedi. Nonostante mi sentissi distrutta, stanca, devastata, riuscii a reggermi; ero debole, ancora provata dal pianto, ma accompagnata da Mitch potei dirigermi verso la hall, laddove notai la nonna seduta su una delle poltrone dell'ingresso.

Non persi tempo e le corsi incontro nello stesso istante in cui lei si alzò; le gettai le braccia al collo stringendola a me, e mi fu impossibile nasconderle quanto stessi male.

«Oh, Milla», mi sussurrò rammaricata. «So tutto. Mi dispiace tantissimo per ciò che è successo.» Continuò ad abbracciarmi, ad accogliere le mie lacrime, il mio dolore, come aveva fatto quando avevamo perso la mamma. Sapeva che si prospettavano per noi giorni difficili, ma non mi avrebbe lasciata, avrebbe atteso e lottato con me finché avrei superato anche quel momento terribile; a volte mi chiedevo chi le dava la forza di sopportare una nipote problematica come me e la sola risposta plausibile era l'amore.

L'unico motore di tutto, un fiore che si alimenta della luce della vita e che, con un'audacia sconfinata, affronta anche la disperazione della morte.

Eppure, sebbene cercassi di aggrapparmi a qualsiasi brandello di speranza, cercassi di concentrarmi sugli insegnamenti di quell'esperienza, il ricordo di Efrem infuriava dentro di me, la sua lettera, che per un attimo era riuscita a rincuorarmi, ricominciò a bruciarmi le dita con le quali la reggevo; dalle pareti di quella clinica gocciolavano le sue orme e io serravo le palpebre per non dirottare lo sguardo verso il corridoio che conduceva al suo studio.

Dovevo andare via, allontanarmi subito, altrimenti rischiavo di non tenere fede alla mia promessa.

Quando mi sciolsi da quell'abbraccio, mi accorsi dei miei bagagli accanto alla nonna, poi mi guardai attorno, notando che non c'era nessuno. Né il dottor Markus né l'équipe medica, soltanto Melanie che con un sorriso rattristato attendeva, al di là del bancone, che io la salutassi prima di uscire.

La relazione tra me ed Efrem aveva sconvolto così tanto i suoi colleghi che non sarebbero venuti neanche a concedermi un ultimo saluto.

Non so se starmi alla larga facesse parte di una procedura legale o se invece fossero talmente amareggiati da non volersi presentare, in ogni caso non mi importava.

Con un sospiro singhiozzante feci per afferrare una delle mie valigie, ma una vocina mi richiamò, e mi fermai per voltarmi.

Juliette affiancava Mitchell, con gli occhi grondanti di amarezza; sorreggeva contro la pancia il suo quaderno di poesie, con quel grazioso tulipano bianco stampato sulla copertina, e si mordicchiava la bocca nervosamente come se stesse indugiando in qualcosa che temeva di dirmi.

«Cosa c'è, Julie?» Mi avvicinai, posandole una mano sulla spalla per incitarla a parlarmi; lei sfilò una penna dal taschino della gonna del suo abitino sciancrato. «Ti sembrerà un'assurdità ciò che sto per chiederti, ma vorrei che tu facessi una cosa per me prima di andartene.» Mi investì con i suoi occhioni candidi e profondi, porgendomi la penna che presi distrattamente; poi la guardai aspettando la sua proposta. «Mi faresti un autografo qui?» Aprì una pagina del quaderno e arrossì, indicandomi con l'indice lo spazio sotto al quale avrebbe voluto la mia firma. Rimasi in silenzio e aggrottai la fronte, confusa, credendo che stesse scherzando. «Sono sempre stata la tua fan numero uno. Mi basta che tu scriva il tuo nome.»

Quella ragazzina, oltre a essere una piagnucolona, era anche davvero stramba.

Meravigliosamente stramba.

Mitchell le accarezzò la testa, lasciandosi scivolare nel palmo le lunghe ciocche castane, come se lui fosse al corrente di quell'idea e l'avesse in qualche modo incoraggiata; Juliette invece rimase a fissarmi speranzosa che accettassi.

Scuotendo il capo per l'incredulità, presi il quaderno e cominciai a scrivere:

Alla mia migliore amica.
L'unica che, pur conoscendo i miei mostri, non è mai scappata.
Anche se non sono brava a dimostrarlo... ti voglio bene.

T.J.

Firmai e le riconsegnai tutto; quando Juliette lesse la mia dedica, si mise una mano sulla bocca, guardò Mitchell che le rispose con un sorriso genuino, poi si gettò su di me, abbracciandomi.

«Oddio», mormorò sconvolta. «Mi consideri davvero la tua migliore amica.»

«Certo, dal momento in cui ti ho permesso di dormire con Nancy, o forse da molto prima.» Le presi le spalle per allontanarla e permetterle di guardarmi negli occhi. Non mentivo, non le avrei mai mentito; lei era speciale per me e lo sarebbe stata per sempre.

«Voglio darti una cosa.» Mi sfilai il bracciale che mi aveva regalato la mamma, dopodiché chiesi a Juliette di distendere il polso e glielo agganciai. «Questo era di mia madre. Vorrei che...» Le parole mi si frantumarono in gola quando pensai che erano le stesse che Efrem aveva rivolto a me la notte in cui mi aveva regalato il portachiavi a forma di mappamondo, e purtroppo mi adombrai di nuovo, la sofferenza mi spaccò in mille pezzi.

Juliette sfiorò tra le dita il pendente a forma di chiave; dopo qualche istante, mi diedi coraggio e le spiegai cosa significava. «Mia mamma diceva che la chiave è simbolo di nuove scoperte, di libertà, di guarigione. Io ti auguro di aprire il lucchetto della tua anima, di ritrovare te stessa, di abbattere l'anoressia e di tornare a essere felice, perché lo meriti.»

Lei continuò ad accarezzare il braccialetto, con un sorriso triste che le profilava le labbra, e annuì, fiduciosa quanto me che prima o poi ne sarebbe uscita, che prima o poi avrebbe aiutato anche lei la vecchia Juliette, come io avevo aiutato la vecchia Thea a uscire dal suo abisso. Prima o poi anche lei avrebbe imparato ad accettarsi e a guardarsi per come era davvero.

«Milla, dovremmo andare.»

La nonna mi indicò il signor Hunberct appostato ad aspettare che noi lo seguissimo verso l'auto; per educazione non si era annunciato né aveva interrotto il discorso tra me e Juliette, motivo per cui non mi ero accorta della sua presenza.

«Thea...» Mitchell mi prese gentilmente il braccio per indurirmi a girarmi verso di lui; i suoi occhi chiari brillavano di una stanchezza prosciugante. «Hai il mio numero. Chiamami per qualsiasi cosa dovesse servirti. È stato bello conoscerti e anche considerarti parte del rapporto che avevo con Efrem. Sono sicuro che ciò che avete condiviso non morirà mai a prescindere dal duro colpo che il destino ci ha riservato.» Anche solo pronunciare il suo nome gli costò un grande sforzo, come succedeva a me. Avrei voluto dirgli tante cose, ma avevo perso la forza di controbattere, soprattutto perché parlare di Efrem era così doloroso che mi mancava l'aria e la corda invisibile che mi legava a lui tornava a serrarmi il petto. Perciò mi limitai a dargli una risposta molto più esaustiva: lo abbracciai.

E per un secondo, o una frazione di secondo, appena il mio corpo impattò contro il suo, più alto e robusto, mi sentii così piccola e protetta che, chiudendo le palpebre, immaginai fosse Efrem.

Immaginai di aver posato la guancia sulla sua camicia e di avergliela bagnata con le lacrime.

Immaginai di poterlo stringere un'ultima volta.

Immaginai che mi stesse per accarezzare i capelli, come amava fare sempre, e che stesse per dirmi, nel suo modo dolcemente autoritario: *«Va tutto bene, bambina. Sono qui»*.

Ma non era la realtà.

Non era con me.

E quell'uomo non era lui.

Restare appesa all'illusione avrebbe soltanto aggravato la condizione di dover accettare la sua perdita.

Mi allontanai, abbassando lo sguardo e puntandolo sui riflessi del marmo; Mitchell intuì che qualcosa mi aveva turbata, ma non mi chiese nulla a riguardo.

«Milla.» La nonna mi richiamò, salutando freddamente l'avvocato, verso il quale non aveva mai nutrito alcuna simpatia; concesse invece una carezza e un augurio di pronta guarigione a Juliette.

Hunberct prese una delle mie valigie, io l'aiutai afferrando l'altra, e insieme alla nonna ci dirigemmo verso l'uscita.

Il mio trattamento sarebbe dovuto terminare dopo sedici settimane, invece, considerate le circostanze, stavo andando via prima e, anziché gioirne come scioccamente avevo pensato mesi fa, ne ero completamente devastata.

Ringraziai e salutai il maggiordomo, l'unico che aveva compreso cosa c'era fra me ed Efrem senza rivelarlo a nessuno, dandoci l'opportunità di viverci fino alla fine.

Caricati i bagagli, salimmo sulla carretta.

La nonna accese il motore, stringendo con una strana tensione il volante, e mi lanciò un'occhiata sollecita mentre io, con la tempia posata al finestrino e la lettera sul grembo, fissavo le mura esterne dell'Asklepios, la cui bellezza ellenica aveva assunto un'allure mortale che mi trafiggeva e calpestava, trasmettendomi soltanto dolore. Fissai anche il disegno inciso sul legno del portone: il serpente dorato attorcigliato alla coppa di Hygieia, la dea della salute, figlia di Asclepio.

Il fine ultimo della medicina è quello di curare la salute e di permettere all'essere umano di risorgere.

Ed Efrem, a modo suo, era riuscito a farmi rinascere.

Era riuscito a tirarmi fuori dal baratro delle mie malsane convinzioni.

Era riuscito ad ascoltarmi e a capirmi senza giudicarmi.

Mai. Neanche una volta.

Era riuscito a ricostruire attorno a me un universo di sogni, a darmi la forza di credere che le cose belle esistono, ma che non si deve mai perdere la speranza di cercarle.

E io avrei onorato i suoi insegnamenti.

Avrei ripreso il mio trattamento in un'altra clinica, non mi sarei arresa, non mi sarei più vergognata delle mie debolezze e di *chiedere aiuto* quando ne avevo bisogno.

Non avrei più ignorato i sintomi di una malattia, non avrei più represso le emozioni, non avrei più considerato spaventosi i miei desideri.

Efrem aveva teso la mano alla Thea bambina, l'aveva stretta al petto, le aveva mostrato quanto può essere bella l'anima, anche se costellata da tante gemme diverse, e l'aveva resa una piccola donna meno timorosa e più consapevole.

Consapevole di se stessa.

Consapevole dei suoi problemi da risolvere.

Consapevole del proprio corpo.

Consapevole che la morte, pur essendo invidiosa dell'amore, non sarà mai capace di ostacolarlo o di impedirgli di espandersi, di crescere, di unire i cuori di chi non potrà restare insieme.

Com'è successo a me e alla mamma.

Com'è successo ad Acamante e Fillide.

Per questo a ogni primavera rifioriscono sugli alberi i fiori di mandorlo come simbolo dell'abbraccio fra i due innamorati.

Come simbolo del loro legame eterno.

«Milla, so che non è il momento giusto di dirtelo, ma Victor mi ha riferito che c'è una casa discografica molto importante interessata alla tua band.»

Prestai attenzione alle parole della nonna, restando però con lo sguardo perso oltre il finestrino sul viale alberato che stavamo percorrendo. Il sole aveva risvegliato la natura mentre cacciava via l'ultima nuvoletta d'intralcio; sottili filamenti dorati si insinuavano tra le ombre degli arbusti rifulgendo sulla carrozzeria dell'auto.

Per un istante un raggio mi abbagliò e rimase impudente a scaldarmi il volto.

A quel punto sfilai dalla tasca dei jeans il ciondolo di Efrem e lo sollevai in direzione della luce, facendolo oscillare dalla catenina; la sfera brillò di una miriade di riflessi scomposti che invasero l'abitacolo come un'esplosione di cristalli e il tepore di una serenità improvvisa mi avvolse l'anima.

«Nonna, guarda quant'è minuscolo il mondo visto da questa prospettiva.» Le mostrai il portachiavi al quale lei diede un'occhiata rapida per non distrarsi troppo dalla guida. «Sai che, adesso, mi fa meno paura?» Lo strinsi nel palmo e lo portai sul cuore, tentando di scorgere nel cielo il mio futuro e di prepararmi ad affrontarlo.

Canta, Dorie.
Canta forte e suona sempre.
Insegna a tutti a guardare e ad ascoltare.
Comunica le tue emozioni, i tuoi desideri, i tuoi sogni.
Invitali a vivere con te.
Ritrova la Thea di cui hai bisogno.

E.K.
Per l'eternità

Berlino, 22 novembre

Che uomo sarei, piccola Dorie, se mettessi
in gabbia un frammento d'arcobaleno?
EFREM KRUGHER

MIEI cari, *Lesern*...

Quanti di voi hanno avuto la pazienza, la spericolatezza e il coraggio di arrivare fin qui?

Quanti di voi hanno considerato i miei frammenti troppo prolissi o forse inani?

Ah, ve l'ho detto: non ho la stoffa di un buon autore!

Tuttavia, se siete ancora con me, a leggere queste ineffabili righe, vorrei dirvi che siete stati i viaggiatori più temerari, i guerrieri più valorosi – come la mia bambina –, i lettori più pervicaci... i miei amici più fedeli.

È stato bello immaginarvi, udire le vostre voci, cercare di scorgere i vostri occhi sognanti fra le ombre di questo racconto e captare i vostri pensieri occulti.

È stato bello perché, per me, esistete e continuerete a esistere anche quando chiuderete quest'effemeride grottesca.

Vi starete chiedendo: dottor Krugher, ma non poteva evitarci un supplizio del genere?

Non mi offenderò qualora lo pensaste, ma grazie a voi e, soprattutto, con voi mi è stato possibile affrontare la *glossofobia*, arginarla e raccontarvi la mia storia con Dorie.

So che c'è ancora una questione in sospeso: non è facile svelarvi il mio ultimo segreto, ma, in virtù della parola data, lo farò.

Sono sempre stato *malato* – e non solo di Dorothenite; non serve più a nulla aggirare quest'amara confessione.

Sono nato con una patologia, molto rara e ancora poco nota, chiamata sindrome di Li Fraumeni, ereditata da mia madre.

Ricorderete che nelle prime pagine vi ho rivelato che Salomè è morta quando avevo dieci anni, in pieno sonno, per un malore improvviso, ma non vi ho specificato che quel malore era stato causato da una leucemia fulminante poiché anche lei, come me, era affetta dalla stessa disfunzione cellulare.

Non vi tedierò con affabulazioni pesanti, cercherò di essere breve: questa sindrome consiste in una predisposizione genetica a neoplasie di vario tipo e deriva dall'alterazione di un particolare gene, il quale non riesce a impedire lo sviluppo delle cellule maligne, aumentando il rischio – soprattutto negli individui più giovani – di sviluppare mali molto pericolosi.

A trentasette anni mi fu riferito di avere un ospite indesiderato nel mio organismo chiamato glioma cerebrale, il quale si era diffuso alle strutture del sistema nervoso centrale e posizionato in un punto così nobile – oh, che cavalier servente! – da risultare particolarmente complicato da rimuovere.

Sarò sincero: sapevo che le mie emicranie e i problemi alla vista non erano dovuti soltanto alla fotofobia e che l'aggravarsi della sintomatologia, nel periodo in cui conobbi Dorie, dipendeva prettamente da un inconveniente scomodo, del quale avevo ricevuto notizia già due settimane prima dell'arrivo della mia bambina, in seguito a dei controlli di routine.

Per questo le avevo sempre ripetuto che non avevamo tempo, che dovevamo goderci i nostri piccoli momenti.

Per questo avevo scelto di trascorrere con lei il mio compleanno.

Per questo avevo deciso di vivermela finché avessi potuto, sopportando la litania del mio stesso sconforto ogni volta che la stringevo al petto.

Non posso illuderti, piccola mia: «Il mondo è pronto a te, non ha tempo per noi».

Avevo stabilito di rimandare l'intervento per stare con lei, per attendere che terminasse i quattro mesi di trattamento; mi sarei curato solo dopo che lei fosse uscita dalla clinica custodendo fra le mani i suoi nuovi sogni, ma la lite con Ben e la sua aggressione avevano completamente stravolto i miei programmi.

Quando – in seguito a quel tentato omicidio – mi risvegliai in ospedale, dopo un coma indotto di sei giorni, il medico mi sottopose a un esame neurologico completo per valutare se ci fossero deficit cognitivi e motori, al quale seguì una risonanza magnetica da cui emerse di nuovo la presenza della massa tumorale – la cui dimensione era aumentata rapidamente in quelle settimane –, di conseguenza fu necessario effettuare una biopsia in anestesia locale per analizzare il glioma, nel mio caso al quarto stadio.

Avrei dovuto sottopormi – come poi accadde – a un delicato intervento chirurgico di asportazione, seguito da radioterapia e chemioterapia concomitanti e successiva chemioterapia di mantenimento.

La notizia dell'Inferno che avrei dovuto affrontare mi rese così instabile, arrabbiato e vulnerabile che non ebbi neanche il tempo di riprendermi dalle fratture multiple conseguenti alla caduta che fui sull'orlo di una crisi di nervi implacabile.

Mitchell venne a trovarmi ogni giorno, informandomi di quanto stesse soffrendo Dorothea...

«Non puoi chiedermi una cosa del genere. Non puoi!» Questa fu la prima reazione che ebbe al mio dissennato piano di farle credere che fossi morto, di liberarla dalla prigione in cui l'avevo rinchiusa, di lasciarla andar via dall'Asklepios; neanche comunicargli che avevo già espresso la mia decisione in una lettera per lei servì a convincerlo.

«Non te lo sto chiedendo. Te lo sto ordinando.» Riuscivo a parlare a malapena; ero disteso a letto, ricoperto di garze sterili, pervaso da formicolii e fitte lancinanti, incapace di compiere movimenti a causa degli arti immobilizzati. Per fortuna non avevo ripotato fratture vertebrali o lesive per il midollo spinale altrimenti avrei rischiato una paraplegia.

«Cos'è?» Mitchell era talmente nervoso che il suo andirivieni incessante mi provocò un'emicrania istantanea. «Un'altra delle tue perversioni sadiche, Efrem?»

«Devo proteggerla.» La mia voce fu un soffio debole e morituro in quella stanza spoglia. «Lo sai anche tu che non sono l'uomo giusto per lei. Le farei del male.»

«Che intendi?» L'avvocato si fermò per volgersi verso la mia mole che, in quell'istante, sembrava più una carcassa malridotta, apportatrice di un vile compatimento in chiunque si soffermasse troppo a osservarla.

«Quelli come me non cambiano.» Se l'Io-Fauno avesse voluto tornare all'*Himeros*, avrebbe tradito Dorie con Giselle, Giselle con qualcun'altra provocando la solita disgregazione sentimentale in qualsiasi donna gli si fosse affezionata troppo. E io non me lo sarei mai perdonato se, a causa mia, Dorothea avesse rinunciato a se stessa per una relazione malsana, nella quale non sarei stato il compagno che meritava. E supponendo che le avessi chiesto di restare a Los Angeles e di iniziare una storia con me, cosa ne sarebbe stato di lei se non fossi riuscito a risolvere i miei gravi problemi di salute?

«Quelli come te si ostinano a reprimersi delle possibilità. E te lo ripeto da anni.» Mitchell era talmente contrariato che non ebbe l'accortezza di mantenere la calma. «Cazzo. Hai perso la testa per quella ragazza e stai ancora qui a comportarti come se…»

«Dille semplicemente che non mi sono più risvegliato dopo quella caduta e permettile di allontanarsi da me, è l'unica soluzione.» Lo guardai girando gli occhi poiché non potevo inclinare il collo, ma nonostante fossi tutto ammaccato la mia espressione algida riuscì a zittirlo. «Non voglio che sprechi i suoi vent'anni a occuparsi di un uomo che le sarebbe solo d'ostacolo.»

Mitchell si sedette su una sedia, accanto al mio letto, posandosi i gomiti sulle ginocchia e, con ignavia, si massaggiò le tempie, stremato dalla mia caparbietà. «Stai delirando.»

«Sono consapevole di ciò che non posso darle, è diverso. Devo affrontare un intervento complesso, ci vorrà del tempo prima che mi ristabilizzi totalmente. Non ho neanche la certezza che sopravvivrò.»

Mitchell pensò che non fossi abbastanza lucido, che stavo affrontando un periodo difficile in cui non ero nelle condizioni di vagliare con chiarezza ciò che mi stava accadendo; ma quando si rese conto che non sarei stato disposto a privare Dorie della sua libertà, a impedirle di realizzare i suoi obiettivi futuri, quando comprese il motivo di quella scelta dolorosa, allora accettò di assecondarmi e di mentire per me.

Ora… so bene che sarete scioccati, forse delusi o sollevati da ciò che vi ho appena confessato.

È stato crudele, da parte mia, farle patire una morte che, sebbene avesse del tutto distrutto la mia sfera emotiva, non aveva ancora intaccato il mio corpo, tuttavia la paura che io potessi morire davvero, che potessi essere consumato da un male più grande di me, un male che si era già esteso troppo velocemente, infettando cellule e tessuti, mi indusse a non cambiare idea.

Il medico mi anticipò – com'era doveroso fare nella nostra professione – che non avrebbe potuto darmi l'assoluta garanzia del buon esito di un intervento tanto invasivo e che, anche qualora lo avessi superato positivamente, avrei dovuto affrontare comunque un calvario lungo mesi.

Un calvario durante il quale avrei dovuto lottare contro la malattia, sopportare il malessere fisico causato dalla somministrazione dei farmaci, contorcermi in preda ai dolori o ai mal di testa, tollerare le neuropatie periferiche, alimentarmi per contrastare la perdita del peso e accettare un cambiamento significativo nel mio aspetto.

Un calvario nel quale *mai* avrei trascinato la mia bambina, anche a costo di non vederla più.

L'unica persona dalla quale accettai supporto durante il periodo della malattia fu Liliane, nonostante le avessi apertamente ammesso di essermi innamorato di un'altra.

Conoscete già l'immensa bontà di mia moglie, o dovrei dire ex moglie; malgrado le avessi raccontato tutto di Dorothea, decise di starmi accanto fino al termine della chemioterapia.

Ricordo ancora il discorso meraviglioso che mi fece, aprendomi il suo cuore per l'ultima volta: «*Io ti amo e ti ho amato dal giorno in cui ho accettato di sposarti. Se un'altra ragazza è stata in grado di renderti felice più di quanto abbia fatto io, non posso attribuirtene una colpa. Mi hai delusa, mi hai distrutta, hai spezzato un legame in cui credevo, ma, anche se vorrei... non riesco a odiarti*».

Se potessi lo sottoscriverei: qualsiasi uomo avrà l'onore di incontrare Liliane Depardieu, potrà definirsi estremamente fortunato, così come lo sono stato anch'io a mio tempo, giacché una donna che conosce il valore del perdono, non prova rancore e nutre il suo amato di sentimenti così nobilmente puri è più unica che rara.

Dopo il divorzio stabilimmo di comune accordo che ci saremmo presi cura di Joël, cercando di non far gravare la nostra separazione sulla sua crescita e sulla stabilità affettiva di cui aveva bisogno. Altresì mi assunsi le mie responsabilità per quanto successo con Dorothea e fui radiato per condotta inammissibile.

Abbandonai l'Asklepios e con essa anche Markus, spezzando le catene che per anni mi avevano costretto a subire un'educazione violenta e a sottostare alla sua autorità tirannica; non provai alcuna sofferenza quando gli dissi che, senza di lui, sarei rinato e tornato in Germania.

Da allora sono trascorsi circa *quattro anni*.

E oggi sono qui, seduto su una panchina immersa nella composta letizia di fiori e siepi, sotto la romantica luminosità del cielo, mentre il crepuscolo getta attorno a me vividi sprazzi di tinte variegate, la natura oscilla fra le ombre chiazzate e una quiete onirica sferzata dalle risate di Joël che palleggia con dei ragazzini a poca distanza da me.

Mentre vi scrivo sono ancora aggrappato a un tempo remoto in cui Dorie è al mio fianco e, come ogni mattina e ogni notte – da quando quel lunedì l'ho accarezzata e baciata per l'ultima volta –, ripenso, rivivo, modello, reinvento tutto ciò che c'è stato fra noi.

Sono ancora qui, a ricordare quante volte lei mi abbia spogliato di ogni debolezza, mi abbia incitato a confessarle i miei segreti più reconditi e abbia sorriso davanti alle mie perversioni.

Sono ancora qui, scosso dai dolci fremiti della memoria, a ricordare quante volte lei mi abbia sfiorato senza paura, quante volte abbia fatto l'amore con i miei demoni avvolgendoli col peccato di una brezza fanciullesca e donando loro l'immensità dell'infinito.

Sono ancora qui, a gettare su delle pagine bianche dediche, poesie e pensieri su di lei, su di noi, racchiusi in un diario consunto che conservo gelosamente come un adolescente ammaliato da qualcosa che non potrà mai ottenere, perché purtroppo quando amo…

Amo per sempre.

E lei è stata la sola in grado di conficcarsi nel mio petto come una scheggia assolata che non potrei mai rimuovere e il cui dolore mi vibra dentro, in una tortura perpetua, quando il suo nome, ancora colmo di desiderio, mi spalanca le palpebre appesantite, aggredisce la pace del mio corpo e mi seduce le labbra per poi disperdersi nella solitudine che mi sono imposto.

La sua risata mi echeggia tra le vene del cuore ormai arido, sanguinante, repleto di aculei fatali.

Sono ancora qui, con l'anima oppressa da una nostalgia persistente, annegato nell'oceano di quelle due semplici parole dalle quali è cominciato tutto: *errore* e *Sirenetta.*

Un *errore* che ricommetterei pur di udire, di nuovo, il canto della *mia* Sirenetta.

Vorrei raccontarvi un ultimo e importante episodio: un giorno Dorothea entrò nel mio studio, un po' imbarazzata, con quei capelli biondi meravigliosamente spettinati, i centimetri in più che le arrotondavano le forme, rendendola bella come un giacinto tra i viburni, e un sorriso furbetto dipinto sulla bocca carnosa, pronta a concedermi un'altra pausa dal mondo.

Con le gote vive di emozioni mi si sedette sul grembo, mi circondò il collo con un braccio e sollevò le lunghe ciglia che incorniciavano la *mia* alba prima di colpirmi il viso con il tenero gemito che le affiorò dalla gola quando con fermezza le avvolsi il girovita per sospingermela addosso e tenerla stretta.

«Ti ho disturbato?» Si mordicchiò l'interno della guancia con un'ingenuità attraente e io ne fui talmente soggiogato che mi sporsi per solleticarle col naso la curva del collo affusolato; il suo profumo era più suadente di qualsiasi fragranza femminile avessi apprezzato su altre donne.

Volevo annegare e morire in quell'effluvio campestre mentre covavo, dentro l'urna della passione, il costante desiderio di unirmi a lei e, nella spietata dolcezza della nostra carnalità, di trasmetterle la delizia di un sentimento profondo, troppo taciuto, troppo timoroso di palesarsi.

Avrei potuto confessarglielo in quel momento, e invece...

«Non disturbi mai», la rassicurai. Quanto vorrei riavvolgere il nastro della nostra storia, ormai svanita nell'avello di una lontananza incontrastabile, per poterle dire che aveva ragione: il tempo che trascorrevamo insieme non era sprecato, bensì *prezioso.*

«So che può sembrarti stupido, ma... cos'è l'amore, secondo te?» mi chiese con un certo disagio, come se non fosse totalmente sicura di rivolgere proprio a me una domanda simile. Mi fissò intensamente negli occhi, carezzandomi con un palmo la mascella, e io le lasciai un bacio all'interno del polso, laddove percepivo forte il battito cardiaco, facendola arrossire.

«L'amore è molto soggettivo, piccola mia. Per ognuno è qualcosa di diverso, ma se ti dovessi dire cos'è per me... be'... è quella voce che ha paura di urlare perché teme di non essere compresa. È un intervallo incantato fra sogno e realtà in una notte che sembra eterna. È una persona che riesce a rubarti l'anima con un solo sguardo. È un paio di labbra che ti si appoggiano sulla pelle, ma che hanno il potere di arrivare fin dentro al cuore senza che tu possa accorgertene. È uno spicchio di luna che sorride ai tuoi dolori con una purezza così invadente da riempirti il corpo di brividi. È la paura di soffrire perché quando capisci di amare qualcuno l'unica cosa a cui pensi è la possibilità di perderlo oppure di lasciarlo andare pur di renderlo felice. L'amore è l'insieme di quelle attenzioni, apparentemente insignificanti, che celano un forte senso di cura e protezione, senza mai giudicare il sentiero che qualcuno ha percorso o gli errori che ha commesso. L'amore è un combattente che non soggiace né alle ferite del dolore né ai colpi della morte.» Le scostai una ciocca dalla tempia, sfiorandole la guancia con il pollice. «L'amore è come un bacio sospeso fra i segreti imperituri, oscuri, che non conosce né tempo né spazio, ma resta lì… abbracciato al suo *per sempre*, qualsiasi sia la lama che cerca di ucciderlo.»

Oppure è un frammento d'arcobaleno, tra un raggio di sole e un fiore di mandorlo, che un uomo innamorato non chiuderebbe mai in gabbia.

Io… non ti avrei mai chiusa in gabbia, Dorie.

Spero che, un giorno, tu possa perdonarmi per aver preferito la tua felicità alla mia.

Per aver scelto te e non il mio egoismo.

Per aver scelto te e non ciò che avrei voluto io.

Per aver scelto te: la tua vita, la tua libertà, i tuoi sogni.

E di quella decisione non me ne sono mai pentito, nonostante sia stata una delle più difficili.

Sapete che Joël segue costantemente le notizie dei Bright Demons?

Poiché non ho molta dimestichezza con i social network, spesso sbircio sul suo cellulare le pagine di Internet che consulta, gli chiedo se ci sono novità importanti e se Dorie ha rilasciato qualche intervista.

A essere sincero, non me ne perdo una: nell'ultima ho letto che è single – qui vi immagino ghignare, d'altronde non è casuale che l'abbia specificato –, che ha superato l'anoressia nervosa atipica dopo un altro trattamento durato quasi un anno presso una clinica di West Hollywood, e che, ora, scrive canzoni con le quali cerca di inviare messaggi di sostegno alle ragazze che stanno affrontando le medesime difficoltà. Oltretutto, nelle sue varie apparizioni ho notato che indossa ancora il collarino che le ho regalato anni fa: quel colibrì prismatico, colmo di brillanti, rifulge di una nitente meraviglia come il suo volto delicato, più rotondo, meno infantile, ma finalmente in salute e pieno di vita.

Ogni volta sono costretto a evitare di fissare troppo le sue foto poiché l'alba che sprigionano riesce a scavare un doloroso sepolcro nel mio petto, a farmi sospirare, turbinare, tremare di emozioni gioiose, ma anche terribilmente strazianti e infelici, perché la sua assenza è e resterà la mia più grande sofferenza.

Per sua mamma, Dorothea è sempre stata Dorie, la giovane rockstar.

Per la nonna è Milla.

Per i fan è Thea Jensen.

Per il mondo è diventata una delle migliori chitarriste degli ultimi tempi.

Ma per me, lei… è la mia bambina.

La mia dolce *kleines Äffchen*.

E lo sarà per l'eternità.

Per voi…

A coloro che pensano di non essere mai abbastanza,
che scappano dall'oscurità annidata nel proprio riflesso,
che non concedono mai a se stessi un'altra possibilità.
A coloro che pensano di essere troppo stanchi per andare avanti,
che la speranza sia una mera illusione e che non esista nient'altro che la sofferenza…
Non fatevi spegnere.
Non guardatevi con gli occhi, guardatevi con l'anima,
prendetela per mano e tiratela su.
Lei ha bisogno di voi.
E quando pensate di non potercela fare…
Donatevi un sorriso.
Accendete la luce che custodite nel cuore.
Lasciatevi inondare dalle emozioni.
Lasciatele esplodere e fiammeggiare.
Lasciatevi abbracciare da chi vorrebbe sostenere con voi il peso dei vostri dolori.
Non abbiate timore di chiedere aiuto.
Non pensate di essere deboli.
Calpestate e scalciate via i giudizi.
Non permettete a nessuno di decidere chi siete o chi vorreste essere.
Il primo passo verso la rinascita è amare se stessi.
Il secondo è rammentarlo ogni giorno.
Anche quando la strada vi sembrerà lunga e difficile,
continuate.

Camminate, correte, catturate ogni petalo di vita e stringetelo forte.
Non smettete mai di crederci.
Esiste un cielo per ognuno di voi capace di incantarvi con la sua infinitezza.
E nonostante, spesso, possiate sentirvi delle creature troppo piccole per affrontare il mondo,
ricordatevi che solo attraverso la vostra forza interiore potrete volare in alto.
Vi ripeto ciò che Efrem ha detto alla sua Dorie…
Siate come dei colibrì: cristalli minuscoli sospesi nell'universo, brillanti come arcobaleni, eppure talmente grandi da poter diventare i Guerrieri del Sole.

Kira Shell

Canzone di Thea:
L'amore attende ogni domani
Love waits every tomorrow

Ti cercherò tra i petali di una violetta nera.
Traccerò con una stilografica le spire del mio passato.
E te le narrerò, tenendo al caldo la tua anima.
Nuoterò nell'oceano dei dolori e li supererò.
Come un colibrì, giocherò con i nastri dell'arcobaleno.
E volgerò le ali al Sole.

I'll look for you into the petals of a black violet.
I'll write with a fountain pen the coils of my past.
And I'll narrate them to you, keeping your soul warm.
I'll swim into an ocean of pain and I'll overcome it.
I'll play with the ribbons of a rainbow, like a hummingbird.
And I'll turn my wings towards the Sun.

Manterrò la promessa.
Farò risplendere il mio sorriso.
Manterrò la promessa.
Farò risplendere il mio corpo.
Troverò la forza.

I'll keep my promise.
Your smile will shine.
I'll keep my promise.
Your body will shine.
I'll find strenght.

Un tempo stavo sbiadendo.
Piangevo a dirotto.
Dall'alto pioveva sangue.
E io camminavo tra le macerie.
In un luna park desolato tu sei il mio eroe e io il tuo fiore di mandorlo.
L'amore è come una ruota panoramica.
E tu regali al mio cuore un paesaggio mozzafiato.

Once upon a time, I was fading.
I cried my eyes out.
Blood was falling from the sky.
I walked among the debris.
In this lonely carnival, you are my hero and I'm your almond blossom.
Love is like a ferris wheel.
And you give my heart a breathtaking view.

Manterrò la promessa.
Farò risplendere il mio sorriso.
Manterrò la promessa.
Farò risplendere il mio corpo.
Troverò la forza.

I'll keep my promise.
Your smile will shine.
I'll keep my promise.
Your body will shine.
I'll find strenght.

Sentirò la tua voce nel vento.
La sentirò indicarmi l'orizzonte.
E sussurrarmi: sono qui.
Mentre il tempo scorre...
E il tuo profumo mi bacia.
È nell'attesa che ti ritroverò.
Non lasciarmi.
Ovunque andrai...

Abbracciami sempre.
Sii il mio cielo.
E io volerò.

I'll hear your voice through the wind.
It will point me the horizon.
And it will whisper: here I am.
While the time goes by…
And your scent is kissing me,
I'll wait to find you again.
Don't leave me.
Everywhere you go…
Just hug me forever.
Be my sky.
And I'll fly.

Playlist

Meet Efrem Krugher

Volume 1. Dark desires

Avicii - *Feeling good*
Beds and Beats - *Obsession*
Blue Foundation - *Eyes on fire*
Blues Saraceno - *Kicking and screaming*
Blues Saraceno ft. Nine One One - *Devil in you*
Blues Saraceno - *The Devil you know*
Bridge - *It's ok*
Charlotte Lawrence - *Joke's on you*
Chris Isaak - *Wicked game*
David Bowie - *Heroes*
Dorothy - *Dark nights*
Dorothy - *Missile*
Elton John - *Your song*
Emmit Fenn - *Stones*
GEMS - *W/OU*
Guns N'Roses - *Don't cry*
Isak Danielson - *Power*
Jacob Banks - *Chainsmoking*
James Brown - *It's a man's man's man's world*
Jaye Classic - *Psychic*
JVLA ft. Maga - *X*
JVLA ft. Zupay - *Balenciaga*
K. Flay - *Blood in the cut*

K. Flay - *Giver*
K. Flay - *High enough*
Kaleo - *Way down we go*
Klergy - *World on fire*
Lana Del Rey - *Born to die*
Lana Del Rey - *National anthem*
Lana Del Rey - *Ultraviolence*
Ludwig van Beethoven - *Sonata al chiaro di luna*
Mansionair - *Easier*
Natasha Blume - *Black Sea*
Nominal ft. Datura - *Everyday anyone*
Oasis - *Stop crying your heart out*
PatrickReza - *Tip Toe*
Pink Floyd - *Another brick in the wall*
Queen - *We will rock you*
R3YAN ft. BLVKES - *Tonight*
R3YAN ft. Level 8 ft. BLVKES - *Dangerous woman*
Reyn Hartley - *Snitch (Slowed)*
Rosenfeld - *Do it for me*
Rosenfeld - *Like u*
Saint Mesa - *Lion*
Silent Child - *Fuck you*
Silent Child ft. PatrickReza - *Jump*
The Beatles - *Let it be*
The Knack - *My Sharona*
The Pretty Reckless - *Heaven knows*
The Pretty Reckless - *My medicine*
The Seige - *The Drum*
Travis A. King - *Beautiful mind*
Ursine Vupline ft. Annaca - *Wicked game*

Volume 2. Dark secrets

Arctic Monkeys - *Do I Wanna Know?*
Ari Abdul - *Babydoll*
Cannons - *Evening star*
Cannons - *Night verses*

Chopin - *Nocturne Op. 9 No. 2*
Coldplay - *Always in my head*
Coldplay - *Yellow*
Dorothy - *Rest in peace*
Fleurie - *Breathe*
Fleurie - *Sirens*
Fleurie - *Soldier*
Gabrielle Aplin - *The power of love*
Guns N' Roses - *Patience*
Hidden Citizens ft. Svrcina - *Here we stand*
Imagine Dragons - *Birds*
In this moment ft. Maria Brink, Lzzy Hale and Taylor Momsen - *We will rock you*
Jordan Critz - *Edge of the light*
Jordan Critz - *Starry night*
Labrinth - *Washing off the blood*
M83 - *Wait*
Mattia Cupelli - *Touch*
Mert Duran - *Dark sun*
Neoni - *Darkside*
Nicholas Bonnin ft. Angelicca - *Shut up and listen*
Novo amor - *Repeat until death*
Oasis - *Stop crying your heart out*
Olivier Bibeau - *Better run, better hide*
Rosenfeld - *Body*
Rosenfeld - *Gimme love*
Ruelle - *Empires*
Second Light - *Into the Woods*
Steve Jablonsky - *Tessa*
Thirteen Senses - *Into the fire*
Tommee Profitt ft. Brooke - *Can't help falling in love*
Tommee Profitt ft. Colton Dixon - *Believer*
Tommee Profitt ft. Fleurie - *Wake me up*
Travis A. King - *Beautiful Mind*
Ursine Vulpine ft. Annaca - *Lovers death*
Wølffe - *Shoot you down*
2WEI - *Shape of my heart*

Ringraziamenti

È SEMPRE difficile giungere alla fine di un progetto con il quale ho convissuto per anni.

Ricordo ancora quando Efrem e Thea, nel 2018, erano un germoglio appena nato, dal quale non mi aspettavo avrei sviluppato una trama così complessa, per poi arrivare a scriverne il finale. O meglio, non immaginavo avrei avuto la possibilità di raccontare interamente la loro storia, di accompagnarla nella sua crescita e, con lei, di mettere alla prova me stessa e di superare gli ostacoli di una stesura inedita, difficoltosa e diversa dalla saga precedente.

Tuttavia, non voglio perdermi in chiacchiere o pensieri nostalgici, ma chiedere a te, lettore, ancora qualche minuto.

Me ne bastano davvero pochissimi; non starò qui a ringraziarti in modo convenzionale né a tediarti con le emozioni contrastanti che sto provando in questo momento.

Non voglio rubarti ulteriore tempo; so già che me ne hai concesso tanto, che il viaggio intrapreso in questo romanzo a volte ti ha confuso, altre volte ti ha indotto a riflettere, ti ha rattristato, angosciato, sconvolto o chissà… entusiasmato.

Spero di aver soddisfatto appieno le tue aspettative, spero che Efrem si sia guadagnato uno spazietto nel tuo cuore e che Thea sia riuscita a farti comprendere le sue fragilità.

Spero che questa storia si sia meritata, oltre che la tua considerazione, anche il tuo affetto; io ci ho messo tutta l'anima, ho voluto donarti un altro pezzettino di me e sappi che, a prescindere da quale sarà la tua valutazione finale, lo rifarei ancora.

Non importa se quel pezzettino deciderai di gettarlo via o di calpestarlo.

Un dono è pur sempre un dono e a me ha reso felice porgertelo.

Adesso, prima di salutarti, vorrei che tu facessi una piccola cosa per me.

Giuro, è davvero piccola!

Ti chiedo, gentilmente, di chiudere questo libro.

So che ti sembrerà una richiesta strana, ma aspetta…

Vorrei che lo chiudessi e che per dieci, quindici o venti secondi, fissassi la copertina che lo rappresenta.

Davvero, non continuare a leggere senza fare esattamente ciò che ti ho chiesto.

Non voglio apparirti troppo autorevole, lascio il compito di esserlo a Efrem, ma è importante la tua collaborazione.

Poi torna qui, da me.

Attenderò.

Eccoti.

Ti ringrazio per avermi dato ascolto.

Allora, l'hai osservata?

Cosa *vedi*?

Ti sembra ben definibile?

O forse ti sembra insignificante?

Qualcosa di casuale, di carino, di poco pertinente?

Cosa *vedi*?

Se mi permetti di aiutarti, vorrei prenderti per mano, tracciare con te le linee di quel simbolo e rivolgerti poche parole a cui tengo tanto.

Usiamo insieme il potere della fantasia, sei pront*?

Se vedi un *orologio*: ti auguro di viverti tutto il tempo che hai, di non avere timore della velocità con cui scorrono quelle lancette, di dare il giusto valore a ogni istante, di scegliere accanto a te le persone con cui vuoi scandire ogni attimo della tua vita e di regalarti un pizzico di felicità.

Te la meriti.

Se vedi una *ruota panoramica* o un *caleidoscopio*: ti auguro di ritrovare la pace nel tuo personale luna park, di salire su ogni giostra con la spensieratezza e l'allegria di cui ha bisogno la tua anima, di cogliere tutti i fiori che ti circondano, di permettere a chi ti ama di aiutarti e sostenerti, di concedere un po' di fiducia. So che a volte è difficile, so che hai paura di soffrire, di dare troppo a chi non merita niente, ma spesso amare e ricevere amore ti permette di abbandonarti alle passioni, alle emozioni negative e positive dalle quali è pervasa ogni esperienza.

Ti permette di cambiare il tuo punto di vista, di migliorarlo, mitigarlo e di non esprimere un giudizio meccanico, ma cosciente e autonomo.

Se vedi un *sole*: ti auguro di cercare la tua luce, di non scappare dalle tenebre e di accettarne la presenza, senza averne paura. Ti auguro di superare qualsiasi sofferenza tu stia affrontando, di resistere al dolore, di prenderti cura della tua anima e di credere in te stess*.

Se vedi un semplice *cristallo*: ti auguro di guardare oltre il visibile, oltre a ciò che la mente proietta e soprattutto oltre a ciò che gli altri ti mostrano. Considera questo piccolo tassello come un esercizio di cui un giorno ti ricorderai e che potrebbe servirti, quando vorrai, a iniziare a passeggiare davvero dentro di te, fra tutte le tue incrinature, che sono certa saranno meravigliose anche con i loro spigoli.

Ricorda che non saresti *tu* senza quelle incrinature perché sono i dettagli che ornano la tua anima, rendendola unicamente diversa.

Se invece non vedi nessuno di questi simboli ti chiedo ancora: cosa *vedi*?

E in base a ciò che vedi: cosa *auguri* a te stess*?

Soffermati a pensarci qualche secondo.

Poi cercami, sarò felice di saperlo.

E di guardare *oltre*…

Insieme a te.

Sempre vostra
Kira Shell

Certificato PEFC
Questo prodotto è realizzato con materia prima da foreste gestite in maniera sostenibile e da fonti controllate
PEFC/18-31-226
www.pefc.it

Sperling & Kupfer usa carta certificata PEFC
che garantisce la gestione sostenibile delle risorse forestali

GRAFICA VENETA CARBON NEUTRAL

Questo libro è fabbricato da Grafica Veneta S.p.A.
con un processo di stampa e rilegatura certificato 100% carbon neutral
in accordo con PAS 2060 BSI

Finito di stampare presso Grafica Veneta S.p.A.
Via Malcanton, 2 – Trebaseleghe (PD)
Printed in Italy